Ben Bergner

Ich heirate Frau Antje ihre Familie

atb aufbau taschenbuch

BEN BERGNER hat an der Universität zu Köln seinen Magister in Geschichte, Politik und Pädagogik abgelegt und sich in den Anfangswirren seines Studiums durch ein ganzes Semester Niederlandistik gequält. Zusammen mit seiner holländischen Frau lebt der dreifache Vater in München. Bergner ist Journalist und freier Autor u.a. für *Süddeutsche Zeitung TV*.

Bei einer Floßfahrt auf der Isar rettet Einzelgänger Gabriel das Leben der Holländerin Anouk. Damit entscheidet sich sein Schicksal. Mit Anouk heiratet er eine 80-köpfige Großfamilie, die nur zwei Dinge im Sinn hat: Geselligkeit ohne Ende und aus dem Neuankömmling einen richtigen Holländer zu machen. Also heißt es, raus aus dem grauen Alltagstrott des Misanthropen, hinein in die farben- und feierfrohe Oranje-Welt!

Doch Gabriel stellt schnell fest, dass das, was man für typisch holländisch hält, in Wahrheit gar nicht stimmt – Kiffen und Gruppensex sind kein Volkssport, und Anouk trägt auch niemals eine Tracht wie Frau Antje.

Eine turbulente Liebesgeschichte voller absurder Situationskomik.

Ben Bergner

Ich heirate Frau Antje ihre Familie

Meine neue holländische Verwandtschaft

Roman

atb aufbau taschenbuch

FSC
www.fsc.org
MIX
Papier aus verantwortungsvollen Quellen
FSC® C083411

ISBN 978-3-7466-2953-7

Aufbau Taschenbuch ist eine Marke
der Aufbau Verlag GmbH & Co. KG

1. Auflage 2013

www.herbig.net
Umschlaggestaltung www.atelier-sanna.com, München
grafische Adaption morgen, Kai Dieterich
Druck und Binden CPI – Clausen & Bosse, Leck
Printed in Germany

www.aufbau-verlag.de

Gezellig!

Ich bin von ganzem Herzen Misanthrop. Ich mag keine Menschen. Ich rede nicht gerne mit Leuten, die ich nicht kenne. Ich hasse es, die Tür zu öffnen, wenn jemand klingelt, mit dem ich nicht verabredet bin. Ich bin gerne alleine und genieße die Stille, das Nichts, diese wunderschöne Leere. Auf Partys bin ich ein seltener, aber willkommener Gast, da ich als einziger Mensch auf dieser Erde erkannt habe, dass die Welt schlecht und nicht mehr zu retten ist. Grundsätzlich mag ich Pflanzen und Tiere lieber als alle Menschen auf diesem Planeten. Eine Rückbesinnung auf eine vorangegangene, menschenfreundlichere Phase kann ich mir nicht vorstellen. Ich liebe es, ein Einzelgänger zu sein, und – ich liebe Anouk. Und das ist das Problem! Anouk ist Holländerin, und Holländer sind niemals Misanthropen. Holländer sind 24 Stunden am Stück *gezellig*, nie alleine und immer gut gelaunt. Es gibt in Holland nichts Schlimmeres, als sich aus der Herde zurückzuziehen. Allein sein zu wollen ist ein Stigma, eine Krankheit, eine Schande, ein Verbrechen! Wenn Anouk mal geschäftlich verreist, klingelt mein Telefon. Anouks holländische Freunde und Bekannte in München »kümmern« sich um mich. Rund um die Uhr! Man kann ihrer Fürsorge nicht entkommen. *Brauchst du was? Willst du vorbeikommen? Sollen wir vorbeikommen? Wir sind gerade in der Nähe! Wir sind schon da! Wir machen oliebollen, Käsefondue! Ding, dong! Gezellig!*

Gehe ich nicht ans Telefon oder öffne ich nicht die Tür, wird Anouk alarmiert! Die ruft dann sofort bei meinen Nachbarn an. *Haben Sie Gabriel gesehen? Wann das letzte Mal? Können Sie mal vorbeischauen?* Meine Nachbarn haben einen Schlüssel! Also gehe ich lieber ans Telefon oder öffne die Tür, wenn Anouks Freunde vorbeikommen. Seit ich Nuki kenne, war ich nicht mehr alleine. Keine Stille, keine Leere, keine Einsamkeit. Ich weiß nicht, was ich mehr vermisse, wenn Anouk nicht da ist. Meine Frau Antje oder das Nichts?

Holländer halten Misanthropen für heilbar. Vor allem denkt Anouk, dass ich therapierbar bin, weil ich ein ganz tolles Sternzeichen habe: Zwilling. *Gemini* gelten als umtriebig, leutselig und, da ist es wieder, das böse Wort, *gezellig!* Aber wie es mit Zwillingen eben ist: Ich erfülle das Klischee von den zwei Gesichtern, denn ich bin *part-time-gezellig*, so eine Art 95-Prozent-Misanthrop. Es gibt Momente, wo ich gerne feiere, lache und es mag, unter Menschen zu sein. Selten, aber es gibt diesen Trieb. Der Unterschied zu meiner holländischen Familie ist für einen Misanthropen wie mich aber: I C H entscheide, wann ich Gesellschaft will, und nicht Tante Marijke, Schwager Hein oder Nachbar Jasper. Doch dieses Recht auf Selbstbestimmung, das Recht auf Einsamkeit und Leere habe ich verwirkt, seitdem Anouk und ich ein Paar sind. Ich muss mich entscheiden: *mijn lief* oder das Nichts. Meine Wahl ist Anouk, weil immer nichts ist auch langweilig. Aber mit Nuki entscheide ich mich auch für ihre holländische Großfamilie. Und für Einzelgänger wie mich ist meine neue riesige Verwandtschaft so, als würde ein Veganer im Schlachthof arbeiten.

Nach außen hin wirke ich nicht wie ein Misanthrop. Ich bin weder depressiv, noch wirke ich traurig, trage kaum schwarze Kleidung, bin auch nicht sonderlich blass und finde Vampire scheiße. Ganz normal halt in einer Stadt wie München, wo alle irgendwie im Besitz mehrerer Persönlichkeiten sind. Ich trinke gerne Weißbier, bin Löwen-Fan und hasse die Bussi-Bussi-Gesellschaft. Mit 35 Jahren befinde ich mich im besten Heiratsalter und habe in der Hauptstadt der verzweifelten Singlefrauen freie Auswahl. Ich hatte – bis Anouk kam!
Wir haben uns bei einer Floßfahrt auf der Isar kennengelernt. Ein Kollege hatte mich mitgenommen. Anouk war in den Fluss gestürzt, und von allen Händen, die sie aus dem Wasser herausziehen wollten, ergriff sie meine. Was Frauen als schicksalhafte Fügung deuten, sehen Männer als simple Hilfestellung. Ab da war es dann vorbei mit der freien Auswahl und der Einsamkeit. Nuki hat sich sofort in mich verliebt, und das obwohl ich weder laut noch lustig bin. Anouk sieht aus wie Linda de Mol, ein blonder Wischmopp, der absichtlich falsches Deutsch spricht. Wenn man als Holländerin in *Duitsland* mit holländischem Akzent spricht, findet man immer Hilfe. Sprachlich gesehen hat sie in München den Status einer Vierjährigen. Sie verwechselt *dir* und *dich, Ihnen* und *Sie, ihr* und *euch*. Wenn sie mit ihrem Holland-Deutsch in einem Imbiss etwas zu essen bestellt, bekommt sie das charmanteste Lächeln. 90 Prozent des Bedienungspersonals würden ihr gerne über den Kopf streicheln und ihr einen Lolli in die Hand drücken, so putzig finden sie Sätze wie: »*Kann ich von dich noch eine Cola kriegen? … Gibst du mich bitte zweimal Mayo … Der Rest ist für Ihnen! … Wenn ich dich wäre …*« Es hat so einen Niedlichkeitsfaktor. Wenn Mehmet, Mustafa & Co. vor mir in der

Schlange so mit den Jungs hinter der Theke sprechen, werden sie nicht einmal beachtet.

Nukis Hartz-IV-Deutsch kommt überall super an. Auch bei mir, denn ich weigere mich standhaft, Holländisch zu sprechen. Ein halbes Jahr sind wir nun schon zusammen. Nukis Freunde nennen uns das H&M-Paar. Die Holländerin und der Misanthrop. Wir sind verliebt. Ich so, wie Menschenhasser eben lieben können. Nur den einen Satz will ich nach sechs Monaten nicht sagen, den L-Satz, der in Holland der H-Satz ist.

IK HOU VAN JOU! ICH LIEBE DICH!

Anouk hat in dem halben Jahr, in dem wir jetzt zusammen sind, schon mehr gemacht als jede meiner deutschen Exfreundinnen in dieser Zeit. Sie hat mit mir an einem Abend einen ganzen Kasten Bier am Isarstrand geleert, 20 Gramm Marihuana nach München »importiert« und einen Dreier mit einer, na klar, holländischen Freundin organisiert. Sie hat alles gemacht, nur um in ihrer neuen deutschen Heimat geliebt zu werden, nur um diesen einen Satz von mir zu hören. Aber mein Holländisch ist eine Katastrophe. Diese Kehlkopfsprache ist alles, nur nicht romantisch.

Wir sitzen an der Isar und trinken Bier, wie immer! Anouk schaut mich mit großen, traurigen Augen an. Sie will ihn hören, den H-Satz, aber ich sage ihn nicht. Ich hauche ihn nur. Obwohl – das wäre übertrieben. Ich murmle ihn. Wie erniedrigend muss das für eine Frau sein? Murmeln! Als ob es mir peinlich wäre. Vielleicht hätte sie nicht *»Ich liebe dir«* zu mir sagen sollen?

»Ik hu von ju!«, kommt es kaum vernehmlich aus meinem Mund.

»Wat zeg je?« (Was sagst du?) Anouk lässt nicht locker.

»Ik hau jou!?«, radebreche ich. Eher fragend, mehr zweifelnd.
»Ach, vergiss es!«
»Ich kann nicht! ›Ik hau jou‹ hört sich an wie ›Ich hau dich‹. Das ist doch scheiße!«
»Das ist nicht scheiße. Das ist Romantik. Das ist holländisch, du Arschloch!«
»›Auf die Fresse‹ ist romantisch? Vielleicht solltest du dir einen Typen suchen, der eine andere sexuelle Neigung hat als ich!«
»Ich muss mich das nicht antun!«, platzt es aus Anouk heraus. »Linda de Mol kann sich die Typen aussuchen. An jedem Finger fünf. Mindestens! Macht pro Hand 25. Insgesamt 50. In Deutschland wollen alle Männer nur Gruppensex, Tüte rauchen und das lächerliche deutsche Bier saufen. Ich will jetzt eine Heineken, eine Käsebrot und *»Desperate Housewives«* im Original mit holländischen Untertiteln. Ich will zurück nach Holland. Frau Antje hat das Schnauze voll von Deutschland.«
Anouk nimmt das Sixpack unter den Arm und will gehen. Ich nehme meinen ganzen Mut zusammen und kehlkopfe den Satz, der ihr alles bedeutet:

»IK HOU VAN JOU!«

Anouk bleibt stehen. Sie dreht sich nicht um, aber ich weiß, dass sie strahlt.
»Lauter, noch lauter, viel lauter!«
»Ik hou van jou!« Mein Kehlkopf schmerzt. Und das schon nach dem zweiten Mal.
»Goed zo, schatje!«, kommt es stolz über Frau Antjes Lippen. Sie dreht sich um. »Und das wiederholst du jetzt ganz oft!«
O.K., das wäre geschafft. War gar nicht so schlimm. Nuki ist mir wichtiger. Und ehrlich gesagt, so viel mache ich mir

auch gar nicht aus Tüte rauchen und Gruppensex. Eigentlich ist »Ich liebe dich« auf Holländisch sogar viel leichter als auf Deutsch. Es hört sich irgendwie pragmatischer an. Wenn mein Hals nur nicht nach nur zehn Mal schon so wehtun würde.

Anouk und ich sind seitdem ein richtiges, ein *ik-hou-van-jou*-Paar. Für bayerische Verhältnisse sind wir vor allem ein exotisches Paar. Bei uns in »Minga« gelten Holländer als etwas Besonderes. Holländer in München sind im Vergleich zu Städten wie Köln, Düsseldorf oder Hamburg eine seltene Spezies. Holland ist von München aus einfach sehr weit weg. Deswegen bekommt Anouk auch schnell Heimweh. *Mam, Pap* und die 78 Verwandten (in Worten: achtundsiebzig) fehlen ihr einfach zu sehr. Und weil ich mich für Anouk und gegen meine Einsiedelei entschieden habe, ziehe ich mit Frau Antje nach Holland. Meine neue holländische Familie freut sich. Meine Vorfreude hält sich eher in Grenzen. Ich werde nie wieder alleine sein.
Orwells Vision von Big Brother ist lächerlich gegen das, was ich erleben werde. Viel schlimmer als ständige Überwachung und Kontrolle ist ununterbrochenes Zusammensein. *Gezelligheid* ist das höchste Gut der Holländer und die größte Erfindung seit Gouda, Heineken und Tulpen. Verirrt man sich in Holland mit Freunden im Wald und muss in einer feuchten, dunklen Hütte übernachten – egal: Vier Stühle, ein Tisch und eine Kerze genügen, um super gelaunt zusammenzusitzen. *Gezellig!!!* Dauerregen am Strand während des Nordseeurlaubs – egal: Hauptsache, sich gemütlich im Zelt schlechte Witze erzählen und ein lauwarmes Heineken trinken. *Gezellig!!!* Am Wochenende auf einem Campingplatz an der Autobahn Zeit totschlagen –

egal: Auf engstem Raum im Wohnwagen zusammengepfercht schmeckt auch das leckerste Käsebrot. *Gezellig!!!*

Bei der letzten Familienfeier in Roermond waren wir 120 Personen. Anouks Eltern hatten Goldhochzeit. 78 Gäste davon waren Familie. Da ich Einzelkind bin, meine Eltern auch, und Oma und Opa schon lange tot sind, kenne ich so etwas nicht. Als Anouks neuer Freund war ich mit einem Schlag Mitglied einer riesigen holländischen Gemeinschaft. Zwölf Onkel und Tanten, drei Schwager, zwei Schwägerinnen, Dutzende Schwippschwager und -schwägerinnen, Großneffen und -nichten, Cousins und Cousinen waren da. Als meine Mutter und mein Vater silberne Hochzeit hatten, waren wir in einem kleinen Lokal essen. Das war's! Wenn Frieke und Frans (meine neuen Beinahe-Schwiegereltern) Goldhochzeit feiern, wird eine Turnhalle angemietet. Zu Taufen wird der örtliche Gemeindesaal besetzt, an stinknormalen Geburtstagen belässt man es bei Großraumzelten im heimischen Garten. Gefühlte Gästezahl: 1500 – circa!

Die Goldhochzeit war ein voller Erfolg. Zumindest für meine holländische Verwandtschaft. Sie wussten jetzt, wer ich bin! Gabriel, Anouks Lebensretter, weil ihre lustige Cousine, Nichte oder Schwägerin mal wieder besoffen gestolpert war. Ein Überlebenskampf in den reißenden Fluten der Isar. Nicht weiter erwähnenswert! Viel mehr interessierte meine neue holländische Familie die Qualität des bayerischen Biers und die Kapelle auf dem Floß. Mit einer richtigen Band auf einem richtigen Fluss. *Prachtig, geweldig, fantastisch* fanden das alle. Spontan wurde beschlossen, die nächste Hochzeit müsse auf einem Riesenfloß auf der benachbarten Maas gefeiert werden. Alle anwesenden Gäste fanden das *heel gezellig*. Gegen die Steigerung *heel*, also »sehr« bzw. »extrem«, würde sich nie ein Familienmitglied zur Wehr setzen. Anouk und ich fanden das auch *heel grappig* (sehr lustig). Vor allem, weil es unsere eigene Hochzeit werden sollte. Wenn wir ein Jahr zusammenbleiben, so versprach ich als Misanthrop in einem Akt des Wahnsinns, würde ich Anouk heiraten, inklusive einer Feier mit der kompletten Großfamilie auf einem riesigen Holzfloß mit Partykapelle und frisch gezapftem Heineken. Bedingung: Ich spreche ordentliches Holländisch, und Anouk fällt mal ausnahmsweise nicht vom Floß. Unter großem Jubel wurde das Versprechen angenommen, und wer weiß, wie gerne Holländer feiern, kann sichergehen, dass meine neue holländische Großfamilie alles tun wird, damit dieses Versprechen auch wirklich eingelöst wird. Nicht so sehr, weil man Anouk endlich unter die Haube bringen will, sondern weil man doch sehr gerne feiert. *Gezellig is gezellig!*

Hup Holland Hup!

In Holland hat man am Wochenende immer Besuch: Morgens um acht beginnt das Spektakel. Tante Wilhelmina kommt zum Frühstück, natürlich unangemeldet. Nur im Ausland würde man bei Nichtholländern vielleicht vorher anrufen, ob es passt. Weil wir noch kein eigenes Haus gemietet oder gekauft haben, wohnen wir bei *Mam* und *Pap*. Anouks Eltern wohnen 30 Kilometer hinter der deutschen Grenze. Ein einfaches, geräumiges Backsteinhaus mit großem Garten. Frans hat es selbst gebaut, so wie alle hier in der Gegend. Auf der Wiese vor dem Haus stehen ein paar Pferde vom Nachbarn. Weit und breit natürlich keine Windmühlen. Die gibt es nur in deutschen ZDF-Filmen, wo dann alle Holländerinnen blond sind, *klompen* (Holzschuhe) tragen und Zöpfe haben. Die Küche ist in dunklen und hellen Brauntönen gehalten und hat die besten Jahre schon hinter sich, genau wie der lila Teppich, den die beiden vor ca. 40 Jahren beim Bau des Hauses hier ausgelegt haben.

Mam und *Pap* sind Rentner und den ganzen Tag zu Hause. Da sie schon älter sind, besuchen sie nicht mehr selbst, sondern werden besucht. An diese goldene Regel halten sich in meiner neuen Heimat alle! Frans und Frieke sitzen am Küchentisch und begrüßen Tante Wilhelmina. Die Patentante von Anouk bringt weißes Pappbrot mit. Die 70-Jährige möchte also länger bleiben. Nur auf einen Kaffee kommt in Holland keiner vorbei. Nach einer Woche bei *Mam* und *Pap* kenne ich das Prozedere. Es gibt holländisches Frühstück. Auf das weiße Pappbrot, eine Art Toast, kommt erst Butter und dann Rübensirup. Die braune klebrige Masse wird mit einem Stück Gouda belegt, auf den Käse kommt eine Scheibe platt gepresstes Schwarzbrot. Das essen vornehmlich die Erwachsenen. Dazu gibt es Kaffee, aufgebrüht aus löslichem Instantpulver. Frans und Frieke genießen das Ritual jeden Morgen, seit 50 Jahren, wahrscheinlich ihr Leben lang. Und wie immer wollen sie aus mir einen guten Holländer machen!

»Na, Gab, heute probierst du mal, wa!«

»Nee, entweder Schwarzbrot mit Käse oder Pappbrot mit Sirup! Beides zusammen geht nicht!«

»Bei uns schon, wa, Wilhelmina?«

»Jenau, weil et nur zusammen richtich lekker is!«

»Dat schmeckt, wa, Frans!«, versucht *Mam* Frieke eine breite Front des schlechten Geschmacks gegen mich aufzubauen. In Holland isst jeder dieses wabbelige Weißbrot, das so weich ist, dass man es nicht wie gewöhnliches Brot abbeißen, sondern ähnlich wie Zuckerwatte nur mit den Zähnen abreißen kann. Tante Wilhelminas dritte Zähne hinterlassen keinen Abdruck im Brot, so pappig und weich ist das holländische Grundnahrungsmittel. Ich werde also nicht drum herumkommen, es zu essen, weil auch das Schwarzbrot nicht seinen Namen verdient. Es ist braungrau, schmeckt säuerlich und passt sich farblich hervorragend der Küche an. Ich habe in der einen Woche noch niemanden aus der Verwandtschaft gesehen, der das Braungraubrot solo gegessen hat, also ohne die weiße Pappunterlage. Ich nehme eine Scheibe Weißbrot, schmiere *boter*

(Butter) drauf und greife dann zu einer weiteren Besonderheit der holländischen Frühstücksvariationen: *hagelslag*. Die braunen Flocken sind gekörntes Nutella. Was für den Kaffee gilt, haben die Holländer einfach auf die Nuss-Nougat-Creme übertragen. Der *hagel* rieselt aus der Verpackung und statt aufs Weißbrot *slagen* fast alle Körnchen daneben auf. Mein Teller und der Tisch sind übersät mit Schokokörnern, was alle in der Küche sehr lustig finden, vor allem *Pap* Frans.
»Hör ma, Gab, auf et Brot, nich dekorieren!«
»Dat musse aber noch üben, Gab, wa!«, assistiert Tante Wilhelmina.
»Oder du hättest erst Sirup drauf machen sollen, Gab, dann hält dat besser«, ist auch Frieke nicht um einen Rat an ihren zukünftigen deutschen Schwiegersohn verlegen.
»Genau, und dann noch obendrauf eine schöne Scheibe Käse!« Doch mein Spott wird in Holland nicht angenommen. Frans, Frieke und Tante Wilhelmina ignorieren Häme und sind voller Anerkennung angesichts meines Expertenwissens in Sachen holländisches Frühstück.
»*Lekker!* Und dann noch mal schön eine Schicht Sirup. Unser deutscher Schwiegersohn lernt aber schnell. *Goed zo, Gab!*«
Sicher werde ich meine neuen holländischen Verwandten nicht mehr ändern, eher machen die aus mir einen richtigen »cheesehead«!

Anouk schweigt zu alledem. Ich glaube, sie war zu lange in Deutschland. Für holländische Verhältnisse beteiligt sie sich fast schon unfreundlich wenig an der morgendlichen Gesprächsrunde. Anouk moderiert eher, wird dabei aber ständig von ihrer Mutter belehrt.

»Wir sind alle mit *hagelslag* groß geworden, als Kinder haben wir nichts anderes gegessen!«, führt Nuki aus.
»Et gab ja auch nichts anderes! Wij hebben nix anderes gehabt, Gab!«, singsangt Frieke im schönsten deutsch-niederländischen Platt daher.
Ich bin in einem »Umerziehungslager« gelandet. Ich werde Holländer. Ich werde umerzogen. Umbenannt bin ich schon. In Holland heiße ich Gab, ausgesprochen »Gäp«. Weil Holländer es nicht für nötig befinden, den ganzen Namen laut, deutlich und vollständig auszusprechen, werden nur die ersten Buchstaben prononciert. Das gilt nicht nur für integrationsunwillige Deutsche, sondern auch für Holländer. Anouk wird zu Hause und von Freunden nur *An* gerufen, die Freundinnen Danielle und Saskia nur *Daan* und *Sas*, Schwiegermutter Frieke *Frik*.

Es ist zehn Uhr! Der nächste Besuch kommt, nein, er rollt! Anouks Bruder Hein, seine Frau Fraukje und die vier Kinder spielen Überfallkommando. Die Tür fliegt auf, die Zwillinge Henrike und Huibert sowie Minke und Yolanda stürmen rein. *»Oma, Opa, hoi, heb jij hagelslag, lekker?«* Bumm! Frieke und Frans brauchen nicht viel länger als 30 Sekunden, um Teller, Gläser und Chocomel, eine Art Kakao und holländisches Nationalgetränk, auf den Tisch zu stellen und *hagelslag* gekonnt auf das Pappbrot der Kinder zu verteilen. Hen, Hub, Min und Yo haben den kompletten Küchenboden mit Spielzeug, Stiften und Malsachen bedeckt. Ein Geselligkeitsorkan fegt durch die 15 qm große Küche und verwandelt sie in ein Spieleparadies.
Auch dieser Besuch ist natürlich nicht angekündigt. Dann würde ja der Überfallcharakter wegfallen und alles wäre nur halb so *gezellig*.

»Na, Gab, hasse dich bei *Mam* und *Pap* schon eingelebt?«, will mein zukünftiger Schwager von mir wissen. Hein grinst dabei über das ganze Gesicht.
»Beim Essen habe ich noch nicht kollaboriert, aber ansonsten finde ich mich langsam zurecht!«
»Ungewohnt alles hier, so viele Leute, wa, Gab?« Ist es Häme, was da in seiner Stimme mitklingt? Ich warte ab. »Du kennst ja so was alles nicht, zu Hause warst du ja Einzelkind, wa!?«
O.K., es ist keine Häme, sondern Mitleid, eher ein Vorwurf. Einzelkind hört sich in Holland an wie *»Deine Eltern waren Nazis, oder?«*. Einzelkind ist noch viel schlimmer als Misanthrop, obwohl man ja nichts dafür kann, wenn die Eltern sich nach einem dem Fortpflanzungsdrang nicht mehr hingegeben haben. Was passiert mit Einzelkindern in Holland? Wahrscheinlich gibt es keine! Sie sind verboten. Anouk hat keine einzige Freundin, die zu Hause ohne Geschwister aufgewachsen ist. Dabei lohnen sich Kinder in Holland finanziell überhaupt nicht. Während in Deutschland Kindergeld, Erziehungsgeld und Elterngeld fließen, sind es in Holland gerade mal 60 bis 100 Euro staatliche Förderung pro Kind.

Langsam wird es eng in der Küche. Sieben Erwachsene und vier Kinder lassen die für deutsche Verhältnisse eigentlich riesige Küche schrumpfen. In Deutschland würde Tante Wilhelmina jetzt langsam, aber sicher mit Blicken und Gesten hinauskomplimentiert, aber nicht hier. Minke und Yolanda sitzen bei Wilhelmina auf dem Schoß und lassen *hagelslag*-Körner auf den Boden rieseln, die Henrike und Huibert mit einem Pritt Stift auf ihre Malblöcke kleben und in ihre Kunstwerke einbauen. Unter dem Küchentisch wird

alles mit Buntstiften und Scheren kunstvoll zusammengefügt.
Allmählich bekommt der Misanthrop Platzangst. Ich flüchte ins Wohnzimmer, wo ich aber auch keine Privatsphäre finde. In meiner neuen Heimat gibt es entweder keine oder nur halbhohe Gardinen an den Fenstern. Es muss immer freier Blick in die heiligen Hallen herrschen. Wer seine gute Stube zuhängt, gilt als verdächtig, gerät in den Ruf, etwas zu verbergen. Auf jeden Fall wird er als extrem *ongezellig* und als Außenseiter angesehen. Alles kann man in Holland verzeihen, Drogenexzesse, Kriminalität, kleine und große Verbrechen, alles wird durch die tolerante Art der Holländer verziehen, aber sich ausgrenzen wird nicht zugelassen.
Ich muss hier raus! Heute Nachmittag haben wir den ersten Termin mit einem Makler, der uns ein paar Häuser zeigen will. Ich bevorzuge eine Burg, mit einem Zaun herum, besser noch mit einem Wassergraben, uneinsehbar. Die Zugbrücke bleibt hochgezogen, komme, wer da wolle. Anouk will aber lieber ein Hausboot. Also genau das Gegenteil von einer Burg. Ein Albtraum! Keinerlei Rückzugsmöglichkeit. Wenn elf Mann zu Besuch auf das Boot stürmen, kentern wir und saufen ab. Aber selbst das finden die wahrscheinlich noch *gezellig*. Es klopft an der Tür. Cousine Annemieke und ihr Mann Klaas haben Kuchen dabei. Es nützt nichts! Ich brauche eine Burg!

Hausboot

Es wird keine Burg, es soll ein Hausboot werden. Anouk hat sich mit einem Makler auf einem ausrangierten Lastkahn mit Herd und Kuschelecke verabredet. Das *woonboot* erinnert mich mehr an einen Caravan zu Wasser. Wir treffen Makler Maurits an der Maas. Um den Kai herum gibt es noch einen Campingplatz und einen Kiosk. Sonst nichts!
»*Gezellig, of niet!*«, höre ich den Makler sagen. Anouk stimmt ihm natürlich zu.
»*Heel gezellig*, aber bitte alles auf Deutsch, Maurits! Gab spricht noch nicht so gut Holländisch.«
Der Makler hat denselben Blick drauf wie mein zukünftiger Schwager heute Morgen. Doch diesmal gibt es kein Mitleid, weil ich ein Einzelkind bin, sondern weil ich die Kehlkopfsprache noch nicht perfekt beherrsche.
»*Dankjewel!*«, sage ich. Und dann kommt das, was ich noch viel mehr hasse als mitleidsvolle Blicke. Anouk lobt mich.
»*Goed zo, schatje, meer Nederlands praten! Je leert zo snel!*«, klingt es aus ihrem Mund, was so viel heißt wie: »*Gut so, Schatz, mehr Holländisch sprechen. Du lernst so schnell!*«
Seitdem wir in Holland sind, behandelt sie mich wie ein kleines Kind. Manchmal fühle ich mich auch wie ihr Hund. Sie hat mich an der Leine, an der langen zwar, aber an der Leine! Verhandlungen führt sowieso nur Anouk. In Holland sind Frauen das starke Geschlecht, Männer, vor allem deutsche, werden nur selten ernst genommen. Maurits

merkt gleich, dass ich kein Faible für schwimmende Caravans habe, und redet eigentlich nur mit *mijn lief*. Als wir das Hausboot betreten, fallen wir fast ins Wasser. Der Steg ist extrem wackelig.

10 000 von diesen *woonbooten* gibt es noch in Holland, mehr als 2000 davon allein in Amsterdam. Nach dem Krieg litt Holland unter einer sehr starken Wohnungsnot. Also hat man Kanalschiffe, die man nicht mehr brauchte oder die ausrangiert wurden, zu schwimmenden Wohnungen umgebaut. Je nach Größe des Schiffs befinden sich teils sogar zwei Wohnungen auf einem Boot. In Utrecht, südlich von Amsterdam, bieten Prostituierte ihre Dienste auf Booten an. Schwimmende Puffs auf den Grachten. Dort ist es auch bestimmt total cool, zwischen den einzelnen Kanälen zu wohnen, mitten in einer Großstadt, umgeben von coolen Bars, Coffeeshops und jeder Menge kleiner abgefahrener *winkels* (Läden), aber auf einem Campingplatz im Nirwana Limburgs ist es doch extrem öde. Wir stehen an Deck und schauen ins Nichts. Da ist es wieder. Das Nichts! Eigentlich sollte es mir gefallen, aber hier ist es selbst einem Misanthropen zu einsam. Oder bin ich schon mit dem Geselligkeitsvirus infiziert und langweile mich, wenn nicht Dutzende meiner Verwandten das Boot zum Schaukeln bringen?
Maurits führt uns über das Hausboot. Anouk ist schwer begeistert, ich aber frage mich, warum wir uns denn so etwas antun müssen. Die Wohnfläche beträgt gefühlte 32 qm. Tatsächlich sollen es 68 qm sein. Mein neues potenzielles Heim erinnert mich an meine erste Studentenbude, einen großen Raum mit integrierter Koch- und Schlafnische. Ich bin aber kein Student mehr, ich will Platz, ich brauche

Raum. Stattdessen gibt es eine Mini-Küche mit einer Propangasflasche unter dem Herd. Das Bad verdient den Namen nicht. Die Toilette ist ein Plumpsklo. Alles, was unten rauskommt, landet direkt in der Maas. Wir scheißen uns also im wahrsten Sinne des Wortes selbst zu. Archaischer geht es nicht mehr. Ins Wohnzimmer passt nicht mal die kleinste Sitzecke rein. Maurits führt sämtliche Vorteile unseres kleinen Hausboots auf, und ausnahmsweise fällt das böse Wort nicht. Nur drei Worte, und seine Verkaufsargumente sind aufgezählt.

»Leuk, of niet?«, fragt er.

Na, »toll« ist wohl was anderes. Ich zeige wenig Begeisterung. »Das sind aber niemals 68 qm! Rechnet man die Schrägen mit rein?«

»Wenn du stehen kannst, dann nicht!«, meint Maurits bierernst.

Was ist denn das wieder für eine Logik? Wenn ich stehen kann? Ich versuche, Nuki davon zu überzeugen, dass wir das Boot nicht nehmen, und versuche es auf die ganz linke Tour.

»Ich weiß nicht, Anouk! Das ist doch viel zu klein. Hier kann uns doch keiner besuchen!«

Nuki stutzt. Aber nur für einen Moment!

»Vielleicht nicht im Winter, aber für den Rest des Jahres. Schau mal, wie viel Platz wir draußen haben!« Das Nichts um uns herum ist wirklich riesengroß. »Und eine Kneipe haben wir direkt vor die Haustür!«

»Aber keinen Supermarkt, keinen Rossmann, keine Apotheke, kein gar nichts!« Auweia, ich rede schon wie eine Hausfrau. Woran denkt die deutsche Ehefrau, wenn sie sich niederlässt? An ein Einkaufscenter mit Tengelmann, Drogeriemarkt und einer Apotheke.

»Aber du bist doch gerne alleine, *schatje*! Und hier hast du viel Platz zum Alleinsein!«
»Viel zu viel Platz! Allein sein heißt doch nicht einsam und abgeschieden vom Rest der Welt!«
»Ich dachte, du würdest es auch *leuk* finden! So ein *mooi bootje*!«

Leuk? Nuki kommt wieder mit *der* Tour. Wenn *gezellig* nicht mehr ausreicht, dann ist immer alles *leuk* und *mooi*. Beherrscht man diese drei Worte Holländisch, ist man hier argumentativ immer auf der Gewinnerseite. Situationen sind immer *gezellig*, Menschen und Gegenstände immer *leuk* und *mooi*! Man kann nichts falsch machen, wenn man *gezellig, leuk* und *mooi* ständig einsetzt. Ich falle darauf aber nicht mehr rein. Ich bin kein Holländer und ich will definitiv nicht in einer schwimmenden Streichholzschachtel wohnen. Ich verzichte auf jegliche holländische Diplomatie und argumentiere rein deutsch.
»Das Boot ist viel zu klein und null *gezellig*, alles hier ist viel zu alt und weder *mooi* noch *leuk*. Sorry!«
»Aber kuschelig und *heel romantisch*!«
»Ne, auch nicht, nur eng und unkomfortabel. Irgendwann hat man keinen Bock mehr auf Petroleumlampe und Kerzenlicht!«
Aber Anouk lässt nicht locker! »Das muss ja nicht für ewig sein. Ich dachte, für den Anfang ist es O.K.! Außerdem haben wir uns doch auf einem Boot kennengelernt.«
»Das war ein Floß, Nuki, kein Boot! Und das war sogar größer als dieser Lastkahn. Da passte sogar eine Kapelle drauf.«
Lieber bleibe ich bei *Mam* und *Pap* wohnen und habe jeden Tag die Hütte voller Verwandter als ein Leben wie Ölsar-

dinen in einer Blechbüchse. Wahrscheinlich werde ich auch der einzige Mensch auf der Welt sein, der auf einem Hausboot wohnt und seekrank wird. Jeden Tag. Nein danke!
»Wir können ja einen Puff aufmachen, dann verdienen wir sogar noch ein bisschen Geld!«, werde ich jetzt extrem *ongezellig*.
»Wenn du dich reinstellst und die Nutte spielst!«, kontert Anouk hörbar schlecht gelaunt, so wie ich *mijn lief* gar nicht kenne.

Nuki, Maurits und ich fahren zum nächsten Objekt. Ein Reihenhaus in einem Neubaugebiet in Venlo. Ich werde meine Entscheidung gegen das Hausboot gleich noch bereuen. Denn Holland ist ein kleines Land mit 16 Millionen Einwohnern. Hier ist alles eng auf eng, und auch die größte Hütte muss mit wenig Platz auskommen. Steht in Deutschland ein Haus auf durchschnittlich 400 qm Grund, so reicht in Holland die Hälfte, um sich einen Palast daraufzustellen. Für 90 Prozent aller Holländer ist ein Haus im Grünen die Verheißung von Glück und Romantik. Koste es, was es wolle, und sei es noch so klein, Pardon hoch. Sechs Zimmer übereinandergestapelt! Drei Schlafzimmer, ein Gästezimmer, ein Arbeitszimmer und ein Wohnzimmer. So sieht der Durchschnittstraum einer holländischen Durchschnittsfamilie aus.
Und vor genau so einem hochkantigen Schuhkartonhaus stehen wir jetzt. *Mijn lief* nimmt meine Hand und gibt mir einen Kuss, so wie es alle Frauen auf der ganzen Welt machen, wenn sie ein Stück vom ganz großen Glück nie wieder loslassen wollen.
»Es wird wunderschön, Gab! Du wirst schon sehen. Unsere Kinder werden mit den Nachbarskindern spielen, wir

werden Freunde finden, und unsere Grillabende werden nie enden.« Kurze Pause. Ich weiß schon, was jetzt kommt! »*Gezellig!*«

Aus der Nummer komme ich nicht mehr raus. Anouk hat schon den perfekten Familienplan im Kopf. Ein Haus, Kinder und dann wahrscheinlich noch Haustiere, weil *gezellig*. Das ganze Programm! Herzlichen Glückwunsch, kleiner Misanthrop, das hast du ja prima hingekriegt. In unseren kleinen Schuhkarton kommen zu den 78 Verwandten plus *Mam* und *Pap* noch mal mindestens 100 *buurmannen* und *buurvrouwen* (Nachbarn) aus der riesigen Neubauanlage, in der das Haus steht. Stapelhaus an Stapelhaus ist hier aneinandergereiht. Jeder Straßenzug sieht gleich aus. Alle Häuser sind mit roten Backsteinen verklinkert. Ich bin mir sicher, Anouk wird ganz schnell alle Nachbarn in ihr Herz schließen, und diese werden abwechselnd unser Haus besetzen.

Makler Maurits setzt noch einen drauf. Das Haus steht auch zum Verkauf. In Holland kann man die Zinsen für den Kredit des Hauskaufs von der Steuer absetzen, so eine Art Eigenheimzulage zum Steuernsparen. Dementsprechend beliebt ist der Kauf eines Schuhkartonhauses in Holland. Wenn ich jetzt nicht auf die Bremse trete, dann war es das. Dann gibt es *gezelligheid* ein Leben lang. Jeden Tag, bis zum Abwinken. Da brauche ich ja gar nicht erst zu heiraten. Dann bin ich schon jetzt Holländer – für immer! *Hup Holland Hup!*

Innen sieht im Haus alles aus wie in Deutschland, nur gestapelt hoch drei. Weil alles auf 200 qm Grundfläche Platz finden muss – Haus, Garten, Laube und, ganz wichtig, der Vorgarten –, haben in Holland fast alle Häuser drei Stock-

werke plus Keller. Als ich im Dachgeschoss oben ankomme, bin ich vollkommen aus der Puste. Entweder liegt es daran, dass ich nur auf der Couch herumliege und Heineken trinke, oder holländische Häuser sind nichts für mich. Anouk findet das Haus natürlich *fantastisch, geweldig, prachtig*. Diese drei Wörter benutzt der Holländer, wenn *gezellig, leuk* und *mooi* nicht mehr ausreichen, um seiner unendlichen Freude über etwas Ausdruck zu verleihen. Fantastisch, gewaltig und prächtig finde ich das Haus nicht gerade. Aber was ist die Alternative?
»*Fantastisch, hè, schatje?*«, will Nuki ihre holländische Neigung zur totalen Übertreibung bestätigt wissen. Auch Makler Maurits spielt beeindruckt.
»*Geweldig, hè?*«
»*Het gaat zo!*«, niederländische ich in fast schon sprachlicher Perfektion und setze meinen Kehlkopf gekonnt ein. Weil ich Anouks und Maurits' Überzeugung von *fantastisch, geweldig, prachtig* aber nicht teile, wird auch mein Holländisch nicht von Nuki gelobt. Stattdessen will *mijn lief* kurzen Prozess machen:
»O.K., Maurits, dann nehmen wir doch das Hausboot!«
Ich muss mich entscheiden. Mir wird abwechselnd heiß und kalt. Was ist das kleinere Übel? Streichholzschachtel auf dem Wasser oder Schuhkarton in der Backsteinsiedlung? Ich entscheide mich für das Hausboot. Da bin ich wenigstens ab und an vor Besuch sicher. Ich kann meine Misanthropen-Existenz noch nicht ad acta legen – noch nicht!

Stamppot

Bei *Mam* und *Pap* zu Hause gibt es *stamppot*. Eine holländische Spezialität. *Stamppot* ist das holländische Nationalgericht. Kartoffeln und Gemüse kommen in einen Topf, dann alles zerstampfen, bis es ein undefinierbarer, matschiger Brei ist, dazu gibt es Bratenfleisch – fertig ist Hollands leckere Spezialität.

Stamppot erinnert mich immer an meinen Antrittsbesuch bei *Mam* und *Pap*. Drei Monate waren Anouk und ich zusammen, als ich Frans und Frieke vorgestellt wurde. Ein Desaster. Auch an diesem Tag gab es natürlich *stamppot*. Ich saß mit einem ratlosen Gesicht in der Küche. Vor Anouk hatte ich eine spanische und eine italienische Freundin. Bei deren Eltern gab es Tiramisu, Tapas, Trallalla. Hier Matschgemüse mit nur wenig Salz. Im ersten Moment war ich genauso enttäuscht von meinen zukünftigen Schwiegereltern wie Frans und Frieke von mir. Ich hatte erwartet, dass *Mam* und *Pap* total bekifft am Küchentisch sitzen und die nächste Gruppensex-Orgie planen. So wie alle Holländer halt.

Nun saß ich in der Wohnküche und schwieg. Auch Anouks Eltern wussten nicht so recht, was sie mit mir reden sollten – bis Frans das Eis brach. Er eröffnete das Gespräch nicht klassisch, wie man das in Deutschland kennt, so à la »Womit verdienen Sie Ihr Geld?« oder »Meinen Sie es ernst mit meiner Tochter?«. Nein, ein 68-jähriger Holländer weiß, was sich gehört. Direkt auf den Feind zu und bloß nicht kollaborieren.

»Im Krieg hatten wir es ja nicht leicht! Wir mussten lange unter den Deutschen leiden ...«

Das Lieblingsthema von Anouks Vater hatte schon immer alle neuen Freunde aus der Küche vertrieben, und auch ich signalisierte mit meiner Antwort, dass ich eigentlich nicht wieder in die heiligen Hallen von Anouks Eltern zurückkehren wollte.

»Das ging ja auch sehr schnell damals, mit der Besetzung und so ...!«

Wenn ein Holländer etwas nicht hören will, dann, dass die Wehrmacht nur einen Tag brauchte, um Holland zu besetzen und den Widerstand niederzuschlagen. Den Satz »*Eén dag* (Einen Tag) ...« in Holland erst gar nicht anfangen! Am besten diese beiden Worte einfach nicht aussprechen. Nein, niemals, *never ever,* und schon gar nicht aus dem Mund eines ehemaligen Besatzers. Alles kann ein Holländer ertragen, nur nicht die Erinnerung an den schlimmsten Tag in seiner langen Geschichte. »*Käsköppe*«, »*neuken in de keuken*«, T-Shirts mit dem Aufdruck »Ohne Holland fahren wir zur WM«, alles können Holländer erdulden, aber nicht das. Ich wusste, wie man sich beliebt macht.

Es sollte der einzige Dialog sein, den Frans und Frieke damals mit mir führten. *Mam* und *Pap* sprachen danach nur noch Holländisch am Tisch, damit der Besatzer nichts mehr verstand. Anouk versuchte, die Situation zu retten, doch es wurde alles nur noch schlimmer.

»Und, schmeckt es?«

»Mmh?«

»Hast du schon mal *stamppot* gegessen?«

»Nö!«
»Ungewohnt, oder? Du kannst ruhig nachsalzen!«
»Geht schon!«
»Willst du noch was? *Mam* hat das extra für dich gemacht!«
»Muss nicht sein!«
Mit meiner Ahnungslosigkeit und Ignoranz gegenüber holländischen Sitten und Gebräuchen habe ich dann auch noch Anouk gegen mich aufgebracht. Noch nie habe ich sie so ausflippen sehen.
»Hör mal, du Pipo, du benimmst dir wie ein Arschloch! Meine Mutter hat stundenlang in der Küche Kartoffeln geschält und Gemüse gestampft. Und du isst das jetzt! Alles! Oder ich erzähle *Pap,* dass dein Vater, auch wenn es nicht stimmt, bei der SS war! *Pap* ist im Schützenverein und kann prima mit seinem Gewehr umgehen!«
Ich habe dann brav den Teller leer gegessen. *Mam* Frieke war erstaunt, wie viel Hunger ich auf einmal hatte.

Jetzt, ein halbes Jahr später verstehe ich mich mit *Pap* Frans prima. Ich bin ein ausgezeichneter Kenner der holländischen Geschichte und höre mir geduldig zum ich-weiß-nicht-wievielten Male die immer gleichen Zweite-Weltkrieg-Geschichten aus der Armeezeit von Opa Bram an, dem Vater von *Pap* Frans. Die meisten Geschichten kenne ich auswendig, Opa Brams alten Dienstausweis habe ich schon Dutzende Male bewundert und an die von Frans geschönte Historie der Niederlande werde ich irgendwann noch selbst glauben. Doch Opa Bram mag ja der tollste Widerstandskämpfer aller Zeiten gewesen sein, von seinen Landsleuten haben während der deutschen Besatzung in der Nazizeit mehr kollaboriert, als Frans und die ganze Verwandtschaft wahrhaben wollen. Mit Widerstand im Krieg hatten es die Holländer nicht so. Von allen Ländern, die in der NS-Zeit von den Deutschen drangsaliert wurden, haben die Holländer am meisten mit ihren Besatzern zusammengearbeitet.*

Doch zurück zum *stamppot.* Seit ich nach Anouks Anschiss beim Antrittsbesuch den kompletten *stamppot* hinuntergeschlungen habe, ist sich Frieke ganz sicher, dass der Kartoffelgemüsematsch meine neue Leibspeise ist. *Stamppot* gibt es fünfmal die Woche, Kartoffeln mit Karotten, Kartoffeln mit Spitzkohl, Kartoffeln mit Weißkohl, Kartoffeln mit Grünkohl und sogar Kartoffeln mit Endiviensalat. Wahlweise gibt es zum Gemüsebrei Rinderbraten, Schweinebraten, *rookworst* (eine Art geräucherte Lyoner), *gehaktballen* (Hackbällchen) oder Schweinekotelett. Und so geht die Woche kulinarisch dahin.

Aber eigentlich ist es egal, was Frieke so zusammenmengt. Grundsätzlich schmeckt alles nur nach Apfelmus. Denn es gibt zu *stamppot*, aber auch zu allen anderen Gerichten, immer Apfelmus. Grundsätzlich ist eine holländische Mahlzeit ohne Apfelmus undenkbar. Als wir vergangene Woche mit Anouks Cousin Herman und seiner Frau Femke beim Italiener essen waren, überraschte mich Herman mit einer ganz besonderen Variation der *cuisine hollandaise.* Anouk hatte mich gewarnt, dass Schweinezüchter Herman nur selten Hof und Stall verlässt und fast nie ins Restaurant essen geht. Als wir dann im *La Stanza* saßen, wunderte ich mich, dass sich Anouks Cousin nicht so richtig für ein Gericht

---

* Vgl. dazu Erich Wiedemann: *Frau Antje in den Wechseljahren.* In: *Der Spiegel* 9/1994

entscheiden konnte. Entweder kannte er die meisten einfach nicht oder er überlegte, was *stamppot* am nächsten kommt. Als die Makkaroni dann vor ihm standen und der Kellner den Tisch wieder verlassen wollte, machte Herman vollkommen empört die Servicekraft auf einen absolut schwerwiegenden Mangel am Tisch aufmerksam:
»Und Apfelmus?«, brach es aus dem Schweinezüchter heraus. Zu meinem Erstaunen war nur ich von der Tatsache überrascht, dass Makkaroni auch mit Apfelmus kombinierbar sind. Sowohl Anouk und Femke als auch der Kellner nahmen die anschließende Kreation aus Nudeln mit gestampften, süßen Äpfeln gleichgültig und ohne besonderes Aufsehen zur Kenntnis. Ein allgemeines *smakelijk!* (Guten Appetit!) beendete mein Erstaunen. Vielleicht sind Holländer doch toleranter, als man denkt?

Frieke hat heute zum Abendessen die exotischste aller *stamppot*-Varianten auf den Tisch gezaubert. Endivienmatsch! Sogar Salat wird bei meinen zukünftigen Schwiegereltern mit Kartoffeln vermengt. In der holländischen Küche sind der Fantasie keinerlei Grenzen gesetzt. Und natürlich kollaboriere ich mit meiner neuen holländischen Verwandtschaft und esse meinen *stamppot* brav auf. Frans und Frieke freuen sich. Ich freue mich auch, weil heute Sonntag ist und an diesem Tag immer meine absolute Lieblingssendung kommt.
In meiner neuen Heimat gibt es eine Sendung mit dem schönen Namen *»Spuiten en Slikken«* (»Spritzen und Schlucken«), ein populäres Magazin, das im dritten staatlichen Fernsehprogramm läuft. Gebührenfinanziert und zur besten Sendezeit. Bei *»Spuiten en Slikken«* dreht sich alles um Sex und Drogen. So werden zum Beispiel die neuesten *tong-*

vibrators (Zungenvibratoren) vorgestellt, oder man testet den THC-Wert (vergleichbar mit dem Promillewert bei Alkohol) von Marihuana aus unterschiedlichen Coffeeshops in Amsterdam. Moderatorin Fleur macht heute einen Selbstversuch mit kleinen blauen Pillen, wobei sie feststellt, dass die Wirkung schneller eintritt, als vom Coffeeshop-Besitzer behauptet. Sie sieht sehr glücklich aus. In Holland ist das ein Service-Beitrag. In Deutschland wäre eine solche Sendung vollkommen undenkbar. »Einen schönen guten Abend, meine Damen und Herren. Ich begrüße Sie zur ersten Ausgabe von *›Spritzen und Schlucken‹* im Bayerischen Fernsehen.«
Ich male mir aus, was mit der Moderatorin in Bayern passieren würde, wenn man so ein Format hier im Fernsehen präsentierte. Schon im Vorspann würde gefühlte einhundert Mal der Schriftzug »Kinder, nicht nachmachen!« eingeblendet. Die Moderatorin müsste umgehend Buße tun und eine Selbsterfahrungsreportage produzieren. *»Der bayerische Jakobsweg im Winter«*, ohne Schuhe, aber im züchtigen Dirndl, quasi als bayerische Playboyausgabe von *»Wandern und Wunder«*!

Frans und Frieke schauen auch mit und finden *»Spuiten en Slikken«* sehr lustig. Und das, obwohl sie sicher niemals den THC-Wert einer Tüte getestet haben – ganz im Gegensatz zu Anouk und mir. Wir stehen vor dem Haus und rauchen einen Joint. Der THC-Wert stimmt. Wir lachen wie zwei Teenager. Anouk schaut mich an, ihre Augen werden schon schön glasig: *»Ik hou van jou, schatje!«*
»Ik ook van jou!« (Ich dich auch!)
»Ich freue mich schon, wenn wir unser Hausboot bezogen haben!«

»Ja, endlich. Ich mag ja deine Eltern und die Geschichten von früher sehr gern, aber ...!«
»Ja, nee, is schon klar!«
»Haben deine Eltern früher auch gekifft?«
»Niemals, *Mam* und *Pap* sind zwar liberal und tolerant, aber das Generation meiner Eltern hat mit die Marihuana nichts auf dem Kopf.«
»Wer weiß? Wenn wir morgen nach Amsterdam fahren, kaufen wir mal was für deine Eltern mit. Vielleicht kann ich *Mam* und *Pap* überzeugen. *›Spuiten en Slikken‹* finden sie ja auch ganz lustig!«
»Das ist für die reine Unterhaltung. Saufen, kiffen und vögeln, das machen immer nur die anderen!«
»Und wir!«
»Genau, und wir!«
Als wir wieder reingehen, verabschieden sich *Mam* und *Pap* und gehen ins Bett. Im Fernsehen läuft immer noch *»Spuiten en Slikken«*. Anouk und ich kuscheln, mehr ist nicht drin, solange wir bei ihren Eltern wohnen. Dabei wirkt die Sendung extrem antörnend, aber Nuki will nur kuscheln.
Im Fernsehen testet Fleur gerade einen Dildo. Ich finde das sehr komisch und bekomme immer mehr Lust auf Sex mit *mijn lief.* Morgen, sagt Anouk, in Amsterdam. Langsam gefällt es dem Misanthropen in Holland, und meine holländische Verwandtschaft finde ich mittlerweile auch ganz O.K.! Solange nicht immer so viele auf einmal zu Besuch kommen.

Holländisch für Anfänger

Bevor wir nach Amsterdam fahren, beginnt für mich der Ernst des Lebens. Ich muss lernen, *Nederlands te praten*. Ich besuche einen Sprachkurs für Immigranten. Einen Monat bin ich jetzt schon in Holland, und mein Sprachschatz ist immer noch sehr überschaubar. *Dankjewel* (danke schön), *alsjeblieft* (bitte sehr), *goedemorgen* (guten Morgen), *goedemiddag* (guten Tag), *goedenavond* (guten Abend), *welterusten* (gute Nacht), *smakelijk* (guten Appetit); *neuken in de keuken*. (Ich möchte dich gerne auf dem Küchentisch vögeln.). Viel mehr kommt mir noch nicht über die Lippen. Aber wenn wir in zehn Monaten wirklich als Hochzeitspaar die Maas runterschippern wollen, dann nur, wenn ich die Hochzeitsgesellschaft auch wirklich auf Holländisch unterhalten kann.

Dabei ist es eigentlich gar nicht wichtig, dass man als Deutscher in Holland *Nederlands* spricht. Man kommt im Gespräch mit den Einheimischen gar nicht dazu, das Erlernte in der Praxis anzuwenden. Vor allem an der Grenze sprechen alle Deutsch. Fange ich eine Konversation auf Holländisch an, fallen mir fast alle Holländer auf *Duits* ins Wort.

»Ah, *je hoeft geen Nederlands te praten*, ich spreche Deutsch!« Das war es dann mit der Praxis. Dennoch gehe ich ab heute in den Sprachkurs, auch Anouk zuliebe. Sie ist eine der wenigen, die darauf steht, wenn ich Holländisch spreche.

»Meer Nederlands praten, schatje, meer!« (»Mehr Holländisch sprechen, mein Schatz, mehr!«), flüstert sie mir selbst beim Liebesspiel ins Ohr. Sie ist wahrscheinlich die einzige Frau auf der ganzen Welt, die die *chr-chr*-Sprache für erotisch hält. Auch nach vier Wochen in den Niederlanden kommt mir Holländisch vor wie die Sprache der Kehlkopfkrebs-Kranken, nur dass ich mir keine elektronische Sprechhilfe an den Hals halte.

Ich sitze mit neun anderen Ausländern in einem Raum. Ein Iraner, ein Afghane, zwei Frauen aus Sambia, ein Inder, ein Australier, ein Italiener, ein Kosovo-Albaner und ein Chinese versuchen, in einem *inburgeringscursus* (Einbürgerungskurs) Holländisch zu lernen. Versuchen ist bei meinen Mitschülern das richtige Wort. Sie brechen sich fast die Zunge. Der Chinese und der Afghane verstehen nur Bahnhof, aber auch alle anderen tun sich im Vergleich zu mir sehr schwer. Wer ein bisschen Plattdeutsch kann, hat es doch um einiges leichter. Andrew aus Australien ist sich sicher, dass bei der Erfindung der holländischen Sprache so einiges schiefgelaufen sein muss. *»The Dutch language in its written form looks like someone sat on a typewriter!«*, beleidigt er unsere absolut patriotisch eingestellte Lehrerin Truus. Die 69-Jährige liebt ihre Heimat über alles und hat für Andrews Ansichten keinerlei Verständnis. Für einen Augenblick verliert sie völlig die Fassung und weist den renitenten Australier daher mit drastischen Worten in seine Schranken: *»Stop talking like that, klootzak!«*

Ich vergaß zu erwähnen, dass ich ja noch ein Wort auf Holländisch kenne. *Klootzak* heißt »Arschloch«. Zu mir würde Truus das nie sagen, weil sie sich nicht sicher sein kann, ob ich von ihren Landsleuten nicht schon öfter mal beleidigt worden bin und daher weiß, was *klootzak* bedeutet. Es ist ja nicht so, dass ich als Deutscher in ganz Holland freundlich aufgenommen werde. Mal abgesehen davon, dass ich als *Duitser* bei wirklich jeder Gelegenheit von meiner holländischen Großfamilie veräppelt werde, bekomme ich auch in regelmäßigen Abständen den Deutschenhass in den Niederlanden zu spüren. *Klootzak* habe ich schon bei zahlreichen Gelegenheiten, wie beim Tanken, in der Kneipe oder beim Fußball, zu hören bekommen. Wenn es bei verbalen Beschimpfungen bleibt, habe ich Glück gehabt. Denn in Holland ist man sehr schnell sehr aggressiv. Lege ich mich in München mit irgendeinem Snob an, kann ich drohen, pöbeln und schubsen, so viel ich will. Die meisten Heinis haben zwar ein dickes Portemonnaie, aber im Angesicht einer Körpergröße von 1,95 Meter meist wenig Mut zur körperlichen Auseinandersetzung. Ein bisschen Getto raushängen lassen und die Bussi-Bussi-Bubis geben klein bei. Wenn ich so gegen Anouks Landsleute poltere, zieht mich meine zukünftige Göttergattin ganz schnell weg, denn sie weiß, in Holland gibt es schnell was auf die Zwölf, und auch ein Messer wird schon aus nichtigem Anlass gezückt. Man kann froh sein, wenn es bei einem blauen Auge bleibt.

Truus ignoriert Andrew für den Rest der Stunde. Der nimmt es sportlich. Der Australier ist in Holland, um Maschinenbau zu studieren. Auch wenn alle seine Kurse an der internationalen Universität auf Englisch stattfinden, muss er doch einen Sprachnachweis für Holländisch erbringen. Ein Freund von ihm arbeitet nur ein paar Kilometer von meinen zukünftigen Schwiegereltern entfernt bei einer

Firma in Roermond. Deswegen macht er hier auch den Sprachkurs. Ich mag Andrew, denn ich brauche vor lauter Familie dringend einen besten Kumpel, der mich nicht dauernd hochnimmt. Andrew mag mich auch, denn er hat schnell kapiert, dass ich der Einzige hier in der Gruppe bin, der schon relativ gut Holländisch versteht. Und Andrew ist auch nicht nur zum Studieren hier. Seit Mr. Supersurfer in seiner Heimatstadt Perth mal eine Holländerin nicht nur zum Wellenreiten kennengelernt hat, ist er ganz scharf auf *Nederlandse meisjes.* Fleur, seine holländische Urlaubsbekanntschaft, hat ihm weisgemacht, dass man in Holland so viele Tüten besitzen darf, wie man rauchen kann, und Gruppensex durchaus gesellschaftsfähig ist. Für Andrew sind die Niederlande mit den Riesenwellen an der Nordseeküste, den Coffeeshops und Millionen angeblicher Nymphomaninnen das Paradies. Glaubt er zumindest.

Erst einmal aber muss er Truus überwinden. Und die quält uns mit ganz viel Theorie. Sieben Dialekte gibt es in Holland, erzählt uns Truus, wir sollen froh sein, wenn alle mit uns *ABN (Algemeen Beschaafd Nederlands)* sprechen, was so viel wie bei uns Hochdeutsch bedeutet. In fast jeder Provinz spricht man seinen eigenen Dialekt. *Gronings* in Groningen, *Volendams* in Volendam, *Brabants* in Brabant, *Drents* in Drenthe, *Gelders* in Geldern und *Zeeuws* in Zeeland. *Fries* erwähnt Truus nur am Rande, und es wird auch nur in Friesland gesprochen. Das ist auch besser so, weil es eigentlich gar kein Dialekt, sondern eine eigene Sprache ist. *Fries* würden noch nicht mal die normalen Holländer verstehen, also schon gar nicht wir Ausländer, aber was ist in Holland schon normal. Truus zieht bei *Fries* eine Grimasse, so dass ich sicher bin, die Friesen sind in ihrem eigenen Land Ausländer. Ich erkläre Andrew, dass nicht nur Australier in Holland echte *klootzaken* sind, sondern auch Friesen. Cool, meint Andrew. Er fühlt sich mit einem Mal nicht mehr alleine und haut mir freudestrahlend auf die Schulter. Wir werden bestimmt noch viel Spaß miteinander haben. Bei Truus bin ich mir nicht so sicher. Sie hält nicht nur Andrew für ein Arschloch, sondern uns alle für völlige Idioten, die hier aus unterschiedlichen Motiven nur einen Nachweis für den von ihr organisierten Sprachkurs haben wollen. Deswegen fängt Truus auch bei null mit uns an. Unsere Lehrerin erklärt uns die Bedeutung des Wortes *ja*!

Ja heißt in Holland nicht einfach nur »ja«, sondern hat eine Menge Bedeutungen, abhängig davon, wie, wann und wo man es benutzt. Die Palette reicht von einem einfachen *»Ja«* über *»Wirklich?«* bis zu *»Na gut!«*. Andrew ist schon jetzt reichlich verwirrt – und das beim ersten und wahrscheinlich einfachsten Wort. Seine kleine Surferin Fleur hat immer nur Englisch mit ihm gesprochen. Und jetzt soll ein so einfaches Wort wie *yes* sieben verschiedene Bedeutungen haben?! Andrew runzelt die Stirn. So hat er sich das nicht vorgestellt. Lieber lässt er sich als *klootzak* beschimpfen, als dieses Wort *ja* so vielfältig interpretieren zu müssen. Für einen schlichten Australier wie Andrew ist das alles viel zu kompliziert – Maschinenbaustudium hin oder her. Truus aber kennt kein Pardon!

Ein einfaches *ja* bedeutet »ja« und lässt keinerlei Interpretationsspielraum zu. Das hat Andrew noch kapiert. Auch die anderen Sprachschüler nicken verständnisvoll mit dem Kopf. Ab jetzt aber führt uns Truus gleich zu Beginn in die Feinheiten der niederländischen Sprache ein.

Das inhalierte, leicht zweifelnde fahrige *ja* bedeutet im Holländischen ein *»Wirklich?«*.
Das doppelte *jaja* steht für *»Du hast recht, aber komm zum Punkt, ich habe es eilig!«*.
Das lang gezogene *jaaaajaaaa* heißt nichts anderes als *»Ja, aber ich glaube dir nicht!«*.
Ein nur kurz gezogenes *jaaa!* bedeutet *»Ja, bitte!«*.
Das ungeduldige *jahaaa* weist den Erzähler darauf hin, dass er die Geschichte schon öfter so von sich gegeben hat: *»Ja, ja. Ich weiß, du hast das schon hundert Mal erzählt!«*
Das *tja* bedeutet eigentlich gar nichts und kann so interpretiert werden, dass das Gegenüber das Gesagte für vollkommen unwichtig hält. Und es dann mit einem desinteressierten *»Na gut!«* gleichsetzt.*

Andrew reicht es! Er hat schon beim dritten *ja* kapituliert und abgeschaltet. Er braucht jetzt erst mal eine Tüte. Ich auch. Anouk wartet vor der Schule. Wir beide fahren nach Amsterdam!

* Vgl. dazu Colin White & Laurie Boucke: *The UnDutchables*. 2005

Tüten aus Amsterdam

Für meinen neuen Kumpel Andrew wäre Amsterdam das Paradies. So viele Coffeeshops, die in der Hauptstadt Marihuana und Haschisch verkaufen, gibt es im ganzen restlichen Holland zusammen nicht. Anouk und ich genießen die *Mam*-und-*Pap*-freie Zeit. Keine Familie, keine Besuche, keine Verpflichtungen. *Heerlijk!* Ich habe für Anouk und mich ein Zimmer in einem der preiswerten, aber schönen Bed & Breakfast-Hotels gemietet. Hier sind wir ungestört und haben viel *lekker* Sex. Wir mieten uns ein kleines Boot, fahren die Grachten entlang, sitzen Arm in Arm an einer der zahlreichen Brücken, essen *lekker* holländische Pommes und trinken natürlich viel *lekker* Heineken. Alles *heel lekker* und *gezellig*.

Abends gehen wir in einen der zahlreichen Coffeeshops. Und ich muss sagen, ich bin überrascht. Nix mit Dutzenden von Tüte rauchenden, total bekifften Leuten. Die meisten Kunden haben höchstens ein bisschen rote Augen, und der Coffeeshop ist auch nicht in dichten Rauch gehüllt, nur ein leichter, süßlicher Duft schwebt unter der Decke.

»Ach, *schatje*!«, klärt Anouk mich auf. »In Holland ist es nicht anders als in Deutschland. Auch hier gibt es ein Rauchverbot in Bars und Kneipen!«

Die Kunden sitzen vor Inhalatoren. Der Zerstäuber funktioniert wie eine Wasserpfeife ohne Tabak und Papier. Bei dem Inhalator verwandelt sich das Marihuana oder das

Haschisch durch Druck in Rauch, der dann von den Kunden eingeatmet wird.

Da wäre Andrew aber enttäuscht, null Stimmung, eine Atmosphäre wie in einer dieser langweiligen Shisha-Bars in Deutschland und keine nackten Weiber auf dem Tisch. Die gibt es dafür aber in den *gedoogzones*, dem Rotlichtviertel. Schon seit dem 13. Jahrhundert gehen in Amsterdam die *seksarbeiters,* wie sie in Holland heißen, ihrem Job nach. Die *gedoogzones* sind in einem Viertel entlang der Grachten angesiedelt und aus dem Stadtbild nicht mehr wegzudenken. Obwohl die Prostitution in der ganzen Stadt erlaubt ist, konzentrieren sich fast alle *seksarbeiters* in diesem einen Rotlichtviertel, weil hier genug blöde Touristen rumlaufen, die mal einen Blick hinter die sogenannten Hurenfenster werfen wollen. Es wimmelt von lachenden Frauen, die ihren »Junggesellinnen-Abend« feiern, und von Horden japanischer Urlaubergruppen, die mit Kameras »bewaffnet« sind und sich vor den Fenstern drängen.

Ich finde, hier wird schon viel zu lange angeschafft. Gar nicht sexy, null lustig und vollkommen humorfrei, vor allem, wenn man so eine tolle Idee hat wie ich. Einfach mal ein Foto von den Mädels hinter der Glasscheibe machen, obwohl fast auf jedem Fenster fett ein Aufkleber prangt: *»Geen foto a.u.b!«,* was so viel heißt wie: »Bitte kein Foto!« Das mit dem supertoll Holländisch verstehen klappt wohl doch noch nicht so. Ein Schrank von einem Bodyguard springt aus einer dunklen Gasse auf mich zu und will mir mein Handy aus der Hand schlagen! Meine kleine Nuki springt zwischen den Bullen und mich, es folgen verbale Beschimpfungen, Anouk schiebt mich vorbei an den nun

nicht mehr giggelnden Japanern, deren Kameras vorsichtshalber in den Fototaschen verschwinden.
»Was lernt ihr eigentlich in eurem Sprachkurs?«, will sie von mir wissen.
»Bisher nur ein Wort!«
»Ein Wort?«
»Ja, *ja*!«
»Was soll das heißen? *Ja?*«
»Mijn lief«, sage ich vorwurfsvoll zu Anouk. »Du bist Holländerin! Du wirst doch wissen, was *ja* alles heißen kann.«
»Natürlich weiß ich das! Mehr habt ihr bisher noch nicht gehabt?«
»Ich sitze im Kurs mit Indern, Afghanen, Chinesen und Australiern zusammen. Was denkst du, wie schnell die eine Sprache lernen, wenn ein so einfaches Wort wie *ja* schon so viele Bedeutungen hat!«
»Wie viele Bedeutungen soll ein *ja* denn haben?«
Ich bin mir nicht sicher, ob *mijn lief* über ihre eigene Sprache oder über die didaktischen Fähigkeiten unserer kleinen Truus erstaunt ist.
»Ein einfaches *ja* hat sieben Bedeutungen. Das kann also noch dauern, bis ich perfekt Holländisch spreche!«
»Macht nix, *schatje!* Du hast ja noch elf Monate bis zu unserer Traumhochzeit auf die Fluss.«

Immer wenn mich Anouk *schatje* nennt, weiß ich, sie ist wieder gut mit mir. Weil ich ihr versprochen habe, dass das mit unserem kleinen Floßfest auf der Maas auf jeden Fall klappen wird, werde ich mich jetzt beim Holländischlernen richtig reinknien.
Erst einmal aber werde ich erfahren, ob ich überhaupt fluss-

tauglich bin. Maurits, der Makler, hat angerufen. Die Besitzer des Hausboots sind bereits ausgezogen, und wir können früher rein. Schluss mit »Hotel *Mam en Pap*«. Jetzt wird es ernst. Wir ziehen zusammen.

Schöner Umziehen

Anouk und ich fahren nach München, um unsere Wohnungen aufzulösen und die Möbel und den Hausrat nach Holland zu transportieren. Jetzt müssen wir uns nur noch einig werden, was wir mitnehmen und was wir entsorgen. Da unser neues Zuhause nur 68 qm, inklusive Schiffsschrägen, aufweist, werden wir mehr wegschmeißen als mitnehmen. Anouk wohnt in München in einer WG und hat dort eigentlich nur ein Zimmer. Und natürlich will sie alles mitnehmen und sich von nichts trennen. Am liebsten würde sie auch ihre beiden Mitbewohnerinnen behalten, aber wir können definitiv keine Vierer-WG auf unserem »geräumigen« Hausboot aufmachen. Zwei Jahre hat Anouk mit Polin Beata und Spanierin Toni zusammengewohnt. Die beiden haben alle Irrungen und Wirrungen von *mijn lief* in Sachen Liebe mitbekommen.

Anouk hatte nicht immer Glück mit Männern. Es ist nicht so, als ob sie Probleme hätte, Typen kennenzulernen. Überhaupt nicht! Die meisten wollten aber einfach immer nur Sex! Ein Schicksal, das Anouk mit den anderen 120 000 Singlefrauen in München teilt. Wäre sie Nymphomanin, wäre das hier das Paradies! Da Münchner Männer *»neuken in de keuken«* als wahnsinnig kreativen Anmachspruch verstehen und Anouk wegen ihres Hartz-IV-Deutsch für ein bisschen dumm halten, kann sie sich vor

Angeboten kaum retten. Wenig Vorteil für die Beziehungen zur Münchner Männerwelt brachten auch Nukis Goodwill-Aktionen mit Bierlieferungen. Als Key-Account-Managerin einer bayerischen Brauerei betreute sie deutschlandweit riesige Handelsketten. Da gab es schon mal eine kleine Überproduktion. Und Bier ist wie Käse. Das hat ein Haltbarkeitsdatum und muss dann entsorgt werden. Aber im Gegensatz zu Joghurt, Schokolade oder anderen Lebensmitteln kann man es nicht mal eben einem Kinderhort spenden. So nach dem Motto: *»Guten Morgen. Die Brauerei Huber schickt uns. Trinken die Kinder lieber Helles oder Weißbier?«*

Also hat Anouk den einen oder anderen Transporter bei ihren Kurzzeit-Lebensabschnittsgefährten vorbeigeschickt. Die haben sich bei der Frage des Fahrers *»Guten Morgen. Sollen wir die 40 Paletten Helles ins Wohnzimmer bringen oder passen sie in die Küche und auf den Balkon?«* gefreut wie die Schneekönige. Solche Aktionen gingen aber fast immer nach hinten los. Das mit dem Eindruckschinden wich schnell einer gewissen »Ernüchterung«, leider nur aufseiten Nukis. Ständig waren ihre Exfreunde besoffen oder Nuki wurde auch in ihrer Freizeit mit ihrem Job konfrontiert. Paletten voller Flaschenbier finden halt nur Männer im Schlafzimmer geil. Es regt weder die Libido des fast immer betrunkenen männlichen Geschlechts an, noch löste es bei Anouk einen erotischen Kick aus.

Aber auch ich hatte bisher nicht immer wirklich Glück in der Liebe. Bis zu meinem 18. Lebensjahr hatte ich keine feste Freundin und war zudem noch Jungfrau. Bis auf Knutschen beim Flaschendrehen und an der Eisbahn mit den hässlichsten und dicksten Eulen aus der ganzen Klasse hat-

te ich bis zu meinem Studium noch nix an den Start gebracht. Und auch während meiner Zeit an der Uni geriet ich entweder an Sozialpädagoginnen, Ersatzmuttis oder Helfersyndrom-Hanni-und-Nannis. Auch als ich mein Studium abbrach und als Verkäufer in der Haushaltsabteilung bei Manufactum anfing, küsste mich fast nie die Richtige.
Meine letzte Bekanntschaft hatte einen kompletten Knall. Sie war genau wie Anouk Holländerin, und ich lernte sie im Fasching (so heißt bei uns in Bayern der Karneval) kennen! Ich ging als Jopie Heesters, und Kasja (ausgesprochen »Kascha«) war gleich Feuer und Flamme. Sie war Hedgefonds-Managerin und als Frau Antje verkleidet, zwei blonde Kunstzöpfe, ein für die Jahreszeit viel zu kurzes, rot-weißblaues Kleidchen und *klompen*. Sie wirkte auf den ersten Blick ganz normal, und ich dachte, sie würde mich wegen meines ach so ausgefallenen Kostüms toll finden. Schließlich ist Jopie Heesters Holländer, also ein Landsmann von Kasja. Ich hatte einen schwarzen Anzug an, Modell Leichenbestatter, weißes Hemd, schwarzen Schlips, eine aschgraue Perücke, und mein Gesicht war blass geschminkt. Ich fand Kasja süß, war aber zu schüchtern, um sie anzusprechen. Also sang ich: *»Ich brauche keine Millionen, mir fehlt kein Pfennig zum Glück, ich brauche nur deine Liebe und MUSIK, MUSIK, MUSIK!«*
Meine Verkleidung war schon scheiße, aber singen kann ich überhaupt nicht. Kasja störte sich nicht an meiner völligen Unmusikalität oder an meiner sinnlosen Kopfbedeckung, sie zog mich mit ihren Blicken aus. Wenn ich allerdings gewusst hätte, warum sie mich so toll fand, hätte ich nie gesungen. Von wegen: *»... ich brauche nur deine Liebe!«*
Schon die Dialoge mit Miss Hedgefonds hätten mich stut-

zig machen sollen. Wie alt ich sei. Was, erst 35, ich sähe viel älter aus. Blabla, blubb blubb …
Dann aber legte Miss Hedgefonds ohne weitere Vorwarnung los. Sie umklammerte meine Hüften, zog mich ganz nah an sich ran. Meine Knie wurden weich, mein Widerstand war schnell gebrochen. Ehe ich mich versah, lag ich in ihrem Bett, und das Drama nahm seinen Lauf. Ich wollte mir die graue Perücke vom Kopf reißen, als mich Kasja am Arm packte. Doch anstatt das Ding runterzunehmen und mit den Fingern durch mein echtes Haar zu gleiten, drückte Kasja die Perücke noch fester auf meinen Kopf. Ihr ganzes Blabla à la *»Ich mag dich, wie du gerade bist! Genau so und nicht anders!«* ließ mich erschaudern. Sie stand auf Rollenspiele. Ich aber hasse *role-playing games*! Kasja war das kleine Schulmädchen und ich der perverse Greis. Wahrscheinlich ging sie in ihrer Freizeit in irgendeine dieser Seniorendiscos, die fast ausschließlich von älteren Herren ab 60 besucht werden, oder sie nahm an Kaffeefahrten teil und machte sich an 85-Jährige ran! Was sagt sie dann zu denen wohl? *»Entschuldigung, ich hätte Sie älter geschätzt, so auf 90. Nehmen Sie bloß nicht Ihre Perücke ab und machen auf jung!«*

Die Tür fällt laut ins Schloss und Anouks Mitbewohnerin Beata kommt ins Zimmer. Der Knall bringt mich in die Gegenwart zurück. Ja, so war das mit meiner ersten Erfahrung mit einer Holländerin. Und jetzt steht schon wieder eine Frau Antje neben mir.
Anouk kann sich nicht entscheiden, was sie mit nach Holland auf unser kuscheliges Hausboot nehmen soll. Wir hatten die Absprache, dass wir uns *beide* von etwas trennen müssen. Aber Anouk weiß nicht, von was. Ihr gehört fast das halbe Mobiliar der WG. Und die Wohngemeinschaft

hat 150 qm, für jede der drei Mitbewohnerinnen ein 30-qm-Raum, ein gemeinsames Wohnzimmer und eine Riesenküche. Alle Räume stecken voll mit Erinnerungen aus ihrer kurzen, aber erfahrungsreichen Zeit in Deutschland. Eigentlich haben die meisten Holländer zur Wohnungseinrichtung ein eher praktisches Verhältnis und geben ungern viel Geld dafür aus. Doch Anouk hat mit dem Geiz ihrer Landsleute nicht viel gemein. Und ebenfalls vollkommen untypisch holländisch, ist *mijn lief* wohl fern der Heimat einer Art Kaufrausch verfallen. Jedenfalls stehen überall wertvolle kleine antike Kommoden, an den Decken hängen Originallampen aus den 70er-Jahren, das Wohnzimmer ziert eine Rolf-Benz-Couch, am Boden liegen handgeknüpfte Biowollteppiche, und das Bett sieht aus wie von Luigi Colani designt. All das gehört meiner holländischen Luxusprinzessin.

»Wie um Himmels willen sollen wir das alles in unser Hausboot bekommen?«, will ich von Anouk wissen. »Das passt da doch niemals rein!«
»Das schaffen wir schon, *schatje*! Wir müssen es nur intelligent stellen!«
»Das sind einfach zu viele Sachen, *mijn lief*. Das funktioniert niemals. Wo sollen denn dann noch meine Sachen hin?«
»Also eigentlich dachte ich, also ...«, kommt Anouk ins Stocken, »... ich dachte, wir nehmen sie vielleicht doch nicht mit!«
»Wie bitte?«
»Deine Möbel sind vollkommen altmodisch und total unmodern!«
»Altmodisch? Unmodern?«

»Ja, die sind praktisch, aber das ist auch alles!«
»Das sind Manufactum-Möbel, nachhaltig, massiv, ökologisch aus nachwachsenden Rohstoffen, ja und auch praktisch!«
Anouk hat keine Ahnung, was es heißt, als Misanthrop in einem Laden wie Manufactum zu arbeiten. Alle Kunden sind Akademiker und denken, sie wären Günther Jauch, lassen den Intellektuellen raushängen, sind pseudonachdenklich und wollen umfassend über Produktion und Transportwege informiert werden, selbst wenn es sich beim Kaufobjekt nur um einen Schuhanzieher handelt. Nuki lässt sich aber nicht überzeugen, sondern gießt noch Öl ins Feuer.
»Eigentlich sind deine Möbel nur langweilig!«
»Dafür zahlen unsere Kunden viel Geld!«
»Ja, weil sie blöd sind. Alles sieht aus wie bei die Ikea, ist aber zehnmal so teuer.«
»Dafür halten die Möbel aber auch zehnmal so lang!«, rechtfertige ich mich.
»Ganz ehrlich, *schatje!* Holländer stehen nicht auf nachhaltige Möbel, vielleicht Jopie Heesters, die ist aber auch genauso alt, wie euer Möbel aussehen!«

Treffer und versenkt! Natürlich habe ich Anouk von meinem Erlebnis mit Kasja erzählt. Seitdem nutzt sie jede Gelegenheit, mich damit aufzuziehen. Wenigstens Beata hat Mitleid mit mir und schlägt sich auf meine Seite. Ihr Vorschlag, dass Anouk die Möbel aus dem gemeinsamen Wohnzimmer in der WG lässt, prallt an Nuki ab. Stattdessen schaffe ich alle Sachen aus meiner Wohnung in Anouks Riesen-WG. Ein Zimmer vermieten Beata und Toni jetzt möbliert – mit einer langweiligen, altmodischen und völlig unmodernen Einrichtung!

Ahoi!

Auch in Holland ist es Winter geworden! Als wir mit dem Lkw bei unserem Hausboot ankommen, ist es bereits dunkel. Es ist arschkalt, und die Beleuchtung vom benachbarten Campingplatz reicht nicht aus, um die Möbel unfallfrei an Bord zu bekommen. Wir parken den Lkw auf dem Kai direkt an der Maas. Unser Hausboot ist mit Tauen am Ufer festgemacht. Der Wind bläst aus Nordwest, und ich frage mich, ob das Schuhkartonhaus in der Reihenhaussiedlung nicht die bessere Lösung gewesen wäre als der Streichholzcaravan auf dem Wasser. Makler Maurits ist zur Schlüsselübergabe gekommen. Aber was heißt schon Schlüsselübergabe?

»Es gibt einen Schlüssel für die Tür an Deck und zwei für die Vorhängeschlösser der Seitenluken. Ich würde sie aber relativ zügig austauschen. Die Besitzer haben hier doch öfter gewechselt. Wer weiß, wie viele Schlüssel hier noch im Umlauf sind«, klärt uns Maurits auf. »Ihr wollt aber heute hier noch nicht schlafen, oder?«
»Eigentlich schon. Warum?«, frage ich irritiert.
»Dann müsst ihr erst mal die Heizung anwerfen. Die alten Besitzer haben aber leider nichts dagelassen, womit ihr heizen könnt!«
Ich gehe unter Deck. Unser neues Zuhause ist in einem erbärmlichen Zustand. Noch viel schlimmer, als ich es mir

vorgestellt habe. Eingerichtet sah es wenigstens noch kuschelig aus. Aber jetzt? Wir haben zwar Strom, aber keine Glühbirnen und auch keine Holzpellets, mit denen wir den Feststoffbrennkessel heizen könnten. Anouk kommt mit einem Sixpack Bier unter Deck. Drei Kerzen hat sie in der Hand und zündet sie an.
»*Gezellig!*«, sagt Anouk.
»*Gezellig!*«, sagt Maurits.
»Scheiße!«, sage ich.
»Ach, *schatje*, das wird schon!«, versucht mich Anouk aufzubauen. »Alles halb so schlimm. Unser erstes gemeinsame Wohnung. Wir bauen uns eine ganz *mooies* Nest. Es wird *heel romantisch*.«
»Ich weiß: *geweldig, prachtig, fantastisch*!«, kehlkopfe ich.
»Es liegt an dich, Gab«, erklärt mir Maurits. »Es gibt viel zu tun, aber du hast ja Zeit!

Maurits spricht eine bittere Wahrheit gelassen aus. Alles wird an mir hängen bleiben. Während Anouk nächste Woche bei der Amstel Brauerei ihren neuen Job anfängt, darf ich sägen, hämmern und schreinern, denn wir haben den Lastkahn nicht gemietet, sondern gleich gekauft. 25 000 Euro hat Anouk bezahlt und über die Summe einen Kredit bei der Bank aufgenommen, weil man in Holland die Zinsen von der Steuer absetzen kann und vor allem, weil man das Boot jetzt so umbauen kann, dass alle Möbel von Anouk auch reinpassen. Meint zumindest *mijn lief*. Sie hat mir aber noch nicht verraten, wie das gehen soll. Ein Boot ist kein Haus, wo man einfach mal eine Gaube aufs Dach setzt und dann gleich viel mehr Wohnraum hat. Und bevor ich meinen Sprachkurs nicht erfolgreich abgeschlossen habe, brauche ich mich auch nicht bei holländischen Arbeitgebern zu bewerben. Die setzen gute Sprachkenntnisse voraus. Ein Bier und tausend gute Ratschläge später überlässt Maurits uns unserem Schicksal. Mittlerweile ist es Nacht, und eine Taschenlampe verstärkt die Romantik. Ich muss aufs Klo. Ich zwänge mich in unser Bad und will unser Klappklo einweihen. Ich öffne den Deckel. Unter mir schwappt die Maas. Die Kälte zieht hoch, mein After friert. Die Fallhöhe beträgt circa einen Meter. Jetzt weiß ich, warum das Plumpsklo Plumpsklo heißt. Der Aufschlag auf die momentan relativ glatte Wasseroberfläche ist hör- und fühlbar. Mit der Taschenlampe suche ich nach Klopapier. Natürlich haben die alten Eigentümer auch das mitgenommen. Ich muss mich erst noch an das Leben als Hausbootbesitzer gewöhnen. Ich zerstöre die romantische Stimmung, denn ich brauche Hilfe.

»Anouk!«, rufe ich, doch *mijn lief* reagiert nicht.

»Anooooouuuuk!«

Wieder nichts!

»*Mijn lief*, ich brauche Klopapier! Hast du Taschentücher oder irgend so was?«

Keine Reaktion! Das klappt ja prima mit dem Zusammenwohnen. Anouk ist weg. Ich fühle die ersten Frostbeulen an meinem Hinterteil. Ich friere erbärmlich. Ich weiß jetzt, warum es heißt, *»Mir ist arschkalt!«*.

Ich warte! Was passiert eigentlich, wenn die Maas mal zufriert? Muss ich dann aufs Eis machen? Liegt mein Haufen dann auf einer Scholle? Wie das wohl stinkt!? An alles Mögliche haben sie gedacht, Gas-, Strom- und Wasserleitungen haben sie vom Campingplatz zum Boot gelegt. Nur für das Abwasser haben sie keine Lösung gefunden. Viel zu teuer wäre der Anschluss an die Kanalisation gewesen, hat Makler Maurits gesagt.

Es wird immer kälter. Ich habe das Gefühl, ich friere am Klodeckel fest. Endlich höre ich Schritte. Die Planken knarren.
»Anouk? Bist du das?«
»*Schatje*, was machst du denn so lange auf dem Klo?«, höre ich Anouk sagen.
»Wo warst du denn so lange?«
»Ich war in die Kiosk auf die Campingplatz und habe Pommes und Bier geholt. Du wirst es nicht glauben, die hatten sogar die Erdinger, die trinkst du doch so gerne!«
»Super, Anouk, aber ich habe ein Problem! Ich habe kein Klopapier! Hast du Taschentücher?«
»Nein, *schatje*, ich habe keine, dann muss ich zurück zu die Kiosk, Servietten holen!«
»Aber bitte schnell, ich erfriere! Lauf, bitte!«
»O.K., aber die Pommes sind dann kalt!«
»Anooooouuuuk!!!«

Die Planken knarren. Ich höre, wie Anouk sich in Bewegung setzt. Meine Beine werden langsam taub. Es ist ein komisches Gefühl, wenn man vor lauter Kälte seinen Hintern nicht mehr spürt. Wie machen das wohl die Eskimos, wenn sie bei der Robbenjagd mal müssen? Haben die immer Klopapier dabei? Schlagen die vorher ein Loch ins Eis, bevor sie einen Haufen machen? So etwas steht nie in Reiseführern. Echt unpraktisch! Warum braucht Anouk nur so lange? Ich halte es nicht mehr aus und stehe auf, wage aber nicht, meine Arschbacken zusammenzukneifen. Ich reibe mit meinen Händen über meine Oberschenkel und Pobacken. Warum ist es in Holland nur so kalt? So weit kann der Weg doch gar nicht sein! Warum geht meine Pommesprinzessin nicht schneller? Anouk ist jetzt bestimmt schon eine Viertelstun-

de weg. Endlich höre ich wieder das Knarren der Planken.
»Anouk?!«
»Sorry, *schatje*! Jetzt aber! Ich habe ein guter und ein schlechter Nachricht! Welcher willst du zuerst hören?«
»Anouk, gib doch einfach was zum Abputzen!«
»O.K., also erst der schlechte. Die Kiosk hatte schon zu. Und die Campingplatz ist ausgestorben. Es ist November! Kein Mensch da.«
»Willst du mich verarschen? Das ist doch nicht dein Ernst!«
»O.K.! Der gute Nachricht ist, ich habe Blätter gesammelt. Besser als nichts, oder!«
»Besser als nichts, besser als nichts!«, wiederhole ich total durchgefroren, aber sinnfrei.
Anouk macht die Tür auf. Ich habe vergessen abzuschließen. Aber eigentlich geht das auch gar nicht. Kein Schloss! Muss ich auch noch machen! Später! Ich stehe mit verschränkten Beinen vor Anouk, ein wenig männlicher Anblick. Meine Beine spüre ich nicht mehr. Anouk findet das lustig, mir ist das Lachen vergangen. Ich nehme die Blätter und schließe die Tür. Ich höre, wie Anouk draußen vor Lachen fast zusammenbricht. Mir wird noch kälter, denn draußen hat sich Väterchen Frost über die Blätter gelegt. Das erste Eis des Jahres benetzt meinen Anus. *Welkom in Holland!*

Die Restpommes sind mittlerweile genauso kalt wie die Klopapierersatz-Blätter. Die meisten Fritten hat Anouk aufgegessen. Sie kriegt sich vor Lachen immer noch nicht ein. Ich wünsche ihr einen Magen-Darm-Infekt. Hoffentlich war das Fett, in dem die Pommes frittiert wurden, schlecht. Ich rühre lieber keine an. Wir haben schließlich nur ein Klo!

Anouk findet es immer noch *heel gezellig*. Die Kerzen brennen, und es ist auch noch Bier da. Um erst gar keine romantische Stimmung aufkommen zu lassen, spiele ich das Weichei.

»Mir ist kalt!«

»Och, *schatje*, ich wärme dir! Schau mal, wir haben doch alles dabei. Die Matratze und die Bettdecken habe ich ganz hinten auf die Ladefläche gepackt!«

»Ich werde doch jetzt keine Matratzen aufs Schiff hieven. Es ist dunkel, ich sehe die Hand vor Augen nicht.«

»Unsere erste gemeinsame Nacht auf unserem Hausboot. Nur du und ich. Ab morgen sind wir eh nie mehr allein!«

»Soll das eine Drohung sein?«

»Meine ganze Familie kommt zum Helfen. Dann ist es vorbei mit die kuschelige Zweisamkeit!«

»Das ist Erpressung!«, sage ich.

»Das ist Liebe, *schatje*!«, sagt Anouk.

Auf dem Campingplatz sind mittlerweile alle Lampen aus. Ich stemme die Matratze aufs Deck. Anouk leuchtet mit der Taschenlampe die Brüstung entlang und dirigiert mich mit einem Kichern über das Schiff. Ich rutsche mehrmals an Deck aus und stelle fest, dass die Matratze nicht durch die Tür zum Wohnbereich passt. Auch ansonsten sehe ich schwarz, was unsere, Pardon, Anouks Möbel angeht. Vor allem das Luigi-Colani-Bett und die Rolf-Benz-Couch müssen wir entweder in Teile zersägen oder auf eBay versteigern. Ich habe keine Ahnung, was Anouk hier gemessen haben will. Wir stehen im Nieselregen irgendwo im Nirwana von Limburg und streiten uns.

»Wir hätten dein Zeug in München lassen sollen!«

»Dann hätten wir gar keine Möbel, denn deine wären hier garantiert nicht reingekommen.«

»In das Hausboot passen ja wohl besser massive und rustikale Möbel als dein Pseudoretro-Designermist.«
Mit aller Macht drücke ich die Matratze durch die Tür. Ich verliere das Gleichgewicht und purzle mit der Matratze die Treppe runter. Anouk bekommt einen Mordsschrecken, springt auf, rennt ins Unterdeck und leuchtet mir mit der Taschenlampe ins Gesicht.
»Oh, *schatje*, hast du dich wehgetan?«
»Nein, aber vielleicht wirfst du mal einen Blick ins Schlafzimmer. Die Matratze füllt jetzt schon den ganzen Raum aus. Plus Rahmen war es das dann. Keine Pflanzen, keine Kommoden, kein gar nichts!«

Anouk ist das alles egal. Sie bereitet sich darauf vor, das Schiff einzuweihen. *Mijn lief* will partout noch sexen. Draußen zieht Nebel auf. Anouk zeigt keinerlei Furcht. Wir versuchen, die Tür zu verschließen, nicht einmal das gelingt uns. Dieses Schloss muss auch ausgewechselt werden. Bis ich das ganze Schiff auf Vordermann gebracht habe, werde ich einige Zeit brauchen.
Ich friere immer noch, obwohl ich fast komplett angezogen bin. In Hose und Pullover kann ich notfalls schneller flüchten, falls Drogendealer, marodierende Jugendbanden oder Einbrecher versuchen sollten, unser Boot zu kapern. Bevor ich ins Bett krieche, ziehe ich noch den Anorak über. Alle Fenster und Oberlichter sind fest verschlossen. Wer braucht in so einer Situation schon Frischluft? Anouk hält sich die Taschenlampe von unten an ihr Gesicht und zieht Grimassen. Sie macht sich über mich lustig und schaut mich mit großen Augen an, als sie merkt, dass ich in voller Wintermontur dem Einweihungssex entgegenfröstele. Sie mustert mich kritisch von oben bis unten.

»*Schatje*, es macht keine Sinn, angezogen in die Bett auf Einbrecher zu warten!«
»So kann ich mich schneller aus dem Staub machen!«
»Wohin willst du denn vom Boot aus flüchten? Du läufst die Einbrecher doch direkt in der Arme. Da ist es doch egal, ob du nackt oder angezogen bist!«
Frauenlogik. Welcher Mann läuft nackt davon? Wie kann Anouk jetzt nur an Sex denken?
»Und wenn wir beim Handgemenge ins Wasser fallen?«
»Bei die Kampf im Wasser ist zu viel Kleidung eher hinderlich, *schatje*! Kein Mensch denkt daran, uns auszurauben! Komm schon!«
Anouks Annäherungsversuche zeigen bei mir keinerlei Wirkung. Ich liege stocksteif auf der Matratze und lausche den neuen, unvertrauten Geräuschen rund um das Boot. Es ist immer gut, wenn man sich in eine neue Umgebung hineinhört. Was klingt unheimlich, was normal? Ich kann das Wasser hören, seichte Wellen schlagen gegen den Bug. Plitsch, platsch! Das Boot wippt ganz leicht hin und her. Ich bilde mir ein, ein Knarzen der Planken zu hören. Ist jemand oben an Deck? Und wieso streichelt mich Anouk nicht mehr? Ich drehe mich zur Seite. Meine kleine Pommesprinzessin kauert am Rand der Matratze und hält sich den Bauch.
»Was ist los?«, frage ich.
»Mein Magen! Mir ist total schlecht! Ich glaube, ich muss mir übergeben!«
Die Fritten aus dem Campingplatz-Kiosk fordern ihren Tribut.
»Lass uns zu *Mam* und *Pap* fahren, ja?«, jammert Anouk.
Ich zögere keinen Augenblick. Jetzt komme ich doch noch zu einem warmen Bett.

»O.K.!«

Ich springe auf und bin blitzschnell an Deck. Das ist der Vorteil, wenn man angezogen ins Bett geht. Nuki tut mir leid. Sie hatte sich so auf den Einweihungssex gefreut. Ich versuche, sie zu trösten.

»Wenn alles eingerichtet ist, wird es bestimmt *gezellig* und kuschelig. Wir holen dann alles nach, ja?«

Das anscheinend verdorbene Fett leistet ganze Arbeit, oder ist Anouk nur seekrank? *Mijn lief* ist käseweiß um die Nase. Wir fahren mit dem Lkw zu *Mam* und *Pap*. Die beiden haben Entzugserscheinungen! Der letzte Besuch hatte sich vor zehn Minuten verabschiedet. Und auch der Misanthrop freut sich das erste Mal, nicht mehr alleine sein zu müssen. Ich falle meinen zukünftigen Schwiegereltern in die Arme. *Gezellig!*

Alle Mann an Bord!

Am nächsten Morgen muss ich alle fünf Minuten aufs Klo. Klein-Gabriel hat eine Blasenentzündung. Da hat sich doch unser erster Aufenthalt in unserem neuen Zuhause richtig gelohnt! Ich habe die Pipikrankheit, und Anouk hat eine Magenverstimmung. Ihr ist immer noch schlecht. Doch wir müssen los. Die komplette Verwandtschaft will uns ja heute beim Einzug helfen.

Als wir mit dem Lkw beim Hausboot ankommen, sind es immerhin »nur« 24 Helfer, die uns beim Tragen, Sägen und Zerkleinern von Anouks Möbeln unterstützen wollen. Es ist vielleicht auch besser so. Bei 80 Personen an Bord wäre unser Hausboot schon beim Einzug gekentert.

Wenn ich mir bei meiner holländischen Verwandtschaft einer Sache sicher bin, dann dass sie gewiss nicht alle nur zum Helfen da sind. Egal, was Holländer in ihrer Freizeit auch machen, die *gezelligheid* muss immer im Vordergrund stehen. Die meisten Helfer haben ihre Kinder mitgebracht. Die Party wird nur als Umzug getarnt. Hauptsache, es gibt einen Grund, mal wieder miteinander zu feiern. Ich bin mir nicht sicher, ob das Boot auch mit nur 24 Leuten eine Feier übersteht.

Meine Verwandtschaft hat unser neues Zuhause schon in Beschlag genommen. Die Kinder turnen an Deck rum, aus den Luken schauen neugierige Gesichter raus. Anouks Bru-

der Hein, Fraukje, seine Frau, und die Kinder spielen heute mal nicht Überfallkommando, sondern Einbrecher und inspizieren unsere Mini-Räume. Makler Maurits hatte also recht. Die Schlösser taugen gar nichts. Tante Marieke und Onkel Gerwin winken uns freundlich vom Deck aus zu, als ob Anouk und ich hier die Gäste wären. Auch Cousin Arjen und seine Frau Nienke sind gekommen. Hein stellt das Einräumen von Anouks Designermöbeln erst einmal grundsätzlich infrage.
»Ein ganz schön großer Lkw! Was habt ihr denn da alles drin? So ganz viel passt in euer Boot ja nicht wirklich rein.«
»Hein, das habe ich deiner Schwester auch schon versucht zu verklickern, aber *no chance*, sie will es einfach nicht einsehen.«
Hein, ich und der Rest der Truppe öffnen die Türen des Lkw. Alle lachen, nur ausnahmsweise mal *mijn lief* nicht. Eigentlich kann Nuki sehr gut auch über sich selbst lachen, doch bei ihren Möbeln hört der Spaß auf. Außerdem ist ihr immer noch schlecht. Sie muss aufs Klo.

Mijn lief aber macht nicht einfach in die Maas. Sie entwickelt das Plumpsklo weiter und baut es zu einer Art Windeleimer um. Sie hat sich bei ihrer Schwester eine Nachfüllkassette mit Plastikbeuteln und den Verschluss eines Windeleimers besorgt. Immer wenn man eine Windel in den Eimer steckt, dreht man den Verschluss einmal um 360 Grad, verschließt so den Beutel und vermeidet damit unangenehme Gerüche im jeweiligen Raum. So praktiziert Anouk ihren Stuhlgang. Sie installiert den Verschluss mit einer Klammer auf dem Klodeckel und vermeidet dadurch eine fortschreitende Vergüllung der Maas. Ein bisschen eklig ist es schon, in eine Plastiktüte zu machen, aber dafür wahnsinnig ökologisch. Und jetzt wabern auch keine unangenehmen Gerüche mehr stundenlang unter unserem Boot. Ob das die Kinder auch kapieren? Für Heins Zwillinge Henrike und Huibert kommt eine Einführung in unser Toilettensystem eh zu spät. Die beiden schaffen es weder aufs Klo noch von Bord. Sie reihern einfach über die Reling. Der minimale Wellengang, verursacht durch ein paar vorbeifahrende Lastschiffe, hat bei den beiden Fünfjährigen eine enorme Übelkeit verursacht. Sie kotzen sich die Seele aus dem Leib. Mama Fraukje ist zu den beiden geeilt und hält Henrike ihre langen Haare aus dem Gesicht. Ihre Geschwister Minke und Yolanda lachen die beiden aus, was sie aber noch bereuen werden. Schließlich hat der Einzug ja noch nicht einmal begonnen, und so manche Welle wird noch an den Bug unseres Hausbootes schlagen.

Hein, die anderen und ich überlegen, welche Möbel überhaupt unter Deck passen und für welche wir eine andere Lösung finden müssen. Anouk kommt dazu, will aber von einer »anderen Lösung« schon mal rein gar nichts wissen.
»So, *mijn lief*, jetzt musst du dich trennen! Auf was willst du verzichten?«
Doch Anouk schaut mich nur mit großen, traurigen Bernhardineraugen an. Normalerweise heult sie jetzt gleich los. Das geht aber diesmal nicht, weil ihr Bruder und die anderen Verwandten dabei sind und vor denen wird sie das übliche Tränenerpressungsritual nicht durchziehen. Hein bemerkt den Blick, den er fast schon ein ganzes Leben lang kennt.
»*Zusje* (Schwesterchen), das machst du doch nicht immer noch, oder? Hast du Gab in München so überzeugen können, das alles mitzunehmen? Wo soll das alles hin?«

Anouk antwortet auf solche Fragen nie. Sie schaut nur noch trauriger, macht mich ratloser und Hein nur noch wütender.

»Du kennst meine Schwester aber noch nicht so wirklich richtig gut, *hè*, Gab! Mein Bruder Leenert und ich haben ihr bisher alle ihre Umzüge organisiert, weil sie immer ohne Partner von Job zu Job und von Stadt zu Stadt gezogen ist. Sie kann sich einfach von nichts trennen und schleppt immer alles mit, auch wenn ihre Wohnungen, die WG und jetzt das Hausboot viel zu klein sind!«

Zusje guckt jetzt nicht mal mehr traurig, sondern schuldbewusst wie ein vom Lehrer erwischtes Schulmädchen. Den Blick gesenkt, wartet sie auf die Höchststrafe: die Einlagerung!

»Es passt fast gar nichts rein, die Tischplatte ist zu lang, der Bettrahmen zu breit, und die Couch geht schon gar nicht unter Deck«, doziert Umzugsprofi Heintje und setzt seinerseits einen Blick auf, als ob er gleich in bester Heintje-Manier singen würde – *»Zusje, du wirst doch nicht um deine Möbel weinen …«*

»Die Kommoden und die Küchensachen können wir reintragen, aber wenn ihr gleich neue Möbel kaufen geht, messt bitte alles genau aus, bevor ihr zu Ikea fahrt!«

Drrrring, bitte was? Moment mal! Ikea, warum denn, wieso denn, wohin bitte? In München stehen meine wahnsinnig wunderschönen Manufactum-Möbel, auf die ich verzichten musste, weil Anouk sie partout nicht haben wollte, und jetzt soll ich mir billig lackierte und geschmacksneutrale Sperrholzpressplatten in mein neues Zuhause stellen. Die Manufactum-Sachen habe ich mir vom Mund abgespart, zum Teil habe ich mich in Möbeln bezahlen lassen.

Während Hein, Fraukje, Marieke, Gerwin, Nienke und Arjen die Sachen unter Deck schleppen, die sich ohne größere Probleme stellen lassen, messe ich unsere Zimmer an Bord neu aus. Die Räume sind so verwinkelt, dass eigentlich nichts passt. Statt auf der Kuschelcouch werden wir unsere Abende auf getrennten Einsitzern verbringen. In die Kombüse passt nur ein Klapptisch, und im Schlafzimmer wäre das Optimale ein Stockbett. Ich denke, unser neues Zuhause wird den Charme eines U-Bootes bekommen. Und dann einfach so neue Sachen kaufen, das sagt sich leicht. Möbel mit Maßen, wie wir sie brauchen, gibt es bei Ikea nicht, die müsste man extra anfertigen lassen. Also müssten wir theoretisch zum Schreiner gehen. Dann aber wären wir praktisch endgültig pleite. Das Hausboot hat ja schon 25 000 Euro gekostet. Eigentlich ein Schnäppchen, jetzt weiß ich auch, warum!

Oben an Deck hat es jetzt auch die beiden anderen Kinder von Hein und Fraukje erwischt. Minke und Yolanda hängen über der Reling und brechen groß. Diesmal sind es Huibert und Henrike, die lachen. Das würde mir noch fehlen, ein Hausboot kaufen und dann ständig seekrank werden. Denn auch mir ist ein bisschen flau im Magen. Das liegt aber wohl daran, dass ich mit zu Ikea soll, Pressspanmöbel kaufen. Ich beschließe, mich an Anouk zu rächen und ihr die Höchststrafe zu verpassen. Sie muss alleine zu Ikea. Solo ins Pärchenparadies des schlechten Geschmacks.
»*Ongezellig*«, höre ich sie noch sagen, als ich ihr den Zettel mit den Raummaßen in die Hand drücke und mich auf den Weg zum Sprachkurs mache.

»Shave a nigger!«

Ob Andrew und meine anderen Mitschüler in der Zwischenzeit ein zweites holländisches Wort außer *ja* gelernt haben? *»Ja!«*, sagt Andrew zu mir, und ich frage mich, welche Bedeutung von *ja* er damit meint. Die Basics hat Truus uns jetzt eingetrichtert. Sogar Singh aus Indien kann fast unfallfrei aufsagen, wie er heißt, welchen Beruf er ausübt, welches Hobby er hat und wie alt er ist. *»Ik heet Singh, ben achtentwintig jaar, mijn beroep is programmeur en mijn liefhebberij is slangenbezweren!«* (Ich heiße Singh, bin 28 Jahre, von Beruf Programmierer, und mein Hobby ist Schlangenbeschwören.) Auch Esmeralda aus Sambia bekommt es hin, nur ihr Hobby, die Zauberei, glaubt ihr niemand so recht. *»Ik kan toveren!«* (Ich kann zaubern.)

Am schwersten hat es nach wie vor unser australischer Exsurfer. Er legt sich ständig mit Truus an, weil er am liebsten flucht. Andrew kann prima Schweinereien und Flüche von sich geben. Der Kumpel, bei dem er wohnt, hat ihm erst mal die gängigen Sachen eingebläut. *»Godverdomme«* (gottverdammt), *»neuken in de keuken«* (ich möchte dich gerne auf dem Küchentisch vögeln), *»krijg de tering hoerenzoon«* (ich hoffe, du stirbst bald, Hurensohn) hört sich in Andrews Ohren auf Holländisch sehr lustig und wenig dramatisch an. Truus aber findet, dass ihre Sprache weder durch irgendwelche Missgeschicke auf einer Schreibmaschine entstanden ist – wie Andrew gleich in der ersten Unterrichtsstunde wenig völkerverbindend erklärt hat –, noch hält sie seine primitiven Sprüche für besonders amüsant. Jedes Mal, wenn Truus Andrew fragt, was er im Umgang mit ihren Landsleuten Neues gelernt hat, bekommt sie eine erotische Anspielung oder eine üble Beschimpfung zu hören. Heute will Truus uns etwas Sprachhistorisches nahebringen, und der Australier ist ihr Opfer.

Wenn ein Holländer während der Besatzungszeit im Zweiten Weltkrieg sichergehen wollte, dass sein Gegenüber in der Straßenbahn, im Café oder auf der Behörde auch sicher kein Deutscher war, ließ er ihn den Namen der Stadt Scheveningen aussprechen. Korrekte Aussprache unter Einsatz des Kehlkopfes vor der ersten Silbe: »Ch – r – ä – w – e – n – i – n – g – e«!* Bei Andrew hört sich das an wie *»Shave a nigger!«*. Truus quält ihn bis zum Erbrechen und kennt kein Erbarmen. Andrew schafft die unfallfreie Aussprache der Stadt an der holländischen Nordsee natürlich nicht. Wir anderen dürfen uns an dem schönen Spruch *»achtentachtig schitterende Haagse grachten met Scheveningse prikkeldraad«* (88 wunderschöne Den Haager Grachten mit Stacheldraht aus Scheveningen) erfreuen. Gleich achtmal *chr* müssen wir in einem Satz kehlkopfen. Niemand ist dazu in der Lage. Andrew wünscht sich, dass Esmeralda bald mal etwas von ihrem Zauber gegen Truus einsetzt, aber seine Bitte bleibt unerhört – zunächst!

---

* Vgl. dazu Colin White & Laurie Boucke: *The UnDutchables*. 2005

Truus ermahnt uns, in Zukunft darauf zu achten, was wir auf der Straße lernen. Beim Fluchen versteht die 69-Jährige absolut keinen Spaß, denn sie ist Mitglied im in Holland hoch angesehenen *»Bond tegen het vloeken«* (Vereinigung gegen das Fluchen). Truus nimmt ihre Sache sehr ernst. Sobald im Fernsehen oder in der Zeitung geflucht wird, verfasst sie mit uns Zuschauer- bzw. Leserbriefe, die die Flüche in der Öffentlichkeit verurteilen, und fordert eine schriftliche Entschuldigung ein. Mütterlicher geht Truus mit uns um, wenn sie uns in die Welt der Kose-Endungen in der holländischen Sprache einführt. Der Holländer flucht nicht nur gerne, er verniedlicht auch alles und jeden, und zwar endet fast jedes Substantiv mit *»je«*.

Zus (Schwester) ist immer *zusje*, und Anouk würde auch nie *schat* (Schatz) zu mir sagen, ich bin immer das *schatje*. Man trinkt auch keine *kop thee* (Tasse Tee), sondern immer ein *kopje*. Und tritt man eine Weltreise an, besteigt man nicht das Flugzeug für eine *»reis om de wereld«*, sondern macht eine *»reisje om de wereld«*, als ob es sich um einen Ausflug mit dem Zug ans IJsselmeer handeln würde.

Natürlich müssen wir alle Beispiele aus unserem Alltag anführen, und ich liege mit *schatje* ganz weit vorn. Sowieso bin ich Truus' Liebling, weil ich mit dem Kauf des Hausboots schon die perfekte Bereitschaft zur Assimilierung an ihre Heimat nachgewiesen habe. Wer aber lag mit seinem Beispiel daneben? Na klar, Andrew! Mein australischer Kurskommilitone meint erzählen zu müssen, dass er gestern ein *jointje* geraucht habe, was Truus a) sicher nicht wissen wollte und b) nicht stimmt, weil in der holländischen Sprache die Verniedlichung einer Tüte mit *»je«* gar nicht vorgesehen ist. Truus quält Andrew daraufhin noch mit den *»achtentachtig schitterende Haagse grachten met Scheve-*

ningse prikkeldraad«. Andrew schafft nicht einmal zwei unfallfreie *chr*-Laute.
Truus meint, Andrew müsse dringend die holländische Sprache nicht nur sprechen, sondern auch schreiben können. Fünfzigmal darf er jetzt den schönen Spruch von den *»achtentachtig schitterende Haagse grachten met Scheveningse prikkeldraad«* in sein Hausaufgabenheft schreiben. Wenn er nicht aufpasst, muss er bald zur Strafe wie ein kleines Schulkind den Unterricht mit dem Gesicht zur Wand verfolgen. Truus hat während ihrer Zeit als Lehrerin in der Schule bestimmt noch den Rohrstock eingesetzt.

Ich kann mir gar nicht vorstellen, dass Andrew den Abschlusstest des *inburgeringscursus* besteht. Er selbst glaubt auch nicht mehr so recht daran und schaut ziemlich bedröppelt aus. Kein Schein, kein Maschinenbaustudium. Als ich meinem australischen Kommilitonen vom Hausboot und von meiner Reise nach Amsterdam und dem Inhalator erzähle, hellt sich seine Stimmung schnell auf. Er meint, wir sollten mit Singh, Esmeralda und Co. doch mal eine Kennenlernparty bei mir zu Hause machen. Ich bin mir nicht sicher, ob das so eine gute Idee ist, verabschiede mich und verspreche ihm die Party, wenn das Schiff fertig und Anouk mal auf Dienstreise ist. Ich muss zurück an Bord und schauen, wie Anouk unser neues Zuhause mit Ikea-Möbeln entweiht.

Natürlich war *mijn lief* nicht alleine bei Ikea, sondern die halbe Verwandtschaft kam mit, vornehmlich die weibliche. Hein kümmert sich darum, Anouks Möbel bei sich in der Firma einzulagern und den Miet-Lkw zurückzugeben. Somit ist *mijn lief* auf den Transport durch Fahrzeuge der Fa-

milie angewiesen. Die Großraumvans von Anouks kinderreicher Familie sind vollgepackt mit Selbstaufbaumöbeln, Mini-Sesseln und kleinen Ess- und Beistelltischen. Als ich zum Hausboot komme, ist der Großteil der Sachen schon zusammengeschraubt und aufgebaut. Cousin Arjen und Bruder Leenert haben die Sache in die Hand genommen. Ausnahmsweise kotzt mal niemand. Die Kinder wagen sich nicht mehr an Bord. Eine neuerliche Übelkeit bahnt sich aber bereits an. Während Anouk, Fraukje, Marieke und Nienke bei Ikea waren, haben sich die Kids mit Pommes aus dem Kiosk versorgt und essen diese nun in aller Seelenruhe auf dem Parkplatz. Mein Versuch, ihnen den Verzehr auszureden, weil ich mir sicher bin, dass der Kioskbesitzer den Inhalt der Fritteuse nicht ausgetauscht hat und weiterhin mit verdorbenem Fett arbeitet, scheitert kläglich:
»*Niet eten!*«, fordere ich wenig überzeugend.
»*Waarom niet?*«, fragen die Kinder mit ungläubigem Blick zurück.
»*Is helemaal niet goed!*«
»*Jawel! Is heel lekker!*«
»*Nee, jij moet nog een keer overgeven!*«
Doch nicht mal die Androhung, dass sie sich erneut übergeben werden, kann echte Holländer davon abbringen, Pommes zu entsorgen. Stattdessen lehnt sich die kleine Yolanda ganz schön weit aus dem Fenster.
»*Jij kunt me wat!*«, tönt es, was so viel heißt wie »Du kannst mich mal!« Dann laufen die vier weg, mit den Pommes natürlich. Viel Spaß bei der Heimfahrt!
Auf dem Hausboot ist das ganze Oberdeck übersät mit braunen Kartonresten, überall liegt Styropor herum. Anouk hat den Bernhardinerblick abgelegt und strahlt.
»*Het is heel gezellig, schatje!*« Was auch sonst?

»Leuk«, entgegne ich knapp mit gespielter Begeisterung. *Geweldig, prachtig, fantastisch* kriege ich dann doch nicht über die Lippen, angesichts der einheitlichen Buchenoptik unter Deck. Alle sind mächtig stolz, dass der Innenausbau in nur wenigen Stunden erfolgreich vonstattengegangen ist.

»Echt mooi«, lege ich nach. Im Prinzip bin ich ja froh, dass unser *woonboot* jetzt auch wirklich wohnlich ist. Der Gasherd funktioniert, ein kleiner Klapptisch inklusive zweier Klappstühle ist in der Kombüse an der Wand fixiert. Im Wohnzimmer lachen mich Sitzgelegenheiten der Serie »Ektorp Jenny Lund« und »Ektorp Muren« an, Anouks Flachbildfernseher nimmt eine komplette Wand ein, und im Schlafzimmer nächtigen wir jetzt auf »Vanvik«. Meine verschmähten Manufactum-Möbel haben natürlich edlere Namen. »Alte Nikolaischule« nennt sich zum Beispiel einer meiner Stühle. Aber ich habe keine Lust mehr, Vergangenem nachzutrauern. Ich adele unser Hausboot und mein neues Zuhause mit einem kräftigen *»gezellig!«*. Anouks komplette Familie freut sich, und ich wundere mich, dass unser kleines Boot tatsächlich 26 Leute aushält und wir nicht absaufen. Alle sind an Bord, sogar die Kinder. Huibert, Henrike, Yolanda und Minke stehen Schlange vor dem Klo. Das Frittenfett wirkt.

De zwarte Piet

Plitsch, platsch! Es gibt Menschen, die nur schlafen können, wenn die Rollos ganz heruntergelassen und die Vorhänge komplett zugezogen sind. Ich bin so ein Mensch. Wenn ich schlafe, brauche ich absolute Ruhe. Kein Lichtstrahl darf in unsere Schlafkajüte dringen. Ich liebe nicht nur die Stille, das Nichts und die Einsamkeit, sondern auch die Finsternis. In unserem Schlafzimmer ist es absolut dunkel. Auf dem nur 100 Meter entfernten Campingplatz regt sich auch nichts. Es herrscht Stille. *Schwipp, schwapp!* Die Einzige, die sich nicht an meine Vorgaben hält, ist die Maas. Die Miniwellen schlagen gegen das Boot und verursachen in meinen Ohren einen Höllenlärm. Sie übertönen sogar Anouks Schnarchen.

Plitsch, platsch! Ich liege wach. Nuki schläft wie ein Bär und das, obwohl sie heute bei ihrem neuen Arbeitgeber anfängt. Bei der Amstel Brauerei betreut sie das Osteuropa-Geschäft, das heißt, Nuki wird öfter mal beruflich unterwegs sein, und ich werde meine Ruhe haben. *Schwipp, schwapp!* Wenn die Maas mich lässt. Ich stehe auf und tapse in Richtung Kombüse, um Kaffee zu kochen. Der Gasherd mit der Propangasflasche und die Heizung funktionieren erstaunlich gut. Einbrecher waren auch noch nicht da, trotz der kaputten Schlösser. Nur einen funktionierenden Kühlschrank haben wir noch nicht. Mit den beiden Instantkaffees in der Hand komme ich mir vor wie ein Camper, aber hier in meiner neuen Heimat trinken ja alle löslichen Kaffee. *Mijn lief* ist wach, sie hat den Kaffeeduft gerochen. *Plitsch, platsch!* Der Kaffee schwappt über den Rand und auf meine Pyjamahose! Ich bin auch nach einer Woche noch überrascht, wie unruhig das Boot ist.

»Het is heel romantisch, schatje, of niet!«, will *mijn lief* mir einreden.

»Na ja, ich muss mich erst noch an diese Schiffsschaukelei gewöhnen!«

»Oh, *een kopje koffie* ans Bett, *gezellig!«*

»Heel gezellig!«, finde sogar ich es, vor allem, weil von ihrer Familie in der ersten Woche noch niemand zu Besuch da war.

»Ich freue mich so, endlich wieder zu arbeiten!«

»Ich freue mich auch. Das erste Mal alleine an Bord. Ich glaube, ich werde in den Bootszubehörmarkt fahren und eine Hängematte kaufen. Die gehört einfach auf ein Schiff!«

»Oh, *schatje*, dafür hast du kein Zeit. Cousin Arjen und Cousine Nienke kommen vorbei. Es geht um Nikolaus, *Sinterklaas*!«

Ich wusste es! An meinem ersten freien Tag. Das mit dem Alleinsein wird hier noch weniger funktionieren als in Deutschland, wo mir zu Hause ständig Anouks gesamter holländischer Freundeskreis auflauerte, wenn Nuki auf Dienstreise war. Jetzt ist sie aber nicht etwa für ein paar Tage weg, sondern geht nur ganz normal tagsüber zur Arbeit.

»Was wollen die von mir?«, frage ich einen Ton zu forsch. Anouk schaut mich vorwurfsvoll an.

»*Die* wollen mit dich über deine Rolle bei der großen *Sinterklaas*-Familienfeier sprechen!«

»Was soll denn das für eine Rolle sein?« Ich werde miss-

trauisch. Anouk hat schon wieder diesen Blick drauf, die Vorstufe von Bernie, dem Bernhardiner.
»Das habe ich dich doch erzählt!«
»Nein, Nuki, hast du nicht!«
»Arjen spielt jedes Jahr den *Sinterklaas* für die Kinder und mein Bruder Leenert den *zwarte Piet*. Das ist so eine Art Knecht Ruprecht. Aber Leenert hat es mit die Rücken und kann dieses Jahr nicht durch die Kamin!«
»Durch den Kamin?«
»Ja, darum heißt der *zwarte Piet* ja auch schwarzer *Piet*, weil er immer durch die Kamin kommt und sich schmutzig macht. Er hilft dem *Sinterklaas* und trägt die Sack mit den Geschenken!«
»Sag mal, Nuki, hast du sie noch alle?«
»Der *Sinterklaas* kommt natürlich nicht durch die Kamin, der hat ja den langen Bischofsstab dabei. Außerdem hat Arjen es auch mit die Rücken. Aber keine Angst. Leenerts Haus hat einen sehr breiten Kamin!«
Meine Zukünftige hat sie wirklich nicht mehr alle.
»Nein!«, beharre ich. »Auf gar keinen Fall!«
»Ach, *schatje*!«, höre ich Anouk sagen, und da ist er wieder, der Bernie-Blick. »Ich habe es Arjen und Leenert doch versprochen. Sei kein Spielverderber!«

Es ist jedes Jahr das gleiche Theater mit dem Nikolaus. Was bei uns das Christkind ist, stellt in Holland der *Sinterklaas* dar, und was bei uns das Weihnachtsfest, ist für die Holländer die große Nikolaus-Feier. Es gibt Geschenke und ein großes Festessen. *Sinterklaas* kommt allerdings im Gegensatz zum Christkind nicht wie Kai aus der Kiste, sondern trifft schon lange vor dem 6. Dezember mit großem Tamtam in Holland mit einem Dampfschiff aus Spanien ein.

Die Ankunft wird live im holländischen Fernsehen übertragen, immer Mitte November am Samstag nach Sankt Martin. In der Woche vor dem Nikolausfest gibt es jeden Abend vor den Nachrichten im staatlichen Fernsehen eine *Sinterklaas*-Tagesschau, in der über die täglichen Erlebnisse des Mannes mit dem weißen Rauschebart und seines fleißigen schwarzen Helfers berichtet wird. Und jedes Jahr passiert dem *Sinterklaas* natürlich bei den Vorbereitungen zum Fest ein ganz blödes Missgeschick, was aber durch die Mithilfe der Kinder auf wundersame Weise behoben wird. Und weil Anouk natürlich auch *Sinterklaas*-Nachrichten schaut, weiß ich, dass in ganz Holland das Geschenkpapier ausgegangen ist. Deswegen müssen alle Kinder im Kindergarten Papier bemalen und es zu Hause in den Schuh legen, damit *Sinterklaas* und der *zwarte Piet* noch rechtzeitig die Geschenke einpacken können.

»Sieh es doch positiv, *schatje*! Die Nikolaus-Feier findet bei Leenert statt und nicht bei uns!«, versucht Anouk mich zu trösten.

»Bei uns würde es ja auch nicht gehen, wir haben keinen Kamin!«

»Na ja, das nicht, aber du weißt doch, dass *Sinterklaas* immer mit die Schiff aus Spanien kommt, und Arjen meint, ob unser Schiff nicht vielleicht doch irgendwie fahrtüchtig gemacht werden könnte. Wir könnten dann in der Nähe von Leenerts Haus an die Maas anlegen und ...«

»Stopp!«, unterbreche ich Anouk. »Das ist doch nicht dein Ernst. Wir können froh sein, dass wir mit dem Ding hier am Kai liegen. Weißt du, was das für ein Aufwand wäre, damit rumzuschippern?«

Klong! Unsere Schiffsglocke läutet. Arjen und Nienke haben heute frei und wollen mich in die Welt des *zwarte Piet* einführen. Sie kennen mich jetzt ein bisschen und wollen sich persönlich vergewissern, dass ich mitmache, weil sie Anouks Zusage nicht so richtig trauen. Nuki begrüßt die beiden Familienmitglieder wie immer übertrieben enthusiastisch. Dann macht sie sich aus dem Staub.

»Ich finde es toll, dass du mitmachst, Gab!«, sagt Arjen.
»Ich auch!«, heuchle ich. »Nur das mit dem Kamin. Muss das sein?«
»De zwarte Piet is zwart!«, mischt sich jetzt auch Nienke ein. *»Het is zo grappig voor de kids!«*
Prima, und wer denkt an mich? Und was soll daran überhaupt lustig sein?
»Wir müssen deinen Charakter noch festlegen, weil es ein Dutzend verschiedener *Piets* in Holland gibt. Den Fußball-*Piet*, den Fahrrad-*Piet*, den Schokoladen-*Piet*, den Kletter-*Piet*. Irgendeine Sache kann der *Piet* immer besonders gut. Wenn du aus dem Kamin rauskommst, stellt dich *Sinterklaas* vor, und du musst ein Kunststück machen.«
»O.K., dann bin ich der Unfall-*Piet*, weil ich garantiert nicht ohne herabzustürzen den Kamin herunterkomme.«
»Das hat nichts mit etwas besonders gut können zu tun«, weiß die mir von Anfang an extrem unsympathische und sehr blonde Nienke mal wieder besser.
»Eigentlich kann ich nichts besonders gut. Fußball und Fahrradfahren mag ich nicht, aber ich könnte den Kindern etwas vorlesen. Ich bin der Lese-*Piet*!«
Arjen und seine Frau schauen sich mit hochgezogenen Brauen an. Nienke übernimmt jetzt bei den beiden den Part des *zwarte Piet* und sieht mich an, als ob sie mich gleich in den Sack stecken wollte. »Also Lesen ist nun wirklich sehr langweilig. Und das kann auch echt jeder!«

»Aber das passt doch super zur *Sinterklaas*-Zeit. Vorlesen, besinnlich und nachdenklich sein!«, beharre ich auf meiner sehr deutschen Idee.
»*Ongezellig!*«, sagt der *zwarte Piet*. Und er lässt nicht locker. »Wie wäre es mit Jonglieren?«
»Also, ihr könnt schon froh sein, wenn ich ohne gebrochene Knochen den Kamin herunterkomme. Spätestens beim Bällejonglieren kugle ich mir die Schulter aus!«
»Dann sing was und mach ein paar andere Kunststücke oder zaubere was.« Nienke denkt nicht daran, klein beizugeben.
Meine neue holländische Quasi-Verwandtschaft drängt mich in die Ecke. Wenn ich nicht irgendetwas extrem Komisches mache, bin ich der deutsche Spielverderber.
»O.K., Singen oder Zaubern oder ein anderes Kunststück. Ich entscheide mich dann spontan, wenn ich lebend den Kamin heruntergekommen bin. Ich muss jetzt leider dringend zum Einkaufen. Ich habe Anouk versprochen, die Baustelle hier anzugehen.«
Sinterklaas und der *blonde Piet* gehen. 20 Minuten, so kurz waren die beiden wahrscheinlich noch nie in Holland bei jemandem zu Besuch. Arjens und Nienkes Mienen beim Abschied sagen mir, dass sie es *heel ongezellig* fanden. Kein weißes Pappbrot, kein *hagelslag*, nicht mal Chocomel oder Instantkaffee habe ich den beiden angeboten. Auch nach drei Monaten Holland bin ich noch ganz schön deutsch.

Das Topf-im-Topf-System

Ich fahre mit *Pap* Frans' 18 Jahre altem Ford zum Bootszubehörmarkt. Solange Anouk noch keinen Dienstwagen hat, nimmt sie unseren Passat. Im Einkaufsmarkt sind alle wahnsinnig freundlich. Ich bin ganz irritiert. So etwas kenne ich aus Deutschland nicht. Jede noch so dumme Frage wird ernst genommen. Kein schiefer Blick, kein dummer Kommentar. Man findet sofort jemanden, der einem weiterhilft. Leider habe ich keine Ahnung, was auf Holländisch Positionslampe oder Topplicht heißt. Außerdem brauche ich ganz dringend Schlösser, ein paar Schwimmer, einen neuen Bordkühlschrank und ein Bioklo. Ich bin unsere Windeleimertoilette leid. Zu meinem Glück sprechen hier alle Deutsch.
Verkäufer Elroy zeigt mir das Vorzeigemodell »*Casablanca*«. Eigentlich eine ziemlich einfache Angelegenheit – eine Plastikschüssel mit Auffangbehälter, einem Holzkasten drum herum, einer Klobrille drauf und einer Art Kamin als Abzug für die üblen Gerüche. Hat man sein Geschäft erledigt, streut man eine Handvoll Rindenmulch darüber und fertig. Wenn der Plastikkasten voll ist, leert man den Inhalt irgendwo in der Natur aus. Aus dem Gemisch kann dann der glückliche Finder gut Kompost reifen lassen. Unglaublich einfach, aber auch unglaublich teuer. 500 Euro kostet der Spaß. Genauso teuer soll der Bordkühlschrank sein. Unser aktueller Kühler an Bord ist altersschwach und

schließt nicht mehr richtig. Zusammen mit den anderen Sachen bin ich locker bei 1500 Euro.
Ich muss mich entscheiden und verzichte auf den Bordkühlschrank. Zur Not gehen jetzt im Winter ja auch Campingkühlboxen oder meine neueste Idee: das Topf-im-Topf-Kühlsystem. Das Prinzip stammt aus den Lebensmittelmärkten in Afrika. Man stellt einen kleinen Tontopf in einen größeren, dazwischen kommt eine Schicht Sand, die man feucht halten muss. Durch Sonne und Wind wird Verdunstungskälte erzeugt, die den Inhalt des inneren Topfes frisch hält. Dieses System klingt zwar irgendwie verdächtig superalternativ, doch ich will es unbedingt ausprobieren. Alles zusammen bekomme ich so für unter 1000 Euro. Zufrieden mache ich mich auf den Heimweg.

Vor unserem Boot erwartet mich schon Rob. Der 52-Jährige ist der Platzwart und die gute Seele des Campingplatzes. Er begrüßt mich mit einer Hiobsbotschaft: »Hey, Gab, du hast Besuch!«
Das war ja klar. Meine Verwandtschaft lässt mir keine Atempause. Ich sehe aber niemanden an Deck. Sie haben es sich also schon gemütlich gemacht. Aber Rob hat noch eine schlechte Nachricht.
»Es ist keiner aus deinem Clan, Gab. Deine Besucher haben vier Beine und bedienen sich wahrscheinlich gerade selbst. Oder was läuft da an Deck?«
Als ich näher komme, entdecke ich das ganze Ausmaß des Beutezugs. Das Deck ist übersät mit Kartoffelschalen, Brotrinden, Wurst- und Käseresten. Ratten! Diese miesen kleinen Nager haben den kaputten Kühlschrank geknackt, alle Lebensmittel rausgeholt, alles angefressen und die Reste an Deck verteilt.

»Seit wann habt ihr hier Ratten, Rob?«, will ich vom Platzwart wissen. »Und wieso bist du nicht an Bord und hast die Viecher vertrieben?«
»Hausfriedensbruch, Gab. Du zahlst hier keine Liegegebühr an uns, also bin ich nicht zuständig!«
O.K., das mit der guten Seele bezieht sich nur auf den Campingplatz. Ansonsten ist Rob ein Arschloch!

Kurz nachdem ich die Ratten von Bord vertrieben und alles aufgeräumt habe, kommt Anouk nach Hause. Die letzte Ratte läuft auf dem Bootssteg geradewegs auf sie zu. Nuki macht einen Riesensatz. Wie eine Hochspringerin hüpft sie über den flüchtenden Nager und stößt einen spitzen Schrei aus.
»*Schatje*, was ist hier los!«
»Nichts, *mijn lief*! Wir haben nur eine kleine Rattenplage!«
»Wir haben Ratten an Bord?!«
»Jetzt nicht mehr!«
»Hast du alle verscheucht?«
»Ja, *mijn lief*! Ich glaube schon!«
»Was heißt, ich glaube schon?«
»Also, ich bin mir sicher. Ich habe unten keine mehr gesehen. Die Ratten haben sich am Kühlschrank zu schaffen gemacht, während ich einkaufen war!«
Anouk geht unter Deck. Zum Schutz vor dem Gestank hält sie sich ihren Schal vor die Nase. Meine Nuki übertreibt mal wieder sinnlos. Es sieht unappetitlicher aus, als es riecht. Sie öffnet die kaputte Tür des Kühlschranks und versucht, sie zu schließen.
»Hast du einen neuen Bordkühlschrank gekauft?«
»Nicht so richtig!«

»Schatz!«, wechselt Anouk ins Deutsche, was nie etwas Gutes zu bedeuten hat. »Hast du oder hast du nicht?«
»Na ja, ich habe so Tontöpfe gekauft. Wenn man sie mit- und ineinander kombiniert, dann ist das so eine Art Kühlschrank!«
»So eine Art!« Anouk schaut mich ungläubig an. »Sind diese Töpfe sicher vor die Ratten?«
»Ja, nein, weißt du!« Ich werde unsicher. Anouk schaut heute mehr wie ein Dobermann, weniger wie der treudoofe Bernie. »Der Bordkühlschrank war zu teuer. Ich wollte die 500 Euro sparen. Dafür habe ich lieber ein neues Bioklo gekauft.«
»*Schatje*, wir haben schon ein Klo. Mit Plastikbeuteln. O.K., nicht bio, aber wir haben eines.«
Anouk steht in ihrem beigen Wollmantel mit verschränkten Armen vor mir. Ich, im Blaumann, werde vom Business-Tribunal nach dem Motto *»Was hat der kleine Hausmann wieder falsch gemacht?«* verhört.
»Du wirst langsam ein echter Holländer. Sparen und geizig sein!«, wirft Anouk mir an den Kopf.
Ich muss überlegen! Ist das jetzt ein Kompliment?
»Äh ...!«, überlege ich einen Moment zu lang.
»Passen in deine tollen Töpfe auch Bierflaschen? Ich habe den ganzen Kofferraum voll Bier!«
Natürlich passt kein Bier in mein Kühlsystem! Vielleicht bin ich schon ein halber Holländer, aber wenn das so weitergeht, bin ich bald kein richtiger Mann mehr. Wie konnte ich daran nicht denken? Wie soll das Bier in die Afrotontöpfe passen? Ich befestige Dutzende Sixpacks Amstel Bier an einem Seil und lasse sie in die Maas hinab. Bei vier Grad kaltem Wasser braucht man keinen Kühlschrank. Und kein Topf-im-Topf-System. Meine tolle Idee aus Afri-

ka hat sich erledigt. Morgen werde ich einen Bordkühlschrank kaufen gehen. Und mein Schlaf wird auch nicht ruhiger. Es macht jetzt nicht nur *plitsch, platsch* und *schwipp, schwapp*, sondern auch *ploch, bumm*! Die Bierflaschen bollern gegen den Bug. Na dann, *welterusten*! (Gute Nacht!)

McDope

Am nächsten Tag freue ich mich richtig auf meinen Sprachkurs! Auf Singh, Esmeralda, Truus und auf Andrew. Seit ich im Kurs auf Holländisch meine Wochenenderlebnisse beschreiben muss und vom Leben auf dem Boot berichte, hat mein australischer Kumpel mir einen Spitznamen verpasst: Popeye! Anouk ist Olivia. Ich bin mir nicht sicher, ob Nuki und Andrew sich jemals kennenlernen sollten. Esmeralda aus Sambia findet vor allem mein wieder abgeschafftes Topf-im-Topf-System sensationell. Ich weiß jetzt aber auch, warum das eigentlich nicht funktionieren kann. Die Zauberin und selbst ernannte Voodoo-Künstlerin hat noch nie von so einem Kühlsystem in Afrika gehört. Weder aus Sambia noch aus anderen Regionen des Schwarzen Kontinents kennt sie diesen Kühlschrank-Ersatz.

Nach dem Unterricht sitzen wir alle zusammen. Andrew will mich dazu überreden, unser Hausboot vor der Fete mit der Verwandtschaft einzuweihen. Ich erkläre ihm, dass das keine gute Idee ist und Olivia das sicher auch nicht gut finden wird. Andrew aber will unbedingt mal wieder eine richtige Party schmeißen, vor allem will er Fleur beeindrucken. Die kleine Holländerin, die er in seiner Heimat Australien kennengelernt hat und wegen der er überhaupt nach Holland gekommen ist, will ihn heute spontan besuchen. Andrews Problem: Er hat so eine Art Münchhausen-Syndrom.

Weil er schwer in Fleur verliebt ist, hat er bei der Schilderung seiner wirtschaftlichen Verhältnisse leicht übertrieben. Sein Vater sei ein Großindustrieller, er habe eine Jacht und schwimme im Geld. Nichts davon stimmt natürlich. Andrews Vater ist mit seiner Surfschule pleitegegangen, das Schiff ist ein Schlauchboot mit Außenmotor, und das Geld reicht bei den Delawares hinten und vorne nicht. Papa John musste selbst zu Zeiten der Surfschule nachts zusätzlich in der örtlichen Fischkonservenfabrik malochen, damit am Monatsende überhaupt noch etwas auf den Tisch kam. Ich bin mir also nicht sicher, ob Andrew mich gerade jetzt Popeye nennen sollte, wo er doch mein Hausboot als sein neues Zuhause ausgeben will.

Für die große Sause heute Abend will er sein letztes Geld ausgeben. Er zahlt alle Getränke, inklusive der Tüten. *Joints and beer for free* für Singh, Esmeralda und den Rest der Klasse! Ob er damit Fleur beeindrucken kann? Ein Schlangenbeschwörer, eine Voodoo-Zauberin und die übrigen Klassenkameraden werden Andrews kleines *feestje* wahrscheinlich zu einem Desaster werden lassen. Egal: Anouk ist für eine Nacht in Chisinau, Moldawiern holländisches Bier andrehen. Ich habe also sturmfreie Bude. Unter dem lauten Gejohle meiner Klassenkameraden stimme ich der Party zu. Ich werde mal wieder nicht allein sein, aber langsam kann ich mir ein Misanthropen-Dasein in meiner neuen Heimat Holland auch gar nicht mehr vorstellen.

Andrew will in einem Laden in Arnheim Marihuana besorgen. Er hat im Radio gehört, dass dort der erste Drive-in-Coffeeshop Hollands eröffnet haben soll. Das *McDope* für Kiffer liegt 30 Kilometer weit entfernt. Mit *Pap's* uraltem roten Ford machen wir uns auf den Weg. Der einzige

Vorteil der Schrottkarre: Sie ist so langsam und schwerfällig, dass wir garantiert kein Knöllchen wegen zu schnellen Fahrens bekommen werden. In Holland ist ein Verstoß gegen das Tempolimit im Vergleich zu Deutschland quasi unbezahlbar. Während man in *Duitsland* bei 20 km/h über dem Limit mit gerade mal 25 Euro dabei ist, kostet ein solcher Verstoß in meiner neuen holländischen Heimat fast das Zehnfache. Für eine Überschreitung von 21 km/h musste Nuki vergangenen Monat 251 Euro bezahlen. Die Blitzer sind in Holland für den Fahrer kaum zu erkennen, denn hier wird von hinten fotografiert und nicht wie in Deutschland frontal. Ich zuckle also brav mit 75 km/h über die Landstraße. 80 km/h sind erlaubt.
Andrew rutscht nervös neben mir auf dem Beifahrersitz hin und her. Er würde gerne schneller fahren, kann aber nicht, weil er seinen Führerschein abgeben musste. Außerdem haben wir abgemacht, dass er die Knöllchen bezahlt, wenn wir geblitzt werden. Punkte gibt es in Holland nicht. Alles geht auf Andrew, genau wie die Party heute Abend. Und weil er chronisch klamm ist, fahren wir in extrem entspanntem Tempo durch die holländische Flachebene.

Nach einer Dreiviertelstunde kommen wir beim ersten *McDope* der Niederlande an. Die Tafel sieht aus wie bei McDonald's, nur ohne Bilder. Wir können im Auto sitzen bleiben und sollen an einer Gegensprechanlage die gewünschte Menge bestellen. Das heißt, ich muss ordern, weil auf der Bestelltafel an der Einfahrt alles nur auf Deutsch und Holländisch steht.
Die einzelnen Menüs bestehen aus Marihuana und/oder Shit und/oder Pilzen mit Bier. Andrew schaut mich mit großen Augen an. Er versteht natürlich nur Bahnhof und

flucht auf unsere Lehrerin Truus, weil sie uns die wirklich wichtigen Dinge und Begriffe des Lebens nicht beibringt. Ich drücke den Knopf. Ein dumpfes Klingelsignal ertönt, und am anderen Ende der Joint-Hotline meldet sich eine grelle, piepsige Stimme.

»*Goedemiddag, hoe kan ik u helpen!*«

Das grelle Etwas siezt mich. Auweia!

»*Alstublieft?* (Bitte?)«, piepst es mir metallisch entgegen.

»Ich würde gerne ein bisschen Dope, äh, Joints kaufen, äh, bestellen!«

»Welche Sorte wollen Sie oder wünschen Sie ein Menü?«, kommt es auf Deutsch aus dem Lautsprecher.

»Ja, ähm, schwierig. Wir sind zehn, nein, äh, elf Leute!«, oute ich mich als ahnungsloser Gelegenheitsdrogenkonsument. Wenn ich eine Tüte rauche, dann ist die meistens vorgedreht. Angesichts der sprachlichen Verständigungsschwierigkeiten mit meinen afghanisch-iranischen Mitschülern bestelle ich vorsichtshalber *prerolled joints.* Die meisten Vorgedrehten haben keinen so hohen THC-Wert. Ich will keine zugekifften Vollidioten auf meinem Deck rumspringen haben, die einen weißen Wal auf das Hausboot zukommen sehen.

»Was für Sorten hast du denn?«

Ich zwinkere Andrew zu, so als ob ich wirklich der ganz große »Tüten-Checker« wäre. Eigentlich kenne ich nur den *Schwarzen Afghanen.* Andrew hebt den Daumen, als würde er hier irgendetwas kapieren. Der ganz große Fachmann aber sitzt am anderen Ende der Leitung:

»Wir haben *Kala Mist, Bubble Gum, Blue Cheese, Dynamite, Super Thai, NYC Diesel, Laughing Buddha, Ocean's 12, King Hassan* und *Caramella Cream!*«

»Äh, die stehen ja auch alle auf der Tafel!« Hält dieses

Arschloch mich für einen kompletten Trottel? Bin ich zu unfreundlich? Ich sieze einfach mal zurück!
»Könnten Sie mir erklären, wie sich die einzelnen Sorten unterscheiden?«
Gut, dass Andrew kein Deutsch kann, denn die Frage rangiert auf der Dämlichkeitsskala ganz oben! Mir fällt meine Lieblingssendung *»Spuiten en Slikken«* ein. Bei welchen Sorten hat Moderatorin Fleur, die nicht nur genauso heißt wie Andrews kleine Surferin, sondern laut seiner Beschreibung auch noch so aussieht, noch mal den THC-Wert getestet? Die Stimme aus dem Off meldet sich und piepst mir was:
»*Aldeeeer*, was ist denn das für eine Frage? O.K., du bist der einzige Gast im Moment bei uns, ich erklär's dir. Alles mal in Kurzform, ja!«
O.K., zumindest schon mal ein erster Teilerfolg. Ich werde geduzt.
»*Kala Mist*, das Zeug tritt dir einfach mal so was von heftig gegen den Kopf, dass man so ziemlich alles vergisst, was man gerade vorhat. Absolute Spitze. Es hat einen sehr dumpfen und würzigen Geruch. Beim *Bubble Gum* bist du einfach nur *stoned*, geschmacklich eher neutral. Das *Blue Cheese* ist für alle Leute, die einfach nur total *stony mahony* rumsitzen wollen. Dafür ist das *Blue* die perfekte Lösung. Es lässt dich und die Bank und die Gracht, an der du beim Rauchen sitzt, so was von verschmelzen, dass du für die nächsten zehn Minuten einfach nicht mehr aufstehen kannst. Es riecht schon ein wenig seltsam, ein wenig nach Käse, aber doch gleichzeitig sehr fruchtig. Das *Dynamite* hat nix mit seinem Namen zu tun. Ist das richtige Kraut, um morgens um fünf Uhr schlafen zu können.
Beim *Super Thai* kann ich nur sagen: *›It just makes you think-*

ing …‹. Es regt dich zum kreativen Input an! Das *NYC Diesel* riecht wie eine frisch aufgeschnittene Zitrone oder Orange, einfach echt zum Reinbeißen. Es verschafft dir ein paar sehr gute Lacher, genau wie das *Laughing Buddha*. Immer wenn ich dieses Zeug rauche, sehe ich vor meinem inneren Auge wirklich einen kleinen, dicken, glücklichen Buddha mit einer Bambuswasserpfeife sitzen, der mir einen Zug von seiner *Pipe* anbietet und mich nach jedem Atemzug mit einem inneren Gefühl von Zufriedenheit zurück in meine Welt entlässt. Ein sehr kompakter *Bud* mit einem wirklich ausgeglichenen Geruch. Mein kleiner, dicker Buddha hat mich noch nie enttäuscht. Das *Ocean's 12* zieht dich mit seinem Geruch nach und nach in seinen charmanten Bann, eben wie die Verbrecherbande aus dem gleichnamigen Film.
Das *King Hassan* schmeckt nach Pfefferminz, und das *Caramella Cream*, ich sag's dir, *Aldeeeer*, das schmeckt, riecht und sieht auch wirklich aus wie ein etwas zu dunkel geratenes Karamellbonbon. Einfach nur richtig feiner Shit. Ein Tütchen, und der Tag ist gelaufen, bevor er überhaupt angefangen hat.
Alles klar?«

Ende der Durchsage. Ich schaue genauso schlau wie vorher auf den Lautsprecher, dann schweift mein Blick ab. Eigentlich will Andrew doch vor allem Fleur imponieren. Oder will er sie nur flachlegen? Was war jetzt noch mal welcher Stoff? Welcher war das mit dem kreativen Input? Ich kapituliere und will nach dem knapp fünfminütigen Monolog des Superkiffers am anderen Ende der Leitung eigentlich beim Altbewährten bleiben:
»O.K.! Ich weiß jetzt Bescheid. Ich habe den vollen Plan,

die totale Übersicht, ganz toll, aber eine Frage habe ich noch: Habt ihr auch *Schwarzen Afghanen*?«
Stille, ein kurzes, aber schweres Atmen kommt aus dem Off, gefolgt von einem prägnanten »Nein!«. Und dann – nichts mehr.

Ich komme mir vor wie neulich mit Cousin Herman beim Essen im italienischen Restaurant, als er ratlos vor seinen Designer-Makkaroni saß: »Und Apfelmus? Was ist mit Apfelmus?« Nur mit dem Unterschied, dass der Kellner die Apfelpampe wortlos auf den Tisch gestellt hat, und wir, Pardon, Herman, das Lokal als glückliche Kunden verlassen haben. *McDope* aber will uns anscheinend nicht mehr bedienen. Auch auf mehrmaliges Drücken des Knopfes am Lautsprecher erfolgt keine Reaktion. Andrew schaut mich mit jetzt noch größeren Augen an.
»Completely sold out!«, versuche ich ihm weiszumachen und meine Blamage zu überspielen.
»Completely?«, kommt es ungläubig zurück.
»Totally!«
»Shit shit store!«, flucht Andrew.
Mein Aussie-Kumpel und ich machen uns auf den Weg nach Amsterdam. Im Tüten-Eldorado Hollands werden wir fündig werden, und sei es nur *Schwarzer Afghane*. Außerdem erzähle ich Andrew von dem Inhalator.
»Popeye, that's a great idea! We find a perfect way to be stoned all together!«
»And a cheap way!«, füge ich hinzu.

Da Holland sowohl in der Ost-West- als auch in der Nord-Süd-Schiene komplett in zwei Stunden zu durchqueren ist, sind wir gegen vier Uhr in Amsterdam. Wir müssen uns beeilen. Die Party soll um acht Uhr steigen. Andrew wollte immer schon nach Amsterdam. Und nun kann er gerade mal einen flüchtigen Blick aus *Pap's* rotem Ford auf Grachten und Co. werfen. Wir parken das Auto im Parkverbot, weil wir ja nur kurz halten wollen, und gehen in den erstbesten Coffeeshop, wo wir auch zack, zack und ohne lange Ausführungen oder Diskussionen alles kriegen. 30 vorgedrehte Tüten *Schwarzer Afghane*, vier Gramm Marihuana und den Inhalator. Alles für 200 Euro. Fertig!

Ich will sofort zurück, aber Andrew will unbedingt noch ins Rotlichtviertel. Ich versuche ihm klarzumachen, dass wir überhaupt keine Zeit mehr haben, weil der Feierabendverkehr uns einen Strich durch die Rechnung machen wird, aber Andrew hat einen Plan, den er sich von mir auch nicht ausreden lassen will. Wir mischen uns unter die Touristen. Ich nehme ihm vorher sein Handy ab. Man weiß ja nie, auf was für Ideen er kommt. Andrew will aber gar keine Fotos machen. Er will Sex! Ich sehe es an seinem Blick. Er starrt die Mädchen hinter den Glasscheiben an, als ob er jahrelang im Knast »gedarbt« hätte. Ich versuche, ihn von den Fenstern wegzuziehen, aber Andrew ist fixiert – auf Juanita aus der Dom. Rep.! Haare im Afrolook, Schlangenkörper, Schmolllippen. 50 Euro die halbe Stunde. So viel hat er schon rausgefunden. Ich verstehe die Welt und Andrew nicht mehr.

»Asshole, come on, let's go! What's about Fleur?«

Andrew reagiert nicht auf meinen Einwand. Er macht es gerade wegen Fleur, will er mir ausgerechnet auf Holländisch verklickern.

»Ik heb al een jaar geen sex meer gehad. Toen ik Fleur de eerste keer zag, wist ik, zij is de vrouw van mijn leven! Ik wil alleen haar!

Voor haar ben ik naar Nederland gekomen. Zij is mijn prinses, mijn Maxima! Zij is de ware voor mij. En als ik haar vanavond zie, wil ik niet de hele tijd met een stijve rondlopen …«
Was so viel heißt wie …
»Ich hatte seit einem Jahr keinen Sex. Seit ich Fleur begegnet bin, weiß ich, dass sie die Frau meines Lebens ist. Ich will nur sie! Wegen ihr bin ich in Holland. Sie ist meine Prinzessin, meine Maxima. Und wenn ich sie heute Abend sehe, will ich nicht die ganze Zeit mit einem Riesenständer rumlaufen!«
Und schon verschwindet Andrew durch die Tür zu Juanita.

Was ist denn das für eine Logik? Sich für Fleur aufheben und in den Puff gehen. Ist das ein australisches Rollenspiel? Was läuft hier?
Nach fünf Minuten ist Andrew wieder raus. Er sieht kein bisschen erleichtert aus und klebt an der nächsten Scheibe. Olga aus der Ukraine, blond, schon wieder Schlangenkörper und natürlich Schmolllippen, diesmal aber aufgespritzt. Und wieder 50 Euro, das ist hier wohl holländischer Einheitspreis. Ich bin immer noch perplex und versuche, ihn am Arm zu packen, doch Andrew reißt sich los. Jetzt auch noch Olga!
Ich bin der Meinung, dass 29 Tüten für heute Abend reichen, und rauche erst einmal einen *Schwarzen Afghanen*. Ich setze mich auf die Mauer einer Gracht. Diesmal braucht Andrew länger! Nach einer Viertelstunde ist er wieder draußen! Sein Gesicht ist immer noch unverändert. Vielleicht ein bisschen entspannter, aber nur ein ganz klein bisschen. Andrew setzt sich zu mir auf die Mauer. Wir schweigen! Er findet, dass auch 28 Tüten locker für die Party reichen. Vier Züge, dann steht er wieder auf und steuert auf das nächste

Fenster zu. »Oh, nein«, stöhne ich innerlich, »bitte nicht noch mal!«
Ming hinter Schaufenster 58 winkt Andrew vollkommen gelangweilt zu sich. Ihn stört das nicht. Er macht es ja nur für Fleur. *Mr. Lover Lover* wird wahrscheinlich die ganze nächste Woche seine Angebetete in Ruhe lassen. Bei Ming dauert es immerhin schon eine halbe Stunde. Lag es an ihr, oder geht Andrew langsam die Luft aus? Insgesamt eine Stunde haben wir jetzt vertrödelt und 150 Euro ausgegeben. Wir machen uns auf den Weg nach Hause. Ich spare mir die Moralpredigt.

Zu den 150 Euro Puffkosten kommen übrigens noch 70 Euro hinzu. Nein, Andrew war nicht noch bei einem vierten Fenstermädchen, aber als wir zu *Pap's* Auto kommen, haben wir ein Knöllchen an der Windschutzscheibe. Noch teurer, als zu schnell zu fahren, ist es in Holland, falsch zu parken. Weil in Amsterdam die Stunde im Parkhaus acht Euro kostet, haben wir uns ins Parkverbot gestellt. Wir wollten ja eigentlich nur rasch in den Coffeeshop flitzen und das Gras und den Inhalator kaufen. Jetzt wird die Party aber langsam sehr teuer für Andrew. Mit dem ganzen Zeug, den Ich-tue-es-nur-für-Fleur-Nummern und dem Falschparker-Ticket hat ihn der Amsterdam-Trip 420 Euro gekostet. Ich bin sehr auf heute Abend gespannt. Ist Fleur wirklich die Traumfrau oder doch nur eine normale holländische Nymphomanin? Wird unser *woonboot* sinken, weil uns der weiße Wal rammt? Und wer geht im Drogenrausch über Bord? Singh oder Esmeralda?

Um kurz vor acht sind wir zurück an der Maas. Das Hausboot dümpelt friedlich im Wasser. Noch ist niemand da!

Im Wohnzimmer installiert Andrew den Inhalator. Er platziert das Gerät auf dem Couchtisch und füllt die vier Gramm Marihuana in die Einbuchtung. Damit gleich eine ganz gechillte Atmosphäre aufkommt, montiert er das Mundstück von dem Gerät ab und beräuchert den kompletten Raum mit dem beruhigenden Duft der Hanfpflanze. Bei Andrew wirkt das sofort. Liegt es am Marihuana-Nebel, der sich unter dem kompletten Deck ausbreitet, oder an Ming, Olga und Juanita? Mein Kumpel wirkt jedenfalls extrem entspannt. Fleur kann kommen!

Aber erst einmal treffen unsere Leidensgenossen aus dem Sprachkurs auf dem Schiff ein. Was für eine traurige Truppe. Brav trippeln sie im Gänsemarsch auf das Hausboot zu. Fehlt nur noch die Schuluniform! Allein Esmeralda ragt mit ihren bunten Kleidern und dem turbanartigen Hut aus der Gruppe heraus. Sie hat ihre Voodoo- und Zaubermaterialien dabei. Vielleicht kann Esmeralda ja Fleur verzaubern, so dass sie sich spontan in Andrew verliebt. Ich begrüße meine Klassenkameraden und ziehe die Bierkästen aus der Maas. Das Amstel Gold ist jetzt *lekker* kalt. Singh, Esmeralda und Co. stolpern unter Deck, wo sie Andrew erwartet. Er hat sich eine Tüte angezündet und wirkt, wie der Typ aus dem *McDope*-Laden es beschrieben hat: extrem *stony mahony!*

Andrews Augen sind rötlich, sein Blick hängt auf halbmast. Die Luft ist voll süßlichem Duft. Er hätte sich die Nummern im Rotlichtviertel schenken können. Andrew ist jetzt zu gar nichts mehr in der Lage. Ich weiß nicht, ob das mit dem Inhalator so eine tolle Idee war. Hoffentlich raucht Fleur selbst gerne mal eine Tüte.

Damit die ganze Party aber auf jeden Fall noch einen pädagogischen Effekt hat, beschließen wir einstimmig, dass

wir heute Abend nur Holländisch miteinander reden. Der Iraner Ali, der Afghane Mahmut und der Italiener Vittorio sprechen sowieso fast kein Englisch. Der Abend beweist, dass Holländisch eigentlich eine Fantasiesprache ist. Andrews umgebautes Gerät funktioniert super. Das Wohnzimmer und die anderen Räume im Boot werden in einen unsichtbaren Nebel gehüllt, der seine Wirkung nicht verfehlt. Ali, Mahmut, Vittorio, Singh, Esmeralda und die anderen erfinden Worte und bilden Sätze, die in der holländischen Sprache so sicher nicht vorkommen. Meine Mitschüler und ich sind bekifft bis zum Umfallen. Unsere Lehrerin Truus würde sich für uns schämen.
Nur Andrew lacht nicht mehr. Seine anfangs gute Laune schwindet mit jeder Minute, die vergeht und Fleur nicht erscheint. Seinen ganzen Hass projiziert er nun auf Truus. Sie soll jetzt bestraft werden. Andrew überredet Esmeralda, ihre Voodoo-Kunst anzuwenden. Die ist gerade dabei, Vittorio zu verhexen, damit der durchtrainierte, braun gebrannte Geschäftsmann aus Genua sich in die 120-Kilo-Zauberin verliebt. Hex, hex! Aber irgendwie funktioniert ihre Magie nicht.

Die meisten meiner neuen Freunde haben jetzt zusätzlich auch noch eine Tüte im Mundwinkel und waren wohl noch nie in ihrem Leben so cool. Esmeralda wendet sich von Vittorio ab und konzentriert ihre Energie auf eine kleine Strohpuppe, die sie zu einem Abbild von Truus formt. Sie gibt sich alle Mühe, aber ich erkenne Truus nicht mal ansatzweise. Die Puppe könnte auch Lillifee oder Bibi Blocksberg sein. Die selbst ernannte Zauberin stimmt einen seltsamen Sprechgesang an, stammelt geheimnisvolle Worte, ausnahmsweise auf Afrikanisch und nicht auf Holländisch, weil das natürlich viel zu lustig klingen würde und Andrew die Voodoo-Nummer total ernst nimmt. Esmeralda presst Zaubersprüche hervor, knurrt wie ein Schaf, meckert wie eine Ziege. Andrew hängt ein Tuch über die Wohnzimmerlampe und fordert alle auf, im Kreis zu tanzen. Das Ganze hat jetzt etwas von der Nubbelverbrennung am Aschermittwoch im Kölner Karneval, wenn eine vollkommen verkaterte und immer noch besoffene Menschenmenge hinter einem Wagen herläuft, auf dem eine Strohpuppe verbrannt wird. Der Nubbel muss als Sündenbock für alle während der Karnevalszeit begangenen Verfehlungen herhalten:

»*Wer ist dran schuld, dass wir unser ganzes Geld versoffen haben?* (Darauf die ganze Menge:) *Dat wor der Nubbel!*«

Unter Deck im Wohnzimmer meines Hausbootes ist nicht der Nubbel der Sündenbock, sondern Truus, die uns jeglichen Spaß an der holländischen Sprache genommen hat. Esmeralda hat eine kleine Fackel entzündet und in eine Flasche gestellt. Unter dem afrikanischen Sprechgesang der dicksten Zauberin der Welt bewegt sich die ganze Kiffergemeinde immer wilder im Kreis. Alle stolpern, singen, schreien und kreischen vollkommen hysterisch Esmeraldas Flüche nach. Plötzlich hat die kleine Hexe Lilli aus Sambia eine Stricknadel in der Hand. Wir alle bleiben wie angewurzelt stehen und starren auf Esmeralda. Die Stricknadel prallt auf Truus' Strohleib. In diesem Moment flasht ein Licht auf und blendet die zugedröhnte Voodoo-Gemeinde. Das Wohnzimmer ist taghell. Fleur steht in der Tür und hält eine Kamera in der Hand!

Private Paula

»Wer hatte denn die unfassbar sensationell supertolle Idee mit die Voodoo-Puppe?«, will Nuki von mir wissen. Wir sitzen auf der Couch und bewundern Andrew, mich und die anderen im Fernsehen. »Unser Boot wirkt in die Fernsehen viel größer, als er ist!«, stellt sie anerkennend fest. Ich achte nicht so sehr auf unser Wohnzimmer. Ich schaue nur auf Andrew und Esmeralda. Was um Himmels willen hat sich Andrew dabei nur gedacht? Schaut er nie Fernsehen? Wusste er wirklich nicht, dass es sich bei Fleur um *die* Fleur aus dem Fernsehen handelt? *Die* Fleur aus *»Spuiten en Slikken«*, meiner absoluten Lieblingssendung, in der ich jetzt selbst auftrete. Fleur hat, auch wenn sie privat unterwegs ist, immer eine kleine Mini DV, inklusive Headlight, dabei. Als sie viel zu spät zu unserer kleinen Party kommt, hört sie schon von Weitem die seltsamen Geräusche, die von Bord des Schiffes nach außen dringen, und der Geruch unseres umgebauten Superinhalators lässt die erfahrene THC-Werte-Testerin zur Kamera greifen. So kommt unsere Sprachkursfeier unter der Rubrik *»Hollands mooiste partys«* ins Programm. Es gibt ja auch lauter *grappige* Dinge zu berichten. Eine sambische Zauberin, die im Marihuanarausch wie eine Verrückte mit einer Stricknadel eine Strohpuppe malträtiert, ein Australier, der der Moderatorin einen Heiratsantrag macht, und ein Inder und ein Chinese, die in die fünf Grad kalte Maas springen, weil sie Angst haben, dass ein weißer Wal, den sie im Fluss gesehen haben wollen, das Boot rammt. Alles in allem eine gelungene Party für einen Misanthropen.

»Ich dachte, du willst endlich mal deine Ruhe haben, wenn ich weg bin!«, spielt Anouk die Überraschte. *Mijn lief* hatte ich natürlich vorab nichts von meinen Party-Plänen erzählt. Es sollte ja auch nur ein kleiner Umtrunk mit ein paar Tüten werden. Dass das Ganze so ausartet, konnte keiner ahnen. Vor allem hätte ich unser Schiff doch gleich ganz anders präsentiert, wenn ich gewusst hätte, dass *meine* Fleur, die übrigens an diesem Abend nicht Andrews Fleur wurde, auch auf die Party kommen würde.
Fleur hat natürlich Andrews Heiratsantrag abgelehnt. Schließlich hat sie einen Freund, was auch alle bis auf Andrew wissen. Aber mein australischer Kumpel hatte ja auch nicht die leiseste Ahnung, dass seine Angebetete TV-Moderatorin ist. Und Andrew ist nun einmal überhaupt nicht ihr Typ. Fleur hat ihm als Ersatz eine Gummipuppe geschenkt. Jetzt braucht er wenigstens in Zukunft keine Mings, Olgas oder Juanitas mehr. So viel ist klar!

Aus einer Traumhochzeit mit Fleur wird also nichts. Dafür kommt Esmeralda groß raus. Zumindest im Fernsehen. Fleur hat die dicke Zauberin ins Studio eingeladen und versucht jetzt die Nummer »Sexuelle Stimulation durch Voodoo und andere Kulte«. Ein gewagter Zusammenhang, das findet auch Anouk.
»Dein Freund Andrew ist aber schon ein bisschen komisch.«
»Wieso?«
»Voodoo, Inhalatoren, Gummipuppen!«

»Er wollte keine Gummipuppe! Er wollte Fleur!«
»Fleur ist eine TV-Moderatorin, *schatje*!«
»Ich weiß das, *mijn lief*! Aber Andrew hat keinen Fernseher!«
»Und kein Geld und keinen Job!«
»Er studiert, Nuki!«
»Noch nicht, *schatje*, erst einmal muss er die Schein über das Sprachnachweis haben. Wenn Truus sich als Voodoo-Puppe in die Fernsehen sieht, ist sie bestimmt sauer auf ihm. Das zahlt sie ihm nach Hause!«

Truus hat einen Fernseher und Truus hasst Voodoo. Vor allem, wenn sie die Puppe ist. Der nächste Tag wird furchtbar. Es trifft Andrew mit voller Härte. Truus hält Strafgericht über den pummeligen Australier. Unsere absolut humorfreie Sprachlehrerin erinnert mich an *Gunnery Sergeant Hartman* aus Stanley Kubricks Film *Full Metal Jacket*. Andrew fällt die Rolle des labilen Underdogs *Private Paula* zu. Mit hochrotem Kopf marschiert Truus alias *Gunnery Sergeant Hartman* die Klasse auf und ab. Sie hat ihren alten Rohrstock dabei. Weil Andrew immer Hunger hat, liegt auf seinem Tisch ein *oliebol*. Eine Art Krapfen, nur nicht gefüllt, sondern mit Rosinen gespickt. Eine holländische Spezialität.
Truus baut sich vor *Private Paula* auf. Dieser schaut zu Boden. Der nächste Fehler. Truus hasst es, wenn ihre Schüler, Pardon, Gefreiten sie nicht ansehen, während sie mit ihnen spricht.
»Jesus, Maria im Himmel, was ist das, Andrew? W a s i s t d a s ?«
»*Een oliebol, mevrouw*!«, stottert Andrew in einwandfreiem Holländisch.
»*Een oliebol*?«

»*Ja, mevrouw*!«
»Andrew, sind *oliebollen* im Unterricht erlaubt?«
»*Nee, mevrouw*!«
»Warum liegt dann dieser *oliebol* bei dir auf dem Tisch, Andrew?«
»Weil ich Hunger habe, *mevrouw*!«
»Ist essen während des Unterrichts erlaubt, Andrew?«
»*Nee, mevrouw!*«
»Macht essen während des Unterrichts einen Sinn, Andrew?«
»*Nee, mevrouw!*«
»Warum nicht, Andrew?«
»Das weiß ich nicht, *mevrouw*!«
»Weil man mit *oliebollen* im Mund nicht vernünftig Holländisch sprechen kann, Andrew!«
»*Ja, mevrouw!*«

Hier übertreibt Truus nun wirklich. Ich finde, die ganze holländische Sprache hört sich so an, als hätte man beim Sprechen etwas im Mund. Aber Truus ist noch nicht fertig mit Andrew. Sie hat *Private Paula* jetzt mit beiden Händen an den Eiern!
»Andrew, du isst jetzt diese herrliche holländische Spezialität und sagst dabei zehnmal *›achtentachtig schitterende Haagse grachten met Scheveningse prikkeldraad‹* auf. Und wehe, Betonung und Aussprache sind nicht hundertprozentig korrekt. Und steh auf dabei!«
Eigentlich fehlt nur noch die Kiste, auf der der Gefreite Paula in Kubricks Film stehen muss, während ihn der Sergeant mit Worten fertigmacht.
Natürlich verheddert sich Andrew hoffnungslos in *grachten* und *chr-chr*-Lauten. Doch statt ihm eine Strafhausaufgabe

zu verpassen, lacht ihn Truus nur hämisch aus, was nicht viel Gutes für die Abschlussprüfung in zwei Wochen bedeutet.

Aber auch ich bekomme mein Fett ab.
»Ich hätte nicht gedacht, dass du unbedingt ins Fernsehen willst, Gab. Ich zumindest wollte auf gar keinen Fall ins TV, auch nicht als Puppe!«
Für Esmeralda, die ahnt, dass auch für sie die Abschlussprüfung zum Höllentrip wird, hat Truus nur Spott übrig.
»Ich fand mich nicht besonders gut getroffen, Esmeralda. Ein bisschen mehr Mühe hättest du dir schon geben können. Du bist auch keine besonders gute Zauberin. Siehst du hier irgendwelche Einstiche auf meinem Arm, Schneewittchen?«
Mit diesen Worten entlässt *Gunnery Sergeant* Truus Schneewittchen, *Private Paula* und mich aus dem Unterricht. Heute ist früher Schulschluss. Es ist *Sinterklaas*-Tag, und ich habe als *zwarte Piet* ein Date mit 20 Kindern und ihren Eltern.

Ich weiß jetzt auch, was für ein *zwarte Piet* ich sein werde, vorausgesetzt, ich komme bei Leenert unfallfrei den Kamin runter. Ich werde der Armee-*Piet* sein. Die Kinder werden sich einen ordentlichen Anschiss abholen. Die Aktionen von Knecht Ruprecht sind ein Scheißdreck gegen das, was ich mit den Kindern anstellen werde. Mein Frust muss raus! Wer nicht auf seine Eltern hört, Dummheiten anstellt oder, noch schlimmer, *oliebollen* mit in die Schule nimmt und im Unterricht isst, der wird erleben, was ein richtiger deutscher *zwarte Piet* ist.

Sinterklaas

Misanthropen sind Kinder eigentlich egal. Sie ignorieren sie einfach, nehmen sie grundsätzlich nicht wahr. Anouk und ich wollen später auch Kinder. Eigenen Kids gegenüber ist ein Misanthrop natürlich nicht gleichgültig. Denn dann ist alles anders. Es gibt auch Menschenhasser, die gute Väter sind. Doch noch bin ich ein 99-Prozent-Misanthrop und habe zu den Kids meiner neuen Familie keine besondere Beziehung. Ich kenne sie nur als lärmende, *hagelslag* fressende Meute. Wer aber in eine riesige holländische Verwandtschaft einheiraten will, muss Kinder lieben. Ich werde mich bemühen, sie zu lieben, so wie *Gunnery Sergeant* Gab eben Kinder lieben kann!

De zwarte Piet hat in Holland nicht so einen schlechten Ruf wie der Knecht Ruprecht in Deutschland. Er hat keine Rute, und Anouk ist kein einziger Fall bekannt, wo der *zwarte Piet* auch wirklich ein Kind in den Sack gesteckt hat. Auf jeden Fall, bis ich kam! Wir treffen uns bei Anouks Bruder Leenert zu Hause. Arjen ist schon komplett als *Sinterklaas* verkleidet. Er unterscheidet sich kaum vom deutschen Nikolaus. Rote Mütze, weißer Rauschebart, rotes Kostüm. Hohoho! Der *zwarte Piet* trägt Schwarz-Gold: eine viel zu kurze, goldfarbene Hose, einen goldenen Umhang und eine schwarz-goldene Baskenmütze. Arjen schminkt mein Gesicht komplett dunkel. Auf den Kopf kommt eine schwarze Perücke mit Locken, darauf die Mütze. Ich sehe aus wie Atze Schröder als Neger verkleidet. Ich komme mir irgendwie komisch vor, ein bisschen tuntig. Leenert zeigt mir im Wohnzimmer den Kamin, den ich runter muss. Der Schornstein ist total verrußt, und innen ist es sehr dunkel.

»Muss das wirklich sein?«, frage ich Leenert und Arjen mit einem leichten Anflug von Verzweiflung in der Stimme. Die beiden nicken bedeutungsvoll und schauen mich mit ernster Miene an!

Es muss sein – anscheinend.

»Und wie komme ich hier runter?«

»Erst mal musst du hoch. Wenn alle Kinder im Haus sind, gehst du am Rückgebäude über die Treppe auf die Garage und kletterst an die Steigeisen das Dach hoch. Die gleichen Steigeisen siehst du hier im Schornstein. Du gehst durch die Kamin runter. Dann kommst du hier raus. Aber erst wenn *Sinterklaas* ins Haus gegangen ist. Arjen wartet hinter der Eiche vor dem Haus und gibt dich ein Zeichen, wann du runterklettern sollst. Wenn die Kinder das *Sinterklaas*-Lied singen, kommst du aus die Kamin gekrochen. Arjen ist dann schon da.«

»Mmh«, mache ich, »trotzdem ist das ein komischer Brauch!«

»Mach dich mal keine Gedanken, Gab. Pass einfach nur auf, dass du heil runterkommst! Was hast du dir denn jetzt als *zwarte Piet* überlegt? Fußball-*Piet*, Fahrrad-*Piet*? Ich hoffe, du gibst nicht die langweilige Lese-*Piet*?«

»Armee-*Piet*!«, antworte ich kurz und knapp.

»Oh, den gibt es eigentlich gar nicht. So einen hatten wir noch nie. Also, ich würde mal sagen: ein typisch deutscher *zwarte Piet*!« Arjen und Leenert brechen in schallendes Gelächter aus. »Und was macht die Armee-*Piet*?«

»Na, die Kinder zusammenscheißen, die nicht hören, die halt *stout* gewesen sind! Auf jeden Fall müssen alle strammstehen, ich halte eine kleine Parade ab!« Arjen und Leenert schauen mich skeptisch an.
»Aber übertreib's nicht, Gab! Nicht dass nachher alle losheulen!«
»Und wenn ich ein Kind in den Sack stecke, meint ihr, ich komme dann den Kamin wieder hoch?«, frage ich.
»Du gehst nicht wieder durch die Kamin, sondern verschwindest mit Arjen durch die Haustür. Und bei uns werden eigentlich keine Kinder in den Sack gesteckt. Du drohst ihnen nur!«
»Und wenn doch?«, will ich wissen.

Aber meine Frage wird nicht mehr beantwortet. Vor dem Haus fährt das erste Auto vor, Hein und Fraukje mit den Kindern Henrike, Huibert, Minke und Yolanda sind da! Leenert treibt Arjen und mich aus dem Wohnzimmer, weil natürlich auch er keine Gardinen hat und uns alle sehen können. Wir verschwinden durch die Hintertür. Arjen hat das goldene *Sinterklaas*-Buch und den Bischofsstab in der Hand, ich schleppe den schweren Sack mit den Geschenken für die Kinder hinter mir her. Draußen angekommen, steige ich brav die Treppe zur Garage hoch. Immer mehr Autos fahren auf Leenerts Hof. 20 Kinder und ihre Eltern haben sich angekündigt. Macht 40 Erwachsene. Plus *Mam* Frieke und *Pap* Frans. Anouk will auch kommen und zwei Kinder mitbringen, Cornelis und Janneke, die Kinder ihrer besten Freundin. Langsam mache ich mir Sorgen. Die passen doch niemals alle ins Wohnzimmer!
Anhand der Zahl der Autos rechne ich kurz durch, jetzt müssten eigentlich alle da sein. Ich klettere an den Steigei-

sen das Dach hoch. Gerade jetzt kommt Anouk mit unserem Passat vorgefahren. Sie ist wie immer die Letzte. Ich versuche, mich hinter dem Schornstein zu verstecken. Doch mein Kostüm glänzt in der Sonne. Sie entdeckt mich. Auch Cornelis und Janneke haben mich gesehen. Sie springen in die Höhe, strecken ihre Arme in die Luft und rufen: *»Zwarte Piet, zwarte Piet!«*

Anouk hält sich die Hand vor den Mund, als hätte sie noch niemals einen schwarzen *Piet* auf dem Dach gesehen. Hat sie anscheinend auch noch nie, sonst würde sie nicht so entsetzt schauen. Sie schickt Cornelis und Janneke ins Haus, und ich sehe, wie sie *Sinterklaas* anschreit. Leider bin ich zu weit weg und kann nicht genau verstehen, was sie Arjen an den Kopf wirft. Nur Wortfetzen erreichen mich. *Potverdorie* (Verflucht noch mal) ... *stumper* (Vollidiot) ... *hoe kunt je dit doen?* (... wie kannst du das machen?) ...

Anouk gestikuliert wild mit den Händen. Mit ihrer Handtasche schlägt sie auf den *Sinterklaas* ein. Wie kann Nuki das nur tun? Kommen auch Erwachsene in den Sack vom *zwarte Piet*? Was ist nur in sie gefahren? Jetzt kommt auch noch Leenert aus dem Haus gelaufen. Auch ihn schreit Nuki an. Ich glaube, die haben mich hier oben vergessen. *Mijn lief* ist immer noch außer sich vor Wut. Arjen und Leenert fangen an zu lachen. Alle drei schauen zu mir hoch. Jetzt lacht auch Anouk! Was ist falsch an mir? Ist mein Umhang verrutscht? Sieht ein *zwarte Piet* auf dem Dach so lustig aus? Ich schaue um mich herum auf die anderen Dächer. »Komisch«, denke ich mir, »die Neubausiedlung ist genauso riesig wie die, in der Nuki und ich ein Haus mieten wollten, aber nirgendwo sehe ich einen *zwarte Piet* auf dem Dach. Nur einen zusammen mit einem *Sinterklaas*, aber auf der Straße. Und beide gehen *gemeinsam* ins Haus!

Leenert, *Sinterklaas* und Nuki lachen noch immer. Bevor ich etwas herunterschreien kann, winkt Arjen mir zu. Leenert und Nuki gehen vor, mit einigen Metern Abstand wackelt *Sinterklaas* hinterher. Ich muss mich beeilen. Ich klettere mit dem Sack auf den Schornstein. Drinnen im Schornstein ist es noch dunkler als erwartet. Ich ertaste mit den Füßen die Steigeisen und gehe die ersten Stufen. Ruß wird aufgewirbelt. Es ist stickig, kaum auszuhalten. Ich bräuchte einen Mundschutz. Warum haben die beiden mir keine Maske gegeben? Warum scheuchen die mich überhaupt auf das Dach und durch den Kamin? Ich bin mir sicher, ich bin der einzige *zwarte Piet*, der jemals in Holland durch den Schornstein zu den Kindern gekommen ist. Aber ich bin mit Sicherheit auch der einzige Armee-*Piet*, den dieses Land je gesehen hat. *Gunnery Sergeant* Gab ist im Anmarsch, sorry, im Anflug. An einer Stelle fehlt ein Steigeisen. Ich verliere den Halt und rutsche ab. Gerade als ich im freien Fall bin, fangen die Kinder an zu singen. Was für ein Timing!

»... Sinterklaasje kom maar even bij ons aan,
(*Sinterklaasje,* komm doch kurz zu uns herein)
en laat uw paardje maar buiten staan.
(und lasse dein Pferdchen draußen stehen.)
En we zingen en we springen en we zijn zo blij,
(Und wir singen und wir springen und freun uns so,)
want er zijn geen stoute kinderen bij.«
(weil hier sind keine bösen Kinder dabei.)

Kabumm!
Ich schlage mit dem Gesicht gegen das Ende des Schornsteins, ein Bein verhakt sich am letzten Steigeisen. Kopf-

über lande ich in den Resten der Asche, die meinen freien Fall etwas abdämpft. Die Asche staubt auf. Ich hätte gar keine Schminke gebraucht. Ungläubig schauen mich die Kinder an. Als hätten sie noch nie einen *zwarte Piet* den Kamin runterfallen sehen. Wie auch? Kommt doch Mohrenköpfchen mit der schwulen, schwarzen Perücke normalerweise gemeinsam mit dem rot-weißen Rauschebart einfach durch die Tür ins Haus.
Die Erwachsenen lachen. Sie lachen mich aus. Hein und Fraukje, Leenert und seine Frau Renée, Herman und Femke, Tante Marieke und Onkel Gerwin, *Pap* Frans und *Mam* Frieke. Und all die anderen. Nur Anouk lacht nicht. Sie traut sich nicht, jetzt, wo ich nicht mehr 50 Meter entfernt auf einem Dach, sondern genau vor ihr stehe. Sie schaut mich mit großen Augen an. Diesen Blick kenne ich gar nicht von ihr. Das ist weder der Dobermann- noch der Bernhardiner-Style, sondern eher Golden-Retriever-*like*, frei nach dem Motto: »Ich kann auch nix dafür, ich bin in diese Familie reingeboren worden. Einfach so!«
Meine Lippe blutet, und ich habe eine Schürfwunde am Kopf. Blut tropft mir am Kinn herunter. Ich kann verstehen, warum nur die Erwachsenen lachen und nicht die Kinder. Wenn ich Cornelis, Janneke und Co. wäre, hätte ich auch panische Angst vor dem Irren, der sich fast das Genick bricht, nur um *Sinterklaas* die Geschenke hinterherzutragen. Arjen fängt mit dem üblichen Blabla an.

»Zijn er ook lieve kinderen hier?«
(Sind denn auch liebe Kinder hier im Raum?)
En stoute kinderen?
(Und böse Kinder?)
Zeg Armee-Piet, kunt jij een liedje zingen voor Sinterklaas?«

(Sag, Armee-*Piet*, kannst du für den Nikolaus ein Lied singen?)

Natürlich kann ich das, *klootzak-Sinterklaas*! Aber sicher kein *Sinterklaas*-Lied. Ich finde, die Kinder sollen auch beim heiligen Nikolausfest schon an richtige Disziplin und Gehorsam herangeführt werden. Alle Kinder müssen aufstehen und in einer Reihe antreten. Im US-Army-Sound belle ich mehr, als ich singe:

»Kinderen, als jullie niet luisteren,
(Kinder, wenn ihr nicht hört,)
schop ik jullie onder de kont!
(trete ich euch in den Arsch.)
En dan komen jullie in de zak!«
(Und dann kommt ihr in den Sack!)

Sinterklaas wirft mir einen bösen Blick zu, der leicht zu deuten ist: Geschenke an die Kinder verteilen und Klappe halten! Eines nach dem anderen ist dran und wird über den grünen Klee gelobt, wie *heel lief* Klein-Frederike das ganze Jahr war, wie *super leuk* Mini-Floris gewesen ist, blabla, blubb blubb. Die Erwachsenen strahlen mit den Kindern um die Wette. Alle glauben dem *Sinterklaas* natürlich. Als Letzte sind Heins Kinder Henrike, Huibert, Minke und Yolanda dran. Auch für sie hat *Sinterklaas* natürlich nur lobende Worte übrig, bis ich mich einmische. Arjen starrt mich an, eigentlich war mir gar keine Sprechrolle zugedacht, doch ich kann mich noch genau daran erinnern, wie frech die kleine Yolanda zu mir war, als ich sie damals vom Verzehr der verdorbenen Fritten abhalten wollte. *»Jij kunt me wat!«* (Du kannst mich mal!) Ganz schön mutig für eine

Achtjährige. Als Armee-*Piet* sie mit durchbohrendem Blick anschaut, verlässt die kleine Yolanda der Mut. Mama und Papa stehen weit hinten in der letzten Reihe. Die können ihr jetzt nicht helfen.
Verdattert erteilt *Sinterklaas* mir das Wort:

»Onze vriend zwarte Piet is dit jaar de Leger-Piet! Welke vraag heb jij, lieve zwarte Piet?« (Unser Freund, der schwarze *Piet,* ist dieses Jahr der Armee-*Piet.* Welche Frage hast du, lieber schwarzer Piet?)
Gunnery Sergeant Gab fixiert die kleine Yolanda mit finsterem Blick. Die wiederum zittert wie Espenlaub.
»Yolanda, zeg je altijd de waarheid?« (Sagst du immer die Wahrheit?)
»Ja, zwarte Piet!«
»Heb je gevloekt dit jaar?« (Hast du dieses Jahr geflucht?)
»Nee, zwarte Piet!«
»Jij liegt!« (Du lügst!)

Verzweifelt dreht sich die kleine Yolanda nach ihren Eltern um. Die schauen nun gar nicht mehr fröhlich. Sie ahnen, was jetzt kommt. Ich habe das letzte Geschenk, das noch für Yolanda bestimmt war, aus dem Sack herausgenommen. Gerade als ich ihr den Jutebeutel über den Kopf ziehen will, packt mich Leenert am Arm und drückt mich gegen den Kamin. *Sinterklaas* Arjen schnappt sich das Geschenk und gibt es Yolanda. Rasch liest er aus seinem goldenen Buch noch ein paar Belanglosigkeiten und besonders dreiste Lügen vor, die auch alle brav abnicken, und schickt anschließend Kinder und Erwachsene in die Küche, wo dann gesoffen und gefeiert wird.
Leenert und Arjen nehmen mich ins Kreuzverhör.

»Bist du verrückt geworden? Wir haben dich doch gesagt, dass bei uns keine Kinder in die Sack kommen!«
»Kann ich wissen, ob das stimmt oder ob ihr mich wieder verarscht? Bei euch kommen nicht nur keine Kinder in den Sack, sondern auch keine *zwarte Piets* durch den Kamin. Die kommen nämlich mit dem *Sinterklaas* durch die Tür, ihr Vollpfosten!«
»Das war doch nur Spaß, Gab!«
»Ja, und das mit dem Sack war auch nur *grappig* (lustig) gemeint!«
»Das sind doch nur kleine Kinder, *wa*!«
»Ja? Und der *zwarte Piet* darf doch wohl ein bisschen schwarze Pädagogik anwenden, *waaaa*!«
Leenert legt den Arm um mich.
»O.K.! Aber dafür gehörst du ab jetzt zur Familie. So viel Mut hat bisher noch niemand bewiesen. Du hättest dich das Genick brechen können.«
Ich bin mir sicher, meine neue holländische Verwandtschaft hätte auch darüber noch gelacht. Eine blutige Lippe, eine Schürfwunde am Kopf und ein abgebrochener Zahn reichen mir. Ich schnappe mir Anouk, stoße mit *Mam, Pap* und meinen neuen Cousins, Cousinen, Schwägern und Schwägerinnen an und erschrecke noch ein paar Kinder. Jetzt bin ich wirklich in Holland angekommen. Hohoho!

Die Abschlussprüfung

Bei meiner neuen holländischen Familie ankommen ist eine Sache. Bei Truus landen eine vollkommen andere. Seit unserem Voodoo-Auftritt bei *»Spuiten en Slikken«* hasst Truus alle Schüler aus meinem Sprachkurs. Vor allem Andrew kann sich bei der heutigen Abschlussprüfung auf einiges gefasst machen. Er fürchtet, dass Truus sich heute als *Gunnery Sergeant* Truus verkleidet hat. Schließlich ist ihr Sohn bei der *Koninklijke Landmacht*, dem niederländischen Heer. *Private Paula* hat Angst und schwitzt. Was, wenn er nicht sein Sprachdiplom, seinen Schein bekommt, den er braucht, um studieren zu können? Ein kleines bisschen ist Andrew von Holland desillusioniert. In Australien lebte er am Bondi Beach, war schlank, durchtrainiert und immer braun gebrannt, genoss sein Leben als Surfer und als Single, lebte sorglos in den Tag hinein. In Holland bewohnt er ein Zimmer in einer WG mit Ausblick auf einen Industriepark, ist vom holländischen Bier und dem vielen Fast Food aufgedunsen, vögelt wahlweise eine Gummipuppe oder Nutten und macht im Fernsehen eher eine unglückliche Figur. Auch für mich ist die Prüfung wichtig, denn ohne Sprachdiplom brauche ich mich in Holland erst gar nicht um einen Job zu bewerben. Mit so einem Schein gilt man als integriert, man ist in die holländische Gesellschaft aufgenommen. Was ich als *zwarte Piet* bei meiner Familie geschafft habe, will ich auch gesellschaftlich schaffen.

Integration ist in den Niederlanden schon seit einem Jahrzehnt das große und beherrschende Thema. Thilo Sarrazin hätte hier schon längst ein Messer im Rücken oder eine Kugel im Kopf. Die Holländer sind politisch sehr radikal. Der Politiker Pim Fortuyn, der holländische Sarrazin, wurde wegen seiner islamkritischen Thesen erschossen, Filmemacher Theo van Gogh auf offener Straße von einem Fanatiker erstochen. Heute ist die islamkritische Partei von Geert Wilders drittstärkste Kraft und in der Regierung. Alles ganz normal in den Niederlanden. Die viel gerühmte grenzenlose Toleranz einer über die Jahrzehnte gewachsenen liberalen Gesellschaft stößt auf die radikale Gewalt einer konservativen Gegenbewegung. Die Kriminalität nimmt seit Jahren zu, und die Polizei wird immer hilf- und machtloser. Zu Bagatelldelikten kommen die Ordnungshüter gar nicht mehr. Aber auch bei Einbrüchen erscheint in manchen Regionen der Freund und Helfer nur bei guten Witterungsverhältnissen und am Tage. So verkündete die Polizei in Limburg vor einiger Zeit, dass sie bei Einbrüchen, die nachts stattfinden, nicht mehr am Tatort erscheinen werde. Es wird abgewartet bis Anbruch der Helligkeit. Die Ganoven können also ganz in Ruhe und im Schutze der Dunkelheit auch den zweiten Fernseher aus dem Einfamilienhaus mitgehen lassen. Gleiches gilt bei Eis und Schnee. Und schuld ist nicht etwa der Personalmangel, sondern eher die Bequemlichkeit der Ordnungshüter. Man verlässt nicht gerne bei fiesem Wind und Wetter das Revier. *Ongezellig!* Die Bürger sind geschockt und neigen bei Wahlen zu einfachen und radikalen Lösungen.

Andrew und ich neigen auch zu einfachen Lösungen, wenn die Fragen denn auch lösbar sind. Es ist schon nach neun

Uhr. In Holland beginnt der Unterricht an allen Schulen im Land immer erst um diese Zeit. Also auf jeden Fall, wenn es hell ist, das haben Lehrer und Polizisten gemein. Wer aber auch um zehn nach neun noch nicht erscheint, ist Truus. Weder in Uniform noch in Zivil. Andrew wird immer nervöser. Er schwitzt jetzt schon ohne jede körperliche Anstrengung. Esmeralda zittert. Ihr Fernsehauftritt als Sex-Voodoo-Künstlerin war eine einmalige Sache. Kein Auftakt zu einer großen Karriere.

Um Viertel nach neun geht die Tür auf. Herein kommt aber nicht *Gunnery Sergeant* Truus, sondern ein kleiner, schmächtiger Herr mit Hornbrille auf der Nase und schütterem Haarkranz. Er geht zum Pult und schaut uns mit großen traurigen Augen an. *Gunnery Sergeant* Truus wird heute nicht kommen. Fußball-Hooligans haben unsere kleine, aber drahtige Lehrerin fast erschlagen. Als die Fans vom Fußballclub Feyenoord Rotterdam nach einem Spiel der *Eredivisie* (holländische Fußball-Bundesliga) grölend und fluchend durch Maastricht zogen, stellte sich unser Drill-*Sergeant* furchtlos dem Mob in den Weg und forderte als tapferes Mitglied des *»Bond tegen het vloeken«* die sofortige Einstellung der Schmähgesänge und Flüche. Die Fans aber wollten sich nicht maßregeln lassen und gingen ohne Vorwarnung zum tätlichen Angriff über. Wären nicht in letzter Minute ein paar Ordnungshüter dazwischengegangen, hätte sich unsere Lehrerin mit ihrem Schicksal nahtlos in das Ende holländischer Politiker und Filmemacher eingereiht. Andrew alias *Private Paula* hatte Truus ja schon Schlimmes angedroht, zumindest für den Fall, dass sie ihn bei der Prüfung durchfallen lassen würde. Aber große Töne hat er natürlich nur hinter ihrem Rücken gespuckt, und mehr als

verbale Drohungen waren bei ihm ohnehin nicht drin. Doch jetzt sitzt er erst einmal vollkommen verdattert da. Sogar die Lust aufs Fluchen ist ihm vergangen.
Mijnheer Smits schaut immer noch traurig durch seine großen Brillengläser. Dann verteilt er die Prüfungsblätter. So viel Leid die Attacke gegen die altgediente Lehrerin auch über die Schule brachte, so viel Glück bereitet diese uns Schülern in der Prüfung. Noch unter Schock und in Zeitnot hat Rektor *Mijnheer* Smits statt einem aktuellen Prüfungsbogen eine alte Arbeit ausgedruckt, die wir mit Truus schon in der Vorbereitung geübt hatten. Weder Andrew noch ich können unser Glück fassen. Mit zittriger Hand füllen wir die Bogen aus. *Mijnheer* Smits hält dies für Mitgefühl und Rührung angesichts unserer schwer verletzten Lehrerin und ist selbst ganz gerührt. Das kann uns bei der Bewertung der Prüfung nur Pluspunkte einbringen.

Eine Woche später bekommen wir die Prüfungsbogen zurück. Am Gesichtsausdruck von *Mijnheer* Smits hat sich nichts geändert. Schwermütig und laut schnaufend verkündet er das Ergebnis. Alle haben bestanden. Ein Wunder, eine göttliche Fügung.
Voodoo-Expertin Esmeralda hat jetzt ihre ganz eigene Theorie vom Angriff auf Truus. Die afrikanische Zauberin ist sich sicher, dass wir alle schuld daran sind. Das Voodoo-Ritual an Bord unseres Hausboots habe eben mit Verzögerung gewirkt. Die Nadel sei ja nicht in den Körper der Truus-Puppe eingedrungen, sondern an ihr abgeglitten. Deshalb habe der Zauber erst jetzt funktioniert. Als Truus auf die Fußball-Hooligans traf, war ihr Schicksal besiegelt. Wie die Nadel auf die Puppe prallten die Schläge auf den Körper unseres ungeliebten Drill-*Sergeants*. Alles ganz lo-

gisch, behauptet Esmeralda. Auch beim Voodoo-Zauber wird heutzutage analysiert, wie bei der PISA-Studie.
Truus landet im Krankenhaus, und wir sind schuld. Andrew ist schuld. Richtig froh sieht der Surferboy auch nicht aus. Er hat zwar sein Sprachdiplom, aber dafür bleibt ihm sein Zimmer mit Aussicht erhalten. Industrieanlage statt Traumstrand. Das alles ohne Geld und ohne Fleur.

Big deal!

Es schneit – auch in Holland. Das neue Jahr beginnt mit viel zu viel weißer Pracht. In Deutschland würde man jetzt Schnee schippen, Schlitten fahren, Glühwein trinken, den Kamin anwerfen. In Holland macht man gar nichts. Man friert. Ich friere. Glühwein kennen die Holländer nicht, Schlitten fahren fällt aus, weil keine Berge, Schnee schippen genauso, weil keine Schaufeln. (In Holland wird Schnee von Bürgersteigen und Hauseinfahrten mit dem Besen gekehrt!)

Das größte Winterereignis in den Niederlanden ist der *marathon op natuurijs*. Wenn die Temperaturen über eine längere Zeit unter dem Gefrierpunkt bleiben und die Grachten und Kanäle zufrieren, läuft ganz Holland Schlittschuh. Was für Spanier der Stierkampf, ist für Niederländer der *Elfstedentocht* – der härteste Marathon der Welt auf Eis. Auf Schlittschuhen über 200 Kilometer an einem Tag durch Friesland. Als eine Art »nationalen Sadomasochismus« bezeichnen Historiker die Begeisterung ihrer Landsleute für das Rennen über zugefrorene Grachten, Flüsse und Seen durch elf Städte der Provinz Friesland. Wenn der Wettkampf stattfindet, den vor 100 Jahren ein paar abenteuerlustige Friesen aus der Taufe hoben, schaut das ganze Königreich zu. Wintersport ist hier also nicht Rodeln, Alpinski, Biathlon oder Eishockey, sondern ausschließlich Schlittschuhlaufen.

Es schneit seit Tagen, rund um die Uhr, und der Schnee bleibt liegen. Holland versinkt im Schnee. Ich gehe ans Oberdeck unseres Hausboots und kehre wie alle anderen Holländer den Schnee natürlich mit dem Besen von Bord. Rob, die pseudogute Seele vom Campingplatz, kommt mit dem Räumen kaum nach. Wie auch? Mit einem Besen! Als er im hiesigen Baumarkt Schaufeln kaufen wollte, gab es keine mehr. Jetzt kann er die Schneemassen von den Dächern der 245 Wohnwagen mit dem Besen beseitigen. Viel Spaß!

Ich sitze auf unserem Hausboot und schreibe Bewerbungen. Viele Einrichtungshäuser, die qualitativ hochwertige und nachhaltige Möbel verkaufen, gibt es in Holland nicht. Klaas, der Mann von Anouks Cousine Annemieke, hat mir angeboten, bei ihm in der Firma als Kaugummiautomatenbefüller anzufangen. Oben Kaugummis rein, unten die Geldschatulle entleeren. Die 20-Cent-Stücke einsammeln und in der Firma abliefern. So eine Art *Hubba-Bubba*-Geldtransporter, fünf Tage die Woche, 38,5 Stunden. Ich habe dankend abgelehnt. Ich quäle mich doch nicht erst zum Sprachdiplom, um dann als Kaugummiautomatenbefüller zu arbeiten. Anouk kann das gar nicht verstehen. Der Job sei doch wie für mich geschaffen.

»Du musst mit keine Leute reden«, findet Nuki. »Der Tätigkeit ist doch wie gemacht für Misanhopen wie dir!«

»Es heißt *Misanthropen*, Nuki, und man sagt *die* Tätigkeit!«

Ich freue mich, dass ich Nuki korrigieren kann. In Deutschland fand ich ihr Hartz-IV-Deutsch süß, hier fällt es mir auf die Nerven, weil ich mich gerade selbst wie ein Hartz-IV-Empfänger fühle. Außerdem korrigiert mich Anouk am Tag ca. einhundert Mal, wenn ich *jij* und *jou*, *jullie* und *jouw* verwechsle.

»Kaugummiautomaten befüllen bei uns 400-Euro-Kräfte. Ich bin Fachberater für qualitativ hochwertige …«
»… und nachhaltige Möbel«, fällt mir Anouk ins Wort. »Ich kann es nicht mehr hören, Gabriel. Wir Holländer kaufen ihre Möbel bei Ikea. Fertig! Mach doch eine Manufactum-Filiale in Maastricht auf und lauf pleite. Aber fall mich nicht auf die Nerven mit deine schlechte Laune! Kaugummiautomaten vollmachen ist in Holland keine schlechte Arbeit. Niemand lacht dir aus! Es muss dich nicht peinlich sein!«
»Genau! Und meine Arbeitskleidung ist die Uniform vom *zwarte Piet*?«
»Ach, *schatje*, sei doch nicht so nachtragend. Es war ein Spaß, und alle haben gelacht. *Gezellig!*«

Ich höre Schritte an Deck. Die Rettung naht. Andrew kommt, rutscht prompt aus und stolpert die Treppe herunter. Er schlägt sich die Knie und die Ellbogen auf und macht ein verdutztes Gesicht. Es ist eh ein kleines Wunder, dass er erst auf unserem Schiff einen Unfall hat, denn alle Straßen und Wege im Umkreis von 30 Kilometern rund um Maastricht sind vollkommen vereist. Nichts geht mehr, denn in Holland gibt es nicht nur keinen Glühwein, keine Schlitten und keine Schneeschaufeln, sondern auch kein Streusalz. Die jämmerlichen Streusalzvorräte sind immer schon Mitte Dezember aufgebraucht. Die Straßen sind spiegelglatt und nicht mehr befahrbar. Schneeverwehungen führen hier zum Notstand, Glatteis legt das öffentliche Leben lahm. Gerade erst am Wochenende haben die holländischen Regionalregierungen die Autobahnmeistereien angewiesen, die Autobahnen zu sperren. Was in Deutschland undenkbar ist, regt in Holland niemanden auf.

Der Sturz auf der Treppe hat Andrews guter Laune keinen Abbruch getan, denn mein Kumpel hat eine fantastische Idee. Er will Streusalzgroßhändler werden. In Holland kostet ein 10-Kilo-Sack acht Euro. In Deutschland drei! Macht fünf Euro Gewinn pro Sack, 500 Euro pro Tonne. Bei einem 20-Tonner macht das 10000 Euro Gewinn, abzüglich Transport-, Lager- und Handelskosten. Tschüss Kaugummiautomat, sage ich. Tschüss Maschinenbaustudium, sagt Andrew!

»*That's a big deal, man!*«, träumt Andrew von einem ganz großen Geschäft.

»*That's bullshit, men!*«, holt uns Anouk aus allen Träumen.

»Wieso? Das ist die Superhammernummer!«, finde ich.

»Und wo wollt ihr es lagern? Wer ist die Zwischenhändler? Wer soll euch das jetzt kurzfristig besorgen?«, spielt Anouk die Spielverderberin.

Andrew versteht Gott sei Dank kein Deutsch und wird nicht vom Pessimismus meiner besseren Hälfte negativ beeinflusst.

»*Mijn lief*, niemand in Europa produziert mehr Streusalz als Deutschland. Und ich bin Deutscher und kann das doch organisieren. Da wird doch ein bisschen was für uns abfallen, oder?«

Andrew zwinkert mir zu, als ob er irgendetwas von dem verstehen würde, was Nuki und ich reden. Mein australischer Kompagnon umarmt mich. Wir sind gemachte Leute! Nur Anouk hört nicht auf mit ihrer Schwarzmalerei.

»Und was macht ihr, wenn es taut?«

»Es soll doch kalt bleiben!«

»Und wie lange?«, kommt es schnippisch zurück.

»Keine Ahnung, zwei, drei Wochen!«

»Und wenn nicht?«

»Wenn nicht, wenn nicht. Dann lagern wir das Salz eben ein bis zum nächsten Winter!«
»Hört mal, ihr *schatjes*«, belehrt uns Frau Besserwisser von oben herab. »Wenn das so der megatolle Idee ist, wieso kam da bisher niemand anders drauf?«
»Weil es in Holland nie so lange geschneit hat?«, frage ich zurück und schaue sie mit großen Augen an. Ich merke, dass mich Nuki aufs Glatteis führen will.
»Nö!«, kommt es trocken zurück. »Die letzten Winter waren hier auch verschneit, und es war lange kalt. Vergiss übrigens nicht, Sonntag ist *marathon op natuurijs,* der *Elfstedentocht, schatje,* und du machst auch mit. Hast du mich versprochen! Das mit die Streusalz macht niemand, weil bei Tauwetter kein Mensch die Lagerkosten bezahlen will. Und 20 Tonnen ist eine Menge Salz. Lass ich so viel Bier produzieren und verkaufe es nicht, werde ich gefeuert. Habt ihr euch so viel Salz an der Backe, lauft ihr pleite! So einfach ist das!« Ende der Durchsage.
»Das wird doch nicht so schwer sein. Salzstock runter, ein bisschen was abbauen, Salzstock wieder hoch, aufladen, hierher fahren, fertig. So schwer wird das doch wohl nicht sein?«, blaffe ich Anouk an. Ausnahmsweise schwitzt mal nicht mein übergewichtiger Kumpel Andrew, sondern ich.
»Wie seid ihr Holländer bloß Kaufleute geworden, wenn ihr nie ein Risiko eingeht?«
»Ganz einfach. Holländer suchen erst eine Käufer, und dann kaufen sie das Ware. Risikominimierung nennt man das auch auf Deutsch, oder!«
Andrew, wie immer auf der Suche nach etwas Essbarem, greift sich eine Tüte Chips und fängt an zu futtern. Er kennt mich jetzt schon ein bisschen und merkt, wenn etwas nicht stimmt.

»Everything OK, buddy?«
»Everything is great, Andrew! Tomorrow we make a big deal. Tomorrow is best price day. Tomorrow we are rich!«
Ich finde, mein Pidginenglisch ist ungefähr so gut wie Nukis Hartz-IV-Deutsch.

Andrew verlässt zufrieden das Schiff. Noch während er mit der Chipstüte in der Hand beschwingt die Treppe hinaufbalanciert, pflaume ich Anouk an.
»Wieso bist du immer nur so negativ?«
»Ich bin nicht negativ, ich bin realistisch, *schatje*! Ich mache so etwas jeden Tag!«
»Ach, *big business* kannst nur du, nur du. Und ich soll lieber Kaugummiautomaten befüllen!«
»Jap!«, kommt es zurück.
»Das wäre so, als wenn du in Kantinen die Getränkeautomaten mit Bier bestellen würdest!«
»Mach ich aber nicht!«, kontert Anouk.
»Aber ich soll es machen!«
»Jap!«
»Warum?«
»Weil es sicher ist und nichts schiefgehen kann, denn bei dich, kleiner *zwarte Piet*, geht immer etwas schief!«
»Es kann nichts schiefgehen. Halb Holland ist lahmgelegt, die Straßen sind gesperrt, überall ist Eis, Eis, Eis!«
»Aber niemand regt sich hier wirklich auf. Die Eis geht in Holland so schnell, wie sie kommt. So lange bleibt man zu Hause. *Gezellig*!«
»Überhaupt nicht *gezellig*, weil ja niemand zu Besuch kommen kann, wenn man das Haus nicht verlässt!«, versuche ich mich als vorbildlicher Holländer, aber Anouk lässt mich abblitzen.

»Sagt ausgerechnet meine kleine Misanthrop!«
Anouk lacht mich aus, und ich gehe beleidigt ins Bett. Das Schwipp-schwapp-Geräusch hat sich übrigens erledigt. Es ist so kalt, dass die Maas zugefroren ist. Keine Wellen klatschen mehr an den Rumpf des Bootes.
»Und einen Scheißeisbrecher kaufe ich morgen auch noch!«, schreie ich in Richtung Wohnzimmer.
»Das wäre doch schade! Dann können wir kein *marathon op natuurijs* mehr laufen! Ich möchte dir doch so gerne auf Schlittschuhen sehen.«
Meine zukünftige kleine Frau Antje nimmt mich nicht ernst. Dafür werde ich mich morgen rächen. Denn Andrew und ich müssen für das Streusalz sicher in Vorkasse gehen. Und mein Kompagnon hat natürlich keine rund 5000 Euro, die wir für das Salz im Einkauf erst mal hinblättern müssen. Aber Nuki hat eine Kreditkarte!

Der nächste Tag. Heute werde ich die Region rund um Maastricht enteisen. *Today is big deal and best price day.* Doch das ist leichter gesagt als getan. Am Telefon höre ich immer das Gleiche: Ausverkauft! Engpass! Lieferstopp! Nicht nur Holland ist das Salz ausgegangen, auch Deutschland scheint wie leer gefegt. Erst beim letzten Streusalzproduzenten, in Kassel, habe ich Erfolg. Die Preise steigen. Macht nichts, denn wenn es überhaupt kein Salz mehr gibt, steigen die Preise nicht nur beim Hersteller, sondern auch bei uns. Man muss in großen Margen denken, hat mein Ausbilder immer gesagt. Ich bin vollkommen euphorisiert und würde am liebsten gleich die kompletten Niederlande auftauen lassen. 100 000 Tonnen Streusalz verkauft die Firma aus Kassel normalerweise am Tag. Also nicht kleckern, sondern klotzen. Für die Frau am Telefon bin ich aber nur

ein kleiner Fisch. Die meisten Mengen sind an Großkunden verplant. Ich bekomme die Reste.
»Wie viel Tonnen und für wann?«, fragt mich die Stimme am anderen Ende der Leitung.
»Äh, so 20 Tonnen, äh, am besten heute noch! Oder hätten Sie auch die doppelte Menge?«
»Also 40 Tonnen«, rechnet Frau Tausalz kühl aus und holt mich auf den Boden der Tatsachen zurück. »Geht aber frühestens Anfang nächster Woche und zu den üblichen Konditionen. Ich brauche eine Kreditkarte, die ich belasten kann, und ein Bestätigungsfax. Die Lieferung ist nicht mehr stornierbar!«
»Dann vielleicht doch besser nur 20 Tonnen. Das ist dann ein Lkw oder was?«
»Ja, einer, aber ab der zwanzigsten Tonne würde es billiger. Sie bekommen Rabatt! Zehn Prozent Preisnachlass!«

Ich muss nachdenken. Ist das ein *big deal? Best price* nur bei großer Marge, zehn Prozent. Nicht kleckern, klotzen, Gab! Ich spiele alles noch mal durch. Das Ganze erst in einer Woche, aber wenn es kalt bleibt, sind die Leute noch genervter von dem ganzen Eis, wir brauchen kein Zwischenlager, und Andrew kann schon mal den Vertrieb organisieren. Der Preis wird steigen, *big deal, best price, yes!*
»O.K., Sie bekommen das Fax und die Kreditkartennummer meiner Frau in zehn Minuten. 40 Tonnen, mit zehn Prozent Rabatt. Aber in einer Woche bekommen wir das Salz, das haut hin?«
»Das haut hin!«, sagt die kühle Stimme am Telefon.

Ich fahre zu Andrew, um das Fax abzuschicken. Von Nukis Firma aus wäre das keine gute Idee. *Mijn lief* meckert nur wieder. Außerdem will *Mr. Kaugummiautomatenbefüller* sie überraschen. Vielleicht kann Nuki dann ja bei uns anfangen. Als Saison-Key-Accounter im Streusalzbereich, den Rest des Jahres räumt sie dann Bier in die Automaten von Firmenkantinen ein.

Elfstedentocht

Nichts ist holländischer als der *Elfstedentocht.* Wer Holland verstehen will, muss als Zuschauer oder als Teilnehmer zur »Elf-Städte-Tour« auf Schlittschuhen. *Mijn lief* meint, richtige Holländer müssen einmal im Leben diese Tortur auf Eis als Läufer erlebt haben. Meinen Einwand, dass ich gar kein Holländer sei, lässt sie nicht gelten. Seit *Sinterklaas* gehöre ich zur Familie. Nuki ist sich sicher: Wer sich beim Kaminsturz als *zwarte Piet* nur eine blutige Nase holt, der überlebt dieses Rennen locker.

Vor hundert Jahren haben 23 Friesen hölzerne Platten mit eisernen Kufen unter ihre Schuhe geschnallt und den ersten *Elfstedentocht* veranstaltet. Ein Schlittschuhrennen über eine Strecke von 200 Kilometern, über gefrorene Grachten, Tümpel und Wiesen. Perfekte Bedingungen für durchgängig 15 Zentimeter dickes Eis hat man im Durchschnitt nur alle acht Jahre in den Niederlanden. Dieses Jahr ist es so weit, und ich mache mit. Der *Elfstedentocht* ist ein nationaler Mythos. Die Friesentour gebar in der Vergangenheit echte Heldengeschichten. Sie ist eine To(rt)ur de France auf Eis. Vor allem die aus dem Jahr 1963, als die Läufer bei 20 Grad unter null und peitschend eisigem Ostwind fast erfroren und von über 10000 Teilnehmern nur 69 ins Ziel kamen. Der Sieger bekam als Prämie zwei Jahreskarten für die Eisbahn in Deventer, eine silberne Zigarettendose, einen Zehnguldenschein und unsterblichen Ruhm.* Dafür laufe ich doch gerne mit.

Als Kind war ich bei uns im Dorf oft auf der Eislaufbahn. Meine ersten Erfahrungen mit Mädchen hatte ich beim Schlittschuhlaufen. Das erste Mal Händchen halten, das erste Mal rauchen und das erste Mal Zunge in den Hals stecken verbinde ich mit der heimatlichen Eisbahn. Bei den Live-Übertragungen der Auftritte von Eiskunstlauf-Prinzessin Katarina Witt im Fernsehen hatte ich meine erste Erektion. Bei Schlittschuhen verbinde ich also alles irgendwie mit einem ersten Mal.
Wenn Katarina Witt im Fernsehen ihre Kurven lief, hatte ich aber nicht nur einen Ständer, sondern war auch richtig in sie verliebt. Natürlich auch zum ersten Mal. Leider kam Kati nie bei uns an der Eislaufbahn vorbei, damit ich ihr auch mal die Zunge in den Hals stecken oder sie auf eine Portion Pommes einladen konnte. Die ganze Familie saß bei jeder Gelegenheit vor der Glotze. Erst Pflicht, dann Kurzprogramm, dann Kür. Und wehe, Katarina gewann nicht. Meine Mutter, gelernte DDR-Bürgerin, fieberte bei jeder Veranstaltung mit. Meine eigenen Bemühungen, als Eiskunstläufer Karriere zu machen, endeten mit einem Beinbruch und einem zweiwöchigen Krankenhausaufenthalt. Ich beließ es beim einfachen Schlittschuhlaufen und tröstete mich schnell mit anderen Mädchen.

---

* Vgl. dazu Christian Eichler: *Elfstedentocht fällt ins Schmelzwasser.* FAZ, 14.01.2009

Mittlerweile haben im Fernsehen Anni Friesinger und Claudia Pechstein meine Prinzessin Katarina abgelöst. Eiskunstlauf ist *out*, Eisschnelllauf ist *in*. In ihren Rennanzügen sehen Anni und Co. aber nicht wie Traumfrauen, sondern wie Presswürste aus. Nuki wollte mich auch in so einen Rennanzug stecken. Ich habe dankend abgelehnt. Schließlich will ich nicht als Latexwurst mit hochrotem Kopf meiner Anouk einen Antrag machen. Nach dem Zieldurchlauf plane ich nämlich, vor Nuki auf die Knie zu fallen und um ihre Hand anzuhalten – ganz offiziell. Die wichtigsten Voraussetzungen habe ich jetzt erfüllt. Ich habe ein Sprachdiplom, ein *zwarte-Piet*-Kostüm, ein Hausboot, und mit dem Streusalz-Projekt bin ich quasi auch ein erfolgreicher Geschäftsmann, der die beiden Ringe zwar auf Pump und mit der Kreditkarte seiner zukünftigen Frau gekauft hat, aber spätestens mit dem Überleben des *Elfstedentocht* werde ich mich als richtiger Mann und Holländer beweisen. Also werde ich *mijn lief* bitten, meine Frau zu werden, und zwar schon im Frühjahr und nicht erst im Spätsommer. Ich will mein Misanthropen-Dasein durch die Heirat mit Frau Antje und ihrer 80-köpfigen Familie endgültig ad acta legen.

Nukis Familie wird uns beim *Elfstedentocht* in kompletter Mannschaftsstärke an der Strecke lautstark unterstützen. Arjen, Leenert und ich sollen die Familienehre hochhalten. Wir drei werden starten. Ich hoffe, die Zusammenarbeit klappt besser als beim *Sinterklaas*-Fest.
Arjen und Leenert haben mich als Starter angemeldet. Die Startplätze für *den* Event des Jahres vergibt nur die *Koninklijke Vereniging De Friesche Elf Steden*. Wer mitlaufen will, muss Mitglied sein. Mitmachen können maximal 16 000

Menschen, die in Gruppen zu je 1000 Läufern starten. Da die Zahl der Verrückten, die an diesem Rennen teilnehmen wollen, fast immer über 20000 liegt, werden die Startplätze verlost. Ich weiß nicht, wie Arjen und Leenert es geschafft haben, aber wir haben alle drei ein Ticket ergattert. Die Läufer müssen sich ihren Rennpass in den elf Städten (Leeuwarden, Sneek, IJlst, Sloten, Stavoren, Hindeloopen, Workum, Bolsward, Harlingen, Franeker und Dokkum) und an drei geheimen Kontrollstationen abstempeln lassen. Diese drei Punkte kennen vor dem Start nur rund 20 Personen. Die Maßnahme ist nötig, weil immer wieder die Arjens oder Leenerts dieser Welt Abkürzungen nehmen und sich so einen Vorteil verschaffen. Mittlerweile geht das fast gar nicht mehr unbemerkt, denn die holländischen TV-Sender berichten rund um die Uhr von dem Event, 24 Stunden am Stück, ohne Unterbrechung. Auf der 200 Kilometer langen *Elfstedentocht*-Distanz selbst stehen dann noch mal etwa drei bis vier Millionen Menschen, ein Viertel der holländischen Bevölkerung wird also Zeuge sein, wie ich über das Eis stolpere.

Nuki ist stolz auf mich. Sie selbst fährt mit dem eBike, dem neuesten Elektrofahrrad, neben der Strecke her und versorgt uns mit warmem Tee und Chocomel. Und mit Anziehsachen zum Wechseln, falls man mal einbricht, was vorkommen kann, denn die Veranstalter können nicht auf der ganzen Strecke bruchsicheres Eis garantieren. Bei vier Millionen Zuschauern kann aber eigentlich nichts passieren. Irgendjemand wird es schon mitbekommen, wenn ich mit weit aufgerissenen Augen unter der Eisdecke unfreiwillig einer Strömung folge.

Um halb sechs Uhr morgens geht es los. Draußen ist es stockdunkel. Der Gewinner von 1985 hat die 200 Kilometer in sechs Stunden und 50 Minuten geschafft. Er war quasi zum Mittagessen im Ziel. Wir müssen bis Mitternacht die Strecke geschafft haben, sonst fallen wir aus der Wertung und werden dann nirgendwo vermerkt. Gerade so, als hätten wir gar nicht teilgenommen. Keine silberne Zigarettendose und keine Jahreskarte für die Eisbahn in Deventer. Jammer!

Arjen, Leenert und ich starten in einem Block: die Nummern 7645, 7646 und 7647 wollen unsterblich werden, na ja, zumindest überleben wäre schon mal nicht schlecht. Unsere Strategie: hintereinander im Windschatten laufen und an den Kontrollstationen immer schön Pause machen. Nuki hat versprochen, bei jeder Kontrolle auf uns zu warten. Ich hoffe, sie kommt mit dem Fahrrad hinterher.

Wie bei allen nationalen Großkundgebungen in Holland sind Teilnehmer und Zuschauer verkleidet. Ob am höchsten Nationalfeiertag, dem *Koninginnedag,* oder bei einem Spiel der *Nederlands Elftal* (Fußballnationalmannschaft) – fast alle nutzen die Gelegenheit, sich in Orange oder den Nationalfarben Rot-Weiß-Blau zu verkleiden. In meiner neuen Familie verkleidet sich jeder mehrmals im Jahr. Alle meine Verwandten haben im Keller mehrere Kartons mit Kostümen und ausgefallenen Klamotten. Wichtig: Alles muss in Orange oder eben Rot-Weiß-Blau gehalten sein. Verkleidungen gehen immer und zu fast jedem Anlass. Anders als in Deutschland fällt man hier auch nicht auf, denn in Holland machen fast alle mit. Die Favoriten des *Elfstedentocht* sind nicht verkleidet, sondern sehen aus wie Anni Friesinger: Rennanzug, Profibrille, Kämpferblick.

Es ist bitterkalt, minus neun Grad. Der Start ist wie bei jedem Straßenmarathon oder Hobby-Triathlon immer gleich peinlich. Auch noch die Nummer 7647, also ich, fühlt sich animiert, mit voller Pulle loszupreschen, als ob der Teufel hinter mir her wäre oder, noch unrealistischer, ich gewinnen wollte. Gedränge, Geschiebe, Geschrei, die Horde sprintet los. Eis fliegt hoch, mitten in mein Gesicht. Arjen und Leenert schieben mich beim Start an. Ich sehe fast nichts und folge dem Hecheln und den Gleitgeräuschen der Schlittschuhe auf dem holprigen Eis.

Die ersten Kilometer gehen ganz gut. Die Kufen drücken von unten gegen meine Fußsohlen. Ein ungewohntes Gefühl, aber noch tut nichts weh. Ich hoffe, von Blasen verschont zu bleiben. Zur Not hat Anouk Schmerztabletten dabei. Ich finde das albern, man kann ja auch einfach aufgeben, was allerdings Arjen und Leenert eine Katastrophe nennen. Trotz aller Anstrengung haben sie die Kraft, auf mich einzureden.
»Aufgegeben wird auf gar keine Fall, alle anderen aus die Familie wollten deine Startplatz. Verstehst du, Gab?«
»Und wenn ich nicht mehr kann?«, keuche ich jetzt schon über Gebühr.
»Wenn du nicht mehr kannst, dann helfen wir dich, wir unterstützen dir und schieben dir ein wenig an. Durchhalten ist die oberste Ziel. Egal, wie! Wir müssen bis Mitternacht durchs Ziel sein, sonst sind wir aus dem Rennen.«
»Und das geht nicht?«
»Das geht auf gar keine Fall. Du bist jetzt eine Jansen. Und eine Jansen gibt nicht auf.«
Also wenn ich Nukis Nachnamen mit der Hochzeit wirklich annehmen müsste, würde ich jetzt gerne aussteigen

und vielleicht doch nicht heiraten. Gabriel Getty hört sich extrem sexy und wirklich viel, viel besser an als Gab Jansen.

Bei der ersten Kontrollstelle kommen wir zum Stehen. In Leeuwarden erhalten wir einen Stempel. Der interessiert mich aber gerade nicht, sondern nur warmer Tee oder wenigstens diese zuckersüße Kakaobrühe. Doch Nuki macht gar keine Anstalten, mit der Thermoskanne vom Damm der Gracht zu uns runterzukommen. Ich schaue Arjen irritiert an:
»Und Chocomel? Was ist mit Kakao?«
Da ist es wieder, das Gefühl von früher, diese Erste-Zigarette-, Pommes- und Zungenschlag-Romantik. Ich bin wieder 15 Jahre, nur die Kippen und die Puppen fehlen.
»Und Kakao?«, wiederhole ich.
»Zu früh! Wir sind doch gerade erst los!«
Anouk winkt mir aufmunternd zu. Zum ersten Mal tun mir meine Füße weh. Wir gleiten weiter über die holprige gefrorene Strecke. Das Eis ist nicht mit dem einer normalen Schlittschuhbahn zu vergleichen. Unebenheiten und Löcher lassen meinen Stil wenig erhaben aussehen. *Storch on Eis* ist unterwegs. Ich sehe, wie Nuki immer wieder lacht, wenn ich mich gerade so auf den Beinen halte.
Es ist hell geworden. Nuki hat es gut. Sie fährt Fahrrad. Bei den Profi-Schlittschuhläufern im Anni-Friesinger-Look würde sie nicht mitkommen, aber bei uns dreien ist das kein Thema. Die Holländer sind nicht nur schlittschuh-, sondern auch fahrradverrückt. 200 Kilometer *fietsen* stellt für meine kleine Nuki kein Problem dar.

Vier Kontrollen später bin ich fünfmal gestürzt und habe schon meine komplette neue holländische Familie mit riesigen Transparenten *(Hup Arjen Hup! Hup Leenert Hup! Hup Gab Hup!)* und in lustigen Verkleidungen am »Fahrbahnrand« gesehen. Meine Beine und meine Füße schmerzen. Ich habe das Gefühl, der Ostwind zerschneidet mein Gesicht. An Pommes und Puppen denke ich schon lange nicht mehr. Eher ans Aufgeben. Das aber werden Arjen, Leenert und Anouk niemals zulassen. An meinem Gesichtsausdruck erkennt Leenert, dass ich Schmerzen habe. Er gibt Nuki ein Zeichen. *Mijn lief* ist sofort zur Stelle, öffnet die Thermoskanne, gießt warmen Tee in einen Becher und reicht mir eine Tablette. Ibuprofen 600, viel stärker geht es nicht mehr. So etwas kriegen in Deutschland Schmerzpatienten in Verbindung mit Morphium. In Holland nehmen das Amateur-Eisschnellläufer, die nicht aufgeben dürfen.

»Das ist für sechs Stunden gute Laune!«, versucht mich Arjen aufzubauen.

»Noch sechs Stunden?«

»Jap, Gab. Die Hälfte haben wir fast geschafft!«

Mijn lief gibt mir einen dicken Kuss, und ich weiß wieder, warum ich durchhalten muss.

Eine Stunde später spüre ich meine Beine nicht mehr. Ich kann nicht mehr! Alles tut weh! Gegen die Schmerzen, die ich habe, nutzt auch kein Ibuprofen 600. Meine Oberschenkel brennen, meine Füße sind angeschwollen, meinen Rücken kann ich fast nicht mehr krümmen. Windschatten und Pausen sind abgeschafft. Pausen lassen wir aus, weil sonst die Gefahr besteht, dass wir nicht mehr vor Mitternacht am Ziel ankommen und damit zur Schande der Familie Jansen werden. Das mit dem Windschatten funktioniert nicht mehr, weil ich aufrecht fahre. Ich habe das Gefühl, mein Rücken bricht, wenn ich ihn auch nur noch einmal beuge. Leenert schiebt mich von hinten. Er hat immer noch Kraft und mit weit ausholenden Beinschwüngen drückt er mich vorwärts. Wir haben Gegenwind. Arjen, der an der Spitze unserer Dreiergruppe fährt, zeigt ebenfalls kein Erbarmen. Leenert und er keuchen und pfeifen wie Lokomotiven. Die beiden sprechen jetzt nicht mehr viel. Sie wollen mir auch partout nicht sagen, wie viele Kilometer wir noch vor uns haben. Kein gutes Zeichen! Seit Stunden ist es schon wieder stockfinster. Wir schlittern an den Rand der Strecke und bleiben stehen.

»Wir werden es nicht schaffen!«, keucht Leenert.
»Nein, auf keinen Fall. Wir müssen uns etwas überlegen!«, sieht auch Arjen schwarz.
»Also geben wir auf!«, sage ich leise, werde aber gleich wieder enttäuscht.
»Gab, wir werden nicht aufgeben, wir müssen nur schneller ins Ziel!« Leenert zwinkert Arjen zu. »Wir kürzen ab!«
Arjen holt eine Karte aus einer der Taschen seines wattierten Rennanzugs.
»Wir sind jetzt bei Franeker. Zwischen Franeker und Dokkum ist kein Kontrollpunkt. Da sparen wir locker acht Kilometer. Wir müssen das jetzt einfach riskieren.«
Die Familienehre ist Arjen und Leenert wichtiger als ihre Sportlerehre. Sie betrügen lieber, als sich vor der Verwandtschaft zu blamieren.
»Abkürzen ist wirklich das Allerletzte!«, mische ich mich ein.
Arjen und Leenert sind von meinen Ansichten überrascht, aber grundsätzlich überhaupt nicht an ihnen interessiert. Das Allerletzte ist es ihrer Meinung nach, seine Nase in Fa-

milienangelegenheiten zu stecken, auch wenn vorher hundert Mal betont wird, dass man ja jetzt zur Familie gehört.
»Gab, halt die Klappe, davon verstehst du nichts!«, kanzelt mich Leenert ab.
»Und Anouk? Wo ist sie eigentlich?«, will ich von den beiden wissen.
»Anouk macht irgendwo Pause. Bei die Tempo, die wir laufen, holt sie uns locker wieder ein. Wir müssen nur rechtzeitig an die nächste Kontrollpunkt sein, damit sie nicht merkt, dass wir abkürzen. Ist sie früher als wir da, wird sie sich wundern, warum sie uns auf dem Weg dorthin nicht überholt hat!«
»Ich kann meine Nuki nicht anlügen. Ich werde sie heiraten, sie wird meine Frau!«
Doch meine Empörung zeigt bei den beiden Betrügern keine Wirkung.
»Du musst sie ja nicht anlügen. Du sagst ihr einfach nicht, dass wir einen schnelleren Weg gefunden haben. Was jemand nicht weiß, macht ihm nicht heiß. Das sagt man doch auch in Deutschland, oder? Wenn wir diese Abkürzung hier nehmen, sparen wir fast acht Kilometer, sind vor Anouk bei die letzte Kontrollpunkt und kommen mit Sicherheit vor Mitternacht in die Ziel.«

Leenert schiebt mich jetzt nicht mehr an. Er und Arjen müssen vorfahren. Nur sie kennen sich hier aus. Abseits der offiziellen Piste sieht man die Hand vor Augen nicht. Kein noch so kleines Licht weist uns den Weg. Ich konzentriere mich darauf, die beiden nicht zu verlieren, denn dann bin ich verloren. Die Temperatur beträgt gefühlte 20 Grad unter null. Mindestens! Meine Beine laufen nur noch automatisch, ohne Gefühl. Erst ab der Leiste aufwärts merke ich

etwas. Alles andere unterhalb der Gürtellinie wirkt wie abgestorben. Die Kälte kriecht mit jeder Minute höher. Ich muss mich konzentrieren. Abseits der Strecke herrscht nicht nur absolute Dunkelheit, sondern auch absolute Stille. Ich habe das Gefühl, Arjens Keuchen und Stöhnen entfernt sich von mir. Ich kann es kaum noch hören. Ich versuche zu lauschen, drücke meine Schlittschuhe nicht mehr so fest auf die Eisfläche, um nicht von den eigenen Geräuschen irritiert zu werden. Ich hebe die Füße höher und versuche, größere Schritte zu machen, damit die Pausen zwischen dem eigentlichen Gleiten länger werden.
Ich höre die beiden nicht mehr! Ich mache noch ausgedehntere Schritte und am Schluss nur noch Riesenschritte. Dann höre ich auf einmal gar nichts mehr. Ich habe sie verloren!

Ich bleibe stehen und lausche nach vertrauten Geräuschen, versuche verzweifelt, wenigstens ein kleines typisches Kratzen eines Schlittschuhes auszumachen, doch es herrscht absolute Stille. Herzlichen Glückwunsch! Der kleine Misanthrop hat das Paradies gefunden. Das Nichts, die absolute Stille, die perfekte Leere. Seit Monaten war ich nicht mehr so alleine. Doch anstatt mich wie früher über diesen wunderbaren Zustand zu freuen, fühle ich mich verloren, einsam und zurückgelassen. Meine neue holländische Familie hat es tatsächlich geschafft, mich zu einem geselligen Holländer zu machen. Anouk hat recht. Misanthropen sind therapierbar!
Schade, dass sie ihren Triumph nicht mehr genießen kann, denn ich werde in der Eishölle Hollands elendig zugrunde gehen. Ich werde erfrieren, und wilde Hunde werden mich auffressen. Erst in ein paar Wochen wird man meine sterb-

lichen Überreste finden, und ich werde posthum in die Liste des diesjährigen *Elfstedentocht* aufgenommen, weil Arjen und Leenert reumütig gestehen werden, dass sie mich gezwungen haben, die Strecke abzukürzen. Sie sind schuld an meinem Tod und werden aus der Familie ausgeschlossen. *Ongezellig forever!* Die Höchststrafe für jeden Holländer. Vorsichtig schiebe ich die Hände in die Jackentaschen. Mit klammen, fast gefühllosen Fingern berühre ich die Schachtel mit den Verlobungsringen. Ich nehme die Box aus der Tasche, öffne sie und fasse die Schmuckstücke an. Ich kann sie nicht sehen, aber fühlen. Ich streiche langsam über die Innenseiten der Ringe und spüre die Gravur: *Anouk und Gabriel – True love*. Nach meinem Tod wird sie die Ringe finden und bereuen, dass sie mich diese bittere Prüfung hat erleiden lassen.

Ich will aber noch nicht sterben! Ich will ihr einen Ring anstecken. Ich packe die Schachtel weg und mache mich auf den Weg ins schwarze Nichts, in die dunkelste Leere meines Lebens. Der Ex-Misanthrop will zu seinem *lief*. Ich renne los, irgendwann muss doch ein Licht kommen. Irgendwo! Ich gleite immer schneller, ohne jede Orientierung. Laufe ich in die richtige Richtung? Oder wieder zurück? Auf jeden Fall geht es mit einem Mal viel zu schnell. Es geht abwärts. Nicht lange. Eine Sekunde vielleicht. Ich krache auf eine dünne Eisfläche. Es knackt und knarzt. Ich höre Eis splittern und fühle, wie erst meine Socken nass werden und dann meine ganze Hose. Ich bin eingebrochen! Ich schreie wie ein Verrückter, ich brülle, keife, schlage um mich. Das ist es! Das Ende. Ich versuche, irgendwo Halt zu finden, und werde immer panischer. Als ich nicht mehr kann, merke ich, dass ich gar nicht absaufe, sondern stehe.

Ertrinken werde ich also nicht, weil es nur ein flacher Tümpel ist, in den ich eingebrochen bin. Aber ich werde erfrieren. Was für ein erbärmlicher, sinnloser Tod!
Ab meiner Leiste ist alles nass. Ich ziehe mich an den spärlichen Grasbüscheln vom Rand des Tümpels aus dem Wasser und krabble auf allen vieren die Böschung hinauf. Ich komme wieder zu Atem und schreie noch lauter. Jetzt auf Holländisch.
»Help mij! Heeeelp!«
Wenn hier jemand vorbeikommt, der auch abgekürzt hat, wird der einem Deutschen helfen? Eher nicht! Wie soll er auch seiner Familie erklären, dass er es nicht vor Ablauf der Zeit ins Ziel geschafft hat, weil er einem deutschen Anfänger das Leben retten musste. Wofür habe ich eigentlich mein Diplom?
»Help! Help mij!« Ich versuche, wieder voranzukommen. Mit kleinen Schritten gleite ich wieder. Ich habe das Gefühl, meine Socken sind schon gefroren, meine Füße sowieso. Ein bisschen gleiten, ein bisschen schreien. *Hup Holland Hup!* So ein Mist!

Gerade als ich mit meinem Leben abgeschlossen habe, höre ich meinen Namen. Erst leise, dann immer lauter. Ein Suchkommando hat sich auf den Weg gemacht, mich zu finden! Arjen und Leenert brüllen sich die Seele aus dem Leib. Ich hätte erwartet, dass sie mit Schlittenhunden kommen und Leuchtraketen in die Luft schießen. Ein bisschen Drama. Aber Fehlanzeige. Als sie mich mit letzter Kraft rufen hören und mich finden, setzt es erst mal ein Donnerwetter auf Holländisch. Ich verstehe natürlich nur Bahnhof, weil wir ja bei Truus niemals fluchen durften. Die Tatsache, dass ich halb erfroren und vollkommen unterkühlt bin, interessiert

Arjen und Leenert nicht die Bohne. Die beiden packen mich unter den Armen und ziehen mich weiter.
»Sechs Stunden gute Laune, *wa,* Arjen!«, sage ich, doch die beiden lassen sich nicht provozieren.
»Wie hast du das nur angestellt, Gab?«, kontert Arjen vorwurfsvoll.
»Ich hab gar nichts gemacht! Ihr seid auf einmal weg gewesen. Ihr müsst das doch gemerkt haben. Im Dunkeln bin ich dann in einem Tümpel eingebrochen!«
»Wir waren schon fast an die Kontrollpunkt, als wir gemerkt haben, dass du nicht mehr hinter uns bist! Es tut mir leid, Gab, aber du musst noch bis zu die Kontrolle durchhalten, dann kommt bestimmt Anouk und hat trockene Sachen.«
»Aber dann kann ich aufgeben, oder? Ich muss nicht mehr weiterlaufen?!«
»Jetzt ziehst du erst mal andere Sachen an und trinkst *lekker* warmen Tee, dann sieht der Welt ganz anders aus«, versucht Leenert mich hinzuhalten.

Erst einmal brauchen wir den Stempel, aber vor allem müssen wir vor Anouk da sein, sonst fliegen wir auf. Die aber war schneller als wir. Als mich Arjen und Leenert zur letzten Kontrollstelle in Dokkum ziehen, sehe ich schon von Weitem, wie *mijn lief* aufgeregt mit den Kontrolleuren diskutiert, die aber nur mit den Schultern zucken. Sie erkundigt sich nach uns und fragt, ob wir schon durchgekommen sind. Ein wirklich schnelles Tempo traut sie uns anscheinend nicht zu. Als sie mich total durchnässt entdeckt, ahnt sie schon, was passiert ist. Bevor sie uns drei zur Schnecke macht – auf Deutsch, damit auch ich alles verstehe –, zieht sie uns von den Kontrolleuren weg.
»Was seid ihr nur für *sukkels* (Schwachköpfe)!«, legt sie los.

Arjen und Leenert wollen sich noch rechtfertigen, aber *mijn lief* lässt keine Widerworte zu.

»Wie kann man sich nur so *stom* (dumm) verhalten? Wolltet ihr wieder cleverer als alle anderen sein? *Potverdorie!* (Verdammt noch mal!)«

»Wir mussten abkürzen, um rechtzeitig an die Ziel zu kommen. Wer ahnt denn, dass dein Freund in ein Wasserloch einbricht!«, versucht sich Leenert zu rechtfertigen.

»Ach, jetzt ist auch noch Gab schuld, oder was!« Anouk ist nicht zu besänftigen.

»Jetzt spiel doch nicht die Moralapostel, An!«, mischt sich Arjen ein. »Hast du vielleicht noch nie abgekürzt? Gut, wir haben ihn zwischendurch mal aus die Augen verloren, und dann ist es halt passiert!«

»Jetzt sich auch noch rausreden. Das ist doch die Allerletzte! Beim *zwarte Piet* konnte ich ja noch lachen. Da hätte sich Gab schon die Hals brechen können. Aber jetzt wäre er erfroren, wenn ihr ihn nicht zufällig wiedergefunden hättet.« Arjen und Leenert halten die Klappe. Nuki reicht mir, ohne mich anzuschauen, die Wechselklamotten. Ein bisschen ist sie auch auf mich wütend, weil ich den Betrug mitgemacht habe. Doch nachdem ich mich in der Baracke der Kontrollstation umgezogen habe, zieht sie mich hinter eine Wand und gibt mir einen extra dicken Kuss.

»Wofür war der denn?«, will ich wissen.

»Dafür, dass du jeden Quatsch mitmachst und nicht aufgibst!«

»Also eigentlich wollte ich jetzt nicht mehr weiterfahren!«

»Aber *schatje*, aufgeben kommt gar nicht infrage. Das ist die letzte Kontrollstation. Du hast es fast geschafft. Soll denn der ganze Betrug und die Plackerei umsonst gewesen sein?«

Das ist vielleicht eine Logik. Nuki ist keinen Deut besser als ihr Cousin und ihr Bruder.
Eigentlich wollte ich ihr jetzt den Heiratsantrag machen, aber das wäre wohl eine Mitleidsnummer geworden. Bevor ich etwas sagen kann, fällt sie für mich die Entscheidung.
»Jetzt los. Ich helfe dich auch!«

Ich helfe dich auch! Wie will mir Nuki denn helfen? Schweren Herzens mache ich mich auf den Weg über die letzten zwölf Kilometer. Ich habe mehrere Blasen an den Füßen. Beim Umziehen habe ich mit Schaudern entdeckt, dass aus einer geplatzten Blase schon das Blut quillt. Arjen und Leenert gleiten schweigend hinter mir her. Sie scheinen aber nicht sauer auf mich zu sein. Auch nicht auf die Tatsache, dass ich von den letzten zwölf Kilometern höchstens die Hälfte laufend zurücklege. Denn hinter der nächsten Biegung wartet *mijn lief* mit dem eBike und nimmt mich ein Stück auf ihrem Gepäckträger mit. Nach 188 Kilometern *fietsen* steht Nuki noch gut im Saft und tritt mit voller Kraft in die Pedale. Meine Schlittschuhe schleifen auf dem Eis. Die Schmerzen sind wie weggeblasen. Warum hat sie das bloß nicht früher gemacht? Die paar Schaulustigen, die nachts um halb zwölf noch an der Strecke ausharren, stört meine Art der Fortbewegung nicht. So genau nehmen es die Holländer kurz vor Schluss nicht mehr mit den Regeln.

Vier Kilometer vor dem Ziel hält Anouk an, und ich steige ab. Die letzten Meter fahre ich alleine. Arjen und Leenert werden nach mir eintreffen. Sie konnten mit Nukis Fahrrad nicht Schritt halten. Von 16 000 Läufern kommen knapp 12 000 ins Ziel. Und einer von denen bin ich. Platz 11 289 ist für das erste Mal gar nicht so schlecht, wenn man mal vergisst, unter welch widrigen Umständen dieser Platz zustande gekommen ist.

Das Abenteuer *Elfstedentocht* habe ich bestanden, das Abenteuer Hochzeit liegt noch vor mir. *Mijn lief* hat den Antrag natürlich angenommen. Und das, obwohl ich keine Verlobungsringe vorweisen konnte. Die habe ich beim Sturz in den Tümpel verloren. Aber dafür bin ich kein Misanthrop mehr, sondern ein richtiger Holländer und darf Frau Antje heiraten. Das ist doch auch etwas!

Bad price!

Am nächsten Tag scheint die Sonne! Es ist klar und hell. Wochenlang hatten wir diesig trübes Wetter, jetzt knallt die Sonne vom Himmel. Die Sonnenstrahlen scheinen durch die Luken. Es taut! Ich gehe an Deck unseres Hausbootes und schaue aufs Thermometer. Vier Grad plus! Heute kommen die beiden Lkws mit dem Streusalz aus Kassel. Knapp 40 Tonnen. Ich wollte Maastricht auftauen, ganz Holland schmelzen lassen. Jetzt macht das die Sonne. Kostenlos! Beim Blick auf das Thermometer schmilzt mein Gewinn – wenn überhaupt noch irgendjemand Streusalz haben will. Ich werfe meinen Laptop an und rufe das Wetter ab. Heute vier Grad, morgen fünf Grad, ab Mittwoch »vorfrühlingshafte« Temperaturen. Der Super-GAU! Ich laufe rüber zu Rob, dem Campingplatzwart. Er sitzt vor seinem Büro in der Sonne.

»Hey, Rob! Wie läuft's?«

»Gar nicht! Ich genieße die Frühling, na ja, die kommt ja erst ab der Mitte der Woche!«

»Es ist Winter, Rob, das ist nur so eine Phase. Am Wochenende wird es wieder *lekker* kalt! Gestern habe ich den *Elfstedentocht* überlebt, dann kann heute nicht Frühling sein.«

»Doch Gab, das war es mit die Winter! Das ist hier keine Phase. Es taut!«

Mir geht der Arsch auf Grundeis – im wahrsten Sinne des

Wortes. Ich werde auf dem beknackten Salz sitzen bleiben. Von wegen: *Alle Leute sind genervt, der Preis wird steigen, big deal, best price, yes,* stattdessen *no deal, bad price*! Ich gehe zurück aufs Hausboot und versuche, Andrew zu erreichen. Das ist mein Untergang. Anouk wird mich hassen und mich nicht heiraten.
Ich hasse Anouk. Immer weiß sie alles besser. Zugegeben, meine Taktik war riskant, aber wenn sie aufgeht, wäre das endlich mal ein richtig großes Geschäft. Ihre Idee, erst kaufen, wenn man die Ware selbst an Gemeinden oder Privatleute vertickt hat, hätte keinen großen Gewinn gebracht. Ich muss das Streusalz jetzt loskriegen. Andrew geht nicht ans Handy. Was macht dieser Hallodri bloß? Hat er schon mal einen Blick aus dem Fenster und auf das Thermometer geworfen und stranguliert sich vielleicht gerade mit seiner Gummipuppe?

Ich rufe in Kassel an. Vielleicht hat es ja mit der einen Woche Lieferzeit doch nicht geklappt? Vielleicht kommt der Frühling in Deutschland erst am Wochenende an? Vielleicht, vielleicht, vielleicht?!
Ich habe wieder die kühle Stimme am Telefon:
»Eurosalz. Guten Tag. Wie kann ich Ihnen helfen?«
»Hier spricht Gabriel aus Holland. Ich würde gerne die Lieferung stornieren!«
Lautes Gelächter am anderen Ende der Leitung, das kühle *Es* gackert und bittet um die Auftragsnummer.
»Eine Stornierung ist nicht möglich. Die Lieferung ist schon raus und heute Abend bei Ihnen in Holland!«
»Kann man da nichts machen? Ich meine, können Sie es nicht vielleicht noch umleiten, zu einem Kunden, der das Salz ganz dringend braucht? Vielleicht haut das hin?«

»Wie stellen Sie sich das vor? Die Lagerkapazität des Kunden muss frei sein. Wir liefern vor allem deswegen termingerecht, damit die Kunden sich darauf einstellen können. Wir haben hier zwei Lkws, die zu Ihnen unterwegs sind. Umleiten haut auf gar keinen Fall hin!«
»Und wenn die Lkws noch umdrehen und Sie die Ware zurücknehmen, gegen eine Ausfallentschädigung oder so!«
»Sie sind Neukunde und die Lkws schon auf halber Strecke. Das geht nicht und schon gar nicht ›oder so‹! Lagern Sie das Salz ein. Der nächste Winter kommt bestimmt!«

Vielen Dank und auf Wiedersehen. Der nächste Winter kommt bestimmt. Für mich sicher nicht. Anouk wird mich weder heiraten noch mir verzeihen. 5000 Euro sind erst einmal weg. Dazu kommen noch die Lagerkosten, wenn ich das Streusalz nicht doch noch loswerde. Andrew meldet sich und ist offensichtlich vollkommen bekifft. Mein australischer Kumpel hat eine Idee. Man könnte doch versuchen, das Streusalz als Spülmaschinensalz zu verkaufen. Andersherum würde es doch auch funktionieren. Als kein Streusalz zu bekommen war, hat sein WG-Kumpel Dave den Winter über Spülmaschinensalz auf die Straße gekippt, damit der Schnee wegschmilzt. Der *Schwarze Afghane* muss Andrew das Hirn völlig vernebelt haben. Andererseits haben Frans und Frieke, meine Schwiegereltern in spe, das auch so gemacht. Behaupten sie zumindest. Natürlich habe ich das nicht geglaubt. Seit der *zwarte-Piet*-Nummer glaube ich gar nichts mehr von dem, was mir Frau Antje ihre Familie verklickern will.

Ich fahre zu Frans und Frieke und will das Ganze selbst ausprobieren. Frieke schaut mich verständnislos an.

»Gab, du hast keine Spülmaschine, wa?«
»Nee, habe ich nicht, ich weiß. Ich brauche trotzdem mal die Tüte mit dem Spülmaschinensalz.«
»Warum?«
»Ich muss etwas ausprobieren!«
Frieke ist mir viel zu neugierig. Weder sie noch Nuki wissen, dass ich der Streusalzkönig von Holland bin. Ich gehe hinters Haus und streue eine kleine Menge von dem Spülmaschinensalz auf eine Stelle mit Eis und Schnee. Es dauert keine fünf Minuten, und das Eis schmilzt, der Schnee wird braun. Es funktioniert tatsächlich. Frieke kommt neugierig aus dem Haus und ist mehr als irritiert.
»Wat machse denn da, Gab? Et taut, wa!«
»Ich weiß, dass es taut. Das ist ja das Problem!«
»Wieso ist dat denn ein Problem? Ist doch schön, dass der Frühling kommt!«
»Sicher!«
»Deswegen brauchst du aber nicht mein schönes Salz verschwenden. Dat kostet Geld, Gab, wa!«
»Es wird dich nicht umbringen, Frieke! Wenn einer pleite ist, dann ich!«
»War dat schon mal anders?« Frieke lacht meckernd wie eine Ziege. »Aber zumindest hast du keine Schulden!«

Wenn Frieke wüsste, dass jetzt vor allem ihre Tochter Schulden hat, es wäre vorbei mit dem Schwiegersohn-Getätschel. Wir gehen wieder ins Haus. Aus dem Keller hole ich den Rest Streusalz. Ich nehme den Beutel, kippe den Inhalt in Friekes Spülmaschine und stelle sie an. Mal schauen, ob es auch andersherum funktioniert. Im Internet gibt es eine wahre »Streu-zu-Spülmaschinensalz«-Fangemeinde, weil Streusalz mengenmäßig natürlich viel billiger ist als das

Salz für die Spülmaschine. Das ignoriere ich jetzt aber mal, weil ich natürlich um meinen Gewinn fürchte. Hauptsache, ich werde das Zeug los. Frieke wundert sich, dass ich die Maschine angemacht habe, fragt aber nicht nach, weil gerade Tante Wilhelmina und ihre Freundinnen zum Kartenspielen eingetroffen sind und sie den Spitzkohl-*stamppot* noch zubereiten muss.
Zwei Stunden und die 57. Wiederholung der Geschichte der Befreiung der Niederlande durch Opa Bram später ist die Spülmaschine fertig. Ich mache die Tür auf und stelle fest: Die Maschine funktioniert noch, die Gläser und Teller glänzen, und auch beim Genuss von Chocomel in einem Glas aus der Spülmaschine fällt mir kein ätzender oder bitterer Beigeschmack auf. Ab jetzt gilt: Schwerter zu Pflugscharen und Streusalz zu Spülmaschinensalz. Frieke erklärt mich für völlig verrückt und führt es auf meine traumatischen Erlebnisse beim *Elfstedentocht* zurück.

Auf dem Nachhauseweg fahre ich bei Anouks Cousin Herman, dem Schweinezüchter, vorbei. Er soll mir helfen, weil ich das Spülmaschinensalz natürlich nicht sofort an die Hausfrau bekomme. Zwei Lkws voll Streusalz muss ich erst einmal irgendwo unterkriegen. Und das geht eigentlich nur in den Silos von Nukis Cousin. Ich rufe die Lkw-Fahrer an und gebe ihnen schon mal Hermans Adresse durch. Er muss mir helfen. So wird aus dem *big deal* vielleicht wenigstens kein *bad deal*. Als ich bei Herman eintrete, scheißt der gerade auf unflätigste Art und Weise seine Frau Femke zusammen. Seine bessere Hälfte hat *stamppot* auf den Tisch gezaubert, aber beim Einkaufen das Apfelmus vergessen. Nun muss er den Gemüsematsch ohne Apfelmatsch essen. Für Herman die Höchststrafe!

»Willse mitessen, Gab. Is genug da, und ich esse eh nicht so viel!«
»Nein danke! Aber kannst du mir einen Gefallen tun? Deine Silos sind doch jetzt am Ende vom Winter fast leer!«
»Ja. Warum? Wat kann ich für dich tun, Gab?«
»Ich bräuchte sie als Lagerfläche.«
»Kommt drauf an! Wat willse denn einlagern?«
»Spülmaschinensalz!«
»Bisse bekloppt, Gab? Sach mal, is was hängen geblieben vom Kaminsturz beim *Sinterklaasfeestje*, wa!«
Herman haut mir auf die Schulter. Er ist sich hundertprozentig sicher, dass zur Abwechslung mal ich einen aus der Familie hochnehme. Aber ich lasse nicht locker!
»Ich brauche den Platz nur ein, zwei Monate, bis ich das Salz verkauft habe. Ich hatte da eine günstige Gelegenheit!«
»Auf gar keinen Fall, Gab! Ich kann in die Silos nie wieder Kartoffeln oder Zusatzstoffe einlagern. Spülmaschinensalz – das sind Chemikalien, Gab!«
»Eigentlich ist es Streusalz!«, versuche ich Herman zu überzeugen. Aber das macht die Sache auch nicht besser.
»Noch schlimmer! In meine Silos kommt weder Streu- noch Spülmaschinensalz! Hast du eine Ahnung, wie aufwendig es ist, die Silos wieder zu reinigen? Wenn ich überhaupt je wieder Futter in die Silos einlagern darf. Wenn das rauskommt, schließen die mir den Hof!«
»Und in nur einen Silo vielleicht?«
»Wie viel Salz hasse denn?«
»Knapp 40 Tonnen!«
Herman schlägt sich auf die Schenkel. Das mit dem Apfelmus hat er längst vergessen.
»Dat ist doch nicht dein Ernst! Dat muss aber eine extrem günstige Gelegenheit gewesen sein!«

Wenn Herman wüsste!
»Also, was jetzt, Herman? Ja oder Nein!«
»Auf jar keinen Fall! Außer du verpackst es vorher in Einzelbeutel. Die kannse bei mir in die Silos einlagern!«
Na toll, denke ich mir. Knapp 40 Tonnen in 5-Kilo-Beuteln. Viel Spaß beim Abfüllen.
»Was sagt denn Anouk zu der ganzen Sache? Warum hat sie dir den Quatsch nicht ausgeredet?«
»Hat sie, aber ich wollte mir mal ausnahmsweise nicht von der Besserwisserin reinreden lassen!«
»Wie redest du denn von deiner zukünftigen Frau?«
»Wie redest du denn mit deiner Frau, wenn sie Apfelmus vergisst?«

Mein Date mit Herman ist eigentlich beendet. Ich bleibe aber in guter Tradition einfach sitzen. Was soll ich machen? Die Lkws habe ich zu Herman bestellt, am Telefon hat sich Andrew erkundigt, wo ich bin, und auch Anouk hat heute früher Feierabend und keinen Termin in Moldawien. Sie kommt zu Herman. *Gezellig!* Oder auch nicht? Ob sie die Streusalzaktion genauso locker nimmt wie die Voodoo-Nummer auf unserem Hausboot? Ich werde es gleich wissen. Showdown auf dem Schweinezüchterhof!

Erster Akt
Die Salz-Lkws kommen vorgefahren. Großes Tohuwabohu! Herman winkt die Lkws wieder vom Hof runter. Ich winke sie wieder rauf. Die Fahrer steigen aus. Großes Geschrei!

Zweiter Akt
Anouk kommt bei Herman an. Sie schreit nicht, hört sich

nur alles ruhig an, diskutiert, beruhigt die Gemüter. Managerin halt, als ob wir ihre Kunden wären!

Dritter Akt
Anouk erfährt, dass sie die Kundin ist. Die Lkw-Fahrer wollen eine Unterschrift für den Erhalt der Ware. Dann könne man weitersehen. Anouk weiß jetzt, wer in Vorkasse gegangen ist und alles bezahlt hat. Sie schreit!

Vierter Akt
Auftritt Andrew. Der aufgedunsene Exsurfer ist wie immer vollkommen bekifft und findet alles halb so schlimm.

Fünfter Akt
Anouk flippt aus!

Letzter Akt
Die Lkw-Fahrer kippen die Ladung auf Hermans Hof, nachdem ich zugesagt habe, die 40 Tonnen in 5-, 10- und 20-Kilo-Säcke zu verpacken. Hermans Hof ist mit einem Mal komplett vom Eis befreit.

Ich fahre mit Andrew in die umliegenden Bau- und Drogeriemärkte und kaufe den kompletten Vorrat an Jute-, Leinen- und Plastiksäcken auf. Maastricht ist zwar nicht eis- und schneefrei, dafür aber ausverkauft, was Vorratsbeutel angeht.
Nuki spricht kein Wort mehr mit mir. Zuvor hat sie mir das Versprechen abgerungen, nächste Woche bei einem ihrer Dutzend Cousins als Kaugummiautomatenbefüller anzufangen – wenn ich bis dahin mit dem Streusalzverpacken fertig bin.

Hubba Bubba

Es ist Frühling! Während in München Ende Januar schon noch mal so richtig der Kältehammer zuschlagen kann, war es das hier. Das komplette Salz ist in Beutel verpackt und in Hermans Silos eingelagert. Bis zum Sommer. Dann muss ich mir etwas einfallen lassen. Vielleicht ziehen Nuki und ich um, und wir lagern das Salz in unser Hausboot ein. Das ist dann zwar das weltweit teuerste Lager für Streusalz, aber in Holland ist der Winter nicht nur sehr früh zu Ende, er fängt vergleichsweise auch sehr früh an. Vielleicht ja schon im August?!

Ich bin mit dem *Hubba-Bubba*-Transporter unterwegs. Ein knallroter Kastenwagen, dekoriert mit weißen Kaugummiblasen-Aufklebern. In gelber Schrift steht die Firmenadresse von Anouks Cousin Klaas auf dem Auto. Ich bin jetzt Kaugummiautomatenbefüller und wundere mich, dass es so etwas noch gibt: Kinder, die ihr Taschengeld in Kaugummiautomaten stecken. Heutzutage sind die Geräte Hightechmaschinen. Man wirft ein oder zwei Euro in die Einbuchtungen und bekommt dafür eine große Plastikkugel mit Spielzeug und einem Kaugummi. *Hello Kitty, Prinzessin Lillifee* und *Pokemon* gibt es auch in Holland. Als ich klein war, habe ich Zehnpfennigstücke in verrostete blaue oder rote Kästen gesteckt. Dann kamen drei winzige Kaugummikugeln raus. Selbstverständlich nicht in einer Kunststoffhülle verpackt und ohne Spielzeug, dafür hat das Ganze aber auch nur zehn Pfennig gekostet. Heute geht das schon aus hygienischen Gründen nicht mehr. In Zeiten, in denen Kinder komplett antibakteriell aufwachsen und statt Dreck und Schmutz aus Kaugummiautomaten lieber Neurodermitis und Lebensmittelallergien bekommen, ist bei den Geräten alles durchgestylt. Natürlich folgt jede Programmierung der Geräte den neuesten psychologischen Erkenntnissen: Welches Licht muss blinken, um die lieben Kleinen an die Geräte zu locken? Welche Musik braucht es, damit sie ihr Geld reinwerfen?

Ich aber mache mir darüber lieber keine Gedanken, sondern erledige einfach nur meinen Job. In Holland läuft im Vergleich zu Deutschland alles viel unkomplizierter. Hat man sich bei einer Firma beworben, kann man oft gleich am nächsten Tag anfangen. Ich habe mich natürlich nicht um diesen Job beworben, sondern Anouk hat mich ihrem Cousin aufgedrängt.

Meine Handgriffe als Kaugummiautomatenbefüller sind immer die gleichen. Sie werden sich in den nächsten Tagen, Wochen, Monaten, Jahren und wahrscheinlich bis zur Rente nicht mehr ändern. Aufschließen, neue Kugeln rein, Geldschatulle raus, leeren, Geldschatulle wieder rein, abschließen, fertig! Beratung? Fehlanzeige! Die Automaten haben keine Namen, nur Nummern. Ich habe auch eine Nummer. Früher war ich Fachberater. Jetzt bin ich Kaugummi- und Geldtransporter-Fahrer. Willkommen in der *Hubba-Bubba*-Welt!

Was sich nicht geändert hat? Kinder, die ihre Nasen an den Scheiben der Automaten platt drücken, um herauszufinden, welche Kugel mit welcher Figur als Nächstes in den Ausgabeschacht fällt. Der Kaugummi ist vollkommen uninteressant, nur die Figur zählt. Ein kleines Mädchen mit dem schönen Namen Bernice steht vor einem *Hello-Kitty*-Automaten und verteilt ihre Streptokokken und Scharlach-Erreger auf dem Sichtfenster. Sie hustet stark, hat gerötete Augen und schreit wie am Spieß, weil ihre Mutter ihr kein Zweieurostück geben möchte. Natürlich nicht! Für so einen Plastikmüll zwei Euro ausgeben! So etwas darf man nicht unterstützen. Aber Bernice sieht das nicht ein. Sie will das kleine Kätzchen im *Hello-Kitty*-Style. Eigentlich darf ich gar nicht mehr so denken, denn mein jetziger Job hat nichts mehr mit Nachhaltigkeit zu tun wie bei meinem letzten Arbeitgeber. Hier geht es nur ums Geld-aus-der-Tasche-Ziehen. Ich stehe nun auf der anderen Seite und lächle Bernice freundlich an. Der Rotz läuft ihr aus der Nase, und mit dem Handrücken verteilt sie den grünlichen Schnodder im ganzen Gesicht und in ihren weißblonden Haaren.

»Ik wil een balletje!«

»Bernice, nee, het is te duur!«, bleibt die Mutter noch hart.

»Ik wil, ik wil, ik wil!« Bernice wirft sich auf den Boden und brüllt wie am Spieß.

»Nee, kom op, schreeuwlelijk (Brüllaffe)!«

»Het balllleeeetjeeee!«

Auch holländische Kinder haben ein unfassbares Durchhaltevermögen, wenn sie unbedingt etwas haben möchten. Bernice hämmert mit beiden Händen gegen den Automaten. Der grüne Schnodder hat sich mittlerweile auch auf der Scheibe des Automaten verteilt. Ich mische mich ein.

»Niet doen!«

Die ersten Passanten im Einkaufszentrum bleiben stehen. Alle starren auf das Kind, das jetzt wie eine Comicfigur, das Gesicht an die Scheibe gepresst, laut klagend langsam nach unten gleitet, die Augen kalt und starr auf die *Hello-Kitty*-

Traumkugel gerichtet. Ein Bild des Jammers, das die Mutter nicht mehr erträgt. Eine Zweieuromünze rastet in die Einbuchtung, und Bernices Miene hellt sich schnell auf. Sie schnappt sich die Kugel aus dem Schacht – und brüllt vollkommen entsetzt weiter.

Das falsche *balletje* ist herausgefallen. Die Mutter packt Bernice am Arm und versucht, sie wegzuziehen. Das kleine Kaugummi-Monster wirft die Kugel auf den Boden. Die Plastikhülle zerbricht. Unter lautem Geschrei packt Bernice die Figur. Der Kaugummi bleibt unbeachtet auf dem verdreckten Boden des Einkaufscenters liegen. Ich schaue den beiden hinterher. Früher bei den Zehnpfennigautomaten gab es nicht so ein Geschrei. Hatte man bei den Kaugummis die falsche Farbe erwischt, hat man mit seinen Kumpels getauscht. Ich mochte am liebsten die blauen. Bernices Kugel ist ebenfalls blau und natürlich in durchsichtiges Papier eingepackt. Ich hebe sie auf, packe sie aus und stecke sie in den Mund. Kein Vergleich zu früher! Unser Kaugummi hat damals viel künstlicher geschmeckt. Dieser *Hello-Kitty*-Mist ist bestimmt bio. Ich spucke ihn aus. Ein älteres Ehepaar, das schon über Bernices Verhalten den Kopf geschüttelt hat, schaut mich vollkommen verständnislos an. Ein Kaugummiautomatenbefüller, der sein eigenes Produkt ausspuckt, erregt selbst im liberalen Holland Aufsehen.

Als ich am Abend wieder mit meinem kleinen roten *Hubba-Bubba*-Transporter auf den Hof von Cousin Klaas fahre, beende ich nach nur einem Tag meine Probezeit als Kaugummiautomatenbefüller. Ich erkläre Klaas, dass das nichts für mich ist. Zu wenig Kundenkontakt, eigentlich nur einer, und der hat mir gereicht. Ich arbeite doch als quasi geheilter Misanthrop so gerne mit Menschen, aber nicht mit Monstern und kleinen Kindern.

Anouk ist über meinen Entschluss entsetzt. Nicht dass wir das Geld unbedingt brauchen. Nukis jährlicher Bonus bei der Amstel Brauerei ist so hoch wie mein voraussichtliches Jahreseinkommen in der *Hubba-Bubba*-Branche, aber sie möchte, dass ich auch beruflich in ihrem Land ankomme, nicht nur privat. Bei den Aktionen meiner neuen holländischen Verwandtschaft habe mir einmal fast das Genick gebrochen und bin einmal fast erfroren. Wie fühlt es sich dann erst an, wenn ich in Holland auch beruflich ankomme? Wahrscheinlich wäre mein kleiner *Hubba-Bubba*-Transporter überfallen und ich mit einem Kopfschuss hingerichtet worden. Anouk will davon aber nichts wissen.

»Du gibst eine sichere Job auf und du beleidigst mir und meine Familie!«

»Ach, bisher hat mich deine Familie bei jeder Gelegenheit hochgenommen und verarscht, *mijn lief*.«

»Du übertreibst wirklich! Dein Versuch, dir hier als Geschäftsmann zu etablieren, endete damit, dass dich meine Familie geholfen hat. Herman hat dein Geschäft wenigstens vorläufig gerettet, Klaas hat dich einen Job gegeben und Arjen und Leenert dein Leben gerettet. Wann bekomme ich eigentlich meine 5000 Euro zurück?«

Gott sei Dank ist Anouk nicht nachtragend. Nur ein bisschen. Ich müsste fünf Monate in Klaas' *Hubba-Bubba*-Firma arbeiten. Dann hätte ich meine Schulden bei *mijn lief* abbezahlt.

»Dann fange ich lieber bei Ikea an!«, erkläre ich entschlossen. Das allerdings war ein Fehler.

»Das trifft sich doch super, *schatje*. Bei Ikea in Maastricht suchen sie gerade Verkaufsberater. Und für Mitarbeiter gibt es bestimmt Rabatt bei Einkäufen. Wir brauchen dringend noch Beistelltische.«

»Das ist doch nicht dein Ernst! Ich glaube, dir macht es Spaß, mich zu quälen!«
»Entscheide dir, *schatje!* Möbel verkaufen oder Kaugummiautomaten befüllen. Irgendetwas musst du machen! Du schuldest mich 5000 Euro, und der Hochzeit kostet auch Geld! Wie hast du dir das eigentlich gedacht?«

Die Hochzeit kostet nicht nur Geld, sondern auch viel Arbeit. Ich habe keine Ahnung, wo ich ein Floß herbekommen soll. In ganz Holland gibt es kein Holzfloß zu mieten, auf das 80 Verwandte plus Kapelle passen – und mit dem man nicht untergeht. Und wie sollte man ein Isarfloß aus München nach Holland importieren? Ich will gar nicht wissen, wie viel so etwas kostet. Damit ich meine Schulden bei Anouk begleichen und den Transport des Hochzeitsfloßes nach Maastricht bezahlen könnte, müsste zuvor noch ein schwerer und langer Wintereinbruch kommen, und ich müsste den 5-Kilo-Sack Streusalz zu 20 Euro verkaufen. Danach sieht es aber eher nicht aus. Vorne am Steg strecken die ersten Krokusse ihre Köpfe aus dem zarten Grün. Es ist Frühling, ich bin pleite und ich muss ein Floß organisieren. Oder ich baue selbst eines und verkaufe es dann. Die Hochzeit wäre gerettet, und ich wäre schuldenfrei.
Arjen und Leenert müssen mir helfen. Schließlich schulden sie mir noch mindestens einen Gefallen.

Petri Heil!

Ich muss Arjen und Leenert gar nicht lange bitten. Sie sind Feuer und Flamme, das Floß selbst zu bauen. Allerdings muss es ein Riesenfloß werden. 80 Leute plus eine Drei-Mann-Kapelle plus Zelt plus Verpflegung plus Ausrüstung, das bedeutet, das Floß muss eine Tragfähigkeit von zehn Tonnen haben. Ein Lkw zu Wasser, und wir dürfen ihn basteln. Hurra! Wird es ein reines Holzfloß, müssen wir den halben Wald rund um den Campingplatz roden, weil Holzstämme in dieser Menge kaufen würde uns finanziell endgültig ruinieren. Arjen, Leenert und ich sind uns vollkommen uneinig darüber, aus welchen Materialien das Floß beschaffen sein soll.

»Unten Autoreifen, oben Baumstämme!«, sagt Arjen.

»Unten Tonnen, oben Europaletten!«, sagt Leenert.

»Ein klassisches Holzfloß, zu hundert Prozent aus Stämmen!«, sage ich.

Ich setze mich durch, weil das die preiswerteste Lösung ist. Campingplatzwart Rob kennt in dem Wald, der an den Campingplatz angrenzt, eine Stelle, die rechtsfreie Zone sein soll, weil sich zwei Gemeinden seit Jahren um das Stück Land juristisch bekriegen. Das Problem: Der Bauplatz für das Floß muss sorgfältig ausgesucht werden. Man braucht einen Platz, an dem das Ufer seicht und ohne Strömung ist, sonst legt das Floß ab, bevor es überhaupt ein Floß ist. Eine geeignete Stelle ist schnell gefunden, nur

150 Meter von unserem Hausboot entfernt flussabwärts in Richtung Maastricht, fast uneinsehbar, hinter einem Grünstreifen, genau da, wo die Maas eine Kurve macht. Viele Campingplatzgäste werden hier nicht vorbeikommen, was eindeutig von Vorteil ist, weil man beim Floßbauen immer einen ordentlichen Flurschaden hinterlässt. Der Nachteil unseres perfekten Bauplatzes: Er liegt meilenweit entfernt von der angeblich rechtsfreien Zone, in der wir die Baumstämme schlagen sollen.

Grundsätzlich streiten Arjen, Leenert und ich aber noch darüber, wie wir an die Stämme kommen. Die beiden wollen einfach alles fällen, was direkt am Fluss um den Bauplatz herum steht. Ich würde mich lieber auf der rechtsfreien Fläche bedienen, damit es hinterher keine Probleme gibt.
»Also, Gab, ich helfe dich gerne, aber wenn du partout ein reines Holzfloß haben willst, werde ich nicht 40 Baumstämme oder mehr über einen Kilometer hierhin schleppen«, will Arjen Tatsachen schaffen.
»Ich auch nicht!«, erklärt Leenert kategorisch.
»Wir müssen aber!«, wende ich ein. »Wenn uns nur einer sieht und mich erkennt, weiß die Polizei gleich, wer hier illegal gerodet hat.«
»Wir werden hier sowieso eine Flurschaden hinterlassen, Gab! Was soll's?«
»Wir dürfen hier überhaupt kein Chaos hinterlassen, weil ich nach der Hochzeit das Floß hinter meinem Hausboot festmachen und vermieten will!«, versuche ich den beiden meine Geschäftsidee nahezubringen. »Ich brauche Geld und außerdem will ich nicht bei Ikea anfangen!«
Arjen und Leenert sind vollkommen perplex. Zum einen

wegen meiner politisch korrekten Art und dann wegen meines neuen Jobs.
»Bei Ikea? Du? Ich denke, du bist jetzt die neue *Hubba-Bubba*-König bei Klaas?«

Wir vertagen das Problem, weil es dunkel wird. Am Wochenende wollen wir loslegen. Anouk weiß von der ganzen Sache nichts. Wie immer! Ist auch besser so, weil ich mir sicher bin, dass sie diesmal wirklich ausflippen würde. Doch schon am Abend bei Kuschelromantik und Kerzenlicht in unserer Kajüte wird sie misstrauisch.
»Hast du schon bei Ikea in Maastricht durchgerufen?«, will *mijn lief* von mir wissen.
»Ja, aber die Stellen waren alle schon vergeben!«, lüge ich Anouk an.
»Das ging aber schnell! Komisch. Gestern standen sie noch im Internet drin.«
»Sie haben bestimmt nur vergessen, sie rauszunehmen. Ich suche mir aber etwas anderes. Versprochen!«
Ich hasse Lügen, aber es ist ja quasi eine Notlüge. Ich will Nuki beweisen, dass ich was auf die Beine stellen kann, nur eben nicht als *Hubba-Bubba*-Mann oder Ikea-Verkäufer, sondern als Geschäftsmann. Wenn nur eine meiner Ideen mal klappen würde …

Zwei Tage später fangen Arjen, Leenert und ich an, besser gesagt, wir streiten weiter. Arjen kommt mit seinem Transporter, Leenert hat Äxte, Sägen und Seile organisiert. Ich bringe Bier mit. Leenert markiert die ersten Bäume, die er für floßtauglich hält, mit roter Farbe. Ich probiere alles, um die beiden davon zu überzeugen, das Holz doch an der von Rob vorgeschlagenen Stelle zu fällen.

»Ich komme in Teufels Küche, wenn wir die Bäume hier schlagen! Wenn die Wasserschutzpolizei vorbeikommt, sind wir geliefert!«

»Holländische Polizisten machen gar nichts«, versucht mich Leenert über die Eigenheiten der holländischen Staatsmacht aufzuklären. »Selbst bei Einbrüchen oder Überfällen kommen die erst am nächsten Tag. Und wenn die uns sehen, winken wir die einfach freundlich zu, und du wirst sehen, nichts passiert. Wir befinden uns hier auf dem Campingplatz. Das ist Privatgelände. Wenn die Rob uns nicht verpfeift, wird hier gar nichts geschehen.«

»Wegen euch lande ich noch im Knast!«, versuche ich den beiden ein schlechtes Gewissen einzureden, aber Arjen und Leenert hören mir schon gar nicht mehr zu. Arjen misst die Fläche aus, und Leenert bearbeitet mit einer Axt und erstaunlichem Geschick einen Baum. Die Aussicht auf eine wilde Hochzeitsfeier mit Unmengen von Amstel Bier und einer Partyband treibt sie an. Vielleicht hätte ich zwei andere Verwandte fragen sollen? Irgendwie hat noch nie etwas wirklich funktioniert, wenn die zwei mitgewirkt haben. Das soll schließlich meine Hochzeitsfeier werden, nicht irgendein Saufgelage.

Während Leenert einen Baum nach dem anderen schlägt, kürzt Arjen die Stämme und sägt die Äste ab. Die beiden wirken wie professionelle Holzfäller aus Kanada, gerade so, als würden sie das schon ihr ganzes Leben machen.

»Du brauchst gar nicht so erstaunt schauen, Gab, wir haben als kleine Jungs oft Flöße gebaut. Eigentlich ein Kinderspiel!«, erklärt mir Arjen seinen Profibauer-Status.

»Das geht zack, zack! Allerdings sind wir als Kinder immer auf Nummer sicher gegangen. Ohne Tonnen oder

alte, geklaute Reifen haben wir uns nicht auf die Maas getraut.«
»Das wird ein bayerisches Floß, Arjen. Nur Holz, dicke Stämme, archaisch und männlich. Ich heirate Anouk nicht auf einem Kinderfloß. Vielleicht noch mit einer Piratenflagge drauf!«
»Genauso waren Leenert und ich früher unterwegs.«
»Das soll aber kein Kindergeburtstag werden, sondern der schönste Tag in Anouks und meinem Leben.«
Ende der Durchsage. Käpt'n Gab hat gesprochen.

Von der Wasserschutzpolizei ist weit und breit nichts zu sehen. Dafür schaut Rob bei uns vorbei. Eigentlich hätte ich jetzt ein Donnerwetter erwartet, aber der Platzwart verzichtet auf Belehrungen. Spätestens angesichts des tatkräftigen Einsatzes von Arjen und Leenert ahnt Rob, dass mein zukünftiger Schwager und Cousin sich nicht allzu sehr um gesetzliche Vorschriften kümmern.
»Also, ich weiß von nichts! Ich hoffe, ihr habt mehr Glück als bei eurem Schlittschuhrennen«, merkt Rob nur kühl an. Das Orakel vom Campingplatz will nicht mit uns gesehen werden und verschwindet wieder.
Arjen und Leenert roden mal eben zack, zack den kleinen Grünstreifen, der jetzt nicht mehr sonderlich uneinsehbar ist. Man kann vom Ufer aus deutlich in die erstaunten Gesichter der vorbeifahrenden Binnenschiffer erkennen. Ich lade die Äste auf Arjens Transporter und hole die Seile, mit denen wir die 40 Baumstämme festbinden. Als die Sonne untergeht, wundere ich mich, dass wir schon fast alle Baumstämme für unser Riesenfloß gefällt und entastet haben. Arjen und Leenert stehen im Holzfällerhemd, Axt und Säge lässig über die Schulter geworfen, im Licht des Sonnen-

untergangs. Ich mache mit Selbstauslöser ein Foto von uns dreien. Das wird das erste Bild in unserem Hochzeitsalbum sein. Arjen, Leenert und ich – die Helden und ihr Hochzeitsfloß.
Für den Zusammenbau und eine Jungfernfahrt ist es jetzt schon zu dunkel. Wir verabschieden uns, und ich frage mich, warum eine Tagesfloßfahrt auf der Isar in München zwischen 80 und 100 Euro kostet. Was die für einen Reibach machen müssen! Um die 40 Leute sind auf einem Floß dabei. Das macht zwischen 3200 und 4000 Euro Einnahmen am Tag. Abzüglich Essen, Trinken, Kapelle und Personalkosten müsste da locker ein Tausender übrig bleiben. Wenn ich so etwas hier veranstalte, zahlen die Leute vielleicht nur 50 Euro, dafür bekomme ich aber das Bier von Anouk umsonst. Caterer und Kapitän bin ich in einer Person, nur das Essen und die Band fallen ins Gewicht. Streusalzhändler war gestern, Floßschiffer und Großgastronom ist heute. Irgendwann muss es doch mal klappen. Ich will nicht bei Ikea Pressspanmöbel verkaufen.
In der Nacht haben Anouk und ich tollen Sex. Ich habe eine Kapitänsmütze auf und singe schmutzige Seemannslieder. Anouk ist der Meinung, ich sei schon lange nicht mehr so gut gelaunt gewesen.

Am nächsten Tag treffen wir uns wieder auf dem Bauplatz. Arjen und Leenert stehen mit kniehohen Gummistiefeln im Wasser und ziehen die einzelnen Baumstämme mit einem Gurt ins Wasser.
»Warum bindet ihr die Stämme denn nicht an Land zusammen?«
»Und wer soll die eine oder vielleicht zwei Tonnen schwere Ding dann in die Wasser ziehen?«

Die beiden Superhandwerker haben natürlich recht! Nicht mal, wenn Rob uns helfen würde, bekämen wir das Floß vom Ufer in die Maas! Das Orakel steht am Rand unseres Bauplatzes und schüttelt den Kopf.
»Das funktioniert niemals!« Robs Kommentar bringt Arjen und Leenert auf die Palme.
»Und warum nicht?«
»Weil sich die Rinde nach dem Winter voll Wasser saugt und ihr damit absaufen werdet! Darum. Und außerdem wird das Seil niemals diese Riesenbaumstämme zusammenhalten. Ihr braucht Taue, richtige, schwere Taue! Was soll das für ein Floß sein? So etwas habt ihr früher gebaut und seid damit schon damals gesunken.«
Angesichts der wüsten Beschimpfungen von Arjen und Leenert zieht der Seher es vor zu verschwinden. Mein Vertrauen in die beiden Floßbauer schwindet.
»Hör nicht auf ihn, Gab! Der alte Mann konnte uns schon als Kinder nicht leiden. Immer wollte er uns alles vermiesen. Man muss seine Erfahrungen sammeln. Natürlich sind wir auch mal mit dem ein oder anderen Floß gesunken, aber als wir älter waren, hat es fast immer geklappt.«
Die Alarmglocken in meinem Kopf verpassen mir fast einen Tinnitus. *Erfahrungen sammeln … gesunken … fast immer geklappt …*, das hört sich alles wenig vielversprechend und sehr vage an.
»Wie alt wart ihr denn, als es dann mal geklappt hat?«, will ich wissen.
Arjen kratzt sich den Kopf und schiebt seine Holzfällermütze nach hinten.
»Eigentlich hat es nie so richtig geklappt! Mit 14 haben wir es einmal fast geschafft. Das Anlanden war die Problem!«
»Jap, das waren noch Zeiten. *Mam* und *Pap* haben ganz

schön dumm aus die Wäsche geguckt, als wir klatschnass in der Küche standen!«
Arjen wiehert wie ein Pferd und haut Leenert auf die Schulter. Das ist definitiv das letzte Mal, dass ich mich auf die beiden Chaoten verlasse. Ich finde, die zwei sehen aus wie ganz kleine Jungs auf Abenteuertour, maximal zehn Jahre alt. Und wie das Abenteuer geendet hat, wissen wir ja.

Arjen und Leenert setzen ihr Werk unbeirrt fort. Robs Anekdoten haben ihre Laune sogar noch verbessert. Sie erinnern sich an früher und erzählen nur die Geschichten, die gut ausgegangen sind. Sicher ist, ein so großes Floß haben die beiden noch nie gebaut, geschweige denn zu Wasser gebracht.
»Und was für Knoten wollt ihr denn machen, damit das wirklich hält?«, frage ich, mittlerweile schon extrem misstrauisch.
»Wie man die Knoten macht, ist ziemlich egal. Hauptsache fest!«, erklärt Arjen.
»Und was wäre mit Schrauben?«
»Mit großen Schrauben habe ich keine Erfahrung. Ich denke, dass die bei einem Aufprall brechen. Die Seil kann zwar reißen, aber es lässt sich auch problemlos nachknoten.«
Arjen und Leenert knoten auf beiden Seiten des Floßes gleichzeitig, Stamm für Stamm. Vorher passt Leenert die Stämme an, und kleine Unregelmäßigkeiten werden mit einem Fuchsschwanz beseitigt.
Dann stehen die beiden Experten nachdenklich vor dem Floß, das jetzt ganz im Wasser liegt. An den Enden des Floßes sollte eigentlich Seil übrig bleiben, um die ganze Konstruktion bei Bedarf nachzuziehen, aber irgendwie ist

der Strang zu kurz! Die zwei schauen sich an und brechen in schallendes Gelächter aus.

»Egal!«, sagt Arjen.

»Egal!«, sagt Leenert.

Die beiden sind wieder zehn. Ich kann es genau sehen. Und wie Zehnjährige eben so sind, haben sie überhaupt kein Verantwortungsgefühl und können keine Risiken einschätzen. Stattdessen schmieden sie einen vollkommen wahnsinnigen Plan.

»Wir müssen das Floß unter realen Bedingungen testen!«

»Was heißt das? Reale Bedingungen?« Ich werde von Minute zu Minute skeptischer.

»Real heißt, wir brauchen Leute für die Jungfernfahrt. Wenn wir nur zu dritt fahren, bringt das gar nichts!«, fabuliert Leenert.

»Das könnt ihr nicht machen. Was ist, wenn das Floß euren ›realen Bedingungen‹ nicht standhält und wir sinken? Die Maas hat acht Grad. Entweder die Leute ertrinken oder sie erfrieren.«

»Quatsch, Gab! Sei doch nicht immer so negativ. Das wird schon alles gut gehen!«

»Und wenn nicht?«

Arjen und Leenert grinsen übers ganze Gesicht. »Dann wissen wir, dass es nicht funktioniert!«

»Na toll. Und unsere Passagiere wissen das dann auch!«

»Gab! Holländer gehen im Sommer bei 16 Grad Wassertemperatur in der Nordsee schwimmen. Und der Maas ist ja nicht so breit. Da kommt man auch bei acht Grad noch an Land! Außerdem ist es immer noch besser, wenn irgendwelche Testpersonen mit uns absaufen als unsere ganze Familie!«

Arjen und Leenert lassen mich mit meinen Bedenken am Ufer zurück. Ich soll aufs Floß aufpassen, während sie ihre Dummys vom Campingplatz holen. Diejenigen, die schon früh in der Saison ihre Wohnwagen auf Vordermann bringen, kommen jetzt dank Arjens und Leenerts Propaganda in den Genuss unserer Jungfernfahrt. Immerhin 18 Freiwillige haben die beiden aufgetrieben.
Arjen hat sein Saxofon aus dem Auto geholt, und wie dem Rattenfänger von Hameln folgen ihm die Dummys. Es ist noch nicht mal so, dass die beiden den Leuten irgendwelche Lügen aufgetischt hätten, um sie zu überzeugen. Sie wissen, dass wir mit dem Floß zum ersten Mal auf der Maas fahren werden, aber Musik und Freibier ziehen trotz aller Gefahren.
»*Gezellig!*«, sagt Arjen.
»*Heel gezellig!*«, sagt Leenert.
»Ahoi!«, ruft eine gut gelaunte Meute an Bord.
Ich sage nichts, weil ich alle meine Kräfte zusammennehmen muss, um das Floß anzuschieben. Als unser Prototyp Fahrt aufnimmt, hechte ich an Bord. Arjen hält mir ein Bier hin.
»*Gezellig!*«, sage ich, hauptsächlich, um mich nicht als Skeptiker und Miesepeter zu outen.
Der nächste Anlegepunkt liegt acht Kilometer weiter flussabwärts. 40 Minuten schätzt Hobbyskipper Arjen. Dann haben wir wieder festen Boden unter den Füßen. Ich sehe, wie uns am Ufer Rob mit dem Fahrrad folgt. Natürlich weiß das Orakel, was kommt, deshalb ist er ja auch eine Art Seher.
Bis zur ersten Brücke klappt alles. Arjen spielt Saxofon, Leenert versucht, mit einer Stange das Floß zu steuern, und ich verteile das Bier. Alles könnte so schön sein, wenn wir

nicht schon nach einem Kilometer nasse Füße hätten. Das Floß liegt ganz schön tief im Wasser. Wir hätten die Baumstämme doch entrinden sollen. Das Holz hat sich mit Wasser vollgesogen. Aber es kommt noch schlimmer. Die Knoten halten nicht. Jetzt müsste man nachknoten, was aber nicht geht, weil die beiden Superprofi-Handwerker ja der Meinung waren, dass an den Enden des Floßes kein Seil übrig bleiben muss, um das Ganze nachzusichern.
Arjen und Leenert lachen nicht mehr, denn unser Floß löst sich langsam, aber sicher auf. Wir sinken, und selbst die tapfersten Holländer finden es jetzt aber so was von *heel ongezellig* an Bord unseres kleinen Floßes. Die Stimmung kippt, und die Passagiere beschimpfen Arjen, Leenert und natürlich mich aufs Übelste. Hätten wir jetzt einen Mast an Bord unseres Floßes, ich würde hochklettern und hoffen, dass wir nicht so tief sinken, dass ich ins eiskalte Wasser der Maas muss. Wir sinken! Und das wenig archaisch und gar nicht männlich. Das Letzte, was ich sehe, ist Rob, der am Ufer zum Handy greift und hektisch eine recht kurze Nummer in sein Handy tippt. Auch in Holland kommen die Retter unter der 112.

Natürlich sind Holländer gute Schwimmer. Niemand ertrinkt, jeder schafft es locker bis zum Ufer. Arjen und Leenert versuchen, die aufgebrachte Meute zu beruhigen. Das Großaufgebot an Polizei, Rettungskräften und Wasserschutzpolizei muss sich auch nicht so sehr um Opfer oder Verletzte kümmern als vielmehr darum, die Streithähne zu trennen. Man droht uns Prügel und natürlich Konsequenzen an. Die Sache wird gerecht verteilt. Arjen und Leenert stecken jede Menge Schläge und Tritte ein, und ich darf für den entstandenen Schaden aufkommen.

Die Kosten für den Einsatz von Polizei und Rettungskräften, die illegale Rodung von Bäumen und die Beseitigung des Flurschadens am Bauplatz, all das darf ich bezahlen, was ich natürlich nicht kann, weil ich schon bei Nuki mit 5000 Euro in der Kreide stehe. *Mijn lief* soll dieses Mal nichts von der ganzen Sache mitbekommen, deshalb muss ich mir das Geld von Arjen und Leenert pumpen. Die beiden sind einverstanden, wenn auch zu vier Prozent Zinsen. Der reine Wucher! Das mit dem Zur-Familie-Gehören müssen wir auf jeden Fall noch mal besprechen.
Arjen und Leenert haben aber gerade keine Zeit, weil sie Rob wegen seines, wie sie finden, total übertriebenen Notrufs und den daraus resultierenden Folgen vermöbeln. Das Orakel hätte sich lieber nicht einmischen sollen. Rob muss Arjen und Leenert auch versprechen, nichts Anouk zu erzählen. Zur Abwechslung setzt es also mal kein Donnerwetter von meiner besseren Hälfte für einen geschäftlichen Flop. Das Einzige, was zurückbleibt, sind weitere Schulden, die ich bei Arjen und Leenert abstottern muss. Nur Anouk wundert sich ein wenig, warum sie auf dem Campingplatz und im Kiosk niemand mehr grüßt.

Die Legende von Frau Antje

Das Drama fing vor exakt einem halben Jahrhundert an. In den 60er-Jahren haben alle Deutschen Toast Hawaii gefuttert. Weil die Holländer wollten, dass wir Deutschen das mit holländischem Käse machen, hat das holländische *Zuivelbureau*, das Büro für Milchprodukte, Frau Antje erfunden und sie in eine Fantasietracht mit den Nationalfarben Rot-Weiß-Blau gesteckt.
Käse muss aus Holland kommen. Sonst schmeckt der exotische Fantasie-Toast nicht. Und wir sind drauf reingefallen! Innerhalb von 30 Jahren hat sich der Käseexport nach Deutschland verzehnfacht, weil wir scharf auf Gouda und Frau Antje waren. Und danach hat sich Frau Antje noch mehr Marketing-Schwachsinn ausgedacht. Käse und Bier passen zusammen! Seit wann das denn?
Und was verbinden wir heute mit Frau Antje aus Holland? Keinen Toast Hawaii mehr! Heute steht Frau Antje für eine Symbiose aus Saufen, Kiffen und Vögeln! Alle Holländerinnen sind blond, naturgeil, haben Zöpfe, rauchen ständig eine Tüte, trinken Heineken, lieben Tulpen und tragen *klompen* – auch im Winter! Und das ändert sich nie – eher wird die Erde eine Scheibe, Pardon, ein Gouda!

Doch – Anouk trägt niemals so eine beschissene Schürze, raucht nur ab und an eine Tüte und Zöpfe macht sie sich nur, wenn ich auf die Schulmädchennummer stehe. Ja, so ist das! Alles erfunden, ein Marketing-Gag. Und Antje ist auch kein typischer holländischer Mädchenname. In Holland haben Mädchen Namen, die einen in Deutschland eher an Soßen, Schriftsteller, Sexfantasien oder Pflanzen denken lassen. Holländerinnen heißen Bernice, Brechtje, Bondine oder Floortje.

Von wegen: *»Orange trägt nur die Müllabfuhr …«* Wer dieses in Deutschland populäre Lied am *Koninginnedag* in den Niederlanden singt, hat ein Problem. Ganz Holland kleidet sich jedes Jahr am 30. April komplett in Orange. Am Nationalfeiertag machen die Holländer nicht mal vor Tieren halt. Wer trotzdem und vor allem als Deutscher am höchsten Feiertag diesen farblichen Umstand in Holland gesanglich beklagt, sollte eine gute Ausrede haben.

Die Oranje-Orgie

Morgens um fünf Uhr klingelt der Wecker. Nuki springt aus dem Bett und rennt ins Bad. Im gesamten Unterdeck sind orangefarbene Schals, Mützen, Hemden, Kleider und Jacken verteilt. Vuvuzelas und übergroße Brillen liegen in der Kombüse, im Bad und auf dem Esstisch ist jede Menge Schminke deponiert. Es ist Karneval. Es ist *Koninginnedag*. Am höchsten Nationalfeiertag der Niederlande wird nicht gearbeitet, und alle verkleiden sich. Immer am 30. April zum Geburtstag der mittlerweile verstorbenen Königinmutter Juliana feiern die Holländer zum zweiten Mal im Jahr Karneval. Anlass ist also nicht der Geburtstag der amtierenden Königin Beatrix. Die erblickte am 31. Januar das Licht der Welt. Bereits vor 30 Jahren vererbte Juliana den Thron an die Tochter, und da die Holländer Karneval Nummer zwei nicht auch noch im Winter feiern wollten, beließ es Trix beim Fest Ende April.

Zentrum der Feierlichkeiten ist Amsterdam, das sich an diesem Tag in eine orangefarbene Partyzone verwandelt. Extra aus diesem Anlass sind Anouks alte Mitbewohnerinnen Beata und Toni aus München zu Besuch gekommen. Mit ihnen und Andrew – der heimlich hofft, dass er hier zufällig seine Angebetete Fleur trifft – fahren wir nach Amsterdam. Als wir dort ankommen, platzt die Hauptstadt schon aus allen Nähten. Die Stadt ist völlig überfüllt. Ich komme mir vor wie auf dem Oktoberfest. Da sind auch alle immer schon mittags besoffen, haben die gleichen Kostüme an, und man kommt in kein Zelt. Was in München Dirndl und Lederhose sind, stellen hier orangefarbene T-Shirts und Fußballtrikots dar. Überall liegen Besoffene rum. Schon am späten Vormittag ist es schwer, kleinere Straßen zu passieren. Am Boden liegen bergeweise orangefarbene Plastikbecher, und nie ist der Flirtfaktor größer.

Andrew versucht ohne Unterlass, Toni von seinen Qualitäten als Mann und Beschützer zu überzeugen. Die Spanierin mit der Supermodel-Figur wird permanent angemacht, und Andrew spielt den Bodyguard, was Toni gar nicht lustig findet. Nuki greift zu einem recht drastischen Mittel, um ihn loszuwerden. Sie bringt Andrew ein wenig holländisches Liedgut bei, was aber in Wahrheit gar kein holländisches *liedje* ist, sondern ein sehr deutsches.

»*Orange trägt nur die Müllabfuhr, Orange trägt nur die Müllabfuhr, Orange trägt nur die Müllabfuhr* …«, singt Anouk meinem australischen Kumpel vor, der nicht merkt, dass das, was er da trällert, Deutsch ist. Die Holländer merken das natürlich ganz schnell, und Andrew kommt nicht mehr als einmal zum Refrain. Rumms hat er die erste Faust im Gesicht, und auch andere Holländer machen ihrem Unmut über den Australier Luft. Toni und Anouk lachen, ich mische mich besser nicht ein, sonst merkt der Mob in Orange noch, dass ich wirklich Deutscher bin. Nur Beata hat Mitleid mit Andrew. Als dieser auf Englisch jammert und Beata auf Polnisch flucht, lässt der Mob von ihm ab. Keine Deutschen, keine Schläge, so einfach ist das manchmal in den Niederlanden.

Kann man beim deutschen Karneval stolz betonen, ich gehe als Clown, als Biene Maja oder Schornsteinfeger, ist das beim *Koninginnedag* in Holland schwierig. So richtig stellt hier niemand etwas dar. Anouk hat sich eine Federboa um den Hals geschlungen und einen Volendam-Hut aufgesetzt (das ist der, den auch Frau Antje trägt), dazu geflochtene Zöpfe und *klompen* an den Füßen, natürlich alles in Orange! Ich trage ein Löwen-T-Shirt, eine überdimensionierte Brille und eine Perücke, selbstverständlich ebenfalls alles in Orange. So albern wir aussehen, wir fallen in der *Oranje*-Orgie nicht weiter auf. Ganz im Gegensatz zu Beata und Andrew. Sie gehören zu den wenigen, die nicht verkleidet und somit als richtige Touristen zu erkennen sind.

Beata kümmert sich nicht nur aus Mitleid um Andrew, sondern hofft, dass wenigstens er sich für sie interessiert. Anouks ehemalige Mitbewohnerin ist die Einzige, mit der am *Koninginnedag* keiner so richtig flirtet. Nicht mal im holländischen Karneval findet das Mauerblümchen einen Verehrer. Die Holländer ahnen, dass ohne ein gepflegtes und aufrichtiges *»Ik hou van jou«* bei Beata nichts läuft. *»Kocham cię«*, Aussprache »kotscham tschä«, ist die polnische Version von *»Ik hou van jou«* und hört sich an wie *»Ich koch dir was«*. *»Ich liebe dich«* klingt auf Polnisch noch bescheuerter als auf Holländisch. *»Kocham cię«* hat Beata in München noch nie von einem Mann gehört. Beata ist total prüde. Sie arbeitet in der bayerischen Hauptstadt als Prokuristin. Eine prüde polnische Prokuristin mit einer festen Überzeugung: ohne ein Liebesbekenntnis keinen Sex. Das ist aber noch nicht alles. Beata ist größenwahnsinnig. Sie will keinen Sex vor der Ehe. Ein hoffnungsloser Fall.

Andrews Chancen auf eine schnelle Nummer am *Koninginnedag* liegen also bei vielleicht einem Prozent. Beata müsste schon vollkommen betrunken oder zugedröhnt sein, dass sie sich meinem australischen Kumpel hingibt. Oder er müsste sie heiraten, quasi ganz spontan, was die ein Prozent Wahrscheinlichkeit erklärt, denn am *Koninginnedag* ist es möglich, sich von einem freien Theologen trauen zu lassen. Rechtlich hat das keine Folgen, weil die Trauung von keiner staatlichen Behörde anerkannt würde – weder in Australien noch in Deutschland oder Polen und auch nicht im liberalen Holland. Aber das wäre ja auch nicht Sinn und Zweck der Sache, zumindest nicht für Andrew.

Erst einmal aber versucht er es mit einem Joint. Er geht in einen Coffeeshop und kauft fünf Tüten. Andrews Fehler: Er kauft vorgedrehte Joints, und an einem Tag wie dem *Koninginnedag* ist der tatsächliche Marihuana-Anteil sehr gering. Vor allem, wenn jemand wie Andrew eindeutig als Tourist zu erkennen ist. Beata ist überzeugte Nichtraucherin, und erst unter gutem Zureden von Nuki und Toni nimmt sie ein paar Züge. Da der THC-Wert mutmaßlich bei null liegt, zeigt die Tüte keinerlei Wirkung. Man kann nicht wirklich behaupten, dass Beata nach dem Konsum des ersten Joints in ihrem Leben tatsächlich lustiger oder lockerer wäre. Die kleine, prüde polnische Prokuristin ist von Haus aus ein sehr ernster Mensch. Andrew aber gibt nicht auf und verausgabt sich finanziell weiter. Der chronisch klamme Australier kauft ein Sixpack Bier zu abenteuerlichen *Koninginnedag*-Preisen. Die Dose zu fünf Euro. Beata aber trinkt nicht. Auch nicht am Nationalfeiertag. Ein Laster aber hat Beata Annitschka Svetlanka. Sie ist strenggläubig. Also bleibt Andrew nur eines. Er geht mit Beata in die Kirche. Die Katholikin ist schwer beeindruckt vom ehemaligen Supersurfer, der Beata natürlich nicht erzählt, dass er gar nicht getauft ist und noch nie in seinem Leben in einer Kirche war.

Andrews Wandlung nimmt erstaunliche Züge an, genau wie sein Frauengeschmack. Der 35-Jährige ist in Liebesdingen ein wahres Chamäleon. Von Ming, Olga, Juanita und ihren Kolleginnen aus dem Rotlichtviertel bis zur prüden Prokuristin deckt er die ganze Bandbreite weiblicher Merkwürdigkeiten in Sachen Liebe ab. Respekt! Noch mehr Anerkennung gebührt Andrew aber, dass er tatsächlich einen Rosenkranz auf Polnisch runterbeten kann – mit tatkräftiger Unterstützung von Beata. Jedes Wort spricht sie ihm vor, und er murmelt es brav nach. Am Ende des Gottesdienstes stammelt er dann nach, was ich ihm vor dem Kirchgang eingebläut habe. *»Kocham cię«* ist ein voller Erfolg. Die sonst so ernste Polin strahlt über das ganze Gesicht. Sie wird geliebt und auch gleich verheiratet. Anouk hat einen freien Theologen organisiert, der am *Koninginnedag* Hochzeitszeremonien auf kleinen Booten abhält, die komplett in Orange geschmückt die Grachten entlangfahren. Die Hochzeitsnacht fällt allerdings wenig standesgemäß aus: statt Honeymoon Suite der Industriepark eines Vororts von Amsterdam. Ein anderes »Hotel« war am Nationalfeiertag nicht mehr zu bekommen. Trotzdem sind beide extrem happy. Nuki ist ebenfalls zufrieden. Sie hat so ein Helfersyndrom und will alle glücklich machen.

Und auch *mijn lief* wird natürlich geliebt und geheiratet. Die kleine australisch-polnische Trauungszeremonie auf der Gracht hat mich auf eine Idee für meine Hochzeit mit Anouk gebracht. Wer braucht schon ein Floß, wenn er ein

Hausboot hat. Mein *woonboot* wird fahren, und wir werden die tollste Hochzeit feiern, die die Provinz Limburg je erlebt hat. Ich kriege den Kahn schon flott. Arjen und Leenert werden mir bestimmt helfen. Die Frage ist nur: Will ich das auch?

Titanic

Es kann nichts schiefgehen. Der Winter ist vorbei, weit und breit keine Eisberge, und das Boot kann auch nicht wie das Floß sinken. Es schwimmt ja schon, warum sollte es dann plötzlich untergehen? Vielleicht weil Arjen und Leenert mir helfen? Ich überdenke meinen Plan und recherchiere, wie ich den Kahn zum Fahren bringen kann. Die andere große Unbekannte: Wie viele Personen passen auf das Schiff, ohne dass es kentert? Wie viele Rettungsringe brauche ich? Wirklich 80, weil Anouk natürlich alle ihre Verwandten einlädt und sich auch niemand die große Sause entgehen lassen will. Die Idee mit den Rettungsringen zeigt mir, dass ich immer noch deutsch denke. Kein Holländer würde sich den Kopf darüber zerbrechen, ob er überhaupt Rettungsringe braucht, denn schließlich können alle schwimmen.

Ich fahre mit unserem Auto an der Maas entlang zum Bootsfachmarkt. Ich werde aufrüsten, natürlich wie immer zum kleinen Preis. In Holland bin ich mit unserem *woonboot* kein Exot, nur die extrem spartanische Ausstattung macht mein Hausboot einzigartig. Unweit von unserem Liegeplatz gibt es richtige Hausboot-Parks mit allem Luxus. Der Kaufpreis der schwimmenden Edellofts entspricht in etwa dem eines Einfamilienhauses in München oder Amsterdam. Die Hausboote sind vollgestopft mit allem Kom-

fort und können auch fahren. Ich halte an einem der Resort-Parcs und steige aus. Die Hausboote sehen aus wie kleine Dampfer. Sie sind in Weiß und Beige gehalten, der Himmel ist strahlend blau, und die Sonne scheint. Panorama-Scheiße vom Feinsten. Die Docks sind fast unnatürlich gepflegt, fast schon steril. Hier riecht es nicht nach Fisch, man sieht auch keine dreckigen Taue, die die Dampfer am Dock festhalten. Am fast staubfreien Holzsteg liegen die Hausboote wie von Geisterhand befestigt ganz ruhig auf dem Wasser. Kein Wellengang, kein plitsch, platsch, kein schwipp, schwapp. Aber irgendwie auch *ongezellig.*
Den Preisen entsprechend gediegene Wohlfühlatmosphäre. Ab 400 000 Euro aufwärts geht es los. Bis zu 550 000 Euro kann man je nach Ausstattung und Gesamtlänge des Bootes hier loswerden. Die Infotafel verspricht dafür auch den Wohnkomfort eines hochwertigen Appartements, kombiniert mit der Fahrleistung einer Motorjacht. Zur Wahl stehen Modelle mit zwei oder vier Schlafräumen, ein oder zwei Badezimmern, einem großzügigen Wohnraum mit großer Sonnenterrasse sowie einer komplett ausgestatteten Küche mit Geschirrspüler, Dunstabzugshaube, Kombi-Mikrowelle und Kühlschrank. Bei einer Gesamtlänge von ca. 18 Metern wird das Ganze von einer Außenterrasse und einer selbstverständlich edlen Holzreling abgerundet. Kein Vergleich zu unserem 25 000-Euro-Kahn mit dem Bordklappklo und dem Propangasflaschen-Herd.
Für die vierbeinigen Hausgenossen gestresster *woonboot*-Besitzer gibt es auf dem Anlegeareal sogar extra eine Hundetoilette. Hat man sich für den Kauf so eines Luxusdampfers entschieden, fallen die Liegegebühren weg, und dank Schnellkupplungssystem sind ein fester Strom-, ein Trinkwasser- und ein Kanalisationsanschluss vorhanden.

Alle Versorgungsleitungen sind frostgeschützt. Ich weiß nicht mal, wo bei uns das Kupplungssystem sein könnte oder ob wir so ein Ding überhaupt haben. Wenn es bei uns im Winter Temperaturen unter dem Gefrierpunkt hat, friert der beknackte Trinkwasserschlauch zu. Nuki muss dann im Bademantel und mit Badelatschen bei minus fünf Grad ins Waschhaus – wenn Rob es aus Mitleid mal auflässt.

Alles Jammern, aller Neid bringen mich aber nicht weiter. Ich habe die halbe Million gerade nicht zur Hand, sondern muss unseren Kahn so zum Fahren bringen, dass ich nicht auch noch bei meiner eigenen Hochzeit vor Anouks Verwandtschaft als Trottel dastehe. Theoretisch kann man die Dampfer natürlich nicht nur kaufen, sondern auch mieten. Aber ich will endlich einmal etwas erfolgreich zu Ende bringen. Die Einweihungsparty unseres Hausbootes endete im Voodoo-Fiasko, mein Sprachdiplom, ein Geschenk randalierender Fußballfans, hätte wahrscheinlich sogar *Private Paula* geschafft, als *zwarte Piet* habe ich mir eine blutige Nase geholt, als Streusalzhändler habe ich auf ganzer Linie versagt, beim *Elfstedentocht* bin ich nur dank einer Schummelei bis ans Ziel gekommen und auch als Floßbauer bin ich eine Niete. Wenigstens am schönsten Tag meines Lebens will ich in Holland mal etwas auf die Reihe kriegen. Wenigstens an diesem einenTag soll meine Nuki stolz auf mich sein.

Der Gedanke an eine mögliche Blamage bringt mich von meinem Plan ab, mir von Arjen und Leenert helfen zu lassen. Und auch Andrew will ich nicht an meiner Seite haben. Diesmal darf nichts schiefgehen. Nur Rob, unserem Campingplatzwart, vertraue ich. Ich hätte schon beim

Floßbau auf ihn hören sollen. Als ich vom Bootsfachmarkt zurückkomme, weihe ich Rob in meinen Plan ein. Das Orakel schaut mich mit düsterer Miene an. Sein Blick sagt: *»Niet doen!«* Aber das Orakel kann auch sprechen.

»Ich glaube nicht, dass dein oller Kahn noch die Maas runter kommt. Wie lenkst du? Wie groß soll die Motor sein, damit du die Boot bewegst. Und selbst wenn: Wie reagiert die Ding, wenn über 80 Leute besoffen an Deck rumturnen? Wie reagierst du bei Stromschnellen und Strömungen? Ich würde mich das ganz genau überlegen!«

»Aber ich muss es doch wenigstens versuchen!«

»Warum? Miete dich doch ein Boot.«

»Rob! Ich bin der Junge. Ich muss die Hochzeit bezahlen!«

»Na und?«

»Ich habe kein Geld. Streusalz werden sie kaum als Währung nehmen!«

»Wenn du das durchziehst, wirst du vielleicht auch bald kein Zuhause mehr haben!«

»Dann können wir immer noch zu *Mam* und *Pap*!«

»Ich dachte, du bist Misanthrop und deswegen lebst du abgelegen auf deinem *woonboot*?«

»Geheilter Misanthrop, Rob, durch meine neue Familie therapiert!«

»Dann musst du es versuchen. Auch wenn du dann vielleicht keine neue Familie mehr hast, weil ihr wieder alle absauft wie mit die selbst gebaute Floß!«, weissagt das Orakel.

»Dann habe ich immer noch Anouk. Wir heiraten ja vor der Feier, Rob!«

»Gab! Hat dir Anouk erzählt, dass man sich in Holland in nur eine einzige Tag wieder scheiden lassen kann?«

»Nein, Rob, hat sie nicht!«

»Wir haben hier in den Niederlanden kein Trennungsjahr! Wenn ihr nächsten Sonntag heiratet und dann absauft, bist du vielleicht Montag, spätestens Dienstag schon wieder geschieden. Wenn du Glück hast!«
Zack! Der Hellseher hat gesprochen!

Trotz seiner Skepsis verspricht Rob, mir zu helfen. Wie fast alle Holländer hat er einen Segelschein. Nicht dass ich mit unserem Hausboot segeln will, aber die Grundlagen maritimer Verkehrsregeln und Bootsführung hat Rob drauf. Die muss er mir auch vermitteln, weil ich gerade einmal weiß, wo Backbord und wo Steuerbord ist. Leider ist Rob bei der Jungfernfahrt nicht dabei. Er muss auf dem Campingplatz bleiben. Als ob er seinen eigenen Untergang ahnen würde. Vielleicht zur Hochzeitsfeier, verspricht Rob. Er bekommt unser *woonboot* relativ schnell wieder fahrbereit. Der Platzwart findet heraus, dass unser Hausboot über ein funktionsfähiges Ruder und ein Steuer verfügt. Von einem Bekannten leiht er einen Dieselmotor aus. Theoretisch würde unser Hausboot jetzt fahren, vorausgesetzt, es gäbe so was wie einen Kapitän.
Rob erklärt mir, wie man lenkt und, vor allem, wie man wieder anlegt. Danach heißt es: »Leinen los!« Rob meint, die Sache sei ganz einfach. Auf jeden Fall sei es schwieriger, einen solchen Kahn auf dem Meer bei steifer Brise unfallfrei zu manövrieren als auf einem See oder einem Fluss. Schön auf die Fahrrinne achten und bitte keine Wendemanöver, wenn ein richtiges Schiff entgegenkommt. Ich habe ein flaues Gefühl im Magen. Rob macht die Leinen los, und ich starte den Dieselmotor. Das Boot bewegt sich keinen Zentimeter. Ich habe nicht erwartet, dass wir jetzt mit Vollspeed losfahren. Aber dass gleich gar nichts geht! Am Kai steht

Rob, schreit und fuchtelt wie wild mit den Armen. Ich verstehe ihn nicht. Der Motor ist zu laut. Rob springt an Deck und brüllt mich an:
»Du musst die Anker hochziehen!«
»Ich wusste nicht mal, dass wir einen haben!«, schreie ich zurück.
Rob packt eine Kette, die mir noch nie aufgefallen ist, und zieht sie hoch. Ich habe wirklich überhaupt keinen Plan. Mit einem Ruck bewegt sich das Boot. Käpt'n Gab legt ab. Ahoi!

Rob springt mit einem großen Satz von Bord und winkt mir vom Kai aus zu. Tausend Gedanken schießen mir durch den Kopf. Warum wollte Rob auf gar keinen Fall mit? Was mache ich, wenn der Motor ausfällt oder ich an eine Schleuse komme? Ich will das gar nicht wissen und schippere nur ein kurzes Stück die Maas runter. Als ich drohe, aus Robs Sichtweite zu kommen, mache ich ein abenteuerliches Wendemanöver. Die Fahrrinne habe ich dabei nicht verlassen. Es geht doch! Nur das Boot macht seltsame Geräusche. Die Planken knarzen, im Unterdeck höre ich Holzstühle umkippen, Geschirr fällt von der Spüle auf den Boden, die Türen des Küchenschranks klappen auf und zu. Ich steure direkt auf Rob zu. Der winkt noch hektischer als beim Ablegen. Er hat mir alles genau erklärt, ich aber habe mir natürlich nicht alles merken können. Außerdem ist es ja meine Jungfernfahrt. Rob macht mit den Armen kreisförmige Bewegungen und zeigt flussaufwärts. Ich soll einen Bogen fahren und dann seitlich mit dem Boot wieder anlegen. So zumindest deute ich das hektische Orakel. Ich bringe das Boot in eine Art stabile Seitenlage, bin aber noch viel zu weit vom Kai weg. In meiner Panik werfe ich die

Taue zu Rob ans rettende Ufer, doch die sind zu kurz und fallen ins Wasser. Wieder winkt Rob. Wieder kapiere ich nichts. Ich treibe flussabwärts. In meiner Not nehme ich den Anker und werfe ihn einfach in die Maas. Nach 15 Sekunden gibt es einen Ruck. Das Boot treibt jetzt nicht mehr. An Land kann ich aber auch nicht. Immer wieder ziehe ich die Taue aus dem Wasser und versuche verzweifelt, sie zu Rob hinüberzuwerfen. Es klappt nicht, ich bin zu weit vom Ufer entfernt. Rob holt vom Campingplatz aus einem Schuppen längere Seile. Er rennt fluchend über den Platz und schüttelt den Kopf. Anouk kommt gerade von der Arbeit, als Rob das Boot und mich an Land zieht.
»*Schatje*, was ist passiert?«, höre ich ehrliche Sorge aus ihrer Stimme.
»Ein Tau ist gerissen, und dann bin ich samt Boot abgetrieben. Gott sei Dank hat Rob es gemerkt, *mijn lief*!«
»Hast du Fucksausen bekommen, *hè*!«
»Es heißt ›Fracksausen‹, Anouk! Nein, ich wollte nicht abhauen. Sonntag ist doch unser großer Tag!«
»Eben, Gab! Stell dir vor, wir müssten mit unsere Hausboot fahren und feiern!«

Ja, was soll ich sagen? Also, es ist natürlich so, dass ich Nuki wie immer nicht direkt erzählt habe, was ich vorhabe. Ich habe nur von einer Überraschung gesprochen. Sie geht davon aus, dass ich einen dieser Luxusdampfer aus dem schwimmenden Comfort-Parc für unsere Hochzeit reserviert habe. Die sind kinderleicht zu bedienen, haben Platz für locker 100 Leute und bieten allen Komfort, den so eine Hochzeitsgesellschaft braucht. Bordpersonal wäre auch verfügbar. Aber wer will schon so etwas? Und vor allem – wer soll so etwas bezahlen? Über Geld reden Nuki und ich nicht mehr. Ich würde immer an meine Schulden bei ihr erinnert. Außerdem wird sie mir alle meine Pleiten verzeihen, wenn ich alles mit einer wirklich romantischen Traumhochzeit wiedergutmache. Und das habe ich ja auch vor. Irgendwann muss die Pechsträhne ja mal zu Ende gehen. Oder liegt es an Holland? Seitdem ich in den Niederlanden lebe, hat mich das Glück verlassen. Nur mit Anouk habe ich das große Los gezogen. Und natürlich mit meiner neuen holländischen Familie, die mich jeden Tag in den Wahnsinn treibt, was mich aber nicht weiter stört. In Deutschland hat mein Leben immer funktioniert, aber da konnte ich mein Ding auch einfach durchziehen. Ein Misanthrop, einsam, aber erfolgreich. Doch ich will mein altes Leben auf gar keinen Fall zurück. In Deutschland hätten wir mit Sicherheit eine reibungslose Hochzeit: Anouk und ich, vielleicht noch meine Eltern, das wär's. Was könnte da schiefgehen? Alles wäre perfekt – und schrecklich langweilig. Eine traurige Trauung, grauer Anzug beim Prinzen, weißer Hosenanzug bei der Prinzessin, keine Kutsche, kein Schiff, 15 Minuten Ansprache im beige-braunen Hochzeitssaal auf dem Standesamt, ein zu lautes Ja, ein zu leises Ja, ein flüchtiger Kuss, ein vollkommen verpixeltes Foto mit der mitgebrachten Digitalkamera, der Brautstrauß zu 12 Euro 50, Suppe, Hauptgang, Seniorenteller für meine Mutter und einmal Tiramisu von letzter Woche. Mein Traum vom Glück! Aber es würde funktionieren.

Vielleicht muss die Hochzeit in Holland ja gerade deswegen schiefgehen, damit sie wirklich ein Hit wird? Ich habe hier in meiner neuen Heimat noch nie mit irgendeiner Sache Glück gehabt. Warum diesmal? Würde diesmal alles klappen, wäre es ja vollkommen öde, und ich würde wieder

Misanthrop. Vielen Dank und auf Wiedersehen! Aber was möchte Nuki? Eine perfekte Hochzeit und ihren alten Menschenhasser zurück oder eine Feier, bei der alles so schön danebengeht, dass sie diesen Tag gerade deshalb niemals vergisst? Wir werden alle absaufen, ich werde sie vorne am Bug in meinen Armen halten und gemeinsam mit ihr untergehen. Sie Kate, ich Leonardo! Nur Sterben muss dann vielleicht doch nicht sein. Das würde Nuki ganz und gar nicht *gezellig* finden.
Also weihe ich Nuki nicht in meinen tollen Plan ein. Mit Robs Hilfe wird das alles schon klappen. Nächsten Sonntag, hat mir mein neuer bester Freund versprochen, ist er sicher mit dabei und steuert das Schiff. Wenn er frei bekommt. Und wenn nicht, manövriere ich *mijn lief*, die ganze Verwandtschaft und mich alleine in den Hafen der Ehe – irgendwie.
Erst einmal wundert sich Anouk am Abend, warum ich das Bier für die Hochzeit aus ihrem Dienstauto auf unser Hausboot unter Deck schleppe. Den Außenbordmotor registriert sie zum Glück nicht. Je länger ich darüber nachdenke, desto überzeugter bin ich von meinem tollen Plan. Der Sonntag rückt näher!

Die Zeit bis zur großen *bruiloft* (Hochzeit) verbringen Rob und ich damit, aus mir einen fähigen Kapitän zu machen. Jeden Tag wird geübt, jeden Tag wage ich mich ein wenig weiter auf die Maas hinaus, fahre den Fluss jetzt auch schon mal ein paar Kilometer weiter runter. Der Motor funktioniert, manchmal stottert er ein wenig. Spaziergänger winken mir bei meinen abenteuerlichen Manövern zu, vorbeifahrende Binnenschiffer zeigen mir den Scheibenwischer angesichts meiner Kapriolen auf dem Fluss. Käpt'n Gab ist mittlerweile ein fast schon hochseetüchtiger Navigator. Bis heute jedenfalls! Denn so weit wie an diesem Tag habe ich mich bisher noch nie vom Campingplatz entfernt. Rob hatte mich gewarnt. Irgendwann kommt eine Schleuse. Als ich sie bemerke, ist es für ein Wendemanöver zu spät. Hinter mir ist ein anderes Schiff. Da muss ich jetzt durch – ob ich will oder nicht! Grünes Licht deute ich mal als Zeichen, in die Schleuse einzufahren. Der Schleusenwärter winkt mir fröhlich zu. Ich ecke nirgendwo an, das Boot liegt relativ ruhig in der Schleuse. Der Hub beträgt auch nur 50 Zentimeter. Alles ganz easy. Ich verlasse die Schleuse und wundere mich über mich selbst. Immer noch keine Katastrophe. Alles läuft wie am Schnürchen! Komisch!

Früher hätte ich die Zeit alleine, die Leere, dieses wunderbare Nichts genossen, heute finde ich das Alleinsein unerträglich. Ich sehne Arjen und Leenert herbei. Schon längst wäre irgendein Missgeschick passiert, wir müssten uns retten lassen, und alles wäre *heel gezellig*. Es muss etwas schiefgehen bei der Hochzeitsfeier, sonst wird das Ganze ein fürchterlicher Flop. Auch auf dem Rückweg klappt alles. Der Schleusenwärter schaut ziemlich überrascht, als ich nach zehn Minuten schon wieder durch will, findet das aber keiner Unmutsäußerung wert. Als ich wieder am Campingplatz andocke, wartet Rob schon auf mich. Er wundert sich über meine schlechte Laune!
»Du warst aber lange weg!«
»Ja, ich habe meine erste Schleuse geschafft!«
»Und?«
»Kein Problem!«
»Und warum ziehst du dann so ein Gesicht?«
»Weil nichts passiert ist. Alles hat reibungslos funktioniert.

Es gab keine Probleme. Generalprobe bestanden!«
»Was soll daran schlimm sein? Freu dich doch!«, versucht mich Rob aufzumuntern.
»Das ist so ein seltsames Gefühl, Rob! Hier ist immer alles nur *grappig* (lustig), wenn etwas schiefgeht. Meine holländische Verwandtschaft wird sich auf meiner Hochzeit langweilen«, mache mal zur Abwechslung ich das Orakel.
»Weil nichts schiefgeht? Du bist seltsam geworden!«, stellt Rob fest.

Nicht nur Rob wundert sich über mein Verhalten. Die folgenden Tage werden noch trostloser. Alles klappt. Das Hochzeitskleid sitzt perfekt. Wir gehen mit dem Pfarrer die Zeremonie durch. Keine Fragen, keine Katastrophen. Das Hochzeitsbüfett stellen Annemieke, Klaas, Femke, Mieke und Renée zusammen. Alles geht Hand in Hand, niemand fühlt sich übergangen. Häppchen, Braten, Getränke, Trallala. Es läuft. Und wie! Anouk hat mir einen dunkelgrauen Anzug besorgt, *Mam* Frieke zaubert Tiramisu und *Pap* Frans wird mit seiner altersschwachen Digitalkamera Fotos schießen. Eine Standardhochzeit nach Schema F. Ja, spinnen die Holländer! Kein Floß, keine richtige Kapelle. Einziger Hoffnungsschimmer: Arjen, Leenert und Herman machen Musik. Dann geht vielleicht doch etwas schief!

Am Samstag gehen wir zum Standesamt. Nur wir beide! Das große Fest ist ja erst mit der kirchlichen Trauung am Sonntag geplant. Morgen steigt also die große Party. Als *mijn lief* und ich aus dem Rathaus kommen, mache ich ein Gesicht wie sieben Tage Regenwetter. Nuki und ich sind jetzt Mann und Frau.
»*Schatje*, was ist denn los?«

»Irgendwie *ongezellig, mijn lief*! Ich habe mir das Ganze feierlicher vorgestellt!«
»Morgen machen wir alle zusammen eine große Party!«, versucht mich Anouk zu trösten. »Die ganze Familie kommt, alle werden da sein! Wir haben zwar kein so schönes Holzfloß wie bei unserem Kennenlernen und keine professionelle Band, aber Arjen und die anderen machen bestimmt richtig Stimmung. Und was ist schon ein Floß gegen einen kleinen Liebesdampfer. Es wird *heel romantisch*! Du wirst schon sehen.«
»Nuki, ich muss dir noch was sagen! Das mit dem kleinen Liebesdampfer hat …«, weiter komme ich nicht! Anouk fällt mir ins Wort.
»Nicht verraten! Ich will nichts wissen!«
»Aber …!«
»Kein aber, *schatje*! Ich will mich überraschen lassen!«
Nuki wird also als Einzige überrascht sein, da ich mittlerweile die komplette Verwandtschaft in meinen verwegenen Plan eingeweiht habe.

Und wie überrascht sie ist. Der nächste Tag! Nachdem ich bei der Trauungszeremonie in der Kirche fast kein Wort verstanden, aber mit einem lauten und absolut unmissverständlichen Ja meinem festen Willen Ausdruck verliehen habe, nun auch mit kirchlichem Segen das weitere Leben mit meiner Nuki zu teilen, versammelt sich die komplette Verwandtschaft vor unserem zum Hochzeitsdampfer umgebauten und umdekorierten Hausboot. Rob hat zusammen mit Arjen und Leenert unseren kleinen Lastkahn mit Girlanden, Slingers und Fähnchen ausgestattet. Zur Feier des Tages mal nicht alles in Orange, sondern dem Anlass angemessen in Rot-Weiß-Blau, den Nationalfarben der

Niederlande. Arjen und Leenert haben zunächst ein bisschen beleidigt gespielt, weil sie nicht zur Jungfernfahrt eingeladen wurden. Aber die Deko-Arie hat sie dann wieder versöhnt.
Als Anouk und ich nicht zum Comfort-Hausboot-Parc fahren, um an Bord eines Luxusdampfers zu gehen, sondern am Kai unseres Campingplatzes parken, ist *mijn lief* doch sehr überrascht. Und wie! Die Hälfte der Hochzeitsgesellschaft ist bereits an Bord, und schon jetzt hat unser Hausboot bedenklichen Tiefgang.
»Du wolltest ja nichts wissen!«, versuche ich mich zu rechtfertigen.
»Gabriel!«, knurrt meine frischangetraute Frau, und Gabriel nennt sie mich nur höchst selten und in für mich bedrohlichen Situationen. »Das war nicht abgesprochen!«
»Eben, ich wollte es dir ja sagen, aber du wolltest dich ja unbedingt überraschen lassen.«
»Aber doch nicht so. Positiv überraschen lassen wollte ich mich! Nennst du das positiv? Auf unserem Boot sind vielleicht 50 Leute, und es hängt jetzt schon im Wasser wie ein Flüchtlingsschiff vor Lampedusa!«
»Vielleicht liegt es daran, dass die Leute Hunger haben und warten, dass das Brautpaar an Bord kommt, die Party eröffnet und die Spritztour beginnt?«, werfe ich vorsichtig ein.
»Gabriel, unser Boot kann nicht fahren!«
»Hast du eine Ahnung!«
Ich lege meine Hand auf Anouks Rücken und versuche, sie galant an Bord zu geleiten, doch meine Nuki will sich weder leiten noch beruhigen lassen. Mit einer barschen Handbewegung wehrt sie meinen Arm ab, hebt mit beiden Händen das Hochzeitskleid an und stapft an Bord. Der Rest der

Verwandtschaft folgt ihr. Arjen und Leenert haben Rob im Schlepptau, der eigentlich nicht mit auf das Schiff will. Cousin und Schwager haben ihn aber fest im Griff. Die Ausrede, dass er arbeiten müsste und am Campingplatz unabkömmlich sei, lassen die beiden nicht gelten. Irgendjemand muss das Schiff ja durch die Untiefen der Maas manövrieren. Auch wenn ich das jetzt draufhabe, kann ich mich als Bräutigam nicht selbst die ganze Zeit ans Steuer stellen.

Das Schiff hat jetzt einen kapitalen Tiefgang. Als ob wir mit unserem alten Lastkahn eine Ladung Kohlen transportieren würden. Rob hatte ausgerechnet, dass das Boot ca. 100 bis 110 Personen vom Gewicht her tragen müsste. 82 Leute sind an Bord. Das Orakel hat alles richtig vorhergesagt.

Als wir ablegen, hat sich Anouk noch nicht beruhigt. Sie sitzt in der Küche auf einer Kiste. Alle anderen Plätze sind belegt. Oben an Deck drängen sich die Gäste genau wie unter Deck. Wie die Ölsardinen stehen Annemieke, Femke, Klaas und Co. in der Kombüse. Auf allen Ablageflächen sind kleine und große Platten mit holländischen Delikatessen verteilt. Arjen und Leenert haben an Deck zwei große Kühlschränke mit *lekker* viel Amstel Bier aufgestellt. Die beiden und Herman haben Gitarre, Schlagzeug und Saxofon mitgebracht und spielen die ganze Palette holländischer Schlager. Arjen singt erbärmlich, die ganze Meute grölt laut mit. Die Kinder haben sicherheitshalber Schwimmwesten an und plündern schon zu Beginn unseres kleinen *feestje* das Nachspeisenbüfett. *Mam* Frieke und *Pap* Frans brechen in schallendes Gelächter aus, als ihnen die kleine Yolanda durch die Beine kriecht. Nur Anouk ver-

zieht das Gesicht und spielt ob ihres geplatzten Luxusdampfer-Traums die beleidigte Leberwurst.
»*Gezellig!*«, sage ich.
»*Gezellig!*«, sagt *Mam* Frieke.
»Scheiße!«, sagt Nuki.
»Das ist nicht scheiße, das ist romantisch. Das ist holländisch, *mijn lief!*«, äffe ich Anouk nach. »Kannst du dich noch an unser Date an der Isar erinnern, als du mir den Liebesschwur auf Holländisch abpressen wolltest? ›*Das ist nicht scheiße. Das ist Romantik. Das ist holländisch, du Arschloch!*‹ Jetzt hast du alles, was du wolltest. *Kom op*, kleiner Misanthrop!«
Ich bin stolz auf mich. Es läuft. Nichts geht schief. Es ist *fantastisch, geweldig, prachtig, leuk, mooi en gezellig.* Ich habe mein Trottel- und Misanthropen-Image ad acta gelegt. Endlich klappt mal alles, und ich muss mich nicht zum Affen machen.

Dachte ich. Bis ich mit Anouk an Deck komme. Die Gesichtsfarbe von Rob fällt mir sofort auf. Grün. Wobei ich deutlich erkenne, dass das Grün in kurzen Abständen wechselt. Erst gift-, dann olivgrün. Unser Steuermann ist seekrank und wie. Jetzt weiß ich auch, warum Segelexperte Rob nie mit an Bord wollte, um die Fahrtüchtigkeit des Bootes zu testen. Wahrscheinlich ist er auch nie selbst gesegelt, sondern kennt sich nur in der Theorie aus, was man in diesem Moment deutlich zu sehen und gleich alle zu spüren bekommen. Rob wankt und schwankt und kippt schließlich um. Vor uns taucht ein mittelgroßes Containerschiff auf, das genau auf uns zusteuert. Ich springe ans Ruder und reiße es nach Steuerbord herum, um einen Frontalzusammenstoß zu vermeiden. Die gesamte Verwandtschaft kugelt nach links. Verzweifelt hält sich die Hochzeitsgesellschaft an der Reling fest. Kühlschrank, Büfett und Musikinstrumente gehen über Bord. Das Hausboot bekommt Schlagseite und droht zu kentern. Ich reiße das Ruder kurz nach Backbord, und alle Gäste kugeln nach rechts. Kinder schreien, *Mam* Frieke und Tante Wilhelmina liegen auf dem Bauch und kreischen. Ich steuere auf das Ufer zu und sehe, wie das Containerschiff seitlich an uns vorbeirauscht. Danach spielen wir Titanic. Es gibt einen dumpfen Knall, und mit einem heftigen Ruck kommt das Boot zum Stillstand. Die gesamte Verwandtschaft wird in Richtung Bug geschleudert. Wir sind auf Grund gelaufen! Die kleine Kreuzfahrt-Katastropheneinlage verläuft glimpflich. Niemand ist über Bord gegangen, bis auf ein paar Prellungen und Schürfwunden sind alle wohlauf. Auch meine kleine Nuki hat alles heil überstanden. Nur ihr Hochzeitskleid sieht arg mitgenommen aus. Dafür ist aber ihre schlechte Laune wie weggeblasen. Dem kurzen Jammern und Wehklagen folgt allgemeiner Jubel.

»Mein *schatje*! Mein Held!« Überschwänglich fällt mir Nuki um den Hals.

»Ach bitte, *mijn lief!*«, wehre ich bescheiden ab.

»Doch, wenn du nicht gewesen wärst, hätten wir jetzt alle nichts mehr zu feiern!«, besticht meine Frau mit ihrer ganz eigenen Logik. Dass wir vielleicht am Bug des Containerschiffes zerschellt wären und wer weiß wer von ihrer Verwandtschaft nicht mehr aus den Fluten der Maas aufgetaucht wäre – alles halb so wild. Nein, schlimmer wäre es, wenn die Party zu Ende wäre.

»Aber wir haben doch nichts mehr zum Feiern! Unser Zuhause ist zu Bruch gegangen.«

»Na und! Wir sind Holländer! Das Boot kriegen wir schon

wieder hin! Glaubst du, dass uns so was vom Feiern abhält?«
»Eigentlich nicht!«
Nach einem Jahr in den Niederlanden wundert mich nichts mehr. Nur mein neuer Status vielleicht. Die Entwicklung vom Misanthropen über den Trottel der Familie bis hin zum Helden verläuft in Holland über einen ganz schmalen Grat.
Arjen und Leenert sammeln die Instrumente am Ufer ein, Herman die Bierflaschen. Unter Deck haben Teile des Büfetts unsere unsanfte Landung ganz gut überstanden. Und gesungen wird auch schon wieder. So ist sie eben, meine neue holländische Verwandtschaft. Komme, was da wolle! *Gezellig is gezellig!*

Nachtrag

Natürlich war unser Boot nicht mehr zu reparieren. *Mijn lief* und ich sind in eine Reihenhaussiedlung gezogen, und ich habe bei Ikea angefangen. Ich finde, »Ektorp Jennylund« und »Ektorp Muren« hören sich auch wirklich viel besser an als »Alte Nikolaischule«. Jeden Morgen esse ich jetzt weißes Pappbrot, kombiniert mit Graubrot und braunem Sirup. *Lekker!* Auch Apfelmus darf bei keinem Essen mehr fehlen. Das Streusalz lagert noch immer in den Futtersilos. Schweinezüchter Herman ist einem Herzinfarkt erlegen, weil er sich zum wiederholten Male darüber aufgeregt hat, dass ihm von Ehefrau Femke *stamppot* ohne Apfelmus serviert wurde. Jetzt liegt der Hof brach, Herman unter der Erde, und ich warte seit Jahren auf einen richtigen Winter.
Anouk hat ihren Job als Key-Accounterin bei der Amstel Brauerei an den Nagel gehängt und ist bei ihrem Cousin ins Kaugummiautomaten-Business eingestiegen.
Andrew hat Beata noch einmal richtig geheiratet. Die beiden sind nach Australien gezogen und haben einen Stall voll Kinder.

Arjen gibt immer noch den *Sinterklaas*, nur Leenert verkleidet sich nicht mehr als *zwarte Piet*. Die Kinder wollten nach dem tollen *feestje* damals unbedingt, dass der Helfer vom Nikolaus jetzt immer durch den Kamin kommt, was sich

Leenert nicht traut. Deswegen hat die Familie Campingplatzwart Rob gefragt. Der ist aber nicht nur seekrank, sondern hat auch Höhenangst. Also bleibt das mal wieder an mir hängen. Immer Held sein ist ja auch langweilig!

Holland von A–Z

A wie Antje oder Anouk. Die echte Frau Antje hat es nicht leicht im Leben. Sie darf nämlich nicht älter als 40 Jahre werden. Und wenn doch, wird sie ausgetauscht. Gegen eine Jüngere. In einem halben Jahrhundert Frau Antje gibt es jetzt schon das sechste Käse-*meisje*. Eine hat sich für den *Playboy* ausgezogen, das war dann aber mal gar kein Käse, wie die *Bild*-Zeitung damals vollkommen richtig titelte.

B wie Berge. Gibt es bisher keine! Der höchste Hügel ist exakt 323 Meter hoch. Der Vaalserberg reicht zu gar nichts, weder zum Skifahren noch zum Klettern. Deswegen wollen die Holländer jetzt einen 2000 Meter hohen Kunstberg ins Flachland setzen. Viele halten das für einen Witz. Die einen plädieren für Beton, andere wieder für Legosteine. Kosten ca. drei Milliarden Euro, dann natürlich nicht aus Legosteinen. Würde auch zu lange dauern. Rechnet man pro Arbeiter einen Legostein pro Sekunde, würde ein Mann 729 Milliarden Jahre an dem Berg bauen. Hat ein in den Niederlanden bekannter Blogger ausgerechnet. So viel Zeit haben nicht mal die Holländer.

C wie CAD *(consultatiebureaus voor alcohol en drugs)* sind die Beratungsstellen für Drogen- und Alkoholabhängige. Wer braucht denn so was in Holland?

D wie Delft. Die Stadt ist in der ganzen Welt für ihr blauweißes Steingut berühmt. Hässlich wie die Nacht, läuft aber auch 350 Jahre nach dem ersten Keramikteller wie Hölle. Und dabei ist alles nur von den Chinesen geklaut. Schon 1650 überschwemmten die Chinesen mit feinem Porzellan den holländischen Markt. Daraufhin imitierten die Niederländer die Stücke, aber wenigstens die Motive spiegeln Landschaftsszenen und Bilder aus der Heimat wider. Immerhin!

E wie Edamer. Schon wieder Käse! Finden aber noch nicht mal die Holländer selbst *lekker*. Schmeckt einfach nur fad!

F wie *fietsen*. Es gibt mehr Fahrräder (18 Millionen) als Einwohner (16 Millionen) in Holland. Damit hat das Land die höchste Fahrraddichte der Welt. Allerdings wurden im Jahre 2009 nach Angaben des *fietserbond* 900 000 Fahrräder gestohlen. Ist in den Niederlanden so eine Art Volkssport.

G wie Grachtenhäuser. Sehen wirklich sehr lustig aus. Vorläufer der Schuhkartonstapelhäuser, in denen heute ausnahmslos alle Hausbesitzer in ganz Holland wohnen. Die Grachtenhäuser in Amsterdam sind alle extrem schmal und hoch, weil sich beim Bau im 16. und 17. Jahrhundert die Steuern für das Haus nach der Fassadenbreite bemaßen. Außerdem sind viele Fassaden nicht nur extrem schmal, sondern auch schief, weil die Fundamente entweder im weichen Amsterdamer Boden abgesackt sind oder die vorgeneigten Fassaden beim Bau vor 450 Jahren bewusst geplant wurden, um zu verhindern, dass beim Hochziehen der Waren in die Speicher die Fenster zerstört wurden.

H wie Hausboote. Dümpeln in Amsterdam sogar mit eigener Postadresse und Postleitzahl im Wasser vor sich hin.

I wie IJsselmeer. Lustige Idee des Ingenieurs Cornelis Lely. Um dem Meer Land abzutrotzen, wollte er eine 5000 Quadratkilometer große Bucht trockenlegen. So entstanden das IJsselmeer und die Provinz Flevoland, am Schluss immerhin eine 2412 Quadratkilometer große Landmasse.

J wie Jaap. Ist eigentlich ein Vorname, heißt auf Holländisch aber auch Schnittwunde. Nenne meinen nächsten Sohn so! Wäre im Falle eines Umzuges nach Holland O.K., in Deutschland würde der Name aber auf Spielplätzen, in Krippen und Kindergärten merkwürdige Dialoge nach sich ziehen. »Schnittwunde, kletter nicht da drauf!«, »Schnittwunde, du wirst dir wehtun!«, »Schnittwunde, jetzt blutest du!«. Also eher doch kein Kind mehr!

K wie *Koninginnedag* oder Karneval. Ist in Holland faktisch dasselbe.

L wie *leuk*. Das wichtigste Wort in Holland. Steht als DAS Synonym für alles, was schön, toll und positiv ist. Also für alles!

M wie Maxima. Holländische Prinzessin aus Argentinien. Sieht aus Michelle Hunziker, nur in vollschlank. Verheiratet mit Kronprinz Willem-Alexander, Spitzname *Prins Pilsje*, auch vollschlank. Warum wohl?

N wie *noodzakelijkerwijs*. Eines meiner holländischen Lieblingswörter. Beim Sprechen der holländischen Sprache kann man sich manchmal wirklich die Zunge brechen. Versuchen Sie es doch mal selbst. *Noodzakelijkerwijs*! (Heißt übrigens »notwendigerweise«.)

O wie *Oranje*. Ist die Farbe des niederländischen Königshauses Oranje-Nassau. Seit Mickie Krauses Song »Orange trägt nur die Müllabfuhr« Lieblingsfarbe aller deutschen Fußballfans. Findet in Holland keiner lustig, deshalb besser nicht singen. Schon gar nicht am *Koninginnedag*. Das Lied bringt man aber als Deutscher eh kaum zu Ende.

P wie *Partij voor de Vrijheid* (PVV). Die islamkritische Partei der Freiheit von Rechtspopulist Geert Wilders ist in Holland drittstärkste Partei im Parlament. Aus Angst, wie sein Vordenker Pim Fortuyn ermordet zu werden, ändert der Mann mit der Mozart-Frisur angeblich jede Nacht seinen Aufenthaltsort und sieht seine Ehefrau nur alle ein bis zwei Wochen. Leute gibt's!

Q wie 19! Es gibt im Holländischen nur 19 Worte, die mit »q« anfangen und die sind fast alle aus anderen Sprachen abgewandelt.

R wie Ronald Koeman, Fußballspieler. Hat sich 1988 bei der Fußball-Europameisterschaft in Deutschland nach dem Halbfinalsieg über die deutsche Mannschaft und dem folgenden Trikottausch mit dem Leibchen eines deutschen Nationalspielers den Allerwertesten abgewischt. Hat 24 Jahre danach immer noch keinen Werbevertrag mit Hakle Feucht.

S wie *Sinterklaas*. Der holländische Nikolaus kommt nach holländischem Brauch schon Mitte November mit dem Schiff aus Spanien, um alles für den großen *Sinterklaas*-Tag am 6. Dezember vorzubereiten. Wie kann man nur so blöd sein und im bitterkalten Herbst freiwillig das immer noch warme Spanien verlassen, um zwei bis drei Wochen in der holländischen Kälte auszuharren?

T wie, na so eine Überraschung, Tulpen. Es gibt in Holland mehr als 6000 verschiedene Tulpenarten. Weil man ihre Zwiebel essen kann, wurde die Tulpe im 16. Jahrhundert eingeführt, um die Hungersnot zu mildern. Hat sich auf dem holländischen Speiseplan aber nicht durchgesetzt, weil man Tulpen nicht frittieren kann.

U wie Utrecht. Die schönste Stadt der Niederlande.

V wie *Voetbal*. »Ohne Holland fahren wir zur WM!« hat sich mein Neffe als Motto auf sein T-Shirt drucken lassen, als die Holländer sich 2002 nicht für die Fußball-Weltmeisterschaft in Japan/Südkorea qualifizieren konnten. Kann man auch schön singen. Wenn man über die holländische Grenze fährt, macht man sich dort allerdings genauso wenig Freunde wie mit »Orange trägt nur die Müllabfuhr«, siehe unter O!

W wie Windmühlen. Holland ist das Land der 1000 *windmolens*, sagt man. Angeblich gibt es noch 1035 Windmühlen, deren Räder sich noch drehen.

X wie X-tasy. Hat Moderatorin Fleur von der TV-Sendung *»Spuiten en Slikken«* schon mehr als einmal im Selbstversuch ausprobiert und sich dabei gefilmt. Zeigt aber immer eine andere Wirkung.

Y wie Yvonne. Eine holländische Exfreundin von mir. Mann, Mann, Mann, diese Holländerinnen!

Z wie Zeeland. Das holländische Sylt an der Nordsee.

PS Für alle Besserwisser: Die Holländer selbst bezeichnen sich immer als Holländer und niemals als Niederländer. Und sie leben in Holland, nicht in den Niederlanden.

Nachwort

Die anderen sind immer die Doofen. Egal, wo man wohnt! Ist das nicht schön! Die im Nachbardorf sind doch alles Flachpfeifen, sagte mein Bruder, als wir Kinder waren. Die auf der anderen Flussseite sind alles komplette Vollidioten, sagte mein Kommilitone zu Studienzeiten in Köln. Und die über der holländischen Grenze sind alles »Käsköppe«, sage ich! Herrlich, oder? Das Leben kann so schön und strukturiert sein, wenn man ein klares Feindbild hat.

Wenn man aber ein Semester Niederlandistik belegt und dann noch eine Holländerin heiratet, gerät so ein Feindbild ganz schnell ins Wanken. Denn dann hat man ja den Feind quasi zu Hause und ihn überdies sogar studiert. Und was macht man erst, wenn man auf einmal kleine »Käsköppe« in die Welt setzt und die auch noch dank doppelter Staatsbürgerschaft einen holländischen Pass bekommen? Dann ist es endgültig vorbei mit dem klar strukturierten Feindbild und dem schönen Leben. Dann hilft nur eines: ein Buch schreiben und zwar eines über meine angeheiratete holländische Familie, die im wahren Leben natürlich ganz anders ist. Das mit der überaus seltsamen Nahrungsaufnahme, den Schlittschuhrennen, den Feiertagen des Königshauses, den Drogenexzessen, dem holländischen Nikolaus und den merkwürdigen Fernsehsendungen ist natürlich alles total superkorrekt dargestellt, alle Personen (bis auf den Nikolaus und die Königin) aber frei erfunden.

Und ganz ehrlich: Meine neue holländische Verwandtschaft ist in Wirklichkeit noch viel größer, und das, was hier geschildert wird, ist natürlich vollkommen untertrieben, denn es wird in der Realität nie eine Gelegenheit ausgelassen, mich zu veräppeln. Die lieben Schwägerinnen und Schwäger, Cousinen und Cousins, Tanten und Onkel, Omas und Opas haben sich trotz des neuen deutschen Verwandten eines nicht nehmen lassen. Ihr Feindbild! Trotzdem kennt meine Geschichte nur ein Ziel: Wer selbst noch keine holländischen Verwandten hat, sollte nach der Lektüre dieses Buches unbedingt welche haben wollen …

Ben Bergner

Inhalt

Gezellig! 5
Hup Holland Hup! 13
Hausboot 19
Stamppot 26
Holländisch für Anfänger 33
Tüten aus Amsterdam 39
Schöner Umziehen 43
Ahoi! 49
Alle Mann an Bord! 58
»Shave a nigger!« 63
De zwarte Piet 69
Das Topf-im-Topf-System 75
McDope 80
Private Paula 93
Sinterklaas 98
Die Abschlussprüfung 107
Big deal! 112
Elfstedentocht 121
Bad price! 138

Hubba Bubba 146
Petri Heil! 152
Die Legende von Frau Antje 164
Die Oranje-Orgie 166
Titanic 172
Nachtrag 189
Holland von A–Z 191
Nachwort 197

LUZIE BRONDER
Liebe all'arrabbiata
Roman
299 Seiten
ISBN 978-3-7466-2599-7

Maria, ab jetzt gibt's Makkaroni statt Matjes

Marias letzter Liebhaber war wieder mal ein Reinfall. Und nun wird die Restaurantkritikerin mit einer ausgeprägten Vorliebe für die norddeutsche Küche zu allem Überfluss auch noch nach Rom geschickt, wo man tagaus, tagein nichts als Pasta isst. Dolce Vita und nicht zuletzt italienische Machos stellen Marias Welt auf den Kopf und ihren Gusto auf eine harte Probe. Eine romantische Sommerkomödie, die ins Bella Italia führt.

Mehr von Luzie Bronder:
Amore siciliano. atb 2719-9

Mehr Informationen erhalten Sie unter www.aufbau-verlag.de oder in Ihrer Buchhandlung

atb aufbau taschenbuch

ELLEN BERG
Das bisschen Kuchen
(K)ein Diät-Roman
285 Seiten
ISBN 978-3-7466-2827-1
Auch als E-Book erhältlich

Mach dich dünne!

Der Feind trägt Größe 34 und hat es auf Nikis Gatten Wolfgang abgesehen. Nach Jahren der molligen Idylle nimmt Niki den Kampf auf: um ihren Mann, ihre Familie – ihren Körper! Sie geht in eine Fastenklinik, wo sie unter Glaubersalz und Schlemmerphantasien leidet. Bis sie Bekanntschaft mit dem Shiatsu-Masseur macht. Sollte Fasten der neue Sex sein? Aber was war noch mal Sex?
Da trifft sie Theo, einen XXL-Mann, mit dem sich nicht nur Kuchenentzug überstehen lässt. Auch ihr reuiger Gatte taucht irgendwann auf. Aber ihre Gegenspielerin ist zäh und Niki muss mit harten Bandagen kämpfen, um zur wahren Liebe zu finden.

»Herrlich fieser Humor.« COSMOPOLITAN

Mehr Informationen erhalten Sie unter www.aufbau-verlag.de oder in Ihrer Buchhandlung

atb aufbau taschenbuch

Julia ist ein ausgesprochener Weihnachtsmuffel. Und zum Feiern ist ihr dieses Jahr auch nicht zumute. Deshalb meldet sie sich kurzerhand als Haussitterin auf Gotland, um den Feierlichkeiten mit der Familie zu entkommen.
Für Petter wird dieses Weihnachten anders als erhofft, denn seine Exfrau will mit der Tochter auf Gotland feiern. Um den beiden trotzdem nahe zu sein, reist er ihnen aus Stockholm hinterher und meldet sich als Haussitter an.
Weil die Unterkunft versehentlich doppelt vermietet wurde, stehen Julia und Petter plötzlich gemeinsam vor dem Häuschen – und können sich nicht ausstehen. Als ein Schneesturm aufzieht, kann niemand die Insel verlassen, also müssen sie sogar die Feiertage gemeinsam verbringen. Was nach einem dummen Zufall klingt, wirkt bei Kerzenschein und Kaminfeuer aber gar nicht mehr so schlimm …

Liebesglück auf Schwedisch – von Kristin Emilsson:
Band 1: Ein Fest zum Verlieben
Band 2: Ein Mittsommer zum Träumen

Kristin Emilsson ist eine der erfolgreichsten schwedischen Autorinnen im Bereich *Feel Good*. Ihren ersten Roman veröffentlichte sie 2014. »Ein Fest zum Verlieben« war 2021 auf der Shortlist für den schwedischen Feel-Good-Award. Sie ist Mutter von drei Töchtern und lebt in der Nähe von Stockholm.

Stefanie Werner studierte Skandinavistik, Völkerkunde und Publizistik in Göttingen. Als freie Übersetzerin überträgt sie Belletristik und Sachbücher aus dem Schwedischen und hat für FISCHER u.a. Fredrik Backman übersetzt. Sie lebt in Dettingen in der Schwäbischen Alb.

Weitere Informationen finden Sie auf www.fischerverlage.de

Kristin Emilsson

EIN FEST ZUM VERLIEBEN

Aus dem Schwedischen
von Stefanie Werner

FISCHER Taschenbuch

Aus Verantwortung für die Umwelt hat sich der S. Fischer Verlag zu einer nachhaltigen Buchproduktion verpflichtet. Der bewusste Umgang mit unseren Ressourcen, der Schutz unseres Klimas und der Natur gehören zu unseren obersten Unternehmenszielen.

Gemeinsam mit unseren Partnern und Lieferanten setzen wir uns für eine klimaneutrale Buchproduktion ein, die den Erwerb von Klimazertifikaten zur Kompensation des CO_2-Ausstoßes einschließt.

Weitere Informationen finden Sie unter: www.klimaneutralerverlag.de

FSC
www.fsc.org
MIX
Papier aus verantwortungsvollen Quellen
FSC® C014496

Deutsche Erstausgabe
Erschienen bei FISCHER Taschenbuch
Frankfurt am Main, Oktober 2023

Die Originalausgabe erschien 2020 unter dem Titel »Julen enligt Julia« bei Printz Publishing, Stockholm.

Published by arrangement with Albatros Agency, Sweden

Redaktion: Lisa Caroline Wolf

Satz: Dörlemann Satz, Lemförde
Druck und Bindung: GGP Media GmbH, Pößneck
Printed in Germany
ISBN 978-3-596-70829-1

Mein Name ist Julia Grahn. Ja, so heiße ich wirklich. Und jeder in Schweden muss dabei unweigerlich an einen geschmückten Weihnachtsbaum denken. »Jul« nennt man bei uns nämlich das Weihnachtsfest, und »gran« bedeutet Tannenbaum. Wie oft habe ich meine Eltern mit der Frage genervt, ob sie bekifft waren, als sie ihrer Erstgeborenen diesen Namen gegeben haben, doch die beiden behaupten steif und fest, dass ihnen nicht mal der Gedanke gekommen sei, mein Name könne mit der schönsten Zeit des Jahres in Verbindung gebracht werden oder man würde mir in der Grundschule den wunderbaren Spitznamen »Weihnachtsbaum« verpassen.

Außerdem geht jeder davon aus, ich würde allein aufgrund meines Namens alles lieben, was zur Weihnachtszeit gehört. Was für ein Quatsch. Meiner Meinung nach ist Weihnachten total überbewertet.

Ich würde niemals sagen, dass ich Weihnachten nicht mag. Obwohl es stimmt. Ich würde es nur nicht laut aussprechen. Denn mir ist klar, dass man sich keine Freunde damit macht, wenn man zugibt, die Feiertage zu hassen, schließlich sind sie der Inbegriff von Liebe, Miteinander und Frieden auf Erden, zumindest wenn man der Werbung Glauben schenken mag. Doch es ist leider eine Tatsache: Ich kann Weihnachten nicht ausstehen, obwohl ich sonst für jegliche Abwechslung in meinem eher langweiligen Alltag durchaus dankbar bin. Besonders wenn dabei auch noch ein paar freie Tage rausspringen. Ich verbringe sowieso schon viel zu viel Zeit in dem Restaurant, in dem ich arbeite und den Leuten billige Tagesgerichte und überteuerten italienischen Kaffee serviere. Sie glauben, der Kaffee würde sie glücklicher machen. Doch tatsächlich profitiert davon nur mein Chef – hinter seinem

Rücken nennen wir ihn heimlich den Diktator –, weil er dann zusätzlichen Gewinn macht, von dem das Finanzamt keine einzige Krone zu sehen bekommt.

Aber warum finde ich Weihnachten eigentlich so furchtbar? Es beginnt schon mit diesem nervigen, ausgelutschten Soundtrack, den man ab Mitte Oktober in jedem Shop und jedem Café drei Monate lang in Dauerschleife ertragen muss. Dann dieses hochkalorische Essen, das für jede Taille den Vernichtungsschlag bedeutet und dessen Reste noch wochenlang im Kühlschrank herumliegen, bis sich jemand erbarmt, sie wegzuwerfen. Außerdem diese kitschige und geschmacklose Deko überall, die vermutlich längst verboten werden müsste, so gesundheitsschädlich ist sie. Ein Risiko für alle Epileptiker, und im Straßenverkehr eine echte Gefahr.

Doch abgesehen davon lässt sich meine abgrundtiefe Verachtung für Weihnachten ganz einfach darauf zurückführen, dass ich es entlarvt habe. Natürlich erst, seit ich erwachsen bin – als Kind habe ich Weihnachten heiß und innig geliebt. Alle Kinder lieben Weihnachten. Ich würde sogar sagen, dass Weihnachten alles verkörpert, wovon Kinder träumen. Neue Spielsachen, Schulferien und andauernd gibt es Süßigkeiten. Wüsste ich es nicht besser, würde ich tippen, Weihnachten ist von einem zuckersüchtigen, verzogenen Achtjährigen erfunden worden.

Aber mit den Jahren, seit ich älter und schlauer bin (unabhängig davon, was meine Eltern sagen würden), habe ich begriffen, wie sehr man mich für dumm verkauft hat.

Weihnachtsgeschenke sind nämlich keineswegs umsonst – sie kosten ein kleines Vermögen, und nur sehr selten ist der Ertrag so hochwertig wie die Geschenke, in die man selbst investiert hat. Schon gar nicht, wenn kleine Kinder im Spiel sind. Wenn man für einen Puppenwagen mit passendem Bettzeug aus unserem Nobelkaufhaus Nordiska Kompaniet im Gegenzug eine Bügelperlenplatte geschenkt bekommt, von der bereits ein paar Perlchen abgefallen sind, ist das wohl eines der schlechtesten Tauschgeschäfte, das man sich vorstellen kann. Sogar die amerikanischen Ureinwohner haben damals für Manhattan immerhin noch ein paar Glasschmucksteine und eine Flasche Rum bekommen. Ich dagegen darf nicht einmal auf etwas Hochprozentiges hoffen – dank meiner Schwägerin, die unbedingt wollte, dass Weihnachten alkoholfrei bleibt.

Nein, ich habe diesen Schwindel namens Weihnachten ganz einfach durchschaut und deshalb beschlossen, das Fest in diesem Jahr zu ignorieren. Und das habe ich mir schon im Oktober überlegt, nachdem die ersten Weihnachtsmänner und Rentiere in den Schaufenstern und Kaufhäusern aufgetaucht waren. Kaum hatte ich diese Entscheidung gefällt, spürte ich, wie mir eine riesige Last von den Schultern genommen wurde. Ich bin zweiunddreißig Jahre alt und kann tun und lassen, was ich will. Keiner kann mich dazu zwingen, an Heiligabend den Fernseher anzustellen und diese Familienfestessen durchzustehen und dann auch noch Stockfisch herunterzuwürgen. Keiner kann mich dazu zwingen, Weihnachtsmann im roten Bademantel zu spielen, mit kaputter Santa-Maske (weil keiner dran gedacht hat, eine neue zu besorgen – auch dieses Jahr nicht). Stattdessen wollte ich den Heiligabend so verbringen, wie ich es am schönsten finde: In einer Bar zusammen mit dem Menschen, der mir am meisten bedeutet, meiner treuen Freundin und dem coolsten Partygirl Stockholms – Isabelle.

Mein Plan war perfekt: Mir war es sogar überraschenderweise gelungen, einen Tisch im East zu ergattern, obwohl ich verdammt spät dran war. Asiatisches Fusion-Buffet. Keine ekligen traditionell schwedischen Weihnachtsgerichte. Und während alle im ganzen Land in ihren Wohnzimmern hocken und ein Päckchen nach dem anderen aufreißen, um sich über ein Geschenk zu freuen, das man nie haben wollte, während man Großvater einen bösen Blick zuwirft, weil der sich schon wieder das ganze Nougat unter den Nagel gerissen hat, würden Isabelle und ich essen, trinken und tanzen. Und zwar die ganze Nacht lang, zusammen mit ein paar anderen Glücklichen, die Weihnachten genauso enttarnt haben wie wir.

Doch dieser Plan ging leider nicht auf. Mehr noch: Er wurde über den Haufen geworfen – so wie ein besoffener Weihnachtsmann im roten Bademantel mit Rissen in der Maske.

15. Dezember

JULIA

Es beginnt mit dem Anruf meiner Mutter. Sie redet so schnell und gekünstelt wie immer, wenn Weihnachten vor der Tür steht. Als würde sie vergessen, zwischen den Sätzen Luft zu holen.

»Martin hat gesagt, dass du dieses Jahr Weihnachten nicht mit uns feiern willst. Das kann nur ein Missverständnis sein, oder? Wir feiern Weihnachten doch immer zusammen!«

Martin ist mein Bruder, und obwohl er zwei Jahre jünger ist, hat er mich bereits in jeglicher Hinsicht überholt. Er hat eine abgeschlossene Ausbildung – im Gegensatz zu mir, die mit Ach und Krach das Gymnasium geschafft hat – und im Anschluss daran einen tollen Job ergattert. Er hat eine Familie, bestehend aus einer tollen Frau mit einer ebenso tollen Ausbildung und einem so tollen Job wie er, und zwei tollen Zwillingssöhnen, die ohne Zweifel in die Fußstapfen ihrer tollen Eltern treten werden. Außerdem sind sie erst kürzlich in ein tolles Haus umgezogen, das, wie könnte es anders sein, in einem der besseren Viertel Stockholms liegt. Ich hingegen hause in einer etwas heruntergekommenen Einzimmerwohnung zur Untermiete im Stadtteil Gärdet und bin weder verliebt, verlobt noch verheiratet.

»Mama«, sage ich und hole einmal ganz tief Luft, denn ich weiß, jetzt brauche ich eine große Portion Geduld und diplomatisches Geschick, um mich aus dieser Bredouille wieder hinauszumanövrieren, ohne meine Mutter zu verletzen oder ihr noch mehr Sorgen um mein seelisches Wohlbefinden zu bescheren. »Nein, das, was Martin gesagt hat, stimmt. Ich habe beschlossen, Weihnachten dieses Jahr nicht zu feiern.«

Ich höre, wie sie nach Luft schnappt. »Aber ... aber ...«, stammelt sie, und genau diese Reaktion habe ich kommen sehen. Normalerweise hat es meine Mutter gar nicht so mit Traditionen, doch Weihnachten ist ihr heilig (wenn auch nicht im religiösen Sinne, denn das – Zitat – »hat so was Gezwungenes!«).

Und noch bevor sie alle Argumente auffahren kann, die mir ein schlechtes Gewissen bereiten, nämlich dass Weihnachten die einzigen Tage im Jahr sind, an denen alle zusammenkommen, weil es das Fest der Familie ist, und dass meine Neffen – die kaum meinen Namen kennen – mich furchtbar vermissen würden, falle ich ihr ins Wort.

»Mama«, wiederhole ich, und dieses Mal ist meine Stimme eine Spur angestrengter, aber selbstverständlich noch völlig unter Kontrolle und nur eine Spur belehrend, »ich bin zweiunddreißig Jahre alt und habe keine Kinder. Für mich ist Weihnachten nicht so wichtig. Vielleicht ändert sich das ja in ein paar Jahren, aber solange ich noch jung bin ...«

Ich sehe förmlich vor mir, wie sie die Augen verdreht, und korrigiere mich sofort:

»... einigermaßen jung bin.«

»Und wer soll dann den Weihnachtsmann spielen?«

Bei dem Wort Weihnachtsmann läuft es mir eiskalt den Rücken hinunter. In den vergangenen drei Jahren war es mein Job gewesen, mit Polyesterbart hereinzustiefeln und Ho-Ho-Ho zu rufen, während die Kinder nur panisch geschrien und gerufen haben, dass »der doofe Onkel weggehen soll«.

»Kann das nicht mal Martin machen? Sind doch immerhin seine Kinder.«

Aus dem Schweigen meiner Mutter kann ich schließen, dass sie gerade einen vielsagenden Blick mit meinem Vater tauscht. Das habe ich schon häufiger beobachtet, und ich habe den Eindruck, dass es in letzter Zeit zugenommen hat.

»Na ja«, sagt sie schließlich. »Wenn ich so ans letzte Jahr denke, wäre es vielleicht doch das Beste. Du weißt ja – die Vase war antik.«

»Und du weißt, dass es aus Versehen passiert ist und dass man durch diese Minischlitze in der Weihnachtsmannmaske quasi nichts sieht. Außerdem stand die Vase auch wirklich im Weg.«

»Aber die hat immer schon auf der Kommode gestanden.«

»Mama, was versuchst du mir damit zu sagen?«

Nach dem Telefonat mit meiner Mutter bin ich zwar ziemlich schlecht drauf, aber wirklich schlimm wird es erst, als ich mich nach der Arbeit mit Isabelle treffe, um ein bisschen zu shoppen und dabei Prosecco zu schlürfen, zumindest hatten wir das vor.

Isabelle, die schon seit der Oberstufe meine engste Verbündete ist, mein größter Fan, mein Fels in der Brandung, meine »Wir tanzen auf dem Tisch, obwohl die Party längst vorbei ist«-Freundin und nicht selten der einzige Grund für mich, morgens überhaupt aufzustehen, hat völlig überraschend beschlossen, mich an Heiligabend im Stich zu lassen:

Wir haben uns im Åhléns City gerade zu zweit in eine mickrig kleine Umkleidekabine gequetscht (so eine, in der sich der Vorhang nicht richtig zuziehen lässt, und jeder sehen kann, dass wir zwei halbnackte, bald dreiunddreißigjährige Frauen sind, die gleichzeitig versuchen, sich in knallenge

Skinny Jeans zu quetschen, ohne sich dabei gegenseitig umzuschubsen), da sagt sie plötzlich:

»Julia, Süße, ich kann verstehen, wenn du gleich enttäuscht sein wirst, aber wir haben jetzt doch beschlossen, Weihnachten dieses Jahr bei Sebbes Eltern in Falun zu feiern. Wir glauben, langsam ist es an der Zeit, gemeinsame Rituale einzuführen.«

Sie sieht mich nervös an und blinzelt mit diesen Wimpern, die so dicht und lang sind, dass jeder glaubt, sie seien angeklebt, aber sie sind wirklich echt. Genau wie alles an Isabelle echt ist. Sie ist so eine Frau, die wirklich von Natur aus schön ist, innen und außen.

Mitten in der Bewegung erstarre ich, die Jeans zur Hälfte über den Oberschenkeln, und sehe meiner allerbesten Freundin ins Gesicht, etwa zwanzig Zentimeter entfernt von meinem – auch sie hat die Jeans erst halb hochgezogen.

Meine reflektierte und wohlformulierte Antwort lautet: »Was? Wie bitte? Aber … hä?«

Zu ihrer Entschuldigung zuckt sie mit den Schultern und gibt aus Versehen meiner Handtasche, die auf einem Haufen weiterer ziemlich enger Jeans thront, einen Schubs. Sie stürzt ab, so dass sich der gesamte Inhalt auf dem Boden verteilt und sogar in die anderen Umkleidekabinen kullert.

»Oh, sorry!«, schreit Isabelle, und obwohl ihr die Jeans immer noch zwischen den Kniekehlen hängt, schmeißt sie sich auf den Bauch und robbt sich mit erstaunlicher Gelenkigkeit vor, um Lipgloss und Tampons wieder einzusammeln.

Ich hingegen stehe wie angewurzelt da, unfähig, auch nur einen kleinen Finger zu rühren, und beobachte, wie der Kopf meiner Freundin unter der Trennwand verschwindet.

Was folgt, ist das Geschrei und Geschimpfe der Frau von nebenan, die von dieser Begegnung offenbar gar nichts hält.

»Oh, sorry!«, sagt Isabelle noch einmal und kommt zurückgerobbt. Als sie wieder vor mir steht und mir mein Hab und Gut überreicht, sieht sie total geschockt aus.

»Strings sind aus der Froschperspektive absolut nicht schmeichelhaft«, flüstert sie mir zu. Dann wird sie wieder ernst. »Aber du kannst mich schon verstehen, oder? Irgendwann muss man ja mal erwachsen werden. Sebbe und ich sind jetzt vier Jahre zusammen, aber wir haben noch nie Weihnachten zusammen gefeiert. Ich hab das Gefühl, das ist jetzt einfach mal fällig. Und wir zwei können ja auch an jedem anderen Tag im Jahr ausgehen.«

»Aber zu Silvester bist du dann schon wieder zu Hause?«, frage ich sie.

Isabelle zögert mit ihrer Antwort einen Tick zu lange.

»Na ja ...«

»Shit, Isa! Du willst nicht sagen, dass du mich auch noch am Silvesterabend hängenlässt!« Ich strampele die Jeans wieder ab – die Knöpfe hätte ich sowieso nie im Leben zubekommen.

Isabelle sieht todunglücklich aus, wie sie da steht mit der Hose in den Kniekehlen.

»Julia, Schätzchen, wie du das sagst, klingt es, als wäre es eine Katastrophe.«

»Das ist eine Katastrophe! Es reicht doch schon, dass ich Weihnachten hasse, jetzt muss ich auch noch ganz allein da hocken. Wenn alle Stricke reißen, werde ich vor dem Fernseher sitzen und mir die Shows für die Einsamen ansehen, und am Ende zünden sie eine Kerze für mich an.«

Isabelle sieht mich besorgt an und legt den Kopf leicht

schräg. »Mensch, Julia«, sagt sie und seufzt, »jetzt denk mal an die armen Menschen in Syrien. Das kann man Katastrophe nennen.«

Und sofort schäme ich mich in Grund und Boden.

Etwas später, als wir uns einig darüber sind, dass die Jeans in den vergangenen Jahren kleiner geworden sind, und es sowieso schlauer ist, den Schlussverkauf nach Weihnachten abzuwarten, machen wir uns auf den Weg die Rolltreppe hinunter und boxen uns durch das dichte Menschenmeer zwischen den Parfümständen, bis wir wieder auf der Drottninggatan stehen. Dort nehmen wir uns zum Abschied in den Arm. Isabelle ist mit Sebbe verabredet, und ich freue mich auf meine kleine Wohnung, wo ich mich mit einer schönen Tasse Tee auf dem Sofa verkriechen und eine romantische Komödie anschauen werde, um mein trostloses Leben für eine Weile zu vergessen.

Mir ist natürlich bewusst, dass viele meine Vorliebe für romantische Komödien lächerlich finden, aber ich liebe diese Filme nun mal heiß und innig. Vor allem die Gewissheit, dass die Geschichte, trotz aller Verwicklungen und Rückschläge, am Ende gut ausgehen wird, tut so gut. Und wenn man wüsste, dass das Leben ein bisschen mehr wie in *Schlaflos in Seattle* wäre, wären doch die vielen Hindernisse auf dem Weg besser zu ertragen. Doch leider gibt es dafür keine Garantien, und das ist wohl der Grund, warum ich kein großer Fan des echten Lebens bin. Jedenfalls nicht meines eigenen.

Ich seufze und schiebe die Hände in die Jackentaschen. Mit dem Schal bis über die Nase, da wir jetzt Schneeregen haben, bewege ich mich auf die Bushaltestelle der Linie eins zu. Der Himmel ist dunkel, aber die Straßen funkeln von Tausenden von Lichterketten, und aus fast jedem Schaufenster winken mir fröhliche Weihnachtsmänner zu. Ich lasse den Kopf hängen und denke über das Gespräch mit Isabelle nach.

Keine Frage, sie hat recht. Natürlich könnte es wesentlich schlimmer sein. Ich hätte in einem Land geboren werden können, das sich seit Jahrzehnten in einem Bürgerkrieg selbst zerfleischt. Dann hätte ich womöglich mitansehen müssen, wie meine Familie umgebracht wird. Mein Leben bestände aus Hunger, Gewalt und Krankheiten. Und wenn mein größtes Problem ist, dass ich niemanden habe, mit dem ich Weihnachten verbringen kann, obwohl ich das Fest nicht einmal mag, dann ist mein Leben doch im Großen und Ganzen ziemlich in Ordnung. Und immerhin bin ich schon zweiunddreißig. Da werde ich doch damit umgehen können, an Heiligabend allein zu sein.

Als ich an der Haltestelle Fältöversten aus dem Bus steige, habe ich meinen Weihnachtsüberlebensplan fertig gestrickt. Als Erstes werde ich gleich morgen den Diktator bitten, mich im Restaurant für ein paar Stunden mehr einzuplanen. Das kann eigentlich nur gut werden. Die Tage zwischen den Jahren sind in der Regel ruhig, und ich kann das Geld gut gebrauchen. Als ich zuletzt auf mein Bankkonto geschaut habe, war mein Saldo auf einen historischen Tiefststand gesunken, und das, obwohl erst Monatsanfang war.

Wenn ich an diesen Tagen arbeite, werde ich kaum merken, dass ich im Grunde allein bin. Und die Abende werde ich schon rumkriegen. Ich brauche nur genügend Weinflaschen zu Hause. Oder auch Kisten.

PETTER

Bekomme … die Wohnung nicht verkauft
Bekomme … den Backofen nicht sauber
Bekomme … keine Fahrerlaubnis
Bekomme … den Schweißgeruch in den Achselhöhlen nicht weg

Petter starrte auf das Suchfeld von Google. Kaum hatte er das erste Wort eingetippt, vervollständigte die Suchmaschine die derzeit häufigsten Suchanfragen eigenständig für ihn. Die größten Fragen der Menschheit in ein paar Sätzen zusammengefasst. Was zurzeit Tausende oder sogar Millionen von Hirnen auf der ganzen Welt beschäftigte, die ihren Grips doch viel besser für wichtigere Probleme wie die Klimakrise, den Kampf gegen Terrorismus und die Abschaffung der Kinderarmut eingesetzt hätten.

Doch trotz der Statistik und der ausgeklügelten Algorithmen war die Suchmaschine daran gescheitert, sein Problem adäquat zu erkennen. Die Frage, die ihn beschäftigte, war erst an siebter Stelle gelistet, nach »bekomme … keinen Job wegen meiner Tattoos« und »bekomme … die Menstruationstasse nicht mehr raus.«

Nun ja, es hatte durchaus etwas Tröstliches zu wissen, dass auch die anderen nicht perfekt waren oder rundum glücklich. Dass jeder sein Päckchen zu tragen hatte. Auch wenn sein Problem – zumindest sah er das so – etwas ernsterer Natur war als eine verschmutzte Backofentür.

Petter rieb sich die Augen und griff nach seiner Brille.

Nach dieser hässlichen Computerbrille, die er nur widerwillig angeschafft hatte, weil er sich irgendwann eingestehen musste, dass er immer öfter vor dem Bildschirm hockte und die Augen zusammenkniff, ohne auch nur ein einziges Wort von dem entziffern zu können, was er da geschrieben hatte. Nicht, dass irgendetwas davon wichtig gewesen wäre. Mit jedem Tag, den er länger über seiner Dissertation brütete, wurde ihm bewusst, was für eine Zeitverschwendung das war. Er hatte bereits mehrere Jahre seines Lebens geopfert, um diese blöden Formeln zu erklären und zu interpretieren. Was hatte es eigentlich für einen Nutzen, die Komplexitätsklassen verschiedener logarithmischer Räume zu beschreiben, wenn die überwiegende Mehrheit der Erdbevölkerung absolut kein Interesse daran hatte? Wenn die Menschen sich eher mit solchen Fragen auseinandersetzten, warum niemand die völlig überteuerte Achtundzwanzig-Quadratmeter-Wohnung in einem Stockholmer Vorort haben wollte, oder warum ein anderer Bewerber die gut bezahlte Stelle bei der Bank bekommen hatte, obwohl man sich selbst doch gerade erst dieses hübsche Tattoo hatte stechen lassen.

Mit der Brille auf der Nase richtete er seinen Blick nun durch das hohe, undichte Fenster und sah hinaus auf den Burggarten, der von massiven Backsteingebäuden eingerahmt wurde. In der Dezemberdunkelheit erschien die Universität abends noch finsterer und verlassener als sonst. Von einem einsamen Studenten abgesehen, der mit tief ins Gesicht gezogener Kapuze über das Kopfsteinpflaster zur U-Bahn hastete, war keine Menschenseele in Sicht. Das war auch kein Wunder. Bis zum Heiligabend waren es nur noch neun Tage, sie hatten vier Grad plus, dazu eisigen Wind und Schneeregen.

Petter seufzte laut und war heilfroh, dass Bettina schon Feierabend gemacht hatte. Sonst hätte sie nur, wie es ihre Art war, den Blick von ihrer eigenen Doktorarbeit abgewandt und eine Erklärung eingefordert, warum er so traurig dasaß. In den vergangenen Monaten, seit er ihr von seiner Trennung erzählt hatte, sah Bettina ihn oft mit so einer mitleidigen Miene an und legte ihm immer häufiger tröstend die Hand auf die Schulter. Dabei ließ sie ihn wissen, dass sie »da sei, wenn er jemanden zum Reden bräuchte«. Jedes Mal hatte er dankend abgelehnt, und zwar mit einem gequälten Lächeln, aber freundlich und bestimmt, so dass sie sich wieder hinter ihren Schreibtisch verzog, der am anderen Ende des Raums stand.

Es war gar nicht so, dass er Bettina nicht leiden konnte. Er unterhielt sich wirklich gern mit ihr, solange sich ihre Gespräche um die Arbeit, beziehungsweise ihre Dissertationen und die unterschiedlichen Forschungsansätze drehten. Es passte ihm nur nicht, dass sie so darauf aus war, sein Privatleben mit ihm zu diskutieren. Er hatte keinen Bedarf, sich etwas von der Seele zu reden oder sie näher kennenzulernen. Sie waren Kollegen. Er wusste, dass sie mit einem Typen namens Samuel glücklich verlobt war und dass sie erst kürzlich ein Reihenhaus in Haninge – oder war es Huddinge? – gekauft hatten. Dass sie in einem Chor sang, die Gangschaltung ihres Autos immer wieder Ärger machte, und dass Samuel und sie mit dem Gedanken spielten, sich einen Hund anzuschaffen. Eventuell. Wenn ihnen die Verantwortung nicht doch zu groß war. Viel mehr konnte er zu Bettina nicht sagen, selbst wenn ihm jemand die Pistole an den Kopf gehalten hätte. Und mehr wusste sie von ihm auch nicht. Nur, dass er in einem kleinen Ort bei Sandviken geboren und aufgewachsen war, aber die letzten zwölf Jahre in Stockholm gelebt hatte. Dass er dienstags mit einem Kommilitonen Squash spielte und dass seine Tochter die Kita hinter dem Sophia-Krankenhaus besuchte, weil sie äußerst praktisch lag, nah an seiner Wohnung und seiner Arbeitsstelle. Aber das war auch schon alles, und so sollte es bleiben. Und hätte er ihr nicht in einem schwachen Moment an einem trüben, verregneten Oktobertag, als ihm das Leben sinnlos erschien, von Carolines Entscheidung erzählt, ihn nach acht Jahren Ehe zu verlassen und ein paar Straßen weiter mit der gemeinsamen Tochter Elsa in eine Dreizimmerwohnung zu ziehen, dann hätte er Arbeit und Privatleben weiterhin schön säuberlich getrennt. Dann hätte er sich Bettinas mitleidstriefende Blicke und ihre besorgten Fragen erspart.

Das Einzige, was möglicherweise noch furchtbarer war als die Trennung an sich, war es, darüber reden zu müssen und ständig daran erinnert zu werden. Bettina liebte es, sich in seinem Unglück zu suhlen, und deswegen durfte sie auch keinesfalls von seinem neusten Problem erfahren, eins von vielen auf einer langen Liste. Ein Problem, das er monatelang zu ignorieren versucht, für das er Ausreden gefunden hatte, doch das in dem Moment riesengroß geworden war, als Caroline ihre Koffer gepackt und die Tür hinter sich zugezogen hatte. Das Problem, das vor ein paar Wochen ein ansonsten ganz passables Date – das erste nach der Trennung – sabotiert hatte. Das Problem, das ihm jetzt unbarmherzig auf dem Bildschirm entgegenprangte, schwarz auf weiß, und ihn dazu verdammte, den Rest seines Lebens allein zu verbringen.

Bekomme … keinen hoch.

16. Dezember

JULIA

»Nur dass ihr Bescheid wisst – wir machen dieses Jahr von Weihnachten an den Laden dicht und öffnen erst nach dem Dreikönigswochenende wieder.«

Diese Worte kommen aus dem Munde des Diktators (oder Freddan, wie er lieber genannt werden möchte, obwohl er eigentlich Fredrik heißt und schon auf die vierzig zugeht) – Alleinherrscher und Besitzer des Restaurants Mohnblume, wo ich jeden Wochentag zwischen neun und halb sechs arbeite.

Direkt nach Feierabend hat er das Personal in die Küche zitiert. Also Mehmet, Lily und mich. Auf diese kalte Dusche reagieren wir alle gleich.

»Wie bitte?«

»Aber warum denn?«

»Das können Sie nicht machen!«

Der Diktator zuckt mit den Schultern. »Ihr könnt mir glauben, ausgesucht habe ich mir das nicht«, erwidert er und tut enttäuscht. »Aber was soll ich machen? Letztes Jahr hatten wir zwischen den Jahren geöffnet und konnten zwei Wochen lang kaum mehr als einen Tisch belegen. Das lohnt sich einfach nicht, deshalb werde ich in dieser Zeit komplett schließen.«

Und damit hat er tatsächlich recht. Letztes Jahr habe ich in der Zeit gearbeitet, und es herrschte gähnende Leere im Lokal.

»Aber was ist mit uns?«, fragt Mehmet. »Wie sollen wir

die Miete bezahlen, wenn wir unsere Stunden nicht zusammenbekommen?«

Der Diktator zuckt wieder mit den Schultern und gibt uns zu verstehen, dass das sein geringstes Problem ist.

»Sorry«, sagt er und schielt auf die Uhr. »Echt!«

Und dann schiebt er eine Ausrede vor, um sich zu verdrücken. Er tut so, als habe er einen wichtigen Termin. Aber vermutlich ist er nur mit einer dieser Blondinen verabredet, die er im Internet aufreißt. Jede Woche eine andere.

Mehmet seufzt und geht zurück an den Grill. Lily und ich sehen uns wortlos an. Da gibt es nichts mehr zu sagen. Das wird ein mageres Weihnachtsfest werden. In vielerlei Hinsicht.

»Warum kommst du nicht einfach mit nach Finnland und feierst Weihnachten bei uns? Du weißt, dass du jederzeit herzlich willkommen bist. Und wenn du schon nicht arbeiten musst, gibt es doch nichts, was dich hier hält.« Satu legt Vilja an die Brust und zieht die Babydecke dabei routiniert über ihre Schulter und das Köpfchen der kleinen Tochter. Jetzt kann sie ganz diskret ihre Bluse aufknöpfen.

Ich bin immer wieder fasziniert davon, wie perfekt sie das alles beherrscht. Als ob sie nie etwas anderes getan hätte. Dabei ist Vilja erst seit zwei Monaten auf der Welt, und die dreißigjährige Satu stillt, wechselt Windeln und schiebt den Kinderwagen, als sei es das Normalste der Welt. Davor war sie meine Lieblingskollegin und Verbündete im Kampf gegen den Diktator und nicht Supermum.

»Danke, das ist lieb, aber du weißt doch ...«, sage ich und hoffe, dass sie es weiß, ohne dass ich es näher erklären muss. Ich habe wirklich keine Lust, ihr zu erklären, wie lächerlich deplatziert ich mir vorkommen würde, zu Hause bei Satus

Eltern Weihnachten zu feiern, wo sich natürlich alles um das süßeste Enkelkind aller Zeiten drehen wird.

Satu schüttelt den Kopf. »Nein«, sagt sie in ihrem niedlichen finnlandschwedischen Dialekt, »ich weiß es nicht.«

»Klar weißt du es ...«, lege ich nach und suche nach den richtigen Worten, nach den Worten meiner Mutter. »Weihnachten ist das Fest der Familie. Das sind die Tage, die man mit denen verbringt, die einem am meisten am Herzen liegen.«

»Und warum feierst du dann Weihnachten nicht mit deiner eigenen Familie?«

Ich seufze schwer. »Weil es im letzten Jahr die reinste Katastrophe war.«

»Wegen der Weihnachtsmannpanne?«

»Ja, deswegen auch.«

»Hat deine Schwägerin dir das immer noch nicht verziehen? Die Narbe ist doch wirklich nicht groß, und wenn der Kleine älter ist, hat so was auch Charakter. Außerdem kann man die Zwillinge jetzt endlich auseinanderhalten. Hast du selbst gesagt.«

»Martin und Ylva sehen das leider nicht so locker.«

»Hast du denn keinen süßen Typen in der Pipeline, mit dem du Weihnachten feiern könntest? Zum Beispiel ...« Satu legt die Stirn in Falten und überlegt angestrengt. »Alex? Oder dieser ... Philip?«

»Die sind nicht mehr aktuell«, antworte ich kurz angebunden.

»Warum?«

»Beides Idioten, allerdings aus unterschiedlichen Gründen. Der eine hat nur angerufen, wenn er betrunken oder geil war, und der andere hat sich pausenlos gemeldet. Eine

Zeitlang konnte ich kaum auf die Toilette, so sehr hat er mich mit seinen Anrufen genervt. Ich stand kurz davor, mir eine Blasenentzündung einzufangen.«

»Und hast du jetzt was Neues laufen?«

»Nee, im Moment date ich niemanden.«

»Echt jetzt?« Satu wirkt regelrecht entsetzt. »Was ist los? Seit ich dich kenne, hattest du immer jemanden. Bist du krank?«

»Nein, aber gerade brauche ich echt eine Pause. Außerdem gibt es keine vernünftigen Männer mehr.«

»So schlimm?«

»Ja, nach mindestens einer Billion erfolgloser Dates, bei denen ein Typ schlimmer war als der andere, gebe ich die Hoffnung langsam auf. Ich spiele schon mit dem Gedanken, Tinder zu löschen.«

Satu grinst. »Das sagst du nicht zum ersten Mal, aber es ist noch nie so weit gekommen.«

»Stimmt, aber diesmal meine ich es ernst. Ich habe die Hoffnung aufgegeben, im Internet einen tollen Mann zu finden. Wahrscheinlich klappt es auf die klassische Art besser.«

»Auf die klassische Art?«, fragt Satu und schmunzelt. »Wer macht so was heutzutage noch? Meinst du in einer Bar?«

Ich rutsche von einer Pobacke auf die andere. Meine Aufreißversuche in Bars waren alles andere als erfolgreich, und Satu weiß das.

»Vielleicht läuft mir einer zufällig über den Weg. Da, wo ich es am wenigsten erwarte. In den Kinofilmen passiert so was andauernd.«

Satu lacht. »Du meinst, er überschüttet dich mit Orangensaft?«

»Warum nicht? Spricht doch nichts gegen Orangensaft.«

»Und eine schnucklige kleine Buchhandlung hat er dann auch?«

Satu weiß natürlich genau, wie sehr ich romantische Komödien liebe.

»Vielleicht.«

»Und du bist ein international gefeierter Star mit den längsten Beinen der Filmgeschichte?«

Aber sie kapiert nie, wann sie einen Witz überstrapaziert.

Schweigend sehe ich aus dem Fenster. Es regnet nach wie vor. Derselbe hartnäckige Nieselregen, der die Hauptstadt seit einem Monat fest im Griff hat. Er trifft auf die dreckigen Fenster des Cafés und läuft in kleinen Bächlein die Scheibe hinab. Dahinter flitzen die Fußgänger auf der Odengatan mit hochgeschlagenen Mantelkragen vorüber – alle haben etwas Gehetztes im Blick. Eine Frau, die Hände voller Einkaufstüten, kämpft mit ihrem Schirm, den der Wind immer wieder umstülpt, und ein älterer Mann mit Rollator wird von einem vorbeifahrenden SUV nassgespritzt. So ist Winter in Stockholm am übelsten.

Satu folgt meinem Blick.

»So ein Mistwetter!«, sagt sie und seufzt. »Noch gut eine Woche bis Weihnachten und keine einzige Schneeflocke in Sicht. Bin ich froh, dass ich aus dieser Stadt rauskomme und bald richtigen Winter habe.«

»Liegt in Jakobstad denn Schnee?«

»Na sicher liegt da Schnee! Seit dem 1. Dezember schneit es da täglich. So wie es sich gehört.«

Ich muss lachen, denn wenn Weihnachten vor der Tür steht, wird Satu ganz sentimental und heimatverbunden. Die übrige Zeit im Jahr macht sie am liebsten einen großen

Bogen um ihre Heimatstadt und jammert schon, wenn sie nur ein Wochenende dort verbringen soll, aber in den Wochen vor Weihnachten klingt sie auf einmal ganz anders, und dann hört die melancholische Finnlandschwedin bis zum Dreikönigstag Weihnachtslieder.

Satu knöpft ihre Bluse wieder zu, legt sich Vilja über die Schulter und klopft ihr leicht auf den Po.

»Wenn du mit uns Weihnachten feierst, begegnest du vielleicht dem richtigen Weihnachtsmann«, sagt sie. »Der wohnt nämlich in Finnland, egal, was die Schweden behaupten.«

»Ich glaube nicht an den Weihnachtsmann. Weder an den finnischen noch den schwe…«

Ich kann den Satz nicht zu Ende bringen, denn mein Smartphone unterbricht mich mit einem Signalton, und als ich es in die Hand nehme, sehe ich, dass ich einen Super-Like auf Tinder bekommen habe. Magnus, neununddreißig, aus Tyresö. Attraktiv, sportlich, ein bisschen dünnes Haar, dafür umso mehr Bizeps. Ich wische nach rechts. Als ich das Handy wieder ablege, sehe ich, wie Satu mich mit einem provokanten Grinsen mustert.

»Was ist denn?«, frage ich und versuche, ganz unschuldig auszusehen.

»Ich denke gerade über das nach, was du über den Weihnachtsmann gesagt hast.«

»Was denn?«

»Dass du nicht an ihn glaubst.«

»Nein, das tue ich nicht mehr, und zwar schon seit etwa fünfundzwanzig Jahren.«

»Und du glaubst auch nicht daran, auf Tinder einen vernünftigen Mann zu finden, was dich aber nicht davon abhält, nach rechts zu wischen.«

Und weil sie mich wieder mit diesem Blick ansieht, von dem sie weiß, dass ich dann sofort weich werde, kann ich nicht anders und lache.

»Okay«, sage ich und schüttele den Kopf. »Du hast mich durchschaut. Ich bin und bleibe eine hoffnungslose Romantikerin, die sich immer noch nach der großen Liebe sehnt.«

Jetzt muss auch Satu lachen. »Warum verreist du nicht einfach über Weihnachten?«, fragt sie dann. »Schließlich musst du nicht arbeiten und könntest die Gelegenheit nutzen, um Urlaub zu machen, zum Beispiel auf einer thailändischen Insel in der Sonne liegen und baden. Bei Vollmondpartys mit hübschen fünfundzwanzigjährigen Backpackern, die am Unterarm frisch tätowiert sind, die Nacht durchtanzen. Das wäre doch was für dich, oder?«

Ich schüttele den Kopf. Urlaub kann ich mir im Moment wirklich nicht leisten. Nach der Verkündung des Diktators, dass das Restaurant für zwei Wochen geschlossen wird, ist der Nudelwok an der Strindberggatan das Exotischste, auf das ich mich freuen kann. Als ich das Satu sage, ist sie ehrlich betroffen. Doch dann fällt ihr etwas ein.

»Weißt du was«, ruft sie, so dass Vilja, die sanft in ihren Armen schlummert, kurz zusammenschreckt. »Ich hab's. Das ist vielleicht nicht direkt Urlaub im Süden und auch nur eine kurze Reise mit dem Schiff, aber …«

»Willst du mir jetzt etwa vorschlagen, an Heiligabend auf die Finnlandfähre zu gehen?«, brumme ich.

»Aufs Schwedenschiff, meinst du?« Satu spuckt die Worte aus. »Nein, auf gar keinen Fall. Schon gar nicht zu Weihnachten. Da hocken doch nur die betrunkenen Schweden.«

»Und wie lautet nun deine super Idee?«

Satu sieht mich an und lächelt zufrieden. »Ich habe eine

Freundin auf Gotland«, sagt sie und hält schon vorsorglich die Hand hoch, damit ich nicht sofort protestiere. »Sie will mit ihrem Freund über Weihnachten und Silvester nach New York fliegen, und deshalb brauchen sie jemanden für ihre Katze.«

»Ich kann aber keine Katze beherbergen. Ich wohne an einer der meistbefahrenen Straßen Stockholms. Spätestens nach einer Stunde läge sie zermatscht auf dem Asphalt.«

Satu verdreht die Augen. »Die Katze soll doch nicht bei dir wohnen. Du sollst bei der Katze wohnen. Linnea und Henrik bieten ihr Haus in Visby an, und im Gegenzug wollen sie jemanden, der die Katze hütet.«

Ich starre sie mit offenem Mund an. Soll das ein Witz sein? Schlägt sie wirklich vor, dass ich Weihnachten auf einer Insel verbringen soll, wo ich keine Menschenseele kenne? In einem Haus, das nicht mir gehört, und mich um eine Katze kümmere, die mich vermutlich nicht riechen kann? Ernsthaft? Es reicht doch schon, dass ich Single bin und manchmal Dinge tue, die keinen Sinn ergeben. Eine verrückte, menschenscheue Tiernärrin bin ich deshalb noch lange nicht.

»Überleg doch mal, Julia«, sagt Satu mit ihrer ruhigen Stimme. »Du hast keine Lust, an Weihnachten allein in der Wohnung zu hocken, und Geld für eine Urlaubsreise hast du auch nicht. Das wäre die Gelegenheit, in der schnuckeligsten Stadt von Schweden Ferien zu machen. Und du musst nicht mal etwas dafür zahlen.«

Ich ziehe die Nase kraus. »Visby ist im Sommer bestimmt schön, aber im Dezember? Im Winter muss die Stadt doch wie ausgestorben sein.«

»Von wegen. Überleg mal, wie viele Leute Weihnachten zu Hause feiern«, sagt Satu.

»Wie meinst du das?«

»Na ja, all die Gotländer, die aufs Festland gezogen sind, aber zu Weihnachten zurückkommen, um mit der Verwandtschaft zu feiern. Und wenn sie da sind, fällt ihnen wieder ein, warum sie eigentlich weggezogen sind, und was tun sie dann? Sie flüchten in die nächste Bar, als wären sie Teenager. Hast du noch nie was von den legendären Homecoming-Partys gehört?«

»Ich bin in Stockholm groß geworden«, sage ich. »Hier haben wir so was nicht. Bei uns wandern die Lemminge an den Feiertagen eher raus aus der Stadt. In der Zeit bekommt man im Bus sogar einen Sitzplatz, und die Bars sind über Weihnachten und Silvester wie leer gefegt.«

»Denk doch wenigstens mal drüber nach«, sagt Satu, legt die schlummernde Vilja in den Kinderwagen und stopft die Babydecke um sie herum fest. »Ich kann Linnea und Henrik sofort anrufen. Die würden sich freuen. Mittlerweile haben sie schon Sorge, dass sie ihren Urlaub canceln müssen, weil sie niemanden für die Katze finden.«

Ich schüttele den Kopf. »Kommt nicht in Frage«, sage ich. »Ich hätte ganz klar Kommunikationsprobleme.«

»Mit der Katze?«

»Nein, mit den Gotländern. Ich verstehe kein Wort von dem, was sie sagen.«

»Jetzt sei doch nicht so eine arrogante Hauptstädterin«, sagt Satu. »Versuch es doch wenigstens. Das Schlimmste, was passieren kann, ist, dass du für ein paar Tage etwas anderes zu sehen bekommst als das triste Stockholm. Und wer weiß, vielleicht taucht ja sogar ein attraktiver Gotländer auf Tinder auf, wenn du die Suchkriterien erweiterst?«

»Stimmt«, sage ich und fische das Smartphone aus meiner

Handtasche. »Das hätte ich fast vergessen – ich hab doch schon einen an der Angel. Vielleicht ist ja Magnus aus Tyresö mein rettender Weihnachtsengel, und ich verbringe sogar schon Weihnachten bei ihm. Mit langen Spaziergängen über die Djurgården-Insel, bei romantischen Abendessen und mit Eierlikör gemütlich aufs Sofa gekuschelt, während im Fernsehen Donald Duck läuft, wie immer an Heiligabend.«

»Na ja«, sagt Satu. »Völlig unmöglich ist es nicht. Es heißt ja so schön, Weihnachten sei die Zeit der Wunder. Und wenn es so etwas wie Wunder wirklich gibt, dann geschehen sie wohl am ehesten zu Weihnachten.«

Etwas später verabschieden wir uns, und ich trete den Rückweg in meine leere Wohnung an. Als ich am Valhallavägen um die Ecke biege, greife ich nach dem Handy, um diesem Magnus eine Nachricht zu schicken. Ich habe gerade die Tastensperre gelöst, da renne ich in etwas Weiches, Kaltes. Mein Gesicht prallt an eine große grüne Daunenjacke, und an meinen Lippen macht sich der Geschmack von feuchtem Nylon bemerkbar.

»Hoppla«, höre ich eine Männerstimme rufen, das sagen die Stockholmer gern anstelle von »Entschuldigung«.

»Huch«, entfährt es mir, was im selben Dialekt so viel bedeutet wie: »Kannst du nicht aufpassen?«

Der Mann verschwindet, und ich tippe weiter und drücke auf Senden. Danach verstaue ich das Handy wieder in der Handtasche und mache mich innerlich darauf gefasst, ein paar Stunden auf eine Antwort zu warten, doch nach weniger als zwei Minuten ertönt ein Ping. Magnus schlägt ein Date schon für morgen Abend vor. Wenn es in diesem Tempo weitergeht, sind wir zu Weihnachten vielleicht wirklich schon ein Paar.

PETTER

»Hoppla!«

»Huch!«

Petter zuckte zusammen, als die Frau mit dem dicken Schal und dem Smartphone in der Hand direkt in ihn hineinlief. Sie war wie aus dem Nichts aufgetaucht, kaum dass er um die Ecke gebogen war, er hatte keine Chance gehabt auszuweichen. Gerade noch wollte er etwas zu seiner Entschuldigung vorbringen, obwohl er eigentlich der Überzeugung war, dass sie diejenige war, die besser hätte aufpassen müssen, da war sie auch schon an ihm vorbei und schnurstracks weitergelaufen. Die Augen wieder ans Display geheftet.

Petter seufzte und setzte seinen Weg fort. Typische Stockholmerin, dachte er, immer unter Strom. Obwohl er selbst seit zwölf Jahren hier wohnte, fühlte er sich nicht als Stockholmer, eher als Landei, das vorgab, ein Großstadtmensch zu sein.

Merkwürdig war nur, dass seine Tochter Elsa eine echte Stockholmerin war. Mit ihren gerade mal fünf Jahren sprach sie bereits ein Schwedisch mit ausgeprägtem Stockholmer Akzent, und Petter verfolgte das mit Wehmut, denn sie hatte weder den Dialekt seiner Mutter noch den seines Vaters gelernt. Es war, als gehörte Elsa mehr in diese Stadt als zu ihrer Familie. Beim Gedanken an seine Tochter lief er noch einen Schritt schneller. Kurz darauf tauchte auch schon das gelbe Gebäude der Kita vor ihm auf.

»Papa!« Das selige Rufen war über den ganzen Hof zu hören und erfüllte sein Vaterherz wie immer mit Glücksgefühlen. Elsa löste sich aus der Horde Kinder in Matschhosen und kam auf ihn zugerannt. Er konnte gerade noch rechtzeitig in die Hocke gehen, da war sie schon bei ihm und warf sich in seine Arme.

»Papa«, rief sie ein zweites Mal und presste ihre kleine, verfrorene Wange an seine.

Lange hielt er sie in den Armen, die Schneeregentropfen im Gesicht spürte er gar nicht mehr, auch nicht die eisigen Zehen, die ihn auf dem Heimweg geplagt hatten. Jetzt gab es nichts außer diesem süßen Geschöpf, das sich an ihn klammerte. Seine Kleine, seine Tochter. Der mit Abstand wichtigste Mensch in seinem Leben.

Er hätte es noch den ganzen Tag in dieser Umarmung ausgehalten, doch schließlich löste Elsa sich von ihm.

»Papa, komm, lass uns spielen!« Sie griff nach seiner Hand und zog ihn zum Klettergerüst. Er folgte ihr zögerlich. Jetzt spürte er die Kälte wieder, und er freute sich vor allem darauf, nach Hause ins Warme zu kommen. Gemütlich mit ihr zusammenzuhocken, so zu tun, als wäre alles normal.

Einige Mütter, die auch zum Abholen gekommen waren, unterhielten sich noch vor dem Hof, während sie auf ihre Kinder warteten. Petter schlug die Augen nieder, das war das Letzte, was er jetzt gebrauchen konnte: angesprochen zu werden. Er wusste, dass Caroline mit einigen von ihnen befreundet war. Und wie er Caroline kannte – und er ging davon aus, sie nach acht Jahren Ehe ziemlich gut zu kennen –, hatte sie vermutlich jedes kleinste Detail ihrer Trennung bei einer Tasse Kaffee oder einem Glas Wein ausgeplaudert. Diese Frauen wussten vermutlich mehr darüber als er selbst.

Beim nächsten Gedanken wurde ihm mulmig. Ob Caroline ihnen auch von seinem neusten Problem erzählt hatte?

Es hatte mit einzelnen Ausfällen begonnen, meist in Verbindung mit einem stressigen Arbeitstag und nach einigen Gläsern Wein, nach und nach hatte es sich aber verschlimmert. Irgendwann war es die Regel, und nicht mehr die Ausnahme. Dieses Problem hatte sich in seinem Hirn eingenistet und ihn regelrecht in die Mangel genommen, er hatte sich vor Verunsicherung und Selbstverachtung immer mieser gefühlt.

Petter schüttelte sich kurz, diese fürchterlichen Erinnerungen taten gar nicht gut, und griff nach Elsas Hand.

»Elsa, Schatz!«, sagte er und schielte vorsichtig zu der Mütter-Gang hinüber, die ihn immer noch nicht entdeckt zu haben schien, doch das war sicher nur eine Frage der Zeit. »Wir können ein anderes Mal spielen, jetzt müssen wir nach Hause.« Damit sie nicht auf die Idee kam, Widerstand zu leisten, schob er hinterher: »Und unterwegs holen wir uns eine Pizza.«

Einen Moment lang zögerte sie. Sie wollte so gern noch bleiben.

Im Augenwinkel sah er, dass eine der Mütter das Grüppchen stehen ließ und auf ihn zukam.

»Und Eis«, sagte er schnell. »Eis zum Nachtisch gibt's auch.«

»Okay!« Schon war die Tochter vom Klettergerüst hinuntergesprungen und kam auf ihn zugerannt. »Komm, Papa! Wir müssen Eis kaufen!«

Er winkte den Erzieherinnen zu, die in ihren roten Teamjacken mit dem Logo der Kita auf dem Rücken frierend auf dem Hof standen. Die Mutter, die auf ihn zukam, würdigte er keines Blickes.

Sie gingen zur Garderobe, wo Elsas kleiner Rucksack ordentlich an einem Haken hing. Darin befand sich alles, was sie brauchte: ihr Schnuffeltuch, der Teddybär und das Tablet. Und während sie ihn sich umschnallte, dachte er, dass es im Moment vor allem dieser kleine rosafarbene Rucksack war, der seiner Tochter Halt gab. Seit einigen Monaten begleitete er sie nun schon auf der Reise von ihrem Zuhause bei ihrer Mutter zu ihrem anderen Zuhause bei ihm. Der kleine Rucksack war somit das Einzige, das verlässlich immer bei ihr war, jeden Tag, jede Woche, das ganze Jahr über.

Was für ein trauriger Gedanke. Er drückte die kleine Hand fester, als sie durch das Tor hinaustraten und das Kitagelände verließen.

Elsa merkte nicht, was in ihm vorging. Fröhlich plapperte sie drauflos, während sie den Valhallavägen entlanggingen und die Pizzeria ansteuerten. Es gab von der vergangenen Woche so viel zu erzählen, und manchmal sprudelten alle Geschichten auf einmal aus ihr heraus, so dass es ihm schwerfiel mitzukommen. Aber das war nicht schlimm. Er war einfach nur froh, sie wieder bei sich zu haben, ihre kleine fäustlingverpackte Hand halten zu dürfen und zu wissen, dass er jetzt eine komplette Woche mit ihr vor sich hatte. Und nicht nur das. Sie würden auch Weihnachten zusammen feiern, so wie jedes Jahr. Caroline und er hatten das schon frühzeitig im Herbst besprochen, als sie die Trennung hinter sich gebracht hatten. Obwohl sie die gemeinsame Wohnung verkauft hatten und in zwei kleinere Wohnungen umgezogen waren, sollte das traditionell gemeinsame Weihnachtsfest bestehen bleiben – Elsa zuliebe. Egal, wessen Woche mit der Tochter es war, Elsa hatte es verdient, das Weihnachtsfest zusammen mit ihren Eltern zu feiern und wenigstens für einen Tag das Gefühl zu haben, es wäre alles normal.

Bei dem Gedanken musste Petter schmunzeln. Ihr gemeinsames Weihnachtsfest würde auch die Gelegenheit bieten, mehr Zeit mit Caroline zu verbringen. Wenn alles gut lief und sie ein tolles Fest miteinander erlebten, würde sie möglicherweise feststellen, dass er ihr fehlte. Und ihr Familienleben auch. Vielleicht hatte sie dann wieder etwas mehr Nachsicht mit ihm, so wie am Anfang. Damals, als sie seine kleinen Schwächen und Ticks charmant gefunden und sich nicht darüber aufgeregt hatte.

Nachdem sie sich beim Italiener jeder eine Pizza bestellt hatten, drängten sie sich mit den unhandlichen Kartons in den nächsten Supermarkt bis zur Eistruhe durch, wo Elsa sich eine Sorte aussuchen durfte.

Zu Hause lief im Fernsehen das Kinderprogramm, sie saßen gemütlich auf dem Sofa und aßen Pizza und Eis, bis sie nicht mehr konnten.

»Bist du müde, mein Schatz?«

»Nein«, antwortete Elsa und gähnte so sehr, dass Petter ihr bis in den Rachen schauen konnte.

»Na, komm.« Er nahm sie hoch und trug sie ins Badezimmer, half ihr auf der Toilette, putzte sorgfältig ihre Zähne und holte einen frischen Schlafanzug aus dem Schrank. Danach trug er sie in ihr Kinderzimmer. Den Raum, den er extra in Rosa – ihrer Lieblingsfarbe – gestrichen hatte und in dem sie jedes Möbelstück und alles, was sich darin befand, selbst hatte aussuchen dürfen, damit sie sich dort wohl fühlte.

»Ich will bei dir im Bett schlafen, Papa.«

»Was? Aber du hast doch so ein schönes neues Zimmer.«

Sie sah sich ängstlich um, und er wusste sofort, was das Problem war. Das Zimmer war nicht ihr Zimmer. Sie fühlte sich hier nur als Gast. Was sie gewissermaßen ja auch war. In einer Woche war sie wieder fort.

»Okay«, sagte er. »Dann schläfst du bei mir.«

Also trug er sie in sein Schlafzimmer und zog den Bettüberwurf von der Seite, die in den vergangenen zwei Monaten ungenutzt geblieben war, weil sie früher Caroline gehört hatte. Abgesehen von dem einen Abend mit dem missglückten Date.

Elsa war fast eingeschlafen, als er sie noch einmal gut zudeckte und das Licht ausknipste. Mit ihrem Schnuffeltuch an der Wange und dem zerzausten Teddy im Arm lag sie zusammengekauert da und brummelte etwas vor sich hin.

»Was sagst du?«

»Mama«, murmelte sie. »Mir fehlt Mama.«

»Ich weiß, Süße«, flüsterte er. »Mir auch.«

Seine letzten Worte hörte sie schon nicht mehr. Da war sie eingeschlafen.

Petter blieb noch auf der Bettkante sitzen und sah sie an. Die dunklen Locken, die sich über das Kopfkissen verteilten, die kleine Stupsnase mit den hellen Sommersprossen und den langen, dunklen Wimpern, die jetzt auf den Wangen ruhten. Sie war eine kleine Kopie ihrer Mutter. Unglaublich hübsch. Und wieder überkamen ihn diese Sorgen. Alles, was er sich für seine Tochter gewünscht hatte, war eine glückliche, unbeschwerte Kindheit mit ihnen beiden gewesen, ebenso idyllisch und sorglos, wie er sie selbst hatte erleben dürfen. Aber er hatte versagt. Er hatte das Wichtigste in seinem Leben vermasselt, und das alles für diese elende Doktorarbeit.

Würde Elsa ihm das vorwerfen, wenn sie größer war? Ihn fragen, warum er sich nicht mehr Mühe gegeben und härter gekämpft hatte? Warum er so schnell aufgegeben hatte?

Und selbst, wenn sie es nicht tat – würde er es sich jemals verzeihen können?

Petter seufzte, beugte sich vor und gab seiner Tochter ganz sacht einen Kuss auf die Stirn.

»Entschuldige«, flüsterte er. »Ich bin ein Idiot gewesen, aber jetzt versuche ich, alles wiedergutzumachen.«

»Hallo, hier ist Caroline.« Beim Klang ihrer Stimme zuckte er zusammen, als käme sie überraschend, obwohl er derjenige war, der sie angerufen hatte.

»Hi, ich bin's.«

»Hallo, Petter. Alles in Ordnung? Geht es Elsa gut?«

Er versuchte, an ihrem Tonfall abzulesen, in welcher Stimmung sie war. Das hatte er sich in den letzten Jahren angewöhnt, als sie sich zunehmend über Kleinigkeiten aufgeregt hatte und er mit ihr immer weniger zurechtgekommen war.

»Klar«, sagte er. »Hier läuft alles bestens. Elsa ist gerade eingeschlafen.«

Er warf einen Blick auf seine Uhr und ärgerte sich über sich selbst. Die letzte Information war völlig überflüssig gewesen.

Und natürlich reagierte Caroline sofort.

»Sie ist jetzt erst eingeschlafen? So spät? Wie soll sie dann morgen früh aus den Federn kommen …?«

»Ich meine, sie ist vor einer Stunde eingeschlafen.«

Das schien Caroline ihm abzunehmen.

»Und was gibt es, warum rufst du an?«, fragte sie ihn. Schwer zu sagen, ob ihre Frage eher neugierig oder genervt klang.

»Äh … ja«, sagte er. »Ich dachte, wir könnten uns mal

über Weihnachten unterhalten. Die Feiertage rücken ja langsam näher.« Dann griff er zu der Liste, die er schon Ende November geschrieben hatte und die in der Küche gelegen und auf ihren Einsatz gewartet hatte. »Ich gehe davon aus, dass wir bei mir feiern, so wie zuletzt besprochen. Ich kümmere mich um den Weihnachtsbaum, den Weihnachtsschinken und diese Fleischklößchen, die Elsa so gern isst, und du könntest vielleicht Hering und Lachs mitbringen.«

»Petter.«

»Wenn wir gegen halb zwei essen, sind wir rechtzeitig fertig zum Donald-Duck-Film im Fernsehen, und dann kann ich Weihnachtsmann spielen und …«

»Petter!« Carolines scharfe Stimme brachte ihn aus dem Konzept, und vom Schweigen, das darauf folgte, stieg ihm die Hitze in den Kopf.

»Ja?«

»Petter, wir müssen reden. Sei bitte nicht enttäuscht, aber …«

Petter fragte sich in dem Moment, ob ihr bewusst war, dass sie gerade exakt dieselben Worte benutzte wie damals, als sie ihm mitgeteilt hatte, dass sie sich scheiden lassen wollte. Er ahnte zwar, dass es auch dieses Mal um nichts Erfreuliches ging, aber das, was dann kam, traf ihn völlig unvorbereitet.

»Ich habe mir über Weihnachten noch mal Gedanken gemacht und beschlossen, zu Hause bei meinen Eltern zu feiern«, sagte sie.

Petter stand der Mund offen. Caroline wollte nicht mit Elsa und ihm feiern? Waren all seine Planungen dahin?

»Aber …«, sagte er. »Elsa wird dich vermissen, wenn du nicht da bist. Wir hatten doch gesagt, dass wir …«

»Petter.« Wieder dieses Schweigen. Dieses unglückselige Schweigen. »Heiligabend fällt in meine Woche. Ich habe vor, Elsa mitzunehmen.«

Jetzt schwankte der Boden unter ihm.

»W … was?« Seine Stimme versagte, und alles, was er hervorbrachte, war ein krächzender Laut.

»Ich kann verstehen, wenn du enttäuscht bist, aber ich habe mir lange den Kopf darüber zerbrochen. Meine Schwester wird in diesem Jahr auch auf die Insel kommen, und ich möchte, dass Elsa mal ein richtig gotländisches Weihnachtsfest mit der ganzen Familie erlebt. Meine Eltern werden immer älter, und vielleicht ist es jetzt das letzte Jahr, in dem sie noch auf dem Hof sein können …«

Um ihn drehte sich immer noch alles, doch wenigstens machte seine Stimme jetzt wieder mit.

»Du willst sagen, dass du Elsa über Weihnachten nach Gotland mitnehmen willst?«

»Ja.«

Am liebsten hätte er direkt ins Telefon gebrüllt: »Und was ist mit *mir*? Was hast du dir gedacht, wie *ich* Weihnachten ohne meine Tochter überstehen soll?« Aber da er nicht mehr fünf war und wenigstens den Rest seiner Würde wahren wollte, biss er die Zähne zusammen und versuchte, ganz rationale Argumente vorzubringen, wie unter Erwachsenen.

»Bekommt man denn so kurzfristig noch Flugtickets?«

»Wahrscheinlich nicht.«

Er atmete auf. Gott sei Dank!

»Aber ich habe Tickets für die Fähre.«

»Für die Fähre?«

»Ja.«

»Aber du hasst doch Fähren. Da wird dir immer schlecht.

Weißt du noch, in diesem Sommer, als wir …?« Er hielt inne, als er begriff, dass sein Widerstand sinnlos war. Sie hatte ihre Entscheidung gefällt und die Reise schon gebucht – ohne ihn vorab zu informieren. Als beträfe es ihn gar nicht. Als ginge es nicht auch um sein Leben.

Caroline schwieg ebenfalls. Ein paar Sekunden verstrichen.

Schließlich konnte er sich die Frage nicht verkneifen. »Und wenn ich mein Einverständnis verweigere?«

Da hörte er sie am anderen Ende der Leitung seufzen und sah sie bildlich vor sich. Dieser enttäuschte Gesichtsausdruck, mit dem sie immer häufiger ins Bett gegangen war.

»Petter, das kannst du nicht. Es ist meine Woche. Ich feiere Weihnachten mit Elsa, wo ich will.«

Natürlich stimmte das. Das Problem war nur, dass gleichzeitig überhaupt nichts stimmte, gar nichts! So hatte er sich sein Leben nicht vorgestellt. Seine Eltern waren glücklich verheiratet. Sein älterer Bruder und seine jüngere Schwester ebenso. Scheidung war für ihn ein Fremdwort gewesen. Als er damals an diesem kühlen Apriltag vor gut acht Jahren vor dem Standesbeamten im Stockholmer Rathaus zu Caroline ja gesagt und versprochen hatte, sie in guten wie in schlechten Zeiten zu lieben, da hatte er jedes einzelne Wort wirklich ernst gemeint. »Bis dass der Tod uns scheidet«, war keine leere Phrase, das war sein Ziel gewesen, sein Lebensmotto. Selbstverständlich hatte er damals schon gewusst, dass sie es nicht immer leicht haben würden, dass es Probleme geben würde, doch er war bereit gewesen, sich durch schlechte Zeiten hindurchzuboxen, das hatte er ihr ja versprochen. Darauf lief eine Ehe schließlich hinaus. Dass Caroline diese Auffassung nicht teilte, sollte er erst viel später erfahren.

»Ich kann ja verstehen, dass du enttäuscht bist«, sagte Caroline. »Aber irgendwann wird das erste Weihnachten ohne Elsa kommen. Wir können doch nicht bis in alle Ewigkeit Weihnachten zusammen feiern. Vielleicht ist es gut, das Pflaster mit einem Ruck abzureißen.«

»Du hast gut reden, schließlich klebt das Pflaster nicht auf deiner Haut«, brummelte er.

Caroline reagierte darauf nicht.

»Jetzt weißt du es immerhin«, sagte sie und hatte wieder diese unterkühlte Stimme.

»Ja, jetzt weiß ich es.«

Wieder Schweigen.

»Okay«, sagte sie schließlich. »Wir fahren am Donnerstag.«

»So früh schon?«

»Ja, ich möchte rechtzeitig vor den Feiertagen da sein und meinen Eltern bei den Vorbereitungen helfen.«

Er merkte, dass sie gerade ansetzte, ihr Gespräch zu beenden.

»Warte noch«, rief er, und nun gelang es ihm nicht mehr, die Verzweiflung in seiner Stimme zu verbergen. »Und wenn ich mitkomme?«

»Was? Nach Gotland?«

»Ja.«

»Aber ...« Jetzt suchte sie krampfhaft nach Argumenten. »Und deine Doktorarbeit?«

»Die kann ich überall schreiben. So ein Ortswechsel könnte mir sogar guttun, so was macht kreativ.«

»Und wo willst du wohnen? Bei meinen Eltern wird kein Platz mehr sein, wenn so viel Besuch kommt.«

Petters Hirn arbeitete auf Hochtouren.

»Ich kann ja ins Hotel gehen«, sagte er, »oder in die Jugendherberge. Und an Heiligabend zu euch kommen. Wenn deine Eltern einverstanden sind. Ich würde euch keine Umstände machen. Ich will einfach nur Weihnachten mit euch feiern. Mit Elsa.«

Caroline seufzte.

»Du willst auf Gotland kurz vor Weihnachten ein freies Hotelbett finden? Das ist so gut wie unmöglich, Petter. Da ist mit Sicherheit schon alles ausgebucht.«

»Und wenn ich es doch schaffe? Wäre es dann okay für dich?«

Es dauerte einige lange Sekunden, bis sie eine Antwort gab. »Ja ... ja, ich denke schon.«

Das Gefühl von Panik ließ nach. Jetzt würde sich alles zum Guten wenden. Sie würden Weihnachten gemeinsam auf Gotland feiern, dem Ort auf der Erde, den sie am meisten liebte. Und dort, weit weg von Job, Alltagsstress und allem anderen, was sie ablenken könnte, würde er sie vielleicht überzeugen können, dass ihre Ehe noch eine letzte Chance verdient hatte. Dass er es wert war. Und unmöglich war es auch nicht, immerhin war es ihm schon einmal gelungen.

Ein Lächeln ging über sein Gesicht, als er den Arm zum Laptop streckte und in die Suchmaschine »Hotel Gotland« eingab.

17. Dezember

JULIA

Ich würde nicht sagen, dass ich vor dem Date mit Magnus sonderlich nervös bin. In den vergangenen Jahren hatte ich so viele Dates mit Männern aus dem Internet, dass ich irgendwann aufgehört habe zu zählen. Ich bin ein wahrer Profi auf diesem Gebiet.

Normalerweise chatten wir zuerst ein paar Tage. Dabei bekommt man ein Gefühl für den anderen und findet raus, ob es Sinn macht, ein paar Stunden seiner kostbaren Zeit zu investieren und sich zu treffen.

Wenn alles passt, und wir beide Lust haben, uns zu verabreden, soll er mir einen Ort vorschlagen. Das überlasse ich immer dem Mann, denn schon die Wahl des Restaurants verrät einiges über ihn.

Ein Restaurant am Stureplan: Entweder ist er ein ganz Cooler, oder, wenn du Pech hast, so ein Vororttyp mit Minderwertigkeitskomplexen und einem Konto tiefrot im Dispo.

Nichtssagende Eckkneipe: Er ist ein entspannter Typ, der nichts mehr beweisen muss. Aber ist er vielleicht etwas zu entspannt? Oder nicht ernsthaft interessiert?

Irgendwo in Södermalm: Ganz klar ein Hipster. Sei drauf gefasst, dass er mit dir über Musik reden will, die dir überhaupt nichts sagt, und du im Ernstfall sogar vegetarisch essen musst. Und er wird bärtig sein. Hipsterbärtig.

Romantisches Restaurant mit weißen Tischdecken und Kerzenschein: Entweder will er heiraten oder noch am selben Abend mit dir ins Bett. Beides geht absolut gar nicht.

Sportsbar: Er ist sportverrückt und wird den ganzen Abend lang mit einem Auge am Fernsehschirm kleben. Halte es wie die Fußballspieler im Fernsehen – nichts wie weg!

Bei ihm zu Hause: Hier sollten alle Warnglocken auf einmal losgehen. Jeder weiß, dass man einem Fremden niemals beim ersten Date nach Hause folgen sollte. Sollte er es dennoch vorschlagen, geh davon aus, dass du es a) mit einem geisteskranken Vergewaltiger und Serienmörder oder b) mit einem naiven Spinner zu tun hast. In beiden Fällen danke und auf Nimmerwiedersehen!

Magnus, neununddreißig, aus Tyresö stellte sich als Angehöriger der Sportsbar-Fraktion heraus, und würde ich nicht so dringend ein Glas Wein brauchen und jemanden, mit dem ich Weihnachten feiern kann, hätte ich ihm vermutlich sofort abgesagt. Aber nun ließ sich ohnehin nichts mehr ändern. Also entweder Bier, Burger und Bälle – oder ich würde Weihnachten als deprimierter Eremit verbringen. Die Entscheidung fällt mir nicht besonders schwer.

Folglich sitze ich nun in besagter Sportsbar, mit einem halbvollen Glas Rotwein vor mir. Auf dem gigantischen Bildschirm an der Wand läuft gerade ein Fußballspiel zwischen zwei ausländischen Mannschaften, deren Namen ich nicht einmal aussprechen könnte. Es scheint kein wichtiges Spiel zu sein, denn ich hocke hier fast ganz allein. Immer mal wieder werfe ich einen Blick auf die Uhr. Magnus ist jetzt schon zwanzig Minuten zu spät. Ich greife zum Handy und sehe nach, ob er eine Nachricht geschickt hat – doch da ist nichts. Das heißt nicht automatisch, dass er mich versetzt hat, es könnte auch am schlechten Empfang in Tyresö liegen. Oder er hat eben doch kalte Füße bekommen und wird nicht mehr auftauchen. Ist mir alles schon passiert.

Der Barkeeper kommt und fragt mich, ob ich vielleicht Hunger habe und einen Blick auf die Speisekarte werfen möchte, doch ich schüttele den Kopf.

»Ich warte noch auf jemanden«, erkläre ich und könnte mir im nächsten Moment auf die Zunge beißen. Falls Magnus jetzt nämlich wirklich nicht auftaucht, muss ich zusätzlich noch die mitleidigen Blicke des Barmannes ertragen.

Ich fingere wieder an meinem Handy. Schreibe ein paar Nachrichten an Isabelle und Satu, checke die Wetterapp, die vor einem drohenden Unwetter warnt. Lese zum hundertsten Mal an diesem Nachmittag die Überschriften der News-Seiten und stelle fest, dass in den vergangenen zehn Minuten nichts Weltbewegendes passiert ist. Ich schaue erneut auf die Uhr. Magnus ist jetzt schon fast eine halbe Stunde zu spät und hat sich nicht gemeldet. Dann hat er wohl auch nicht vor, hier noch aufzutauchen.

Ich trinke mein Glas aus und winke den Barkeeper zu mir.

»Kann ich bitte zahlen?«, frage ich und vermeide es, ihn direkt anzusehen. Immerhin besitzt er so viel Feingefühl, sich einen Kommentar zu verkneifen.

Er hält mir das Kartenlesegerät hin, und ich tippe den Betrag und meine PIN ein. Während ich auf den Bon warte, beugt sich der Barmann zu mir.

»Ist er das vielleicht?«, flüstert er und nickt in Richtung Tür. »Der Typ, auf den du wartest?«

Ich drehe mich um und entdecke einen großgewachsenen Mann am Eingang, der sich suchend umsieht. Obwohl er die Cap tief ins Gesicht gezogen hat, erkenne ich ihn sofort. Und kann es kaum fassen, wie gut er aussieht.

»Ja«, sage ich und tatsächlich huscht ein Lächeln über mein Gesicht. Ich kann es nicht verhindern. »Das ist er.«

In dem Moment entdeckt Magnus mich auch.

»Hi«, sagt er und hält mir eine kalte Hand hin. »Du musst Julia sein, oder? Ich bin Magnus. Sorry, dass ich zu spät komme. Die U-Bahn ist plötzlich stehen geblieben. Zwischen Slussen und Gamla Stan haben wir zwanzig Minuten warten müssen, und mein Handy hat sich verabschiedet.« Er nimmt die Cap ab und fährt sich mit einer Hand durch sein dünnes Haar, dann schüttelt er es leicht auf, damit es nach mehr aussieht.

»Kein Problem«, sage ich. »Ich war auch nicht ganz pünktlich.« Eine Notlüge, aber ich finde, Magnus muss ja nicht erfahren, dass ich nichts Besseres zu tun habe, als hier mehr als eine halbe Stunde zu hocken und auf ihn zu warten. Im Nachhinein bin ich froh darüber.

»Kann ich dich auf einen Drink einladen?« Magnus schielt auf mein leeres Weinglas.

Und während er mir ein Glas Rotwein bestellt und sich selbst ein großes Bier, nehme ich ihn etwas genauer unter die Lupe. Er hat schöne blaue Augen und ein sympathisches Lächeln. Sein Kleidungsstil ist auch nicht schlecht: weißes Hemd und dunkelgrauer Anzug.

Und schon höre ich die Geigen. Das ist mir früher auch schon passiert, daher weiß ich, dass sich das nur in meinem Kopf abspielt, aber es kommt mitunter vor, wenn ich jemanden kennenlerne, den ich sehr attraktiv finde. Das ist quasi der Soundtrack zu meiner eigenen Romanze. In der nächsten Sekunde ploppt vor meinem inneren Auge ein Bild auf. Da hält Magnus mich fest in seinen Armen und küsst mich leidenschaftlich unter einem Regenschirm, während die Streicher immer lauter werden.

Magnus' Stimme reißt mich aus meinem Tagtraum.

»Was sagst du, Julia?«

»Was? Sorry«, sage ich, als ich merke, dass ich so in meine Träume versunken war, dass ich seine Frage gar nicht registriert habe.

Magnus muss lachen, und dabei tanzen die feinen Lachfältchen an seinen Augen.

»Wollen wir uns vielleicht an einen Tisch setzen?«, fragt er. »Dann sind wir etwas ungestörter.«

Ich lächele ihn an. »Sehr gern.«

Magnus nimmt sein Bierglas und geht vor, was mir die Möglichkeit verschafft, meinen BH zurechtzuziehen und seinen Hintern zu begutachten – was nicht vom Sakko verdeckt ist, macht einen hervorragenden Eindruck. Ich freue mich, als er keinen Tisch in der Nähe des Fernsehbildschirms ansteuert. Wieder ein Pluspunkt für ihn!

Als wir uns gegenübersitzen, taxiert er mich mehrfach von oben bis unten. Ich hoffe, er bemerkt nicht, dass ich einige Jahre älter bin als auf den Fotos. Gut fünf Kilo schwerer auch. Aber sollte er es sehen, kommentiert er es immerhin nicht. Der nächste Pluspunkt!

»Nett, dich kennenzulernen, Julia«, sagt er und zeigt nun beim Lächeln seine perfekten weißen Zähne.

Ich merke, wie mir die Hitze ins Gesicht steigt. So was passiert mir bei Dates mit fremden Männern eigentlich nie. Oder zumindest ist es sehr lange her.

»Finde ich auch«, stottere ich und streiche mir eine Strähne hinters Ohr.

Daraufhin folgen ein paar Sekunden Schweigen, in denen keiner von uns die passenden Worte findet, doch Gott sei Dank rettet uns eine Kellnerin, die an unseren Tisch kommt und uns die Speisekarten reicht.

Ich bin viel zu aufgedreht, um Hunger zu haben, doch ich bestelle trotzdem einen Hamburger, die kleinste Version, dazu einen grünen Salat, um einen guten Eindruck zu machen. Magnus entscheidet sich für den größten Hamburger, den sie auf der Karte haben. Als die Kellnerin wieder abzischt, beugt er sich über den Tisch.

»Erzähl doch mal ein bisschen von dir, Julia. Ich bin total neugierig.«

»Tja ...« Ich versuche, mir Zeit zu verschaffen. So viel gibt es nicht zu erzählen, aber das muss er ja nicht gleich wissen. »Ich bin zweiunddreißig Jahre alt und wohne in Gärdet.«

»Gärdet mag ich«, sagt er. »Wohnst du allein?«

Ich lache, voller Überzeugung, dass er nur Spaß macht, aber als ich kapiere, dass die Frage ernst gemeint war, verstumme ich.

»Ja, und wie meinst du das?«

»Gut, das macht die Dinge einfacher.« Jetzt lacht Magnus, und ich atme auf.

Danach stellt er die Frage, die ich am allermeisten hasse. Die Frage, die für Menschen offenbar am wichtigsten ist, wenn sie sich ein Bild von jemandem machen wollen. Als ob alles andere an mir weniger wichtig sei. Hauptsache, man weiß, wovon ich meine Rechnungen bezahle.

»Was machst du denn beruflich?«

Und wie immer antworte ich nicht sofort. Ich schäme mich zwar nicht gerade für meinen Job, aber manchmal wünschte ich, ich hätte meine Träume und meinen Ehrgeiz nicht ganz so schnell begraben. Hätte nach dem Abitur nicht den erstbesten Job angenommen, sondern mir ein Ziel gesteckt. Aber es ist nun mal so, wie es ist.

»Ich bin Kellnerin«, sage ich und hoffe, Magnus hält nicht gleich jeden, der im Service arbeitet, für einen Loser.

Magnus nickt. »Okay, das klingt interessant!«

»Geht so. Und du?«

»Ich arbeite in einem Unternehmen als Jurist.«

Und dann kommt in unserem Gespräch die Standardfrage Nummer zwei: die Wohnsituation.

Ich erzähle ihm, dass ich als Untermieterin in einer Wohnung wohne, die dem großen Bruder einer Freundin gehört. Er ist gerade im Ausland. Magnus erzählt anschließend von seinem Haus mit acht Zimmern, dem doppelten Carport und der herrlichen Lage am Wasser.

Wir müssen beide lachen. Unsere Welten sind ziemlich unterschiedlich. Magnus erhebt sein Glas und sieht mir in die Augen.

»Skål, ich sage nur: Gegensätze ziehen sich an!«, raunt er zwinkernd, woraufhin ich wieder rot werde und das Streichorchester fortissimo spielt.

Ich sehe schon vor mir, wie ich die Weihnachtstage in seinem schönen Haus verbringe. Mit Feuer im offenen Kamin, Spaziergängen am Ufer und wildem Sex auf einem teuren Bärenfell. Ich weiß gar nicht, woher ich das mit dem Bärenfell habe – kein normaler Mensch besitzt heute wohl noch ein Bärenfell –, vermutlich habe ich das in einer amerikanischen, romantischen Komödie gesehen, und da es hervorragend zu meinen sentimentalen Phantasien passt, darf es seinen Platz behalten. Ich sehe vor mir, wie Magnus seine starken, durchtrainierten Arme um mich schlingt, mich in einer verschneiten Winterlandschaft einmal um sich herum durch die Luft wirbelt, mich wieder absetzt, beide Hände um mein Gesicht legt, mich küsst und mich dann am Weihnachtsmorgen weckt, indem er mir »Guten Morgen, Liebling« ins Ohr flüstert.

Die Hamburger werden serviert, aber ich kann mich kaum aufs Essen konzentrieren. Mein Hirn ist vollauf damit beschäftigt, mir vorzustellen, mit welchen Worten ich meinen Eltern die frohe Botschaft überbringe.

»Woran denkst du?«, fragt Magnus, als sein Mund wieder leer ist.

»Nichts Besonderes«, lüge ich und füge hinzu: »Stimmt nicht ganz, ich denke eigentlich an Weihnachten.«

Magnus verzieht das Gesicht.

»Ja, Mist«, sagt er. »Jetzt sind es nur noch ein paar Tage bis Heiligabend. Und noch so viel zu tun.«

»Bei mir nicht. Ich hab beschlossen, Weihnachten dieses Jahr ausfallen zu lassen.«

»Echt?«

»Ja.«

»Und was hast du dann vor?«

»Ich werde auf deinem Bärenfell vor dem offenen Kamin nackt auf dir reiten«, sage ich – nicht. Stattdessen: »Weiß ich noch nicht genau. Es wird sich schon was ergeben.« Dann nehme ich all meinen Mut zusammen. »Und du? Wie feierst du Weihnachten?«

In meinem Kopf steht seine Antwort schon. Das ist der Zeitpunkt, an dem er sich zu mir beugt, mir tief in die Augen sieht und mir zuflüstert: »Ich hoffe, ich feiere Weihnachten mit dir?«

Doch nichts dergleichen. Magnus schiebt sich noch einmal ein großes Stück von seinem Hamburger in den Mund und kaut langsam.

»Das Übliche«, antwortet er. »Wie immer: Weihnachtsmann, Donald Duck, Geschenke auspacken – das volle Familienprogramm.«

Ich wollte gerade nach meinem Weinglas greifen, doch erstarre auf halber Strecke. Hat er Familie gesagt? Nicht, dass es mir etwas ausmachen würde, ich mag Kinder, aber er hat sie bislang noch nicht erwähnt. Es könnte sich natürlich auch um Nichten und Neffen handeln, so wie in meinem Fall.

»Sprichst du von deinen eigenen Kindern?«, hake ich nach.

Er grinst. »Das will ich doch hoffen. Ansonsten wäre meine Frau mir eine Erklärung schuldig.«

Die Geigen in meinem Kopf verstummen auf der Stelle und werden von so einem ohrenbetäubenden Kratzen ersetzt, wie man es von Nadelspitzen auf alten Schallplatten kennt.

»Äh … was hast du gesagt?«

Magnus' Lächeln erstirbt, als er mein Gesicht sieht. »Shit«, sagt er. »Hab ich vergessen zu erwähnen, dass ich verheiratet bin?«

Tausend Milliarden Minuspunkte für ihn!

Ich muss lachen, wobei lachen der falsche Ausdruck ist, denn nichts davon ist komisch. Aber ich gebe jedenfalls einen Laut von mir, der zur Hälfte ein Schnauben, zur Hälfte ein »Das darf nicht wahr sein«-Lachen ist.

»Äh … ja«, sage ich, »du hast wohl tatsächlich *vergessen*, diese Kleinigkeit zu erwähnen.«

Magnus verzieht das Gesicht. »Entschuldige, das war blöd von mir. Aber in letzter Zeit habe ich mit so vielen Frauen gechattet, dass ich einfach nicht mehr weiß, wem ich was erzählt habe.«

Perfekt. Nicht nur, dass ich innerhalb von einer Minute zu

einer potenziellen heimlichen Geliebten degradiert worden bin, nun bin ich auch noch eine von *vielen*.

Magnus hat sein Besteck hingelegt und sieht mich an.

»Aber Julia«, sagt er. »Mal ganz ehrlich. Das ist doch kein Problem, oder? Ich meine … ein paar schöne Stunden können wir doch trotzdem miteinander verbringen. Es geht doch nicht ums Heiraten.«

Ich schlucke. Das Haus in Tyresö, der offene Kamin und das Bärenfell verschwimmen vor meinen Augen, und zurück bleibe ich in einer versifften Sportsbar mit einem verheirateten Typ, der nur eine schnelle, unverfängliche Nummer schieben will, um anschließend wieder nach Hause zu fahren und den treuen Familienvater zu spielen.

Magnus deutet mein Schweigen, als ließe ich mich noch überreden. Er streichelt mir sanft über die Hand.

»Wenn du nicht weißt, wo du Weihnachten verbringen sollst, könntest du vielleicht eine kleine Aufmunterung gebrauchen, Julia? Wie wäre es mit einem verfrühten Weihnachtsgeschenk von mir? Wäre das nicht echt nice?«

Ich ziehe meine Hand schlagartig zurück. Greife nach meinem Weinglas und hoffe inständig, dass er nicht bemerkt, wie sehr meine Hand zittert.

»Natürlich weiß ich, wo ich Weihnachten verbringen werde«, höre ich mich sagen und staune selbst, wie klar und ruhig meine Stimme klingt, obwohl ich innerlich wirklich koche.

»Ach so, ich dachte, du hättest gesagt …«

»Ja, ich werde in Visby Weihnachten feiern.«

»In Visby?«

»Ja, aber vorher«, sage ich und hebe mein Weinglas, »habe ich noch was zu erledigen.«

Und während ich die letzten Worte ausspreche, klatsche ich ihm den Wein ins Gesicht. Und das fühlt sich tatsächlich genauso gut an, wie ich es mir immer vorgestellt habe.

Magnus ist unfähig zu reagieren. Der Wein läuft ihm über den lichten Haaransatz, die Wangen hinab und weiter in den weißen Hemdkragen.

»Sieh das als Weihnachtsgeschenk von mir«, sage ich und springe auf. »War das nicht echt nice?«

Magnus schnappt nach Luft und tastet verzweifelt nach seiner Serviette.

»Was zum ...? Verfluchte Bitch!«, ruft er, doch dann höre ich nichts mehr. Ich habe schon Mantel und Tasche in der Hand und bin auf dem Weg hinaus.

Der Barmann sieht mich fragend an, doch ich zeige auf Magnus.

»Er bezahlt«, sage ich zu ihm.

Auf dem Nachhauseweg schreibe ich Satu.

Planänderung. Kannst du deiner Freundin sagen, dass ich die Katze liebend gern zu Weihnachten hüte? Wann kann ich kommen?

18. Dezember

PETTER

»Was ist los, Petter? Ist was passiert?«

Bettina legte den Kopf ein wenig schräg und sah ihn mit ihrem Dackelblick an. Ihr lockiges Haar war wie immer mittig auf ihrem Scheitel zu einem Dutt frisiert, und ihre Hornbrille saß auf der äußersten Nasenspitze. Ein Wunder, dass sie dort blieb und nicht in die panierte Scholle mit Remoulade und zerkochten Kartoffeln auf dem Teller vor ihr abstürzte.

Petter blickte auf seinen eigenen Teller hinab, auf dem sich genau das Gleiche befand, und bereute seine Entscheidungen bereits. Nicht nur die Wahl seines Mittagessens, sondern auch, dass er mit Bettina essen gegangen war, obwohl er genau wusste, dass sie ihn im Grunde nur aushorchen wollte.

Unruhig rutschte er auf seinem Stuhl hin und her und setzte ein Lächeln auf, das vermutlich ein bisschen gequält wirkte.

»Nein, nichts, alles gut«, antwortete er.

Bettina sah ihn misstrauisch an und fuhr, während sie ihr Knäckebrot mit Butter beschmierte, fort: »Liegt es an Weihnachten? Ich kann mir vorstellen, wie sonderbar sich das erste Weihnachten nach einer Trennung anfühlen muss. Meine Schwester hat sich ja vor ein paar Jahren scheiden lassen, und sie hat erzählt, dass das erste Jahr das schlimmste war, später hat sie sich dran gewöhnt, allein zu sein. Bei ihrem ersten Sommerurlaub war es genauso. Und beim ersten Geburtstag und …«

»Aber ich werde Weihnachten nicht allein verbringen«, widersprach er betont energisch und beobachtete, wie sie auf seinen Tonfall reagierte.

Sie blinzelte erstaunt. »Nicht?«

»Nein, ich feiere mit Caroline und Elsa. Wie immer.«

Bettina saß wie angewurzelt da und blickte auf. »Ach so«, sagte sie. »Du meinst … Na prima, wenn ihr euch noch so gut versteht. Die meisten können sich nach einer Trennung ja nicht mehr riechen, aber bei euch ist das anders?«

»Wir machen es vor allem Elsa zuliebe«, schob Petter schnell hinterher. »Damit sie Weihnachten mit beiden Eltern feiern kann, wie bisher. Die Trennung und die Umzüge waren für sie ganz schön viel.«

Dann aßen sie ihren Fisch, der nach gar nichts schmeckte. In ihrer Unterhaltung entstand eine Pause.

Zu Petters Erleichterung begann Bettina schließlich zu erzählen, dass sie im Badezimmer ihres Reihenhauses einen Wasserschaden festgestellt hätten. Sie ergingen sich in Überlegungen, ob es sich um einen versteckten Mangel beim Kauf gehandelt haben könnte oder ob das unter die Untersuchungspflicht des Käufers fiel. Und obwohl Petter klar war, dass er ein etwas übertriebenes Interesse an dem geplatzten Wasserrohr in Bettinas Häuschen aus den achtziger Jahren zeigte, redete er immer weiter, damit ihr Gespräch nicht wieder auf das ursprüngliche Thema zurückkommen würde. Er erkundigte sich sogar noch nach der Versicherungsgesellschaft und dem Übergabeprotokoll, als Bettina selbst schon längst keine Lust mehr hatte und ihre Scholle aufgegessen war.

»Und, hat es Ihnen geschmeckt?« Eine blonde Kellnerin kam angehetzt.

»Ja, danke«, antworteten sie beide gleichzeitig, ohne aufzusehen. Gleichzeitig warfen sie sich einen schnellen Blick zu. Besonders gut war der Fisch nicht gewesen, aber das Restaurant hatte auch nicht den Ruf, besonders gut zu sein. Es war billig, und vor allem ging es schnell, das war praktisch in der Mittagspause.

»Wunderbar.« Die Bedienung lächelte sie emotionslos an und beugte sich über den Tisch, um ihre Teller abzuräumen. Für einen Moment konnte Petter ihr tief ins Dekolleté sehen, da die obersten Knöpfe ihrer Bluse geöffnet waren und den Blick auf einen weißen Spitzen-BH freigaben. Noch vor ein paar Monaten hätte ihn der unerwartete Anblick sehr erfreut, möglicherweise sogar erregt, aber heute regte sich nicht mal sein Gemüt, und als die Kellnerin sich wieder aufrichtete, vermied er es, ihr ins Gesicht zu sehen.

»Kaffee ist im Preis nicht enthalten«, teilte sie noch mit, während sie mit ihren Tellern bereits auf dem Weg in die Küche war.

Bettina stützte ihr Kinn auf die Hände und sah ihn besorgt an.

»Was hast du, Petter?«, fragte sie erneut, diesmal klang ihre Stimme wirklich ernst. »Ich spüre doch, dass dich was bedrückt.«

Petter holte tief Luft. Bettina würde nicht lockerlassen, bevor er es ihr erzählt hatte.

»Tja«, sagte er und druckste herum. »Es ist total schwer, über Weihnachten und Neujahr ein Zimmer auf Gotland zu finden. Es sieht so aus, als wären alle Hotelzimmer und Jugendherbergen schon lange ausgebucht.« Den Abend gestern hatte er erfolglos auf den Buchungswebseiten im Internet verbracht. Auf welchem Portal er auch gesucht hatte, das Ergebnis war immer dasselbe gewesen. Ausgebucht!

»Gotland?« Bettina zog die Augenbrauen hoch. »Warum Gotland?«

»Caroline und Elsa werden dort bei ihren Eltern Weihnachten feiern. Über die Feiertage reisen noch viele andere Verwandte an, und ich muss mir eine eigene Unterkunft suchen.«

Bettina betrachtete ihn über den Rand ihrer Hornbrille.

»Gotland?« Sie ließ sich das Wort auf der Zunge zergehen.

»Ja, genau.«

»Du meinst wirklich Gotland?«

»Ja.«

Bettina runzelte die Stirn, man konnte ihre grauen Zellen förmlich arbeiten sehen. »Dann weiß ich was!«, rief sie. »Samuel hat einen Cousin namens Henrik, der auf Gotland wohnt, ich glaube, in Visby. Jedenfalls hat Samuel mir erzählt, dass sein Cousin und dessen Freundin über Weihnachten nach New York fahren wollen und sie auf Facebook jemanden suchen, der in dieser Zeit auf ihr Haus aufpasst.«

»Einen Homesitter?« Petter schüttelte den Kopf.

»Ja, sie brauchen jemanden, der sich um alles kümmert, solange sie verreist sind. Ich glaube, sie wollen gar kein Geld dafür.«

»Das eigene Haus an einen Fremden abtreten? Wer macht so was?«

»Ist das wichtig? Die Hauptsache ist doch, dass du eine Unterkunft findest und mit deiner Tochter Weihnachten feiern kannst.«

»Und wie kann ich Kontakt zu dem Cousin aufnehmen?«, fragte er. Bei der Vorstellung, dass das die Lösung seines Problems sein könnte, schlug sein Herz schneller.

Bettina hatte ihr Smartphone schon in der Hand. »So«,

sagte sie. »Ich habe dich bei meinem Post markiert, dann kannst du es dir anschauen. Es ist ein Traumhaus. Und die Katze ist richtig süß!«

Petter stutzte. »Katze? Was für eine Katze?«

»Na, die Katze, um die man sich kümmern soll, während man das Haus hütet. Warum sollten sie sonst einen Homesitter brauchen?« Sie hielt ihm das Handy hin, um ihm die Nahaufnahme zu zeigen. Er erschauerte beim Anblick dieses drahtigen, grau getigerten Tieres. Es war ja klar, dass es einen Haken geben musste, und dieser Haken starrte ihn mit durchdringendem Blick aus zwei türkisfarbenen Augen an, die Pupillen waren nur dünne schwarze Striche. Petter schluckte krampfartig.

»Ich ... ich weiß nicht«, stammelte er. »Katzen mag ich eigentlich nicht so gern.«

»Hast du eine Allergie?«

»Nein, ich ... ich ... mag sie einfach nicht. Kein bisschen.«

Bettina sah ihn skeptisch an. Dann begann sie zu lachen, so dass ihr Haarknoten auf dem Kopf wackelte und ihr die Brille noch tiefer auf die Nase rutschte.

»Ach komm«, sagte sie prustend. »Du bist ein fünfunddreißigjähriger Mann. Du wirst doch wohl eine Woche mit einer Miezekatze aushalten, ohne dass dich das umbringt.«

Er schluckte wieder. Solange er denken konnte, hatte er Katzen gehasst. Sie waren launische, unzuverlässige Wesen, und dieses drahtige, grau getigerte Exemplar mit seinen unproportioniert großen Augen sah besonders hinterlistig aus.

Allein der Gedanke daran, mit diesem Tier die Wohnung zu teilen, jagte ihm kalte Schauer über den Rücken.

»Aber ...«, sagte er, doch Bettina winkte sofort ab, sie ließ ihn gar nicht ausreden.

»Wir machen Folgendes«, sagte sie. »Ich werde Samuel bitten, mit Henrik zu sprechen und ihm mitzuteilen, dass du Interesse hättest. Wenn dich die Katze beim Schlafen stört, lässt du über Nacht einfach deine Zimmertür zu. Überleg es dir noch mal. Vielleicht ist das die einzige Chance, Weihnachten mit Elsa zu feiern!«

Petter nickte. Sie hatte recht. Natürlich war es lächerlich, eine Katze sollte wohl kaum seine Pläne für das Weihnachtsfest zunichtemachen. Mit Caroline und Elsa zu feiern, war wichtiger als alles andere. Er würde noch heute Abend die Fahrkarte fürs Schiff kaufen und Caroline mitteilen, dass er eine Unterkunft aufgetrieben hatte. Sie würde staunen, schließlich war sie davon ausgegangen, dass es über Weihnachten kein Hotelzimmer mehr gab. Aber sie hatte ihm zugesichert, Weihnachten mit ihm zu feiern, und das konnte sie nun schlecht zurücknehmen.

»Okay«, antwortete er. »Dann bitte doch Samuel, mit seinem Cousin zu sprechen. Und sag ihm, dass ich den Job gern übernehmen würde.«

Bettina machte ein zufriedenes Gesicht. Ein paar Minuten später stand sie auf, nahm ihre Jacke und machte Anstalten zu gehen. Petter stand schon an der Tür, um sie für Bettina aufzuhalten, als er hinter sich eine Stimme rufen hörte:

»Hallo! Warten Sie!«

Er drehte sich um und sah die blonde Kellnerin auf ihn zulaufen. Da er noch das Bild ihrer Brüste vor Augen hatte, war er etwas verlegen. Er wusste gar nicht, wohin mit seinem Blick.

»Hier«, sagte sie und hielt ihm seinen Schal hin. »Der hat noch auf Ihrem Stuhl gelegen.«

Er nahm ihn, ohne ihr in die Augen zu blicken.

»Vielen Dank«, murmelte er. »Und frohe Weihnachten.«

Die Kellnerin hörte ihn nicht, oder sie legte keinen Wert darauf. Sie hatte ihm längst den Rücken zugewandt und putzte den Nachbartisch für die nächsten Gäste.

19. Dezember

JULIA

Ich kann nicht begreifen, warum es so schwierig ist, einen ganz normalen, netten Mann kennenzulernen. Wo sind die alle hin? Zumindest treiben sie sich nicht in Stockholm rum – und die Chance, einen im Internet zu finden, tendiert ebenfalls gegen null. Meine Feststellung beruht dabei durchaus auf einer empirisch gesicherten Grundlage. Ich habe nämlich schon mehr Dates hinter mir, als ich je zugeben würde. Und eins war schlimmer als das andere.

Hier kommen meine fünf übelsten Fehlgriffe:

5. Der Typ, des es nicht lassen konnte, Kaugummi zu kauen. Nicht mal beim Essen. Ich mache wirklich keine Witze – er hat es sich in die Wange gestopft und dann sein Entrecote verspeist, als wäre nichts dabei.
4. Der Typ, der ständig das Handy in der Hand hatte und auf Tinder nach rechts wischte – während unserem Date.
3. Der Typ, der mir den ganzen Abend lang die Vorteile von Polygamie nahebringen wollte. Bis es mir zu blöd wurde und ich nach Hause ging. Allein.
2. Der Typ, der auf die Toilette verschwand und nie zurückkam. Stattdessen ließ er mich mit der Rechnung sitzen.
1. Der Typ, der ganz beiläufig – nach mehreren Stunden und einem echt sehr netten Date – fallen ließ, dass er sich neben seinem stinknormalen Bürojob als Pornofilmproduzent noch etwas dazuverdiente und manchmal als Amateur in seinen eigenen Filmen mitwirkte.

Keine Frage, dass Magnus sich ebenfalls für diese Liste

qualifiziert hat. Ich bin mir nur noch nicht sicher, für welchen Platz.

Nach diesem missglückten Date habe ich jedenfalls alle Hoffnungen, noch vor Heiligabend jemanden aufzutreiben, begraben und mich nun ganz auf den Plan konzentriert, aus der Stadt abzuhauen und die Weihnachtstage in Visby zu verbringen.

Je länger ich darüber nachdenke, desto mehr freue ich mich auf den Urlaub in dem kleinen Steinhaus. Auf den Bildern, die Satu mir gezeigt hat, sieht es total schnuckelig aus. Geräumig ist es nicht, die Grundfläche scheint nicht größer als meine Einzimmerwohnung zu sein, aber da ich dort allein bin, mal abgesehen von der Katze, ist das ja völlig egal. In dem Häuschen scheint es alles zu geben, was ich brauche. Wenn man die kleine hellblaue Haustür öffnet, steht man direkt in einem Miniflur, der an eine fast ebenso kleine Küche mit nostalgischer Einrichtung und Holzofen grenzt. Rechts vom Flur geht das Wohnzimmer ab, wo nur Platz für ein Sofa, einen Fernseher und einen Kamin ist. Geradeaus gelangt man über die Treppe in den ersten Stock. Da befinden sich das einzige Schlafzimmer und das Badezimmer des Hauses. Da ist man schon so dicht unter dem Dach, dass man kaum aufrecht stehen kann, wenn man sich nicht exakt in der Mitte befindet, aber das Bad sieht sauber und frisch renoviert aus. Das Haus liegt sogar innerhalb der Stadtmauer, man wohnt also direkt zwischen Bars und Restaurants, und genau da werde ich die Abende verbringen. Mitten in Visbys Nachtleben – zwischen den feierwütigen Einheimischen. Keine Abende allein zu Hause in meiner Miniwohnung, keine endlosen Weihnachtsessen bei meinen Eltern, keine pausenlosen Berichte von Martin und Ylva über ihr perfektes Leben und ganz sicher keine Einsätze als verkleideter Weihnachtsmann.

Nein, stattdessen Action in Visby und die Chance, dass mir im richtigen Leben ein Mann über den Weg läuft, ohne den Umweg übers Internet zu gehen, das sich als völlig unbrauchbar erwiesen hat. Da sind nur Verrückte, Langweiler und verrückte Langweiler unterwegs.

Mit großen Schritten rückt der Weihnachtsabend näher. Das merkt man besonders an den Gästen im Restaurant, deren Blicke immer verzweifelter werden. Sie müssen in ihrer Mittagspause jetzt nicht nur Essen in sich hineinschaufeln, sondern auch noch die letzten Weihnachtsgeschenke für Verwandte einkaufen, denen sie nur einmal im Jahr begegnen und die »sich nichts wünschen«. Die Geschäfte und Kaufhäuser sind voller gestresster Menschen, die Weihnachten feiern wollen, und ich bin einfach nur erleichtert, mich da nicht einreihen zu müssen.

Ich schicke Isabelle eine Nachricht und erzähle ihr von meiner Reise nach Visby. Es dauert exakt zehn Sekunden, dann ruft sie an. Schnell husche ich in die Putzkammer, damit mir der Diktator nicht vorwerfen kann, dass ich während der Arbeitszeit telefoniere. Er ist in solchen Dingen furchtbar kleinlich.

»Wie kommst du auf Visby?«, schreit Isabelle am anderen Ende der Leitung. »Bist du jetzt vollkommen übergeschnappt? Du bist doch die letzten zehn Jahre kaum aus der Stadt rausgekommen.« Danach holt sie kurz Luft und sagt: »Hast du dir das wirklich gut überlegt, Julia?«

Ich zähle bis drei, um festzustellen, ob sie fertig ist, oder ob noch ein Wortschwall auf mich niederprasselt, doch es ist Ruhe.

»Kein Problem!«, sage ich und versuche, mit einer festen, vertrauensvollen Stimme zu sprechen. »Es geht doch nur um eine Woche. Und ich hab nicht vor, ans Ende der Welt zu reisen, sondern nur auf eine Insel, die etwa zweihundertfünfzig Kilometer entfernt ist.«

Isabelle seufzt. »Eine Insel, auf der Gotländer leben, die so einen süßen Dialekt haben, dass du nicht widerstehen kannst. Du wirst dich im Handumdrehen in den Erstbesten verlieben.«

Ich muss lachen. »Hoffen wir's.«

»Aber kapierst du denn nicht?«, jammert Isabelle. »Das ist das Schlimmste, was passieren kann. Wenn du dich in einen Gotländer verliebst, wirst du da runterziehen, und dann verliere ich meine beste Freundin.«

Bevor ich auflege, muss ich hoch und heilig versprechen, dass ich keinen Gotländer heiraten und auf gar keinen Fall mit ihm Kinder kriegen werde, und dass ich niemals nach Gotland ziehen werde.

Als ich am Nachmittag meine Mutter auf einen Kaffee in der Stadt treffe, reagiert sie ebenfalls skeptisch auf mein Vorhaben. Sie hat sich freigenommen, um Geschenke zu besorgen, und ich registriere ihren leicht panischen Blick sofort.

»Was soll ich denn bloß für Ylvas Eltern besorgen?«, fragt sie verzweifelt. »Sie haben sich überhaupt nichts gewünscht.«

»Wie wäre es dann mit einer Schachtel Pralinen? Das hast du doch sonst auch gemacht«, schlage ich ihr vor und nuckele an meiner Latte, auf die ein leicht zittriger Barista wohl ein Herz in den Schaum malen wollte. Allerdings hat es jetzt mehr Ähnlichkeit mit einem Hintern.

Meine Mutter seufzt.

»Ich kann doch nicht schon wieder mit einer Pralinenschachtel ankommen. Nicht nachdem sie mir letztes Jahr so einen teuren Kerzenständer geschenkt haben.«

»Dann kauf du doch auch was von Svenskt Tenn, dann könnt ihr Statussymbole austauschen.«

»Aber das ist doch phantasielos«, jammert meine Mutter. »Und es könnte sogar den Eindruck erwecken, dass ich ihr alles nachmache. Nein, ich muss mir schon was Neues ausdenken. Aber was schenkt man solchen Leuten, die immer sagen, sie haben schon alles?«

Ich verkneife mir eine Bemerkung darüber, wie absurd es ist, jemandem etwas zu kaufen, nur um des Kaufens willen, diese Diskussion hatten wir schon, und da kommen wir auch nicht weiter. Also wechsle ich lieber das Thema.

»Ich fahre am Samstag nach Gotland«, verkünde ich beschwingt.

Meiner Mutter bleibt der Mund offen stehen, so dass sogar ein Stück des Weihnachtsgebäcks, das sie sich gerade hineingeschoben hat, vor ihr auf den Kuchenteller plumpst.

»Nach Gotland? Warum das denn? Was willst du denn da?«

»Ich will mal eine Zeitlang raus aus Stockholm.«

»Aber Gotland im Winter, denkst du, das ist schön? Ist es da nicht ... schrecklich öde und kalt?« Die Einwände meiner Mutter erinnern mich stark an meine eigenen, die ich anfänglich hatte, doch das gebe ich natürlich nicht zu.

»Warum denn nicht?«, sage ich und klinge jetzt noch aufgekratzter, fast wie die überdynamischen Radiomoderatoren der Morgenmagazine. »Gotland ist doch perfekt für einen Tapetenwechsel. Da gibt es frische Luft und unberührte Natur ...«

Die linke Augenbraue meiner Mutter wandert nach oben. Ich weiß, was das zu bedeuten hat – sie lässt sich von mir nicht an der Nase herumführen.

»Okay«, lenke ich ein, bevor sie mir vorhalten kann, dass ich mich früher auch nicht darum geschert habe, wie frisch die Luft ist, die ich einatme, und dass mein Bedarf an Natur sich bislang durch den Tessinpark gedeckt hat, den ich kreuze, wenn ich zur U-Bahn will.

»Ich muss dringend hier raus und mal mit mir allein sein.«

Mit dieser Formulierung »mit mir allein sein« bin ich sehr zufrieden. Denn dieselben Worte benutzt meine Mutter, wenn sie mit meiner Tante ohne meinen Vater und meinen Onkel Klas zu einem Wellness-Wochenende fährt.

Und tatsächlich nickt meine Mutter zustimmend, beendet das Verhör und wendet sich anderen Gesprächsthemen zu. Wie zum Beispiel, ob Ylvas Mutter von Natur aus so eine glatte Haut hat oder ob sie vielleicht doch etwas »nachgeholfen« hat, und wie viel so eine Botox-Behandlung wohl kosten mag. Nicht dass sie selbst mit dem Gedanken spielen würde, niemals, aber würde sie dann wirklich auch so eine glatte Haut wie Ylvas Mutter bekommen? Wie gesagt, sie hat überhaupt nicht vor, sich etwas unter die Haut spritzen zu lassen, höchstens ganz, ganz wenig in die Stirn. Und vielleicht noch in die Oberlippe.

Bevor wir das Restaurant für die Weihnachtspause schließen, drücke ich meine Kollegen noch einmal fest, wünsche ihnen frohe Weihnachten und flitze nach Hause, um meine Sachen zu packen. Das Schiff legt morgen Vormittag ab, daher ist die Zeit knapp. Klamotten für eine ganze Woche auszusuchen, macht man nämlich nicht nebenbei. Dafür muss man seine Gedanken zusammennehmen, braucht Kreativität, Geduld und – Wein!

Mit einem Glas Merlot in der Hand und Beyoncé auf voller Lautstärke mache ich mich an die Arbeit. Ich hole den mittelgroßen Koffer vom Dachboden, öffne die Kleiderschranktüren und lege los. Ich brauche was Bequemes für die Reise, ein paar Oberteile, eine Jeans, einen warmen Pullover, etwas Schickes zum Ausgehen, mein Nachthemd und Unterwäsche. Fertig! Ich werfe einen Blick auf die Uhr, und als ich feststelle, dass gerade mal eine halbe Stunde vergangen ist, bin ich richtig stolz. Zur Belohnung fülle ich mein Weinglas auf.

Aber dann überlege ich noch mal. War da nicht die Rede von einem Schneesturm? Ein richtig dicker Pullover wäre dann eine gute Idee – und lange Unterhosen! Und was passiert, wenn ich mir meine einzige Jeans einsaue? Noch eine Hose landet in meinem Koffer und dazu ein paar Pullover – außerdem ist eine Bluse nie verkehrt. Die weiße sieht zur Jeans am besten aus, aber zu der anderen Hose passt was Farbiges besser. Dann packe ich sicherheitshalber lieber gleich mehrere ein. Und wenn ich wider Erwarten doch noch ein Date habe und wenn das richtig gut laufen sollte, dann kann ich da schlecht in meinen Baumwollslips auflaufen. Also kommen auch die Spitzenhöschen in den Koffer und der passende BH. Natürlich brauche ich dann auch etwas Hübscheres als mein ausgewaschenes Schlafshirt. Ein Seidennegligé, einen warmen Morgenmantel – und Hausschuhe! In so einem alten Steinhaus kann der Fußboden ganz schön kalt sein, und das ist etwas, das ich noch mehr hasse als Weihnachten: kalte Füße. Gut eine halbe Stunde durchsuche ich die gesamte Wohnung nach meinen Hausschuhen, um am

Ende festzustellen, dass sie spurlos verschwunden sind. Aber das ist auch nicht schlimm, denn mittlerweile ist mein Koffer so voll, dass er kaum noch zugeht. Und mein Necessaire und die Kosmetiktasche fehlen ja auch noch. Also kippe ich alles wieder aus und beginne noch mal von vorn.

Nach zwei Stunden ist der Koffer immer noch leer – genauso wie die Weinflasche. Auf dem Boden neben mir und über das ganze Bett sind alle möglichen Kleidungsstücke verteilt.

Ich seufze und komme zu dem Schluss, dass es unmöglich ist, die Klamotten für eine Woche in meinem mittelgroßen Koffer zu verstauen. Noch ein Besuch auf dem Dachboden, und dann habe ich meinen größten Reisekoffer aufgeklappt – der so riesig ist, dass man schon Mühe hat, ihn ohne Inhalt hochzuheben. Vollgepackt lässt er sich kaum vom Fleck bewegen. Aber ich habe mir überlegt, dass das schließlich eine Notlage ist, also fällt die Entscheidung zugunsten des XXL-Koffers aus, und wenn ich mich dabei verrenke.

Die Uhr zeigt fast zwei, als ich endlich mit dem Ergebnis zufrieden bin. Da meine Zahnbürste im Necessaire ist und das ganz zuunterst im Koffer liegt, gehe ich ohne Zähne zu putzen schlafen. Ist nicht schlimm, sage ich mir. Der Wecker klingelt sowieso schon in fünf Stunden.

20. Dezember

PETTER

Als Petter am Samstagmorgen in Nynäshamn aus dem Bus stieg, schlug ihm die raue Meeresluft entgegen. Fiese kleine Schneeflöckchen stachen ihm ins Gesicht. Petter zog den Reißverschluss seiner Jacke hoch bis unters Kinn und ging zügig zum Eingang des Fährterminals, wo er sich an Menschentrauben vorbeiboxen musste, die sich vollbepackt am Eingang drängten. Er selbst hatte wenig Gepäck dabei, nur seinen Laptop, ein paar frische Kleider und Elsas Weihnachtsgeschenk hatte er eingepackt, und das alles hatte in einer normalen Sporttasche gut Platz gefunden.

An einen Sitzplatz war in dieser überfüllten Halle nicht zu denken, daher stellte er sich in eine Ecke und wartete darauf, dass das Boarding begann.

Als es so weit war, drängelten sich die Menschen auf die Fähre, und es dauerte eine ganze Weile, bis er seinen Platz in den vielen rotbraunen Sesseln im hinteren Teil des Oberdecks gefunden hatte.

Zwischen Koffern, Jackenbergen und Kindern, die der Länge nach auf dem Boden lagen und auf dem Handy spielten, bahnte er sich seinen Weg. Die Luft im Salon war stickig, es roch nach Schweiß, nassen Klamotten und eingepackten Butterbroten. Ein Säugling brüllte, und auf den Bildschirmen an der Wand lief ein schwedischer Familienfilm.

»Entschuldigung«, sagte Petter zu einer Dame mit Strickzeug in der Hand, als er über ihre Knie stieg, um zu seinem Platz in der Mitte der Reihe zu gelangen. »Verzeihung«, flüsterte er zu dem Hünen, der im Sessel auf der anderen Seite hing und schlief, dabei beide Armlehnen belegte und entspannt die Beine grätschte. Petter quetschte sich in den verbleibenden Raum und ließ sich auf seinen Sessel fallen. Die Sporttasche schob er unter den Sitz, und den Laptop nahm er auf den Schoß. Dann versuchte er, seine Jacke auszuziehen, ohne den Mann zu wecken oder die strickende Frau zu boxen, was kein leichtes Unterfangen war. Auf diese akrobatische Nummer wäre jeder Schlangenmensch im Zirkus neidisch geworden.

Dann endlich klappte er den Laptop auf. Die Fahrt würde fast vier Stunden dauern, perfekt zum Arbeiten. Etwas anderes hatte er auch nicht zu tun. Draußen war alles nur grau in grau, denn das Winterwetter hatte Himmel und Meer in eine dreckig trübe Suppe verwandelt.

Als er gerade an einer kniffligen Formulierung brütete, riss ihn eine Frauenstimme dicht hinter ihm aus seinen Gedanken.

»Ja, klar. Ja, ich sitze schon auf der Fähre. Nein, es schneit und ist total stürmisch.«

Petter kramte in seiner Tasche nach den Ohrhörern, die er benutzte, wenn er ungestört arbeiten wollte, doch nachdem er alles durchsucht hatte, musste er wohl oder übel einsehen, dass sie noch zu Hause auf seinem Schreibtisch lagen. Er seufzte, legte die Finger wieder auf die Tastatur und nahm den nächsten Anlauf.

Der Satz bildet die Grundlage für die Definition einer Hierarchie von Komplexitätsklassen, ausgehend von der logischen Darstellung von …

Mitten in seinem Satz schnitt die Stimme der Frau durch die Luft.

»Ach, du kennst mich doch. Ich werde sofort seekrank. Ich hoffe, es wird nicht noch schlimmer, sonst muss ich mich wieder übergeben!«

Petter drehte vorsichtig den Kopf um und linste zwischen den Sessellehnen hindurch. Erstaunt stellte er fest, dass die nervige Stimme einer hübschen Frau um die dreißig gehörte. Irgendwie kam sie ihm sogar bekannt vor. Dieses blonde schulterlange Haar und der wache Blick aus den großen braunen Augen waren ihm schon mal begegnet. Doch sein Gedächtnis ließ ihn im Stich. Vielleicht war sie eine ehemalige Studentin, die ihm in der Uni über den Weg gelaufen war, oder eine Vertretung in Elsas Kita? Aber genauso gut konnten sie sich im Bus begegnet sein oder im Supermarkt an derselben Kasse angestanden haben.

Er unternahm einen neuen Versuch, sich auf seine Abhandlung zu konzentrieren.

Die Annahme- und Ablehnungskonventionen für deterministische Berechnungsmodelle verhalten sich symmetrisch zu …

»Meine Mutter hatte wie immer recht!«, rief die Frau hinter ihm. »Ich will unbedingt raus in die Natur, und jetzt hab ich den Salat. Es schaukelt wie verrückt! Ich hoffe nur, dass die Bugklappe dicht ist.«

Petter spürte, wie sein Ärger wuchs. Konnte sie nicht einfach mal den Mund halten und ihn in Ruhe arbeiten lassen?

Ein Leck an der Bugklappe, Kotzattacken und Schneestürme waren das Letzte, was er jetzt gebrauchen konnte.

Glücklicherweise schienen sie ihr Gesprächsthema zu wechseln, und die Frau hörte nun streckenweise der anderen Person zu.

Petter starrte seine leere Seite an. Wie hatte er es formuliert?

»Ach, ich muss dir noch von meinem letzten Date erzählen!«, rief die Frau. »Völlig durchgeknallt! Ich hab mich mit einem Typen getroffen, der echt total nett und normal gewirkt hat, und dann stellt sich heraus, dass er verheiratet ist und Kinder hat.«

Petter drehte sich um und sah sie zwischen den Lehnen hindurch an. »Entschuldigung«, sagte er mit wirklich ganz freundlicher Stimme. »Könnten Sie möglicherweise ein kleines bisschen leiser sein?«

Die Frau bemerkte ihn gar nicht. Sie hatte Ohrhörer in den Ohren und hielt das Telefon vor sich, so wie man ein belegtes Brot hält, in das man im nächsten Moment hineinbeißen wird, gleichzeitig begutachtete sie die Fingernägel ihrer anderen Hand.

»Und dann besaß er auch noch die Frechheit vorzuschlagen, wir könnten doch trotzdem miteinander ins Bett gehen. Er hat es so formuliert, als würde er mir einen Gefallen tun!« Wieder Lachen.

Petter räusperte sich demonstrativ. »Entschuldigung. Ich versuche zu arbeiten. Würden Sie bitte etwas leiser sprechen?«

»Was?« Die Frau blinzelte mit ihren langen Wimpern. Jetzt war er sich ganz sicher, dass er sie irgendwoher kannte.

»Ich habe Sie gebeten, etwas leiser zu sein. Es ist ziemlich stör ...«

»Keine Ahnung. Irgendein Jurist aus Tyresö, den ich auf Tinder aufgegabelt habe.«

Petter verlor den Faden. »Äh ... wie bitte?«

Endlich blickte die Frau auf und sah ihm ins Gesicht. Sie

lächelte und zeigte auf ihr Handy, um ihm mitzuteilen, dass sie gerade ein Gespräch führte.

Da war es mit seiner Geduld zu Ende, und er hob die Stimme. »Könnten Sie bitte aufhören, so laut zu telefonieren? Sie stören alle Mitreisenden!«

Da endlich reagierte die Frau. »Warte mal kurz, Isa«, sagte sie und nahm den einen Ohrhörer aus dem Ohr. »Was ist los?« Sie sah ihn mit einer Falte zwischen den Augenbrauen an, der Ärger in ihrer Stimme war nicht zu überhören. »Merken Sie denn nicht, dass ich telefoniere?«

»Es gibt nicht einen einzigen Menschen auf diesem Boot, dem das entgangen sein dürfte. Sie reden extrem laut, und das ist äußerst störend. Ich versuche zu arbeiten und ...«

»Aber dann hören Sie doch einfach weg!«, erwiderte sie und schob sich den Ohrhörer wieder ins Ohr. »Das ist ein privates Gespräch. Sorry, Isa. Hier hat sich gerade so ein Typ beschwert. Egal, ich hab ihm jedenfalls den Wein ins Gesicht gekippt. Nein, nicht auf den hier. Auf den Juristen. Ist ihm voll übers Hemd und den Anzug gelaufen. Ich wäre gern Mäuschen gewesen, als er nach Hause gekommen ist. Wie er das wohl seiner Frau erklärt hat?«

Petter spürte, wie ihm das Blut ins Gesicht stieg. Er schnappte nach Luft. »Meine Liebe«, entfuhr es ihm. »Jetzt nehmen Sie doch mal ein bisschen Rücksicht auf die anderen Passagiere. Sie sind schließlich nicht allein an Bord!«

Von seinen Worten erwachte der schlafende Hüne neben ihm. Er rutschte hin und her und sah sich schlaftrunken um.

»Was machst du denn für einen Lärm?«, meckerte er. Sein Atem stank nach altem Alkohol. »Halt die Klappe, ich will schlafen!«

Da reagierte auch die ältere, strickende Dame.

»Stimmt«, sagte sie und schürzte die Lippen. »Sie sind derjenige, der hier am lautesten ist.«

»Aber ... aber ...« Petter biss sich auf die Lippe, als ihm klarwurde, dass es sinnlos war dagegenzuhalten. Sie befanden sich immerhin auf einer Fähre und nicht im Sandkasten. »Entschuldigung«, murmelte er und machte es sich wieder in seinem Sessel bequem.

Eine ganze Weile hockte er dann mit hochroten Wangen und geballten Fäusten da. Er war sich nicht ganz sicher, meinte aber, vom Sitz hinter ihm ein Kichern zu hören.

Die restliche Fahrzeit versuchte er zu dösen. An Arbeiten war ja sowieso nicht zu denken. Der Wind war stärker geworden, und das Schiff hatte ordentlich Schlagseite bekommen, das Wasser schlug mit solcher Wucht gegen die Scheiben, dass er Sorge hatte, sie könnten zerbersten. Die Kinder jammerten, weil ihnen schlecht war, und das Baby schrie jetzt wie am Spieß. Der Mann im Sitz neben ihm war wieder eingeschlafen, und jedes Mal, wenn sich das Schiff auf die Seite legte, berührte sein fetter Oberschenkel Petters Bein. Die Frau hinter ihm telefonierte fröhlich weiter, als wäre nichts geschehen.

Petter holte tief Luft und versuchte, sich an einen anderen Ort zu träumen. Nicht mehr lange, redete er sich gut zu, nicht mehr lange, dann bin ich da, habe ein ganzes Haus für mich allein und kann in Ruhe arbeiten. Und vielleicht würde er nicht nur mit einer fertigen Doktorarbeit nach Hause zurückkehren, sondern auch mit einer gekitteten kleinen Familie. Seiner Familie.

JULIA

Okay, das war definitiv das letzte Mal, dass ich ein Schiff betreten habe, schwöre ich mir, als ich durchgerüttelt und mit flauem Magen von Bord gehe. Endlich wieder festen Boden unter den Füßen! Was war das für ein Albtraum! Je näher wir Gotland kamen, desto höher schlugen die Wellen, und es gelang mir wirklich nur mit knapper Not, mein Frühstück bei mir zu behalten. Meine Rettung war Isabelle, die phantastische, wunderbare Isabelle. Als wir endlich Empfang hatten, gelang es ihr am Handy, mich zum Lachen zu bringen und abzulenken, ich hab mich entspannt und konnte den Seegang vorübergehend vergessen. Echt nervig war nur der Mann auf dem Sitz vor mir.

Im Fährterminal herrscht ein heilloses Chaos. Überall Menschen und Koffer und auf den Displays für die Abfahrten zum Festland blinken rote Warnhinweise: *Fährbetrieb eingestellt wegen Unwetter*. Um mich herum höre ich die Leute mit aufgebrachten Stimmen telefonieren und Kinder weinen.

»Es sieht nicht so aus, als kämen wir hier heute noch weg.«

»Das liegt am Schneesturm.«

»Nein, keiner kann sagen, wann sie den Betrieb wieder aufnehmen.«

»Es geht auch kein Flieger mehr.«

»Wir kommen jetzt nirgendwo mehr hin!«

Ein Urlaubsplan nach dem anderen geht den Bach runter. All die Besuche bei Freunden und Verwandten, auf die sich die Menschen so lange gefreut haben, sind mit einem Mal unmöglich. Mitten in dem Durcheinander stehe ich kurz unschlüssig da und dränge mich schließlich vor zum Kofferband. Nach einer Weile entdecke ich ihn, meinen XXL-Koffer. Er ist noch viel schwerer, als ich ihn in Erinnerung habe. Die Adresse des kleinen Steinhauses habe ich gegoogelt und offenbar liegt es gar nicht weit weg, aber mit diesem schweren Koffer und bei Schneesturm habe ich nun doch nicht vor, mich zu Fuß auf den Weg dorthin zu machen.

Da erwische ich eine Mitarbeiterin der Reederei, die extrem gestresst wirkt.

»Entschuldigung, wo bekomme ich denn hier ein Taxi?«, frage ich sie.

»Hinter der Bushaltestelle ist ein Taxistand«, sagt sie und zeigt zum Eingang, und bevor sie weiterhetzt, ruft sie mir noch zu: »Viel Glück!«

Als ich hinausgehe, werde ich fast weggeweht. Der Wind greift unter meinen Mantel und droht, mich umzuwerfen. Nur mit Mühe und Not gelingt es mir, mich auf den Füßen zu halten. Die Nase tief in den Schal vergraben, steuere ich das letzte freie Taxi an. Der Schnee peitscht mir jetzt ins Gesicht, und auf der Straße haben sich schon Schneewehen gebildet. Anstatt den Koffer hinter mir herzuziehen, pflüge ich mich mit ihm vorwärts. Schon von dem kurzen Spaziergang bin ich völlig nassgeschwitzt. Auf den letzten paar Metern nehme ich im Augenwinkel wahr, wie ein Mann und eine Frau angerannt kommen. Sie laufen an mir vorbei, stürzen sich förmlich auf das Taxi und reißen die Tür auf.

»Hallo!«, rufe ich ihnen hinterher. »Das ist mein Taxi. Ich habe es zuerst gesehen.«

Aber da sitzen sie schon auf der Rücksitzbank, knallen

die Tür hinter sich zu, und mir fliegt beim Start des Wagens der Schnee vom Wagendach voll ins Gesicht. Jetzt stehe ich da, in einer Schneewolke, und sehe die roten Rücklichter des Taxis im trüben Grau von Nebel und Schnee immer kleiner werden.

Leise schimpfe ich vor mich hin. Schimpfe auf das Paar, das mein Taxi geklaut hat, auf das Wetter, die Anreise per Schiff und meine dünnen Stiefeletten, die für den Stockholmer Winter gemacht sind, nicht aber für den schlimmsten Schneesturm des Jahrzehnts, hier draußen in der Ostsee. Am allermeisten schimpfe ich auf Weihnachten. Diese mistigen Feiertage, die auf den ungemütlichsten Monat im ganzen Jahr fallen, und die fröhliche, liebevolle Menschen in völlig überforderte Monster verwandeln und die immer, ausnahmslos, jeden zu enttäuschen scheinen.

Ich suche bei Google nach einem Taxiunternehmen auf Gotland, erreiche aber nur einen Anrufbeantworter, der mir mitteilt, dass die Leitung im Moment überlastet ist, und ich es später noch einmal versuchen soll.

Ich warte fünf Minuten. Ich warte zehn. Fünfzehn. Der Schnee dringt jetzt durch meine Hosenbeine, und ich trete auf der Stelle, um meinen Kreislauf in Gang zu halten. Nach zwanzig Minuten habe ich das Gefühl in meinen Zehen komplett verloren. Und noch immer ist kein Taxi in Sicht. Ich fluche wieder und diesmal beherrsche ich mich nicht, sondern tue es laut und deutlich.

»Verdammter Schneesturm! Verdammtes Gotland! Verdammte Weihnachten!«

Irgendjemand in meiner Nähe sagt etwas, aber in so breitem Dialekt, dass ich kein Wort verstehe. Ich bin mir unsicher, woher die Stimme kommt und ob ich überhaupt gemeint bin, aber als ich mich umdrehe, entdecke ich einen jungen Mann mit Bomberjacke und Cap. Vermutlich ist er gerade mal zwanzig. Er steht ein paar Meter entfernt von mir lässig an ein Wartehäuschen gelehnt – es wirkt ein bisschen so, als hätte er diese Pose vor dem Spiegel eingeübt. Den Gesichtsausdruck, mit dem er mich betrachtet, könnte man beinahe als amüsiert bezeichnen.

»Entschuldigung, was hast du gesagt?«

Er mustert mich von oben bis unten. Als er das nächste Mal den Mund aufmacht, gibt er sich mehr Mühe, so dass ich ihn verstehen kann.

»Wenn du ein Taxi brauchst, kannst du lange warten. Zu Fuß bist du wahrscheinlich schneller.«

Ich blicke frustriert auf meinen gigantischen Koffer. »Ich glaube kaum.«

»Willst du einwandern?«, fragt er und lacht laut über seinen eigenen Witz.

Ich grummle still vor mich hin und wende mich ab. Könnte er bitte aufhören, sich über mich lustig zu machen, und mich einfach in Ruhe lassen?

Der Kerl steht noch da. Ich kann seinen Blick in meinem Rücken spüren, ignoriere ihn jedoch hartnäckig. Wahrscheinlich wird er gleich aufgeben.

»Hey, Großstadtgirl!«, ruft er, als eine Minute verstrichen ist. »Heute scheint dein Glückstag zu sein. Ich kann dich hinfahren.«

Langsam drehe ich mich um. Warte noch kurz mit meiner Antwort. In meinem Kopf dreht sich alles. Was spricht dafür, was dagegen?

Bei einem fremden Mann in einen fremden Wagen auf einer fremden Insel einzusteigen, ist naiv. Ziemlich naiv.

Hätte er mir diesen Vorschlag vor einer Stunde gemacht, hätte meine Antwort gelautet: »Nie im Leben!« Ich habe genügend Boulevard-Schlagzeilen und Krimis gelesen, um zu wissen, dass gerade auf diese Art Frauen reihenweise verschwinden und nie wieder auftauchen.

Auf der anderen Seite, so unpassend angezogen in einem Schneesturm zu stehen und auf ein Taxi zu warten, das wohl niemals kommen wird, ist auch dämlich. Wenn ich schon keine Lungenentzündung bekomme, dann zumindest eine Blasenentzündung, ganz zu schweigen davon, was dieses Wetter mit meinen dünnen, sündhaft teuren Lederstiefeletten machen wird. Außerdem wird es langsam dunkel – bald ist es stockfinster, und was mache ich dann? Ich kann ja schlecht am Fährterminal übernachten.

Ich taxiere den Kerl. Er hält sich vermutlich für Visbys Casanova, aber eigentlich sieht er harmlos aus. Unter seiner Jacke wirkt er eher schmächtig. Wahrscheinlich würde ich mit ihm fertigwerden, wenn er versucht, sich auf mich zu stürzen.

»Okay«, sage ich schließlich. »Wäre nett von dir.«

»Komm mit«, sagt der Typ und nimmt meinen Koffer. Er verzieht das Gesicht, als er merkt, wie schwer er ist, aber er ist zu stolz, um einen Kommentar abzugeben. Stattdessen beißt er die Zähne zusammen und nickt mir zu, ihm zu folgen, was ich artig tue – mit Sicherheitsabstand.

Er steuert einen roten Opel an, der seine besten Jahre wohl vor gut zwanzig Jahren gesehen haben mag, und mit recht lautem Stöhnen und einigen gotländischen Flüchen, die ich glücklicherweise nicht verstehe, gelingt es ihm, mein Gepäckstück in den Kofferraum zu hieven. Danach schlägt er die Klappe zu, geht um den Wagen herum und öffnet mir die Beifahrertür.

»Bitte sehr, die Dame«, sagt er, zieht die Augenbrauen hoch und macht erneut so eine übertrieben höfliche Geste. Ich wische rasch den Schnee von meinem Mantel und steige ein.

Er nimmt auf dem Fahrersitz Platz und dreht den Schlüssel um. Der Motor stottert kurz, dann springt er an, und gleichzeitig legt die Stereoanlage in voller Lautstärke los. Ich schrecke zusammen, als mir die schrillen Töne einer E-Gitarre in die Ohren fahren.

Sofort regelt der Typ die Lautstärke runter.

»Magst du Led Zeppelin nicht?«, fragt er. »Die sind doch Kult.«

»Äh, wie bitte? Hab ich noch nichts von gehört …«

Er dreht sich zur Seite und streckt die Hand aus. »Übrigens, ich heiße Jonatan, aber die Mädels sagen immer Süßer!«

»Hi, Jonatan«, sage ich mit unterkühlter Stimme. »Ich heiße Julia.«

»Julia«, sagt er verträumt. »Der schönste Name der Welt.«

Er legt den Rückwärtsgang ein und drückt aufs Gas, woraufhin die Reifen im Schneematsch erst mal durchdrehen, doch dann finden sie Grip, und wir können uns vom Parkplatz herunterbewegen.

»Okay, Julia, wo soll's denn hingehen?«

Ich hole mein Handy raus, auf dem ich die Adresse gespeichert habe.

»Strandgatan 43.«

Jonatan pfeift anerkennend. »Cool«, sagt er und biegt nach links ab, ohne den Blinker zu setzen. »Wohnt dein Freund da?«

Ich muss lachen. Der Trick ist so alt, dass ich Lust bekomme, ihn ein bisschen zu ärgern.

»Nein«, antworte ich. »Da wohnt ein junges Pärchen, Henrik und Linnea. Ich kenne sie ehrlich gesagt gar nicht. Ich werde dort nur die Weihnachtstage verbringen.«

Jonatan reißt die Augen auf. »Echt jetzt?«

»Ja, echt.«

»Du wohnst über Weihnachten bei wildfremden Leuten?«, fragt er. »Warum?«

Ich lächele ihn verschmitzt an. »Warum nicht? Manchmal braucht man doch ein bisschen Abwechslung. Fanden Henrik und Linnea auch.«

Jonatan wendet den Blick von der Straße ab und starrt mich mit offenem Mund an. »Bist du ... polyamourös?«, fragt er dann fast schon andächtig. »Habe ich schon einiges drüber gehört. Klingt voll nice!« Und dann kommt ihm eine Idee, und er grinst breit. »Ist vielleicht noch Platz im Haus?«

Ich lache und schüttele den Kopf.

»Sorry, Süßer«, sage ich. »Ich bin die Einzige, die sie eingeladen haben.«

»Schade. Aber wenn du keinen Bock mehr hast, das fünfte Rad am Wagen zu sein, brauchst du dich nur zu melden. Ich verspreche dir, ich bin dann nur für dich da, so lange und so oft du willst.«

Ich ignoriere sein großzügiges Angebot und blicke durchs Seitenfenster hinaus. Wir sind gerade am Almedalen vorbeigefahren, dem Park, den ich aus dem Fernsehen kenne. Dort findet im Juli immer eine Veranstaltung mit schwedischen Politikern statt. Jetzt ist es hier längst nicht so schön wie im Sommer. Der Wind zerrt an den Baumkronen. Der Schnee peitscht waagerecht gegen die Windschutzscheibe und zwingt die Scheibenwischer, mit Vollgas zu arbeiten.

Jonatan biegt in eine schmale Gasse ein, wo wir so dicht

an den Häusern vorbeifahren, dass ich sie mit dem Arm berühren könnte, würde ich das Fenster öffnen. Mit einem Mal verklingt das Pfeifen des Windes, und es ist, als öffne sich uns eine Märchenwelt. Flache Steinhäuser und das eine oder andere Fachwerkhaus reihen sich aneinander. In den winzigen Sprossenfenstern leuchten die Weihnachtssterne und Lichterbögen, und ihr warmes Licht erhellt die Straßen. Es würde mich nicht wundern, wenn jetzt auch noch ein Hobbit hinter den Scheiben auftauchen würde.

Während wir die Straße entlangtuckern, schaue ich staunend auf die Häuser, eins schnuckeliger als das andere. Ich bin schon mal in Visby gewesen, im Sommer nach meinem Abitur. Doch damals hatte ich weniger Lust auf Sightseeing und alte Gemäuer, eher auf Beachpartys und billiges Bier. Ich habe überhaupt keine Erinnerung mehr daran, ob ich die historischen Stadtteile von Visby damals überhaupt zu Gesicht bekommen habe.

Hinter der nächsten Kurve bremst Jonatan und schaltet den Motor aus.

»Da wären wir.« Er zeigt durch das Fenster der Fahrerseite. »Da ist es. Nummer 43. Sieht aber dunkel aus, ob da jemand zu Hause ist?«

Ich beuge mich vor und werfe einen Blick auf das Haus. Es ist ein gelbes Steinhaus mit einer hellblauen Holztür, an der vor dem Fenster ein verschnörkeltes schmiedeeisernes Gitter angebracht ist. In echt sieht es noch hübscher aus als auf den Bildern.

»Wow«, sage ich. Mir bleibt fast die Luft weg. »Ist das schön!«

Jonatan sieht mich an. Das Haus interessiert ihn schon nicht mehr.

»Soll ich dir meine Nummer geben?«, fragt er. »Falls du keine Lust mehr auf Henrik und Linnea hast?«

»Nicht nötig. Aber danke, dass du mich hergefahren hast.«

Wir steigen aus, und als Jonatan mir hilft, meinen Koffer aus dem Kofferraum zu bugsieren, kommt ein Mann die schmale Gasse hinaufgelaufen. Er kämpft mit dem Gegenwind. Weit vorgebeugt, die Kapuze der grünen Daunenjacke über den Kopf gezogen bemerkt er uns kaum, als er mit ein paar Metern Abstand vorbeigeht. Dann bleibt er stehen, wirft einen Blick auf sein Handy, mustert das Haus, sieht sich um und geht auf die hellblaue Tür mit dem schmiedeeisernen Gestänge zu.

Jonatan und ich sehen uns an.

»Sieht fast so aus, als hätten sie noch mehr Leute in euer kleines Liebesnest eingeladen«, flüstert Jonatan etwas zu laut, und ich mache ihm ein Zeichen, den Mund zu halten.

Der Mann dreht sich um und bemerkt uns erst jetzt.

»Entschuldigung«, sagt er in einem Schwedisch, das ich verstehen kann. »Wissen Sie vielleicht, ob das die Nummer 43 ist?«

Als ich seine Stimme höre, weiß ich sofort, wer er ist. Der Typ von der Fähre. Der mit den schönen blauen Augen, in denen ich mich für den Bruchteil einer Sekunde schon verloren hatte, bis er den Mund aufmachte und zeigte, wie humorlos und besserwisserisch er ist. Was macht er hier?

Jonatan hat sich als Erster wieder gefasst. »Ja«, sagt er. »Sind Sie auch eingeladen?«

Der Mann in der grünen Jacke schüttelt den Kopf.

»Ich soll hier über die Weihnachtstage wohnen«, erklärt er.

Jonatan sieht mich mit so einem »Hab-ich's-nicht-gesagt«-Blick an, und für einen Moment werde ich stutzig. Worauf habe ich mich da eingelassen? Wenn Henrik und Linnea nun tatsächlich Sexverrückte sind und ihre erotische Zweisamkeit mit nichtsahnenden Besuchern vom Festland aufpeppen wollen? Doch das ist absurd. Das Ganze kann nur ein Missverständnis sein.

»Das ist Strandgatan 43. Das Haus gehört Henrik und Linnea«, sage ich energisch und trete einen Schritt näher zur Tür. »Und hier werde ich wohnen. Das kann nicht die Adresse sein, die Sie suchen.«

Ich meine den Augen des Mannes anzusehen, dass er mich wiedererkennt, doch selbst, wenn er mich mit der Fähre in Verbindung bringt, lässt er es sich nicht anmerken.

»Ich glaube, Sie haben sich geirrt«, sagt er allen Ernstes. »Ich soll nämlich bei Henrik und Linnea in der Strandgatan 43 wohnen.«

Jonatan steht vor seinem roten Opel und verfolgt unser Gespräch mit großem Interesse. In seinem sommersprossigen Gesicht macht sich ein Grinsen breit.

»Cool«, sagt er und nickt begeistert. »Ist ja hier der reinste Swingerklub! Endlich passiert mal was in Visby.«

Der Mann in der grünen Jacke blickt auf und sieht Jonatan verärgert an, dann wendet er sich wieder an mich.

»Mit wem haben Sie denn gesprochen?«, fragt er.

»Ich habe mit niemandem gesprochen, aber Linnea hat meiner Freundin bestätigt, dass ich hier im Haus wohnen kann. Sie hat mir auch mitgeteilt, wo der Schlüssel liegt.«

Der Mann hält mir sein Handy vor die Nase und zeigt mir eine Nachricht von Henrik.

Super, dass du unser Haus hüten und die Katze versorgen

kannst! Ich schicke dir die Adresse noch per Mail. Darin auch die Infos, wo der Schlüssel liegt.

Ich schlucke. »Was machen wir denn jetzt?«

Der Mann seufzt, und zwischen seinen Augenbrauen taucht eine Falte auf. Die kenne ich schon vom Schiff. »Ich würde sagen, wir gehen erst mal rein und versuchen die Sache zu klären«, erwidert er. »Hier draußen in diesem Sturm können wir jedenfalls nicht länger rumstehen.«

»So ein Mist«, jammere ich. »Dieser Tag wird immer schlimmer.«

Jonatan steht auf der Straße und sieht zu, wie wir gemeinsam nach dem Schlüssel suchen, den Henrik und Linnea auf der Innenseite eines Fallrohrs mit einer Heftklammer befestigt haben. Die Tür klemmt ein bisschen, doch dann springt sie auf, und wir stehen vor einem engen und dunklen Flur.

Einen Moment lang zögere ich noch, doch dann folge ich dem Mann ins Haus.

»Bis bald, Schätzchen!«, ruft mir Jonatan hinterher. Er springt in den Wagen und fährt mit quietschenden Reifen davon, dass der Schnee nur so staubt.

Und dann sind wir allein.

PETTER

»Die gewählte Nummer ist nicht erreichbar. Bitte versuchen Sie es …«

Zum vierten Mal drückte Petter die Stimme auf der Mobilbox wieder aus.

»Geht Henrik immer noch nicht ran?«, fragte die Frau, die sich inzwischen auf einen Küchenstuhl gesetzt hatte. Mittlerweile hatte sie die Mütze abgenommen, so dass er ihr blondes, lockiges Haar sehen konnte. Und nun wusste er auch, dass er ihr schon einmal begegnet war. Sie war diejenige, die auf der Fähre so laut telefoniert hatte.

»Nein«, sagte er. »Wahrscheinlich sitzen sie im Flieger und sind mitten über dem Atlantik. Dann wird es Stunden dauern, bis sie wieder telefonieren können.«

»So ein Mist!« Sie vergrub den Kopf in den Händen. »Warum muss so was immer mir passieren?«

Petter setzte sich jetzt auch. »Wir werden eine Lösung finden«, sagte er leise. »Du warst also mit Linnea in Kontakt wegen des Homesittings?«

»Ja, beziehungsweise meine Freundin Satu. Sie hat mir dann alle Informationen weitergeleitet.«

»Wahrscheinlich liegt da der Fehler«, sagte Petter. »Ich habe ja direkt mit Henrik kommuniziert und von ihm die Bestätigung bekommen, dass ich hier wohnen kann. Wahrscheinlich hat Linnea es sich dann anders überlegt, und deine Freundin hat vergessen, dir Bescheid zu geben.«

Die Augen der Frau wurden schmaler. »Oder Henrik hat vergessen, dir mitzuteilen, dass es nicht klappt.«

Petter musste zugeben, dass auch dieses Szenario denkbar war, auch wenn es ihm nicht gefiel. »Wie auch immer«, meinte er, »ich weiß nicht, wo ich sonst hinsoll. Vielleicht kannst du ja ein paar Tage bei deinem Freund unterschlüpfen.«

»Meinem Freund?« Die Frau zog die Augenbrauen hoch. »Meinst du etwa …?« Sie nickte zur Straße hin und brach in Gelächter aus. Als sie wieder reden konnte, stellte sie klar: »Jonatan ist nicht mein Freund.«

»Kennst du sonst noch wen, bei dem du übernachten könntest?«

Sie schüttelte den Kopf, und Petter seufzte.

»Dann weiß ich ehrlich gesagt nicht, was wir machen sollen«, sagte er. »Es gibt ja nur ein Schlafzimmer.«

»Am liebsten würde ich sofort wieder nach Hause fahren«, jammerte sie.

»Das wird nicht so einfach sein. Ich habe gehört, dass der komplette Fährverkehr aufgrund des Unwetters eingestellt ist. Und der Flugbetrieb auch. Vor morgen Nachmittag geht wahrscheinlich nichts mehr.«

»Das ist doch echt verrückt«, rief sie. »Wie halten es die Leute auf dieser Insel bloß aus?«

Petter rieb sich über die Schläfen und spürte auf einmal, wie müde er war. Wie sehr er sich einfach nur danach sehnte, heiß zu duschen, etwas zu essen und früh zu Bett zu gehen.

»Wir machen Folgendes«, sagte er. »Heute Abend können wir offensichtlich nichts mehr ändern. Die Hotels sind ausgebucht, und keiner von uns kann hier weg. Henrik hat etwas von einem Ausziehsofa im Wohnzimmer erwähnt. Darauf kann ja einer von uns schlafen, und den Rest klären wir morgen.«

Die Frau runzelte die Stirn. »Ausziehsofa?«

»Immerhin besser als der Holzboden.«

Wäre er nicht so hundemüde gewesen und dazu noch schlecht gelaunt und hätte er sich über diese Frau nicht schon so geärgert, dann hätte er ihr selbstverständlich das Bett angeboten, aber gerade heute und unter diesen Umständen, hatte er keine Lust, den Gentleman zu spielen. Sein ganzer Körper schrie nach einem richtigen Bett.

»Wir knobeln, wer das Schlafzimmer bekommt und wer auf dem Bettsofa schläft«, sagte er und streckte die Faust in die Luft.

Sie starrte ihn skeptisch an, hob dann jedoch auch ihre Hand und machte eine Faust.

»Okay, erst mal drei Versuche.«

Kurze strategische Überlegungen gingen durch seinen Kopf. Frauen begannen oft mit Papier, hatte er mal gelesen. Dann würde er die Schere nehmen.

»Eins, zwei, drei.«

Gut geraten – sie hatte Papier, er bekam einen Punkt.

»Noch mal«, sagte sie schnell. »Eins, zwei …«

Petter überlegte noch mal. Derjenige, der verlor, nahm selten das gleiche Zeichen noch einmal, und am häufigsten war es wohl, dass man sich für das Zeichen entschied, das eben gewonnen hatte.

»… drei.«

Petter hatte also den Stein gewählt und gewann über die Schere der Frau.

»Zwei zu null«, sagte sie. Jetzt hörbar verärgert. Dann hielt sie ihre Hand wieder hin. »Eins, zwei …«

»Halt, nein, warte«, protestierte Petter. »Ich hab doch schon gewonnen.«

Die Frau sah ihn schräg an. »Wir haben gesagt, drei Versuche.«

»Nein, der Beste *von* dreien. Und ich hab schon zwei Punkte und somit gewonnen.«

»Nein, ich habe gesagt: erst mal drei Versuche. Ich weiß doch, was ich sage.«

»Und ich weiß, was ich höre. Der Beste *von* dreien.«

Sie funkelten sich über den Tisch hinweg wütend an. In

der dunklen Küche wirkten ihre eigentlich hellbraunen Augen fast schwarz.

Irgendwann musste er den Blick abwenden.

»Okay«, seufzte er. »Dann erst mal drei.«

Sie knobelten noch mal, aber das Glück hatte ihn offenbar verlassen, und seine Strategien gingen nicht auf. Kurz darauf stand es zwei zu zwei.

Gerade, als die entscheidende Runde bevorstand, in der er sich für die Schere entscheiden wollte, weil sie nicht damit rechnen würde, dass er dasselbe Zeichen zweimal hintereinander nehmen würde, hörte er ein lautes Knacken an der Tür.

»Wer …?«, rief Petter. Und sie genau gleichzeitig: »Was zum …?«

Sie sprangen beide auf und standen sofort im Flur, da Küche und Flur gewissermaßen ineinander übergingen.

Petter machte die Tür einen Spaltbreit auf, woraufhin sofort ein Schwall Schnee hineingeweht kam und ihm für den Moment die Sicht nahm. Als seine Augen die Schneeflocken weggeblinzelt hatten, starrte er in zwei Paar Augen – ein paar türkise und ein paar graue.

»Na so was!«, rief die Frau mit den grauen Augen und der dazugehörigen schwarz gelockten Haarpracht. Sie musste um die siebzig sein und trug einen dicken Norwegerpullover und einen Rock, der ihr im Wind wild um die Beine flatterte. Im Arm hielt sie die grau getigerte Katze, die Petter gleich von Bettinas Foto erkannte. Ihm sträubte sich jedes Haar, und instinktiv machte er einen Satz zurück.

»Ach, sind Sie zu zweit?«, fragte die schwarzhaarige Frau. »Ich dachte, Linnea hätte gesagt, es käme nur einer zum Haushüten.«

Sie quetschte sich zu ihnen in den Flur und ließ die Katze zu Boden. Die maunzte und verschwand sofort in der Küche, wo der Fressnapf stand.

Zögernd schloss Petter die Haustür und warf der blonden Frau einen Blick zu. Sie zuckte mit den Schultern.

Die Besucherin machte einen Schritt in die Küche und öffnete den Kühlschrank, als wäre es ihr Haus. Sie holte eine Dose Katzenfutter heraus und schaufelte mit einem Löffel eine ordentliche Portion des braunen Schmodders auf einen Teller.

»Ich bin Evelyn«, sagte sie, als sie der Katze ihr Essen hingestellt hatte. »Die Nachbarin von Henrik und Linnea.«

Petter streckte die Hand aus. »Hallo«, sagte er. »Dann haben die beiden sicher schon von mir gesprochen. Ich bin Petter und werde das Haus in der kommenden Woche bewohnen.«

Die blonde Frau schob sich vor, grüßte ebenso mit Handschlag und bekam nun endlich einen Namen.

»Hallo. Ich heiße Julia«, sagte sie. »Bestimmt hat Linnea mich schon angekündigt. Ich soll das Haus über Weihnachten hüten und die Katze versorgen. Sie ist so süß. Wie heißt sie denn?« Sie beugte sich hinunter, um das Felltier zu streicheln, wurde jedoch sofort fauchend abgewiesen. Schnell zog sie ihre Hand zurück.

Evelyn musste lachen. Ein dunkles, glucksendes Lachen, das aus den Tiefen ihres Bauches zu kommen schien und ihre beachtlichen Brüste unter dem Pullover in Wallung brachte.

»Er heißt Hamlet und ist, wie ihr seht, nicht gerade ein Schmusekater.« Dann sah sie die beiden nacheinander an. »Und ihr werdet also beide hier über Weihnachten wohnen. Dann seid ihr ein Pärchen?«

»Nein!« Die Antworten kamen zweistimmig wie aus der Pistole geschossen.

»Es handelt sich um ein Missverständnis«, schob Petter schnell hinterher. »Es sieht ganz so aus, als hätten sie uns beiden zugesagt, dass wir hier wohnen können, aber im Moment erreichen wir weder Henrik noch Linnea, so dass wir nicht feststellen können, wem von uns beiden sie das Haus nun überlassen wollten. Sie wissen es auch nicht zufällig?«

Evelyn verzog das Gesicht.

»Ich kann mich nicht erinnern, dass sie einen Namen genannt haben«, erwiderte sie. »Es hieß nur, jemand aus Stockholm würde hier am Nachmittag auftauchen, dann sollte ich den Kater wieder rüberbringen. Seit gestern Abend ist er bei mir, seit sie abgereist sind. Er kann ja schlecht allein bleiben, und er soll auch nicht raus. Solche Rassekatzen sind für den schwedischen Winter nicht gemacht.« Sie hielt kurz inne. »Aber was hindert euch daran, hier zusammen zu wohnen, wenn ihr beide nun schon mal den weiten Weg von Stockholm hier herunter gemacht habt?«

Petter druckste herum. Die blonde Frau, also diese Julia, ebenso.

»Also ...«, setzte sie an, doch Petter unterbrach sie.

»Das passt mir überhaupt nicht. Ich hatte vor, hier ganz in Ruhe zu arbeiten.«

»Arbeiten?«, fragte Evelyn erstaunt und kratzte sich in ihrem schwarzen Haar. »Was willst du denn auf einer Insel um diese Jahreszeit arbeiten?«

»Ich schreibe an meiner Doktorarbeit.«

»Und du?«, fragte sie Julia. »Was hast du vor?«

»Nichts Besonderes«, sagte sie und schüttelte den Kopf. »Ich musste vor allem mal raus aus der Stadt.«

Hamlet hatte inzwischen seinen Fressnapf völlig sauber geschleckt. Ohne auch nur einen von ihnen dreien eines Blickes zu würdigen, verließ er die Küche mit aufgestelltem Schwanz.

»Na ja«, sagte Evelyn. »Dann lasst es mich wissen, wenn ihr Hilfe braucht. Ich habe Linnea versprochen, ein Auge auf den Gast zu haben und bei Bedarf zu helfen. Sie bat mich auch, euch zu informieren, dass die Heizung im Wohnzimmer kaputt ist und dass man Feuer im Kamin machen muss, um die Wohnung warm zu kriegen. Das sollte eigentlich kein Problem sein, höchstens morgens. Da, nehme ich an, wird es hier schweinekalt, bis man den Kamin wieder angefeuert hat. Und dann soll ich ausrichten, dass das Katzenklo im Flur steht. Das solltet ihr mindestens einmal täglich reinigen, sonst müffelt es.« Schmunzelnd machte sie auf dem Absatz kehrt und verschwand ebenso schnell, wie sie aufgetaucht war.

Petter und Julia blieben in der Küche zurück und sahen ihr hinterher. Danach blickten sie sich an.

Und dann streckten beide die Fäuste vor.

»Eins, zwei, drei.«

JULIA

Mit knapp dreiunddreißig sollte ich eigentlich längst wissen, dass in der Regel alles, was schiefgehen kann, auch schiefgehen wird. Das Leben ist gnadenlos. Es wäre wirklich schlauer gewesen, auf meine Mutter zu hören. Leider besitzt sie die schlechte Angewohnheit, mich mit all den Dingen zu konfrontieren, die schiefgehen könnten, und dann behält sie meistens auch noch recht. Wie damals, als ich sieben war und gerade schwimmen gelernt hatte. Ich wollte unbedingt vom Sprungturm hüpfen, denn mein kleiner Bruder konnte bereits seit einer Weile schwimmen und springen.

»Lass es lieber, Julia«, höre ich meine Mutter noch sagen. »Es kann passieren, dass du einen Riesenschreck bekommst, wenn du ins Wasser eintauchst, und dann ganz vergisst, wie das mit den Schwimmbewegungen geht.« Und, habe ich auf sie gehört? Nein, ich hatte nur im Kopf, Martin auszustechen, und wollte, dass meine Eltern stolz auf mich sind. Also kletterte ich die wackelige Holzleiter hinauf. Oben angekommen zögerte ich erst mal eine Weile. Ich warf einen Blick auf die spiegelglatte Wasseroberfläche, die jetzt sehr weit unter mir lag und sehr hart aussah. Da stand ich nun zitternd in meinem nassen Badeanzug und bereute es bereits, hinaufgeklettert zu sein. Im Augenwinkel sah ich Martin, der sich der Leiter näherte. Gleich würde er oben sein, an mir vorbeirennen, einen großen Satz machen und beim Auftauchen den überschwänglichen Applaus meiner Eltern einheimsen. Also holte ich tief Luft, riss mich zusammen und sprang. Und? Behielt meine Mutter recht? Vergaß ich, wie man schwamm, bekam ich Panik, sank ich ganz auf den Boden des Beckens und musste von einem verärgerten Bademeister wieder herausgefischt werden? Jepp.

Oder damals, als ich mir im Alter von sechzehn unbedingt die Haare selbst färben wollte, weil mir der Friseur zu teuer war. Was war schon dabei?

»Lass es lieber, Julia«, hatte meine Mutter damals gesagt. »Du hast keine Ahnung, wie die Chemikalien mit den Pigmenten in deinen Haaren reagieren.« Und, habe ich damals auf sie gehört? Natürlich nicht, stur wie ich war. Glaubt es oder nicht, meine Haare wurden nicht aschblond, wie es auf der Verpackung stand. Sie schimmerten grünlich. Wieder behielt meine Mutter recht, und außerdem erinnerten sich meine Mitschüler an meinen alten Spitznamen: Weihnachtsbaum.

Jetzt hocke ich hier in einem scheißkalten Steinhaus auf einer Insel mitten in der Ostsee. Ich bin müde, ich habe Hunger und bin allein. Und ich habe zum Trost nicht einmal ein richtiges Bett, in dem ich es mir gemütlich machen könnte, sondern nur ein blödes Ausziehsofa. Was ist das für ein Mann, der vorschlägt, ums Schlafzimmer zu knobeln? Ein Gentleman hätte angeboten, selbst auf dem Sofa zu übernachten. Aber was kann ich schon von jemandem erwarten, der einen vor allen Passagieren auf einer Fähre beschimpft, nur weil man telefoniert?

Ich seufze und ziehe meine Strickjacke fester um meinen Körper. Was für ein Glück, dass ich so viele Klamotten eingepackt habe, denn die Heizung ist kaputt und vor dem Feuermachen im Kamin habe ich zu großen Respekt. Wie ich hier eine ganze Nacht überstehen soll, ist mir ein Rätsel. Ich habe nicht mal eine Flasche Wein.

Draußen tobt der Sturm unverändert weiter. Manchmal packt er sich unser Häuschen mit solcher Wucht, dass ich Sorge habe, das komplette Dach könne abreißen. Ich hoffe inständig, dass sich das Wetter bis morgen beruhigt, damit ich mit der ersten Fähre nach Hause komme.

Mein Mitbewohner, oder wie auch immer ich ihn nennen soll, hat das Haus vor über einer Stunde verlassen, um sich auf die Suche nach einem Supermarkt zu begeben. Zuvor hatten wir feststellen müssen, dass der Kühlschrank komplett leer ist, abgesehen von fünf Dosen Katzenfutter, einer angebrochenen Tube Mayonnaise, die vor langer Zeit schon abgelaufen ist, und einem halben Glas Salmbeermarmelade. Diese Salmbeeren, die nur auf Gotland wachsen und ein bisschen so aussehen wie blaue Himbeeren. Keiner von uns beiden hat das für die Grundlage eines Abendessens gehalten, aber im Gegensatz zu Petter hatte ich mich nicht entschließen können, noch einmal in diesen Sturm hinauszugehen, und deswegen werde ich mich jetzt mit knurrendem Magen auf einem unbequemen Ausziehsofa in einem ausgekühlten Wohnzimmer schlafen legen, wo mich eine fremde Katze anfaucht, sobald ich ihr zu nahe komme. Würde ich doch endlich mal lernen, auf meine allwissende Mutter zu hören!

Ich schalte den Fernseher ein, wo gerade eine Nachrichtensendung läuft. Alles dreht sich um den Sturm, der die gesamte Ostküste mit Windböen mit mehr als hundert Stundenkilometern lahmlegt. Der schwedische Wetterdienst hat eine Orkanwarnung herausgegeben. Besonders Öland und Gotland sind betroffen, und alle Flug- und Fährverbindungen wurden eingestellt. Ein Klimaforscher berichtet über die neuen Extremwetterlagen, an die wir uns künftig gewöhnen müssten. Ein Politiker, den ich gar nicht richtig kenne, hält einen Vortrag darüber, wie die Gesellschaft sich jetzt rüsten müsse, um sich den neuen Herausforderungen, die der Klimawandel mit sich bringe, zu stellen. Im Anschluss daran bringen sie Bilder der überfüllten Fährterminalhalle in Nynäshamn und Interviews mit enttäuschten Reisenden, die nicht mehr nach Gotland kommen. Am liebsten würde ich sie anschreien, sie sollen nicht rumheulen – immerhin befinden sie sich auf der richtigen Seite dieses verfluchten Meeres. In dem Moment höre ich den Schlüssel im Schloss und spüre einen eiskalten Luftzug, als die Haustür aufspringt.

Petter stampft, um den Schnee abzuschütteln, und stellt zwei volle Einkaufstüten im Flur ab. Ich schiele zu ihnen und frage mich, was da wohl drin sein mag, denn mein Bauch, der seit dem Frühstück nichts mehr bekommen hat, schreit förmlich nach Essen, aber ich lasse mir nichts anmerken und wende meine Aufmerksamkeit demonstrativ dem Fernsehprogramm zu.

»Was sagen die denn zum Wetter?«, ruft Petter aus dem Flur zu mir hinein. »Ist Besserung in Sicht?«

»Nein, im Moment nicht. In der Nacht wird der Wind sogar noch stärker, heißt es.«

Er seufzt schwer und trägt die Tüten in die Küche. Kurz darauf höre ich die Dunstabzugshaube und das Brutzeln von Butter in der Pfanne. Ein paar Minuten später dringt der köstliche Geruch nach angebratener Fleischwurst durch das Haus. Meine Nasenwände flattern. Seit Jahren habe ich keine gebratene Fleischwurst mehr gegessen, aber ich bin sicher auch noch nie derart hungrig gewesen, wie es jetzt der Fall ist. Ohne mein Zutun haben meine Füße den Weg in die Küche bereits angetreten. Petter steht am Herd. Seine hellbraunen Haare sind von dem Spaziergang im Schneesturm noch feucht und kleben ihm am Kopf. Er sieht auf.

»Hallo«, sagt er und nickt.

»Hallo.«

Ich zwinge mich, den Blick von der Bratpfanne loszueisen. Stattdessen schaue ich mich in der Küche um. Sie sieht genauso aus wie auf den Bildern von Satu. Winzig klein, aber sehr heimelig mit den offenen Balken, himmelblauen Küchenschränken, weiß lasierten Holzdielen und dem schwarzen Holzofen zwischen den dicken Backsteinen. Die Nische vor dem Sprossenfenster ist fast einen halben Meter tief und legt offen, wie dick diese alten Steinwände sind. Die Möbel müssen entweder Erbstücke sein oder vom Flohmarkt stammen, auf jeden Fall hat da jemand ein gutes Händchen bei der Inneneinrichtung bewiesen. Neben dem Fenster befindet sich ein altmodisches Küchensofa, und davor steht ein runder Holztisch, dessen Platte einiges erlebt haben muss, Generationen von Gotländern, die hier saßen und gemeinsam gegessen haben. Darauf fällt das warme Licht einer alten Schiffslampe. Ein paar wacklige Sprossenstühle und ein Korb mit Holzscheiten stehen daneben, mehr Platz ist in dieser Miniküche nicht.

Petters Stimme reißt mich aus meinen Gedanken. »Ich mache Fleischwurst mit Nudeln. Das reicht für dich auch«, sagt er und wendet ein paar Wurstscheiben, »falls du Hunger hast.«

Ich habe keine Ahnung, warum ich den Kopf schüttele. Mein Körper schreit förmlich nach Nahrung, aber mein Stolz verweigert sie ihm.

»Sicher?«, fragt er und deckt den Tisch mit Teller und Besteck für eine Person.

»Ja. Ganz sicher. Wirklich.«

Er zuckt mit den Schultern und setzt sich. Dann holt er sein Handy aus der Tasche und scrollt seine Mails durch, während er gleichzeitig seinen Mund mit Nudeln und Wurst befüllt. Er kaut kaum.

Ich lasse Petter in der Küche sitzen und gehe zurück ins Wohnzimmer, wo ich den Ton des Fernsehers lauter stelle, damit mein Magenknurren nicht zu hören ist.

Kurze Zeit später ist Petter mit dem Essen fertig. Er wäscht das Geschirr ab und begibt sich auf die Treppe in den ersten Stock. Auf halber Höhe bleibt er stehen.

»Dann gute Nacht«, sagt er, und einen Moment lang hat es den Anschein, als ob er zögert und noch etwas hinzufügen will.

»Gute Nacht«, erwidere ich kurz angebunden und drehe mich wieder um.

Petter seufzt und steigt die letzten Stufen hoch. Ich höre, wie er die Tür zum Schlafzimmer hinter sich abschließt.

Es ist erst zehn Uhr, aber was soll ich anderes tun, als schlafen zu gehen. Ich ziehe das Sofa aus, das sich als sehr schmales Bett entpuppt, es knarrt bei der kleinsten Bewegung und ist hart wie ein Brett. Ich lege ein Laken darüber und hole mir gleich zwei Bettdecken, die ich in den Bezug stopfe. Als ich endlich liege, ziehe ich mir die doppelte Bettdecke über die Ohren, um den Zug von den undichten Fenstern nicht mehr auf der Haut zu spüren. Es gibt Menschen, die noch Schlimmeres aushalten müssen, sage ich mir. Manche schlafen immer draußen oder auf U-Bahn-Bahnsteigen, das ganze Jahr über. Und manche hungern freiwillig, um einen gesunden Körper einem kranken Schönheitsideal anzupassen. Eine Nacht ohne Essen in diesem gottverlassenen Haus, auf diesem elenden Ausziehsofa werde ich wohl überstehen. Und wenn man ganz unten angekommen ist, kann es wenigstens nicht noch schlimmer kommen.

Meine Beschwichtigungsversuche zeigen Wirkung, ich bin jetzt so entspannt, dass ich schläfrig werde.

Gerade als ich in den Schlaf hinübergleite, höre ich ein kratzendes Geräusch. Ich wache wieder auf und spitze die Ohren. Es klingt, als würde jemand mit den Fingernägeln über eine raue Oberfläche fahren oder, ich korrigiere mich, als würde eine Katze ihre Krallen in den Sand eines Katzenklos schieben. Und in der nächsten Sekunde vernehme ich den eindeutigen Gestank von Katzenkacke. Er verteilt sich gleichmäßig im Erdgeschoss.

Ich lag leider falsch. Es geht immer noch ein bisschen schlimmer.

CAROLINE

Bin in Visby. Das Haus ist toll. Freu mich auf ein gotländisches Weihnachten mit euch! Petter

Caroline las die Nachricht zweimal und spürte wie immer diesen Druck in der Herzgegend. Ihr war, als würde allein die Tatsache, dass Petter sich auf der Insel befand, den Sauerstoff aus der Luft filtern. Dasselbe Gefühl wie in den letzten Jahren ihrer Ehe. Von Tag zu Tag war es schlimmer geworden, bis sie es nicht mehr ausgehalten hatte und vor dem Erstickungstod geflüchtet war. Seit ein paar Monaten und dem Umzug in eine eigene Wohnung war es nach und nach besser geworden, und sie hatte langsam wieder zu sich selbst gefunden – eine gut gelaunte und unbeschwerte Frau, die das Leben genießen konnte. Nicht mehr diese mürrische und pausenlos nörgelnde Ehefrau, die keiner, inklusive sie selbst, länger ertragen konnte.

Sie hatte geglaubt, dass sie diesen Tunnel und all die negativen Gedanken hinter sich gelassen hätte, doch offenbar war dem nicht so. Jetzt war Petter hier, und sie würden Weihnachten gemeinsam feiern, denn das hatte sie ihm versprochen. Und was am schlimmsten war – sie und ihre ganze Familie würden nun diese säuerliche, schnell aufbrausende Caroline aushalten müssen. Diese Frau, die sie selbst so hasste.

Caroline erhob sich vorsichtig von dem Stuhl an Elsas Bett, bemühte sich, dass weder die Holzdielen noch ihre Kniegelenke knacksten, und ihre Tochter, die nun endlich eingeschlafen war, wieder weckten. Sie waren jetzt seit zwei Tagen auf der Insel, und wie immer tat sich Elsa schwer, an einem anderen Ort zur Ruhe zu finden. Sie hier ins Bett zu bringen, konnte eine Stunde dauern, zu Hause brauchte sie nur wenige Minuten. Leise schlich Caroline aus dem Zimmer und zog die Tür bis auf einen kleinen Spalt zu. Dann stieg sie die Treppe hinunter und betrat die große Bauernküche – das Herz des alten Hauses. Es war der Raum, den sie am allermeisten liebte. Die Küche war leer, und als Caroline auf die Uhr blickte und feststellte, dass es bereits auf elf zuging, war ihr klar, dass die anderen Familienmitglieder sich längst schlafen gelegt hatten.

In dem uralten Holzofen glühten die letzten Stückchen Kohle, doch der Schornstein war noch warm. Einen ganzen Tag lang hatten sie gekocht und gebacken, und im Raum war es kuschelig warm. Es duftete nach Zimt, Karamellbonbons und Pfefferkuchen. Vor den Fenstern hingen jetzt die Weihnachtsgardinen, und an der Wand über dem großen Ausziehsofa hatte ihre Mutter den gestickten Weihnachtswandbehang der Urgroßmutter aufgehängt. Darauf tanzten die Weihnachtswichtel, und darunter stand der Text: *O du fröhliche*. Seit über hundert Jahren hing dieser Wandbehang in der Weihnachtszeit genau dort über dem Sofa. Natürlich war er mittlerweile etwas vergilbt, der Zahn der Zeit war nicht spurlos an ihm vorübergegangen, doch er begleitete Caroline seit ihrer Kindheit.

Sie ließ den Blick über die Küche wandern. Das prächtige Pfefferkuchenhaus, das ihre Mutter gebacken hatte, stand auf dem Küchentisch. In diesem Jahr hatte sie sich selbst übertroffen und eine Kopie ihres Hofes nachgebaut. Das geräumige Wohnhaus mit zwei Stockwerken und Gauben am Dach, das Vorratshäuschen, die Scheune und der alte Stall, der in den letzten zwanzig Jahren als kombinierter Holzschuppen mit Gerümpelkammer benutzt worden war. Morgen würden sie das Häuschen mit Glasur und Zuckerstangen gemeinsam verzieren, wie sie es getan hatten, seit Caroline denken konnte.

Die schönen Erinnerungen an die Weihnachtsfeste in ihrer Kindheit überkamen sie, und bei dem Gedanken daran, dass es dieses Jahr möglicherweise das letzte Weihnachten hier auf dem Hof sein würde, füllten sich ihre Augen mit Tränen. Wenn ihre Eltern ihre Umzugsideen in die Tat umsetzten, würden sie Weihnachten in den nächsten Jahren in einem Seniorenheimneubau außerhalb von Visbys Stadtgrenzen begehen. Praktisch, bequem und barrierefrei – aber so ganz ohne Flair und vor allem kein bisschen weihnachtlich.

»Ach, du bist ja noch wach. Machst du dich heimlich über das Weihnachtsgebäck her?«

Ohne dass Caroline es bemerkt hatte, war Helena in die Küche gekommen. Da stand sie im Nachthemd und in dicken Schaffellhausschuhen. Ihr dickes, langes Haar, das sonst immer zu einem Pferdeschwanz gebunden war, hing ihr nun offen über den Rücken und ließ die Einundvierzigjährige deutlich jünger wirken.

»Hi.« Caroline blinzelte die Tränen fort und lächelte ihre ältere Schwester an. »Schlafen deine Kinder auch schon?«

Helena verzog das Gesicht, was so viel hieß wie ja, tun sie – endlich!

»O Gott«, stöhnte sie, griff nach einem Stuhl und ließ sich an dem rustikalen Küchentisch nieder. »Ich vergesse jedes Mal wieder, was es für eine Schufterei ist, zu Hause Weihnachten zu feiern. Diese ganze Weihnachtsbäckerei, wie hat Mama das eigentlich die vielen Jahre immer geschafft?«

»Aber es ist so gemütlich. So, wie es sein soll.«

Helena verdrehte die Augen. »Wenn man es gemütlich findet, von morgens bis abends in der Küche zu stehen und diese Sklavenarbeit zu verrichten, dann schon. Ich glaube, gerade komme ich zum ersten Mal an diesem Tag dazu, mich hinzusetzen.« Sie beugte sich vor und massierte sich die Füße.

Caroline ließ sich aufs Küchensofa fallen, und da spürte sie die Erschöpfung erst richtig. Helena hatte recht. Es war wohl das erste Mal, dass sie an diesem Tag zur Ruhe kamen, genauer gesagt, seit zwei Tagen eigentlich. Seit sie ihren Fuß auf diese Insel gesetzt hatte, hatte es ein beachtliches Arbeitspensum gegeben, und das lag nicht ausschließlich an den Weihnachtsvorbereitungen. Um den Hof musste sich ja auch noch jemand kümmern. Das Anwesen, früher ein hübscher und gut gepflegter Gotlandhof, war mittlerweile in die Jahre gekommen und an vielen Stellen renovierungsbedürftig. An der Scheune war der weiße Putz abgeblättert, und auch die Fassade des Haupthauses war von Feuchtigkeit und Grünbelag unschön verfärbt. Im Haus war es nicht ganz so schlimm, doch wenn den Eltern die Kraft ausging, wurden die Schäden und Mängel nicht mehr behoben, so wie früher, und nun war der jahrelange Verschleiß sichtbar. Caroline und Helena hatten einen ganzen Vormittag damit zugebracht, lose Knöpfe an den Küchenschränken festzuschrauben, quietschende Scharniere zu schmieren, Wasserhähne wieder neu abzudichten, Heizungen zu lüften und Siphons zu reinigen. Helena hatte nicht unrecht, wenn sie fand, dass so ein altes Haus, nicht zu vergessen die weiteren Gebäude, der Garten, Wald und Feld, eine Menge Arbeit machten.

Als Kinder hatten sie und Helena oft darüber gestritten, wer den Hof einmal übernehmen durfte, wenn sie groß waren. Keine von ihnen hatte sich vorstellen können, ihr Zuhause jemals zu verlassen. Aber die Zeit verging, und alles kam anders. Jetzt, dreißig Jahre später, lebten beide auf dem Festland. Helena hatte sich mit ihrer Familie ein Zuhause in Göteborg eingerichtet, und Caroline führte ihr Leben mit Elsa in Stockholm. Und obwohl es theoretisch möglich war, zwischen Stockholm und Gotland zu pendeln, würde sie es niemals schaffen, sich um den großen Hof allein zu kümmern, und finanziell stemmen könnte sie es auch nicht. So mussten sie der Tatsache ins Auge sehen, dass der Hof, der seit Generationen im Besitz ihrer Familie war, nun verkauft werden musste, vermutlich an einen neureichen Stockholmer, der ihn mit all den Millionen aus dem völlig überteuerten Verkauf seiner Eigentumswohnung bis zur Unkenntlichkeit renovieren würde, um ihn in ein sündhaft teures, supergestyltes und minimalistisches Boutique-Hotel zu verwandeln, das sich nur reiche Stockholmer leisten konnten. Anstelle von Nostalgie und dem Charme der Vergangenheit – denn jeder Gegenstand hatte hier noch eine Geschichte zu erzählen – würden makellose Oberflächen, Designermöbel und kalt weiß getünchte Wände treten.

Caroline sprang auf, um dieses Schreckensszenario loszuwerden.

»Möchtest du auch einen Tee?«, fragte sie und ging zum Küchenschrank, wo das Geschirr stand, doch noch bevor sie die Tür öffnen konnte, erwiderte Helena:

»Wollen wir uns nicht ein Gläschen Wein gönnen?«

Caroline zögerte, mit Alkohol im Blut schlief sie meist schlecht, und morgen wollte sie fit sein, aber auf der anderen Seite konnte ein halbes Glas nicht schaden. Es war auch schön, mal in Ruhe mit Helena zu plaudern, schließlich war es eine Ewigkeit her, seit sie sich das letzte Mal gesehen hatten.

»Rot oder weiß?«, fragte sie also und steuerte nun die Vitrine mit den Weingläsern an.

»Rot«, sagte Helena. »Passt besser zu Rudolfs Nase.« Sie zeigte auf die Rentiere der Weihnachtstischdecke.

Caroline griff nach einer Flasche, entkorkte sie und schenkte ihnen ein. Dann nahm sie die zwei Gläser und setzte sich wieder aufs Küchensofa. Helena nahm einen großen Schluck Wein und lehnte sich gemütlich zurück.

»Aber wie es aussieht, feiern wir ja nun zum letzten Mal Weihnachten hier«, sagte sie. »Ist das nicht eine beruhigende Vorstellung?«

Caroline war entsetzt. »Wie kannst du so was sagen?«

»Versteh mich nicht falsch«, meinte Helena, »ich habe die Weihnachtszeit zu Hause ja immer gemocht. Als wir klein waren, war alles so magisch, aber jetzt …« Sie hielt inne und suchte nach den richtigen Worten. »Jetzt empfinde ich das viel mehr als Last. Dieser ganze Klimbim …« Sie strich über die Weihnachtstischdecke, zeigte auf die Vorhänge, den Wandbehang, die Apfelsinen mit Nelken und rotem Seidenband, das Pfefferkuchenhaus und die Weihnachtswichtel aus Wolle, die auf dem Fensterbrett standen. »Dieser ganze alte Plunder, der jedes Jahr wieder hervorgekramt wird, obwohl ihn keiner schön findet, und der nur jede Menge Staub ansetzt.«

»Ich finde ihn schön.«

Helenas Augenbrauen schossen nach oben. »Ernsthaft? Oder meinst du eher die Erinnerungen an früher, an das Weihnachten unserer Kindheit?«

Caroline nippte an ihrem Wein. »Sowohl als auch. Ich finde, zu einem richtigen Weihnachtsfest gehören nun mal die Weihnachtswichtel und die selbst gebackenen Kekse ...«

»Und so viel Pflichtprogramm?«

Darauf gab Caroline keine Antwort.

»Wie auch immer«, sagte Helena und drehte den Stiel des Weinglases hin und her, »ich finde, unsere Eltern haben völlig recht, wenn sie in Erwägung ziehen, den Hof zu verkaufen. Es ist längst überfällig, dass sie sich das Leben ein bisschen leichter machen. Endlich den Ruhestand genießen. Stell dir vor, wie es wäre, wenn wir nächstes Jahr zu Weihnachten alle in die Sonne fliegen würden? Kein Druck, kein Stress, einfach abhauen und es uns gut gehen lassen. Endlich Zeit haben, in Ruhe miteinander zu reden und Dinge zu unternehmen. Wäre das nicht herrlich?«

Auch darauf erwiderte Caroline nichts. Sie konnte sich nichts Fürchterlicheres vorstellen, als an Weihnachten bei dreißig Grad Hitze mit Hunderten von anderen, nach Kokosöl duftenden Schweden in der Sonne zu schmoren. Sie griff nach der Weinflasche und schenkte ihrer Schwester nach, die ihr Glas schon geleert hatte.

»Und wie geht's dir sonst so?«, fragte sie, um das Thema zu wechseln.

»Tja …« Helena zögerte. »Alles wie gehabt. Jeden Tag dasselbe Elend, wie man so schön sagt.«

»Viel zu tun?«

Helena nickte. Über ihre Arbeit als Kommissarin bei der Kripo in Göteborg sprach sie ungern.

»Und wie läuft's mit Tobbe?«

»Auch wie immer. Geht so.« Helena seufzte, sah allerdings nicht gerade unglücklich aus. Es war vielmehr eine emotionslose Feststellung.

Helenas Beziehung mit Tobias brannte auf Sparflamme, solange Caroline denken konnte. Sie hatten sich auf der Polizeiakademie kennengelernt und waren ziemlich schnell ein Paar geworden. Vielleicht war es nicht gerade die große Liebe, aber irgendwie passte alles, und es war praktisch. Sechzehn Jahre und drei Kinder später hatte sich nichts Grundlegendes verändert. Insgeheim fragte sich Caroline, ob Helenas und Tobias' Beziehung jemals heiße Liebe gewesen war, und ob die fehlende Leidenschaft auch der Grund dafür war, dass sie nie geheiratet – oder sich getrennt hatten.

»Und bei dir?«, fragte Helena. »Wie geht's dir? Kommst du nach der Trennung langsam wieder auf die Füße?«

Caroline zuckte mit den Schultern. »Keine Ahnung. Es wird wohl noch Zeit brauchen, bis ich …«

»Was ich nie wirklich kapiert habe«, sagte Helena, »warum habt ihr euch eigentlich getrennt? In meinen Augen wart ihr das perfekte Paar. Ich meine, er ist attraktiv und nett, ganz zu schweigen davon, was für ein toller Papa er für Elsa ist.«

Caroline biss sich auf die Zunge, damit sie jetzt nichts Gehässiges sagte. Im Vergleich zu Tobias, der sich immer öfter wie ein gehirnamputierter Trottel benahm, wenn er außer dem Sportprogramm im Fernseher nichts und niemanden mehr wahrnahm, waren alle Männer toll. Was nicht bedeutete, dass sie sich wie ihre Schwester für den Rest ihres Lebens mit einer Beziehung zufriedengeben musste, in der die Liebe vor sich hin plätscherte und die Leidenschaft abhandengekommen war.

Helena riss die Augen auf. »Jetzt sag nicht, dass er fremdgegangen ist!«

»Nein, ist er nicht. Er hat nichts gemacht. Ich bin das Problem.«

»Du?«

»Ja.«

»Wieso bist du das Problem?«, fragte Helena und sah ihre Schwester wieder mit großen Augen an. »Bist du etwa fremdgegangen?«

Caroline verdrehte die Augen. Sie wünschte, sie hätte jetzt eine gute Antwort parat. Wenigstens, um diesem Verhör ein Ende zu bereiten. Wie sollte sie etwas erklären, das sie selbst nicht verstand? Petter war genau derselbe Mensch, der er immer gewesen war: ein netter, aufmerksamer Mann, der manchmal etwas zerstreut war und zu viel am Schreibtisch saß, doch er hatte sie und Elsa immer vergöttert und alles für sie getan. Wie konnte man erklären, dass das mit einem Mal nicht mehr reichte?

»Vielleicht haben wir uns auseinandergelebt«, antwortete sie diplomatisch.

»Ach so, jetzt kommt dieser abgedroschene Spruch.«

»Wieso abgedroschen?«

»Jetzt mal im Ernst, Caro. Habt ihr euch wirklich auseinandergelebt? Ich finde nämlich, Petter und du, ihr habt euch kein bisschen verändert.«

»Dann war vielleicht gerade das das Problem – dass sich keiner von uns weiterentwickelt hat«, sagte Caroline. »Ich weiß nicht, wie ich es erklären soll. Es hat einfach nicht mehr funktioniert.«

»Weil?«

Caroline fühlte sich zunehmend wie im Kreuzverhör.

»Weil ... wir außer Elsa nichts mehr gemeinsam haben.«

Helena schnaubte. »Aber das hattet ihr doch nie. Er war doch immer schon der Pragmatische gewesen und du die Romantische. Er der Vernünftige und Logische und du der Gefühlsmensch. Aber früher war das offenbar kein Problem.«

Caroline zuckte hilflos mit den Schultern. »Was soll ich sagen?«

»Einfach, was los ist.«

»Aber ich weiß gar nicht genau, was der Grund ist, ich konnte einfach nicht länger bleiben. Nicht einmal Elsa zuliebe. Ich habe keine Ahnung, warum dieses Gefühl so stark war, aber so war es nun mal. Es ging nicht darum, ›die Zähne zusammenzubeißen‹ oder ›schlechte Zeiten zu überstehen‹. Für mich gab es nur zwei Möglichkeiten – ihn zu verlassen oder unterzugehen.«

Helena nickte bedächtig. »Klingt dramatisch«, sagte sie.

Caroline, die langsam immer mehr in Fahrt kam, kippte den letzten Schluck Rotwein in sich hinein und fuhr fort: »Ich habe dich und Tobias vor Augen und meine Freundinnen, die in Beziehungen leben, die im Grunde genommen tot sind. Doch alle machen weiter in dieser Mühle, weil es keiner schafft oder wagt, Schluss zu machen. Die Vorstellung, dass mit uns dasselbe passieren könnte, hat mich panisch gemacht. Nicht nur meinetwegen, ich hab auch an Petter gedacht. Das haben wir beide nicht verdient.«

Helena sah sie entsetzt an. »Na, sieh mal an, Schwesterlein«, sagte sie und lachte. »Sonst muss man dir die Worte immer aus der Nase ziehen, und heute legst du dafür so richtig los. Aber wenn meine Beziehung als abschreckendes Beispiel dienen kann, ist sie ja immerhin für etwas gut.«

»Tut mir leid, so habe ich das nicht gemeint«, versuchte Caroline zu beschwichtigen. »Ich wollte nur …«

Helena winkte ab. »Kein Problem. Ich verstehe, was du sagen willst, und manchmal denke ich das selbst. Dass es toll wäre, sich Hals über Kopf zu verlieben, mit Haut und Haaren, so wie man es sonst nur aus Filmen und Romanen kennt. Aber wenn ich dann weiterdenke, was das zu bedeuten hätte – für uns alle –, ist es … na ja, dann ist es das ganz einfach nicht wert.« Sie verstummte und fingerte wieder an ihrem Weinglas.

»Und mir geht es genau entgegengesetzt«, sagte Caroline. »Wenn ich dieses Himmelhochjauchzen, diese stürmische Verliebtheit nicht erleben darf, die einen so völlig gefangen nimmt und den Blick auf das Leben und einen selbst verändert, dann hat das alles keinen Sinn.«

Helena grinste. »Wir sind ziemlich verschieden, du und ich.«

Caroline nickte. »Ja. Waren wir schon immer.«

»Aber du weißt schon, dass ich dich trotzdem lieb habe?«, sagte Helena. »Obwohl du etwas durchgeknallt bist.«

Caroline musste lachen. »Geht mir auch so«, sagte sie. »Du verrücktes Huhn!«

Dann überkam Helena die Müdigkeit. Sie stand auf und stellte das ausgetrunkene Weinglas in die Spüle.

»Ich gehe schlafen«, sagte sie. »Dieser Tag hat mich völlig fertiggemacht, und morgen müssen wir den Hering einlegen, den Lachs beizen, den Weihnachtsbaum schlagen und wahrscheinlich noch hunderttausend andere Dinge machen, die ich gerade verdrängt habe.«

»Und Geschenke einpacken«, fügte Caroline hinzu.

Helena nickte. »Und Geschenke einpacken.«

»Und das Pfefferkuchenhaus verzieren.«

»Und das Pfefferkuchenhaus verzieren.«

»Und Weihnachtskarten schreiben.«

Da schüttelte Helena den Kopf. »Gute Nacht, Schwesterherz«, sagte sie.

»Gute Nacht.«

Als Helena verschwunden war, holte Caroline ihr Handy hervor. Petters Nachricht stach ihr auf dem bläulichen Display ins Auge.

Freu mich auf ein gotländisches Weihnachten mit euch!

Sie brachte es nicht fertig, eine Antwort zu formulieren. Stattdessen reckte sie sich nach der Rotweinflasche und kippte den Rest in ihr Glas.

21. Dezember

JULIA

Es ist Viertel nach sechs, und ich habe in dieser Nacht ungefähr zwei Minuten Schlaf bekommen. Alle Glieder tun mir weh, denn das Sofa ist hart wie ein Brett. Mein ausgewaschenes Lieblings-T-Shirt, das seit Jahren wunderbar als Nachthemd taugt, war für dieses Haus viel zu dünn. Mehrmals in der Nacht musste ich aufstehen, um immer neue Kleider aus meinem Koffer zu kramen, mit dem Ergebnis, dass ich mich jetzt nicht nur so fühle wie eine Robbe, sondern auch so aussehe. Doch obwohl ich so eingemummelt bin, dass ich mich kaum bewegen kann, hat es diese Eiseskälte geschafft, durch all die Schichten Kleider, Wolldecken und Bettdecken hindurchzudringen. Meine Nasenspitze ist eiskalt, meine Zehen sind steif gefroren, und aus meinem Mund kommen beim Ausatmen kleine Rauchwölkchen. Eine Zeitlang habe ich heute Nacht mit dem Gedanken gespielt, ein Feuer zu machen, doch die Angst, was alles dabei passieren könnte, hat mich davon abgehalten. Ich wollte ja schließlich nicht das Haus ausräuchern. Ich weiß zwar, dass es extra diese Ofenklappe gibt, allerdings habe ich keine Ahnung, wo die sitzt und wie man sie bedient.

Ich zucke zusammen, als meine Füße den eiskalten Fußboden berühren. Mit einem Mal kapiere ich, warum sich Schaffellpantoffeln auf dieser Insel so gut verkaufen. Mit der Decke über den Schultern begebe ich mich in die Küche und schalte den Wasserkocher an, und während ich darauf warte, dass mein Teewasser kocht, sende ich ein Stoßgebet zu Petrus: Bitte mach, dass es aufhört zu schneien, damit ich heute heimfahren kann. Heim in mein kuscheliges, warmes Bett! Aber der Wettergott scheint sehr beschäftigt zu sein, denn als ich den Vorhang zur Seite ziehe, muss ich feststellen, dass das Fenster zugeschneit ist. Die Wetterapp auf meinem Handy warnt noch immer vor Sturmböen und heftigem Schneefall an der gesamten Ostküste, und die Online-Ausgaben der Zeitungen kündigen ein Verkehrschaos an und rufen die Bevölkerung dazu auf, zu Hause zu bleiben.

Die Müdigkeit, die Kälte und die hoffnungslose Lage werden auf einmal übermächtig, mir schießen die Tränen in die Augen. Eigentlich weine ich nur selten. Ich hebe mir die Tränen für ganz besondere Anlässe wie Hochzeiten, Beerdigungen und Wiederholungen von *Vier Hochzeiten und ein Todesfall* auf. (Ich weiß, alle denken, dass dieser alte Neunziger-Jahre-Schinken eine Komödie ist – aber dann kennen sie die Beerdigungsszene nicht, in der John Hannah »Haltet alle Uhren an« rezitiert. Da fange ich immer an zu heulen.)

Ganz so schlimm ist es noch nicht, aber immerhin tropft eine Träne auf die Bettdecke, bevor ich unsanft aus meinem Selbstmitleid gerissen werde, als von oben Geräusche erklingen. Eine Tür geht auf und wieder zu. Die Toilettenspülung ist zu hören und kurz darauf das Knarren von Schritten auf der Holztreppe. Schnell wische ich mir die Tränen fort und versuche, mich zu fassen.

Petter betritt die Küche in T-Shirt und Pyjamahose und sieht mich verwundert an, wie ich mit rotgeheulten Augen und in die Daunendecke eingewickelt dastehe.

»Nanu?« Er sieht mich groß an. »Bist du schon wach? Ich dachte, du machst hier Urlaub.« Dann fängt auch er an zu schlottern. »Mensch, ist ganz schön kalt hier!«

Ich ignoriere seinen Kommentar, kippe das kochende Wasser in einen Becher und suche nach einem Teebeutel. Dann lasse ich mich am Küchentisch nieder und ziehe die Decke noch enger um meinen Körper.

»Warum hast du kein Feuer gemacht?«, fragt Petter.

Das Geräusch, das meine Lippen produzieren, ist ein Laut zwischen Schnauben und Lachen. »Warum wohl? Was denkst du? Weil ich Lungenentzündungen und Erfrierungen mag oder weil ich in der Stadt aufgewachsen bin und in meinem ganzen Leben noch nie Feuer machen musste?«

Jetzt ignoriert er mich. Er brüht sich auch eine Tasse Tee, aber setzt sich nicht zu mir an den Tisch, sondern trinkt im Stehen, an die Arbeitsplatte gelehnt.

»Wäre es okay, wenn ich Feuer mache?«, fragt er nach einer Weile.

»Was?«

»Soll ich den Kamin anwerfen oder willst du lieber weiter frieren?«

»Du weißt, wie das geht?«

Petter muss lachen, doch als er merkt, dass meine Frage ernst gemeint ist, verstummt er.

»Ja klar«, sagt er. »Das ist der Vorteil daran, ein Landei zu sein. Man lernt immerhin das.«

Er nimmt seine Teetasse mit ins Wohnzimmer, und innerhalb weniger Minuten höre ich dieses herrliche Knistern. Ich schleiche hinterher.

Petter hockt vor dem Kamin und hält den Feuerhaken in der Hand. Sein Gesicht ist vom warmen Schein der Flammen ganz hell, und zum ersten Mal sind diese herben Züge verschwunden. Er sieht sogar ganz nett aus, wie er da so konzentriert sitzt und in den Holzscheiten stochert. Seine braunen Haare sind dick und morgenstrubbelig, und der Lichtschein aus dem Kamin lässt seine eigentlich hellblauen Augen jetzt dunkelblau aussehen. Hätten wir uns unter anderen Umständen kennengelernt, sagen wir mal, in einer chilligen Bar, anstatt auf einer überfüllten Fähre, hätte ich ihn möglicherweise sogar attraktiv gefunden. Doch, ganz sicher hätte ich ihn attraktiv gefunden. Er hat so was Lässiges, eine Art, auf die ich total stehe. So ein Style, als habe man viel Wichtigeres zu tun, als sich um sein Aussehen zu kümmern. Als brenne man für Größeres, anstatt sich damit zu beschäftigen, welche Markenklamotten gerade angesagt sind oder wie man sich in den sozialen Netzwerken am besten präsentiert. Und er hat sehr freundliche Augen.

Doch diese Gedanken stoppe ich auf der Stelle. Petter ist nervig und eingebildet. Man kann von Glück sagen, dass ich das bereits auf dem Schiff feststellen konnte. Außerdem scheint er von mir dasselbe zu denken.

Ich bewege mich auf den Kamin zu. »O Gott, wie herrlich!«, rufe ich aus und seufze, so wunderbar fühlt sich die Wärme an meinen Beinen an. Ich drehe mich ein bisschen, doch im selben Moment gibt Petter mir einen heftigen Schubs, so dass ich fast umkippe.

»Vorsicht!«, schreit er.

»Was ist denn?«, fauche ich ihn an. »Entspann dich!«

»Du kannst dich doch nicht mit einer Daunenjacke vors offene Feuer stellen. Da reicht ein kleiner Funke, und schon brennen du und ich und das ganze Haus lichterloh.«

Es ist mir peinlich zuzugeben, dass er recht hat, deshalb sage ich lieber gar nichts. Nachdem ich mich aus der Jacke geschält habe, stelle ich mich noch mal vor den Kamin, diesmal mit gebührendem Abstand.

Petter sieht mich, wie ich so eingemummelt dastehe, mit forschendem Blick an. »Hübsches Outfit«, sagt er. »Ist das die neueste Pyjamakollektion aus Sibirien?«

Wenn das ein Versuch sein soll, die Stimmung zwischen uns aufzutauen, kann er es sich sparen. Ich tue so, als hätte ich es nicht gehört. Schließlich bin ich vollauf damit beschäftigt, meinen tiefgefrorenen Körper nach und nach zum Leben zu erwecken.

Petter verlässt das Wohnzimmer. Ich höre, wie er den Kühlschrank öffnet und mit Geschirr klappert. Das weckt meinen leeren Magen.

»Hast du Hunger?«, ruft er hinüber. »Es gibt Joghurt und Brot.«

Ich habe wirklich nicht die geringste Lust, mich mit ihm an einen Tisch zu setzen. Überhaupt nicht … Aber nach fast vierundzwanzig Stunden ohne einen Bissen zu essen habe ich meinen Körper nicht mehr unter Kontrolle und folge mit weichen Knien wie ein Zombie auf der Jagd nach frischem Menschenhirn dem Duft von frisch getoastetem Brot in die Küche.

Wir sitzen uns am Küchentisch gegenüber und frühstücken. Checken beide unsere Handys, um nicht reden zu müssen. Von Zeit zu Zeit blicke ich auf, schlage die Augen jedoch schnell wieder nieder. Ich will vermeiden, dass er denkt, ich beobachte ihn, denn das tue ich beim besten Willen nicht. Ich bin nur ein bisschen neugierig, wer er ist. So oder so sind wir ja nun doch eine WG, wenn auch unfreiwillig. In dem Moment, als ich aufsehe und überlege, wie alt er wohl ist, lässt er von seinem Handy ab und sieht mir direkt ins Gesicht. Für den Bruchteil einer Sekunde treffen sich unsere Blicke, bevor ich den Kopf schnell zur Seite drehe.

Dann konzentriere ich mich auf meinen Insta-Feed, denn da ploppt ein Weihnachtsbild nach dem anderen auf. Freunde, Bekannte, entfernte Bekannte und völlig Fremde stimmen sich auf die bevorstehenden Feiertage ein. Da kriege ich Weihnachtsbäume, Bleche voller frisch gebackenem Weihnachtsgebäck zu sehen, Kinder mit Weihnachtsmannmützen, Kinder bei der Schulabschlussfeier, Kinder beim Backen, Kinder, die Weihnachtsschmuck basteln, und Kinder, deren Augen erwartungsvoll funkeln.

Ihr seid alle miteinander total verblendet, denke ich. Weihnachten ist überhaupt nicht magisch. Weihnachten ist tragisch. Wartet nur ab, in ein paar Jahren begreift auch ihr das.

Als ich das nächste Mal von meinem Display aufblicke, sieht mich Petter fragend an. Offenbar wartet er auf eine Antwort.

»Was denn?«, frage ich kurz und knapp.

»Ich wollte wissen, was du heute vorhast.«

Ich muss nicht einmal nachdenken. Schließlich hatte ich die ganze Nacht lang Zeit, den Tag zu planen.

»Ich werde versuchen, ein Ticket für die Fähre nach Stockholm zu ergattern.«

Petter nickt zufrieden. Das macht mich wütend. Er kann sich wirklich nicht beschweren – schließlich hat er ja in einem warmen Schlafzimmer in einem bequemen Bett übernachtet.

»Gut«, sagt er. »Dann viel Erfolg.«

»Und du?«, frage ich. »Was hast du vor?«

»Ich werde arbeiten.«

»Warum fährst du nach Visby, wenn du dann nur drinnen hockst und arbeitest? Der Sinn des Verreisens ist doch, die Arbeit mal liegen zu lassen?«

Petter gibt keine Antwort, und es interessiert mich auch nicht so brennend, dass ich die Frage noch einmal wiederhole.

Kurze Zeit später steht er auf und verschwindet in der oberen Etage.

Als es draußen hell geworden ist, versuche ich, die Reederei und die Airline anzurufen, und lande sofort in scheinbar endlosen Warteschleifen. Als ich endlich durchkomme, erhalte ich nur dieselbe niederschmetternde Auskunft wie zuvor. Bis auf weiteres ist der Fährverkehr eingestellt. Die Flüge ebenso. Nein, es gibt keine Möglichkeit, die Insel zu verlassen, bevor sich der Sturm gelegt hat, und dann ist auch erst mal alles ausgebucht. Sie verwenden Worte wie »bedauerlicherweise« und »tut uns leid«, und es klingt sogar echt, obwohl sie dieselben Floskeln seit vierundzwanzig Stunden sicher schon tausendmal wiederholt haben. Ich muss mich jetzt damit abfinden, dass es hoffnungslos ist, Gotland noch vor Weihnachten den Rücken zu kehren. Ich gebe der Reederei meine Kontaktdaten, und die Mitarbeiterin verspricht mir, mich anzurufen, sobald sie einen Platz auf einer Fähre zum Festland für mich haben.

Danach schreibe ich eine ellenlange und verzweifelte Nachricht an Isabelle, in der ich mich über die Situation beklage und indirekt andeute, dass das alles nur ihre Schuld sei. Hätte sie sich nicht so plötzlich entschieden, Weihnachten bei Sebbes Familie zu feiern, würde ich jetzt dasitzen und mir die Beine wachsen, um für einen langen und feuchtfröhlichen Heiligabend im East gewappnet zu sein, doch bevor ich die Message abschicke, lösche ich meine verbitterten Ausführungen wieder und füge als letzten Satz hinzu: *Was soll ich nur tun?*

Die Antwort ploppt schon nach einer Minute auf und ist so typisch Isabelle, dass ich wirklich übers ganze Gesicht grinsen muss.

Du sollst aufhören, in Selbstmitleid zu versinken und das Beste draus machen. Wenn es dir zu kalt ist – kauf dir einen warmen Schlafanzug, lern, wie man Feuer im Kamin macht, und such dir einen heißen Lover! Küsschen, Isa

Ich lese ihre Zeilen mehrmals und beschließe, zuerst das Einfachste davon in Angriff zu nehmen – einen warmen Schlafanzug werde ich wohl irgendwo auftreiben.

Schon eine ganze Weile, bevor die Geschäfte öffnen, wage ich den ersten Schritt vor die Tür. Durch die Gassen von Visby pfeift immer noch der Wind, und es schneit unentwegt, so dass ich kaum die Hand vor Augen sehe. Doch als ich eine Weile durch etwa fünfzig Zentimeter hohen Schnee gestapft bin, komme ich zu einem Marktplatz, auf dem ein riesiger Weihnachtsbaum aufgestellt ist, der durch die Windböen beunruhigend hin und her schaukelt. Menschen kämpfen sich durch den Sturm, und es scheint, als könne der Wind sie jederzeit packen und davonfegen. Ich taste mich weiter durch schmale, verwinkelte Gassen, an denen die Häuser rechts und links mit Tannengirlanden und Lichterketten geschmückt sind, und komme an einem Tor der Stadtmauer vorbei, das vor Lichtern geradezu funkelt. Es könnte so wunderschön und romantisch sein, würde der Sturm nicht an allem zerren und reißen und damit drohen, alles mit der nächsten Böe hinaus in die Ostsee zu befördern. Schließlich komme ich in eine Straße mit Geschäften und ich steuere das Kaufhaus Åhlens an, das soeben geöffnet hat.

Als ich hineingehe, fällt mir die gähnende Leere auf,

schließlich ist in wenigen Tagen Weihnachten. Bis auf ein paar Mädchen, die in der Kosmetikabteilung Parfüms durchtesten, bin ich ganz allein. Ich entdecke nicht einmal eine Verkäuferin. Also mache ich mich allein auf die Suche. Ein paar langweilige, langärmlige Nachthemden in Größe XXL baumeln an einem Ständer, die Auswahl ist ziemlich überschaubar. Und genau hier, zwischen den Regalen, höre ich jemanden singen. Eine leise, dezente Fassung von »Stille Nacht«. Ich sehe mich um, und mein Blick fällt auf einen Mann im Weihnachtsmannkostüm. Er hockt nur ein paar Meter hinter mir, neben einem Plastikweihnachtsbaum. Sein Bart ist weiß und kraus, der Mantel rot und spannt ordentlich über seinem Bauch.

Ich wende den Blick ab und konzentriere mich auf den Kleiderständer, wo Schlafanzüge hängen sollten, und versuche, den Santa zu ignorieren. Doch ich höre das Lied noch immer. Die Erkenntnis, dass wir zwei die einzigen Menschen hier in der Damenabteilung sind, was zu bedeuten hat, er singt ganz allein für mich, schnürt mir die Kehle zu. Wir sind zwei einsame Seelen, drei Tage vor Weihnachten, und ich bringe es nicht einmal über mich, ihm in die Augen zu schauen. Reiß dich zusammen, Julia!

Langsam blicke ich auf. Er nickt mir seelenruhig zu, und vielleicht lächelt er. Hinter seinem buschigen Bart ist das schwer zu erkennen, doch seine freundlichen blassblauen Augen scheinen zum Leben zu erwachen. Ich lächele zurück, bleibe höflich stehen und lausche. Als das Lied zu Ende ist, weiß ich nicht recht, was ich tun oder wohin ich gehen soll, also klatsche ich einfach. Mein Applaus schallt von den Wänden des leeren Kaufhauses wider. Der Weihnachtsmann nickt erneut und stimmt das nächste Weihnachtslied an.

Ich trete von einem Bein aufs andere und wünsche mir, ich wäre an irgendeinem anderen Ort, aber da ich offenbar sein einziges Publikum bin und es sehr unhöflich wäre, einfach zu gehen, bleibe ich stehen. Mir ist vorher noch nie aufgefallen, wie viele Strophen »Jingle Bells« hat. Es kommt mir wie eine Ewigkeit vor.

Als das Lied dann schließlich zu Ende ist, klatsche ich wieder und suche in meiner Tasche nach etwas Geld. Ich reiche ihm einen Zwanzigkronenschein, und bevor der Weihnachtsmann es schafft, das nächste schnulzige Weihnachtslied anzustimmen, flüchte ich hinaus auf die Straße. Natürlich ohne Pyjama.

Daher mache ich mich jetzt auf den Weg zu H&M. Da ist mehr los, und es gibt keinen singenden Weihnachtsmann. Allerdings herrscht auch dort bei den langärmligen Schlafanzügen gähnende Leere, und als ich eine junge Verkäuferin frage, legt sie den Kopf schräg und klimpert mit den Wimpern.

»Tut mir leid«, sagt sie in breitem gotländischen Dialekt. »Die waren schon im September ausverkauft, und jetzt warten wir auf die Sommerkollektion. Aber gehen Sie doch mal in die Kinderabteilung. Vielleicht haben die noch welche in Größe 176.«

Ich bedanke mich für den Tipp und stehe kurz darauf in der Abteilung für Jungs, wo ich die Wahl zwischen zwei Modellen habe – einem hellblauen mit Bärchenaufdruck und einem knallroten mit einem großen Bild von Lightning McQueen aus dem Kinofilm *Cars*. Ehrlich, das ist keine leichte Entscheidung. Was steht einem wohl besser? Aber schließlich entscheide ich mich für den Bären, der passt doch irgendwie eher zu mir.

»Soll ich ihn als Geschenk einpacken?«, fragt der Typ an der Kasse, als ich den hellblauen Schlafanzug auf den Tresen lege.

Ich schüttele den Kopf. »Nein, nein, der ist für mich.«

Der Typ versucht, sein Grinsen zu verbergen, indem er leicht hüstelt, dann erinnert er sich offenbar an seine Ausbildung, bei der er gelernt hat, dass man sich über den Geschmack der Kunden keinesfalls lustig machen darf, und schiebt hinterher: »Der sieht sehr ... hübsch aus. Und für Bären ist man schließlich nie zu alt.«

Ich bezahle, und als ich das Kaufhaus mit meinem neuen, langärmeligen Bärchenschlafanzug in der Tüte wieder verlasse, gebe ich mir selbst das Versprechen, dass niemand – niemals, unter keinen Umständen – mich je in diesem Pyjama zu Gesicht bekommen wird. Sobald ich wieder in Stockholm bin, werde ich ihn hochfeierlich verbrennen.

Auf der Straße weht mir der Schnee wieder horizontal ins Gesicht. In ein ausgekühltes Haus zurückzukehren, wo man nicht willkommen ist und nur ein durchtriebener Kater und ein launiger Typ auf einen warten, ist allerdings alles andere als verlockend. Und während ich mich so durch den Schnee kämpfe, taucht mit einem Mal das vertraute Logo eines Cafés vor mir auf.

Ich öffne die Tür, ein Glöckchen klingelt, und sofort steigt mir der wunderbare Duft von frisch gebrühtem Kaffee in die Nase, dazu dudelt die Musikanlage »Last Christmas«. Das Café ist nicht groß, aber es ist gemütlich, in warmen Farben eingerichtet und hat bequeme Sessel. Hinter der Theke stehen ein Mann und eine Frau, beide mit Santa-Mütze auf dem Kopf. Die Frau blickt auf, als ich auf sie zugehe.

»Willkommen und frohe Weihnachten!«, ruft sie fröhlich

und schafft es mit ihrem Dialekt, in den paar Worten unzählige Laute unterzubringen.

Der Mann sieht ebenfalls auf. Er beugt sich über die Theke, mustert mich von oben bis unten, mehrmals, und da erkenne ich dieses Grinsen.

»Hi, Schätzchen!«

»Jonatan?«

»Hast du mich vermisst?«, fragt er. »Ja, so ist das. Ich mache sehr schnell abhängig. Sagen die Mädels alle.«

»Jonatan!« Die Frau mit der Weihnachtsmannmütze hebt die Stimme und sieht ihn vorwurfsvoll an. »Was habe ich dir gesagt, wie man die Kunden behandelt?«

Jonatan verdreht die Augen, aber nimmt sich die Ermahnung zu Herzen. »Was darf es denn sein?«, fragt er mit leicht gekünstelter Stimme.

»Eine große Latte. Die größte, die ihr habt«, antworte ich, und nachdem ich das Gebäck in der Auslage eingehend betrachtet und mir in Erinnerung gerufen habe, dass ich gerade wirklich viel Pech habe und eine kleine Aufheiterung gebrauchen kann, füge ich hinzu: »Und ein Schokocroissant.«

»Geht klar.«

Während Jonatan sich um meine Bestellung kümmert, lasse ich mich an einem Fenstertisch nieder und blättere eine Zeitung über Gotland durch. Ich bin gerade in einen Artikel vertieft, da steht Jonatan an meinem Tisch und stellt mir einen dampfenden Kaffee auf die Zeitung.

»Bitte sehr«, sagt er und wirft schnell einen Blick über die Schulter in Richtung Theke. Als er merkt, dass die Kollegin in der Küche verschwunden ist, lässt er sich im Sessel mir gegenüber nieder, nimmt die Weihnachtsmannmütze ab und fährt sich durchs Haar.

»Schön, dich wiederzusehen«, sagt er. »Ist alles in Ordnung?«

»Ja, alles gut«, erwidere ich, denn die Aufzählung dessen, was alles nicht gut ist, würde den Rest des Tages in Anspruch nehmen.

»Du siehst müde aus«, stellt er fest. »War die Nacht so anstrengend?«

Ich lasse seine Frage unkommentiert und nehme einen Schluck Kaffee.

»Warst du shoppen?« Jonatan nickt zu der Tüte, die ich auf den Stuhl neben mich gelegt habe. »Lass mich raten. Sexy Unterwäsche?«

Beim Gedanken an den hellblauen Bärchenschlafanzug muss ich grinsen. »Ich kann mir kaum vorstellen, dass du das da drin sexy finden würdest.«

Jonatan lacht. »An dir ist alles sexy!«, sagt er und zwinkert mir zu. Dann wirft er wieder einen Blick zur Küche. »Wenn du keinen Bock mehr auf dieses Swingerpaar hast, sag Bescheid. Ich kann dir Visby bei Nacht zeigen. Jetzt ist viel los in der Stadt.«

Ich beiße von meinem Croissant ab und kaue langsam, während ich kurz abwäge. Jonatan mag uninteressant sein, aber er hat sicher Ahnung, wo man sich am besten in Visby ins Nachtleben stürzt. Schließlich habe ich diese Reise nicht gemacht, um am Ende allein im Haus vor der Glotze zu sitzen.

»Okay«, sage ich. »Vielleicht komme ich mal mit.«

Ein Strahlen geht über Jonatans Gesicht, doch noch bevor er antworten kann, kommt seine Kollegin aus der Küche und ist mit wenigen Schritten schon an unserem Tisch. An ihrer Stimme ist deutlich zu hören, dass es mit ihrer Geduld jetzt vorbei ist. Sofern sie je welche hatte.

»Jonatan!«

Er seufzt und steht widerwillig auf. »Ja, ja, Chef.« Danach dreht er sich noch einmal zu mir um und flüstert: »Im Munkkeller, um acht. Ich bin an der unteren Bar.«

»Jonatan!« Seine Kollegin hebt die Stimme, woraufhin er sich wieder in Bewegung setzt und zurück hinter die Theke schlurft.

»Verfluchte Sklaventreiberin«, höre ich ihn brummen.

Die Frau verdreht die Augen und wischt den Kaffeefleck auf meinem Tisch weg. »Sorry für meinen Bruder«, sagt sie zu mir. »Er ist ein hoffnungsloser Fall! Ignorier ihn einfach.«

»Dein Bruder?«, frage ich. Soll das ein Witz sein? Sie sehen sich überhaupt nicht ähnlich. Die Frau vor mir könnte ein Model sein, sie hat dickes, dunkelbraunes Haar und hohe Wangenknochen. Jonatan ist rotblond mit Sommersprossen. Und außerdem müssen zwischen ihnen mindestens zehn Jahre liegen.

»Ja, peinlich genug. Wir sind zwar nur Halbgeschwister, aber trotzdem.« Sie hält mir die Hand hin. »Ich heiße übrigens Cilla. Mir gehört das Café.«

»Hi, ich bin Julia.«

Ich sehe zu Jonatan hinüber, der hinter der Kasse steht und uns beobachtet. Als er bemerkt, dass ich zu ihm rüberschaue, zwinkert er mir zu.

Ich muss lachen.

»Was ist denn so lustig?«, fragt Cilla.

»Ich glaube, irgendwie habe ich deinem Bruder gerade ein Date für heute Abend zugesagt.«

Da muss auch Cilla lachen. »O Gott«, sagt sie. »Mein Beileid. Versteh mich bitte nicht falsch, er ist echt total harmlos, aber er hat auch nicht gerade den Ruf, die hellste Kerze auf der Torte zu sein, wie man so schön sagt. Und wenn er versucht, dich mit seiner Geschichte, dass er eine glänzende Fernsehkarriere vor sich hat, zu beeindrucken, glaub ihm kein Wort.«

»Echt?«

»Ach was, seine TV-Karriere bedeutet, er hat sich zweimal bei *Love Island* beworben und zweimal eine Absage kassiert.«

»Okay, verstehe.«

»Und wenn er dich fragt, ob du hinterher zu ihm mit nach Hause kommst, dann sag um Himmels willen nicht ja.«

Ich habe wirklich keinerlei Pläne, mit Jonatan ins Bett zu steigen, aber neugierig macht mich das jetzt schon.

»Warum?«

Cilla beugt sich zu mir und flüstert: »Er wohnt noch zu Hause bei seiner Mama.«

»Wie alt ist er denn eigentlich?«, frage ich sie.

Cilla grinst. »Im Sommer hat er sein Abi gemacht, er ist zwanzig.«

O Gott, denke ich. Ich bin bald dreiunddreißig, trage nachts einen hellblauen Bärchenschlafanzug und habe ein Date mit einem Zwanzigjährigen, der noch bei seinen Eltern wohnt. Wie gut, dass mich hier keiner kennt.

PETTER

Dies hat zur Folge, dass Komplexitätsklassen, die auf der Grundlage dieses Modells definiert werden …

Petter stierte auf die Worte, die er soeben geschrieben

hatte. Markierte sie. Und löschte sie wieder. Wie oft er das heute schon getan hatte, konnte er nicht sagen. Er wusste nur, dass die Stunden verstrichen, doch sein Bildschirm sich nicht füllte.

Warum tat er sich so schwer? Die Bedingungen könnten doch kaum besser sein. Nachdem Julia das Haus verlassen hatte, war es ruhig geworden. Auch der Kater hielt sich fern. Draußen tobte das Schneetreiben, und sofern er das nach einem Blick aus dem Schlafzimmerfenster, das fast zugeschneit war, beurteilen konnte, schien der Sturm in absehbarer Zeit auch nicht nachzulassen. Der Wind hatte den alten Obstbaum im Garten fest im Griff und peitschte den Schnee gegen die Hausfassade und den Bretterzaun, bis sie über und über weiß waren.

Vor ihm auf dem Schreibtisch stand sein Laptop und wartete nur darauf, dass er die leeren Seiten mit Formeln, Berechnungen und Diagrammen füllte, daneben wartete eine Thermoskanne mit frisch gebrühtem Kaffee. Alles war perfekt, doch die Worte verweigerten sich ihm.

Als er noch mit Caroline verheiratet gewesen war, hatte er nie Probleme gehabt, sich auf die Arbeit zu konzentrieren. Im Gegenteil. Nicht einmal, wenn er eigentlich Urlaub hatte und seiner Familie die volle Aufmerksamkeit hätte schenken können, ließen ihn die Gedanken daran los. Immer wieder drifteten sie ab, oft war er zerstreut. Wie schnell hatte er eine Ausrede parat, um sich wieder an den Schreibtisch zu stehlen. Vermutlich hatte Caroline recht, wenn sie ihm vorwarf, nie richtig für die Familie da gewesen zu sein. Als hätten Elsa und sie ihn nur von den eigentlich wichtigen Dingen abgelenkt.

Es war wohl Ironie des Schicksals, dass sich die Dinge

nun, da er keine Familie mehr hatte und er guten Gewissens stundenlang am Schreibtisch brüten konnte, ins Gegenteil verkehrt hatten. Jetzt war er mit den Gedanken immer bei Elsa und Caroline. Er fragte sich, ob es ihnen gut ging, was sie gerade taten und ob sie hin und wieder auch an ihn dachten?

Dass Elsa ihren Papa vermisste, glaubte er zu wissen. Aber was war mit Caroline? Verschwendete sie überhaupt noch einen Gedanken an ihn? Wenn sie auf ihr gemeinsames Leben zurückblickte, fragte sie sich mitunter, ob es richtig gewesen war, die Scheidung einzureichen? Ob sie auch mal an ihrer Entscheidung zweifelte? Würde sie ihren Schritt womöglich irgendwann bereuen?

Petter seufzte und rieb sich die Schläfen, wie er es immer tat, wenn all das wieder hochkam. Die Gedanken daran, dass er das Schönste und Wertvollste in seinem Leben verloren hatte.

Kein Wunder, dass das Universum ihn bestrafte. Seine gescheiterte Ehe und auch dieses andere Problem hatten ganz bestimmt damit zu tun, dass er sich wie ein Idiot aufgeführt hatte. Er hatte sich viel zu sehr auf das konzentriert, was in seinem Kopf vor sich ging, all die Formeln und Berechnungen, dass er die Warnsignale seines Körpers einfach überhört hatte. Für ihn war seine Ehe eine Selbstverständlichkeit gewesen, die man auf Eis legen konnte, wenn etwas anderes gerade wichtiger war. Er hatte gedacht, Caroline würde geduldig warten und wäre noch da, wenn er mit seiner Arbeit fertig war, und dass er sie dann für all die verlorene Zeit entschädigen könne, all die Gespräche und die Stunden der Nähe und Intimität, die nicht stattgefunden hatten. Genau das, was der Kitt in einer Ehe war und was den Wert ausmachte, um für sie zu kämpfen, wenn es gerade nicht leicht war. Und wenn das fehlte, eine riesige Leere bei dem hinterließ, der keine Aufmerksamkeit bekam, und ihm die Entscheidung, den Koffer zu packen, schließlich leicht machte.

Wie lange er dagehockt und aus dem Fenster gestarrt hatte, während seine Gedanken sich immer im Kreis drehten, konnte er nicht sagen, doch es musste sich um Stunden gehandelt haben.

Erst als es im Erdgeschoss rumorte, wurde er aus seinen Grübeleien gerissen. Er hörte den Schlüssel im Schloss. Wie die Haustür geöffnet wurde. Auf ein paar unverständliche Worte folgte lautes Fluchen, und es war klar, wer zurück war. Sie war lange unterwegs gewesen. Es war jetzt kurz nach drei und draußen schon wieder dunkel.

Er speicherte sein Dokument, obwohl es gar nichts Neues zu speichern gab, schloss die Schlafzimmertür auf und stieg missmutig die Treppe hinunter.

Julia stand auf dem Teppich im Flur und strich sich den Schnee vom Mantel. In der Hand hielt sie eine Einkaufstüte von einem Bekleidungsgeschäft.

»Und, wie war's?«, fragt er interessiert. »Hast du Fahrkarten ergattert?«

Sie sah ihn müde an. »Es heißt, die Fähren werden frühestens morgen früh wieder fahren, und dann müssen sie erst einmal die Fahrgäste transportieren, die bereits Tickets für eingestellte Fahrten haben. Sie können mir nicht versprechen, dass ich hier vor Heiligabend noch wegkomme.«

»Und was ist mit den Flügen?«, fragte er weiter, obwohl er meinte, die Antwort schon zu kennen.

»Dasselbe in Grün. Alle gecancelt.«

Petter spürte die Enttäuschung hochkommen. Keine

Fähre, kein Flieger. Sie würden gezwungen sein, sich das Haus noch einen ganzen Tag zu teilen. Im schlimmsten Fall sogar länger.

Julia zog Mantel und Schuhe aus. »Was hat Henrik gesagt?«, fragte sie.

»Die Verbindung nach New York war miserabel, aber er hat sich entschuldigt. Offenbar gab es zwischen den beiden ein Missverständnis. Er meinte, sie hätten beide viel gearbeitet und zu wenig kommuniziert. Aber sie lassen Grüße ausrichten. Wir können hier auch beide wohnen, finden sie, es gibt ja noch das Bettsofa ...«

Julia schnaubte. »Ich vermute, dass sie selbst noch nie darauf geschlafen haben?«

»Das hat er nicht erwähnt.«

Sie stöhnte. »Dieses Weihnachten wird mit jedem Tag schlimmer.«

Sie ging an ihm vorbei in die Küche und sank auf einen Stuhl, während er an der Tür stehen blieb und sie betrachtete. Ihr blondes Haar, das morgens noch lockig gewesen war, hing ihr nun platt und leblos ums Gesicht, und unter den Augen hatte sie dunkle Ringe. Bei dem Anblick bekam er einen Kloß im Hals. Die letzte Nacht musste für sie ein Albtraum gewesen sein, und er war schuld daran.

»Weißt du«, sagte er nun deutlich sanfter. »Es wird sich alles finden. Du wirst sehen, der Sturm legt sich, und schon morgen sitzt du in einem Flugzeug mit Kurs aufs Festland.«

Sie seufzte. Seine tröstenden Worte waren wohl etwas zu optimistisch gewesen.

»Hast du Hunger?«, fragte er dann und nickte zu der Konservendose, die neben dem Herd stand. »Da ist noch ein Rest Gulaschsuppe.«

Sie schüttelte den Kopf.

»Kaffee?«, fragte er.

Wieder Kopfschütteln.

»Soll ich Feuer im Kamin machen?«

Ihm war klar, dass sie auf diese Frage auch wieder mit frustriertem Kopfschütteln antworten würde, noch bevor es kam. Genau in dem Moment, als er vorschlagen wollte, die Zimmer zu tauschen, wurde er von einem fordernden Miauen unterbrochen, und der graue Kater betrat die Küche. Allein der Anblick des Tieres jagte ihm kalte Schauer über den Rücken und trieb ihm den Schweiß auf die Stirn. Glücklicherweise ignorierte der Kater die beiden Menschen am Küchentisch und marschierte schnurstracks auf seinen Fressnapf zu, wo er wieder maunzte. Diesmal eindeutig lauter.

»Hast du Hamlet heute schon gefüttert?«, fragte Julia.

Petter schluckte. »Was?«

»Na, die Katze? Hat sie was zu essen bekommen?«

»Äh … nein. Ich dachte, du würdest …«

Julia verdrehte die Augen, und auf einmal war sie wieder die anstrengende Frau von der Fähre. Seine Idee, ihr anzubieten, die Schlafräume zu tauschen, verwarf er spontan.

Sie stand auf und ging zum Kühlschrank. »Armes Miezekätzchen«, sagte sie und öffnete eine Dose. Sofort drang der Gestank von Thunfisch durch die Küche. »Armes, kleines Miezekätzchen.«

Die Katze strich ihr um die Beine und miaute wieder.

Sobald Julia die Schüssel auf den Boden stellte, stürzte sich Hamlet darauf. Sein Schmatzen fand Petter abstoßend, und der Anblick der scharfen Reißzähne, die sich über dieses braune Katzenfutter hermachten, verursachte ihm Übelkeit.

Als Julia an den Küchentisch zurückkam, waren ihre Augen ganz klein.

»Hast du den Kater den ganzen Tag hungern lassen?«, fragte sie. »Aber das ist doch der Deal, weshalb du hier wohnen kannst. Du musst Hamlet versorgen.«

»Das ist aber nicht nur *mein* Job«, brachte er zu seiner Entschuldigung hervor. »Wir sind doch beide für die Katze zuständig.«

»Aber du warst zu Hause, nicht ich.« Durch ihre Augen fuhren kleine wilde Blitze.

»Ich habe gearbeitet. Was hast du denn so viele Stunden gemacht? Warst du shoppen?«

»Warum?«

»Na ja, wenn du dir so viele Gedanken um die Katze machst, hättest du dich doch auch um ihr Fressen kümmern können, bevor du aus dem Haus gegangen bist. Ich habe ehrlich gesagt einen Riesenberg Arbeit, im Gegensatz zu anderen Menschen, die hier einfach nur zum Vergnügen sind.«

Julia wollte gerade den Mund aufmachen und etwas entgegnen, doch ein Klopfen an der Haustür brachte sie davon ab. Petter nutzte die Gelegenheit, um die Küche fluchtartig zu verlassen und dem Wortschwall, der über ihn hereingeprasselt wäre, zu entgehen. Als er die Haustür öffnete, stand Evelyn da. Ihre lockigen Haare wehten ihr ins Gesicht, und ihr Strickschal, den sie sich um den Hals gewickelt hatte, drohte mit den Windböen davonzufliegen.

»Habt ihr einen Moment Zeit?«, fragte sie und vergaß sogar, guten Tag zu sagen. Durch den Sturm war sie kaum richtig zu verstehen.

Petter nickte.

»Gut. Kommt ihr dann kurz zu mir rüber?«

Das war zwar als Frage formuliert, doch etwas in ihrer Stimme erweckte den Eindruck, dass die Antwort nicht verhandelbar war.

»Worum geht es denn?«, wollte Petter wissen, aber Evelyn war schon auf und davon und bedeutete ihnen, ihr zu folgen.

In dem Moment kam Julia in den Flur. »Was wollte sie denn?«

Petter zuckte mit den Schultern. »Wir sollen mal zu ihr rüberkommen.«

»Warum?«

»Hat sie nicht gesagt.«

Ein paar Sekunden lang starrten sie sich irritiert an. Dann zogen sie sich die Schuhe an und gingen hinterher.

Evelyn stand in der Tür und wartete auf sie.

»Macht schnell, ich will nicht, dass die Kälte ins Haus zieht«, sagte sie und schob sie energisch in ihr kleines, rot gestrichenes Häuschen hinein.

Bei Evelyn im Flur brannte kein Licht, und Petter musste mehrmals blinzeln, bis sich seine Augen an die Dunkelheit gewöhnt hatten. Er stand in einem Haus, das noch kleiner und älter war als das, in dem sie wohnten. Die Decke war so niedrig, dass er nur mit Mühe und Not aufrecht stehen konnte. Es duftete nach Weihrauch und Gewürzen.

»Aber bleibt noch nicht stehen. Kommt rein!«, forderte Evelyn sie auf und ging voran. »Wie geht es euren Füßen?«, fragte sie so nebenbei.

»Was?«, fragten Petter und Julia synchron.

»Wie geht's euren Füßen?«, wiederholte Evelyn, als sei das die normalste Frage der Welt. Noch dazu an zwei Fremde.

Petter überlegte. An seine Füße verschwendete er selten einen Gedanken, aus gutem Grund. Es waren ja nur die Füße. Und er dachte nie darüber nach, wie es ihnen »ging«. Sie funktionierten so, wie Füße es sollten, das war für ihn vollkommen ausreichend.

Julia schien ebenso befremdet zu sein wie er. »Äh ... ich denke, gut«, sagte sie. »Oder was meinst du genau?«

Evelyn blieb vor einer Holztür stehen. »Keine Hornhaut oder andere Beschwerden?«

Sie schüttelten gleichzeitig den Kopf.

»Und es ist schon länger her, dass ihr bei der Fußpflege wart?«

Julia nickte. »Seit letztem Sommer nicht mehr.«

Petter, der in seinem ganzen Leben noch nie bei der Fußpflege gewesen war, das aber ungern zugeben wollte, nuschelte eine Antwort.

»Gut!« Evelyn öffnete eine Tür. »Jetzt ist es an der Zeit, dass ihr euch nützlich macht«, sagte sie und betrat einen funzelig beleuchteten Raum.

Petter schnappte nach Luft, genauso wie Julia neben ihm.

Das Zimmer, das Evelyn soeben betreten hatte und in das sie ihr folgen sollten, war voller Aquarien. Bestimmt zehn gleich große Glaswürfel, in denen sich Schwärme aus kleinen, grauen Fischen bewegten.

An ihren staunenden Gesichtern konnte Evelyn ablesen, dass sie ihnen erläutern musste, worum es ging.

»Willkommen in meinem Fisch-Spa!«, rief sie, und ihre Stimme schwappte über vor Stolz.

Julia schien begeistert zu sein. »Wahnsinn«, sagte sie. »So eine Fischpediküre wollte ich schon immer mal ausprobieren!«

Petter stand noch regungslos in der Tür. Was wollte diese verrückte Frau von ihnen? Sollten sie ihre Füße in ein Aquarium tauchen?

Julia hatte sich schon die Strümpfe ausgezogen und die Hosenbeine hochgekrempelt. Während Evelyn ihr in einem Bottich die Füße wusch, erklärte sie: »Wisst ihr, ich betreibe Visbys einziges Fisch-Spa. Das Geschäft läuft hervorragend – zwei Monate im Jahr, wenn die Leute vorzeigbare Füße in Flipflops brauchen. Dann stehen sie draußen auf der Straße Schlange. Aber die übrigen zehn Monate fällt es mir schwer, den Betrieb am Laufen zu halten. Die Menschen auf Gotland pfeifen auf gepflegte Füße in ihren dicken Winterstiefeln. Aber denkt ihr, die Fische haben dafür Verständnis? Nein, die haben im Dezember denselben Hunger wie im Juli. Sie fressen zwar auch noch anderes Futter, aber die abgestorbenen Hautzellen sind die Grundlage ihrer Ernährung.«

Petter schüttelte sich und sah angewidert zu, wie Julia auf einem Stuhl Platz nahm und beide Füße in ein Aquarium tauchte. Auf der Stelle waren gut dreißig Fische an ihren Füßen und Schienbeinen zugange.

»Huch, das kitzelt ja!«, rief sie lachend und warf den Kopf nach hinten.

Evelyn drehte sich zu Petter um.

»Jetzt bist du an der Reihe«, sagte sie. »Komm, dann wasche ich deine Füße.«

Petter wich instinktiv zurück. »Danke, für mich ist das nichts.«

»Ach, komm schon!«, rief Julia ihm zu. »Es ist total angenehm!«

»Und kein bisschen gefährlich«, versicherte ihm Evelyn. »Sie beißen nicht, und sie fressen auch nichts auf, was nicht sowieso schon tot ist. Normalerweise kostet so eine Behandlung bei mir zweihundert Kronen für fünfzehn Minuten, aber ihr bekommt sie gratis, weil ihr meine Nachbarn seid und die Fische Hunger haben.«

»Ich weiß nicht …«

Evelyn hörte gar nicht auf ihn. »Komm«, sagte sie und schob ihn in Richtung Fußwanne. »Wenn es dir nicht gefällt, kannst du ja jederzeit aufhören, aber ausprobieren musst du es wenigstens.«

Petter gab nach. Das war die schnellste Art, hier wieder rauszukommen. Und er hatte im Grunde nichts gegen Fische einzuwenden. Im Gegensatz zu vielen anderen Tieren, allen voran Katzen, waren sie schließlich harmlose Lebewesen.

»Na gut«, sagte er und krempelte die Hosenbeine hoch.

Kurz darauf saß er Julia gegenüber, die Füße im lauwarmen Wasser, und ließ einen kleinen Fischschwarm an seiner Hornhaut knabbern. So unangenehm war es gar nicht, musste er schließlich zugeben. Es kitzelte eigentlich ganz angenehm – solange man nicht hinsah, war es okay.

Julia hingegen betrachtete die Fische mit Entzücken und schien komplett vergessen zu haben, dass sie sich vor zehn Minuten noch wegen der Katze gestritten hatten.

»Schau dir das an«, sagte sie und zeigte hinunter ins Wasser. »Dieser Kleine da versucht, zwischen meine Zehen zu schwimmen!«

Es tat gut, sie lachen zu hören. Ihre angespannten Gesichtszüge und der bittere Unterton in der Stimme, den er bestens kannte, waren wie weggeblasen. Ihre Konturen wirkten mit einem Mal viel weicher.

Petter schaute sich um, und sein Blick fiel auf ein Plakat, das an einer Wand hing.

»Evelyns alternative Heilmethoden und Natur-Spa«, las er laut vor.

»Ja genau«, sagte Evelyn, die nun auch die Füße in ein Becken getaucht hatte und sich genüsslich zurücklehnte.

»Das ist das, was ich tagsüber tue. Und abends im Grunde auch.«

»Ist ja spannend!«, sagte Julia. »Welche Behandlungen bietest du noch an?«

Evelyn gluckste. »Eine ganze Menge. Aromatherapie, Kräutermedizin, Atemtherapie, Akupressur, Chakra-Massage ...«

Petter musste husten. »Was für eine Massage?«

»Chakra-Massage.«

Er schüttelte den Kopf, jetzt wurde es immer dubioser. Doch Evelyn lächelte.

»Diese Behandlung ist besonders beliebt. Sie berührt dich physisch, mental und emotional. Sie stimuliert die Energieflüsse in deinem Körper, löst Spannungen und stellt ein Gleichgewicht zwischen deinen verschiedenen Chakren her.«

»Hilft das auch gegen Angst vor Weihnachten?«, fragte Julia.

»Na klar«, gluckste Evelyn. »Sie hilft gegen fast alles, aber gegen Angst vor Weihnachten ist sie besonders effektiv.«

Petter versuchte, ein Schnauben zu unterdrücken, doch es gelang ihm nicht. Evelyn blickte auf.

»Du bist ein Skeptiker, das habe ich schon kapiert.«

»Nur, wenn es um Hokuspokus geht.«

Julia warf ihm einen strengen Blick zu, doch Evelyn war völlig entspannt.

»Wie kommst du zu dem Schluss?«

»Weil das alles nur Einbildung ist. Es gibt keine wissenschaftlichen Belege für die Wirksamkeit solcher Behandlungen.«

Evelyn nickte wie in Zeitlupe. »Und wissenschaftliche Belege sind für dich wichtig.«

»Ja, sicher, ich arbeite in der Forschung.«

»Worüber forschst du denn?«

Petter seufzte. Über den Gegenstand seiner Dissertation unterhielt er sich mit Laien äußerst ungern, aus dem einfachen Grund, dass niemand von seinem Forschungsthema eine Ahnung hatte.

»Theoretische Informatik«, antwortete er, und die Reaktion darauf war genau wie immer – nämlich keine. Julia und Evelyn starrten ihn beide verständnislos an. Es war offensichtlich, dass ihnen schon diese Fachbezeichnung überhaupt nichts sagte.

»Und diese theoretische …«, begann Evelyn, doch hielt inne und suchte nach dem Wort.

»Informatik«, ergänzte Petter.

»Ja, Entschuldigung. Hat diese theoretische Informatik irgendwie dazu beigetragen, dass es dir oder deinen Freunden besser geht? Seid ihr glücklicher geworden? Ausgeglichener?«

Er hüstelte. »Äh, nein, nicht direkt.«

»Und indirekt?

Petter blinzelte. Ihm war klar, worauf sie hinauswollte. »Nein, aber …«

»Und wenn ich es mal so ausdrücke«, sagte Evelyn. Dabei sprach sie noch immer seelenruhig und lächelte herzlich. »Meine Behandlungen helfen den Menschen Tag für Tag. Eine Frau mit ernsten Schlafproblemen kommt zu mir und findet Methoden, um sich zu entspannen, ein Mann mit chronischen Kopfschmerzen erhält Akupressur, was Stress und Verspannungen lindert, und verlässt mein Haus wie neugeboren. Eine andere Frau, die erst vor kurzem ihren Mann verloren hat, kommt für eine Weile hier zur Ruhe und hat danach wieder die Kraft, um zurück in den Alltag zu finden und ihre Kinder zu versorgen. Alles eindeutige Beweise, dass meine Behandlungen das Leben der Menschen verbessern, ob mit oder ohne wissenschaftlichen Nachweis. Und jetzt sag mir mal: Wer von uns beiden ist derjenige, der sich mit Hokuspokus beschäftigt?«

»Aber das ist … das ist nicht seriös«, widersprach Petter.

Evelyn zuckte mit den Schultern. »Vielleicht. Vielleicht auch nicht. Aber wenn es meinen Kunden nach einem Besuch bei mir besser geht, spielt es dann eine Rolle, ob meine Methoden in wissenschaftlichen Artikeln besprochen werden oder Auszeichnungen erhalten?«

»Ja, das spielt eine Rolle. Die Leute kommen her und glauben daran, dass sie eine Heilung oder Linderung erwarten können, und das Einzige, was sie bekommen, sind Zuckerkügelchen.«

Evelyn lächelte. »Hast du Kinder?«, fragte sie ihn.

»Ja, eine Tochter.«

»Wie alt ist sie denn?«

»Fünf.«

»Ein wunderbares Alter«, sagte Evelyn. »Dann vermute ich mal, dass sie sich manchmal die Knie aufschlägt.«

»Ja, klar, wie Kinder das so tun.«

»Und wie tröstest du sie dann?«

»Na ja, ich nehme sie auf den Schoß und beruhige sie. Wische ihr die Tränen aus dem Gesicht und puste auf die Wunde …«

»Sieh mal an!«, rief Evelyn aus. »Du pustest auf die Wunde?«

»Ja.«

»Ist es wissenschaftlich belegt, dass ausgeatmete Luft den physischen Schmerz lindert?«

Er kam nicht zum Antworten, denn Evelyn fuhr gleich fort.

»Nein, das ist es nicht«, sagte sie triumphierend. »Aber du tust es trotzdem. Und ich würde jede Wette eingehen, dass deine Tochter schwören würde, dass es hilft.«

Vor seinem inneren Auge sah er Elsa vor sich. Wie sie schluchzend in seine Arme kroch. »Papa, pusten!« Wie sie sich nach und nach beruhigte und den Schmerz schnell vergessen hatte.

Doch einen wichtigen Unterschied gab es.

»Wenn meine Tochter sich die Knie aufgeschürft hat, dann puste ich, um sie abzulenken und zu trösten. Aber wenn sie hinfällt und sich das Bein bricht, dann bringe ich sie natürlich auf direktem Weg ins Krankenhaus, damit sie von ausgebildeten Ärzten und mit effektiven Methoden behandelt wird.«

Seine Worte standen im Raum. Evelyn gab keine Antwort darauf, und Petter war zufrieden.

Julia brach das Schweigen als Erste.

»Aber so ganz unrecht hat Evelyn nicht, finde ich«, sagte sie. »Du müsstest vielleicht erst mal eine Behandlung bei ihr ausprobieren, bevor du ein Urteil fällst.«

»Das ist eine geniale Idee«, rief Evelyn aus. »Genau, du probierst es einfach aus.«

»Ausprobieren?«

»Ja, bevor du etwas ablehnst, solltest du der Sache eine

Chance geben. Dir eine eigene Meinung bilden. Du kannst das ja eine empirische Untersuchung nennen, wenn dir das eher zusagt.«

Petter schnaubte, doch Evelyn ignorierte seine abfällige Reaktion.

»Vielleicht spürst du irgendwo auch ein Ungleichgewicht, physisch oder emotional. Mit einer Chakra-Massage lässt sich das ausbalancieren, und hinterher sagst du mir, ob es bei dir funktioniert hat oder nicht.«

Petter merkte, wie ihm das Blut in die Wangen schoss, und er war heilfroh, dass sie da im Dunkeln saßen, und es niemand sehen konnte. Von seinem physischen »Ungleichgewicht« sollte hier niemand etwas erfahren.

»Danke, aber das möchte ich nicht.«

»Okay«, sagte Evelyn gelassen. »So etwas muss man freiwillig tun und offen dafür sein. Ich werde dich nicht zu etwas überreden, das du nicht willst.«

Petter wollte entgegnen, dass sie seine Füße immerhin in diese Fischsuppe gezwungen hatte, doch er hielt den Mund. Auf gewisse Art und Weise hatte sie recht behalten, was diese Fischpediküre anging. Es war längst nicht so schlimm, wie er es sich vorgestellt hatte. Wenn man mal akzeptiert hatte, dass kleine Fischmäuler am eigenen Körper knabberten, war es eigentlich ganz angenehm.

Glücklicherweise war die Diskussion damit beendet, und eine angenehme Stille erfüllte nun den Raum. Nicht einmal Julia, die sonst kaum auf den Mund gefallen schien, hatte einen weiteren sarkastischen Kommentar abzugeben. Lange saßen sie so da und lauschten dem Wasserplätschern der Aquarien und den vielen Windspielen aus Bambus, die von der Decke baumelten. Petter spürte, wie ihn nach und nach eine ganz ungewohnte Ruhe überkam. Das warme Wasser und das schummrige Licht brachten sein Gedankenkarussell dazu, kurz anzuhalten. Seine Schultern senkten sich, seine Atemzüge wurden ruhiger. Er lehnte sich zurück und schloss die Augen. Wie viel Zeit verstrich, wusste er nicht, aber er öffnete sie erst wieder, als Evelyn das Schweigen brach.

»So, jetzt wollen wir es mal gut sein lassen«, sagte sie und hob die Füße aus dem Becken. »Ich habe gleich noch einen Kunden, der eine Auratherapie bekommt, daher geht ihr jetzt besser wieder nach Hause.«

Ebenso energisch, wie sie die beiden zu sich zitiert hatte, beförderte Evelyn sie jetzt wieder hinaus.

»Ihr seid jederzeit willkommen. Die Fische haben immer Hunger«, rief sie ihnen hinterher, bevor sie die Haustür hinter ihnen zuzog und der Schnee aufwirbelte.

Jetzt standen sie da auf der dunklen Straße, die nur vom Lichtschein der Fenster erhellt wurde, und sahen sich an. Und zum ersten Mal hatte keiner von beiden ein giftiges Wort auf den Lippen. Petter suchte verzweifelt nach einer neutralen Bemerkung.

»Evelyn«, meinte er vorsichtig, »ist schon ziemlich speziell.«

Julia nickte. »Ja«, sagte sie. »Aber irgendwie mag ich sie. Sie ist cool. Und mir gefällt, dass sie immer auf alles eine Antwort hat.« Sie schlug die Augen nieder und betrachtete ihre Schuhe.

Petter runzelte die Stirn und überlegte, was Julia mit dem letzten Satz wohl gemeint haben könnte, aber bevor er nachfragen konnte, blickte sie auf, sah ihm ins Gesicht und lächelte. Kein höhnisches Grinsen, sondern ein offenes, herzliches Lächeln, das ihn vollkommen überrumpelte. Er wollte noch etwas sagen, doch bevor es ihm einfiel, begann Julia zu zittern und schüttelte sich.

»Komm, wir sollten hier nicht rumstehen und frieren«, sagte sie und ging mit großen Schritten auf die hellblaue Haustür zu.

Petter blieb noch einen Moment stehen und sah zu, wie sie die Tür aufschloss und den Schnee aus ihrem Haar schüttelte. Dann stapfte er hinterher. Seine Füße fühlten sich mit einem Mal ganz leicht an, und er war sicher, dass das nicht an der Fischpediküre lag.

JULIA

Diese Fischpediküre hat mich echt müde gemacht, und ich habe eigentlich überhaupt keine Lust mehr, Jonatan in der Stadt zu treffen, aber die Alternative sieht nicht besser aus: ein einsamer Abend in einem kalten Haus. Mit Petters Gesellschaft kann ich wohl kaum mehr rechnen. Als wir in unser Haus kamen, ist er sofort nach oben verschwunden, er müsse arbeiten, hat er gesagt. Ich kann das Klacken seiner Tastatur durch die geschlossene Schlafzimmertür hindurch hören. Und ich sollte mich sowieso für den Abend in der Bar fertig machen.

Wie immer nehme ich mir ausreichend Zeit für das Makeup, und am Ende bin ich selbst so zufrieden, dass ich ein Selfie mache und es Isabelle schicke. Nur damit sie weiß, was sie verpasst.

Bereit für eine wilde Nacht in Visby. Wish you were here,

schreibe ich und hänge noch meine Lieblings-Emojis dran: die zwei Champagnergläser beim Anstoßen und die Flamencotänzerin.

Die Antwort kommt auf der Stelle.

Wow, heiße Schnecke! Viel Spaß! Küsschen!

Und am Ende stehen der Daumen hoch und ein rotes Herz.

Ich starre ihre Message an. Warte, dass noch etwas kommt. Dass sie mich vermisst und es schade findet, dass wir uns nicht gemeinsam in Visbys Nachtleben stürzen können. Doch nichts dergleichen, also rufe ich mir ein Taxi. Es dauert fünfunddreißig Minuten, bis es auftaucht. Die Fahrt zum Munkkeller dauert gerade mal vier.

Zwanzig nach acht setze ich meinen Fuß in die Tür und bewege mich durch einen massiven Gewölbekeller in Richtung Bar. Jonatan sitzt auf einem Barhocker und wartet schon auf mich. Vor ihm steht ein halbvolles Bierglas. Sein Blick hängt an seinem Smartphone, doch als ich ihm auf die Schulter poche, strahlt er übers ganze Gesicht.

»Julia, Schätzchen«, ruft er aus, richtet sich auf und will mich auf die Wangen küssen. Ich weiche instinktiv zurück, denn ich finde nicht, dass Wangenküsschen schon zu unserem Beziehungsstatus passen.

»Hallo, Jonatan«, sagte ich und mache es mir auf dem Barhocker neben ihm bequem.

»Möchtest du was trinken?«, fragt er mich in breitestem gotländischen Dialekt. Dann scheint ihm wieder einzufallen, wer ihm gegenübersitzt, und er wiederholt seine Frage noch einmal verständlich.

Ich bestelle ein Glas Weißwein.

Jonatan mustert mich, während ich an meinem Wein nippe. Offenbar weiß er nicht recht, wie er ein Gespräch beginnen soll. Von seinem arroganten Auftreten ist nichts mehr zu spüren, er kommt mir eher wie ein nervöser kleiner Junge vor. Pausenlos fährt er mit den Handflächen über die abgewetzte Jeans.

»So ein Zufall, dass wir uns im Café getroffen haben«, sage ich.

Jonatan muss lachen. »Visby ist ein Dorf. Es wäre merkwürdiger gewesen, wenn das nicht passiert wäre. Man kann kaum auf die Straße gehen, ohne jemandem in die Arme zu laufen, den man kennt.«

»Klingt nett«, sage ich, obwohl ich mir nicht ganz sicher bin, ob ich das wirklich ernst meine. Ich kann mir kaum vorstellen, wie es ist, in einer Kleinstadt zu leben und ständig damit rechnen zu müssen, jemandem über den Weg zu laufen, den man von früher kennt. Alte Klassenkameraden, Lehrerinnen aus der Grundschule, Nachbarn, Kollegen – ganz zu schweigen von Exfreunden oder – was für eine unangenehme Vorstellung – seinem Gynäkologen.

Jonatan nimmt kein Blatt vor den Mund. »Das ist voll ätzend! Sobald es geht, werde ich hier wegziehen.«

»Ach ja? Wohin denn?«

Er zuckt mit den Schultern. »Stockholm, London, New York. Irgendwohin, wo das Leben tobt.«

»Und worauf wartest du noch? Du bist doch volljährig und mit der Schule fertig. Du könntest gleich morgen los?«

Er fährt sich mit der Hand durchs Haar. »Ja, du hast recht«, sagt er. »Aber ich habe meiner Schwester versprochen, im Café auszuhelfen. Sie schafft es nicht allein.«

Ich denke daran, wie Jonatans Schwester sich abmühen musste, um ihn anzutreiben, und muss grinsen. Die Frage war wohl, wer da wem einen Gefallen tut. Aber ich sage nur: »Pass auf, dass du nicht zu bequem wirst. Bevor du dich versiehst, bist du fast dreiunddreißig und musst feststellen, dass du noch nichts auf die Reihe gebracht hast.«

Ich muss daran denken, wie ich selbst nach dem Abi angefangen habe, im Restaurant zu jobben. Das sollte auch nur für ein paar Monate sein, um mir das Geld für eine Reise zusammenzusparen. Doch aus Monaten wurden Jahre, und so kam inzwischen ein ganzes Jahrzehnt zustande. Und wenn es stimmt, was alle Welt sagt – dass die Zeit mit den Jahren gefühlt immer schneller vergeht –, werden die nächsten zehn Jahre mit einem Wimpernschlag vorbei sein und die danach noch mal schneller. Irgendwann bin ich dann eine fünfzigjährige Kellnerin, die sich immer noch nicht entscheiden kann, was sie mit ihrem Leben anfangen will. Was ich werde, wenn ich mal groß bin, um meinen Vater zu zitieren.

Jonatan schnaubt und wirft den Kopf in den Nacken. »Du meinst, ich bleibe für immer im Café? Niemals, das ist lächerlich. Ich habe noch so viel vor«, sagt er mit der Selbstsicherheit eines Zwanzigjährigen. »Ich werde nicht so ein Loser sein, der sein Leben lang denselben bescheuerten Job macht.«

Ich nicke schweigend und trinke noch einen Schluck Wein. Und dann noch einen. Staunend stelle ich fest, dass mein Glas fast leer ist.

»Was machst du denn beruflich?«, fragt Jonatan und sieht mich an, während er das Bierglas an den Mund setzt.

»Ich bin Kellnerin in einem Restaurant«, sage ich trocken. »Ich bin nämlich eine von denen, die ihr Leben lang denselben bescheuerten Job macht. Oder, wie du es so treffend genannt hast, ein Loser.«

Seine Augen flackern hin und her, und er lacht kurz auf,

wird aber gleich wieder ernst, als er versteht, dass das kein Witz war. »Ernsthaft?«

»Jepp.«

»So hab ich das nicht ... sorry, ich ...«, stammelt er. »Aber warum arbeitest du da noch, wenn es dir gar keinen Spaß macht?«

»Keine Ahnung. Ich hatte nie vor, das für längere Zeit zu machen. Ich wollte arbeiten, bis ich das Geld für ein Auto zusammengespart hatte, um damit die Welt zu erkunden, aber dann habe ich eine hübsche Wohnung gefunden und brauchte das Geld für die Miete. Dann hab ich mir gesagt, ich jobbe weiter, bis ich weiß, was für eine Ausbildung ich machen will. Aber mein Abi war grottenschlecht, und ich hätte noch zusätzliche Kurse belegen müssen, um einen Platz an der Uni zu bekommen. Die Hürde war dann einfach zu groß. Es war viel einfacher, sich weiter in dem Restaurant abzurackern. Man geht ja gern den bequemsten Weg, und je mehr Zeit verstreicht, desto schwerer wird es, etwas Neues anzufangen.«

Jonatans Blick verfinstert sich. »Im Café werde ich jedenfalls nicht mehr lange bleiben«, sagt er vollkommen überzeugt. »Noch vor dem Sommer bin ich hier weg. Spätestens im Herbst.«

Eine Weile sitzen wir schweigend da. Beide in Gedanken versunken. Mein Glas ist jetzt leer, und ich winke dem Barmann zu und bitte ihn nachzuschenken.

»Lass mich bestellen«, sagt Jonatan, beugt sich über die Theke und ruft: »Calle, mach uns mal zwei Tequilashots!« Und ohne auf meinen Protest einzugehen, schiebt er hinterher: »Für jeden!«

»Ich sollte aber lieber ...«

Jonatan lässt mich nicht mal aussprechen. »Wir brauchen jetzt ein bisschen was für die Stimmung«, meint er. »Wir können doch nicht so deprimiert hier rumhängen.«

Er reiht die Shotgläser vor uns auf.

»Skål!«, sagt er und leert das erste Glas. Danach beißt er in die Zitronenscheibe und verzieht das Gesicht.

Leicht zögernd hebe ich mein Glas.

»Komm schon«, sagt Jonatan. »Wir sind doch nicht hier, um in Selbstmitleid zu baden. Jetzt haben wir ein bisschen Spaß und vergessen unser mieses, kleines Leben mal für eine Weile.«

Und damit hat er recht, das sehe ich ein. Vom Stillsitzen und Grübeln ändert sich auch nichts. Schließlich bin ich nach Visby gefahren, um rauszukommen und Spaß zu haben – und das sollte ich jetzt auch tun.

»Jepp, also skål«, sage ich und mit dem Blick an Jonatan geheftet setze ich das Glas an die Lippen und kippe den Shot hinunter. Während ich das Brennen des Tequilas bis in den Magen spüre, denke ich, dass genau das der Grund ist, warum ich es nicht weiter gebracht habe als bis ins Restaurant Mohnblume. Ich habe einfach zu viel Zeit und Energie damit vertrödelt, »mein mieses Leben zu vergessen«. Besser hätte ich mir etwas überlegt und ein paar Pläne für die Zukunft geschmiedet. Gerade will ich das Jonatan sagen, so als abschreckendes Beispiel, da hebt er bereits das zweite Glas und stößt mit mir an.

»Skål, Julia!«, ruft er. »Auf eine wilde Nacht!«

Der Raum dreht sich um mich, als ich den zweiten Shot hochhebe, und als er in meinem Magen landet, habe ich vergessen, was ich eigentlich sagen wollte. Ich spüre dieses angenehme Gefühl, wie alles betäubt wird, nun überall im Körper, beuge mich über die Theke und winke den Barkeeper zu mir.

»Dasselbe noch mal, Calle!«, rufe ich und sehe im Augenwinkel, wie Jonatan begeistert nickt.

Ich bin vielleicht auch nicht die hellste Kerze auf der Torte und vielleicht habe ich mein Leben nicht im Griff, aber wenn ich etwas kann, dann feiern!

Einige Stunden später (wann genau kann ich nicht sagen, denn ich habe den Überblick verloren), stehen wir auf dem Marktplatz vor dem Munkkeller und geben uns die größte Mühe, uns auf den Beinen zu halten, was wirklich keine leichte Aufgabe ist, mit unzähligen Tequilashots im Blut (auch hier habe ich den Überblick verloren).

Wir haben getrunken und getanzt, und ich habe mich in Jonatans Gesellschaft wirklich ziemlich wohl gefühlt. Beim Tanzen stellt er sich wirklich nicht schlecht an. Etwas später kamen noch einige seiner alten Klassenkameraden dazu, und dann ist noch mehr Tequila geflossen, und wir haben noch wilder getanzt.

»Meine Freunde ziehen jetzt weiter«, sagt Jonatan und versucht kraftlos, mich zu umarmen. »Willst du mit, oder sollen wir lieber zu mir gehen?«

Ich torkele und schiebe seinen Arm weg. »Keins von beiden«, antworte ich und merke selbst schon, wie ich lalle. »Ich geh nach Hause.«

Er schluckt. »Cool, dass du gekommen bist. Ich mag dich echt.«

»Ebenso«, sage ich und drücke ihn kurz. »Danke, Jonatan.«

Er will mich nicht loslassen. »Bist du sicher, dass du nicht noch mitkommen willst?« Er nickt zu den Freunden hinüber, die etwas entfernt im Schnee stehen und ungeduldig auf der Stelle treten. »Nur auf einen letzten Drink?«

Ich schüttele den Kopf, woraufhin sich der Marktplatz besorgniserregend um mich dreht. Das ist das Letzte, was ich jetzt brauche: noch mehr Alkohol.

»Nein, ich muss wirklich nach Hause.«

»Wenn du willst, kann ich dich begleiten«, sagt er. »Damit du dich nicht verläufst.«

Eine Sekunde lang ziehe ich sein Angebot in Erwägung. Meine Orientierung lässt schon im nüchternen Zustand zu wünschen übrig, und mit dem Tequila im Blut wird es kaum besser sein. Aber das Argument, dass Jonatan das mit großer Wahrscheinlichkeit als Einladung betrachten würde, macht die Entscheidung leicht.

»Danke, das schaffe ich schon.«

»Okay«, sagt er und zieht die Schultern bis zu den Ohren hoch. »Schau doch mal wieder im Café vorbei, dann geht deine Latte auf mich. Aber nicht Cilla verraten.« Danach macht er auf dem Absatz kehrt und torkelt hinüber zu seiner Gang.

Ich gehe in die entgegengesetzte Richtung. Vorbei an dem riesigen Weihnachtsbaum und dann in eine Gasse, die mir bekannt vorkommt, aber nach gut zwanzig Metern drehe ich um, das war vermutlich falsch. Ich brauche lange, bis ich das Handy vernünftig bedienen und die Karte öffnen kann, nur um festzustellen, dass ich keinen Empfang habe. Also gehe ich weiter nach Gefühl. Versuche eine Ecke zu finden, die mir bekannt vorkommt, und an der ich mich orientieren kann. Aber in den meterhohen Schneebergen sehen alle Häuser und Straßen gleich aus. Nach einer Weile merke ich, dass ich im Kreis gegangen bin und mich wieder genau da befinde, wo ich losmarschiert bin.

Gleichzeitig hat der Schneefall wieder zugenommen. Der Wind hat abgeflaut, dafür ist die Luft jetzt voller großer, dicker Schneeflocken, und ich kann kaum mehr als ein paar Meter weit sehen. Meine Spuren im Schnee schneien sofort wieder zu. Ich spüre, wie mir übel wird und ein Gefühl von Panik aufkommt. Wie komme ich bloß nach Hause? In den dünnen Stiefeletten tun mir inzwischen die Füße weh, meine Zehen spüre ich schon lange nicht mehr. Wieder greife ich zum Handy, aber ich kann mich nicht konzentrieren mit diesem pochenden Kopf und dem Magen, der sich jeden Moment übergeben will.

Mit einem Mal stolpere ich. Meine Füße verlieren den Halt, und es zieht mir die Beine unter dem Körper weg. Ich schlage auf die Seite, und obwohl das im Bruchteil einer Sekunde passiert, schießen mir noch ganz viele Gedanken durch den Kopf, und ich bin darauf gefasst, mir jetzt richtig weh zu tun. Doch dann lande ich weich in einer Schneewehe. Das Handy gleitet mir aus den Händen und verschwindet im Schnee. Ich taste danach, während ich ebenso verzweifelt versuche, wieder auf die Füße zu kommen, aber sie finden keinen Halt, und je mehr ich mich bewege, desto tiefer versinke ich. Alles dreht sich um mich, und ich blinzele, um dieses Karussell zu stoppen. Da spüre ich mit einem Mal, wie meine Lider schwer werden und wie müde ich bin. Mein Kopf sinkt langsam hinab auf den Schneeberg, und das tut wahnsinnig gut. Nur ein paar Minütchen, denke ich mir. Nur etwas Kraft sammeln, bevor ich noch einmal versuche, mich aufzurappeln. Als ich die Augen schließe, spüre ich schon, wie mich der Schlaf übermannt, doch ich bin machtlos.

Wie lange ich da gelegen habe, weiß ich nicht, aber ich erwache von einer Stimme, die gleichzeitig nah und doch weit entfernt klingt. Ich weiß auch nicht, ob sie echt ist oder ob ich noch träume.

»Du liebe Güte!«, ruft die Stimme und dann: »Du liebe Güte, wie geht es Ihnen?«

Ich versuche zu antworten, dass man mich einfach in Ruhe lassen soll. Dass ich nur ein bisschen schlafen will, so lange bis sich nicht mehr alles um mich dreht, doch mein Mund kann keine Worte formulieren, und das, was mir über die Lippen kommt, gleicht eher einem stummen Wimmern. Jemand tätschelt meine Wangen und rüttelt an meinen Schultern, und schließlich fühle ich mich gezwungen, die Augen zu öffnen. Es dauert ein Weilchen, bis ich das Bild scharf stellen kann, und bei dem Anblick bin ich ganz sicher, dass ich träume. Oder halluziniere.

Denn der Mann, der sich mit äußerst besorgtem Gesichtsausdruck über mich beugt, ist kein geringerer als der Weihnachtsmann höchstpersönlich.

PETTER

Petter sah vom Bildschirm seines Laptops auf, ließ die Schultern kreisen und atmete zufrieden auf. Jetzt hatte er fast zweitausend Worte geschrieben, seit sie von ihrem Besuch in Evelyns komischem Fisch-Spa wieder zurück waren. So viel hatte er seit Wochen nicht zu Papier gebracht. Mittlerweile ging es auf Mitternacht zu, kein Wunder, dass Körper und

Geist nun erschöpft waren. Schnell speicherte er seine Datei, fuhr den Laptop herunter, schnappte sich seinen Kulturbeutel und ging hinüber ins Badezimmer. Im Haus war es ruhig, er nahm an, dass Julia bereits im Bett lag.

Da drang ein bekanntes Maunzen durch die Dunkelheit, und er war sofort in Habachtstellung, spielte sogar kurz mit dem Gedanken, gleich wieder in sein Zimmer zu flüchten. Doch Julia wäre bestimmt sauer, wenn der Kater nichts zu essen bekam, also riss er sich zusammen. Leise schlich er die Treppe hinab und betrat die Küche, wo er nur im Lichtschein des geöffneten Kühlschranks das Katzenfutter herausholte und es in einen Fressnapf füllte. Gleichzeitig vermied er es, durch die Nase zu atmen. Und während sich das Felltier gierig über die braune Pampe hermachte, verließ Petter die Küche schnell, um wieder hochzugehen. Als er am Wohnzimmer vorbeikam, hatten sich seine Augen bereits an die Dunkelheit gewöhnt, so dass er die Konturen der Möbel wahrnahm. Er blinzelte und rieb sich die Augen. Nein, er hatte sich nicht getäuscht. Das Bettsofa war immer noch nicht aufgeklappt. Julia schlief gar nicht. Sie war nicht einmal zu Hause. Sein erster Gedanke war, dass sie sich vielleicht mit Freunden getroffen hatte, aber dann fiel ihm ein, dass sie erwähnt hatte, niemanden auf Gotland zu kennen. Wo konnte sie nur stecken?

Eigentlich sollte ihn das nicht beunruhigen. Schließlich trug er keinerlei Verantwortung für sie. Julia war eine erwachsene Frau und konnte auf sich selbst aufpassen. Aber wahrscheinlich würde sie sich freuen, wenn er für sie Feuer im Kamin machte. Denn wenn sie nach Hause kam, wäre sie mit Sicherheit durchgefroren. Er suchte ein paar ganz dicke Holzscheite heraus, die lange glühen würden, schob sie in den Kamin, knüllte ein paar Seiten Zeitungspapier zusammen und zündete ein Streichholz an. Das Holz war gut durchgetrocknet und brannte sofort lichterloh, und die für Holzfeuer so typische, kuschelige Wärme verteilte sich nach und nach im Raum. Da saß er vor dem Kamin und ließ sich vom Feuer die kalte Nasenspitze und die Hände wärmen. In die Flammen zu blicken und dieses gemütliche Knistern zu hören, hatte etwas Besonderes. Er machte es sich im Sessel bequem.

Eine Stunde später saß er immer noch da. Er hatte gerade zum dritten Mal Holz nachgelegt. Nicht, weil es schon nötig war, im Zimmer war es jetzt so warm geworden, dass er seinen Pullover ausziehen musste, aber das Feuer hatte so etwas wohltuend Meditatives.

Außerdem, und das gab er wirklich nur ungern zu, widerstrebte es ihm, schlafen zu gehen, bevor Julia wieder zu Hause war. Warum war sie so spät nachts noch unterwegs? Mit wem trieb sie sich herum? Konnte ihr etwas passiert sein?

Mit ein paar Schritten war er im Flur, griff nach seiner Daunenjacke und schnürte sich die Stiefel zu. Es konnte nicht schaden, eine Runde durch die Straßen zu drehen und sich einen Überblick zu verschaffen. Einschlafen würde er ja doch nicht.

Draußen war der Sturm in dichten Schneefall übergegangen. Zentimetergroße Flocken segelten langsam auf die Erde und legten sich auf die jetzt schon enormen Schneeschichten. In den Häusern brannte kein Licht mehr, von vereinzelten Weihnachtssternen in den Fenstern abgesehen. Petter ging in Richtung Marktplatz. Er kniff die Augen zusammen und versuchte, im Schneetreiben etwas zu erkennen, vielleicht kam sie ihm ja schon entgegen. Doch keine Menschenseele war mehr unterwegs.

Erst auf dem Marktplatz war etwas los. Junge Leute standen in Grüppchen vor den Bars beieinander. Sie redeten, gestikulierten wild und lachten schallend. Doch von Julia weit und breit keine Spur. In einer lärmenden Horde junger Männer kam ihm jedoch ein Gesicht bekannt vor. Das war der Typ mit der Bomberjacke aus dem roten Opel – der Julia von der Fähre zum Haus gebracht hatte.

Petter ging auf ihn zu und legte ihm die Hand auf die Schulter, woraufhin der erbost aufsah.

»Was willst du?« Er hatte eine üble Fahne.

»Sorry, ich suche Julia. Hast du sie irgendwo gesehen?«

»Wen?«

»Julia, deine ... Freundin. Du hast sie doch von der Fähre zu unserem Haus gefahren.«

Endlich fiel der Groschen. »Ach so, Julia! Die Süße.«

Petter räusperte sich. »Ich suche sie. Hast du sie irgendwo gesehen?«

Der Typ mit der Bomberjacke schwankte, und erst nach ein paar Sekunden hatte er das Gleichgewicht wiedergefunden.

»Was willst du von Julia?«

»Ich will nur wissen, wo sie ist und ob es ihr gut geht.«

»Ich war den ganzen Abend mit ihr zusammen«, sagte der Typ und musste ein Rülpsen unterdrücken. »Sie steht voll auf mich!«

Petter wurde langsam immer ärgerlicher. »Gut, dann weißt du vermutlich, wo sie jetzt ist?«

Der Typ hielt einen Finger in die Luft. »Nein.«

»Nein?«

»Nope, keine Ahnung. Sie ist schon vor einer Weile gegangen.«

»Gegangen? Wohin?«

»Ich glaube, nach Hause. Sie war ziemlich ... besoffen.«

Petter sah auf seine Uhr. »Und wie lange ist das ungefähr her?«

Er rechnete nicht damit, von dem Typen eine präzise Antwort zu bekommen. Der hatte ja schon Mühe, sich auf den Beinen zu halten.

Und tatsächlich zuckte der Kerl auch nur mit den Schultern. »Keine Ahnung. Warum interessierst du dich so für sie?«

»Ich interessiere mich nicht für Julia. Aber wir teilen uns das Haus, und ich habe mir einfach Sorgen gemacht, weil sie nicht nach Hause gekommen ist.«

Der Typ schluckte, und Petter befürchtete schon, er könnte kotzen. Doch da ging ein Strahlen über sein Gesicht.

»Jetzt kapiere ich«, sagte er und nuschelte bei jedem Wort. »Du bist scharf auf sie!«

»Das bin ich wirklich nicht ...«

»Na klar, bist du das. Aber weißt du was?« Der Typ pikte Petter mit dem Zeigefinger auf die Brust. »Du und deine Swingerkumpel, ihr könnt eure Spielchen lassen, sie ist meine Bitch.«

»Deine was?«

»Meine Bitch. Meine Braut. Mein Mädchen. Sie ist belegt. Ist für mich reserviert. Capito?«

Petter räusperte sich. »Schön«, sagte er unterkühlt.

»Na also, dann hau ab!« Der Typ brüstete sich, hob das Kinn und machte wacklig einen Schritt auf Petter zu.

Petter wich zurück. Das war das Letzte, was er wollte, in

Streit geraten, besonders, da die anderen Jungs das Schauspiel inzwischen aufmerksam verfolgten. Warum sollte er sich für eine Frau prügeln, die er kaum kannte und die sich hinterher vermutlich nicht mal bedanken würde? Wahrscheinlich war sie inzwischen zu Hause, lag auf dem Bettsofa und schmollte.

»Schon gut«, sagte er also und hielt abwehrend die Hände hoch. »Ich will nichts von deiner … Bitch. Ich habe nur Angst, dass ihr etwas passiert ist. Aber da du die Lage ja völlig unter Kontrolle hast, kann ich beruhigt nach Hause gehen.«

»Da kannst du drauf wetten. Jonatan hat die Lage unter Kontrolle!«, sagte der Typ und torkelte unkontrolliert zur Seite.

Petter verdrehte die Augen und machte sich auf den Rückweg. Er ging durch dieselben Straßen, auf denen er hergekommen war. Als er gut zehn Meter gegangen war, traf ihn etwas Hartes in den Rücken. Zwischen den Häusern und den alten Ruinen der Stadt erklang ein schrilles Lachen. Es dauerte ein paar Sekunden, bis er begriff, dass die Jungs einen Schneeball auf ihn geworfen hatten. Den Blick an den Boden geheftet, die Lippen aufeinandergepresst, stapfte er zurück zum Haus, ohne sich einmal umzudrehen.

Hinter einer Ecke bot sich ein seltsamer Anblick. Etwas entfernt, weiter vor ihm, stand ein Weihnachtsmann und beugte sich über einen Schneehaufen. Petters erster Gedanke war, dass der Mann besoffen war und sich übergeben musste, doch als er näher heranging, konnte er erkennen, dass da etwas in dem Schneeberg lag. Ein dunkles Bündel. Und er sprach mit ihm.

»Hier können Sie nicht liegen bleiben«, sagte der Weihnachtsmann und zog an dem Bündel, das nun wimmerte.

Erst da begriff Petter, dass das Bündel ein Mensch sein musste. Er rannte auf die beiden zu.

»Was ist passiert?«, fragte er.

Der Weihnachtsmann sah auf. »Das weiß ich nicht«, antwortete er. »Ich hab sie hier gefunden. Keine Ahnung, wie lange sie da schon liegt. Ist kaum ansprechbar.«

Petter beugte sich vor, und schon bevor er der Frau die Haarsträhnen aus dem Gesicht gestrichen hatte, wusste er, wer es war.

»Julia!«, rief er. »Julia, kannst du mich hören?«

Der Weihnachtsmann richtete sich auf. »Sie kennen sie?«

Petter nickte. »Wir wohnen zusammen.« Er hörte zwar, wie missverständlich das klang, doch es war ihm zu anstrengend, die Dinge jetzt richtigzustellen.

Mit einem festen Griff unter Julias Achseln versuchte er, sie auf die Beine zu stellen. Sie hing sackschwer in seinen Armen.

»Helfen Sie mir bitte«, bat er den rundlichen Mann. »Wir müssen sie nach Hause bringen.«

Der Weihnachtsmann stellte seine Laterne ab und fasste Julia an der Taille. Mit vereinten Kräften gelang es ihnen, sie halb schleifend, halb tragend das kurze Stück bis zum Haus zu bugsieren. Julia leistete auch noch Widerstand.

»Lasst mich los«, jammerte sie. »Ich will doch nur ein bisschen schlafen. Nur ganz kurz, bitte.«

Petter schloss mit einer Hand die Haustür auf und spürte sofort, wie ihm wohlige Wärme entgegenschlug. Wie gut, dass er auf die Idee gekommen war, Feuer zu machen.

»Sie hat ihr Handy fallen lassen«, sagte der Weihnachtsmann und reichte Petter ein nasses Smartphone.

Er bat ihn, es auf die Kommode im Flur zu legen.

»Danke, jetzt kommen wir allein klar.«

Er nickte dem Weihnachtsmann zu, bevor der die Tür hinter sich zuzog. Dann trug Petter Julia ins Wohnzimmer und setzte sie in den Sessel vor dem Kamin. Er legte ihr die Bettdecke über die Schultern und schob noch vier weitere dicke Holzscheite in die Glut.

»Meine Güte, Julia, wie lange hast du da gelegen?«

Endlich sah sie auf. Sie blinzelte zum Feuer. »Mir, mir ist sss-so kalt«, stotterte sie bibbernd. Ihre Stimme war kaum zu hören.

»Warum hast du da im Schnee gelegen?«, fragte Petter. »Ist dir eigentlich klar, dass es lebensgefährlich ist, in einer Schneewehe einzuschlafen? Was hast du dir dabei gedacht?« Gegen seinen vorwurfsvollen Ton konnte er nichts machen. Sie hatte ihm wirklich Angst eingejagt. Das Ganze hätte auch schiefgehen können. Was wäre geschehen, wenn dieser Weihnachtsmann nicht zufällig vorbeigekommen wäre und sie gefunden hätte? Und er nicht losmarschiert wäre, um sie zu suchen?

»Ich bin so mmm-müde geworden. Ich hab mich verlllaufen. Alle Ggg-assen sehen hier glll-leich aus.«

Petter öffnete ihre Stiefeletten und legte ihre eisigen Füße auf ein Kissen vor dem Kamin.

»Dd-danke«, flüsterte sie und ließ ihren Kopf auf die Nackenstütze des Sessels sacken.

»Schon gut. Wie geht's dir? Brauchst du einen Arzt?«

Petter legte ihr die Hand auf die Stirn, um festzustellen, ob sie Fieber hatte.

»Mir ist nur kk-kalt«, sagte sie und klapperte mit den Zähnen. »Und ich bin betrunken. Ziemlich betrunken. Das war zu viel T-Tequila. Auf leeren Magen. Blöd von mir.«

»Hast du nichts zu abendgegessen?« Jetzt war sein Tonfall schon wieder so vorwurfsvoll.

Sie schüttelte den Kopf.

»Mittagessen?«

Schulterzucken.

»Okay.« Petter stand auf und ging in die Küche. Der Kühlschrank war leer, er fand nur noch einen Rest Fleischwurst. Also schmierte er ein paar Butterbrote und kochte eine große Kanne Tee. Ein paar Minuten später kam er mit einem Tablett zurück ins Wohnzimmer.

»Jetzt iss erst mal was«, sagte er, doch verstummte, als er bemerkte, dass Julia im Sessel eingenickt war. Den Kopf an die Lehne gestützt atmete sie rhythmisch und tief. Ihr blondes Haar war zerzaust, das Make-up verlaufen, und die Lippen waren nach wie vor blau.

Leise stellte er das Tablett auf den Couchtisch. Danach fasste er sie mit seinen Armen unter dem Rücken und den Kniekehlen und hob sie hoch. Für einen kurzen Moment öffnete sie die Augen, und ihre Lippen bewegten sich, doch sie brachte keine Worte hervor. Er musste die schmale Treppe wohl oder übel seitlich hinaufsteigen. Das war kein leichtes Unterfangen, zumal er sofort diesen Schmerz im Rücken spürte, doch er biss die Zähne zusammen.

Im Schlafzimmer angekommen legte er sie vorsichtig aufs Doppelbett. Ihre Kleider waren bis auf die Unterwäsche vollkommen durchnässt. Darin konnte er sie nicht schlafen lassen. Doch was würde sie denken, wenn er versuchte, sie auszuziehen?

»Julia«, rief er vorsichtig und schüttelte sie leicht. »Julia, du kannst in den nassen Klamotten nicht schlafen. Hast du ein Nachthemd, das du anziehen kannst?«

»Pyjama«, murmelte sie. »In der Tüte.«

Er stieg die Treppe wieder hinunter und suchte nach ihrer Einkaufstüte. Er fand sie im Flur und nahm sie mit hoch, nur um festzustellen, dass Julia erneut eingeschlafen war.

Vorsichtig, ganz behutsam zog er ihr das nasse Zeug aus und hängte es zum Trocknen neben die Elektroheizung. Er vermied es, sie anzusehen, als sie in Unterwäsche vor ihm lag. Dann zog er den Schlafanzug aus der Tüte und betrachtete überrascht die Bärchen darauf. Von einer Frau, die sich solche Mühe gab, nach außen tough zu wirken, hätte er alles andere erwartet. Unwillkürlich musste er grinsen.

Vorsichtig zog er ihr den Schlafanzug an, und so lag sie nun eingemummelt unter der dicken Daunendecke im Schlafzimmerbett.

Er stand da und betrachtete sie. Ihr Gesicht hatte etwas Friedvolles, dieser angespannte Zug um den Mund, an den er sich schon gewöhnt hatte, war verschwunden, und ihr blondes Haar breitete sich über dem Kopfkissen aus. In ihrem blauen Pyjama sah sie richtig hübsch aus, so dass er sich schließlich zwingen musste, sich von dem Anblick loszureißen.

Leise schloss er die Tür hinter sich und schlich die Treppe hinunter. Dann klappte er sich das Bettsofa aus. Als er unter die Decke kroch, musste er feststellen, dass Julia recht hatte. Das war wirklich das härteste Schlafsofa, auf dem er je gelegen hatte.

Mitten in der Nacht erwachte Petter offenbar völlig grundlos. Er schlug die Augen auf und sah sich um. Es brannte keine Lampe, aber von der Straßenbeleuchtung schien etwas Licht durch die Vorhänge. Er überlegte, was ihn geweckt haben könnte. Ob Julia wach war? Ging es ihr schlecht? Obwohl er die Ohren spitzte, hörte er von der oberen Etage keinen Mucks. Er drehte sich auf die andere Seite, knautschte sein Kissen zurecht und legte seinen Fuß auf ... auf ...

Mit einem gellenden Schrei schreckte er hoch. Die Katze, die es sich am Fußende des Sofas bequem gemacht hatte, tat es ihm gleich. Laut fauchend sprang sie auf, rutschte mit ausgestreckten Krallen über die Holzdielen und landete auf der Seite, so glitt sie dann – für eine Katze erstaunlich ungraziös – in den Flur. In der nächsten Sekunde fand sie auf ihren Zehenballen Halt und verschwand wie der Blitz in der Küche.

»Shit! Verschwinde, Katzenviech!«, zischte Petter ihr hinterher.

Danach war an Schlaf nicht mehr zu denken. Allein die Vorstellung, dass das Tier sich in derselben Etage wie er befand und vielleicht einen erneuten Versuch unternehmen würde, es sich bei ihm gemütlich zu machen, jagte ihm kalte Schauer über den Rücken.

Nachdem er eine halbe Stunde lang wach gelegen hatte, stand er auf. Wenn er ohnehin wach war, konnte er auch nachsehen, wie es Julia ging.

Sachte stieg er die Treppenstufen hinauf. Jedes Knarren konnte sie wecken. Er öffnete die Tür zum Schlafzimmer einen Spalt und sah Julia auf dem Rücken liegen, genau so, wie er sie hingelegt hatte.

Im schwachen Lichtschein der Fensterlampe konnte er erkennen, dass Julias Stirn vor Schweiß glänzte. Er legte seine Hand darauf und spürte, dass sie kochend heiß war. Julia murmelte etwas.

»Was hast du gesagt?«, flüsterte Petter.

»Durst. Ich hab so Durst.«

Als er ins Schlafzimmer zurückkam, hatte er ein Glas Wasser dabei und zwei Tabletten gegen das Fieber. Er half ihr beim Trinken. Dann rollte sie sich auf die Seite und war sofort wieder eingeschlafen.

Petter schlief in dieser Nacht nicht mehr viel. Mehrmals stand er auf und betupfte Julias fieberheiße Stirn, dann deckte er sie wieder ordentlich zu, wenn sie so fror, dass sie zitterte. Erst als schon die ersten Morgenstrahlen ins Zimmer fielen, fand er Ruhe und dann auch ein paar wenige Stunden Schlaf.

22. Dezember

JONATAN

»Jonatan! Wo bleibst du denn? Weißt du eigentlich, wie spät es ist?« Die Stimme schnitt durch die Luft. Dieser Kopfschmerz schien sein Stirnbein von innen zu sprengen. Er presste sich das Kissen aufs Gesicht. Seine Kehle war trocken wie Sandpapier, sein Magen fühlte sich nicht besser an. Und als er aufstoßen musste, hatte er wieder diesen Tequilageschmack im Mund.

»Lass mich in Ruhe!«, brüllte er zurück. »Ich bin krank!«

Mit einem Knall flog seine Zimmertür auf, und Cilla marschierte auf sein Bett zu. Eine energische Handbewegung, und schon hatte sie ihm das Kissen vom Gesicht gerissen.

»Du bist nicht krank«, schimpfte sie. »Du hast einen Kater. Jetzt setz dich endlich in Bewegung. In zwanzig Minuten öffnen wir. Willst du mit mir fahren? Dann sei fertig, wenn ich das nächste Mal reinkomme.«

»Hey, Cilla …«, bat er, obwohl er wusste, dass es keinen Sinn hatte, weil jedes Bitten und Betteln an seiner Schwester regelrecht abprallte. »Mir tut der Hals wirklich weh, und …«

Cilla riss ihm die Bettdecke weg, woraufhin er sich sofort in die Embryohaltung zusammenkauerte.

»Jetzt reiß dich zusammen«, erwiderte Cilla mit eiskalter Stimme. »Es sind noch zwei Tage bis Weihnachten, und die Stadt ist voller Menschen, die Kaffee trinken wollen. Wegen dir werde ich nicht später öffnen und weniger Umsatz machen.«

Mit großen Schritten ging sie zum Fenster und riss die Vorhänge auf. Nun fiel ein unbarmherzig grelles Licht ins Schlafzimmer, das ihn zwang, sich aufzusetzen.

Cilla blickte sich um und kräuselte beim Anblick der leeren Energydrinkdosen und Pizzakartons auf dem Boden die Nase.

»Echt eklig, wie es hier aussieht«, sagte sie angewidert. »Dass Mama dich hier noch wohnen lässt, grenzt an ein Wunder. Wann hast du zuletzt geputzt? 2014?«

Er ignorierte ihren bissigen Kommentar und reckte sich nach seiner Jeans, die auf dem Boden lag. »Kannst du mir eine Kopfschmerztablette organisieren?«, fragte er, während er nach seinem Pullover suchte. Er fand ihn zusammengeknüllt am Fußende seines Bettes unter der Decke.

Cilla murrte, aber verschwand und kam mit einem Glas Wasser und einer Aspirin zurück. Sie sah ihn noch immer verärgert an. »Heftiger Abend gestern, oder?«

Er nickte und hielt Ausschau nach seinen Socken.

»Wie kommst du auf die Idee, dir so die Birne wegzuballern, wenn du am nächsten Tag arbeiten musst?«, fragte Cilla und seufzte. »Total verantwortungslos.«

»Ach hör auf, es ist Weihnachten. Da darf man doch mal ein bisschen Spaß haben, oder?«

»Mal? Jonatan, dein Problem ist, dass du ein bisschen zu oft ein bisschen zu viel *Spaß* hast.«

Er gab die Suche nach den benutzten Socken auf und kramte in seiner Schublade, um ein paar frische Strümpfe anzuziehen. Sie passten farblich zwar nicht zur Hose, aber wem würde das schon auffallen?

»Hör auf, meine Mutter zu spielen! Eine reicht«, fauchte er und nahm die Cap vom Stapel der Klamotten, die er in der letzten Woche getragen hatte. Wenn seine Mutter von der Arbeit kam, musste er sie mal daran erinnern, dass es Zeit wurde zu waschen.

»Ach ja«, sagte Cilla. »Und ich hab gedacht, dir gefällt es, jemanden zu haben, der dir sagt, was du tun und lassen sollst. Und dass du deswegen noch zu Hause wohnst und dich wie ein Teenie aufführst.«

Bei dem Wort Teenie wurde er richtig sauer. Schließlich war er schon vor einem halben Jahr zwanzig geworden. »Warum bist du eigentlich immer so schlecht drauf?«, beschwerte er sich. »Weil Sofia dich verlassen hat?«

Diese Bemerkung saß. Cilla schnappte nach Luft. »Nur dass du es weißt«, zischte sie, »Sofia hat mich nicht verlassen. Es war unsere gemeinsame Entscheidung.«

»Ja, sicher«, sagte er und hielt ironisch übertrieben die Hände hoch, doch bevor Cilla noch etwas sagen konnte, war er schon aus dem Schlafzimmer verschwunden, um sich in der Küche ein Brot zu schmieren. Cilla blieb ihm auf den Fersen, um sicherzugehen, dass er sich nicht verdrückte.

Seine Schwester traute ihm wirklich überhaupt nicht über den Weg, dachte er. Wenn sie ihm nur ein bisschen Respekt entgegenbringen würde, könnte er auch anders mit ihr umgehen. Bei einer coolen großen Schwester – gechillt, großzügig, fürsorglich – müsste er sich nicht ständig verteidigen. Aber so ließ sie ihm keine Wahl. Cilla schien zu glauben, dass sie ihm mit diesem Job in ihrem heruntergekommenen Café, das nur zwei Monate im Jahr Gewinn einfuhr und sich in der übrigen Zeit immer am Rande des Konkurses bewegte, einen riesigen Gefallen getan hätte. Sie vergaß offensichtlich, dass er sie nie um diesen Job gebeten hatte. Das war ihre Mutter gewesen. Sie hatte sich, nachdem er das Abi in der Tasche hatte, Sorgen gemacht, dass er nur noch vor dem Computer sitzen und zocken würde. Seine Träume, im Fernsehen Karriere zu machen, hielt sie für Spinnerei. Würde sie wirklich an ihn glauben, wäre er bestimmt schon viel weiter gekommen. Doch stattdessen hörte er immer wieder die gleiche Leier, dass er doch studieren solle, so wie all die Loser, die nach dem Gymnasium direkt an die Uni gingen. Als wäre man dadurch automatisch besonders talentiert und ehrgeizig. Dabei hatte man nur akzeptiert, irgendwann in einem dunklen Büro zu enden.

Jonatan ging von der Küche ins Bad und knallte die Tür hinter sich zu. Um Cillas Gemecker nicht mehr hören zu müssen, drehte er den Wasserhahn bis zum Anschlag auf. Er putzte sich die Zähne, stylte seine Haare mit Wachs und betrachtete sich anschließend im Spiegel. Probeweise setzte er noch einmal seinen berüchtigten Verführerblick auf, bei dem die Mädels reihenweise schwach wurden, oder zumindest *sollten* sie das.

Als er wieder aus dem Badezimmer kam, war Cilla verschwunden. Dafür erklang ihre genervte Stimme jetzt aus dem Flur.

»Komm endlich! Wir öffnen in fünf Minuten!«

Das Gemecker nahm einfach kein Ende. Er schob sich die Kopfhörer in die Ohren, und so übertönten die E-Gitarren die meisten Vorwürfe auf dem Weg zum Café. Er nahm nur noch wahr, wie sich ihr Mund bewegte und sie aufgebracht gestikulierte, während sie am Steuer des kleinen Toyotas saß, der widerwärtig nach Pferd stank, weil sie ihre Reitklamotten immer im Auto deponierte.

Viel gemeinsam hatten sie nicht, er und seine neun Jahre ältere Schwester (oder Halbschwester, wie sie immer eilig hinterherschob). Die meisten Menschen, die sie kennenlernten, wollten gar nicht glauben, dass sie überhaupt miteinander verwandt waren. Cilla hatte die südländischen Züge des Vaters geerbt, von ihm hatte sie die dunklen Haare und den olivfarbenen Teint. Wie gern hätte Jonatan auch so ausgesehen! Er selbst war blond, fast schon rotblond, und hatte Sommersprossen, genau wie sein Vater. Aber auch, was den Charakter anging, waren sie sehr verschieden. Er hatte Hummeln im Hintern, wollte unbedingt große Abenteuer erleben und etwas von der Welt sehen. Sie hingegen liebte das Landleben auf Gotland und konnte sich nicht vorstellen, die Insel zu verlassen.

Aufgrund der Schneemassen dauerte die Fahrt viel länger als sonst, und als sie endlich ankamen, waren alle Parkplätze belegt, und auch dafür gab Cilla ihm die Schuld. Aber er schwieg und ließ sie reden, trabte ihr nur brav hinterher und schaffte es im Café gerade noch rechtzeitig, das erste Blech mit Fertigteigklumpen in den Ofen zu schieben, bevor das Türglöckchen bimmelte und der erste Gast dastand. Es dauerte keine Minute, dann kamen die nächsten Leute hereingeschneit, und dann ging es zu wie im Taubenschlag. Innerhalb kürzester Zeit war das kleine Café voll besetzt. Mehrere Gäste standen mit Tabletts in der Hand da und warteten darauf, dass ein Tisch frei wurde. Jonatan seufzte. Ihm stand ein langer Tag bevor. Und das mit diesem Kater.

Eine gute Stunde später, nachdem er eine scheinbar unendliche Anzahl von Latte macchiatos serviert hatte, bat er Cilla, die erste Zigarettenpause einlegen zu dürfen.

Wie immer, wenn er danach fragte, verdrehte sie die Augen, aber diesmal ging es ohne den Verweis auf den fehlenden Tarifvertrag. Fürs Café gab es nämlich keine Tarifverträge, genau deswegen war das Thema etwas heikel.

»Okay, aber höchstens fünf Minuten«, sagte sie. »Und bitte so, dass die Gäste nichts davon mitbekommen.«

Er griff nach seiner Bomberjacke, ging in den Hinterhof und wartete absichtlich noch ab, bis er sich die Zigarette anzündete. In viereinhalb Minuten würde Cilla den Kopf aus dem Fenster stecken und ihn reinrufen, und da wollte er ihr noch die glühende Zigarette vorzeigen können. Sie konnte ihn ja schlecht zwingen, wieder hereinzukommen, wenn er noch nicht aufgeraucht hatte. Auf diese Art konnte er seine Pause immer wieder verlängern, manchmal brachte er es sogar auf fünf Minuten.

Dabei war er nicht immer so faul. Seine Schwester mochte es glauben oder nicht. Wenn er motiviert war, konnte er richtig zupacken, sogar mehr als andere. Das Problem war, dass der Job im Café ihm nichts gab. Er trat auf der Stelle und kam seinen Zielen – nämlich berühmt zu werden – keinen Schritt näher. Denn das war sein großer Traum, seit er denken konnte. *Wofür* er genau berühmt werden wollte, hatte er sich noch nicht überlegt, das spielte eigentlich auch keine Rolle. Wichtig war, dass er prominent war und angehimmelt wurde. Und dass alle Mädels, die ihm einen Korb gegeben hatten (und die wurden mit der Zeit immer zahlreicher), ihren schweren Fehler einsahen und ihre Meinung änderten.

»Jonatan! Die Pause ist zu Ende!«

Nach exakt viereinhalb Minuten hatte Cilla das Fenster geöffnet und ihn hereingerufen.

»Hey, Mann, hast du die Kippe noch nicht mal angezündet?«, rief sie und sah ihn von oben bis unten an. »Warum trödelst du so?«

Schnell zog er das Feuerzeug aus der Hosentasche und steckte sich eine an.

»Ich hab den Mülltonnendeckel vom Eis befreit«, erwiderte er und war stolz auf seine Schlagfertigkeit. »Der war festgefroren. Anstatt zu meckern, solltest du dich lieber mal bedanken.«

Cillas Miene wurde freundlicher. »Okay«, sagte sie. »Danke dir. Aber bitte beeil dich. An vier Tischen muss das Geschirr abgeräumt werden, und die Käsebrötchen sind aus.«

Er zog demonstrativ an der Kippe. »Ich komme, wenn meine Zigarettenpause zu Ende ist«, erwiderte er.

»Ab jetzt hast du fünf Minuten.«

Als er in das beschlagene Café zurückkehrte, war er sehr zufrieden mit sich selbst. Jetzt war er zwölf Minuten draußen gewesen. Sieben Minuten on top! Er hatte einen neuen Rekord aufgestellt. Ich hab's viel mehr drauf als du, Schwesterherz, dachte er, als er die klebrigen Teller und Tassen vom ersten Tisch abräumte. Viel mehr!

CAROLINE

»Kannst du mir bitte mal den Apfelessig geben?« Helena blickte vom Rotkohl auf, den sie gerade in feine Scheiben schnitt. Vor ihr auf der Arbeitsplatte lag ein Zettel mit dem Rezept ihrer Großmutter für den traditionellen Rotkohlsalat, handgeschrieben, fein säuberlich. Diesen Salat gab es jedes Jahr.

Caroline griff nach der Essigflasche, reichte sie ihrer

Schwester und rührte dann weiter in ihrem Safranpfannkuchenteig. Sie hatte eine ordentliche Menge gemacht, doch so reichte es gleich für zwei Auflaufformen. Wenn es etwas beim Festessen gab, das jeder mochte, dann war es genau dieser Kuchen. Völlig egal, ob Weihnachten, Pfingsten, Mittsommer oder Geburtstagsfest. Safranpfannkuchen gingen immer!

Nachdem sie die Sahne und die Eier hineingegeben hatte, nahm sie ein Brett aus der Schublade und hackte die blanchierten Mandeln klein. Danach holte sie zwei große Auflaufformen, fettete sie ein und goss den goldgelben Pfannkuchenteig hinein.

»Mama, darf ich an den Computer? Ach bitte!« Helenas Sohn Ossian, der jüngste von den dreien, kam in die Küche gesaust, das Tablet schon in der Hand. »Bitte, bitte, Mama!

»Nein, Ossian, erst wenn es draußen dunkel wird. Du kennst die Regeln.«

»Aber es wird ja nie dunkel.«

»Doch, Ossian, sogar schon viel zu früh. In ein paar Stunden wird es draußen stockdunkel sein, und dann darfst du vor dem Display hocken, solange du willst.«

»Aber Mama!« Ossian warf den Kopf zurück und begann zu heulen. »Die anderen dürfen an den Computer, so viel sie wollen. Das ist voll ungerecht!«

Helena schon ihren Sohn aus der Küche. »So ist das Leben, mein Sohn«, erwiderte sie nüchtern. »Das wirst du bald merken. Schau doch mal nach, was Oma und Opa gerade machen. Vielleicht könnt ihr zusammen Karten spielen.«

Meckernd verschwand Ossian. Sie konnte jeden einzelnen Schritt hören, als er die Treppe hinauftrampelte, und schließlich das Knallen der Schlafzimmertür.

»Neunjährige«, sagte Helena. »Die sind wie kleine Teenager. Sei froh, dass Elsa bis dahin noch ein paar Jährchen hat.«

Caroline lächelte. Sie konnte sich gar nicht vorstellen, dass Elsa eines Tages demonstrativ laut die Treppe hinauftrampeln würde, geschweige denn Türen knallen. Ihre Tochter hatte die ruhige Art ihres Papas geerbt. Schlimmstenfalls maulte sie ein bisschen, aber meist konnte man vernünftig mit ihr reden.

Caroline streute die letzten Mandeln auf den Teig, kontrollierte, ob der Ofen vorgeheizt war und schob die erste Form hinein.

»Sechzig Minuten?« Helena stellte die Eieruhr.

»Stell sie lieber auf fünfundvierzig, zur Sicherheit, nicht dass er uns verbrennt.«

Helena nickte und kümmerte sich wieder um den Rotkohl.

»Kann ich dir helfen?«, fragte Caroline.

Helena schüttelte den Kopf. »Ich bin gleich fertig, aber wenn du magst, kannst du schon den Heringssalat machen. Ich habe Papa versprochen, dass es den Heringssalat von Onkel Bosse dieses Jahr auf jeden Fall gibt. Offenbar haben wir ihn im letzten Jahr vergessen, und bei Papa sitzt der Schock noch tief. Weißt du, wo Mama das Rezept versteckt hat?«

Sie durchsuchten die Kochbücher ihrer Mutter, bis sie auf einen alten Zettel stießen, auf dem das bewährte Familienrezept notiert war.

»Wir brauchen Äpfel«, las Helena vor und sah sich in der Küche um.

»Kann ich holen«, sagte Caroline. »Mama hebt sie in Kisten im Vorratsschuppen auf.«

»Super. Bringst du dann auch gleich noch mehr Holz mit?«

»Klar.«

Caroline ging rüber ins Esszimmer, am Kachelofen vorbei und dann ins Wohnzimmer, wo Tobias wie gewohnt auf dem Sofa vor dem Fernseher saß. Im Flur brauchte sie eine Weile, bis sie aus dem Berg von Winterschuhen ihre eigenen hinausgefischt hatte.

Mit dem Korb über dem Arm folgte sie dann dem kleinen Trampelpfad zum Holzschuppen. Als sie hineinging, um ihn zu füllen, sog sie den vertrauten Duft tief ein. Es roch noch so gut nach den Pferden und nach Holz. Obwohl es über fünfzehn Jahre her war, dass dieser Schuppen als Stall benutzt worden war, hatte sich der Geruch festgesetzt. In allen Ecken und Winkeln saß er, in den Holzwänden und im Gebälk. Das war auch kein Wunder. Schließlich hatte in diesem Stall fast hundertfünfzig Jahre lang immer mindestens ein Gotland-Pony-Pärchen gestanden. In den besten Jahren waren es sogar vier. Ursprünglich hatte man sie als Zugpferde für die Bewirtschaftung des Hofes gebraucht, doch später waren sie nur noch als Reitpferde und Spielkameraden für die Kinder, die auf dem Hof lebten, da gewesen. Caroline hatte ihr erstes eigenes Pony im Alter von vier Jahren bekommen. Eine kleine hellbraune Stute, die Lina hieß und trotz ihres hohen Alters noch viele schöne Jahre auf dem Hof hatte erleben dürfen. Als Lina schließlich doch altersmüde wurde, hatte der ungezogene Isidor, der jüngere Halbbruder von Helenas geliebtem Wallach Frost, ihren Platz im Stall eingenommen. Isidor hatte Caroline dann ihre ganze Teenagerzeit über begleitet. Jeden Morgen war Caroline in aller Frühe aufgestanden, damit sie sich um ihr Pferd kümmern konnte, bevor die Schule losging, und sich auf dem Heimweg beeilt, um noch ein paar Stunden auf dem Pferderücken und im Stall verbringen zu können. Frost und Isidor zu verkaufen, war ihnen weiß Gott nicht leicht gefallen. Doch sie hatten keine andere Wahl gehabt. Als sie und Helena von zu Hause auszogen, war niemand mehr da, der die Ponys reiten konnte, und die Arbeit, die die Pferde früher auf dem Hof erledigt hatten, war längst von den Traktoren übernommen worden. Danach wurde der Stall zu einem Holz- und Gerümpelschuppen umfunktioniert, denn ihr Vater Sverker tat sich zugegebenermaßen schwer damit, sich von altem Zeug zu trennen, egal, ob es noch brauchbar war oder nicht.

Der Holzkorb war nun bis zum Rand gefüllt, und Caroline streckte seufzend den Rücken durch. Das hätte sie sich für Elsa so sehr gewünscht – diese Freude und das Glück erleben zu dürfen, sich um ein eigenes Pony zu kümmern. Noch ein Traum, der sich nun nicht mehr erfüllen würde.

Sie verließ den Holzschuppen wieder und machte sich auf zum Vorratsschuppen. Kaum hatte sie die Tür geöffnet, schlug ihr hier ein anderer Geruch entgegen, der rauchige und süßliche Duft des Gotlandsdricka, der ihr so vertraut war. Wie immer hatte ihr Vater vor größeren Festen eine ordentliche Menge des traditionellen gotländischen Bieres – oder Drikke, wie sie gern sagten – zum Gären angesetzt. Caroline ging zum Bottich und warf einen Blick in den trüben bernsteinfarbenen Sud. Als der Duft so konzentriert in ihre Nase drang, fühlte sie sich mit einem Mal zurückkatapultiert in ihre Kindheit, als der Drikke ihres Vaters den Ruf genoss, der beste im östlichen Gotland zu sein. Wegen ihm waren Besucher von weit her gekommen. Sie konnte sich noch gut daran erinnern, dass die Freunde und Bekannten ihres Vaters immer wieder versucht hatten, ihm das Rezept zu entlocken, doch er hatte nur zufrieden gegluckst und kopfschüttelnd geantwortet: »Dieses Geheimnis nehme ich mit ins Grab.«

Und wieder überkam sie diese Panik. Wenn ihre Eltern den Hof verkauften, wo wollte Sverker dann seinen Drikke brauen? Eine schreckliche Vorstellung, dass es jetzt möglicherweise das letzte Jahr war, in dem er es zum Weihnachtsessen genießen konnte …

Da raschelte es in einer Ecke, und Caroline wurde aus ihren Erinnerungen gerissen. Im Winter gelang es den Mäusen immer auf unerklärliche Weise, in den Vorratsschuppen einzudringen, egal, wie viel Stahlwolle der Vater auch in die Ritzen und Holzspalte stopfte. Jetzt hielt es Caroline hier nicht länger aus. Schnell ging sie zu den Obstkisten, wo die Mutter die Apfelernte des Jahres lagerte. Jeder Apfel war fein säuberlich in Zeitungspapier eingeschlagen, um ihn vor Druckstellen und Kälte zu schützen. Caroline nahm acht Äpfel heraus, verließ den Schuppen und schob den Riegel wieder vor. Danach stapfte sie durch den Schnee zurück zum Wohnhaus.

Helena stand noch in der Küche. Als Caroline hereinkam, blickte sie auf. »Dein Handy hat geklingelt«, sagte sie. »Da hat aber jemand von einer unbekannten Nummer angerufen.«

Caroline runzelte die Stirn. Wer sollte das sein? Zwei Tage vor Weihnachten?

»Ich hab mir gedacht, ich geh vielleicht besser ran«, fuhr Helena fort.

»Wie, du bist an mein Handy gegangen?«

»Ja.«

Caroline konnte kaum verbergen, wie verärgert sie war. »Und wer war dran?«

Helena grinste. »Dein Personal Trainer. Um sich zu erkundigen, ob alles okay ist. Ihr hattet wohl für heute Vormittag eigentlich einen Termin ausgemacht.«

»Shit!« Caroline stöhnte und schlug sich die Hände vors Gesicht. »Den hab ich ganz vergessen. Vor der Reise hierher musste alles plötzlich so schnell gehen. Ich habe gar nicht mehr daran gedacht, dass wir vor Weihnachten extra noch eine Stunde vereinbart hatten.«

»Mach dir keine Gedanken«, sagte Helena und lachte. »Ich hatte nicht den Eindruck, dass das ein Problem war. Aber wahrscheinlich wirst du im Januar dann umso mehr gefordert.«

Caroline schlug die Augen nieder und versuchte, ihr Herzklopfen zu ignorieren. Hoffentlich würde Helena ihre roten Wangen nicht bemerken, doch ihre Schwester war vollauf damit beschäftigt, die Äpfel zu schälen, und nahm keine Notiz davon.

Caroline entschuldigte sich und suchte Zuflucht im Bad, wo sie sich kaltes Wasser auf die Wangen klatschte und langsam wieder zur Ruhe kam.

Das war nun wirklich keine große Sache. Sicher war sie nicht die Erste, die für ihren Personal Trainer schwärmte. So was passierte ständig, überall auf der Welt. Man verbrachte so viel Zeit miteinander, manchmal sah man sich mehrmals pro Woche, und immer stand man sich in engen, figurbetonten Sportklamotten gegenüber. Es wäre fast sonderbar, wenn es da nicht knisterte. Sie war bestimmt nicht die Einzige, die sich in ihrer Phantasie ausmalte, wie sich die harten Muskeln unter dem Shirt wohl anfühlten, oder die sich vorstellten, mit der Hand über die lycrabekleideten Oberschenkel zu fahren und weiter über den durchtrainierten, wohlgeformten Hintern. Solche Gedanken waren sicher völlig normal. Außerdem war sie Single und konnte tun und lassen, was sie wollte.

Es gab nur eine winzige Kleinigkeit, die das Ganze verkomplizierte. Der Gegenstand ihrer heißen Tagträume war ein hübscher, durchtrainierter und total hotter Personal Trainer, siebenundzwanzig Jahre alt, glücklich verheiratet – und hieß mit Vornamen Emma.

23. Dezember

JULIA

Ein Sonnenstrahl, der mir direkt ins Gesicht fällt, weckt mich. er scheint durch einen Spalt zwischen den Vorhängen. Langsam bewege ich den Kopf, mein ganzer Körper fühlt sich steif an, und ich frage mich, wie lange ich wohl geschlafen habe.

Unzusammenhängende Bilder flimmern vor meinem inneren Auge vorbei. An den ersten Teil des Abends mit Jonatan kann ich mich noch ganz gut erinnern. Wir haben uns unterhalten, Tequila getrunken und getanzt. Danach verschwimmt alles. Ich weiß noch, dass ich durch Visby getorkelt bin, ich kann mich an eine Schneewehe erinnern, aber danach wird alles schwarz. Ich habe keinen Schimmer, wie ich nach Hause gekommen bin. Petters Gesicht taucht auf. Hat er mich die Treppe hinaufgetragen? Wie bin ich eigentlich in diesem Bett gelandet?

Vorsichtig hebe ich die Bettdecke an. Meine Befürchtung bestätigt sich. Ich trage den hellblauen Bärchenschlafanzug. Habe ich mir den selbst angezogen, oder hat Petter das getan?

Im nächsten Moment präsentiert mein Gedächtnis mir ein Bild von einem Weihnachtsmann. Jetzt bin ich total verunsichert. Waren die Erinnerungen an den vergangenen Abend möglicherweise alle nur geträumt?

Ich sehe mich im Schlafzimmer um. Es ist winzig klein, und außer dem großen Doppelbett bleibt nicht mehr viel Platz für anderes, doch diese alten Möbeln sind wirklich hübsch, und auch die fein gestreifte Tapete gefällt mir. Vor dem Fenster befindet sich ein Schreibtisch, darauf eine Messinglampe und in einer Ecke sehe ich einen Spiegel mit einem verschnörkelten Goldrahmen und einen antiken Sessel, der zwar schön, aber nicht besonders bequem aussieht.

Jetzt kommen neue Erinnerungen auf. Petter beugt sich über mich, über die Schneewehe, und versucht, mich wach zu rütteln. So ein Glück, dass er mich gefunden hat! Nicht auszudenken, was hätte passieren können. Immer wieder hört man in den Nachrichten von Leuten, die im Suff im Schnee erfroren sind. Ohne Petter wäre ich heute möglicherweise der Aufmacher in den Abendzeitungen. »Erfrorene Frau im Schnee entdeckt – 2,5 Promille!« Und daneben mein Gesicht.

Ich drehe mich um und will auf die Uhr schauen, da fällt mein Blick auf mein Handy auf dem Nachttisch. Hatte ich es nicht im Schnee verloren? Neben dem Handy steht ein Glas Wasser, daneben liegen ein Ohrenfieberthermometer und ein Notizblock. Ich hebe den Kopf leicht an und kann lesen, was darauf steht. Es ist eine Art Diagramm mit einer Fieberkurve. *Meine* Fieberkurve. Alle vier Stunden hat Petter meine Temperatur gemessen. Jetzt werden neue Erinnerungen wach. Petter ist immer wieder in mein Zimmer gekommen, das weiß ich. Mal hatte er Wasser dabei, mal Suppe, aber nach ein paar Löffeln bin ich immer wieder eingeschlafen. Ich habe mein Zeitgefühl komplett verloren, aber der Kurve nach zu urteilen, hatte ich einen Tag lang vierzig Grad Fieber. In der Nacht ist die Temperatur dann sukzessive gesunken, und gegen fünf Uhr morgens war sie dann wieder normal. Ich bin auf dem Wege der Besserung, und das habe ich Petter zu verdanken.

Bei dem Gedanken, wie liebevoll er sich um mich gekümmert hat, wird mir ganz anders. Tag und Nacht hat er nach mir gesehen, während er sich selbst mit dem Bettsofa herumgequält hat.

So leise wie möglich schleiche ich die Treppe hinunter. Schon nach ein paar Stufen schlägt mir die eisige Luft entgegen, und mir wird sofort wieder kalt. Ich werfe einen Blick ins Wohnzimmer. Petter liegt auf der Seite, die Decke weit hochgezogen, nur sein hellbrauner Haarschopf ist noch zu sehen. Seine Bettdecke hebt und senkt sich rhythmisch mit seiner Atmung, und sein Körper sieht für die schmale Matratze viel zu groß aus.

Die Küchentür ist geschlossen, und als ich sie einen Spalt öffne, reckt Hamlet von seinem Plätzchen auf dem Küchensofa verschlafen den Kopf. In der nächsten Sekunde trifft mich der vorwurfsvolle Blick des Katers, offenbar gefällt es ihm überhaupt nicht, eingesperrt zu werden. Mit einem Satz springt er geschmeidig zu Boden und steuert seinen Fressnapf an.

Während Hamlet frisst, inspiziere ich den Kühlschrank. Das ist schnell getan, denn er ist so gut wie leer. Wenn ich Frühstück will, muss ich erst einkaufen gehen, doch allein bei dem Gedanken, über dieselben Straßen laufen zu müssen, auf denen ich so lange herumgeirrt bin, bekomme ich eine Gänsehaut.

Bevor ich mich entschieden habe, hat Hamlet seinen Napf schon sauber geleckt und verlässt die Küche mit aufgestelltem Schwanz.

Es verstreichen ein paar Sekunden, dann erklingt ein Schrei aus dem Wohnzimmer. Na ja, Schrei ist untertrieben, es ist vielmehr ein Mordsgebrüll, woraufhin ich vor Schreck zusammenfahre. Auf das Brüllen folgt ein heftiges Fauchen, also renne ich ins Wohnzimmer, um herauszufinden, was los ist.

Auf dem Bettsofa steht Petter in Schlafanzughose und T-Shirt, die Augen weit aufgerissen, die Haare stehen ihm wild zu Berge. Er hält sich sein Kopfkissen als Schutzschild vor den Körper. Vor ihm auf dem Boden steht Hamlet wie angewurzelt und macht einen Buckel.

»Was tust du?«, rufe ich. »Du erschreckst uns ja zu Tode, Hamlet und mich.«

Erst jetzt nimmt Petter Notiz von mir. »Julia«, ruft er und lässt den Kater für einen Moment aus den Augen. »Du bist ja wach, wie geht's dir?«

Ich überlege. Eigentlich fühle ich mich ganz gut, habe aber einen Bärenhunger, was man wohl als positives Zeichen werten kann.

Petter fuchtelt vor dem Katzentier mit seinem Kopfkissen herum, während er auf meine Antwort wartet. Es sieht urkomisch aus, daher kann ich mir das Lachen nicht verkneifen.

»Hast du etwa Angst vor Katzen?«, frage ich ihn.

Keine Antwort.

»Könntest du so lieb sein und ihn rausbringen?«, fragt er schließlich verkniffen. »Bring ihn einfach raus!«

Als ich seinen ernsten Tonfall bemerke, dazu das Entsetzen in seinem Gesicht, vergeht mir das Lachen. Ich marschiere auf Hamlet zu, greife ihn energisch unter den Vorderbeinen und nehme ihn hoch. Es gefällt ihm zwar nicht, aber er lässt sich von mir immerhin in die obere Etage tragen. Da schließe ich ihn ins Schlafzimmer ein. Als ich zurückkomme, hockt Petter auf dem Schlafsofa und hat das Gesicht in den Händen vergraben. Ich kann sein Gesicht so nicht sehen, aber sein Brustkorb bewegt sich heftig und schnell.

Ich bleibe in der Tür stehen und warte darauf, dass er aufblickt, doch vergeblich.

»Alles okay?«, fragte ich vorsichtig, nachdem Minuten verstrichen sind.

Petter antwortet nicht, aber seine Atmung hat sich inzwischen beruhigt.

»Du magst Katzen wirklich nicht, oder?«

Noch immer keine Antwort, aber er schüttelt den Kopf, was ich als Durchbruch in unserer Kommunikation deute.

»Du«, sage ich und mache einen Schritt ins Zimmer hinein. »Wir haben nichts zum Frühstücken.«

Erneutes Kopfschütteln.

»Und ich weiß nicht, wie es dir geht, aber ich habe einen Bärenhunger!«

Da sieht Petter endlich auf.

»Ich auch«, sagt er und versucht zu lächeln. »Tut gut, dich wieder auf den Beinen zu sehen. Ich hab mir ziemliche Sorgen gemacht!«

»Danke, dass du dich um mich gekümmert hast. Ich weiß nicht, was ohne dich passiert wäre.«

Er druckst hin und her. »Ach was, nicht der Rede wert.«

»Doch, es war superlieb von dir. Wie wäre es, wenn wir uns nach einem coolen Hotel mit einem gigantischen Frühstücksbuffet umsehen würden?«

Petter runzelt die Stirn.

»Wird dir das nicht zu viel? Du warst tagelang völlig außer Gefecht.«

Ich überlege. »Doch, das passt.«

»Dann klingt das hervorragend«, sagt er und grinst breit.

Kurze Zeit später verlassen wir das Haus. Hamlet ist offenbar ebenso erfreut darüber wie wir. Als ich ihn vorher noch aus dem Schlafzimmer gelassen habe, hat er mir einen extrem abfälligen Blick zugeworfen.

Petter und ich spazieren durch Visbys Straßen, die nach dem Schneesturm eher einer Mondlandschaft ähneln als einer Stadt. Wir kommen an Häusern vorbei, die unter dem Schnee kaum noch hervorlugen, und unter den sanften weißen Wellen kann man parkende Autos nur erahnen. Als wir um die nächste Ecke biegen, zeigt Petter mir die Schneewehe, in der er mich gefunden hat.

»Du warst fast schon zu Hause«, sagt er. »Ein paar Meter weiter, und du hättest unser Haus gesehen.«

»Danke«, flüstere ich. »Dass du nach mir gesucht und mich nach Hause gebracht hast. Und für die hervorragende Krankenpflege.«

Er zuckt nur mit den Schultern, als würde er ständig Frauen vor dem Kältetod retten.

»Doch«, sage ich noch mal. »Es war total nett von dir, und als Dankeschön lade ich dich jetzt zum Frühstück ein.«

Das gefällt ihm, und als ich in sein Gesicht sehe, stelle ich fest, dass er ein sehr sympathisches Lächeln hat. Seine Zähne sind weiß und eben und in den unrasierten Wangen bilden sich kleine Grübchen.

»Kommt nicht in Frage«, sagt er und lacht. »Wenn hier jemand wen zum Frühstück einlädt, dann bin ich das.«

»Du? Warum denn du …?«

»Weil du mich heute Morgen vor der Katze gerettet hast.«

Jetzt muss ich lachen. »Ach, komm schon.«

Er schüttelt den Kopf. »Ich weiß nicht, was in mich gefahren ist. Ich habe schlecht geträumt, und als dann auch noch der Kater zu mir ins Bett gesprungen ist, voll in mein Gesicht, habe ich Panik bekommen. Du weißt ja jetzt, dass ich Katzen nicht besonders mag. Man könnte fast sagen, ich hasse sie.«

»Aber warum denn? Katzen sind doch süß und völlig ungefährlich. Jeder mag Katzen!«

»Ich kann es dir nicht sagen. Es gibt keine logische Erklärung dafür. Keine traumatischen Erlebnisse in der Kindheit. Ich komme …« Er schüttelt sich. »Ich komme mit ihnen einfach nicht klar. Sie sind so unberechenbar.«

Wir gelangen zu einem Platz, und Petter zeigt auf ein gelbes Gebäude mit hohen Sprossenfenstern und einem großen Hotelschild. Die Fassade ist mit Girlanden aus Tannenzweigen üppig dekoriert.

»Was hältst du davon?«

Ich nicke, also gehen wir hinein.

Die weihnachtliche Atmosphäre im Eingangsbereich erschlägt uns geradezu. Ein gewaltiger Weihnachtsbaum, Kränze in den Fenstern, in jeder Ecke Weihnachtswichtel, Bing Crosbys »White Christmas« aus den Lautsprechern.

Geschockt bleibe ich mitten in der Eingangshalle stehen.

Petter stoppt auch und sieht mich besorgt an. »Was ist los, Julia? Geht's dir nicht gut?«

»Nein, es ist nichts. Es ist nur so, dass ich Weihnachten so hasse wie du Katzen.«

Er zieht die Augenbrauen hoch und versucht, ein Grinsen zu unterdrücken. »Ehrlich?«

»Ja, leider.«

»Aber Weihnachten hat doch so etwas Gemütliches. Ich meine, jeder mag Weihnachten …« Er verstummt und schmunzelt. »Ich weiß, es nützt gar nichts, wenn andere einem erzählen, dass alle anderen Menschen das mögen, was man selbst nicht ausstehen kann.«

»Nein, das führt nur dazu, dass man sich wie ein Freak vorkommt.«

In den Lautsprechern macht Bing Crosby jetzt Platz für einen Weihnachtssong, in dem es darum geht, dass es endlich schneien möge. »Kein Mensch braucht jetzt noch mehr Schnee«, möchte ich losbrüllen. Kann nicht mal jemand dieses Lied ausschalten?

»Möchtest du lieber woanders hingehen?«, fragt Petter, aber ich schüttele den Kopf.

»Es ist überall das gleiche Elend«, sage ich. »Da hilft nur, Zähne zusammenbeißen.«

Er lächelt mir zu und zeigt auf den Frühstücksraum. »Komm«, sagt er. »Jetzt schauen wir mal, ob sie da Platz für zwei Freaks haben.«

PETTER

Petter konnte sich nicht erinnern, wann er zuletzt derart satt gewesen war. Sein Magen fühlte sich so voll an, dass er meinte, beim nächsten Bissen von seinem Blaubeermuffin zu platzen. Die kleinen Kuchen waren derart köstlich, dass schon der zweite vor ihm auf dem Teller lag. Julias Gesichtsausdruck nach zu urteilen, ging es ihr genauso.

Es tat gut zu sehen, dass sie wieder auf den Beinen war und Farbe im Gesicht hatte. Eine Zeitlang hatte er sich ernsthaft Sorgen gemacht und sich zweimal sogar ärztlichen Rat eingeholt. Da hatte er auch den Tipp mit der Fieberkurve bekommen und die Information erhalten, er solle Julia einem

Arzt vorstellen, wenn das Fieber nicht innerhalb von drei Tagen nachließ. Und tatsächlich hatte er erst gestern Abend aufatmen können, als das Fieber sank und sich wieder auf einem normalen Temperaturniveau bewegte. Jetzt, nach zwei ganzen Tagen, hatte Julia sich offenbar gesund geschlafen und wirkte wieder völlig regeneriert. Appetit hatte sie jedenfalls.

Sie mussten bereits seit Stunden in diesem Frühstücksraum sitzen, denn vor ihnen stapelten sich leere Teller, Schüsseln, Tassen und Gläser. Während andere Gäste gekommen und sich ein-, vielleicht zweimal am Buffet bedient hatten, waren sie selbst schon bei der sechsten oder sogar siebten Runde angelangt.

»O Gott, ich bekomme keinen Krümel mehr runter«, stöhnte Julia, lehnte sich dabei zurück und rieb sich den Bauch. Dann blickte sie auf seinen Teller. »Isst du die Weintrauben noch?«

Petter schüttelte den Kopf. Schon das Reden war anstrengend.

Julia reckte sich über den Tisch, klaute sich die Trauben und schob sie sich in den Mund.

Auch Petter lehnte sich zurück und versuchte dabei, diskret den Knopf seiner Jeans zu öffnen. Was ihm nicht gelang, denn Julia musste sofort herzhaft lachen.

»Das hab ich schon vor einer Stunde machen müssen«, flüsterte sie ihm zu.

»Es war eine gute Idee hierherzukommen«, sagte Petter. »In den vergangenen Tagen habe ich auch kaum was gegessen. Und auf dieser Schlafcouch schläft man ja unfassbar schlecht.«

»Ja, die ist furchtbar.«

Petter nickte. »Allein die Bezeichnung Bettsofa ist eine Beleidigung für alle anderen guten Bettsofas«, sagte er. »Man hätte es lieber Streckbank nennen sollen.«

»Was ich nicht ganz verstehe«, sagte Julia und legte die Stirn in Falten, »ist, warum du überhaupt hier bist. Du hast gesagt, du musst arbeiten, aber warum gerade hier in Visby, noch dazu über Weihnachten? Du hast doch eine kleine Tochter – solltest du nicht lieber mit ihr feiern, anstatt hier zu sitzen und zu arbeiten?«

»Genau das habe ich ja vor«, sagte Petter. »Ich bin hierhergekommen, um in Ruhe arbeiten zu können und die Chance zu haben, mit Elsa Weihnachten zu feiern. Meine Frau ist auf Gotland aufgewachsen, und ihre Eltern wohnen noch in der Nähe von Katthammarsvik.«

Julia sah ihn verdutzt an. »Deine Frau? Ich wusste gar nicht, dass du verheiratet bist.«

Petter schüttelte den Kopf. »Bin ich auch nicht mehr. Ich hab ja ›Exfrau‹ gesagt.«

»Nein, du hast ›Frau‹ gesagt.«

»Nein, ich habe gesagt, meine Exfrau ist auf Gotland aufgewachsen. Ich weiß doch, was ich sage.«

»Und ich weiß doch, was ich höre.«

Ein paar Sekunden lang starrten sie sich entgeistert an, dann schienen sie beide dasselbe zu denken. Diese dumme Diskussion wollten sie wirklich nicht fortsetzen, schließlich war die Stimmung gerade so entspannt gewesen.

Der Frühstücksraum leerte sich allmählich, die Gäste standen einer nach dem anderen auf, um sich auf den Weg in die Stadt zu machen und die letzten Geschenke oder Zutaten fürs Weihnachtsessen zu besorgen.

»Weißt du was«, sagte Petter, »ich glaube, wir sind die

zwei einzigen Menschen in ganz Schweden, die nicht unter Zeitdruck herumrennen, um die letzten Vorbereitungen für das Weihnachtsfest zu treffen. Die Einzigen, die einen Tag vor Weihnachten seelenruhig dasitzen und zweieinhalb Stunden lang frühstücken können.«

Julia blickte auf und lächelte. »Da hast du vermutlich recht«, sagte sie. »Wir sind die Einzigen, die dieser Gehirnwäsche entgehen.«

»Was für ein Problem hast du eigentlich mit Weihnachten?«, fragte er. »Was magst du daran nicht?«

Julia zuckte mit den Schultern. »Wo soll ich anfangen? Ich finde es ganz einfach nervig, dass jeder nur noch Weihnachten im Kopf hat. Als würde es nichts anderes mehr geben, was wichtig ist. Man verplempert so viel Zeit damit, einen einzigen perfekten Tag zu planen, dass man alle anderen Tage aus dem Blick verliert. Man ist so fixiert auf den Heiligabend im Kreise seiner Liebsten, dass man wochenlang vorher alle vernachlässigt. Und wenn Weihnachten dann da ist, kommt doch immer alles ganz anders. Statt Ruhe und Besinnlichkeit hat man in der Regel von morgens bis abends keine entspannte Minute. Und anstelle von schönen gemeinsamen Stunden streitet man sich und ist genervt. Ist doch kein Wunder, dass es im Januar die meisten Trennungen gibt.«

Petter nickte.

»Magst du denn Weihnachten?«, fragte Julia.

»Früher mochte ich es schon«, antwortete er. »Ich habe diese romantische Zeit genossen, aber jetzt …« Er hielt inne, suchte nach den richtigen Worten.

Julia fand sie zuerst. »Nach der Trennung ist alles anders, oder?«

Er nickte stumm.

»Wie lange ist es her?«

»Vor zwei Monaten und drei Wochen haben wir die Scheidung eingereicht.«

»Und warum habt ihr euch dazu entschlossen?«

Da kam sie – die Frage, vor der er sich immer gefürchtet hatte. Die Frage, der er selbst aus dem Weg ging, weil er keine richtige Antwort darauf hatte. Die er Caroline mehrfach gestellt hatte, aber aus deren Erklärungen er nie schlau geworden war.

Die Standardformulierung lag ihm schon auf der Zunge: Man habe sich auseinandergelebt. Aber irgendwie hatte er das Gefühl, dass Julia diese Lüge durchschauen würde. Entspannt sah sie ihn mit ihren braunen Augen an. Ganz anders als Bettina, die immer nach einer Schwachstelle suchte, dann den Finger erbarmungslos in die Wunde legte, nur um ihm hinterher empathisch auf die Schulter zu klopfen und ihm zu versichern, wie sehr sie mit ihm fühlte. In Julias Blick konnte er so etwas nicht entdecken, also wagte er es, ganz ehrlich zu sein.

»Die Trennung ging von Caroline aus, aber was ihre wirklichen Beweggründe waren, hat sie nicht richtig erklären können«, sagte er und fügte hinzu: »Oder ich habe mich geweigert, sie zu verstehen.«

»Liebst du sie immer noch?«

»Weiß nicht.«

»Du weißt es nicht?«

»Nein, ich weiß gar nichts mehr. Aber das Leben als verheirateter Mann vermisse ich. Dass jemand zu Hause ist, wenn ich heimkomme. Dass ich Elsa jeden Tag um mich habe. Dass ich mir keine Sorgen über die Zukunft machen muss. Allein alt zu werden und einsam zu sein. Mich nie mehr geliebt zu fühlen. Keinen mehr zu finden, den man liebt.« Petter war von seiner Offenheit selbst etwas überrumpelt. Diese Gefühle hatte er nie zuvor in Worte gefasst, und es war erschreckend, sie zu hören. Gleichzeitig hatte es etwas Tröstendes, die Ängste mit jemandem zu teilen.

Julia saß nur still da und ließ seine Worte sacken.

»Deswegen bist du hierhergekommen«, sagte sie dann. »Nicht um ungestört arbeiten zu können, sondern um Caroline zurückzugewinnen.«

Das war mehr eine Feststellung als eine Frage, und Petter stierte geradeaus auf seine Kaffeetasse. Früher hatte er immer, wenn seine Trennung zur Sprache kam, das Gesicht gewahrt und von »einer gemeinsamen Entscheidung« gesprochen, beteuert, es sei »für beide das Beste so«. Keinem anderen Menschen hatte er seine Sorgen und Zweifel anvertraut. Wie konnte es möglich sein, dass diese fremde Frau, die er erst seit wenigen Tagen kannte, ihn viel besser verstand als irgendwer sonst?

»Ja«, gab er mit belegter Stimme zu. »Deshalb bin ich hierhergekommen. Ich hab gehofft, sie würde einsehen, dass es ein Fehler war, und es noch einmal mit mir versuchen.«

»Entschuldigen Sie bitte, aber wir schließen unser Restaurant jetzt.« Eine Kellnerin mit schwarzer Schürze und weißer Bluse stand plötzlich an ihrem Tisch und begann abzuräumen. Erst jetzt bemerkte Petter, dass sie hier inzwischen ganz alleine saßen und auch keine Weihnachtsmusik mehr erklang. Nach einem kurzen Hin und Her, wer nun die Rechnung übernehmen würde, entschieden sie sich, sie zu teilen.

Als sie wieder draußen auf der Straße standen, war die Weihnachtshektik nicht mehr zu übersehen. Die Leute hetzten von Geschäft zu Geschäft, die Hände voller Einkaufstüten.

»Ich würde gern noch einen kleinen Verdauungsspaziergang machen«, sagte Petter. »Hast du Lust mitzukommen?«

Vor ein paar Tagen hätte er alles getan, um mit Julia so wenig wie möglich zu tun zu haben, aber jetzt ertappte er sich dabei, dass er wünschte, sie käme mit. Er genoss es, sich mit ihr zu unterhalten. Obwohl sie sich kaum kannten, oder vielleicht gerade deshalb, hatte er sich getraut, offen zu sein. So etwas kannte er gar nicht von sich.

»Okay«, sagte sie. »Wenn du nicht so schnell gehst, denn ein bisschen wacklig bin ich schon noch auf den Beinen, und meine Stiefeletten sind eher für die Einkaufsstraßen in Stockholm gemacht als für die Antarktis.«

Er musste lachten, und sie schlenderten los. Bogen in Gassen und schmale Sträßchen ein, durch die kaum ein Auto passte. Hin und wieder blieben sie stehen und bestaunten das Kunsthandwerk von gotländischen Designern in den Schaufenstern. Sie waren ganz verzaubert von dieser Idylle, es war, als bewegten sie sich durch eine Filmkulisse, und nicht durch eine Stadt, in der echte Menschen lebten. Vor einem Lädchen, in dem sie Erzeugnisse von gotländischen Kunsthandwerkern verkauften, blieb Julia stehen.

»Schau mal, sind die schön«, rief sie begeistert und ging so nah ans Schaufenster, dass sie sich fast die Nase platt drückte.

Sie zeigte auf ein paar hellrosafarbene Schaffellpantoffeln.

»So was brauche ich. Ich kriege doch so schnell kalte Füße.«

»Na, dann lass uns mal reingehen«, sagte er, öffnete die Tür und ließ ihr den Vortritt.

Der Laden war winzig klein und düster, doch es roch herrlich nach Schaffell und Räucherwerk. Ein Glöckchen läutete, woraufhin die grauhaarige Frau hinter der Theke aufsah und sie freundlich begrüßte.

Julia ging direkt auf das Regal mit den Pantoffeln zu. Petter blieb noch an der Tür stehen und beobachtete, wie sie die rosafarbenen Schuhe herausholte und über die gelockte Wolle strich.

»Kann ich Ihnen irgendwie behilflich sein?«, fragte die Frau.

»Wie viel kosten diese Schuhe?«

Die Antwort der grauhaarigen Frau konnte er nicht verstehen, doch Julias Reaktion war eindeutig. Enttäuscht stellte sie die Pantoffeln zurück und stand wieder in der Tür.

»Wolltest du die nicht kaufen?«

Sie schüttelte den Kopf. »Sie sind schweineteuer«, flüsterte sie.

Sie verließen das Lädchen und spazierten weiter durch verwinkelte Gassen. Kamen an einem Tee- und Kaffeegeschäft vorbei, das die Straße in herrliche Düfte hüllte. Warfen einen Blick in einen Käseladen, wo Petter es sich nicht verkneifen konnte, ein paar Käsestücke mitzunehmen, auch wenn davon der ganze Kühlschrank stinken würde. Schließlich liefen sie einen schmalen Weg hinunter zum Fährhafen. Das Meer lag da so still und grau, dass es mit dem Himmel am Horizont fast verschwamm. Ganz anders als an dem Tag, als die Wellen gegen die Fähre schlugen und drohten, sie zum Kentern zu bringen.

Julia blieb stehen und atmete die Meeresluft tief ein. Petter tat es ihr nach.

»Ich frage mich, wie es sich anfühlt, hier das ganze Jahr über zu wohnen«, sagte sie leise, als spräche sie mit sich selbst. »Umgeben vom Meer.«

»Wohnst du schon immer in Stockholm?«

Sie nickte. »Ja, weiter bin ich noch nicht gekommen. Ich bin in einem Vorort groß geworden und in die Stadt gezogen, als ich zwanzig war. Seitdem ziehe ich immer wieder um, weil ich nur Mietverträge als Untermieterin bekomme. Im Moment wohne ich in der De Geersgatan in Gärdet.«

Petter staunte. »Hey, dann sind wir ja fast Nachbarn«, rief er.

»Wirklich?«

»Ja, seit ein paar Monaten wohne ich in der Artillerigatan auf der anderen Seite des Valhallavägen. Und wir haben auch schon viele Jahre in der Banérgatan gewohnt.«

Julia musste lachen. »Komisch, dass wir uns nie begegnet sind.«

»Aber vielleicht sind wir das ja. Als ich dich auf dem Schiff gesehen habe, kamst du mir irgendwie bekannt vor«, sagte Petter.

»Vielleicht hast du mich mal bei der Arbeit gesehen? Ich arbeite im Restaurant Mohnblume, das kennst du vielleicht.«

Jetzt lachte Petter. »Ist nicht dein Ernst.«

»Nein, über meine Arbeit mache ich nie Witze. Einfach aus dem Grund, dass ich da nichts zu lachen habe. Dann kennst du die Mohnblume?«

»Ja, da esse ich mehrmals im Monat Mittag.«

»Echt?«

Und da fiel der Groschen. Das Essen neulich mit Bettina. Die gestresste Kellnerin mit der weißen aufgeknöpften Bluse. Deshalb war ihm Julia auf der Fähre bekannt vorgekommen – weil er ein paar Tage zuvor erst in ihr Dekolleté gestarrt hatte. Bei der Erinnerung daran lief er rot an.

»Was hast du?«, fragte Julia.

Petter schüttelte sich kurz, das Bild von ihrem BH passte jetzt wirklich nicht hierher.

»Ach nichts, ich finde nur, dass das ein witziger Zufall ist, mehr nicht.«

Sie schlenderten gemütlich weiter. Am Strand entlang, vorbei am Almedalen-Park, weiter zur Stadtmauer und dem Botanischen Garten. Dabei plauderten sie ganz unbeschwert, und Petter fiel auf, dass er sich schon sehr lange in der Gesellschaft eines Menschen nicht mehr so wohl gefühlt hatte. Sehr lange nicht mehr so gelacht hatte. Immer wieder sah er sie an. Sie war wie ausgewechselt, kein Vergleich zu der Julia, mit der er hier auf die Insel gekommen war. Statt dieser verbissenen Frau mit der Falte zwischen den Augen und einem bissigen Kommentar auf den Lippen, lief hier eine ausgelassene, fröhliche junge Frau neben ihm her. Und es war gar nicht schwer, sich zu unterhalten – und sie zu mögen, war auch nicht schwer.

Sie war plötzlich ganz anders, aber vielleicht war das auch kein Wunder. Schließlich hatte er sich auch nicht von seiner Schokoladenseite gezeigt, aber nun war es an der Zeit, das zu ändern.

»Was hast du denn heute Abend vor?«, fragte er sie.

Julia zuckte mit den Schultern.

»Nichts.«

»Was hältst du davon, zusammen zu essen? Ich könnte was für uns kochen, und dann machen wir uns einen gemütlichen Abend? Garantiert ohne den ganzen Weihnachtskram!«

Julia zwinkerte ihm zu. »Was willst du denn kochen – Fleischwurst oder Gulaschsuppe aus der Dose?«

Kurz stutzte er. Dann ging ihm auf, dass sie bislang von seinen Kochkünsten noch nicht viel mitbekommen hatte.

»Weder noch«, sagte er. »Für heute habe ich eine ganz andere Idee. Magst du Dosenravioli?«

Es dauerte eine Schrecksekunde, doch dann begann sie zu lachen.

»Okay«, sagte sie. »Aber nur, wenn noch Dosenerbsen und zerkochtes Tiefkühlgemüse dabei sind.«

»Ich gebe alles«, versprach Petter.

JULIA

Am Nachmittag geht Petter los, um den Einkauf in der Stadt zu erledigen. Ich nutze die Gelegenheit und ruhe mich aus. Nach dem langen Spaziergang spüre ich deutlich, dass mir noch die Kraft fehlt. Das Fieber hat mich ziemlich geschlaucht. Kaum liege ich im Bett, falle ich schon wieder in einen tiefen, traumlosen Schlaf. Als ich Stunden später aufwache, ist es bereits dunkel draußen. Ich liege da und horche, will wissen, ob Petter schon zurück ist. Und freue mich, als ich Geklapper aus der Küche höre.

Ich reibe mir den Schlaf aus den Augen und streiche mir schlaftrunken übers Gesicht. Als ich die Treppe hinuntersteige, bemerke ich schon auf halber Höhe einen herrlichen Duft, der garantiert nicht von Dosenravioli stammt. Ich folge ihm und gehe zur Küche. In der Tür mache ich halt.

Petter steht mit dem Rücken zu mir vor der Arbeitsplatte und rührt in einem Topf auf dem Herd, mit einem Geschirrtuch über der Schulter. Die aufgekrempelten Ärmel legen seine gut trainierten Unterarme frei. Ziemlich lange stehe ich nur da und beobachte ihn. Er wirbelt mit solcher Selbstverständlichkeit durch die Küche, dass er ganz offensichtlich gerne kocht und anzunehmen ist, dass er es auch gut kann. Gerade will ich fragen, ob ich ihm helfen kann, da fängt er an, vor sich hin zu summen. Eine leise Melodie, die mit Mühe und Not durch das Brummen des Dunstabzugs dringt. Das bringt mich völlig aus dem Konzept, und anstatt mich bemerkbar zu machen, stehe ich nur da und höre ihm zu. Er hat eine schöne Singstimme, leicht melancholisch, am liebsten würde ich zu ihm hingehen und ihn in die Arme schließen. Doch im nächsten Augenblick dreht Petter sich um.

»Hallo«, sagt er und strahlt. »Gut geschlafen?«

Über meine Antwort, dass ich wie ein Murmeltier geschlafen habe, freut er sich.

»Gut, dass du jetzt aufgewacht bist. Das Essen ist fast fertig.«

»Und wie ich sehe, gibt es keine Ravioli.«

Er muss lachen. »Nein, die Dose hebe ich für Silvester auf. Heute Abend gibt es Kabeljau-Loins in Weißweinsoße mit Kartoffelpüree. Ich hoffe, du magst das.«

Ich tue so, als müsste ich tatsächlich überlegen. »Ich denke schon.« Danach schaue ich mich in der Küche um. »Gibt es noch irgendwas, das ich tun kann?«

»Du könntest den Tisch decken und den Salat machen.«

Froh darüber, mich nützlich zu machen, stürze ich mich auf den Salat. Das ist nicht schwer und kommt mir entgegen – meine Fähigkeiten, was Kochen anbelangt, sind überschaubar. Wenn ich nach der Arbeit nach Hause komme, habe ich von Küchengerüchen derart die Nase voll, dass ich mich oft mit einer Schüssel Joghurt und Cornflakes als Abendessen zufriedengebe.

Stillschweigend arbeiten wir vor uns hin und bewegen uns vorsichtig in der winzigen Küche, um nicht ständig miteinander zu kollidieren.

Meine Gedanken wandern zurück zu unserem Gespräch vom Vormittag und Petters Beweggründen, hierher auf die Insel zu kommen.

»Wie sind denn jetzt deine Pläne?« Die Frage kommt wie von allein aus meinem Mund.

Petter sieht von dem Topf auf, in dem die Soße köchelt.

»Wenn die Kartoffeln fertig sind, schiebe ich den Kabeljau in den Ofen. In der Garzeit kann ich das Püree zubereiten.«

»Nein, ich meine deine Pläne, wie du deine Exfrau zurückerobern willst«, sage ich und hoffe, ich trete ihm mit dieser Frage nicht zu nahe.

Und natürlich reagiert Petter auf meine Frage. Seine Handbewegung stockt, doch dann beginnt er langsam wieder, in der Soße zu rühren.

»Ich meine, du hast dir doch bestimmt eine Strategie überlegt?«, bohre ich weiter. »Wenn du schon ihretwegen diesen weiten Weg auf dich genommen hast.«

»So viele Gedanken habe ich mir darüber noch gar nicht gemacht«, antwortet er. »Ich werde wohl einfach so sein wie immer.«

»So«, sage ich und komme mir auf einmal wie eine dieser Paartherapeutinnen vor, die in den Sonntagsausgaben der Abendzeitungen weise Ratschläge erteilen. »Ein bisschen mehr könntest du dich schon bemühen. Sie umgarnen. Charmant sein. Ihr all deine Schokoladenseiten noch mal präsentieren und sie an die Gründe erinnern, weshalb sie sich damals in dich verliebt hat.«

Petter windet sich. »Ich bin mir gar nicht sicher, ob ich

so viele guten Seiten habe«, sagt er leise. »Im Vergleich zu Caroline bin ich ziemlich … durchschnittlich.«

»Erzähl mal ein bisschen von ihr«, bitte ich ihn. »Wie ist sie so?«

Die Antwort kommt wie aus der Pistole geschossen, fast als wäre sie einstudiert. »Caroline ist intelligent, witzig, klug und eine wunderbare Mutter. Außerdem ist sie eine der schönsten Frauen, die mir je über den Weg gelaufen sind.«

»Hoppla«, rufe ich. »Das klingt jetzt, als sei sie direkt aus dem Himmelreich auf die Erde hinabgestiegen.«

Petter kommentiert das nicht, denn in dem Moment klingelt die Küchenuhr, und er pikst eine Gabel in die Kartoffeln, um festzustellen, ob sie durch sind. Nachdem er das Wasser abgegossen hat, schiebt er den Fisch in den Ofen. Unser Gespräch verläuft im Sande.

Während Petter das Püree zubereitet, decke ich den Tisch, zünde ein paar Windlichter an und denke noch einmal darüber nach, wie er Caroline beschrieben hat.

Ich frage mich, ob er sie in der Zeit ihres Zusammenlebens ebenso wunderbar gefunden hat.

Petter fährt mit dem Löffel ins Kartoffelpüree und schmeckt ab. Er schmatzt, und sein Blick wandert über das Gewürzregal. Dann greift er zu einer Dose, riecht daran und würzt die Kartoffeln damit.

Ein paar Minuten später ist der Fisch fertig. Wir setzen uns einander gegenüber an den Tisch, und Petter schenkt Rotwein in Linneas und Henkes hauchdünne Gläser.

Das Essen schmeckt phantastisch, das gilt auch für den Wein. Wir reden und lachen miteinander wie alte Freunde. Die Wärme des Ofens erfüllt das Zimmer, und an der Fensterscheibe bildet sich Kondenswasser.

Ich nehme noch einen Teller voll, und Petter schenkt uns beiden Wein nach.

»Ich habe immer geglaubt, Rotwein passt nicht zu Fisch«, sage ich, als ich einen Schluck genommen habe, »aber es schmeckt total gut!«

»Ein Pinot Noir passt zu Kabeljau genauso gut wie Weißwein«, erklärt er mir. »Nicht dass ich ein Weinkenner wäre, aber ich habe das eine oder andere von Caroline gelernt. Sie kennt sich gut mit Weinen aus.«

Na logisch, denke ich. Es würde mich auch nicht wundern, wenn sie neben ihren Kenntnissen über Weine, ihrer blendenden Schönheit und ihrer Erstklassigkeit in jeder Hinsicht auch noch in Burkina Faso ein Heim für Waisenkinder betreiben würde, die Antwort auf den Sinn des Lebens und den Nobelpreis für Literatur und Physik bekommen hätte – zwei Jahre hintereinander.

Ich weiß nicht, warum Caroline mich aufregt. Vielleicht weil es so respektlos uns ganz normal Sterblichen gegenüber ist, so perfekt zu sein. Vielleicht, weil sie für Petter immer noch auf dem Sockel steht, obwohl sie ihm das Herz gebrochen hat. Und ich finde es traurig, dass er von sich selbst so wenig hält, nach dem, was ich beurteilen kann, ist er einer von den Guten. Ein Mann, der außerdem auch noch hervorragend kochen kann!

Ich schiele zu ihm hinüber und weiß nicht, liegt es am Wein, dem romantischen Kerzenlicht oder diesen leuchtend blauen Augen, dass ich nervös und gleichzeitig selbstbewusst werde. Aber vielleicht hat es auch einfach nur damit zu tun, dass wir uns kaum kennen. Obwohl wir die vergangenen Tage miteinander verbracht haben, sind wir eigentlich Fremde füreinander.

Dieselben Gedanken scheinen Petter durch den Kopf zu gehen.

»Wir haben uns eigentlich nie richtig vorgestellt«, sagt er und hält mir die Hand hin. In diesem Moment ist seine Geste übertrieben förmlich.

Ich grinse und greife seine Hand. »Hallo, ich heiße Julia Grahn«, sage ich. »Das ist der Moment, in dem du alle Witze über meinen Namen loswerden kannst, die dir einfallen. Und vergiss bitte nicht einen Kommentar dazu, welche Ironie des Schicksals dahintersteckt, dass ich – mit diesem Namen – Weihnachten nicht ausstehen kann.«

Petter stutzt. »Wie bitte?«

»Na ja ... ist doch klar ... Julia Grahn. Der blödeste Name der Welt. Fanden meine Klassenkameraden auch. Bis in die Oberstufe haben sie mich immer Weihnachtsbaum gerufen.«

Er schüttelt den Kopf. »Ich finde den Namen hübsch.«

Ich nippe an meinem Wein und verdrehe die Augen, um das Kompliment nicht so stehen zu lassen. »Und wie heißt du weiter?«, frage ich ihn.

Er verzieht das Gesicht. »Niklasson«, sagt er. »Jetzt darfst du dich lustig machen. Aber glaub mir, die meisten Witze kenne ich bereits.«

Ich sehe ihn an, verstehe aber nicht, was er meint. Niklasson ist doch ein ganz normaler schwedischer Name. Was soll daran komisch sein? Erst dann fällt bei mir der Groschen.

»Petter Niklas ... wie das beste Stück des Mannes? Echt jetzt?«, frage ich und muss laut lachen. In Schweden ist das tatsächlich eine umgangssprachliche Bezeichnung dafür.

Er seufzt. »Jepp, the one and only. Also komm mir nicht

mit blöden Nachnamen. Es gibt sicher kein Synonym, das mir nicht als Spitzname verpasst worden ist, egal wann, egal wo.« Er lacht ernüchtert. »Man kann sich schon fragen, was sich die eigenen Eltern dabei gedacht haben.«

Ich nicke, das kann ich verstehen. »Ich habe meine Eltern gefragt, doch sie behaupten, dass ihnen nie der Gedanke gekommen ist, dass man meinen Namen mit einem Weihnachtsbaum in Zusammenhang bringen könnte.«

»Meine beteuern ihre Unschuld genauso.«

»Aber wenn du deinen Namen nicht ausstehen kannst, warum hast du dann bei eurer Heirat nicht den Namen deiner Frau angenommen?«

»Das hatte ich ursprünglich sogar vor«, antwortet er. »Solange ich denken kann, wollte ich den Namen wechseln, wenn ich mal heirate. Es war mir völlig egal, welchen Nachnamen sie trug – alles wäre besser als Niklasson. Aber dann habe ich Caroline kennengelernt und …«

»Und was?«

»Und sie heißt mit Nachnamen Pettersson. Das wäre auch nicht viel besser gewesen. Petter Pettersson. Klingt wie eine stotternde Comicfigur.«

»Pech.«

Er hebt sein Glas. »Skål auf unsere bescheuerten Nachnamen.«

»Weißt du was«, sage ich, als wir die Gläser wieder absetzen, »es hätte auch noch schlimmer kommen können. Ich hatte mal einen Zahnarzt, der Torbjörn Rex hieß. Auf dem Türschild stand dann die Abkürzung T. Rex. Als ich dann bei ihm auf dem Stuhl saß, musste ich so lachen, dass ich ihn aus Versehen in den Finger gebissen habe. Nicht schlimm, aber es war sehr unangenehm, und danach musste ich mir einen anderen Zahnarzt suchen. Mit einem gewöhnlichen Namen.«

Petter grinst. »Nicht zu vergessen die Gastroenterologin Anne Ahl«, sagt er.

Wir biegen uns vor Lachen und versuchen, immer noch eins draufzusetzen. Ein Name ist blöder als der andere. Schließlich sind wir so in Rage, dass wir gar nicht mehr aufhören können zu lachen, obwohl unsere Erfindungen immer alberner werden. Wie zum Beispiel die verarmte Modebloggerin Polly Esther. Erst als ich einen Namen herauspruste (den ich schrecklich witzig finde, eine der besten Wortschöpfungen dieses Abends), nämlich den erfolglosen Pornodarsteller Kai Nelatte, vergeht Petter das Lachen und er steht auf, um die leeren Teller abzuräumen.

Ich sehe ihm hinterher. »Alles okay?«

Als Petter sich umdreht, hat er seine Gesichtszüge wieder unter Kontrolle. »Ja klar«, sagt er betont heiter. »Ich wollte uns einen Kaffee kochen. Magst du?«

Ich werfe einen Blick auf die Uhr und bin ganz überrascht, wie spät es geworden ist. Wenn ich jetzt noch Kaffee trinke, werde ich kaum einschlafen können. Andererseits werde ich die Nacht wohl wieder auf dem Bettsofa verbringen müssen, an Schlaf ist daher sowieso erst mal nicht zu denken. Und unser gemeinsamer Abend ist so schön. Also nicke ich, und während Petter die Kaffeemaschine bedient, beobachte ich ihn genauer. Sein braunes Haar sieht im Nacken ganz weich aus, die hellen Stoppeln an Wangen und Kinn – für einen Dreitagebart schon ein wenig zu lang, für einen richtigen Bart noch zu kurz. Die blauen Augen, die oft diesen leicht melancholischen Blick haben, die jedoch funkeln, wenn er lächelt.

Mein Blick verlagert sich und ist jetzt an seinem Hintern hängen geblieben. Wow! Er hat einen tollen Hintern. Dass mir der bislang gar nicht aufgefallen ist …

»Was ist denn?«

Ich schrecke zusammen, als ich kapiere, dass ich ihn angestarrt haben muss und er es bemerkt hat. Ich versuche, Zeit zu gewinnen.

»Was?«

»Du hast mich so komisch angeschaut. Ist irgendwas?«

»Nein, nichts. Alles gut«, versichere ich ihm und versuche, ein unschuldiges Gesicht aufzusetzen. Vielleicht gelingt mir das nicht richtig, denn Petter mustert mich skeptisch.

»Okaaay.«

»Ja, ich habe nur …«, … deinen attraktiven Hintern bestaunt, denke ich, aber laut sage ich, »… dein Hemd angesehen!«

»Mein Hemd?« Petter runzelt die Stirn. »Warum?«

»Weil … weil …« Hör auf, Blödsinn zu reden, Julia, denke ich. Halt einfach die Klappe! Leider höre ich nicht auf mich und reite mich immer tiefer rein. »Weil ich mich gefragt habe, wo du es gekauft hast.«

»Du fragst dich, wo ich dieses Hemd gekauft habe?« Petter glaubt mir kein Wort.

»Genau. Das habe ich gerade überlegt, als ich dich angesehen habe.«

»Warum interessiert dich das?«

»Weil … mein Vater bald Geburtstag hat, und mir kam gerade die Idee, ihm so ein Hemd zu schenken.«

Hundert Punkte, Julia. Jetzt hast du ihn nicht nur angeglotzt, sondern dich auch noch über seine Klamotten lustig gemacht. Wie sollte man es sonst nennen, wenn du meinst, dass Petters Hemd einem Dreiundsechzigjährigen stehen würde?

Der Kaffee ist fertig, und Petter trägt die Kanne zum Esstisch, schenkt uns ein und setzt sich wieder.

»Jermyn Street«, sagt er dann.

»Was?«

»Da habe ich das Hemd gekauft. In einer Boutique in der Jermyn Street in London. Im Herbst hatte ich da eine Konferenz.«

»Ach so.« Ich versuche, ein enttäuschtes Gesicht zu machen, als würde mich nur der geographische Abstand davon abhalten, sofort loszuflitzen und genau dieses Hemd für meinen Vater zu kaufen.

»Aber die haben auch einen Online-Shop«, fährt Petter fort. »Keine Ahnung, wie hoch da die Versandgebühren sind, aber wenn du wirklich genau dieses Modell willst ...«

»Nein, ich dachte nur«, sage ich schnell. »Ich kaufe ihm vielleicht doch etwas anderes. Er wünscht sich auch neue Schraubenzieher.«

Petter will gerade den Mund aufmachen, da beginnt die Lampe an der Decke zu flackern. Petter verliert den Faden, und wir sehen beide hoch. Erst wird das Licht wieder normal, dann knackst es, und in der nächsten Sekunde erlischt die Lampe vollkommen. Gleichzeitig stellt die Dunstabzugshaube ihren Betrieb ein. Kühlschrank und Gefrierschrank werden totenstill.

»Oh«, rufe ich und blinzele, um meine Augen an das funzelige Kerzenlicht zu gewöhnen. »Ist die Sicherung rausgeflogen?«

Petter steht auf und geht zum Fenster. Er hält sich die Hand über die Augen und blickt die Straße hinunter.

»Alles ist dunkel«, sagt er. »Häuser, Straßenlaternen, alles aus.«

»Dann ist es ein Stromausfall?«

»Scheint so.«

Ich meine mich zu erinnern, dass Gotland früher große Probleme mit Stromausfällen hatte, sie waren häufig und konnten lange dauern, daher bin ich heilfroh, dass Petter bei mir ist. Dunkelheit und ich, das ist keine gute Kombination. Wenn ich ganz allein in einem finsteren Haus wäre, würde sofort die Phantasie mit mir durchgehen, und bevor ich wüsste, was geschieht, hätte ich alle Horrorfilme vor Augen, die ich je gesehen habe. Frauen, die allein zu Hause sind, sind immer die Ersten, die umgebracht werden.

Petter holt sein Smartphone, stellt sich an die Arbeitsplatte und checkt die Nachrichten.

»Auf den News-Seiten steht noch nichts über einen Stromausfall«, sagt er. »Das dauert bestimmt nicht lange.«

Ich habe vor, noch mehr Kerzen zu holen, und springe auf. Im selben Moment dreht Petter sich um und macht einen Schritt auf den Tisch zu. In der kleinen Küche stoßen wir fast zusammen. Instinktiv mache ich einen Schritt zur Seite. Petter auch – zur selben.

»Sorry«, sagen wir synchron, woraufhin wir das Ganze wiederholen, nämlich in die andere Richtung. Am Ende stehen wir uns beide gegenüber, tun nichts, warten auf eine Bewegung des anderen und sprechen kein Wort.

Schlagartig hat sich die Stimmung verändert. Von entspannt-unbeschwert zu etwas anderem. Die Luft ist wie elektrifiziert zwischen uns, und ich frage mich, ob Petter das auch spürt, oder ob dieses Gefühl nur durch meinen Bauch schwirrt. Unsere Körper sind sich so nah, dass ich den Duft seines Aftershaves riechen kann. Ich muss einmal tief durchatmen.

Ein paar Sekunden verstreichen, bevor ich mich traue, aufzublicken und ihn anzusehen. Und dann stockt mir der Atem. Petters Augen, die oft so traurig blicken, sehen mich nun mit einer ungeahnten Intensität an. Ich schlucke und befeuchte, ohne dass ich mir dessen bewusst bin, meine Lippen. Petters Brustkorb bebt, ich selbst bekomme kaum Luft.

Im nächsten Moment wird er mich küssen, denke ich, und bei dem Gedanken fängt mein Herz wie wild an zu schlagen und unter meinen Fußsohlen beginnt der Boden zu schwanken. Ich mache noch einen Schritt auf ihn zu, Petter offensichtlich auch. Ich schließe die Augen, öffne die Lippen und …

Da knackst es mit einem Mal wieder. Die Lampe blinkt auf. Kurz darauf wird die Küche wieder in Licht getaucht. Kühlschrank und Gefrierschrank hüsteln kurz und surren. Die Uhr am Herd springt an und blinkt. Die Realität ist zurück, und der Zauber dahin. Wir machen buchstäblich einen Satz voneinander weg, als hätten wir uns verbrannt.

Petter beginnt wahllos, in einer Küchenschublade zu kramen, ich drehe mich zum Tisch um und räume mit zittrigen Händen und hochroten Wangen die Kaffeetassen ab, obwohl sie noch nicht ausgetrunken sind.

»Wie schön«, sage ich und lache nervös. »Dass wir wieder Strom haben.«

Petter lacht auch. »Stimmt! Wirklich schön.«

»Ich mache den Abwasch«, sage ich.

»Kein Problem, ich kann das übernehmen.«

»Nein, wer kocht, muss nicht auch noch abwaschen. Alte Bauernregel.«

»Okay, wenn du drauf bestehst.«

»Tu ich.«

Wir bewegen uns beide wie auf Eis, bedacht darauf, uns nicht noch einmal zu nah zu kommen. Ich weiche ihm aus, traue mich nicht, ihn anzusehen, will nicht, dass er meine glühenden Wangen bemerkt. Kurz darauf verlässt Petter die Küche, und ich bleibe mit dem Abwasch, einem Hormonchaos und lauter wirren Gedanken zurück. Mir pocht das Herz noch immer bis zum Hals, und die Spülbürste in meinen Händen zittert. Was war das denn jetzt? Habe ich dieses Streichorchester wirklich gehört?

PETTER

»Hallo, mein Schatz.«

»Papa!« Als er ihre fröhliche Stimme hörte, schlug sein Herz Purzelbäume.

Gleich nach dem Stromausfall war er hoch in sein Zimmer geflüchtet und hatte seine Tochter angerufen. Nach dieser Szene in der Küche, als Julia und er sich auf einmal so nah gekommen waren, ihm der Duft ihres Haares in die Nase geströmt war und er fast ihre Körperwärme gespürt hätte, musste er auf andere Gedanken kommen. Nicht mehr an ihre Zungenspitze denken, wie sie ihre hübschen Lippen benetzt hatte und wie ihre runden Brüste unter der Bluse gebebt hatten. Bei dem Gedanken daran wurde ihm schon wieder ganz anders, doch das musste er sich aus dem Kopf schlagen. Sie hatte nicht das geringste Interesse an ihm, das hatte sie von Anfang an klargestellt. Er durfte nicht auf falsche Gedanken kommen, sondern sollte sein Ziel im Auge behalten. Aus einem einzigen Grund war er hier auf Gotland.

»Wie geht's dir, meine Kleine?«, fragte er. »Ist es schön bei Oma und Opa?«

»Jaa«, antwortete Elsa. »Aber du fehlst mir.«

»Du fehlst mir auch, und morgen komme ich ja schon.«

»Morgen ist Weihnachten.«

»Ja, das stimmt«, sagte er und musste lächeln. »Freust du dich?«

»Ja.«

Danach erzählte Elsa ihm, was sie den Tag über gemacht hatte. Sie hatte dem Opa geholfen, den Weihnachtsbaum im Wald zu schlagen, und mit der Oma Pfefferkuchen und Spritzgebäck gemacht.

»Und Mama hat Safranpfannkuchen gebacken«, rief sie überschwänglich, »den darf der Weihnachtsmann probieren. Das ist sein Lieblingskuchen!«

Petter lächelte. Wenn er dieses Jahr den Weihnachtsmann spielen sollte, konnte er garantieren, dass der Safranpfannkuchen nicht alt werden würde. Denn wenn er etwas an Gotland ganz besonders liebte, dann war es genau dieser Safranpfannkuchen mit Schlagsahne und Salmbeermarmelade.

Sie verabschiedeten sich, und Elsa gab das Telefon an ihre Mutter weiter.

»Hallo, Petter. Du rufst aber spät an. Gibt es was Wichtiges?«

»Ich wollte nur gute Nacht sagen und mich erkundigen, ob ihr auch Stromausfall hattet?«

Caroline seufzte. »Nein, zum Glück nicht. Wieso, sind in Visby die Lichter ausgegangen?«

»Ja, aber keine zehn Minuten.«

Stille in der Leitung.

»Dann kommst du morgen her wie geplant?«, fragte Caroline schließlich.

»Ja, genau.«

»Hast du einen Mietwagen?«

»Nein, ich dachte, ich nehme den Bus.«

»Ach was, das wird Ewigkeiten dauern, und er fährt an Heiligabend auch nicht oft. Ich leihe mir einfach den Wagen von Helena und hole dich ab.«

Er traute seinen Ohren nicht. Hatte er sie richtig verstanden? Hatte Caroline ihm soeben angeboten, ihn abzuholen? Und das an Heiligabend?

»Passt es dir, wenn ich halb elf da bin?«, fragte sie ihn.

Endlich brachte er wieder ein Wort heraus.

»Ja, klar, perfekt. Tausend Dank.«

Er gab ihr die Adresse, und sie sagten gute Nacht.

Hinterher saß Petter da, das Smartphone in der Hand, und ging ihr Gespräch im Geiste noch einmal Wort für Wort durch. Caroline würde gut eine Stunde Fahrt von Katthammarsvik bis Visby auf sich nehmen, nur um ihn abzuholen. Sie hatte es sogar selbst vorgeschlagen – und es hatte nicht geklungen, als ob es sie stören würde. Konnte es sein, dass sie sich darauf freute, ihn zu sehen? War das womöglich der Moment, auf den er so lange gewartet, den er herbeigesehnt hatte? Der Moment, in dem sie feststellen würde, dass sie ihn doch vermisste? Und wenn das der Fall war – warum ließ es ihn dann kalt?

24. Dezember

JULIA

Dieses Weihnachtsfest wird auf jeden Fall in die Geschichte eingehen, denn anstatt zu Hause bei meinen Eltern in der Küche zu sitzen, die Füße in ein paar weichen Hüttenschuhen, hocke ich in einem alten Steinhaus in Visby mit den Füßen in einem Aquarium. Anstatt an Lebkuchen zu knabbern, werde ich von gut zwanzig hungrigen Guppys angenagt. Und anstatt den Weihnachtsweisen schön singender Kinderchöre zu lauschen, dringen mir sonderbare Walgesänge in die Ohren, dazu hin und wieder ein Plingen von Evelyns Windspielen in ihrem kombinierten Wohn-Behandlungszimmer.

Vor mir sitzt Evelyn, auch sie mit den Füßen im Fischbecken. Sie hat ihr gestreiftes Nachthemd bis zu den Oberschenkeln hochgeschoben und entblößt ein paar korpulente, haarige Beine. Gerade hat sie mir eine Tasse Kräutertee serviert, und nun sieht sie mich über ihre eigene Teetasse hinweg fragend an.

»Deine Aura ist heute so schwach, Julia«, sagt sie. »Ist was passiert?«

Man muss wahrscheinlich kein Experte für Auratheorie sein, um zu spüren, dass etwas vorgefallen ist. Allein die Tatsache, dass eine nur halbbekleidete Nachbarin vor neun Uhr morgens am 24. Dezember an die Tür klopft und um Einlass bittet, würde vermutlich auch jeden anderen Menschen zu dieser Schlussfolgerung bewegen.

Die ganze Nacht habe ich mich auf dem Ausziehsofa hin und her gewälzt. Habe mir jede Sekunde in Erinnerung gerufen, alle Ereignisse analysiert, bis zu dem Moment, wo in der Küche der Strom ausfiel und mich plötzlich so etwas wie eine geistige Verwirrung überkam. Denn so muss es gewesen sein, wie soll ich mir sonst erklären, was passiert ist – oder vielmehr *nicht* passiert ist? Ich wünschte, ich hätte die Ausrede, ich sei betrunken gewesen, doch nach zwei Gläsern Rotwein war das definitiv nicht der Fall.

Petter, der Mann, von dem ich anfangs dachte, ich könne mit ihm nicht ein einziges Wort wechseln, ohne dass wir uns in die Haare bekommen, ist ganz anders, als ich erwartet habe. Die Tatsache, dass er im Schneesturm nach mir suchte, sich dann um mich kümmerte, als ich krank war und so hohes Fieber hatte, hat bewirkt, dass ich meine Meinung über ihn geändert habe. Gestern verbrachten wir den kompletten Tag miteinander, redeten und lachten dabei so viel, wie ich es sonst nur mit Isabelle kann, und dabei kapierte ich, dass er, auch wenn er das gut zu tarnen weiß, *echt* nett ist. Wirklich. Er wird mir fehlen, wenn ich wieder in Stockholm bin. Und es ist sehr gut möglich, dass ich mich in diesen Mann verlieben könnte. Doch die Voraussetzungen stimmen nicht. Petter ist komplett darauf fixiert, die Beziehung zu seiner wunderbaren und offenbar so perfekten Exfrau zu kitten, mit der er heute ein inniges Weihnachtsfest im Kreise der Familie feiern wird. Von der Vorstellung, wie die zwei unterm Baum sitzen, glücklich, frisch verliebt, wird mir schlecht. Daher bin ich heute früh sofort nach dem Aufstehen zu Evelyn hinübergerannt, um Petter nicht begegnen zu müssen, wenn er wach wird. Man kann das zwar feige nennen, aber so bin ich bislang immer mit schwierigen Situationen umgegangen. Ich mache mich aus dem Staub.

Von alledem soll Evelyn aber nichts wissen. Deshalb

antworte ich auch nicht ehrlich auf die Frage nach meiner schwachen Aura.

»Nein, nichts Besonderes. Ich habe nur schlecht geschlafen.«

»Schnarcht er?«

»Was?«

»Petter. Schnarcht er?«

Ich schüttele den Kopf. »Das heißt, keine Ahnung, weiß ich nicht.«

Evelyn zieht die Augenbrauen hoch und sieht mich groß an. Ich kann ihren Blick aber nicht deuten.

»In dem Fall könnte ich dich gut verstehen. Schnarchen ertrage ich absolut nicht«, sagt sie und seufzt. Dann nippt sie am heißen Tee. »Das ist auch der Grund, warum ich hier ganz allein wohne. Mit einem schnarchenden Mann im Bett halte ich es einfach nicht aus.«

Im Stillen denke ich, dass der Grund, warum sie hier alleine wohnt, wohl eher der ist, dass sie ihr Wohnzimmer mit zehn Aquarien bestückt hat. Aber stattdessen sage ich: »Ich bin so müde, weil das Ausziehsofa so hart wie ein Brett ist. Das ist alles.«

Evelyn schüttelt den Kopf. »Du schläfst auf dem Ausziehsofa?«

»Ja, beziehungsweise, wir wechseln uns ab.«

Jetzt gluckst sie.

»Was ist daran denn so komisch?«, frage ich sie.

»Dass ihr beide so blind seid. Ich dachte, ihr hättet es längst kapiert.«

Das verstehe ich nicht. »Was denn?«

Sie sieht mich verschmitzt an. »Dass sich eure biomagnetischen Felder anziehen.«

Ich habe gerade die Tasse an die Lippen gesetzt und muss husten. Ein paar Tropfen heißer Tee landen auf meinem Schoß.

»Wie meinst du das?«

»Diese Anziehungskraft zwischen euch. Die nimmt man schon von weitem wahr. Da knistert es gewaltig!«

Ich schnaube. »Wenn es knistert, dann nur vom Funkenflug, weil wir uns ständig streiten. Seit wir hier angekommen sind, liegen wir uns in den Haaren. Wir sind so verschieden, wie es zwei Menschen nur sein können.«

Evelyn legt den Kopf schräg. »Ja«, sagt sie gedankenverloren. »Auf der einen Seite seid ihr sehr verschieden. Aber auf der anderen ...« Sie lässt die Worte im Raum stehen.

»Er mag mich auch gar nicht«, argumentiere ich weiter. »Wie sich unsere Energiefelder anziehen sollen, ist mir ein Rätsel.«

»Ihr seid wirklich amüsant«, sagt Evelyn und lacht laut. »Beide gleichermaßen stur. Ihr kämpft dagegen an. Na ja, die Zeit löst solche Dinge. In der Regel kommt von ganz allein, was kommen soll.«

Mir liegen noch weitere Argumente auf der Zunge, doch Evelyns Körpersprache signalisiert mir deutlich, dass die Diskussion für sie beendet ist. Sie lässt den Kopf in den Nacken fallen und schließt die Augen.

Ich führe die Teetasse zum Mund und puste vorsichtig auf das heiße Getränk.

»Magst du den Tee?«, fragt Evelyn, ohne aufzublicken. »Er ist selbst gemacht, aus Kräutern aus meinem Garten.«

Ich zögere kurz. »Der ist ... speziell«, antworte ich. Und das ist das Beste, was man über Evelyns hausgemachten Tee sagen kann. Hätte sie nicht erwähnt, dass es Kräutertee ist, hätte ich vermutet, sie hätte mir Spülwasser vorgesetzt.

»Ich weiß«, sagt Evelyn zufrieden. »Das ist der reinste Zaubertrank, wenn ich ihn selbst so nennen darf. Hilft wirklich gegen alles.«

Ich schaue mich in dem Zimmer, in dem wir sitzen, um. Die dunklen Wände, die Windspiele an der Decke, die Massagebank in der Ecke, die Vitrine voller Schälchen und Kleinkram. Überall sitzen oder liegen Buddhafiguren in verschiedenen Größen.

»Wie bist du dazu gekommen, dich mit alternativen Heilmethoden zu beschäftigen?«, frage ich.

»Ich bin schon immer auf der Suche gewesen«, erklärt Evelyn. »Ich habe mich noch nie mit einfachen Erklärungen zufriedengegeben, sondern immer versucht, neue Wege zu gehen. Lange Jahre habe ich als Krankenschwester in der konventionellen Pflege gearbeitet, aber immer das Gefühl gehabt, dass wir trotz unserer hochmodernen Medizin und der vielen Behandlungsmethoden unser Ziel nie richtig erreicht haben.« Sie fixiert einen Punkt an der Wand hinter mir. »Wir leben in einem der Länder mit der besten medizinischen Versorgung weltweit. In den vergangenen fünfzig Jahren hat die Medizin riesige Fortschritte gemacht, und heute können wir Krankheiten heilen, die in der Generation zuvor noch ein sicheres Todesurteil gewesen wären. Trotzdem geht es uns schlechter denn je. Es hat schon fast epidemische Ausmaße, wie Depressionen und Erkrankungen durch Ängste und Stress um sich greifen. Und unsere abendländische Medizin steht dem ratlos gegenüber. Es reicht eben nicht, jemandem ein Rezept auszustellen, ihm auf die Schulter zu klopfen und ihn mit dem Hinweis, er solle sich wieder melden, wenn seine Beschwerden innerhalb einer Woche nicht nachlassen, nach Hause zu schicken. Die Menschen brauchen etwas anderes.«

Sie trinkt noch einen Schluck Tee und fährt fort.

»Daher habe ich angefangen, mich in meiner Freizeit mit traditioneller chinesischer Medizin und alternativen Heilmethoden zu beschäftigen, und je mehr ich darüber erfahren habe, desto größer wurde meine Begeisterung. Mir gefällt der ganzheitliche Ansatz, die Sichtweise, dass Körper und Seele eine Einheit bilden, und dass man den Menschen behandelt – nicht nur seine Krankheitssymptome. In diesem Punkt versagen wir nämlich im Krankenhaus, weil es am Ende nur darum geht, effektiv zu sein und den Alltag trotz der Einsparungen zu bewältigen. Als unser Klinikchef eines Tages angekündigt hat, dass eine weitere einschneidende Sparmaßnahme ansteht, hatte ich die Nase voll. Ich habe auf der Stelle gekündigt, eine Woche später meine Wohnung verkauft, bin von dem Geld nach Schanghai gereist und habe begonnen, traditionelle chinesische Medizin zu studieren. Vier Jahre bin ich dort geblieben.«

Mir stockt der Atem.

»Wie mutig von dir«, sage ich. »Hattest du keine Angst?«

Evelyn zuckt mit den Schultern. »Mutig oder verrückt«, sagt sie. »Aber ich habe deutlich gespürt, dass ich etwas radikal verändern musste, um es in Zukunft mit mir auszuhalten. Ich musste mir eine Arbeit suchen, in der ich einen Sinn sehen konnte.«

»Und wie bist du dann nach Gotland gekommen?«, frage ich. »Denn hier geboren bist du ja nicht, sonst hättest du einen Dialekt.«

Evelyn lacht. »Nein, ich bin keine Gotländerin und werde

es auch nie werden, obwohl ich hier jetzt schon seit fast zwanzig Jahren wohne. Weißt du, dass sie hier sagen, man wird erst richtig zum Gotländer, wenn die Familie seit mindestens drei Generationen auf der Insel lebt?« Sie lächelt. »Nein, dass ich in Visby gestrandet bin, liegt daran, dass ich dieses Haus von einer kinderlosen Tante geerbt habe. Von einem Tag auf den anderen war ich plötzlich Eigentümerin eines verfallenen kleinen Häuschens. Ich war gerade aus China zurückgekommen, völlig pleite, und wusste überhaupt nicht, wohin. Also wollte ich erst mal hier unterschlüpfen, bis ich in Stockholm eine passende Wohnung mit einem Behandlungsraum gefunden hatte. Doch das war schwieriger als gedacht. Während der Jahre, die ich im Ausland verbracht habe, sind die Wohnungspreise in die Höhe geschossen, und obwohl ich auch im Großraum Stockholm gesucht habe, bin ich nicht fündig geworden. Und je mehr Zeit verstrichen ist, desto besser hat es mir auf dieser windgeplagten Insel mit ihrer rauen Landschaft und den manchmal ebenso rauen Menschen gefallen. Inzwischen kann ich mir überhaupt nicht mehr vorstellen, woanders zu leben.«

Ich nicke, ohne zu wissen, was ich dazu sagen soll. Evelyns Geschichte hat mich schwer beeindruckt. Dieser Mut und diese Zielstrebigkeit! Dass sie es wagt, in der Mitte des Lebens alles hinzuschmeißen, um sich in etwas ganz Neues, Fremdes und total Unsicheres zu stürzen. Ich wünschte, ich wäre auch so mutig. Wenn ich doch nur den Mut hätte, zum Diktator zu gehen und ihm meine Kündigung in die Hand zu drücken. Aus meiner winzigen Wohnung auszuziehen und meine Jugendträume zu verwirklichen. Den Führerschein zu machen, ein Auto zu kaufen und einfach loszufahren. Aber wohin nur? Was würde ich tun? Im Gegensatz zu Evelyn gibt es in meinem Leben nichts, für das ich brenne oder das ich besonders gut kann (abgesehen davon, dass es mir immer gelingt, die besten Teile im Schlussverkauf zu ergattern oder mich an der Schlange zur Spy Bar vorbeizuquatschen).

Es ist, als könne Evelyn Gedanken lesen.

»Lass mich raten«, sagt sie. »Jetzt fällt dir dein eigenes Leben ein. Und du denkst, dass du auch gern was verändern würdest.«

»Woher weißt du das?«

»Solche Gedanken treiben jeden von uns um, mehr oder weniger bewusst, und ich habe festgestellt, dass das losgeht, sobald ich jemandem meine Geschichte erzähle.«

»Ich wünschte, ich wäre genauso tough wie du«, sage ich. »Und dass ich gern den Mut hätte, meinen öden Job hinzuschmeißen und was ganz anderes anzufangen.«

Evelyn muss lachen. »Tough? Darum geht es doch gar nicht.«

»Doch, wenn man sich traut, so was zu tun, dann muss man doch ganz schön mutig sein.«

Ihr Lachen verklingt, sie wird wieder ernst. »Nein, Julia«, widerspricht sie. »Entwicklung und Veränderung kommen gar nicht von Stärke oder Mut. Im Gegenteil. Denn wenn wir uns am schwächsten fühlen, am verletzlichsten, am ängstlichsten – genau dann treffen wir die wichtigsten Entscheidungen, Entscheidungen, die unser Leben verändern. Und zwar nicht, weil wir es wollen oder uns trauen – sondern weil wir es einfach tun müssen. Um zu überleben.«

Das Telefon klingelt. Evelyn zieht schnell die Füße aus dem Aquarium und geht in die Küche zu ihrem Apparat. Auf den Holzdielen hinterlässt sie nasse Abdrücke.

Ich sitze noch still da und lasse mir Evelyns Worte durch

den Kopf gehen. Muss daran denken, wie ich immer tatenlos zugesehen und auf den »richtigen« Zeitpunkt gewartet habe, etwas mit meinem Leben anzufangen. Diesen Zeitpunkt, wenn alles richtig gut läuft, die Voraussetzungen perfekt sind und ich mich stark, mutig und kompetent fühle. Doch dadurch bin ich nur zu einem Zuschauer in meinem eigenen Leben geworden. Nie habe ich es gelernt, meinen Fähigkeiten zu vertrauen.

Die ständigen Ermahnungen meiner Eltern: »Pass auf, Julia. Du könntest dir weh tun. Es könnte schiefgehen.« Und gleichzeitig die völlig andere Einstellung Martins Ideen gegenüber – unterstützend und anfeuernd: »Gut Martin, weiter so! Steh wieder auf! Probier's noch mal!«

Eine frühe Kindheitserinnerung kommt aus dem Nichts. Ich kann höchstens sechs, sieben Jahre alt gewesen sein. Martin vielleicht fünf. Wir sind mit unseren Eltern beim Eislaufen. Die Schlittschuhe haben wir beide zu Weihnachten bekommen, und nun stehen wir zum ersten Mal auf dem Eis. Ich halte die Hand meines Vaters krampfhaft fest, während ich mit kleinen Schritten übers Eis stakse. Natürlich habe ich Angst, aber vor allem bin ich ausgelassen und voller Vorfreude.

Neben uns sind meine Mutter und Martin. Seine Schritte sind ebenso unsicher wie meine, trotzdem reißt er sich von der Hand meiner Mutter los. Will alleine laufen. Ich sehe, wie mein Bruder seine ersten Runden dreht, und jetzt will ich es auch probieren. Ich lasse die Hand meines Vaters los und laufe ihm hinterher.

Ein paar Sekunden später sind wir die Könige auf dem Eis. Wir laufen ganz allein, ohne die Hilfe unserer Eltern. Wir müssen uns an niemandem mehr festhalten!

Im nächsten Augenblick zieht es mir die Füße weg. Und ich lande knallhart auf dem Rücken, voll auf dem Steißbein. Aber der Schmerz ist gar nicht das Schlimmste. Es ist die Erniedrigung, die Erste zu sein, die stürzt. Schließlich bin ich doch die große Schwester. Ich müsste besser sein.

Wut und Enttäuschung machen sich breit, und ich kann die Tränen nicht zurückhalten. Sie laufen über meinen rosafarbenen Schneeanzug. Meine Mutter ist sofort neben mir.

»Komm, Julia«, sagt sie, nimmt meine Hand und zieht mich wieder auf die Füße. »Beruhige dich. Komm, wir setzen uns da hin. Willst du einen heißen Kakao?«, fragt sie mich, und bevor ich überhaupt antworten kann, habe ich schon einen Plastikbecher mit dampfendem Inhalt in der Hand. Eine Zimtschnecke bekomme ich auch.

Dann sitzen wir da und essen und trinken und sehen meinem Vater und Martin beim Eislaufen zu. Wie immer lernt Martin es blitzschnell. Bald läuft es richtig gut. Aus den vorsichtigen Schritten werden lange, schöne Bögen, und er legt auch an Geschwindigkeit zu. Aber auch ihm passiert es, dass er stürzt. Manchmal knallt er viel schlimmer hin als ich. Dann schmollt er und schiebt die Unterlippe vor.

»Komm schon, Martin!«, ruft mein Vater und klatscht in die Hände. »Mach weiter, Junge, ja, gut so!«

Ich schiele zu meiner Mutter hinüber, die die Fortschritte meines kleinen Bruders voller Bewunderung verfolgt. Ich zupfe an ihrer Jacke.

»Mama, ich will auch wieder laufen.«

Erst hört sie mich gar nicht.

»Mama!«, rufe ich noch mal. »Ich will auch wieder aufs Eis.«

Sie sieht mich an und streichelt mir über die Wange. »Ich

weiß, Julia-Schätzchen«, sagt sie und legt den Kopf schräg. »Aber wenn du dann doch wieder hinfällst? Und dir weh tust? Das willst du doch auch nicht.« Danach drückt sie mir die nächste Zimtschnecke in die Hand.

Ich werde aus meinen Erinnerungen gerissen, als Evelyn das Telefongespräch beendet hat.

»Entschuldige«, sagt sie. »Das war Bertil, er wollte wissen, wann er kommen soll.«

»Bertil?«, frage ich nach. »Ein Patient?«

»Bertil ist ... ein guter Freund. Na ja, inzwischen vielleicht ein bisschen mehr als das.«

»Also dein Liebhaber?«

Evelyn lacht glucksend. »Wie das klingt. Im Sommer haben wir seinen vierundsiebzigsten Geburtstag gefeiert! Aber ja, so könnte man wohl sagen.«

»Hast du nicht gerade erwähnt, dass du alleine lebst«, frage ich. »Dass du keinen Mann willst?«

»Nein, nein. Ich habe gesagt, ich möchte nicht, dass ein Mann in meinem Bett *schläft*. Für andere Dinge darf er sich da gerne aufhalten. Aber danach soll er bitte wieder gehen. Glücklicherweise wohnt Bertil nur ein paar Häuser weiter, das stellt also kein größeres Problem dar.«

»Klingt perfekt.«

»Nicht wahr, von allem das Beste. Im Alltag habe ich meine Ruhe – und ansonsten einen liebevollen Mann um die Ecke.«

»Das wäre die Lösung.«

»Und, worauf wartest du noch?«, fragt Evelyn. »Wenn du weißt, was du willst, dann musst du doch nur noch dafür sorgen, dass es passiert. Jemand anderes nimmt dir das sicher nicht ab.«

»Aber …«, will ich sagen, doch Evelyn fährt mir ins Wort.

»Schau dich doch um. Du teilst dir dieses Haus mit einem attraktiven, netten, möglicherweise etwas spießigen Mann, aber du magst ihn mehr, als du es dir eingestehen willst. Meinst du nicht, es ist an der Zeit, etwas zu unternehmen?«

»Aber wenn er nun …«

Ich bringe meinen Satz nicht zu Ende, denn wieder klingeln die Worte meiner Mutter in meinen Ohren: *Aber wenn du dann doch wieder hinfällst? Und dir weh tust?*

Evelyn schaut mich an und wartet darauf, dass ich meinen Protest zu Ende bringe.

»Okay«, antworte ich. »Ich will nicht mehr feige sein. Ich werde zu Petter gehen und mit ihm reden. Vielleicht lade ich ihn zu einem richtigen Date ein, das wäre eine Möglichkeit, sich besser kennenzulernen.«

Evelyn nickt zufrieden. »Ich bin mir ganz sicher, dass er sich darüber freuen wird. Denk daran, was ich zu euren Energiefeldern gesagt habe.«

Kurz darauf verabschiede ich mich. Ich nehme Evelyn in den Arm und verspreche, wiederzukommen und die Fische mit meinen abgestorbenen Hautzellen zu füttern.

»Viel Glück!«, ruft sie mir hinterher. »Und frohe Weihnachten!«

Die hellblaue Haustür klemmt, als ich die Türklinke hinunterdrücke, doch mit einem Ruck bekomme ich sie auf.

Petter sitzt in der Küche, vor sich eine Tasse Kaffee und das Smartphone in der Hand. Als er mich erblickt, fährt er sich schnell durchs Haar und springt auf.

»Da bist du ja«, sagt er und fügt hinzu: »Ich hab mir schon Sorgen gemacht und Angst bekommen, ich müsste wieder die Schneewehen nach dir absuchen.« Er lacht nervös.

»Ich war bloß bei Evelyn«, sage ich.

Petter scheint mir etwas mitteilen zu wollen. »Möchtest du Kaffee?«, bringt er schließlich heraus und nickt in Richtung Kaffeemaschine.

Ich schüttele den Kopf. In meinem Magen ist sowieso schon Aufruhr. Entweder liegt das an Evelyns Kräutertee oder der ganzen Situation. Ich hole einmal tief Luft. Mach jetzt keinen Rückzieher, Julia, denke ich.

»Du, ich hab …«, sage ich, doch stocke, als auch Petter anfängt zu sprechen.

»Ich wollte …«

Ein paar Sekunden stehen wir da und schweigen uns an.

»Was denn?«, frage ich.

»Nein, sag du zuerst.«

Also setze ich noch mal an. »Ich hab mich gefragt, ob du … ob du Lust hättest, mit mir abends mal was trinken zu gehen«, sage ich und versuche zu verbergen, dass mein Puls auf hundertachtzig ist.

Petters Blick flackert, und als er zu sprechen beginnt, stottert er. »Julia«, sagt er. »Äh … also, ich …« Wieder fährt er sich durchs Haar. »Ich bin … Es ist so … Wir werden …«

Da schneidet ein lauter Ton durch die Luft. Ein Auto hupt, ungeduldig, anhaltend. Petter bringt seine Antwort nicht zu Ende, aber das ist egal. Ich merke es, wenn mir jemand eine Abfuhr erteilt.

Petter steht noch regungslos da. Seine Lippen bewegen sich, aber es kommen keine Worte. Als es zum zweiten Mal vor der Haustür hupt, setzt er sich in Bewegung.

»Ich muss los«, sagt er. »Ich werde abgeholt …«

Ich wünschte, unter mir würden sich die weiß lasierten

Holzdielen auftun und mich verschlucken. Dennoch zwinge ich mich zu lächeln.

»Ja, klar.« Übertrieben fröhlich wünsche ich ihm noch viel Spaß.

Er sieht mich mit traurigen Augen an. »Julia, kommst du wirklich klar? Dich hier an Heiligabend allein zu lassen, fühlt sich nicht richtig an.«

Ich zwinge ein Lachen hervor. »Ach, komm schon«, sage ich. »Ich kann mir nichts Besseres vorstellen. Schließlich bin ich doch hergekommen, um allein Weihnachten zu feiern. Ich freue mich schon drauf.«

Petter erwidert mein Lachen nicht. Er sieht mich nur an. Danach geht er in den Flur, und ich höre das Geraschel von seiner Jacke und den Geschenketüten.

»Frohe Weihnachten, Julia«, ruft er. »Und pass auf dich auf!«

»Frohe Weihnachten«, murmele ich.

Die Haustür geht auf, und ich bewege mich zum Fenster und linse vorsichtig hinaus. Draußen auf der Straße steht ein silberner Ford. Die Fahrertür springt auf, und eine brünette Frau steigt aus. Ihre langen kastanienbraunen Haare fallen ihr in großen Wellen auf den eleganten, hellgrauen Mantel. Sie lächelt Petter an, als er auf sie zugeht und sie in die Arme nimmt, und natürlich weiß ich gleich, wer sie ist. Die perfekte Caroline. Die Frau, mit der sich niemand messen kann, am allerwenigsten ich. Kritisch betrachte ich mein Spiegelbild im Flur. Meine Haare sind von der unruhigen Nacht auf dem Bettsofa zerzaust, weil ich mich noch nicht gekämmt habe, ich bin ungeschminkt, und meine Kleider passen überhaupt nicht zusammen. Die habe ich heute Morgen in der Eile im Halbschlaf angezogen. Was habe ich mir eigentlich gedacht? Dass Petter sich mit einer Kellnerin aus der Mohnblume zufriedengibt, wenn er auch Miss Universum haben kann?

Durch das Fenster in der Haustür beobachte ich, wie er die Tüten in den Kofferraum legt und die Klappe zuschlägt. Dann rennt er um den Wagen herum und öffnet die Beifahrertür. Das Letzte, was ich von ihm zu sehen bekomme, ist das breite Lächeln, das seine blauen Augen zum Strahlen bringt.

PETTER

Da war er also, Heiligabend. Der unselige Tag. Petter hatte sich lange vor ihm gefürchtet, aus Angst, ganz allein zu sein. Doch nachdem feststand, dass er ihn mit Caroline und Elsa verbringen durfte, hatte er ihm entgegengefiebert.

Nun war der Tag gekommen, und er saß auf dem Ecksofa im Haus seiner Exschwiegereltern, hielt eine Tasse mit Glögg in der einen Hand und eine selbst gebackene Pfefferkuchengiraffe in der anderen (zumindest hatte Elsa behauptet, es sei eine Giraffe), und doch konnte er den Moment überhaupt nicht genießen.

Caroline war vollauf damit beschäftigt, das Weihnachtsessen vorzubereiten, und hatte ihn mit klaren Worten angewiesen, sich da rauszuhalten, denn in der Küche herrschte jetzt schon viel zu viel Trubel. Nicht einmal Elsa hatte richtig Zeit für ihn. Zwar war seine kleine Tochter gleich angerannt gekommen und hatte sich in seine Arme geworfen, kaum dass er das Haus betreten hatte, aber dann war sie ebenso schnell wieder verschwunden, um mit Helenas und Tobias' jüngstem Sohn weiterzuspielen. Jetzt saßen die zwei – Cousine und Cousin – gemütlich auf den Schaffellen vor dem Kachelofen, eng beieinander und die Nasenspitzen über ihren Tablets. Es war, als wären sie gar nicht da.

Auf der einen Seite des Sofas saß Tobias und hielt – wie gewohnt – einen langen Vortrag über irgendein sonderbares Sport-Event, ohne zu bemerken, dass Petter schon vor längerer Zeit aufgehört hatte zu nicken.

Petter seufzte, biss der Pfefferkuchengiraffe den Kopf ab (oder war das der Schwanz?) und blickte sich im Zimmer um. Es sah aus wie früher, vielleicht war alles ein bisschen abgenutzter, als er es in Erinnerung hatte, aber ansonsten hatte sich in den vergangenen zwei Jahren nicht viel getan, seit er zuletzt hier gewesen war. Der Blickfang auf der einen Seite war ein prächtiger Kachelofen, auf der anderen ein großer Bauernschrank. In der Mitte des Zimmers hatten sie den Esstisch schon mit einem weiteren Tisch verlängert, drum herum standen zehn ungleiche Stühle, die alle unterschiedlich groß waren. Darüber hing der riesige Kronleuchter, zur Feier des Tages mit Preiselbeerkraut und roten Bändern geschmückt. In der Ecke neben dem Fenster war der Weihnachtsbaum aufgestellt, den Sverker und Elsa mit vereinten Kräften gefällt hatten. Caroline und Helena hatten ihn gemeinsam und nach allen Regeln der Kunst mit Strohherzen, Kugeln und Weihnachtswichteln aus Wolle geschmückt. Im Radio wurde Weihnachtsmusik gespielt und aus der Küche drang der Duft von gegrilltem Schinken und kräftiger Brühe. Ja, alles war wie früher – und doch irgendwie auch nicht.

Dieses Jahr war er zum ersten Mal nicht mehr Teil dieser Familie. Und obwohl ihn alle mit offenen Armen willkommen geheißen hatten, beschlich ihn das Gefühl, dass er nicht mehr hierhergehörte. Dass er eigentlich woanders sein sollte. Die Frage war nur: wo?

»Und dann, in der letzten Viertelstunde wechseln sie den Torwart aus und holen dafür noch einen Feldspieler rein. Mensch, das war purer Nerventerror!« Tobias legte kurz den Kopf in den Nacken und schwenkte dann seinen Becher mit Glögg, um die Rosinen und Mandeln vom Boden zu lösen. Als das nicht funktionierte, fuhr er mit seinem dicken Zeigefinger in die Tasse und versuchte, sie rauszuangeln. In dem Moment wandte Petter sich Carolines Mutter zu. Seine Exschwiegermutter war sichtlich gealtert. Sie hatte ihren wachen Blick verloren, und auch die Kraft in ihren Bewegungen fehlte. Jetzt saß sie entspannt auf dem Sofa und sah aus, als würde sie gleich einschlafen. Allerdings, rief er sich in Erinnerung, konnte das auch mit Tobias' langatmigen Vorträgen zusammenhängen.

»Inga«, sagte er. »Ich freu mich wirklich, dich wiederzusehen. Ist alles in Ordnung?«

Inga streckte den Rücken durch und lächelte, wirkte dabei aber dennoch erschöpft.

»Danke dir, ja«, antwortete sie in breitem Gotländisch. »Alles gut.«

»Danke, dass ich hier mit euch Weihnachten feiern darf. Ich hoffe, ich mache euch keine Umstände.«

Inga schüttelte energisch den Kopf. »Natürlich kannst du Weihnachten mit uns feiern«, sagte sie. »Weihnachten gehört der Familie.«

Er wusste nicht, ob es jetzt angebracht war, darauf hinzuweisen, dass sie rein juristisch gesehen keine Familie mehr waren, doch er verkniff sich den Hinweis.

Tobias blickte auf. »Ist doch schön, dass du gekommen bist«, sagte er. »Helena ist überzeugt davon, dass dieses ganze Trennungsdrama nur eine Phase ist und ihr bald wieder zusammen seid.«

»Hat sie das gesagt?«

»Ja klar, du wirst sehen. Caroline wird ihre Meinung ändern, sobald sie sich mal in Ruhe hinsetzt und nachdenkt.«

»Möglicherweise.«

Das Gespräch verlief im Sande, und Tobias steckte seinen Finger wieder in den Glühweinbecher.

Petter sah aus dem Fenster. Die Sonne schien durch den leichten Dunst und brachte den Schnee auf dem Hof zum Glitzern.

»Ich frage mal bei Caroline und Helena nach, ob ich ihnen irgendwie helfen kann«, sagte er und machte Anstalten aufzustehen.

»Bleib sitzen«, sagte Inga. »Ich kenne meine Töchter, die wollen in der Küche lieber ungestört sein. So eine Sturheit findet man kein zweites Mal. Das haben sie von ihrem Vater geerbt.«

»Wo steckt Sverker eigentlich?«, fragte Petter und sah sich um. Er hatte seinen ehemaligen Schwiegervater bislang nur im Vorbeigehen begrüßt.

Inga lächelte. »Was würdest du sagen?«

»Im Vorratsschuppen?«

Inga nickte. »Er hätschelt seinen Drikke wie ein Baby.«

Petter lief bei dem Gedanken an die trübe, nach Rauch schmeckende Brühe ein kalter Schauer den Rücken hinab. Der Schwiegervater tischte ihn zu allen Festen und Familienfeiern auf, und Petter brachte es einfach nicht fertig, nein zu sagen, obwohl ihm davon jedes Mal schlecht wurde.

»Wie will Sverker denn seinen Gotlandsdricka herstellen, wenn ihr hier wegzieht?«, fragte Tobias aus seiner Sofaecke. »Ich kann mir kaum vorstellen, dass so etwas in Seniorenwohnheimen erlaubt ist.«

»Das wird sich finden. Dann muss er sich ein neues Hobby suchen. Er kann ja Briefmarken sammeln, Ahnenforschung betreiben oder irgendwas anderes tun, womit sich ältere Herren im Ruhestand so beschäftigen.« Inga lachte leise.

»Ja, Caroline hat erzählt, dass ihr mit dem Gedanken spielt umzuziehen«, sagte Petter.

Inga rückte ein Stückchen näher und senkte die Stimme. »Wir spielen nicht mit dem Gedanken. Wir *werden* umziehen. Das steht fest. Wir haben schon einen Vertrag für eine Wohnung in Visby unterschrieben. Im Sommer soll das Haus fertig gebaut sein, und wir können einziehen. Aber bitte behalte es noch für dich. Wenn es um den Hof geht, wird Caroline immer so sentimental, und ich möchte ihr das Weihnachtsfest nicht verderben.«

Petter senkte die Stimme. »Dann habt ihr den Hof auch schon verkauft?«

»Noch nicht, aber wir haben Kontakt zu einem Maklerbüro aufgenommen«, antwortete Inga. »Sie kommen im Januar her und werden Gebäude und Grundstück schätzen.«

Petter wusste, wie sehr Caroline ihr Elternhaus am Herzen lag und dass sie immer noch die Hoffnung hegte, es übernehmen zu können, wenn die Eltern zu alt waren, um es zu unterhalten. Es würde ihr das Herz brechen, wenn sie erfuhr, dass die Entscheidung, den Hof zu verkaufen, längst gefallen war.

Inga streichelte ihm über die Hand. »Deshalb ist es ja gut,

dass ihr alle noch mal hergekommen seid und wir ein letztes Mal hier im Haus Weihnachten feiern können«, sagte sie. »Das wird eine schöne Erinnerung sein.«

»Werdet ihr den Hof denn nicht vermissen?«

»Ach was. Wir haben hier so viele glückliche Jahre verbracht. Jetzt ist es einfach an der Zeit, ihn an jüngere Leute abzugeben, die noch die Energie dafür haben. Das Leben ist zu kurz, um sich auf einem alten Hof zu schinden. Sieh dich doch mal um.« Inga zuckte hilflos mit den Schultern. »Wir kommen nicht mehr hinterher. Es ist viel zu viel Arbeit, und zu teuer ist es für zwei Rentner auch. Wir haben hier ein hundertfünfzig Jahre altes Haus zu unterhalten. Sverker und ich würden uns wirklich gern auch mal mit anderen Dingen beschäftigen. Wir wollen außerdem noch was sehen von der Welt, bevor wir zu alt und klapprig werden.«

»Und ihr habt kein Interesse daran, den Hof zu übernehmen?« Petter sprach jetzt Tobias an, der seinen Glögg-Becher gerade zum vierten Mal füllte.

»Was? Äh ... na ja«, wand er sich. »Ich bin ja ein Junge von der Westküste. Ich brauche die Nähe zum Meer, und damit meine ich das richtige Meer, nicht dieses Brackwasser, das ihr Stockholmer und Gotländer Meer nennt.« Er lachte über seinen eigenen Witz ein wenig zu lange.

Petter blickte auf und sah Caroline in der Zimmertür stehen. Sie trug eine Schürze mit Weihnachtswichteln. Obwohl ihre Stirn vor Schweiß glänzte, war sie genau so schön wie immer, vielleicht sogar noch schöner. Instinktiv streckte Petter den Rücken durch.

Caroline blickte ihn kurz an, dann hatte sie eine Frage an ihre Mutter. »Mama, wir können den Schaumlöffel nicht finden, weißt du, wo er ist?«

»Oh, da muss ich auch erst nachschauen. Vor ein paar Tagen habe ich ihn noch gesehen.« Ächzend erhob sich Inga und ging hinüber in die Küche.

Caroline blieb stehen. Die Weihnachtslieder im Radio waren zu Ende, jetzt folgte das Weihnachtsquiz.

»Kann ich dir noch irgendwie helfen?«, fragte Petter. »Ich komme mir so nutzlos vor.«

Caroline blickte sich um. »Du könntest Holz holen«, sagte sie.

»Kein Problem.« Energisch sprang er auf. Endlich hatte er eine Aufgabe. »Sonst noch was?«

»Wenn du Papa siehst, sag ihm, er soll langsam reinkommen. Das Essen ist bald fertig.«

»Kein Problem«, wiederholte Petter und ging zur Haustür.

Er zog gar keine Jacke über, schlüpfte nur in die Winterstiefel, griff nach dem Holzkorb und öffnete die Haustür.

Als er den Fuß auf die Veranda setzte, schlug ihm sofort die Eiseskälte entgegen. Er atmete die knisternd kalte Luft ein, die nach Winter und Kaminfeuer roch.

Obwohl es erst halb zwei Uhr nachmittags war, senkte sich die Sonne bereits wieder auf die Baumwipfel. Petter musste die Augen mit der Hand abschirmen, um nicht vom grellen Licht geblendet zu werden.

Den Holzkorb in der Hand stapfte er durch die Spuren im Schnee, die vom Haus zum Holzschuppen führten. Die Tür ächzte, als er sie mit einem Ruck öffnete. Inzwischen waren alle Scharniere verrostet. Petter füllte den Korb bis zum Rand mit Holzscheiten, dann ging er wieder hinaus. Er lief noch ein paar Meter weiter zum Vorratsschuppen und warf einen Blick hinein. Seine Augen brauchten einen Moment, um sich an dieses Halbdunkel zu gewöhnen.

»Sverker?«, rief er. »Bist du hier? Caroline lässt ausrichten, dass das Essen gleich fertig ist.«

Er hörte ein Grunzen und Geklirre, dann kam hinter einem Stapel Kartons Sverkers kahler Kopf zum Vorschein.

»Hallo, Sverker. Es gibt gleich Essen.«

Erst da bemerkte er die glänzenden Augen seines Schwiegervaters. Sverker fuhr sich mit dem Handrücken übers Gesicht.

»Wie geht's dir?«, fragte Petter und kam näher. »Ist alles in Ordnung?«

»Absolut«, sagte er.

Petter blieb stehen und wusste nicht, was er sagen sollte. Es war so offensichtlich, dass das nicht stimmte, doch sein Verhältnis zum Schwiegervater war nie besonders innig gewesen. Über Gefühle hatten sie keine großen Worte verloren, bestenfalls hatten sie ihre Begeisterung geteilt, wenn Schweden in der Fußball-WM ein Spiel gewonnen hatte.

»Ich habe gehört, ihr habt euch jetzt entschieden umzuziehen«, sagte er daher in einem betont neutralen Tonfall.

Sverker brummelte etwas vor sich hin.

»Ich kann mir vorstellen, dass sich das sehr ...« Petter suchte nach dem richtigen Wort, wurde jedoch nicht fündig, daher sagte er: »... sonderbar anfühlt?«

Sverker blickte auf. »Da hast du recht«, sagte er. »Das ist wirklich alles sehr sonderbar. Ich habe mein ganzes Leben auf diesem Hof verbracht.«

»Dann willst du gar nicht umziehen?«

Sverker druckste herum. »Was heißt schon wollen. Ich reiße mich nicht gerade um eine Mietwohnung mit einem drei Quadratmeter großen Nordbalkon. Aber die Dinge sind nun einmal, wie sie sind. Die Arbeit mit dem Hof wächst uns über den Kopf, und wenn ihn weder Caroline noch Helena übernehmen wollen, bleibt uns keine Wahl.«

»In der Wohnung werdet ihr euch bestimmt auch wohl fühlen«, sagte Petter, doch richtig überzeugt klang er nicht. »Da habt ihr kurze Wege zu den Geschäften in Visby.«

»Der Umzug selbst macht mir die wenigsten Sorgen«, antwortete Sverker. »Es sind eher die vielen kleinen Dinge, die zum Hof gehören. Die Möbel und der ganze Kleinkram, was über Generationen weitervererbt worden ist. Alles nichts Besonderes, aber jedes Ding hat eine Geschichte zu erzählen.«

»Und die Sachen könnt ihr nicht mitnehmen?«

Sverker schüttelte den Kopf. »Dafür haben wir keinen Platz. Und zu einem Neubau mit großen Fensterfronten und offenen Räumen passen sie auch überhaupt nicht. Die würden da nur alt und hässlich aussehen, aber hier ... hier gehören sie her.«

»Vielleicht könnten die neuen Besitzer sie übernehmen?«, schlug Petter vor.

Sverker hüstelte. »Glaube kaum, dass sie das wollen«, meinte er. »Ich weiß, was mit unseren Gotlandhöfen passiert, wenn die Leute vom Festland kommen und sie kaufen. Die reißen die Wände raus, öffnen die Räume bis zum Dachfirst, streichen alles weiß und modernisieren das ganze Haus. Da wird keiner den alten Sekretär von meiner Großmutter mehr wollen, den sie von ihrer Mutter geerbt hat, oder den Bauernschrank, den der Großvater meines Vaters selbst geschreinert hat.« Er seufzte, und seine Augen wurden wieder feucht. »Entschuldige«, sagte er und räusperte sich. »Ich werde sentimental, wenn ich daran denke, dass jetzt eine komplette Familiengeschichte zu Grabe getragen wird. Dass alle Erinnerungen verlorengehen, und ich daran schuld bin.«

»Die Erinnerungen müssen nicht verlorengehen, nur weil die Dinge nicht mehr da sind«, sagte Petter.

Sverker räusperte sich wieder. »Nein, da hast du recht«, sagte er. »Natürlich weiß ich das, tief in meinem Herzen. Inga und ich haben viel darüber gesprochen. Sie kann das alles ein bisschen nüchterner betrachten als ich. Wäre sie nicht so vernünftig, wären wir in ein paar Jahren immer noch hier und würden von der Arbeit in die Knie gehen. Das wäre am Ende noch viel schlimmer.«

Petter nickte. »Inga ist gescheit«, sagte er.

»Ja, das ist sie wirklich.« Sverker gluckste. »Und Caroline kommt ganz nach ihrer Mutter. Sie hat keine Angst vor unangenehmen Entscheidungen, könnte man sagen.«

Dem konnte Petter nicht widersprechen. Wenn jemand das bestätigen konnte, dann er.

Sverker zwinkerte ihm zu. »Ich glaube, wir zwei haben manches gemeinsam.«

»Wir zwei?«

»Ja«, sagte Sverker. »Wir halten gern am Vertrauten und Althergebrachten fest. Nicht, weil das unbedingt das Beste für uns ist, sondern weil das Neue und Unbekannte uns Angst macht. Ich nehme an, dass du deswegen heute hier bist, stimmt's? Du kannst die Vergangenheit nicht loslassen, obwohl du genau weißt, dass es vorbei ist.«

Petter wollte instinktiv widersprechen, doch dann musste er zu seinem Erstaunen einsehen, dass Sverker mit seiner Analyse vollkommen richtiglag. Petter war nach Gotland gereist, um seine Ehe wieder zu kitten. Nicht, weil er Caroline immer noch liebte, und auch nicht, weil er sich mit ihr ein neues Leben aufbauen wollte, sondern weil ihm sein gewohntes Leben fehlte. Er wollte einfach, dass alles wieder so wurde wie früher. Das Problem war nur, dass es dieses Leben nicht mehr gab. Genau wie Sverker musste auch er die Vergangenheit loslassen und nach vorn blicken. Nur so konnten Caroline und er ein neues Verhältnis zueinander finden. Das wäre zwar nicht mehr auf Liebe, dafür aber auf Freundschaft, Respekt und der Sorge um ihr gemeinsames Kind begründet.

»Weißt du was, Sverker«, sagte er. »Du hast vollkommen recht. Die Idee, nach Gotland zu kommen, kam mir, weil ich Caroline dazu bringen wollte, ihre Meinung zu ändern und es noch einmal mit mir zu versuchen. Aber ich habe nie einen Schritt weiter gedacht – ich habe nicht begriffen, dass es dafür zu spät ist. Dass wir jetzt eine andere Art von Beziehung finden müssen.«

Sverker sah ihn nickend an. »Es ist gut, dass du das verstanden hast«, sagte er. »Denn wenn du dir ständig Hoffnungen auf etwas anderes machst, bist du nur enttäuscht. Ich kenne meine Tochter und weiß, dass sie genauso klar ist wie ihre Mutter. Wenn sie mal eine Entscheidung getroffen hat, rückt sie davon keinen Millimeter ab.«

»Danke, dass du mich daran erinnert hast.«

Sverker grinste, aber mit traurigen Augen. »Aber nur weil man begriffen hat, dass etwas vorbei ist, heißt das nicht, dass man nicht darum trauern darf«, sagte er. »Man muss sich auch mal erlauben zu weinen.«

»So wie du, bevor ich die Tür geöffnet habe, oder?«, fragte Petter.

Sverker schnaubte. »Ich hab nach meinem Drikke gesehen. Mehr nicht«, sagte er schmunzelnd. Doch dann wurde er wieder ernst. »Stimmt, ein kleines Tränchen ist vielleicht auch geflossen.«

Er ließ sich auf einen Schemel plumpsen, Petter fand eine Holzkiste und setzte sich. Eine ganze Weile hockten sie einfach so da und hingen ihren Gedanken nach. Nun hieß es, von dem Vertrauten Abschied zu nehmen und sich auf etwas Neues, Fremdes einlassen. Was sie brauchten, war eine gute Portion Zuversicht.

»Was macht ihr denn hier, hockt ihr da und flennt?« Das war Elliot, Helenas und Tobias' ältester Sohn, der seinen Kopf durch die Tür steckte und nun mit einem teils verächtlichen, teils erschreckten Blick die zwei Männer betrachtete, denen die Tränen in den Augen standen. »Kommt ihr? Alle warten auf euch. Wir haben einen Riesenhunger!«

Sverker und Petter standen gleichzeitig auf. Petter wandte Elliot schnell den Rücken zu, damit er nicht sehen konnte, wie er sich die Tränen aus dem Gesicht wischte.

»Wir kommen«, sagte Sverker rasch. »Wir haben auch einen *Riiiesen*hunger. Aber vorher müssen wir noch ein bisschen Drikke abfüllen.«

Elliot verzog das Gesicht und war ebenso schnell wieder verschwunden, wie er aufgetaucht war.

Sverker schöpfte Gotlandsdricka in zwei Karaffen und hielt Petter die eine hin. »So«, sagte er zufrieden. »Zumindest durstig bleiben müssen wir nicht. Ich weiß, dass du meinen Drikke immer geschätzt hast, und das habe ich dir hoch angerechnet. Du bist nicht so ein Milchbubi wie Tobias, der nur seine Weihnachtslimonade trinkt.«

Petter nahm die Karaffe in die eine Hand, mit der anderen griff er nach dem Korb mit Feuerholz.

»Na dann, Skål«, sagte er und klopfte seinem ehemaligen Schwiegervater auf die Schulter. »Ich kann es kaum erwarten.«

JONATAN

Die Töne des alten Trinkliedes klangen etwas schräg, schallten dafür aber umso fröhlicher durch die kleine Küche des Siebziger-Jahre-Häuschens. So wie jedes Jahr zu Heiligabend, er kannte es nicht anders. Seine Mutter, sein Vater, Tante Lydia und ihr neuer Mann Lasse hoben die Schnapsgläser in die Luft und leerten eins nach dem anderen. Jonatan hielt sich lieber an die Weihnachtslimonade, seine Schwester auch. Cilla trank ohnehin nicht viel, doch zu Weihnachten achtete sie besonders darauf, nüchtern zu bleiben, so wie er. Wenn man mit Eltern aufgewachsen war, die nie wussten, wann sie genug hatten, ergab sich das so. Eigenartig, dachte Jonatan. Im Alltag hielten sich seine Eltern eigentlich zurück, doch sobald gefeiert wurde, kannten sie kein Halten mehr.

Als ihre Mutter die Schnapsgläser bereits zum dritten Mal randvoll machte und gleich darauf das nächste Trinklied anstimmte, beugte sich Cilla zu ihm und flüsterte: »Alles okay?«

»Ja klar.«

»Kommst du mit raus, eine rauchen?«

»Aber du rauchst doch gar nicht.«

Sie zwinkerte ihm zu, und er nickte.

»Okay.«

Doch diese Ausrede wäre gar nicht nötig gewesen. Keiner nahm Notiz von ihnen.

Im Garten zündete er sich eine Zigarette an, obwohl er gar kein Bedürfnis danach hatte, doch er brauchte etwas zwischen den Fingern.

Eine aufgeplusterte Amsel hüpfte unter dem Kirschbaum auf der Erde herum und suchte Futter im Schnee. Cilla beobachtete sie.

»Ich habe sie immer schon gehasst«, sagte Cilla und schob die Hände tief in die Jackentaschen.

Jonatan sah auf. »Wen? Die Amseln?«

»Nein, die Weihnachtsfeiertage«, antwortete sie, und ihre Stimme klang kalt. »Und die Silvesterabende, die Oster- und Mittsommerfeste. Jede Gelegenheit, die Mutter zum Trinken genutzt hat.«

Er antwortete nicht. Sog stattdessen den warmen Rauch bis in die Lungen. Spürte das Brennen in der Nase. Atmete aus und verfolgte, wie die graue Wolke sich auflöste, dünner wurde und am Ende ganz verschwand.

»War es denn früher anders? Bevor Papa da war?« Er wusste gar nicht, woher er auf einmal den Mut nahm, diese Frage zu stellen. Dieses Thema hatte er noch nie angeschnitten. Vermutlich, weil er die Antwort fürchtete. Denn vielleicht war sein Vater ja schuld daran, dass ihre Mutter so viel trank, wodurch jedes Weihnachten, solange er denken konnte, im Drama endete.

Cillas Blick wanderte zum Nachbarhaus, wo auf den kahlen Zweigen eines Kirschbaums eine Lichterkette blinkte. Sie schüttelte den Kopf.

»Nein«, sagte sie dann. »Mutter war schon immer so. Deshalb ist mein Vater wohl auch irgendwann abgehauen.«

Diese Erklärung beruhigte ihn etwas. Zumindest lag es nicht an seinem Vater.

Eine Weile schwiegen sie vor sich hin. Die Kippe brannte bis zum Filter runter, und Jonatan warf sie in eine Schneewehe.

»Du«, sagte Cilla, und er dachte, sie würde jetzt schimpfen, dass er die Zigarette einfach so hinwarf. Doch das tat sie nicht. »Ich will, dass du weißt, dass ich es wirklich toll finde, dass du mir im Café hilfst.«

Hatte er sich verhört? »Was?«

Cilla lachte und gab ihm einen leichten Knuff mit dem Ellenbogen. »Tu nicht so geschockt. Das hab ich doch schon tausendmal gesagt.«

»Ach was, nie! Du hast noch nie gesagt, dass du irgendwas gut findest, was ich mache.«

»Hab ich bestimmt.«

Jonatan schüttelte den Kopf. »Nein, das wüsste ich, dann hätte ich es mir schriftlich geben lassen.«

Cilla musste lachen, verstummte dann jedoch plötzlich.

»Aber es stimmt. Ohne dich hätte ich diese sechs Monate nicht geschafft. Nicht seit Sofia mich verlassen hat und …« Sie stockte. »Ich kann verstehen, dass du wegwillst. Und das finde ich total gut. Fang was an, finde raus, was geht.«

Er nickte. »Und du?«, fragte er dann. »Was hast du vor?«

Sie zuckte mit den Schultern. »Im Gegensatz zu dir mag ich diese Insel ja«, sagte sie. »Ich kann mir nicht vorstellen, irgendwo anders zu leben.«

»Und deshalb rackerst du dich in einem versifften Café ab?« Doch sofort bereute er seine harten Worte. »In einem Café wollte ich sagen.«

Sie sah ihn etwas ungehalten an, kommentierte es aber nicht weiter.

»Das mit dem Café mache ich nur vorübergehend, bis sich etwas Besseres ergibt«, sagte sie.

»Und was soll das sein?«

»Keine Ahnung.«

»Keine Ahnung? Woher sollst du dann wissen, dass es das Richtige ist, wenn es auftaucht?«

Cilla druckste herum. »Na ja, das … ist ein bisschen blöd.«

»Warum ist es blöd?«

»Weil es einfach nur eine alberne Träumerei ist.«

»Es gibt keine albernen Träumereien!« Jonatan wunderte sich selbst, dass er so vehement widersprach, doch es stimmte ja, also fuhr er fort: »Würde man nicht von etwas träumen, dann würden wir unser Leben damit verbringen, auf der Stelle zu treten, und kämen überhaupt nicht voran.«

»Aber wenn ein Traum unerreichbar ist, dann ist es doch Zeitverschwendung und vergeudete Energie«, hielt Cilla dagegen. »Und man ist nur enttäuscht, wenn er nicht in Erfüllung geht.«

Jonatan sah seine große Schwester scharf an. »Träume gehen nie in Erfüllung«, sagte er und betonte jedes einzelne Wort. »Aber Träume verwandeln sich in Ziele, und die verwandeln sich in Pläne – und Pläne kann man umsetzen. Wenn du allerdings noch damit rechnest, dass irgendwann eine gute Fee auftaucht, ihren Zauberstab schwingt und, schwups, deinen Traum erfüllt, dann kannst du lange warten. Nimm dein Glück lieber selbst in die Hand, du hast doch gute Chancen, dass dein Traum doch noch wahr wird.«

»Das klingt ja, als wüsstest du, wovon du sprichst«, sagte Cilla und grinste. »Hast du viel darüber nachgedacht?«

Jetzt hätte er die Wahrheit sagen können – nämlich, dass er die letzten zehn Jahre an nichts anderes gedacht hatte. Dass ihm die vielen Ideen für die Zukunft den Schlaf geraubt hatten. Doch da er nicht den Anschein erwecken wollte, völlig besessen zu sein, überging er die Frage einfach.

»Jetzt erzähl doch mal«, sagte er. »Was würdest du denn lieber tun, als dich in deinem Café totzuarbeiten?«

Cilla zögerte kurz, sie schien sich nicht überwinden zu können, ihm davon zu erzählen, doch dann gab sie sich einen Ruck.

»Ich möchte etwas tun, das ich gut kann und das mir Spaß macht«, sagte sie.

»Mich herumkommandieren?«, schlug Jonatan vor, halb ernst, halb spaßend, und bekam wieder einen Knuff in die Seite. Etwas heftiger diesmal. »Aua!«

»Es gibt zwei Dinge, die ich wahnsinnig gerne tue«, sagte Cilla und sah an ihm vorbei. »Ich liebe Pferde, und ich liebe es zu backen.«

»Aber backen tust du doch schon und …« Weiter kam er nicht, Cilla fuhr ihm ins Wort.

»Ich meine, so richtig backen. Nicht diese fabrikgefertigten Croissants und Brötchen in den Ofen schieben und zehn Minuten warten, bis sie fertig sind. Ich will alles selbst machen – und das mit hochwertigen, regionalen Bioprodukten. Nach meinen eigenen Rezepten.«

»Das kann doch nicht so schwer sein«, sagte Jonatan. »Wenn du diesen üblen Franchisevertrag kündigst und das Café umbaust, so dass du eine richtige Küche hast, dann ist das doch hinzukriegen. Ich verstehe nur noch nicht so ganz, wo du die Pferde unterbringen willst. Willst du Gotlands erste reitende Bäckerin werden?« Diesmal machte er rechtzeitig einen Satz zur Seite, bevor ihr Ellenbogen ihn traf.

»Nein, aber ich hätte so gern irgendwann einen Reiterhof mit Café. Meine Gäste könnten auf einem Gotlandpony ausreiten und einen schönen Picknickkorb mitnehmen. Oder sie machen einfach einen Ausflug zu mir, sitzen im Garten, lassen sich Kaffee und Kuchen schmecken, und die Kinder dürfen die Pferde streicheln. So in der Art.«

Jonatan verzog das Gesicht. »Und das ist dein großer Traum? Im Stall und in der Küche zu schuften? Klingt megalangweilig.«

»Zum Glück hab ich dich nicht nach deiner Meinung gefragt, Bruderherz.«

Jetzt gab er ihr einen Knuff. »Halbbruderherz, wolltest du sagen?«

Sie begann zu lachen, nahm ein bisschen Schnee vom Geländer und zielte damit direkt in sein Gesicht.

»Hey, was soll …?« Jonatan spuckte und wischte sich den Schnee von den Wangen. Sofort hatte auch er die ganze Hand voller Schnee und revanchierte sich.

Cilla rieb sich den Schnee aus dem Gesicht. Einen Moment lang hoffte er, dass sie weitermachen würde und gleich eine richtige Schneeballschlacht im Gange wäre, wie er sie sich als kleiner Junge immer gewünscht hatte. Doch Cilla war dafür schon immer zu groß gewesen. Und auch dieses Mal wurde nichts aus seiner Schneeballschlacht.

»Wenn dein Ziel fix ist, dann brauchst du nur noch einen Plan«, sagte er. »Wie willst du das alles finanzieren? Ein Reiterhof muss ja irre teuer sein.«

Sie nickte. »Ja.«

»Und du hast wahrscheinlich nicht viel Geld?«

»Ein bisschen konnte ich sparen, und wenn ich das Café verkaufe, kommt noch was dazu, aber es wird nie im Leben für einen ganzen Hof mit Tieren und der notwendigen Ausstattung reichen.«

»Was hast du dann vor?«

Sie zuckte mit den Schultern. »Weiß ich nicht. Weiterträumen und Lotto spielen.«

»Spielst du denn Lotto?«

»Nein.«

»Kannst du dir von irgendwem Geld leihen?«

Sie lachte. »Leihen? Von wem denn?«

»Vielleicht von deinem Vater? Du erzählst doch immer, dass er Kohle hat und dich ab und zu fragt, ob du was brauchst. Aber du lehnst immer ab.«

»Ich bin jetzt fast dreißig, da muss ich doch alleine klarkommen.«

»Hör auf, so stolz zu sein. Ich würde wetten, dein Vater wäre total froh, wenn er dir helfen könnte. Dafür sind Väter doch da. Besonders reiche Väter.«

Cilla lächelte. »Vielleicht«, sagte sie. »Danke, war gut mit dir zu reden, Bruderherz.«

Jonatan lächelte auch. »Kein Problem, Schwesterherz«, sagte er und merkte, wie schön es war, dieses Wort auszusprechen.

Die Tür ging auf, und ihre Mutter steckte den Kopf hinaus. Ihre Augen waren glasig.

»Ach, hier seid ihr!«, sagte sie. »Kommt mal wieder rein. In zehn Minuten geht Donald Duck los, und Lasse macht gerade den Sherry auf.«

Cilla und Jonatan warfen sich einen genervten Blick zu.

»Willst du wirklich wieder rein?«, fragte Cilla.

Jonatan dachte an die Alkoholfahnen im Wohnzimmer und das überdrehte Lachen, bald würden die ersten Zankereien beginnen, während das Weihnachtsfernsehen lief. Er schüttelte den Kopf.

»Nee.«

»Ich auch nicht«, sagte Cilla. »Aber wo können wir hin? Alle feiern mit ihren Familien.«

Da kam Jonatan eine Idee. »Nicht alle«, rief er und nickte zu seinem roten Opel, der in der Einfahrt stand. »Komm!«

Cilla schien kurz zu zögern, doch dann rannte sie hinterher und sprang zu ihm in den Wagen.

JULIA

»Na gut, dann eben auf uns. Fröhliche Weihnachten!«, sage ich, sehe tief in Hamlets eisblaue Augen und nehme einen ordentlichen Schluck Wein. Eigentlich hatte ich vor, die Flasche erst später zu öffnen, aber besondere Umstände erfordern eben auch besondere Maßnahmen.

Die Umstände sehen in meinem Fall aktuell so aus: Es ist Heiligabend. Ich bin allein, abgesehen von einer hochgradig unsympathischen Katze, die sich nur dazu herablässt, mir Gesellschaft zu leisten, weil ich der einzige Mensch bin, der zwischen ihr und dem Hungertod steht. Ich bin weit weg von zu Hause. Ich wollte mit einem Mann ausgehen, der mir eine Abfuhr erteilt hat und dem ich jetzt für den Rest meines Lebens aus dem Weg gehen muss. Zumindest für die Tage, die ich noch hier auf der Insel bin. Ich habe feststellen müssen, dass ich ihn, obwohl er ein ganz schöner Langweiler sein kann, ziemlich mag.

»Ja, ich mag ihn wirklich!«, sage ich zu Hamlet, der mir einen abschätzigen Blick zuwirft und die Küche mit einem müden Maunzen wieder verlässt.

Ich seufze und blicke aus dem Fenster. Im Haus gegenüber brennt Licht, und ich kann Schatten zwischen den Fensterrahmen erkennen, kleine und große, und da fühle ich mich noch einsamer. Ein Blick auf Instagram macht es nicht besser. Ganz Schweden, ach was, die ganze Welt hat sich am gedeckten Tisch niedergelassen. Jeder postet ein traditionelles Weihnachtsgericht nach dem anderen. Auf meinem Tisch hingegen stehen ein Glas Rotwein und das japanische Barbecue-Steak, das ich mir von einem Schnellimbiss mitgenommen habe. In Visby hat nicht gerade viel geöffnet am Nachmittag des 24. Dezembers.

Gegen jede Vernunft greife ich auch noch zum Handy und rufe meine Mutter an. Ein paar Klingeltöne verstreichen, und ich will schon auflegen, da knistert es in der Leitung.

»Hallo? Julia, bist du's?« Wie gewohnt steht sie unter Strom und ist total aufgekratzt, ihre Stimme ein paar Oktaven höher als normal.

»Ja, ich bin's. Ich rufe nur an, um euch fröhliche Weihnachten zu wü…«

»Pass auf, Lukas, nicht mit dem Licht spielen! Leo, steig vom Hocker, Oma hat heißen Glögg auf dem Herd!«

»Ist es gerade ungünstig?«, frage ich.

Meine Mutter schnappt nach Luft. »Überhaupt nicht«, sagt sie. »Es ist nur so ungewohnt, das Haus voller Kleinkinder zu haben. Es ist wirklich lange her und … Nein, Leo, nicht deinen Bruder mit dem Besen auf den Kopf schlagen …«

»Und wo sind Martin und Ylva?«

»Sie machen gerade einen Spaziergang. Ylva hat ein neues Ernährungs- und Sportprogramm angefangen und muss jeden Tag auf mindestens fünfzehntausend Schritte kommen.

Scheint auch zu funktionieren. Sie hat innerhalb von ein paar Monaten bestimmt fünf Kilo abgenommen. Wenn ihr euch das nächste Mal seht, kann sie dir sicher ein paar Tipps geben.«

Ich unterdrücke ein genervtes Seufzen.

»Und, ist zu Hause alles gut?«, frage ich. »Ist es schön gemütlich bei euch?«

»Absolut, wirklich. Es ist wunderschön. Ach, Lukas, Schatz, spiel doch nicht an Omas schönen Hyazinthen herum. Die sind empfindlich.« Sie legt eine kurze Pause ein. »Aber natürlich fehlst du uns. Ohne dich ist es nicht dasselbe.«

Damit meine Mutter nicht hört, wie mir das Herz schwer wird, versuche ich, mit einem Witz darüber hinwegzugehen.

»Na ja, jetzt bleibt ihr immerhin vor weiteren Weihnachtsmannunfällen verschont«, sage ich und lache künstlich. »Ein Heiligabend ohne kaputte Vasen und Kindern in der Notaufnahme.«

Meine Mutter geht darauf gar nicht ein, sondern wechselt das Thema. »Wie läuft es denn bei dir?«

Mir bleibt das Lachen im Hals stecken, und ich schlucke. »Es ist ein bisschen ... einsam ... und ganz schön kalt.«

Meine Mutter verstummt für ein paar Sekunden, was in ihrem hochtourigen Zustand ein ziemliches Kunststück bedeutet. Und dann kommt der Satz, auf den ich schon gewartet habe. Der Satz, den ich zu hören bekomme, solange ich denken kann. Und immer mit demselben gequälten Tonfall.

»Hab ich's dir nicht gesagt?«

Ich atme tief durch und versuche, ihren Kommentar zu ignorieren, doch sie lässt nicht locker.

»Hab ich nicht gesagt, dass es ziemlich unsinnig ist, auf

eine Insel zu fahren, wo du keine Menschenseele kennst? Und hab ich dich nicht darauf hingewiesen, dass Gotland im Winter schrecklich ungemütlich sein kann?«

»Ja, Mama, das hast du.«

»Ich verstehe überhaupt nicht, warum du da unbedingt hinmusstest, Julia. Wo du doch so verfroren bist. Hast du denn daran gedacht, ein paar warme Hausschuhe einzupacken? Und Jacken und Mützen gegen die Kälte und den Wind? Pass auf, dass du dir keine Blasenentzündung holst. Weißt du noch, wie viel Probleme du damit hattest, als du klein warst?«

Ich antworte einfach nicht. Ich habe weder warme Hausschuhe noch wasserfeste Outdoorklamotten dabei, und vermutlich ist es nur eine Frage der Zeit, wann ich anfange, ständig aufs Klo zu rennen.

Glücklicherweise belässt meine Mutter es dabei und berichtet stattdessen von der guten Nachricht, dass Martin eine neue Führungsposition bekommen hat, die viel besser bezahlt ist, und dass er sein ohnehin schon riesiges Haus umbauen lässt und noch eine Milliarde Quadratmeter anbaut und außerdem noch mit der ganzen Familie in den Winterferien Urlaub auf Mauritius gebucht hat.

Dann versucht sie, das Gespräch zu beenden. Offenbar sind Ylva und Martin von ihrem Spaziergang zurückgekehrt, und jetzt wollen sie alle zusammen Kaffee trinken und das Weihnachtsprogramm mit Donald Duck anschauen.

»Und stell dir vor«, sagt meine Mutter noch, »Ylva hat ganz gesunde Energiekugeln selbst gemacht, mit Safran und Datteln. Interessant, nicht wahr? Sie gibt sich wirklich viel Mühe beim Kochen!«

Beim Gedanken an Ylvas supergesunde Energiekugeln tue

ich mir gleich ein bisschen weniger leid. Mag sein, dass ich hier auf einer windgepeinigten Insel hocke und mein Weihnachtsessen aus einer Styroporverpackung aufpikse, aber immerhin bleibt es mir erspart, auf trockenen Dattelbällchen herumzukauen, die so viele Ballaststoffe enthalten, dass man einen Großteil des Feiertags auf dem Klo verbringen kann.

Ich sehe sie förmlich vor mir, wie sie da alle auf der Sitzgruppe bei meinen Eltern zusammengequetscht nebeneinanderhocken. Meine Mutter in ihrer roten Weihnachtsbluse und mein Vater mit frisch gebügeltem Hemd und zur Feier des Tages mit Krawatte. Martin und Ylva herzig eng umschlungen, als seien sie frisch verliebt, und die Zwillinge in den gleichen Pullovern und beide mit Schokolade in den Mundwinkeln. Sie unterhalten sich und lachen und warten gespannt auf das große Finale, wenn der Weihnachtsmann kommt.

Ich frage mich, wer in diesem Jahr den Weihnachtsmann spielen wird. Vermutlich Ylva. Die fleißige, wundervolle Ylva, die sich nicht immer wieder davonschleicht, um sich heimlich ein Gläschen vom hochprozentigen Glögg einzugießen. Ylva, die mit Sicherheit nicht betrunken sein wird, wenn sie mit Santa-Maske und Polyesterbart an die Haustür klopft und fragt, ob es hier »lii-hiiebe Kinder« gibt. Die sich nicht in dem roten Morgenmantel verfangen, über das Kabel der Lichterkette am Weihnachtsbaum stolpern, das Gleichgewicht verlieren und sich am erstbesten Möbelstück festhalten wird, das sie zu fassen kriegt und das bedauerlicherweise die Kommode mit der antiken Vase darauf ist. Sie wird also nicht mitansehen müssen, wie das wertvolle Stück in Slow Motion in hohem Bogen durch die Luft fliegt und dann krachend auf dem Kopf eines Zwillings landet.

Ylva, für die dieser Heiligabend nicht in der Notaufnahme enden wird, auf dem Schoß ein blutender Dreijähriger unter Schock.

Auch diesmal wird mir wieder ganz flau bei der Erinnerung an das letzte Weihnachtsfest. Meine Familie ist ohne mich sicher besser dran. Ohne eine schusselige Julia, die nichts auf die Reihe bekommt.

Ich seufze, recke mich nach der Weinflasche und fülle mein Glas noch mal bis zum Rand. Ein bisschen Spaß habe ich auch verdient. Und Rot ist schließlich die Farbe von Weihnachten.

PETTER

Nun hatten sie es sich wieder auf dem Sofa gemütlich gemacht, pappsatt nach dem üppigen Weihnachtsfestmahl. Dieses Jahr hatten Helena und Caroline sich selbst übertroffen. Petter hatte mindestens fünf verschiedene Sorten Hering gezählt, dazu noch Heringssalat und Gubbröra. Außerdem Schinkenbraten, Brot mit Brühe, Fleischklößchen, Krautsalat, Lachs, Rippchen, geräucherte Lammkeule, Würstchen, Pastete und Sülze. Sein Bauch war so voll, dass er kaum noch Luft bekam.

»Gleich geht Donald Duck los«, rief Helena den Kindern zu, die wieder in ihre Tablets vertieft waren.

»Quatsch!«, riefen Elliot, Albin und Ossian zurück. »Donald Duck ist doch blöd!«

»Donald Duck ist blöd!«, wiederholte Elsa.

»Elsa, so was sagt man nicht«, schimpfte Petter. »Das klingt nicht schön.«

Caroline sah ihn kurz an und lächelte, dabei wurde ihm warm ums Herz. Er musste an Sverkers Worte denken, dass man das Alte loslassen musste, um Platz für etwas Neues zu schaffen. Caroline hatte das längst getan, vermutlich schon lange bevor sie ihren Wunsch, sich zu trennen, das erste Mal geäußert hatte. Jetzt war er an der Reihe.

Im Fernsehen sprach die Moderatorin, die durch das Weihnachtsprogramm führte, von Frieden auf Erden, vom Klima und davon, alle Menschen gleich zu behandeln. Sie zündete eine Kerze an und blickte feierlich in die Kamera.

»Aber jetzt, liebe Kinder und liebe Erwachsene, kommen wir zu dem Teil, auf den wir uns am allermeisten freuen …«

Mehr als auf Frieden, Gleichberechtigung und ein Ende der Umweltzerstörung?, dachte Petter, aber dann sagte er: »Soll ich vielleicht einen Kaffee aufsetzen?«

Caroline stand auf. »Wenn du Kaffee kochst, mache ich den Safranpfannkuchen warm.«

Sie erhoben sich vom Sofa, wo Tobias und Inga bereits schliefen und vier Kinder widerwillig mit einem Auge die Werkstatt des Weihnachtsmanns verfolgten, mit dem anderen an den kleinen Displays der Tablets in ihren Händen klebten.

In der Küche holte Petter ein Tablett und sechs Tassen aus dem Schrank. Während er die Kaffeemaschine in Betrieb nahm, schob Caroline die erste Auflaufform mit Kuchen in den Ofen. Kurz darauf verteilte sich der süße Safranduft in der Küche, und Petter lief sofort das Wasser im Mund zusammen.

»Lecker, jetzt gibt es endlich wieder Safranpfannkuchen«,

sagte er. »Den habe ich seit Ewigkeiten nicht mehr gegessen, nicht seit …«

Caroline fiel ihm ins Wort.

»Vorletztem Weihnachten. Das war das letzte Mal, dass du hier warst.«

»Ist das wirklich schon so lange her?«

»Ja, danach hattest du ja nie Zeit, nach Gotland mitzukommen.«

»Ich hatte so viel mit der Doktorarbeit zu tun …«, sagte er, doch stockte dann. Irgendwann musste er aufhören, alles auf die Arbeit zu schieben.

»Entschuldige«, sagte er leise. »Entschuldige, dass ich mir die Zeit nicht genommen habe, mit dir hierherzufahren. Ich hätte es tun sollen.«

Sie schlug die Augen nieder. Ihre unterkühlte Stimme wurde sanfter. »Ist schon okay«, erwiderte sie.

»Nein, es ist nicht okay. Ich war ein Idiot. Ich bin einfach davon ausgegangen, dass all das, was wir hatten, selbstverständlich ist. Dabei muss man sich immer wieder bemühen, damit eine Ehe funktioniert. Und selbst, als ich die Probleme gesehen habe, dachte ich, das wäre nur vorübergehend, mit der Zeit würde sich alles von allein klären. Aber so läuft es nicht.«

Nachdenklich schüttelte sie den Kopf. »Nein, so läuft es nicht.«

»Kannst du mir verzeihen?«

Caroline nickte. »Es ist nicht allein deine Schuld«, sagte sie. »Zu einer Beziehung gehören zwei.«

Schweigend standen sie da, und das gemütliche Blubbern der Kaffeemaschine und das Singen der Mäuse im *Cinderella*-Film waren die einzigen Töne, die sie hörten.

Caroline drehte sich zum Ofen, um nachzusehen, ob der Pfannkuchen schon fertig war, und bei der Gelegenheit sah er sie noch einmal genauer an. Sie war so schön wie immer, musste er feststellen, mit ihren langen braunen Haaren, der schlanken Figur und den grazilen Bewegungen, die an eine Ballerina erinnerten.

Ja, Caroline war wie immer. Aber irgendwie auch nicht. Irgendetwas hatte sich verändert, auch wenn er nicht genau sagen konnte, was das war. Sie wirkte wieder so ruhig und ausgeglichen, wie er sie damals kennengelernt hatte, als sie jung und frisch verliebt gewesen waren und das ganze Leben wie ein unbeschriebenes weißes Blatt Papier vor ihnen lag. In den vergangenen Jahren hatte er das an ihr vermisst.

Der missmutige Zug um ihren Mund, der ihr gesamtes letztes Ehejahr begleitet hatte, war verschwunden. Die Zornesfalte, die immer tiefer geworden war, auch. Ihre Stimme klang jetzt nicht mehr so müde und farblos. Es versetzte ihm einen Stich, als ihm klarwurde, dass er schuld daran gewesen war, und dass sie nun, seit sie getrennt waren, wieder zu der Caroline werden konnte, die sie einmal gewesen war. Unbekümmert, lebenshungrig. Frei.

»Weißt du«, sagte er und spürte, wie seine Stimme vor Nervosität zitterte. »Weißt du, warum ich hierhergekommen bin, nach Gotland?«

Caroline wandte den Blick vom Ofen ab und sah ihn an.

»Ja, um mit Elsa Weihnachten zu feiern.«

»Stimmt, aber ich wollte auch versuchen, dich zurückzugewinnen.«

Sie wollte gerade etwas darauf erwidern, da kam er ihr zuvor. »Ich dachte, wenn wir hier ein bisschen Zeit miteinander verbringen, fernab von unserem stressigen Alltag, dann würdest du deine Meinung vielleicht wieder ändern. Ich dachte, es könnte so einfach sein. Dass du dann feststellen würdest, dass du mich immer noch liebst.«

»Petter ...«

»Aber jetzt habe ich begriffen, dass ich ein Idiot war.«

»Petter«, wiederholte sie, aber hielt inne, als sie sah, dass er noch mehr auf dem Herzen hatte.

»Es war dumm und egoistisch von mir zu glauben, dass ich, nur weil ich das Leben als verheirateter Mann so vermisst habe, dich dazu überreden könnte, es noch einmal mit mir zu versuchen. Dass wir alles, was geschehen ist, vergessen und unsere Beziehung einfach fortsetzen, obwohl ich genau weiß, dass du unglücklich warst. Wieder einmal habe ich keine Rücksicht auf dich genommen und nur gesehen, was *ich* wollte und was *ich* brauchte. Oder zumindest, was ich geglaubt habe zu brauchen.«

Sie sah ihn mit ihren großen, ernsten Augen an. Er fuhr fort.

»Wie sehr habe ich mir für Elsa eine behütete Kindheit mit Mama und Papa gewünscht. Ich habe mir eingeredet, dass das für uns alle das Beste sei, aber letztlich wäre es wohl für keinen von uns gut gewesen.«

»Ich bin froh, dass du das eingesehen hast«, sagte sie. »Ich finde nämlich, du hast etwas Besseres verdient als eine lieblose Ehe, die nur auf dem Papier besteht. Und für mich gilt das auch. Am allermeisten allerdings für Elsa, die es verdient hat, glückliche Eltern zu haben, oder zumindest Eltern, die den Traum vom Glück noch nicht begraben haben. Die darauf hoffen, den richtigen Partner zu finden.«

Er lächelte. »Hast du das denn?«, fragte er. »Ich meine, den richtigen Partner gefunden?«

Caroline schüttelte den Kopf. »Nein«, sagte sie. »Aber vielleicht bin ich jetzt auf dem richtigen Weg.«

»Wie meinst du das?«

»Dass ich begriffen habe, dass dieser Mensch nicht so sein muss, wie ich es mir immer vorgestellt habe.«

Petter runzelte die Stirn. »Was meinst du?«

Caroline legte ihm die Hand, die noch im Topfhandschuh steckte, auf den Unterarm. »Im Moment kann ich dazu noch nicht mehr sagen, aus dem einfachen Grund, dass ich selbst noch nicht richtig weiß, wohin die Reise geht. Aber ich verspreche, dass ich dir alles erzählen werde, sobald sich die Dinge geklärt haben.«

Petter nickte.

»Und bei dir?«, fragte Caroline.

»Was?«

»Was sind deine Ideen für die Zukunft?«

Er wollte gerade antworten, dass er nicht die geringste Ahnung hatte, da ertönte das durchdringende Klingeln der Küchenuhr, und Caroline widmete ihre ganze Aufmerksamkeit den goldgelben Safranpfannkuchen, die schnell aus dem Ofen geholt werden mussten. Petter goss währenddessen den Kaffee in die Thermoskanne.

Es begann mit einem Flackern. Das Ofenlicht blinkte kurz auf, und die Mama des kleinen Stiers Ferdinand aus dem Walt-Disney-Film verschluckte ein paar Worte:

Warum spielst du denn … kleinen Stieren?

Caroline blickte auf. »Was …?«

Weiter kam sie nicht, da blinkte es wieder und im nächsten Augenblick ging das Licht komplett aus, und Ferdinand konnte seiner verständnisvollen Mama nicht mehr sagen, was er vorhatte.

»O nein!« Caroline seufzte. »Jetzt ist die Sicherung schon wieder rausgeflogen. Dieser alte Backofen ist eine Katastrophe.«

Petter tastete sich in der Dunkelheit vor bis zum Wohnzimmer. Vier Augenpaare starrten ihn im Kerzenschein an. Sogar Tobias war aufgewacht. Die Einzigen, die unbeeindruckt schienen, waren die Kinder, deren Gesichter und Hände noch immer vom kalten Licht der Displays hell erleuchtet waren.

»Was ist passiert?«, fragte Inga schlaftrunken. »Ist die Sicherung rausgeflogen?«

»Entweder liegt es an der Sicherung, oder wir haben einen Stromausfall«, antwortete Petter. »In Visby hatten wir gestern Abend auch ein paar Minuten lang keinen Strom.«

Sverker stand auf und ging zum Fenster.

»Es liegt zu viel Schnee, ich kann das Haus von Lundins nicht sehen«, sagte er. »Keine Ahnung, ob bei ihnen jetzt auch die Lichter aus sind.«

»Ich gehe mal in den Keller und kontrolliere den Sicherungskasten«, sagte Petter und schaltete die Taschenlampenfunktion auf seinem Smartphone ein.

»Ich komme mit«, sagte Caroline, die gerade mit der warmen Backform in den Händen im Wohnzimmer auftauchte. »Was für ein Glück, dass wir es gerade noch geschafft haben, den Kuchen aufzuwärmen und Kaffee zu kochen.«

Sie stiegen die steile Kellertreppe hinab. Petter ging voran. Sie tasteten sich bis zum Sicherungskasten vor und kontrollierten gemeinsam die Sicherungen.

»Du hast meine Frage nicht beantwortet«, sagte Caroline.

»Welche Frage?«

»Was du für Pläne für die Zukunft hast?«

Er zuckte mit den Schultern. »Ich weiß es nicht. Bis gestern war ich felsenfest davon überzeugt, dass ich mich nie in eine andere Frau verlieben könnte.«

»Und dann«, fragte Caroline. »Was ist gestern passiert?«

»Keine Ahnung ...«, setzte Petter an, doch dann stockte er. Natürlich wusste er ganz genau, was gestern passiert war, als der Strom ausgefallen und er von seinem Gefühl und einem heftigen Verlangen überrumpelt worden war, er Julia am liebsten in die Arme genommen und geküsst hätte, und nur die Angst, abgewiesen zu werden, ihn davon abgehalten hatte.

»Ich habe eine Frau kennengelernt und festgestellt, dass ich sie ziemlich gern mag.«

Caroline hüstelte. »Gestern hast du eine Frau kennengelernt, in die du dich verliebt hast? Das ging aber schnell.«

»Na ja, ich habe sie nicht erst gestern kennengelernt, wir wohnen jetzt schon seit ein paar Tagen zusammen, aber erst gestern habe ich gemerkt, dass ich ... dass sie ...«

»Du wohnst mit einer Frau zusammen? Davon hast du gar nichts erzählt. Dann gehört ihr das Haus, in dem du wohnst?«

»Nein, nein, gar nicht. Sie ist da auch zu Besuch, aber das ist eine lange Geschichte, und die erzähle ich dir ein anderes Mal.«

»Aber ihr mögt euch?«

Petter zögerte. »Ich weiß nicht, ob das auf Gegenseitigkeit beruht«, sagte er. »In den letzten Tagen habe ich mich nicht gerade von meiner besten Seite gezeigt.«

»Meinst du, sie mag dich nicht?«

»Nein, oder ... na ja, doch ... vielleicht.« Im Dunkeln konnte er Carolines Gesichtsausdruck nicht erkennen, aber er kannte sie gut genug, um zu wissen, dass sie die Stirn runzelte, daher fuhr er fort: »Heute Morgen hat sie mich gefragt, ob ich mit ihr mal abends was trinken gehen will.«

»Aber das ist doch super, Petter. Wenn sie dich nach einem Date fragt, bedeutet das schließlich, dass sie dich auch mag.«

»Ich weiß nicht, ob sie wirklich ein richtiges Date gemeint hat.«

»Na klar, das hat sie gemeint. Warum solltet ihr sonst zusammen ausgehen? Um euch über Aktienkurse zu unterhalten? Ich hoffe, du hast ja gesagt.«

Petter verzog das Gesicht. »Ich hab gar nichts gesagt.«

»Warum nicht?«

Er gab keine Antwort. Wie sollte er Caroline auch erklären, dass diese Frage ihn erst überglücklich gemacht und dann eine Panik bei ihm ausgelöst hatte. Nicht weil er mit Julia nicht ausgehen wollte – sondern weil er Angst vor dem hatte, was danach kam. Oder besser gesagt, was möglicherweise *nicht* kam. In den letzten Monaten seiner Ehe, als er sich auf seine Potenz überhaupt nicht mehr verlassen konnte, hatten er immer mehr an sich selbst gezweifelt. Und je tiefer sich Misstrauen und Worst-Case-Szenarien in seinen Kopf bohrten, desto größer wurde sein Problem. Die Erinnerung an das missglückte Date, diese Erniedrigung und den schlecht getarnten, verächtlichen Blick, bevor sie sein Schlafzimmer fluchtartig verlassen hatte, waren noch zu präsent.

Carolines Stimme riss ihn aus seinen Gedanken. »Und wo steckt sie jetzt?«

»Wahrscheinlich … noch zu Hause.«

»Du meinst, sie sitzt da an Heiligabend allein?«

Petter schluckte. »Ja.«

»Warum hast du ihr nicht angeboten mitzukommen?«

»Ich wusste nicht ... ich dachte ... sie würde bestimmt ...«

»Ganz im Ernst, Petter. Das passt gar nicht zu dir. Du bist doch sonst so fürsorglich und immer so ein Gentleman. Du lässt doch niemanden allein.« Dann hielt sie die Luft an. »Und wenn bei ihr jetzt auch der Strom ausgefallen ist? Wie furchtbar, an Heiligabend ganz allein in einem stockfinsteren Haus zu hocken!«

Das schnürte Petter die Kehle zu. »Was soll ich denn jetzt tun?«

»Wie viel Gotlandsdricka hast du schon intus?«

»Nichts!« Und das war die Wahrheit. Kaum hatte Sverker seinen Blick abgewandt, hatte Petter sein Glas in die Kanne zurückgeleert.

»Das heißt, du kannst fahren?«

»Ja klar.«

Caroline legte den Kopf schräg. Inzwischen hatten sich seine Augen an die Dunkelheit gewöhnt, und er sah, dass sie lächelte.

»Dann würde ich sagen, schnapp dir Helenas und Tobias' Auto und hol sie her. Sie kann gern mit uns Weihnachten feiern.«

»Bist du sicher? Wäre das für dich nicht etwas merkwürdig?«

»Die Situation ist so oder so merkwürdig«, sagte Caroline. »Da müssen wir uns wohl dran gewöhnen.«

»Ich bin mir trotzdem nicht sicher, ob sie mitkommen würde«, erwiderte Petter.

»Ist sie schüchtern?«

»Nein, schüchtern ist wohl das Letzte, was einem zu ihr einfällt. Aber sie hasst Weihnachten.«

»Was?«

»Nein, sie mag es einfach nicht. Deshalb ist sie auch nach Gotland gereist – um dem Familienfest aus dem Weg zu gehen.«

Caroline verstummte. »Was willst du machen?«, fragte sie. »Elsa wird bestimmt enttäuscht sein, wenn du nicht zurückkommst und den Safranpfannkuchen mit uns aufisst.«

Petter nickte. »Ich weiß.«

Sverkers Stimme erklang von der Kellertreppe. »Ihr braucht nicht mehr nach kaputten Sicherungen zu suchen. Im Internet steht, dass wir auf der ganzen Insel Stromausfall haben. Sie meinen, dass es lange dauern kann. Heute Abend kriegen sie keinen nüchternen Monteur mehr an die Leitungen.«

Petter überlegte. Es fiel ihm wirklich nicht leicht, aber früher oder später musste er diese Entscheidung fällen.

»Ich fahre«, sagte er. »Du hast vollkommen recht, wir können nicht so weitermachen und jedes Jahr zusammen Weihnachten feiern, als wäre nichts geschehen. Irgendwann muss man den Cut machen, und dann können wir es genauso gut jetzt tun.«

Caroline nahm ihn still ganz fest in die Arme. Zusammen stiegen sie dann die Kellertreppe wieder hoch.

Elsa saß noch auf dem Sofa, den Blick aufs Display geheftet. Als Petter ihren Namen rief, blickte sie auf.

»Was denn, Papa?«

»Komm mal her, Elsa.« Er winkte sie zu sich, und sie stand zähneknirschend auf. Das Tablet noch in der Hand, ging sie zu ihm.

Petter hockte sich hin, so dass sie auf Augenhöhe waren.

»Elsa«, sagte er liebevoll. »Es ist jetzt Zeit für mich, nach Hause zu fahren.«

Elsa schob die Unterlippe vor. »Warum denn?«

»Weil ... weil ich eine junge Frau kenne, die jetzt an Heiligabend ganz allein ist. Das ist doch traurig, oder?«

Er suchte in Elsas Gesicht nach irgendeinem Hinweis, dass sie verstand, was er meinte, doch Elsa sah ihn einfach nur mürrisch an.

»Du kennst das«, sagte er. »Manchmal kann man selbst gar nicht fröhlich sein, wenn man weiß, dass ein anderer traurig ist. Es ist wie ...« Händeringend suchte er nach einem Beispiel, etwas aus ihrem Kinderleben. »Wie in der Vorschule – wenn du siehst, dass ein Kind alleine dasitzt und keinen zum Spielen hat. Wie fühlt sich das an?«

Elsa war ein paar Sekunden still. »Edvin sitzt immer alleine da«, sagte sie dann nachdenklich. »Wenn die anderen Jungs ihn nicht mitspielen lassen.«

»Und was machst du dann?«

»Ich frage ihn, ob er mit mir spielen will.«

Petter grinste. »Das ist sehr lieb von dir«, sagte er. »Und was antwortet Edvin?«

»Manchmal will er, aber manchmal auch nicht.«

»Ich bin sicher, dass er sich freut, wenn du ihn fragst«, sagte Petter. »Dann weiß er nämlich, dass du dich um ihn kümmerst, und dann wird ihm warm ums Herz.«

Elsa nickte langsam. »Edvin ist nett«, sagte sie. »Ich mag ihn. Ich will nicht, dass er da alleine sitzt.«

Petters Herz lief vor Rührung fast über, und er suchte nach den rechten Worten, doch Elsa kam ihm zuvor.

»Magst du diese Frau auch?«, fragte sie ihn.

Petter hüstelte. »Äh ... was?«

Elsa wiederholte die Frage nicht, sie blickte ihn einfach nur mit großen Augen an. Denselben Blick hatte er gerade erst bei Caroline gesehen.

»Ja«, sagte er und spürte, wie sich sein Gesicht unwillkürlich zu einem Lächeln verzog. »Ich mag sie.«

Elsa zuckte mit den Schultern. »Warum hast du das nicht gesagt?«, fragte sie und fügte mit der Weisheit einer Fünfjährigen hinzu: »Du musst zu ihr hinfahren, dann wird ihr warm ums Herz.«

Petter musste lachen und nahm sie ganz fest in die Arme.

»Ich hab dich lieb, Elsa«, sagte er. »Bis zum Mond und zurück. Das darfst du nie vergessen.«

Elsa drückte ihn auch ganz fest, doch dann wand sie sich aus seinen Armen, und er wusste, dass sie wieder zu ihrem Tablet zurückwollte.

»Tschüs, mein Schatz«, sagte er und ließ sie zum Sofa zurückhüpfen, wo die Cousins und Cousinen saßen und spielten.

Mitten im Zimmer hielt sie noch mal an und drehte sich zu ihm um.

»Tschüs, Papa.« Sie warf ihm eine Kusshand zu. »Ich hab dich auch lieb.«

Eilig verabschiedete er sich von den anderen und schon kurze Zeit später saß er hinter dem Steuer des Fords seiner Schwägerin und sauste auf den vollkommen leeren Straßen durch die rabenschwarze Nacht. Die Konturen der knorrigen Kiefern konnte er vor dem finsteren Himmel nur erahnen, und die Höfe, an denen er vorbeikam, waren stockdunkel, so dass er nur am Schornsteinrauch erkennen konnte, ob die Bewohner zu Hause waren. Seine Scheinwerfer erhellten lediglich die nächsten paar Meter der Straße, und sie trafen auf meterhohe Schneeberge, so viel Weiß, dass es blendete. Auf der ganzen einstündigen Fahrt begegnete ihm keine Menschenseele.

JULIA

Sobald der Strom weg ist, bekomme ich riesige Angst. Dunkelheit und ich, das ist keine gute Kombination. Wahrscheinlich hat es damit zu tun, dass ich mein ganzes Leben in Stockholm verbracht habe, wo es nie richtig dunkel wird. Doch meine Angst verwandelt sich schnell in etwas anderes, und zwar Wut. Ich bin megawütend. Wütend auf diesen verfluchten Stromversorger, der es einfach nicht auf die Reihe bekommt, den einzigen Job zu erledigen, den er hat – nämlich seine Kunden mit Strom zu versorgen. Wütend auf diese Reederei, die nicht das tut, was Reedereien für gewöhnlich so tun – nämlich den Transport zwischen dem Festland und einer Insel zu gewährleisten. Und wütend auf Weihnachten, weil es nie die Erwartungen erfüllt, die man an so einen Feiertag hat. Nicht einmal, wenn die Erwartungen so bescheiden sind wie meine. Denn das Einzige, was ich will, ist, ein lauwarmes Yakiniku essen und mich danach auf dem Sofa, während *Tatsächlich … Liebe* im Fernseher läuft, nach und nach volllaufen lassen.

Als mir klarwird, dass dieser Stromausfall länger dauert, bin ich so auf hundertachtzig, dass ich wutschnaubend im Kreis marschiere und leise vor mich hin fluche.

Als es an der Tür klopft, werde ich aus meinem Flüchetaumel gerissen. Mein erster Gedanke ist: Petter. Und mein Herz schlägt sofort ein bisschen schneller, ob ich es will oder nicht. Mein zweiter Gedanke ist: Petter ist ein verdammter Mistkerl (und schon wieder fluche ich). Viel wahrscheinlich ist es, dass vor der Tür genau die Person steht, die immer angeklopft hat, seit ich hier bin, nämlich Evelyn. Und genau so ist es.

»Was für ein Mist«, sagt sie, als sie sich mit einer Auflaufform in der Hand an mir vorbei ins Haus drängt und sich im Flur den Schnee von den Stiefeln stampft. »Stromausfall an Heiligabend!« Sie blickt sich um. »Bist du allein?«

»Ja.«

Evelyn zieht die Augenbrauen hoch. »Na so was.«

»Komm rein«, sage ich, was völlig überflüssig ist, denn Evelyn hat bereits die Schuhe abgestreift und steht schon in der Küche, wo sie die Backform auf der Arbeitsplatte abstellt.

»Einmal Kartoffelgratin nach Janssons Art, das war übrig«, sagt sie und nickt auf ihr Mitbringsel. »Ich dachte, ihr könnt es euch teilen, aber jetzt musst du wohl alleine reinhauen.« Dann greift sie in ihre Umhängetasche, angelt etwas Grünes heraus und überreicht es mir. »Ein Mistelzweig«, erklärt sie mir und zwinkert mit einem Auge. »Den befestigst du an einem strategisch günstigen Ort, wo die Chance besteht, dass du geküsst werden könntest. Auch biomagnetischen Feldern muss man zuweilen auf die Sprünge helfen.«

Ich tue, was sie sagt, nicht, weil ich auch nur die geringste Hoffnung hege, in einem Haus, in dem ich allein mit einer widerspenstigen Katze hocke, geküsst zu werden, aber Evelyn widerspricht man einfach nicht. So viel habe ich inzwischen kapiert.

Evelyn sieht mir zufrieden zu, als ich den Mistelzweig an einem Nagel oberhalb der Küchentür befestige. Danach erschauert sie.

»Bei dir ist es ganz schön kalt, warum machst du kein Feuer an?«

Auch das kann ich nicht erklären, also tue ich so, als hätte ich die Frage nicht gehört. Während Evelyn ein paar Holzscheite nimmt, sie in den Kamin schiebt und anzündet, stehe ich nur da und beobachte sie. Es sieht gar nicht so schwierig aus, und wahrscheinlich würde ich das auch alleine hinbekommen, hätte ich nicht so viel Angst, das Haus abzufackeln.

Als das Feuer knistert, steht Evelyn auf und geht in den Flur.

»Hast du nicht Lust, dazubleiben und das Gratin mit mir zusammen zu essen?«, frage ich sie und hoffe, dass sie ja sagt. Obwohl das Haus mit dem knisternden Kaminfeuer nicht mehr ganz so ungemütlich ist, würde ich mir Gesellschaft wünschen.

Evelyn zögert. »Danke, aber …«

»Kein Problem, du musst nicht«, schiebe ich gleich hinterher. »Ich dachte, wenn wir schon an Heiligabend allein im Dunkeln hocken müssen, könnten wir das auch gemeinsam tun.«

»Ich bin gar nicht allein«, sagt Evelyn mit einem verschmitzten Grinsen. »Bertil ist da.«

Ich lache. »Hast du ihn noch nicht nach Hause geschickt?«

»Nein«, sagt sie betont. »Ich hab mir überlegt, an Heiligabend mache ich mal eine Ausnahme, da darf der arme Kerl bei mir übernachten.«

»Willst du ihn nicht einfach rüberholen?«, frage ich. »Ich

habe gerade eine Flasche Wein aufgemacht, die schaffe ich ja gar nicht alleine.«

Evelyn nickt. »Nette Idee. Ich gehe mal rüber und bitte ihn zu duschen, um die ätherischen Öle abzuwaschen. Wir haben heute ein bisschen experimentiert. Schließlich ist Weihnachten, da kann man sich mal etwas Besonderes gönnen.«

Ich sehe ihr durchs Küchenfenster hinterher, wie sie zu ihrem Haus flitzt. Unglaublich, dass diese Frau, die auf die siebzig zugeht, ein aufregenderes Liebesleben hat als ich.

Während Bertil duscht, räume ich ein bisschen auf. Meine Klamotten, die ich über das ganze Wohnzimmer verstreut habe, schmeiße ich in den Koffer, und die dreckigen Teller und Tassen decke ich mit einem Geschirrhandtuch ab. Dann zünde ich alle Kerzen an, die mir unter die Finger kommen. Mit dem Feuer im Kamin sieht es jetzt richtig gemütlich aus. Und sogar weihnachtlich.

Da klopft es wieder an der Tür, ich mache auf.

»Herzlich will…«, sage ich, doch stocke mitten im Satz, als ich nicht Evelyn und einen frisch geduschten Bertil erblicke, sondern zwei ganz andere Gestalten. »Jonatan!«, rufe ich entgeistert aus und versuche dann, mich an den Namen seiner Schwester zu erinnern. »Und … und Cilla?«

Jonatan wirft den Kopf in den Nacken und sieht mich mit so einem ausziehenden Blick an.

»Hi, Süße«, sagt er. »Ich wollte nur mal schauen, ob … ob …«

»Ob bei dir alles okay ist«, sagt Cilla. »Wegen dem Stromausfall.«

»Alles gut«, sage ich. »Gleich kommt noch meine Nachbarin mit ihrem Freund.«

Jonatan strahlt. »Sind die auch Swinger?«

Sofort knufft Cilla ihn in die Seite. »Sorry für meinen Halbbruder«, sagt sie. »Er leidet unter GPP.«

»GPP?«, frage ich und scanne mein Hirn nach etwas Bekanntem ab, werde jedoch nicht fündig.

»Geile perverse Phantasie«, erklärt Cilla, woraufhin sie ein Ellenbogen rammt.

»Jetzt ist man plötzlich wieder Halbbruder?«, brummt Jonatan. »Gerade eben war ich noch Bruder.«

Ich mache einen Schritt zur Seite. »Wollt ihr nicht reinkommen? Allerdings habe ich nicht mehr anzubieten als Wein und ein Kartoffelgratin.«

Cilla und Jonatan werfen sich einen Blick zu.

»Gern«, sagt Cilla. »Wir brauchen mal eine Verschnaufpause von zu Hause.«

»Ich weiß genau, wovon du sprichst«, sage ich und lache. »An Weihnachten kann einem das gemütliche Beisammensein schnell ziemlich auf die Nerven gehen.«

Die Geschwister machen es sich auf dem Sofa im Wohnzimmer bequem, und ich schenke ihnen Wein ein. Jonatan trinkt gleich einen ordentlichen Schluck.

»Wo ist dein Typ?«, fragt er.

»Mein Typ?«

»Ja, der Kerl, mit dem du zusammenwohnst. Der dich neulich gesucht hat.«

»Du meinst Petter? Er feiert mit seiner Familie.«

»Familie? Warum wohnt er hier mit dir zusammen, wenn er eine Familie hat?« Dann reißt er die Augen auf. »Krass, wie frei ihr Stockholmer so lebt.«

Ein Dekokissen fliegt durch die Luft und trifft ihn am Kopf. Cilla hat es von ihrer Sofaecke aus geworfen.

Wie Jonatan auf diese Attacke reagiert, bekomme ich

nicht mehr mit, denn im selben Moment erklingen Stimmen im Flur.

»Halloo!«, ruft Evelyn. »Da sind wir. Und wir duften auch noch gut!«

Ich springe vom Sofa auf und gehe auf sie zu. In der Tür bleibe ich wie angewurzelt stehen. Ein Mann mit grauen Haaren und Bart und freundlichen hellblauen Augen zwinkert mir zu. Ich weiß, dass ich diese Augen schon einmal gesehen habe, kann aber nicht mehr sagen, wo.

»Hallo«, begrüße ich sie und versuche angestrengt, mich zu erinnern.

»Das ist mein Bertil«, erklärt Evelyn und schiebt den Mann in den Flur. »Und das ist Julia, von der ich dir schon erzählt habe.«

»Hallo, Julia«, sagt er und reicht mir die Hand. »Fröhliche Weihnachten.«

Auch seine Stimme kommt mir bekannt vor, und dann fällt mir wieder ein, wo ich sie gehört habe. Sie hat »Stille Nacht, heilige Nacht« für mich gesungen. Und die vielen Strophen von »Jingle Bells«.

»Du bist das«, sage ich und schnappe nach Luft, »du bist der Weihnachtsmann!«

Bertil sieht mich mit seinen freundlichen Augen an und lächelt.

»Geht es dir besser? Bist du wieder aufgetaut?«

Und endlich kommt die Erinnerung zurück. Die verschwommenen Fetzen werden nach und nach klarer. Der Barabend mit Jonatan und dem Tequila, bei dem ich am Ende in dieser Schneewehe gelandet bin. Und dann der Weihnachtsmann, der mich gerettet hat. Also war es keine Halluzination. Der war echt!

»Du hast mich gefunden«, sagte ich. »Dann gibt es dich also wirklich.«

Evelyn lacht. »Bist du nicht schon zu groß, um noch an den Weihnachtsmann zu glauben?«

Bertil beginnt ebenfalls zu lachen, so dass sein dicker Bauch bebt. Ein leichter Pfefferminzgeruch fährt mir in die Nase.

»Kommt rein«, sage ich und mache Platz. »Hier sind gerade noch zwei Freunde zu Besuch gekommen. Aber je mehr Leute, desto lustiger.«

Während Evelyn, Bertil, Cilla und Jonatan sich im Wohnzimmer miteinander bekannt machen, gehe ich in die Küche, decke den Tisch und danke insgeheim Petter, der – obwohl er so ein Mistkerl ist – geistesgewärtig genug war, eine ordentliche Menge Wein zu besorgen. Als hätte er geahnt, dass ich sie brauchen würde.

Dann rutschen wir rund um den kleinen Küchentisch eng zusammen, ich, Cilla und Jonatan auf dem Küchensofa, Evelyn und Bertil auf den Sprossenstühlen. Wir lassen uns Evelyns wunderbares Kartoffelgratin schmecken, das immer noch warm ist. Das Geheimnis eines richtig guten Gratins, verrät sie uns, sei es, ein paar Kartoffelscheiben gegen Sellerie und Pastinaken auszutauschen – und natürlich richtige Sahne zu benutzen, Unmengen von Sahne!

Wir alle loben Evelyns Kochkünste, doch das dickste Lob bekommt sie von Jonatan.

»Megagut!«, sagt er mehrmals und nimmt sich gleich nach.

»Wie kommt es eigentlich, dass ihr Weihnachten nicht zu Hause feiert?«, frage ich Cilla, die neben mir sitzt.

Sie zuckt mit den Schultern. »Es ist, wie du sagst. Manchmal wird es einfach zu viel. Unsere Mutter ist nicht gerade der Typ, der am Gläschen nur nippt. Wenn gefeiert wird, artet es immer aus.«

»Oh.« Ich nicke. »Das ist schlimm für euch.«

»Wir haben uns inzwischen dran gewöhnt. Es war noch nie anders. Aber auch deshalb tut es gut, für eine Weile rauszukommen. Ich glaube nicht einmal, dass jemand gemerkt hat, dass wir abgehauen sind. Ich hoffe, wir drängen uns hier nicht auf.«

»Ich freue mich riesig, dass ihr gekommen seid«, erwidere ich. »Mein Fest war vorher ziemlich öde.«

Ich hole die nächste Flasche Wein, und während ich die Gläser fülle, wird die Küche plötzlich in helles Licht getaucht. Mein erster Gedanke ist, dass wir wieder Strom haben, doch dann merke ich, dass es ein Scheinwerferlicht von der Straße ist. Alle blicken aus dem Küchenfenster und beobachten den silbernen Ford, der hinter Jonatans rotem Opel einparkt.

»Wer ist wohl um diese Zeit an Heiligabend noch unterwegs?«, fragt Bertil.

Im nächsten Moment geht die Wagentür auf. Erst erkenne ich nur schwarze Stiefel, dann eine dunkle Hose. Als eine grüne Daunenjacke auftaucht, erstarre ich zur Salzsäule.

»Na, da ist er ja!«, ruft Evelyn aus und reckt sich, um mehr sehen zu können. Sie fährt herum und zwinkert mir zu. »Was habe ich gesagt? Biomagnetische Felder.«

Alle sitzen mucksmäuschenstill da und lauschen, wie Petter den Schlüssel ins Schloss steckt und die Haustür öffnet.

»Hallo«, ruft er in den Flur. »Hallo, Julia, bist du zu Hause?«

Noch immer wagt keiner einen Mucks. Alle starren mich an.

»Ja«, antworte ich. »Ich bin in der Küche.«

Ich höre, wie Petter seine Jacke und die Stiefel auszieht.

»Was machst du hier?«, rufe ich. »Wolltest du nicht Weihnachten mit deiner Familie feiern?«

»Ich wollte nur wissen, ob bei dir alles okay ist«, ruft er zurück. »Und mich entschuldigen, dass ich einfach abgehauen bin. Und ich wollte nur sagen, dass …«

Was Petter mir sagen wollte, werde ich nie erfahren, denn im selben Moment kommt er in die Küche und bleibt wie angewurzelt stehen, als ihn fünf Augenpaare anstarren.

»Ich habe überraschend Besuch bekommen«, erkläre ich.

Evelyn klatscht in die Hände. »Petter!«, ruft sie voller Freude. »Wie schön, dich zu sehen! Jetzt sind alle Energiefelder wieder in Harmonie.«

Petter sieht mich mit großen Augen an. Er versteht kein Wort.

»Was hat deine Familie dazu gesagt, konntest du einfach so wegfahren?«, frage ich ihn. »War deine Tochter nicht enttäuscht?«

»Elsa hat es verstanden«, sagt er. »Sie ist nicht dumm. Außerdem war sie sehr beschäftigt. Es gibt nicht viel, das mit einem Tablet und drei älteren Cousins mithalten kann.«

Petter lässt sich nieder, und ich schenke ihm Wein ein. Nun ist es mit der Stille vorbei, und Evelyn erzählt eine ganz vertrackte Geschichte, wie Bertil und sie sich kennengelernt und nach einer ganzen Reihe von Missverständnissen doch ineinander verliebt haben. Obwohl ich angestrengt versuche zuzuhören, verliere ich immer wieder den Faden. Petters Anwesenheit ist mir derart bewusst, dass ich mich zusammenreißen muss, um ihn nicht permanent anzustarren. Als ich für eine Sekunde tatsächlich in seine Richtung schaue, stelle ich fest, dass Petters Blick auf mir ruht. Seine warmen Augen schauen mich an und wenden sich auch nicht ab, und zu meinem Erschrecken merke ich sofort, wie ich rot anlaufe. Damit mich meine glühenden Wangen nicht verraten, greife ich nach der Weinflasche und fülle Cillas und Jonatans leere Gläser auf.

Gleichzeitig erzählt Evelyn weiter, doch wird mitten im Satz unterbrochen, als erneut kaltes Licht durch das Küchenfenster scheint. Ein weißer Volvo biegt in die Straße ein und hält hinter dem silbernen Ford.

»Was ist hier nur los?«, murmelt Evelyn. »Haben die Leute an Heiligabend nichts Besseres zu tun, als durch die Gegend zu fahren?«

Petter linst hinaus. »Das ist Caroline!«, sagt er. »Und Elsa!« Und schon ist er im Flur verschwunden, und ich höre, wie er die Haustür öffnet.

»Papa!«

Ich rühre mich nicht vom Fleck. Was soll ich jetzt davon halten? Ist seine Familie gekommen, um ihn zurückzuholen?

Als Petter in der Küche erscheint, hält er eine Auflaufform in den Händen. Neben ihm erscheint ein kleines Mädchen mit langen braunen Haaren und großen Rehaugen.

»Schaut mal, was Elsa mitgebracht hat«, sagt er triumphierend und lüftet die Alufolie.

Der unverkennbare Duft von Safran durchdringt die Küche.

»Oh, Safranpfannkuchen!«, ruft Evelyn und klatscht in die Hände.

Und noch ein Gesicht taucht in der Tür auf, und endlich darf ich die berühmte Caroline aus nächster Nähe betrachten. Petter hatte recht, muss ich zugeben, und dabei spüre ich die Eifersucht brennen. Caroline ist unglaublich attraktiv.

»Hallo«, sagt sie und winkt ein bisschen unsicher. »Elsa und ich wollten nur den Safranpfannkuchen vorbeibringen, er ist übrig geblieben.«

Elsa nickt. »Papa liebt Safranpfannkuchen«, sagt sie und klammert sich an Petters Bein.

»Wer mag den nicht?«, ruft Evelyn aus und rutscht mit ihrem Stuhl näher an Bertil. »Kommt doch einfach rein, wenn wir zusammenrücken, ist noch Platz.«

Caroline zögert. »Ich weiß nicht«, sagt sie und sieht mich kurz an. »Ich will mich nicht aufdrängen.«

»Kommt rein«, wiederhole ich. »Alle, die hier um den Tisch hocken, haben sich mehr oder weniger aufgedrängt, und das finde ich superschön!«

Wir machen den Safranpfannkuchen auf dem alten Holzofen warm, und in der Zwischenzeit schlägt Petter die Sahne von Hand. Ich suche im Kühlschrank nach dem halbvollen Glas mit Salmbeermarmelade. Bertil holt noch ein paar Sprossenstühle und stellt sie an den Tisch mit den Worten:

»Platz ist in der kleinsten Hütte!«

Als Petter sich hinsetzt, krabbelt Elsa ihm gleich auf den Schoß. Dann machen wir uns über den Kuchen her.

»Elsa ist ganz traurig geworden, als sie gemerkt hat, dass du deinen Lieblingsnachtisch verpasst hast«, erzählt Caroline beim Essen. »Als eine Portion übrig geblieben ist, hat sie sofort beschlossen, dass wir herfahren und sie dir bringen müssen.«

Ein Lächeln geht über Petters Gesicht, und er streichelt seiner Tochter übers Haar.

»Danke schön«, sagt er. »Wie lieb von dir.«

Elsa ist anfangs schüchtern und sagt nicht viel. Sie sitzt auf Petters Schoß und lehnt sich an seinen Brustkorb, aber als die Unterhaltung lebhafter wird, taut sie auf. Sie lacht sich kringelig, als Evelyn von ihren gefräßigen Fischen erzählt.

»Kann ich die mal anschauen?«, fragt sie, und Evelyn verspricht, dass sie das jederzeit tun kann. »Das gilt für euch alle«, sagt sie. »Kostenlose Fischpediküre für jeden!«

Jonatan verspricht, gleich am nächsten Tag vorbeizukommen.

»Mädchen mögen Jungs mit gepflegten Füßen«, sagt er. Aber als er die Hand nach dem letzten Stück Safranpfannkuchen ausstreckt, schimpft Elsa mit ihm.

»Nein!« Dann sieht sie ihn ganz streng an. »Der ist für den Weihnachtsmann!«

Jonatan runzelt die Stirn. »Aber es gibt doch gar k…«

Petter hustet demonstrativ. »Du hast recht, Elsa«, sagt er. »Der gotländische Weihnachtsmann liebt Safranpfannkuchen – und deshalb bekommt er auch das letzte Stück.«

Jonatan brummt etwas, zieht seinen Teller aber wieder zurück.

Elsa dreht sich zu ihrem Papa um. »Wann kommt denn der Weihnachtsmann?«, fragt sie ihn.

»Aber Elsa«, sagt Caroline. »Der Weihnachtsmann war doch heute schon da. Er hat die vielen Päckchen mitgebracht.«

Elsa verdreht die Augen. »Aber das war doch nicht der richtige Weihnachtsmann«, sagt sie und dreht sich zu uns anderen um. »Das war doch nur Onkel Tobias, der sich verkleidet hat. Ich habe ihn an den Strümpfen erkannt. Onkel Tobias hat immer Löcher in den Strümpfen.«

Petter und Caroline sehen sich kurz an.

»Ich glaube nicht, dass der Weihnachtsmann hierherkommt«, sagt Petter. »Er ist inzwischen bestimmt wieder auf dem Festland. Du weißt doch, er muss ziemlich viele Kinder besuchen.«

Elsas Augen beginnen zu glänzen, und ein Mundwinkel zuckt.

»Aber der Weihnachtsmann muss kommen«, sagt sie jämmerlich. »Sonst verpasst er doch seinen Safranpfannkuchen.«

Rund um den Tisch ist es still. Wir schauen uns an und haben wohl alle denselben Gedanken. Wir sind auch mal fünf gewesen und können uns noch gut daran erinnern, wie wichtig es ist, dass der Weihnachtsmann kommt. Und zwar der richtige, nicht Onkel Tobias mit den Löchern in den Strümpfen.

»Ja, also«, sagt Bertil nach ein paar Minuten. »Ich glaube, ich gehe jetzt noch mal los und kaufe mir die Zeitung.«

»Aber am Abend kommt doch gar kei…«, fängt Evelyn an, doch dann beißt sie sich auf die Zunge. »Aber sicher, gute Idee. Wir würden gern noch die Zeitung lesen!«

Und wir anderen stimmen zu. Natürlich muss Bertil noch mal los und eine Zeitung besorgen.

»Mein Papa liest die Nachrichten immer auf dem Handy«, widerspricht Elsa. »Warum machst du das nicht?«

Bertil grinst. »Soll ich dir was verraten«, flüstert er. »So ein Telefon habe ich gar nicht.«

Elsa sitzt mit offenem Mund da. »Was? Du hast kein Telefon? Wie redest du dann mit deinen Freunden?«

Glücklicherweise muss Bertil das nicht mehr erklären, denn im selben Moment betritt Hamlet die Küche und stiehlt Elsas Aufmerksamkeit.

»Eine Katze!« Elsa springt von Petters Schoß und geht direkt auf Hamlet zu. Der Kater wiederum reagiert anders. Er macht erst große Augen, dann einen Katzenbuckel und springt in null Komma nichts wieder aus dem Zimmer, mit Elsa im Schlepptau.

Gleichzeitig ergreift Bertil die Gelegenheit und verschwindet fast unmerklich durch die Haustür.

CAROLINE

Dieser Weihnachtsabend verlief vollkommen anders als geplant. Hätte ihr am Morgen jemand eröffnet, dass sie an Heiligabend mit einer Gruppe wildfremder Menschen in einem kleinen Steinhaus hocken würde, in dem nur ein paar Kerzen brannten und sonst kein Licht war, hätte sie nur lauthals gelacht. Und doch saß sie jetzt hier und fand es urgemütlich.

Elsas Freude, als es dann an der Tür geklopft hatte und der Weihnachtsmann – diesmal der richtige – hereingekommen war und glucksend gefragt hatte, ob es denn hier brave Kinder gäbe, hatte sie sehr berührt. Dass der Weihnachtsmann dann nur eine Orange und ein paar Fläschchen ätherische Öle dabeihatte, war ihr egal gewesen. Allein seine Anwesenheit hatte gereicht, und dass er sich dann genüsslich das letzte Stück Safranpfannkuchen einverleibte.

Jetzt war Elsa auf dem Sofa eingeschlafen, vollkommen erschöpft, aber mit einem Lächeln im Gesicht. Bald musste sie mit ihr wieder nach Hause fahren, dabei wollte Caroline sich noch gar nicht von den anderen verabschieden. Sie war mit Cilla ins Gespräch gekommen, der Frau mit den hohen Wangenknochen und dem langen schwarzen Haar. Warum ihr Bruder und sie den Heiligabend hier verbrachten und nicht zu Hause bei ihren Eltern, die offenbar nicht weit entfernt wohnten, war ihr noch nicht ganz klar, aber auf der anderen Seite – warum nicht? Wie sie selbst hier gelandet war, war einem Außenstehenden auch nicht ganz einfach zu erklären.

»Habe ich das jetzt richtig verstanden«, sagte Cilla und nippte an ihrem Wein, »Petter und du, ihr seid getrennt, aber feiert Weihnachten noch zusammen?«

Caroline nickte und führte die Teetasse zum Mund. Ihr Hals war ganz trocken, und sie wünschte, sie hätte jetzt auch ein Glas Wein vor sich, doch mit Blick auf die bevorstehende Rückfahrt musste sie sich mit Tee begnügen.

»Ja«, sagte sie und lachte, ohne genau zu wissen, worüber. Sie war ungewöhnlich aufgekratzt. »Ja, wir haben uns schwergetan, diesen Cut zu machen, wie man so schön sagt.«

»Einen Cut?« Cilla sah Caroline an, die schnell noch einen Schluck Tee trank.

»Na ja, bildlich gesprochen.« Sie fingerte an ihrer Tasse und suchte nach etwas, an das sie ihren Blick heften konnte. Aus irgendeinem Grund konnte sie Cilla nicht in die dunkelbraunen Augen schauen, die im Lichtschein vom Kaminfeuer glänzten.

»Und du?«, fragte sie. »Bist du verheiratet?«

Cilla lachte schallend. »Ich? Nein. Aber ich bin nach zwei Jahren Beziehung seit kurzem erst wieder Single und kann verstehen, was so ein Cut bedeutet. Das ist wirklich nicht leicht, und mit einem Kind ist das sicher noch einmal eine ganz andere Herausforderung.«

Caroline nickte. »Dann habt ihr keine Kinder, dein Freund und du?«, fragte sie.

Cilla musste wieder lachen. Ihr fiel eine Haarsträhne ins Gesicht, sie strich sie sich hinters Ohr. Caroline nahm diese Bewegung im Augenwinkel wahr. Dann wurde Cilla wieder ernst.

»Nein, wir haben keine Kinder, ich und Sofia – meine Freundin.«

»Deine … Freundin?«

Cilla lächelte, und sie sah Caroline ganz entspannt an, der die Gesichtszüge entglitten waren.

»Na ja, Exfreundin. Sofia hatte überhaupt keine Lust auf Kinder.«

»Und du?«

Cilla biss sich auf die Lippe und dachte nach. »Ich mag Kinder«, sagte sie. »Und irgendwann kann ich mir vielleicht vorstellen, welche zu bekommen, aber im Moment …« Sie hielt inne. »Jetzt ist kein guter Zeitpunkt. Zuerst muss ich mein Leben in den Griff kriegen. Ich habe ein Café, aber dass läuft nicht besonders gut und ist auch nicht das, was ich mir gewünscht habe.«

»Und was hast du dir gewünscht?« Caroline traute sich endlich, Cilla in die Augen zu sehen.

Dabei schoss ein Blitz durch ihren Körper, dass ihr schwindelig wurde und sie sich gleichzeitig wie berauscht fühlte. Was geht hier vor? dachte sie. Was geht hier bloß vor?

Wenn Cilla ihr Staunen wahrnahm, so kommentierte sie es immerhin nicht.

»Ich träume von einem Haus auf dem Land«, sagte sie ganz gelassen. »Von einem Hof, auf dem ich Pferde halten und ein kleines Café betreiben kann. Einem Ort, wo die

Menschen Kraft tanken können, dem stressigen Alltag entfliehen. Und wo gutes Essen serviert wird, nur aus regionalen Zutaten.«

»Dieser Traum klingt wunderbar«, sagte Caroline. »Was hält dich davon ab?«

Cilla zuckte mit den Schultern. »Ich habe den passenden Hof noch nicht gefunden, entweder ist er zu teuer oder zu runtergekommen. Ich bin handwerklich ganz geschickt und hab auch keine Angst vor Arbeit, aber ich hätte schon ganz gern vier intakte Wände und ein regendichtes Dach über dem Kopf.«

Caroline nickte langsam.

»Was machst du denn beruflich?«, fragte Cilla.

»Ich bin Personalberaterin.«

»Personalberaterin? Hier auf Gotland?«

»Nein, ich wohne in Stockholm«, antwortete Caroline.

»Okay, ich bin davon ausgegangen, du wärst Gotländerin. Habe ich da nicht einen Dialekt gehört?«

Caroline lachte. »Ich bin hier ja auch geboren und aufgewachsen, aber mit Anfang zwanzig nach Stockholm gezogen.« Je mehr sie sprach, desto stärker wurde ihr gotländischer Einschlag. Vielleicht hatte Cillas Sprache Einfluss auf sie? Zum ersten Mal seit langer Zeit erlaubte sie sich zu sprechen, wie es ihr gefiel. Und als die Diphthonge, die ihr natürlicherweise auf der Zunge lagen, nicht mehr unter Kontrolle gebracht werden mussten, fielen ihr die Worte mit einem Mal viel leichter.

»Hast du denn keine Sehnsucht nach Gotland?«, fragte Cilla.

Caroline fixierte einen Punkt an der Wand. »Doch«, sagte sie leise. »Es vergeht kein Tag ohne dieses Heimweh.«

»Dann solltest du wieder herziehen«, sagte Cilla ganz ruhig. »Kämpf nicht dagegen an. Wenn das der Ort ist, für den dein Herz schlägt, gehörst du hierher.«

Caroline schüttelte den Kopf. »Nein«, sagte sie. »So einfach ist das leider nicht.«

»Warum?«

»Weil meine Tochter in Stockholm wohnt. Und der größte Teil meines Herzens gehört nun mal ihr. Ich will da sein, wo sie ist.«

Cilla lächelte. »Das hast du aber schön gesagt.« Sie legte Caroline die Hand auf die Schulter.

Bei dieser unerwarteten Berührung stockte Caroline der Atem, doch sie entzog sich nicht. Ließ Cillas Hand einfach liegen. Spürte, wie Cillas Wärme sich wohlig in ihrem Körper verteilte. Und obwohl sie dieses Gefühl eigentlich beunruhigen, ja möglicherweise sogar erschrecken müsste, verspürte sie jetzt nichts anderes als eine wohltuende Ruhe. Eine Ruhe, die sie müde und glücklich zugleich machte.

Es gibt viele Arten, nach Hause zu kommen, dachte sie. Vielleicht bin ich ja endlich auf dem richtigen Weg.

PETTER

»Vielen Dank für den schönen Abend und gute Nacht!«

Es war fast ein Uhr nachts, als die letzten Gäste sich verabschiedeten. Evelyn und Bertil torkelten aus dem Steinhaus und traten ihren kurzen Heimweg an. Caroline und Elsa waren bereits ein paar Stunden zuvor gefahren, und irgendwann gegen Mitternacht hatten sich Cilla und Jonatan verabschiedet.

Petter und Julia standen noch in der Tür und beobachteten, wie die Nachbarn nach Hause stolperten.

»Immer mit der Ruhe«, rief Julia, als Evelyn ausgerutscht war und Bertil sie mit Mühe und Not hatte auffangen können, bevor sie auf dem Allerwertesten landete.

Evelyn lachte. »Das ist nichts für mich«, rief sie zurück. »Für Bertil auch nicht. Ich habe noch viel vor, warte nur ab.«

»Das glaube ich sofort«, rief Julia und lachte ebenfalls. »Und viel Spaß noch mit den ätherischen Ölen!«

»Ätherische Öle?«, fragte Petter, als die Tür wieder ins Schloss fiel. »Hat Bertil deshalb so stark …?«

»Nach Zahncreme gerochen? Ja, Evelyn hat erzählt, dass Pfefferminz ihr Lieblingsduft ist.«

Petter schüttelte sich. Er wollte sich lieber nicht vorstellen, wie Evelyn und Bertil sich gegenseitig mit Öl einrieben.

Ihre Unterhaltung geriet ins Stocken, und ein beklemmendes Schweigen trat anstelle der ausgelassenen Stimmung. Das Haus war nun fast in völlige Dunkelheit gehüllt, die vielen Kerzen waren schon Stunden zuvor erloschen, und im Kamin glühten nur noch die letzten Kohlereste.

Es war so still, dass Petter meinte, seinen Herzschlag hören zu können, und er fragte sich, ob auch Julia bemerkte, wie schnell sein Herz pochte.

Er suchte nach den passenden Worten, wollte die Anspannung brechen, doch Julia kam ihm zuvor.

Sie sah ihn mit ihren großen braunen Augen an.

»Danke, dass du heute Abend zurückgekommen bist«, sagte sie mit einem Mal ganz ernst. »Das war sehr lieb von dir. Und dann noch an Heiligabend.«

Er wagte es kaum, sie anzusehen, aus Angst, er würde rot anlaufen.

»Ach was«, erwiderte er schulterzuckend. »Ich wollte nicht, dass du hier im Dunkeln alleine hockst. Aber dann hat sich ja herausgestellt, dass du das gar nicht tust.« Er lachte und hörte selbst, wie schrecklich nervös er klang.

»Es war auf jeden Fall sehr lieb von dir, und ich weiß es zu schätzen.«

Julia lächelte ihn an, und Petter dachte, dass sie noch nie so schön gewesen war wie an diesem Abend. Der rötliche Schein vom Kamin verlieh ihrer Haut einen goldenen Schimmer. Den dicken Strickpullover, den sie sonst immer trug, hatte sie abgelegt, seit das Kaminfeuer die Zimmertemperatur auf fast fünfundzwanzig Grad hochgejagt hatte. Jetzt stand sie vor ihm nur in einem Shirt, unter dem sich die Konturen ihrer Brüste abzeichneten.

Er wollte noch so viel mehr sagen. Ihr den wahren Grund nennen, warum er hergekommen war. Dass es nicht nur damit zu tun hatte, dass er ein fürsorglicher Mitbewohner sein wollte. Dass er gekommen war, um Zeit mit ihr zu verbringen. Er nur zu gerne mit ihr etwas trinken gehen würde, so, wie sie es vorgeschlagen hatte. Und was für ein großer Schritt das für ihn war. Nach Monaten, in denen ihn nur seine Scheidung beschäftigt hatte und alle Gedanken darum gekreist waren, wie er Caroline zurückerobern könnte, war er endlich weitergekommen. Jetzt konnte er die Vergangenheit loslassen und offen sein für etwas Neues. Und dass er sich sogar darauf freute, war allein ihr Verdienst.

Doch die Worte wollten nicht heraus.

»Julia, ich …«, begann er, stockte jedoch, als sie genau in gleichen Moment den Mund aufmachte.

»Vielleicht sollten wir noch ein bisschen Ordnung machen?« Sie begann, Gläser und leere Weinflaschen aufzuräumen.

Petter half ihr. Er hob die Chips auf, die auf den Boden gefallen waren, und schob die Sofakissen wieder an ihren Platz. Gleichzeitig war er ganz auf Julia konzentriert. Mehrmals setzte er an, seinen Satz zu Ende zu bringen, doch dann verließ ihn wieder der Mut.

Wie geht das?, fragte er sich. Was sagt man zu einer Frau, in die man verliebt ist, von der man aber nicht weiß, ob sie seine Gefühle erwidert? Ihm fehlten dafür die Erfahrungen, er konnte nichts aus dem Ärmel schütteln, keine flotten Sprüche, nichts. Das erste Mal, dass er eine Frau nach einem Date gefragt hatte, war schon zehn Jahre her, und es hatte damit geendet, dass sie geheiratet hatten – und nun waren sie wieder getrennt. Das zweite Mal war auf diesem Datingportal gewesen, und wie das ausgegangen war, daran wollte er sich lieber nicht zurückerinnern. Seine Erfolge auf diesem Gebiet waren gelinde gesagt überschaubar.

Als Julia ihm nahe kam, atmete er tief durch und nahm all seinen Mut zusammen.

»Ja, weißt du …« Weiter kam er nicht, sie hatte das Wohnzimmer schon wieder verlassen. Dann hörte er sie in der Küche mit dem Geschirr klappern.

Er ging hinterher. Sein Hals war trocken, die Hände feucht.

Julia stand an der Arbeitsplatte, mit dem Rücken zu ihm.

»Wir können erst abwaschen, wenn wir wieder Strom haben«, sagte sie. »Hast du irgendwo gelesen, wann damit zu rechnen ist?«

Er schüttelte den Kopf und räusperte sich erneut.

»Ja, weißt du, Julia, ich muss dir etwas sa…«

Mitten in seinen Worten erklang ein knackendes Geräusch, in der nächsten Sekunde blinkten die Lampen auf, und die Küche badete in Licht.

»Wow«, rief Julia. »Wenn man vom Teufel spricht ...«

Sie griff nach der Bürste und ließ heißes Wasser in das Spülbecken laufen.

Petter, nun völlig aus dem Konzept, blieb sprachlos zurück.

»Das war ein wirklich netter Abend«, sagte Julia, die noch immer mit dem Rücken zu ihm stand. »Seit langem hatte ich nicht mehr so ein schönes Weihnachtsfest.«

Er lachte, verstummte jedoch, als ihm klarwurde, wie recht sie hatte. Dieses Weihnachtsfest war anders als üblich, aber nicht schlecht. Anstatt auf dem Sofa seiner Exschwiegereltern herumzuhängen und im Fernsehen Wiederholungen anzusehen, Filme, von denen er jeden Satz auswendig konnte, und sich zudem Tobias' und Helenas Geplänkel anhören zu müssen, hatte er Weihnachten mit den Menschen verbracht, die ihm wichtig waren – mit seiner Tochter, seiner Exfrau und ... Julia.

Er ließ den Blick über ihre Figur wandern, bis hinunter zu ihrem Po. Spürte, wie ihm die Hitze in die Wangen schoss, als seine Phantasie mit ihm durchging. Wie würde es sich anfühlen, ihn zu streicheln? Wenn er seine Hand über ihre eng sitzende Jeans gleiten ließ, über ihre Hüften hinab zu den Rundungen ihres Hinterns und ...

»Ist was?«

Petter zuckte zusammen, als er merkte, dass Julia sich umgedreht hatte und ihn fragend musterte. Er versuchte, Zeit zu gewinnen.

»Äh ... was?«

»Du hast mich so komisch angestarrt.«

»Hab ich das?« Er räusperte sich und zwang sich, ganz ruhig zu bleiben. »Ich hab ... mich nur gefragt, wo du diese Jeans ... gekauft hast.«

»Wie bitte?« Julia musste lachen, und Petter fluchte innerlich über diese so offensichtliche Ausrede.

Sie sah ihn ein paar Sekunden lang an. Dann legte sie die Spülbürste beiseite, wischte sich die Hände an der Jeans ab und kam auf ihn zu.

»Du fragst dich also, wo ich meine Jeans gekauft habe?«

Petter schluckte. »Mmh.«

Julia kam noch ein bisschen näher. Im Mundwinkel machte sich ein kleines Schmunzeln bemerkbar.

»Wünscht sich dein Vater vielleicht auch so eine Jeans zum Geburtstag?«

»Nein, nicht direkt, ich ...«

Sie sah ihn mit einem Blick an, den er überhaupt nicht deuten konnte, und ging an ihm vorbei. In der Tür blieb sie jedoch stehen.

»Komm!« Sie tippte ihm leicht auf die Schulter.

Petter schüttelte den Kopf. »Was denn?«

Julia reichte ihm die Hand und grinste. »Frag nicht so viel. Komm einfach!«

Mit Herzklopfen ging er auf sie zu, bis er ganz dicht vor ihr stand. »Was denn?«

Julia hob den Zeigefinger und wies nach oben. Petter runzelte die Stirn und hatte schon die nächste Frage auf den Lippen, doch irgendetwas in Julias Augen verriet, dass jetzt nicht der Moment zum Reden war. Stattdessen sah er an ihrem Finger entlang hinauf.

Es dauerte ein paar Sekunden, bis er begriff, worauf sie

deutete, und noch eine Sekunde, bis der Groschen fiel. Doch dann musste er herzlich lachen. Als er noch einen Schritt näher kam, tat sie dasselbe. Und als er sich zu ihr beugte, um sie unter dem Mistelzweig zu küssen, und sie seinen Kuss erwiderte, hatte er das Gefühl, dass sich sein Körper in seine Bestandteile auflöste. Sie schmeckte genauso gut, wie er es sich vorgestellt hatte.

Petter konnte sich nicht erinnern, wann er das letzte Mal so leidenschaftlich geküsst hatte, und ob es je so intensiv gewesen war. Julias Zunge war sanft und fest zugleich, und von ihr gingen elektrische Signale aus, die ihm die Hitze in den Körper trieben. Ihre Hände fuhren über seinen Brustkorb, streichelten ihn im Nacken, so dass sich jedes noch so kleine Härchen an seinem Körper regte. Und sonderbarerweise setzte sein Hirn, das sonst unablässig arbeitete, einmal aus. Anstatt die Situation zu analysieren, die Vor- und Nachteile abzuwägen und herauszufinden, was die rationalste Lösung sein konnte, stellte er auf Autopilot um. Und in dem Moment, als sein Körper das Kommando übernahm, war die Unsicherheit verflogen. Alle Bedenken, Ängste und vernünftigen Überlegungen waren wie weggefegt. Es gab nur das Hier und Jetzt. Und Julia!

Mit beiden Händen griff er ihre Taille und hörte ihren schweren Atem, als er sie an sich zog.

Ob es am Sauerstoffmangel durch das Küssen oder allein am Glücksrausch lag, wusste er nicht, doch sie mussten sich gegen den Türrahmen lehnen, um nicht umzufallen. Julia legte den Kopf in den Nacken, und Petter liebkoste ihren Hals und küsste ihr die Träger von den Schultern, um zu dem kleinen Grübchen an ihrem Schlüsselbein zu gelangen.

Als Julias Hände wenig später von seinem Nacken abließen, war Petters erster Gedanke, dass sie ihren Fehler einsah und sich zurückziehen wollte. Er machte spontan einen halben Schritt nach hinten, bis er bemerkte, dass sie angefangen hatte, sein Hemd aufzuknöpfen. Als es ihr nicht recht gelingen wollte, griff sie sein Hemd einfach am Stoff und zog es ihm über den Kopf. Sie lachten beide, als es an seinen Schultern hängen blieb und er eine Weile nichts sah als einen karierten Baumwollstoff, bevor es ihnen schließlich mit vereinten Kräften gelang, das Teil auszuziehen und sich weiter zu küssen, nun mit neuer Energie.

Julia befeuchtete ihre Lippen und ließ sie über seinen nackten Brustkorb wandern. Als sie eine Brustwarze berührte, entfuhr ihm ein wohliges Stöhnen. Sie sah auf, blickte ihm in die Augen.

»Was meinst du«, flüsterte sie, »könnten wir heute Nacht vielleicht auf das Ausziehsofa verzichten?«

»Was?«

Julia biss sich auf die Unterlippe und nickte zum Obergeschoss hinauf. »Hast du nicht Lust, das Doppelbett mit mir zu teilen? Oder willst du lieber knobeln?«

Er lächelte, fasste sie am Nacken und erstickte ihr ausgelassenes Kichern mit einem Kuss.

»Das können wir uns schenken«, brummte er. »Ich gewinne sowieso. Der Beste von dreien, du kennst das ja.«

Julia knuffte ihn leicht in den Oberarm.

»Nein, erst mal *drei Versuche*.« Dann wurde sie plötzlich ernst. »Gib mir ein paar Minuten. Ich springe nur schnell unter die Dusche.« Sie löste sich aus seiner Umarmung.

Petter sah ihr hinterher, wie sie die Treppe hinauf verschwand, und war mit einem Mal richtig glücklich.

Julia – die hübsche, wunderbare Julia hatte ihn heute

Abend geküsst und seinen betäubten Körper wieder zum Leben erweckt. Er hungerte nach Berührungen und Nähe. Nur dank ihr spürte er wieder das Leben in sich, nachdem er monatelang in diesem tiefen Loch gesteckt hatte. Nur dank ihr kam er sich vor wie Batman und Superman in einer Person.

Er hob sein Hemd vom Boden auf und wollte gerade die Treppe hinaufrennen und den Überwurf vom Bett wegziehen, als er sein Gesicht im Flurspiegel sah. Dieser Anblick katapultierte ihn unbarmherzig wieder in die Realität zurück. Der Mann, der ihn da anblickte, hatte nichts mehr von dem Superheld, der er eben noch gewesen war. Da war nur der altbekannte Petter. Petter Niklasson mit den tiefen Augenringen und den unrasierten Wangen. Petter Niklasson, der nicht einmal ansatzweise seinem Namen Ehre machte.

Und sofort sprang sein Kopf wieder an und begann wie üblich, die Situation zu analysieren.

Was tust du da eigentlich?, fragte er. Was ist, wenn du keinen hochkriegst? Was wird sie dann von dir denken?

Das wird schon nicht passieren, nicht mit Julia, versuchte er sich einzureden. Mit Julia wird alles anders.

Bist du dir sicher?, argumentierte sein Kopf weiter. Willst du das wirklich riskieren? Willst du, dass Julia dasselbe durchmachen muss wie die Frau von dem Datingportal?

Er versuchte, den beängstigenden Gedanken abzuschütteln, die Gespenster in seinem Kopf loszuwerden, doch es war zu spät. Jetzt war er vollkommen verunsichert, die Zweifel hatten sich eingenistet. Das starke Verlangen, das eben noch seinen ganzen Körper beherrscht und ihm das Gefühl gegeben hatte, berauscht und unbesiegbar zu sein, verschwand. Ihm war klar, was das bedeutete. Heute Abend würde er mit Julia keinen Sex haben können.

Mit einem Mal kam er sich völlig lächerlich vor. Was hatte er sich eigentlich eingebildet? Julia war eine Göttin: schön, intelligent und witzig. Wahrscheinlich standen die Männer bei ihr Schlange. Dass sie sich überhaupt für ihn interessierte, grenzte schon an ein Wunder. Dass sie das Bett mit ihm teilen wollte, konnte er kaum glauben. Und sie zu enttäuschen, war das Letzte, was er wollte. Sie sollte nicht an seiner Männlichkeit zweifeln. Nein, das durfte auf keinen Fall passieren! Bevor er mit Julia den nächsten Schritt tat, musste er sein Problem in den Griff bekommen. Eine Therapie machen, Viagra ausprobieren, egal. Hauptsache, er verlor nicht die einzige Frau, die ihn je dazu gebracht hatte, Caroline zu vergessen. Aber wie sollte das gehen? Wer konnte ihm helfen?

Da tauchte Evelyns Stimme in seinem Gedächtnis auf:

Vielleicht spürst du irgendwo auch ein Ungleichgewicht, physisch oder emotional. Mit einer Chakra-Massage lässt sich das ausbalancieren.

Er hüstelte bei dem Gedanken daran. Nein, weiß Gott nicht! Das käme nicht in Frage. Das war definitiv keine Option. Evelyn mit ihrer Pseudowissenschaft und ihren dubiosen Behandlungen, die nur verzweifelten Menschen das Geld aus der Tasche zog.

Allerdings … war er nicht genau das – verzweifelt? Welche Alternativen hatte er denn? Und was war das Worst-Case-Szenario? Im Grunde hatte er nichts zu verlieren.

Er hörte, wie Julia im Badezimmer das Wasser unter der Dusche aufdrehte. Es würde nicht lange dauern, dann war sie fertig und kam mit nassen Haaren heraus, nur mit einem Handtuch bedeckt. Und würde ihn im Doppelbett erwarten, um dort weiterzumachen, wo sie aufgehört hatten.

Petter schluckte und warf einen Blick auf die Uhr. Es war Viertel vor zwei. Da konnte er nicht bei Evelyn an die Tür klopfen und um eine Chakra-Massage bitten. Nein, damit musste er bis morgen früh warten. Und das Ganze irgendwie hinauszögern.

Langsam und mit schweren Schritten ging er hinunter ins Wohnzimmer, und als er das Sofa ausklappte und sich auf der harten Unterlage das Bett aufbaute, biss er sich so fest auf die Zähne, dass es in den Kiefermuskeln weh tat.

Als Julia kurz darauf fertig war, das Badezimmer verließ und schließlich die Treppe hinuntergeschlichen kam, um ihn zu suchen, tat er so, als sei er bereits im Tiefschlaf.

25. Dezember

JULIA

Jetzt stehe ich wieder am Fährterminal. Es ist erst eine Woche her, dass ich hier war, und doch es kommt mir wie eine Ewigkeit vor.

Neben mir steht mein riesiger Koffer. Ich hoffe, ich habe alles von meinem Zeug eingepackt, aber sicher bin ich mir nicht. Vor einer Stunde bin ich erst aufgestanden, jetzt stehe ich schon hier und warte auf die Fähre. Ich habe keine Ahnung, was ich mache, wenn ich nach Hause komme. Ich weiß nur, dass ich hier wegmuss. So weit weg von Gotland – und vor allem von Petter – wie möglich.

Nach unserem Kuss wurde alles ganz merkwürdig. Der Kuss selbst war es gar nicht. Der war wirklich unglaublich schön. Mir laufen noch immer Schauer der Erregung durch den Körper, wenn ich an Petters Lippen und Zunge denke, an seine Hände an meiner Taille und seinem heißen Körper an meinem. Es war so ein Kuss, der alles mit einem macht. Man vergisst die Welt um sich herum. Sicher war es einer der besten Küsse, die ich je bekommen habe. Wahrscheinlich nur getoppt von dem, den ich von Liam aus der 9b bekam. Liam, für den ich die gesamte Mittelstufe über heimlich geschwärmt habe und der mich erst in der Schuldisco bemerkte, nachdem er mich drei Jahre lang ignoriert hatte. Von ihm bekam ich meinen allerersten Zungenkuss. Aber wenn ich bedenke, dass dieser Kuss bald zwanzig Jahre her ist und damit ganz sicher verjährt, landet der Kuss mit Petter ohne Frage auf Platz eins.

Traurig ist nur, dass Petter das offenbar nicht so sieht. Denn sonst hätte er sich nicht auf das unbequeme Ausziehsofa gelegt und sich schlafend gestellt, als ich aus der Dusche kam. Nicht genug, dass ich früher auch schon die eine oder andere Abfuhr bekommen habe – so etwas Erniedrigendes wie gestern habe ich noch nie erlebt. Die halbe Nacht lag ich wach, bin alle Ereignisse des Abends noch einmal schrittweise durchgegangen. Was habe ich falsch gemacht? Habe ich mich aufgedrängt? Ist ihm das zu viel geworden? Hat er sich überrumpelt gefühlt? Vielleicht sogar überfallen?

Erst gegen vier Uhr morgens konnte ich endlich einschlafen, und als ich um kurz nach neun aufgewacht bin, war er weg. Hat sich einfach aus dem Staub gemacht – wahrscheinlich wollte er mir nicht mehr über den Weg laufen.

Und dann hatte ich einfach Glück, als die Reederei ein paar Minuten später anrief und mir einen Platz auf der Vormittagsfähre anbot. Ein Passagier war kurzfristig abgesprungen, und ich stand auf der Warteliste ganz oben. Das nahm ich als Zeichen, endlich wieder das zu tun, was ich hervorragend kann. Abhauen, wenn es brenzlig wird.

Keine zwanzig Minuten später hatte ich mit Googles Hilfe Jonatans Telefonnummer herausbekommen und ihn überreden können, sein Auto abzuholen, das vom Vorabend noch vor der Haustür stand, und mich bei der Gelegenheit zum Fährhafen zu fahren.

Und so kam es, dass ich jetzt am ersten Weihnachtstag am Fährterminal sitze, mit einem riesigen Koffer und einem völlig verkaterten Zwanzigjährigen, der am Kartenschalter rumhängt und jede Frau unter fünfzig anbaggert. Jedes Mal bringt er sich erneut in Stellung und versucht ein Gespräch zu beginnen, kassiert jedoch eine Abfuhr nach der anderen.

Ich hole mein Handy raus und schicke Isabelle eine Nachricht, schreibe ihr, dass es mir nun endlich gelungen ist, einen Fährplatz zu ergattern, um diese Insel zu verlassen. Den Grund für meine überhastete Abfahrt werde ich ihr erst mitteilen, wenn ich 1) Isabelles volle Aufmerksamkeit, 2) genügend Wein intus und 3) nicht mehr ständig Heulkrämpfe habe.

Ich kann die Nachricht gerade noch abschicken, da schmeißt Jonatan sich auf den Sitz neben mir und hält mir sein Smartphone direkt vor die Nase.

»Schau mal!«

Ich blinzele, einerseits, um meinen Blick scharf zu stellen, andererseits, um die Tränen zurückzuhalten, die mir pausenlos in die Augen schießen.

»Was ist das?«, frage ich ihn.

»Siehst du es denn nicht? Das ist eine Telefonnummer. Von Agnes!«

»Wer ist Agnes?«

Jonatan lehnt sich auf der harten Sitzschale zurück und lächelt überglücklich.

»Agnes ist zweiundzwanzig, studiert Tiermedizin und ist richtig heiß!«

»Hast du sie gerade eben kennengelernt?«

Er nickt. Offenbar höchst zufrieden mit sich.

»Jepp, es ist so, wie ich es immer sage – die Mädels stehen total auf mich. Sie werfen mir ihre Telefonnummern quasi hinterher.«

Ich muss husten, aber widerspreche nicht. »Ist ja toll«, sage ich. »Für wann seid ihr verabredet?«

Jonatans Mundwinkel sacken nach unten. »Sie macht jetzt ein Sabbatical und geht für ein Jahr auf Weltreise, aber sie meinte, nächstes Jahr zu Weihnachten müsste sie zurück in Schweden sein, und dann kann ich sie anrufen.«

Auf einmal fühle ich mich auf eine besondere Weise mit Jonatan verbunden. Wir sind beide richtige Pechvögel, was die Liebe angeht. Da kann er endlich bei einem Mädchen landen, und dann stellt sich heraus, dass sie für ein ganzes Jahr das Land verlässt.

Ich fasse ihn mitfühlend am Arm. »Bei uns läuft's einfach nicht, Jonatan.«

Er nickt. »Bei dir ist es aber deutlich schlimmer.«

»Warum?«

»Na ja … Du bist ja viel älter und hast immer noch keinen gefunden.«

Ich seufze. »Nein, das ist gar nicht so leicht.«

»Hast du es schon mal mit Tinder probiert?«, fragt er, als müsse er mich in die wohlbehüteten Geheimnisse der jungen Generation einweihen. »Das ist eine App, mit der man …«

»Ich kenne Tinder«, sage ich. »Nur zu gut. Da habe ich so viele Idioten aufgegabelt, dass ich aufgehört habe zu zählen.«

»Ich verstehe die Mädels nicht«, sagt Jonatan. »Warum lassen sie sich immer mit den falschen Typen ein? Sucht euch doch lieber die guten Männer aus.«

Ich muss lachen. »Vielen Dank für den Tipp, aber es ist ziemlich schwer herauszufinden, wer zu den Guten gehört. Wenn man chattet, sind sie alle meistens supernett, aber wenn man sich dann mit ihnen trifft, muss man ziemlich schnell feststellen, dass das alles nur fake war.« Dann überlege ich einen Moment. »Allerdings gibt es das auch andersherum. Mancher stellt sich am Ende auch als Idiot heraus, selbst wenn man ihn im richtigen Leben kennengelernt hat. Leider ist das Leben in Wirklichkeit ganz anders als in den romantischen Komödien.«

»Wäre dir das lieber?«

»Vielleicht schon, zumindest wäre es nett, auch mal ein Happy End zu erleben.«

Jonatan runzelt die Stirn.

»Wenn wir jetzt in einer romantischen Komödie wären«, sagt er. »Wie müsste der Film dann enden?«

Da muss ich nicht lange nachdenken. »Dann würde Petter in diesem Moment die Rolltreppe hinaufgerannt kommen«, sage ich und zeige zum Eingang. »Und er würde mich gerade noch erwischen, bevor ich auf die Fähre steige. Er würde mich in die Arme nehmen und mich vor allen Leuten leidenschaftlich küssen. Dann würden die Geigen erklingen, und dann weiß man, dass ...«

»Was denn?«

»Dass das jetzt das Happy End ist.«

Jonatan blickt in Richtung Eingang. »Kein Petter«, stellt er sachlich fest. »Und auch keine Geiger.«

Ich schüttele den Kopf.

»Nein, mein Leben ist eher eine langweilige Doku als eine romantische Komödie.«

Da geht ein Strahlen über Jonatans Gesicht. »Oder es ist einfach noch nicht das Ende«, meint er. »Hast du daran schon mal gedacht?«

»Wie meinst du das?«

»Dass das, was du für das Ende hältst, vielleicht gar nicht das Ende ist. Im Film deines Lebens kannst du doch selbst bestimmen, wann eine Geschichte zu Ende ist und eine neue beginnt. Vielleicht ist das erst der Auftakt vom Ende. Du kennst das doch, wenn für das Liebespaar alles schiefläuft und man glaubt, die bekommen sich nie. Und am Ende löst sich plötzlich jedes Problem in Luft auf.«

Ich streichele ihm über den Arm. »Du bist echt süß, Jonatan«, sage ich. »Aber ich erkenne ein Ende, wenn es da ist.«

Jonatans Augenbrauen sinken nach unten, doch dann macht sich ein Lächeln auf seinem Gesicht bemerkbar.

»Was für ein Pech für dich, dass ich jetzt Agnes habe«, meint er. »Ansonsten hätte ich ja darüber nachdenken können, dich zu daten.«

Ich lache und knuffe ihn leicht in die Seite. »Ja, was für ein Riesenpech!«

Als ich schließlich durch die Ticketkontrolle muss, verabschieden wir uns voneinander. Ich drücke ihn, gebe ihm meine Handynummer und fordere ihn auf, sich zu melden, wenn er in die Nähe von Stockholm kommt.

Er grinst. »Zwei Telefonnummern an einem Tag. Läuft bei mir!«

Kurze Zeit später mache ich es mir auf meinem Platz auf der Fähre bequem. Durch die Panoramafenster sehe ich zum ersten Mal seit Wochen einen dünnen Streifen Sonnenlicht durch die Wolken dringen.

Ich lehne den Kopf an die Nackenstütze, und da endlich, auf der überfüllten Fähre mit den fleckigen Sitzen und zweihundert Kleinkindern, die im Hintergrund brüllen, lasse ich den Tränen freien Lauf.

PETTER

»Julia! Julia?« Petter drehte suchend eine Runde durchs Haus, bis er schließlich enttäuscht auf einen Stuhl sank. »Verdammt«, seufzte er. »Verdammt, verdammt, verdammt!«

Er konnte nur noch feststellen, dass Julia abgereist war. Ihr Koffer und all ihre Sachen, außer dem blauen Bärenpyjama, den er im Mülleimer gefunden hatte, waren weg. Petter stand wieder auf und lief alles noch einmal ab, obwohl ihm klar war, dass er sie nicht finden würde.

Besonders überraschend kam das eigentlich nicht. Schließlich hatte er sich gelinde gesagt eigenartig benommen, im Grunde vollkommen idiotisch! Julia musste glauben, er sei von allen guten Geistern verlassen. Er hatte gedacht, dass sich alles regeln würde, sobald Evelyn ihm diese Massage verpasst hatte, und sich schon ausgemalt, wie er Julia energiegeladen und mit neuem Selbstvertrauen küssend wecken würde. Dann hätte sie sein merkwürdiges Verhalten vom Vorabend sicher schnell vergessen und ihm alles verziehen.

Die ganze Nacht hatte er wach gelegen und darauf gewartet, dass der Tag anbrach und er zu Evelyn rüberhuschen konnte. Kaum war die Sonne aufgegangen, hatte er sich angezogen und war leise aus dem Haus geschlichen. Und zu seiner Freude hatte in Evelyns Küchenfenster auch schon Licht gebrannt.

Erst hatte er noch einen Augenblick gezögert, doch dann wieder an Julia gedacht und all seinen Mut zusammengenommen. Er klopfte behutsam an die Tür. Evelyn öffnete ihm im Morgenrock und konnte ihr Erstaunen kaum verbergen.

»Petter?«, rief sie verblüfft. »Ist was passiert?«

Er antwortete, dass alles in Ordnung sei, und fragte, ob er hereinkommen dürfe. Evelyn lotste ihn in die Küche und bot ihm eine Tasse Kaffee an.

Nachdem Petter sich gesetzt hatte, sah er sich um. »Wo ist Bertil?«, fragte er.

»Er schläft. Und so, wie wir heute Nacht zugange waren, wird er noch eine ganze Weile schlafen. Er ist völlig erledigt, der arme Kerl.«

Petter schluckte. »Tja, also …«, setzte er an, doch dann kam er nicht weiter. Versuchte es noch einmal. »Ich bräuchte deine Hilfe bei … einem kleinen Problem.«

Evelyn sah ihn fragend an.

»Ich habe darüber nachgedacht, was du von … von dieser Chakra-Massage erzählt hast.« Allein das Wort kam ihm schon schwer über die Lippen. »Und dass das helfen kann bei … wie hattest du dich ausgedrückt? Wenn man physisch im Ungleichgewicht ist?«

Evelyn nickte, immer noch stirnrunzelnd.

»Und nun ist es so, dass ich zufällig … so ein Ungleichgewicht habe. Es ist so, dass ich … dass ich mich … unzulänglich fühle, könnte man sagen.«

Evelyn schüttelte den Kopf. »Bei der Arbeit?«

»Nein, nicht bei der Arbeit, eher … privat.«

Evelyn schien immer noch nicht zu verstehen, worauf er hinauswollte. »Tut dir etwas weh?«, fragte sie ihn.

»Nein, es ist mehr ein zeitweiliges Tief. Ich habe …« Er räusperte sich und gab sich einen Schubs. »Ich habe Probleme, in intimen Situationen leistungsfähig zu sein.«

Evelyn hob die Augenbrauen. »Willst du damit sagen, du hast Probleme mit der Potenz?«

Zu hören, wie sie diese Worte unverblümt aussprach, war vernichtend. Petter saß da wie ein Häufchen Elend.

»Ja«, antwortete er leise.

Evelyn nickte und musterte ihn dann eingehend, während Petter von einem Fuß auf den anderen trat. Er bereute es bereits, sich ihr anvertraut zu haben.

Nach einer gefühlten Ewigkeit begann Evelyn wieder zu sprechen.

»Verstehe«, sagte sie. »Ich dachte mir schon, dass da was im Busch ist. Es kommt ganz selten vor, dass man zwei Menschen begegnet, zwischen denen die Chemie so stimmt wie bei Julia und dir, und die gleichzeitig so energisch dagegen ankämpfen. Irgendein Problem musste es geben. Und mit meiner Vermutung lag ich ja nun offensichtlich richtig.«

Petter räusperte sich. Ihm reichte es völlig, nur das Nötigste preiszugeben. Er wollte sich diese Massage verpassen lassen, dann sofort zurück zu Julia schleichen und sie mit einem Kuss wecken. Und hoffentlich – wenn sie es immer noch wollte – mit noch viel mehr.

Evelyn betrachtete ihn eingehend. »Wie lange hast du dieses Problem schon?«, fragte sie dann.

»Seit ein paar Monaten.«

»Und gab es einen bestimmten Auslöser dafür? Nimmst du Medikamente?«

Er schüttelte den Kopf. »Nein, das heißt ... Mitunter schon, besonders in Phasen, wo ich viel Stress hatte, aber erst im Zusammenhang mit der Trennung wurde es ... richtig übel.«

Evelyn nickte. »Du warst lange verheiratet.«

Das war mehr eine Feststellung als eine Frage, und Petter nickte nur still.

»Mmh, ja, so kann es gehen. Das kommt nicht selten vor.«

Petter wurde langsam unruhig. Julia konnte jederzeit aufwachen und merken, dass er weg war, und dann müsste er ihr erklären, wo er gesteckt hatte, und noch schlimmer, was er bei Evelyn wollte.

»Wirst du mir helfen können?«, fragte er und konnte seine Ungeduld kaum verbergen. »Ich bin bereit, alles auszuprobieren.«

Bei diesem Satz musste Evelyn so laut lachen, dass ihr ganzer fülliger Körper bebte.

»Das ist aber eine plötzliche Wendung«, sagte sie, nachdem sie sich beruhigt hatte. »Ich kann mich noch gut an jemanden erinnern, der meine Behandlungen erst vor ein paar Tagen als Hokuspokus abgetan hat.«

Petter seufzte. Es war ein Fehler gewesen hierherzukommen. Evelyn würde ihm nicht helfen können. Er sprang auf und machte Anstalten zu gehen.

»Aber wo willst du denn hin?« Evelyn betrachtete ihn voller Energie. »Jetzt schauen wir uns die Sache mal an.«

»Aber ...«

Evelyn nickte ihm zu, er solle sich wieder setzen. Und das tat er.

»Natürlich werde ich dir helfen«, sagte sie und betrachtete ihn von oben bis unten. »Allerdings glaube ich nicht, dass die Chakra-Massage die richtige Therapie für dich ist.«

»Nicht? Aber ich ...«

Evelyn fiel ihm ins Wort. »Nein«, sagte sie. »Ich glaube, ich habe etwas viel Besseres für dich und dein Problem. Du magst Katzen nicht, stimmt's?«

Petter runzelte die Stirn. Was hatte das damit zu tun?

»Was bei Menschen, die unter Ailurophobie oder Angst vor Katzen leiden, häufig sehr ausgeprägt ist«, erklärte Evelyn, »ist ein starkes Kontrollbedürfnis. Auf Katzen hat man, anders als bei Hunden, kaum Einfluss. Für jemanden, der Angst davor hat, die Kontrolle zu verlieren, kann das äußerst unangenehm sein, ja, sogar Panik auslösen.«

Petter schüttelte den Kopf. Seine Aversion gegen Katzen war im Moment sein geringstes Problem. Deswegen war er nicht gekommen.

Doch Evelyn sprach unbeirrt weiter: »Ich glaube, dass deine Angst vor Katzen und dein anderes ... kleines Problem miteinander zusammenhängen. Bei beidem empfindest du einen Kontrollverlust. Und du bist ein Mann, der es gewohnt ist, alles unter Kontrolle zu haben, stimmt's? Dein ganzes Berufsleben läuft darauf hinaus, wissenschaftliche Belege zu sammeln und nichts dem Zufall zu überlassen. Ich glaube, dass das auf dein Privatleben überschwappt. Als du und deine Frau euch getrennt habt, war das für dich eine völlig neue Situation, der du nicht gewachsen warst, da hat dein Körper sich gewehrt. Das ist überhaupt nichts Ungewöhnliches. So was kann jedem von uns passieren, wenn wir nicht auf unsere innere Stimme hören. Und es äußert sich auf die unterschiedlichsten Arten und Weisen.«

Petter seufzte wieder. Evelyns Pseudopsychologie interessierte ihn nicht besonders.

»Ich bin nicht hergekommen, um analysiert zu werden«, sagte er. »Und da du diese Massage nicht für die richtige Behandlung hältst, will ich dich jetzt auch nicht länger stören.«

»Bleib sitzen!« Evelyns Stimme war jetzt energisch. »Ich

versuche ja gerade zu erklären, warum ich glaube, dass du für die Chakra-Massage nicht empfänglich bist«, sagte sie. »Damit diese Behandlung etwas nützen kann, muss man ganz offen sein und sich hingeben können. Du bist aber viel zu skeptisch und willst alles kontrollieren, deswegen würde das bei dir nicht funktionieren. Ich glaube, eine andere Therapie ist viel besser geeignet für dich.« Sie stand auf und ging an ihren Schrank.

Petter schluckte. Was hatte sie jetzt vor?

Evelyn kramte in einem Fach.

»Da haben wir es«, sagte sie dann und drehte sich mit siegesgewissem Lächeln zu ihm um. In der Hand hielt sie eine kleine grüne Papiertüte. Die reichte sie Petter.

Er nahm sie und warf einen Blick hinein. Grünes Pulver.

»Was ist das?« Seiner Stimme war die Enttäuschung anzuhören.

»Das ist eine Kräutermedizin, die extra dafür hergestellt wurde, Potenzprobleme zu beheben«, sagte Evelyn und zwinkerte mit einem Auge. »Sozusagen das Viagra der Natur.«

Petter schnüffelte daran. »Wie verwende ich das?«

»Du lässt es in heißem Wasser ziehen, dann trinkst du es und wartest ein paar Minuten ab. Danach solltest du im Schlafzimmer keine Probleme mehr haben.«

Petter verzog das Gesicht. »Ich glaube ja nicht …«

Evelyn legte den Kopf auf die Seite. »Du glaubst nicht, dass dir das helfen kann? Sieh dir nur Bertil an«, sagte sie. »Er ist vierundsiebzig Jahre alt. Was denkst du, wie er zurechtkommt? Allein heute Nacht haben wir es dreimal getan! Dreimal – zeig mir einen Achtzehnjährigen, der das schafft!«

»Du willst sagen, Bertil trinkt dieses Pulver?«

Evelyn nickte. »Absolut«, sagte sie. »Die reinste Wundermedizin!«

Petter nahm die Tüte und steckte sie in seine Innentasche.

»Danke«, sagte er dann. »Was bin ich dir schuldig?«

Evelyn schüttelte den Kopf. »Nichts, ich bin froh, dass ich dir helfen konnte. Ich habe bei euch beiden ein gutes Gefühl, weißt du. Ein richtig gutes Gefühl.«

Petter hatte nun nicht mehr die Geduld, seinen Kaffee auszutrinken, er war sofort auf den Beinen und bedankte sich. Bevor er ging, drückte er Evelyn zum Abschied.

»Na los«, sagte sie. »Irgendetwas sagt mir, dass du für die Medizin schneller Anwendung finden wirst, als du denkst.«

Was Letzteres anging, hatte Evelyn leider falschgelegen. Denn als Petter mit frischem Mut und der Tüte voller Kräutermedizin wieder im Haus stand, musste er feststellen, dass es zu spät war. Julia war abgereist.

Und wieder seufzte er. Die Chance hatte er vertan. Julia würde mit großer Wahrscheinlichkeit nie wieder etwas mit ihm zu tun haben wollen. Es sei denn …

Er nahm sein Telefon in die Hand. Seine Finger rutschten über das Display, als er die Abfahrtszeiten der Fähre bei Google checkte. Die erste Fähre legte in weniger als dreißig Minuten ab. Wenn er in ein Taxi springen würde, käme er rechtzeitig an und könnte Julia vielleicht noch umstimmen. Doch beim Gedanken daran, wie lange es auf dieser Insel dauerte, bis man ein Taxi ergatterte, war die Sache klar. Blieb nur, sich zu Fuß auf den Weg zum Fährterminal zu machen.

Sofort war er im Flur, griff nach der Jacke und schnürte sich die Stiefel zu. Als er in seiner grünen Daunenjacke und mit wehenden Haaren an Evelyns Küchenfenster vorbeirannte, meinte er, ihr erstauntes Gesicht zu sehen, doch er hatte keine Zeit anzuhalten und ihr alles zu erklären.

Eigentlich war es gar nicht so weit, doch im Schnee kam Petter schlecht voran. Obwohl seine Stiefel gutes Profil hatten, rutschte er immer wieder aus. Als er zum Krutturm kam, nahm er die Abkürzung durch die Stadtmauer und rannte über den Parkplatz am Strand. Er war außer Atem, hatte längst Seitenstiche, und bei jedem Schritt schmerzte sein Knie, doch er lief weiter. Er rannte durch den Almedalen-Park, und als er die Bibliothek und die Universität hinter sich ließ, konnte er schon sehen, wie sich die riesige weiße Fähre vor dem Himmel auftürmte. Die Vorstellung, dass Julia sich darin befand, gab ihm neue Kraft, und er legte noch einen Zahn zu. Er rannte quer über die Hafenanlage und schlitterte durch die Kurven. Das Gleichgewicht konnte er gerade so halten. Eine ältere Dame, die ihren Hund ausführte, rief ihm hinterher, er solle doch aufpassen. Als er etwa hundert Meter vom Schiff entfernt war, hörte er die Fähre tuten. Zwei kurze Signaltöne. Woher er die Kraft nahm, das Tempo noch mal zu steigern, wusste er nicht. Mit Blutgeschmack im Mund und schweißgebadet rannte er zum Fährterminal, drängelte sich durch die Menschentrauben die Rolltreppe hinauf, bis er die Abfahrtshalle erreichte. Hektisch checkte er die fast leere Halle, bis er den Eingang zur Gangway erblickte. Eine Frau in weißer Bluse und mit gelbem Halstuch schloss gerade den Schalter für die Ticketkontrolle.

»Stopp!« Petter rief und winkte ihr zu. »Ich muss noch an Bord!«

Die Frau hielt inne und warf einen kurzen Blick auf ihre Armbanduhr.

»Tut mir leid, das Boarding ist abgeschlossen. Sie müssen Ihre Fahrkarte auf einen neuen Termin umbuchen.«

Petter blieb vor ihr stehen, sein Magen krampfte, und er krümmte sich.

»Ich … habe … keine … Fahrkarte«, keuchte er, während er sich den Bauch rieb.

»Ach so«, erwiderte die. »Da wären Sie sowieso nicht an Bord gekommen. Der Ticketschalter ist da drüben.« Wie eine Stewardess bei der Sicherheitsunterweisung zeigte sie mit drei Fingern zum Schalter.

»Sie verstehen … mich falsch. Ich will nicht … mitfahren. Ich muss nur … mit … einer Person reden, die an Bord ist.«

»Aber ohne Ticket darf ich leider niemanden durchlassen«, sagte sie. »Rufen Sie die betreffende Person doch einfach an und sagen Sie das, was Sie zu sagen haben.«

»Aber ich habe keine …«, setzte Petter an, doch da versagte seine Stimme. Kurz wurde ihm schwindelig, und er musste sich auf den nächsten Stuhl setzen.

»Alles okay mit Ihnen?«, fragte die Frau.

Er nickte.

»Gut, denn die Fähre legt gerade ab.« Sie nickte zum Fenster, wo sich das große Fährschiff nun langsam in Bewegung setzte. Petter blickte dem Schiff hinterher und spürte, wie sein sich Magen krampfte.

Die Frau verschwand, und er blieb allein zurück.

»Pech!«, hörte er da eine Stimme, schräg hinter ihm. Er fuhr herum.

Ein paar Meter entfernt saß Jonatan gemütlich zurückgelehnt, die Hände tief in den Taschen seiner Bomberjacke. Petter machte sich nicht die Mühe zu grüßen.

»Ist sie an Bord?«, fragte er nur. »Ist Julia an Bord?«

Jonatans Lächeln verzog sich. »Ja«, sagte er. »Sie fährt nach Hause.«

Durch die großen Panoramafenster konnte Petter zuschauen, wie das Heck der Fähre vor dem Horizont immer kleiner wurde.

»Shit!«, sagte er und vergrub das Gesicht in den Händen.

»Was ich nicht kapiere«, sagte Jonatan, und sein gotländischer Dialekt kam nun stärker durch als sonst, »wie du eine wie Julia laufen lassen kannst. Ich meine: Wie blöd kann man sein?«

»Ich weiß«, stöhnte Petter. »Ich bin ein Idiot.«

Jonatan nickte.

»Aber du hast Glück, dass du mich kennst«, sagte er. »Ich bin kein Idiot und kann mit Frauen echt gut umgehen.«

»Was willst du damit sagen?«

Als Jonatan antwortete, sah er unverschämt selbstzufrieden aus. »Weißt du«, meinte er, »ich lasse ein Mädchen niemals gehen, bevor ich nicht ihre Telefonnummer habe.« Und dann hielt er sein Smartphone triumphierend in die Luft, wo eine Nummer auf dem Display aufleuchtete.

Petter starrte erst die Nummer an, dann Jonatan, der ihm auffordernd zunickte.

»Die willst du doch haben, oder?«

Petter schluckte. Er dachte an Julia, die jetzt auf der Fähre saß. Entweder war sie wütend, oder, und das wäre noch viel schlimmer, vollkommen gleichgültig. Bald war sie zu Hause in Stockholm und führte ein Leben weiter, in dem für ihn kein Platz war. Und das war vermutlich auch gut so. Sie waren einfach zu unterschiedlich. Wahrscheinlich würde sie ihren Freunden von dieser schrecklichen Woche auf Gotland erzählen, und die wären ganz entsetzt darüber, mit was für einem Blödmann sie sich das Haus teilen musste. Doch nach einer Weile hätte sie ihn vergessen.

Petter schüttelte den Kopf. »Nein«, sagte er leise.

»Wie, nein?« Jonatan verdrehte die Augen. »Vielleicht hast du mich falsch verstanden, das ist Julias Nummer. Du kannst sie auf der Stelle anrufen.«

Petter schlug die Augen nieder. »Ich weiß«, sagte er, »aber wahrscheinlich ist es das Beste, ich lasse es. Schließlich hatte sie einen Grund, dass sie abgereist ist. Sie will nichts mehr von mir wissen.«

Jonatan seufzte, steckte aber sein Handy zurück in die Jackentasche. »Selber schuld«, sagte er. »Ich hätte es bei einer Braut wie Julia nicht vermasselt. Der einzige Grund, dass sie jetzt nicht nackt in meinem Bett liegt, ist, dass sie mir ein bisschen zu alt ist.«

Petter schnaubte, und seine Stimme triefte vor Ironie. »Ja, ganz bestimmt.«

Jonatan nickte zufrieden und stand auf. »Soll ich dich mitnehmen?«, fragte er. »Ich will jetzt los.«

»Danke, ich gehe lieber zu Fuß nach Hause. Ich muss nachdenken.«

Jonatan zuckte mit den Schultern und begab sich langsam in Richtung Ausgang. Als er zehn Meter gegangen war, drehte er sich noch einmal um.

»Ich würde sagen, sie hatte recht.«

Petter sah auf. »Was?«

»Dass Julia recht hatte. Sie meinte, wenn du Interesse an ihr hättest, wärst du atemlos angerannt gekommen, um sie vom Einchecken abzuhalten. Weißt du, wie in den romantischen Kinofilmen.«

Petter nickte. »Genau das hab ich ja versucht.«

»Und dann hat sie noch gesagt, weil das Leben eben nicht so ist wie im Film, wird diese Geschichte kein Happy End haben. Und auch damit hatte sie recht.«

Jonatan wartete keine Reaktion mehr ab. Er machte auf dem Absatz kehrt und verschwand.

Petter stand langsam auf und ging ebenfalls zum Ausgang. Als er auf den Platz vor dem Hafengebäude kam, sah er aufs Meer hinaus, doch der Himmel und das Wasser hatten die Fähre schon geschluckt. Und jede Spur von Julia ebenfalls.

31. Januar

PETTER

»Guten Morgen, Petter, wie geht's dir heute?«

Bettina betrat ihr Büro mit beschlagenen Brillengläsern, vom Sprühregen feuchten Haaren und der üblichen Sorgenfalte zwischen den Augenbrauen. Petter fürchtete, dass das nicht nur an der kostspieligen und nervigen Badezimmerrenovierung lag, die Samuel und sie gerade durchzustehen hatten, sondern dass auch er seinen Anteil daran trug. Seit er vor einem Monat von Gotland zurückgekehrt war, betrachtete sie ihn nun wieder mit sorgenvollem Blick. Und obwohl er ihr mehrfach versichert hatte, dass »alles okay« sei, schien sie nicht richtig überzeugt.

Jetzt sah sie ihn resigniert an, schob die Hornbrille nach oben und ließ sich an ihrem Schreibtisch nieder. Ein paar Sekunden später war nur noch das Klappern der Tastatur zu hören. Wie war es möglich, dass die Ideen aus Bettina geradezu heraussprudelten, während er selbst einen ganzen Tag brauchte, um ein paar Zeilen zustande zu bringen.

Petter sah von seinem leeren Bildschirm auf zum Fenster. Durch die dreckigen Scheiben betrachtete er die Stadt. Es war Ende Januar, und über Stockholm lag eine dichte Wolkendecke, die stellenweise so tief hing, dass es aussah, als berühre sie die Hausdächer. Der wenige Schnee, der über die Weihnachtstage gefallen war, war ebenso schnell wieder geschmolzen, wie er gekommen war, und die Hauptstadt hatte wieder ihre gewohnte Farbskala angenommen, unzählige Varianten von Grau.

Er seufzte schwer und hoffte, dass Bettina nichts davon mitbekommen hatte, doch dem war natürlich nicht so.

Sie betrachtete ihn über den Rand ihrer Brille hinweg. »Was hältst du von einem Kaffee?«, fragte sie dann.

Wider besseres Wissen nickte er, also gingen sie hinüber in die Küche. Im Flur kamen sie an einem Grüppchen Studenten vorbei, die sich über die Ergebnisse ihrer letzten Prüfung unterhielten. In Petter wurden sofort Erinnerungen an seine eigene Studentenzeit wach, auch er hatte Angst vor den Prüfungen und deren Ergebnissen gehabt. Damals erschien alles so wichtig und lebensentscheidend, doch am Ende machte jede Klausur nur einen Bruchteil seiner Note aus. Ob er in zehn Jahren, wenn er zurückblickte, dasselbe von seiner Doktorarbeit sagen würde? Er hoffte es sehr.

In der Küche war nichts los, und es roch wie immer nach den Essensresten vom Vortag. Auf der Arbeitsplatte stapelten sich die dreckigen Kaffeetassen und warteten darauf, dass irgendjemand sich ihrer erbarmte. Im hohen Fenster stand ein Farn und ließ müde die Wedel hängen.

Bettina ging zum Kaffeeautomaten und drückte auf die Taste für den doppelten Espresso. Sofort begann der Apparat zu brummen, und kurz darauf lief eine trübe Brühe in einem dünnen Strahl heraus. Mit einem richtigen Espresso hatte das wenig zu tun.

»Ich habe gestern mit Henrik geredet«, sagte Bettina und nippte an ihrem Getränk. »Er lässt grüßen und bedankt sich für die Hilfe beim Haus- und Katzensitten.«

»Keine Ursache. Ich hoffe, New York war toll.«

»Ganz bestimmt. Henrik hat berichtet, dass sie sich verlobt haben. Mitten auf dem Times Square, das volle Programm.«

»Wie schön für sie«, sagte Petter, ohne echte Begeisterung aufbringen zu können.

Bettina bemerkte es. Sie blickte ihn ernst an.

»Erzähl doch mal was von dieser Frau«, sagte sie und zwinkerte ihm zu.

»Sorry, von wem?« Petter versuchte sich gerade zwischen einer Latte macchiato und einem Cappuccino zu entscheiden, was nicht leicht war, denn beide Getränke schmeckten eigentlich gleich, und das bedeutete, auch gleich schlecht. Mit ihrer Frage brachte sie ihn völlig aus dem Konzept, und in seiner Verwirrung drückte er dann die Taste für schwarzen Kaffee.

»Die Frau, mit der du dir das Haus geteilt hast. Henrik hat erzählt, dass es ein Missverständnis gegeben hat und ihr am Ende zu zweit da gewohnt habt.«

Petter hüstelte. »Ja, stimmt. Aber da gibt es nichts zu erzählen. Einfach eine Frau.«

Bettinas Gesichtsausdruck erinnerte ihn an einen traurigen Hund. »Ist sie der Grund, dass du so deprimiert bist, seit du von Gotland zurückgekommen bist?«

»Ich bin doch nicht ...« Petter biss sich auf die Zunge. Es war sinnlos, es abzustreiten. Er war deprimiert, und das Gegenteil zu behaupten, war einfach lächerlich.

»Stimmt«, sagte er seufzend. »Ich bin deprimiert, und der Grund dafür ist Julia.«

Bettina legte ihm die Hand auf die Schulter. »Hast du dich verliebt?«

»Ja.«

»Aber sie hat deine Gefühle nicht erwidert?«

Er schüttelte den Kopf. »Nein, sie ist von Gotland abgereist, ohne sich zu verabschieden, und seitdem haben wir nichts mehr voneinander gehört. Ich glaube, sie will einfach nichts von mir wissen.«

Bettina runzelte die Augenbrauen. »Dann ist es vielleicht auch gut so«, sagte sie. »Wenn sie nicht kapiert, was für ein toller Mann du bist, hat sie dich nicht verdient.«

Petter schluckte. »Da liegst du falsch«, sagte er.

»Warum?«

»Weil Julia die Richtige für mich war. Ganz sicher. Aber leider …« Er musste einmal ganz tief durchatmen, bevor er den Satz zu Ende führen konnte. »Leider war ich nicht der richtige Mann für sie.«

Bettina schüttelte den Kopf, so dass ihr die Brille, die sie gerade hochgeschoben hatte, wieder auf die Nasenspitze rutschte. »Na ja«, sagte sie. »Vielleicht überlegt sie es sich noch mal anders. Wenn das Schicksal es so will, dass ihr zwei zusammenkommt, dann wird es schon passieren. Habe ich dir schon mal erzählt, wie Samuel und ich uns gefunden haben?«

Sie wartete nicht auf Petters Antwort, sondern erzählte lang und breit von einer Verwechselung ihrer Koffer am Stockholmer Flughafen, einer Taxifahrt zwischen Åkersberga und Huddinge, aus der spontan eine Einladung zum Abendessen wurde und am Ende, fünf Jahre später, die teure Renovierung eines gemeinsamen Badezimmers. Petter hörte nur mit halbem Ohr hin. Mit seinen Gedanken war er ganz woanders, seit er aus Visby zurückgekommen war. Und das war nur ein paar Meter entfernt – in einem kleinen Restaurant, das Mohnblume hieß.

JULIA

»Ich mache gleich Feierabend, aber komm doch gegen sieben Uhr vorbei, dann kann ich vorher noch duschen.«

Ich stehe im Putzraum und telefoniere mit Isabelle. Telefonieren trifft es nicht ganz. Ich flüstere eher, denn der Diktator mag es nicht, wenn man während der Arbeitszeit am Smartphone hängt. Meine Schicht endet zwar in zehn Minuten, und ich hatte heute eine kürzere Mittagspause, damit Lily zum Zahnarzt gehen konnte, doch so etwas interessiert den Diktator nicht. Also muss ich meine Privatgespräche heimlich führen.

»Okay«, sagt Isabelle. »Ich komme so um sieben Uhr vorbei und bringe eine Flasche Wein mit. Sonst überleben wir diese Jahreszeit nicht. Ganz ehrlich, kann Wetter noch ekliger werden, als es jetzt ist, und eine Stadt noch hässlicher? Aber was am schlimmsten ist, kann man noch deprimierter sein als du, wegen der Sache mit diesem Petter?«

Ich streite alles ab. »Petter ist längst vergessen«, sage ich und hoffe, einigermaßen überzeugend zu klingen. »Das war nur eine vorübergehende Geistesverwirrung.«

Isabelle brummt etwas. »Wenn du meinst.«

Wir sind schon dabei, uns zu verabschieden, da wird die Tür des Putzraums aufgerissen, und ich blicke direkt in das wutverzerrte Gesicht des Diktators.

»Julia«, sagt er, und seine Stimme ist eiskalt. »Warum überrascht mich das jetzt nicht?«

»Entschuldigung«, sage ich betreten und lasse das Handy in der Hosentasche verschwinden.

Im Geiste gehe ich alle Ausreden durch, die ich mir sicherheitshalber schon mal zurechtgelegt habe. Ich entscheide mich für die kranke Großmutter.

»Das war ein Anruf aus dem Krankenhaus. Meine Oma ist gestürzt und hat sich was gebrochen.« Ich zwinge meine Mundwinkel nach unten, damit er sehen kann, wie sehr mir meine Großmutter am Herzen liegt. In Wirklichkeit starb meine Großmutter, als ich drei war, und die einzige Erinnerung an sie sind die Fotografien in meinem Schrank.

Der Diktator sieht wenig mitfühlend aus, und er kommentiert meine kranke Oma mit keinem Wort. Dafür werden seine Augen zu schmalen Strichen.

»Lass mich raten«, sagt er. »Deine Oma hat sich den Oberschenkelhals gebrochen, und weil deine Eltern verreist sind, bist du die nächste Verwandte?«

Ich muss schlucken. »Ja, genau. Woher wissen Sie das ...?«

»Weil du mir exakt dieselbe Ausrede schon im letzten Monat serviert hast.«

Verdammt, jetzt fällt es mir wieder ein. Die Lüge vom Hüftleiden meiner Oma habe ich schon mal gebracht. Ich versuche möglichst schnell, meine Gesichtszüge wieder unter Kontrolle zu bringen.

»Sie ist wieder hingefallen«, sage ich und starre ihm in die Augen. »Jetzt hat sie sich das andere Hüftgelenk gebrochen.«

Die Augen des Diktators werden immer schmaler, und seine Stimme ist nur ein Zischen. »Wenn du dich jetzt nicht in Bewegung setzt und alle Tische abwischst, komme ich persönlich und schleife dich hier raus.«

»Aber ich habe die Tische doch schon abgewischt«, entgegne ich. »Vor zehn Minuten.«

Der Diktator ist so wütend, dass sich seine Stimme überschlägt. »Wenn ich sage, die Tische werden abgewischt, dann werden sie abgewischt. Verdammt egal, ob sie sauber sind oder dreckig. Das ist mein Restaurant, und ich allein entscheide, wie oft was geputzt wird.«

Wir starren uns an, ein Kräftemessen, von dem ich schon im Vorhinein weiß, dass ich es verlieren werde. Er hat vollkommen recht, er bestimmt, wann die Tische abgewischt werden müssen.

Ich seufze und mache mich klein. »Okay«, sage ich leise und laufe an ihm vorbei, um den Putzlappen zu holen, den ich vor ein paar Minuten erst aus der Hand gelegt habe.

Im Augenwinkel sehe ich das triumphierende Grinsen des Diktators. Ich habe ihm soeben die größte Befriedigung des Tages bereitet, eine Bestätigung seiner allumfassenden Macht. Einen Orgasmus für sein Ego.

Lily sieht mich komisch an, als ich an der Theke vorbeikomme. Sie macht gerade den Kassenabschluss.

»Aber die Tische sind doch schon abge…«, sagt sie, doch hält inne, als sie den Gesichtsausdruck des Diktators bemerkt.

Ich gehe zum ersten Tisch und wische mit dem Lappen über die blitzblanke Oberfläche. Und dann denke ich das, was ich schon so oft gedacht habe. Warte nur ab. Eines schönen Tages schmeiße ich alles hin. Wenn ich ein bisschen Kohle auf der hohen Kante habe. So um die hunderttausend Kronen, wie die Experten immer sagen, als Puffer für alle Eventualitäten. Doch der einzige Puffer, über den ich zurzeit verfüge, sind fünfzehntausend Kronen auf dem Sparbuch, ein paar erbärmliche Fondsanteile einer privaten Rentenversicherung sowie ein Gutschein für den Body Shop, den

Martin und Ylva mir als nachträgliches Weihnachtsgeschenk überreicht haben. Mit anderen Worten wird es noch eine ganze Weile dauern, bis ich mich traue, in meinem Leben drastische Veränderungen vorzunehmen.

Doch aus irgendeinem Grund hallen Evelyns Worte in meinem Kopf nach: *Entwicklung und Veränderung kommen gar nicht von Stärke oder Mut. Im Gegenteil.*

»Und, wie weit bist du mit den Tischen?« Die nasale Stimme des Diktators hallt durch das leere Lokal.

Denn wenn wir uns am schwächsten fühlen, am verletzlichsten, am ängstlichsten – genau dann treffen wir die wichtigsten Entscheidungen, Entscheidungen, die unser Leben verändern. Und zwar nicht, weil wir es wollen oder uns trauen – sondern weil wir es einfach tun müssen. Um zu überleben.

Und wenn Evelyn recht hat? Wir warten auf die richtige Gelegenheit, darauf, dass alles gut läuft und das Leben perfekt ist. Doch vielleicht kommt dieser Moment nie, und der richtige Zeitpunkt ist genau jetzt, wo es nicht schlechter laufen könnte.

Ich verwerfe den Gedanken auf der Stelle. Es wäre wirklich nicht besonders schlau zu kündigen. Denn wenn ich kein Einkommen habe, kann ich die Miete nicht bezahlen, und dann müsste ich nach Hause in mein altes Kinderzimmer ins Reihenhaus meiner Eltern ziehen. Pünktlich zu meinem dreiunddreißigsten Geburtstag.

»Geh doch noch mal über den Tisch, da hinten am Fenster. Ich glaube, ich sehe da noch Krümel liegen.«

Die Stimme des Diktators trieft nur so vor Schadenfreude. Ich wende ihm den Rücken zu, damit er mir nicht ansieht, wie sehr ich mich quäle.

Der perfekte Zeitpunkt wird niemals kommen. Man muss sich einfach mal entscheiden.

Die Worte meiner Mutter: *Und wenn du dann doch wieder hinfällst? Und dir weh tust, Julia?*

Ja, Mama, denke ich. Wenn ich hinfalle und mir weh tue, wenn ich scheitere und mich blamiere ... Aber stell dir vor, ich versuche es nie? Wage es nie, etwas Neues anzufangen und trete immer auf der Stelle, an demselben bescheuerten Ort, für den Rest meines Lebens? Wäre das nicht schlimmer? Viel, viel schlimmer?

Wie in Zeitlupe sehe ich meine Hand, die den Putzlappen hinlegt, und ich sehe mich selbst, wie ich mich umdrehe, die Hände in die Seiten stemme und dem Diktator trotzig in die Augen sehe.

»Was tust du da?«, fragt er, doch seine Stimme klingt ganz weit weg. »Die Tische sind immer noch dreckig.«

Im Augenwinkel nehme ich Lily wahr, die von der Kasse aufsieht und mit Interesse verfolgt, was hier vor sich geht. Auch Mehmet kommt aus der Küche, bleibt wie angewurzelt stehen und starrt uns an.

Der Diktator räuspert sich.

»Beeil dich«, sagt er, »wir wollen endlich mal Feierabend machen.«

»Ich bin fertig.« Obwohl ich am ganzen Körper zittere, ist meine Stimme klar und fest. »Sauberer werden die Tische nicht.«

Der Diktator sieht aus, als hätte er auf diesen Moment nur gewartet. Sein Blick nagelt mich fest, und über sein Gesicht geht ein Lächeln.

»Ju-li-a«, sagt er und betont jede Silbe übertrieben deutlich. »Das war keine Frage. Wenn ich sage, die Tische werden abgewischt, dann werden sie abgewischt. Und wenn ich sage, die Tische werden sauber geleckt, dann werden sie sauber geleckt. Verstanden?«

Ich schüttele den Kopf. »Nein«, sage ich. »Ich verstehe nicht, warum jemand darauf besteht, Tische, die schon sauber sind, noch mal putzen zu lassen. Wenn man nicht gerade ein übertriebenes Bedürfnis hat, Macht über andere Menschen auszuüben. Ein Bedürfnis, das vermutlich von einem tief sitzenden Minderwertigkeitskomplex herrührt. Zum Beispiel weil man einen mickrig kleinen Schwanz hat!«

Ich höre Lily kichern und merke, dass Mehmet nach Luft schnappt.

Der Diktator sieht aus, als ginge auch ihm die Puste aus, doch er hat sich schnell wieder gefangen. »Du bist ja ganz schön mutig«, faucht er. »Hast du keine Angst, deinen Job zu verlieren?«

Ich überlege. »Doch«, sage ich. »Ich hab eine verdammt große Angst. Und genau deshalb sage ich die Wahrheit. Endlich fühle ich mich so feige und so klein, dass ich mich traue, etwas zu tun, das längst überfällig ist.«

Der Diktator schüttelt nur den Kopf. »Du bist ja völlig durchgeknallt«, sagt er mit freudlosem Lächeln. »Aber ich kann dir gern auf den Weg helfen – du bist entlassen. Auf der Stelle. Mach, dass du wegkommst!«

Ich lasse seine Worte sacken. Ich bin entlassen. Hab den einzigen Job verloren, den ich jemals hatte.

»Jetzt hau schon ab!« Der Diktator ist puterrot im Gesicht. »Und lass dich hier nie wieder blicken.«

Ich schaue rüber zu Lily und Mehmet, die da wie angewurzelt stehen, sie rühren sich keinen Millimeter. Lily vermeidet es, mir in die Augen zu sehen, aber Mehmet nickt mir aufmunternd zu.

»Okay«, sage ich und gebe mir die größte Mühe, mit fester Stimme zu sprechen. »Dann gehe ich.«

Schnell schnappe ich mir meine Klamotten, greife nach meiner Handtasche und laufe auf die Tür zu. Das Letzte, was ich höre, bevor ich das Restaurant verlasse, ist der Diktator, der hinter meinem Rücken etwas zu Lily sagt.

»Sie hat keine Ahnung, wovon sie spricht. Was sie über meinen Schwanz gesagt hat, stimmt überhaupt nicht. Er ist lang, länger als der Durchschnitt.«

Als ich endlich auf der Straße stehe, schreibe ich als Erstes eine kryptische Nachricht an Satu:

Elvis has left the building.

Und weil Satu nun mal Satu ist, kapiert sie sofort, was ich meine. Zwei Sekunden später antwortet sie:

Glückwunsch! Alles richtig gemacht! Endlich bist du frei!

Darüber denke ich auf meinem Heimweg nach. Frei? Kann man es wirklich so nennen? Oder bin ich einfach nur von allen guten Geistern verlassen?

10. Februar

JULIA

Die Tage ziehen sich, wenn man keine Arbeit hat. Man kann die freie Zeit überhaupt nicht genießen, wenn man nicht weiß, wann sie zu Ende ist.

Das Erste, was ich gemacht habe, nachdem ich meinen Job verloren habe, war auszurechnen, wie lange ich ohne mein Gehalt klarkomme. Und wenn ich richtig auf Sparflamme lebe, quasi auf alles außer Instantnudeln verzichte, halte ich drei Monate durch. Wenn ich meine Aktien verkaufe, habe ich noch ein paar Monate Puffer. Danach erwarten mich Armut, Obdachlosigkeit und Hunger, die Alternative wäre ein Leben in meinem alten Kinderzimmer – Wand an Wand zum Schlafzimmer meiner Eltern. Im Moment wüsste ich nicht, welches von beidem schlimmer wäre.

Doch gleichzeitig fühle ich mich ungewohnt lebendig. Zum ersten Mal in meinem Leben passiert etwas, das die Routine durchbricht. Ich stürze mich in ein Abenteuer und weiß nicht, was dabei herauskommen wird. Die Tage, die Wochen und die Jahre liegen nicht mehr wie eine endlose Kette von Zeiträumen vor mir, die ich abarbeiten muss, nur unterbrochen vom Warten auf die nächste Gehaltsauszahlung und den nächsten Urlaub.

Leider bedeutet die Arbeitslosigkeit auch, dass ich viel zu viel Zeit habe, die Sache mit Petter wieder und wieder durchzugehen. Die Erinnerungen an die Zeit in Visby kommen alle wieder hoch. Seine lieben Augen, dieses herzliche Lächeln, wie schön wir miteinander lachen konnten und gleichzeitig über ernste Dinge reden. Und der Kuss erst! Bei der Erinnerung daran wird mir noch immer ganz schwindelig.

Als meine Gedanken nur noch um Petter kreisen, kann mich nicht einmal Tinder ablenken. Eines Abends bin ich all diese durchgeknallten Typen dermaßen leid, dass ich mein Konto kurzerhand lösche. Hinterher fühle ich mich zwar erleichtert, aber noch einsamer als zuvor.

Ich habe keine Ahnung, woher meine Mutter erfahren hat, dass ich gekündigt habe, aber da ihren Augen und Ohren nie etwas entgeht, bin ich nicht wirklich erstaunt, als sie mich heute anruft und gleich mit der Tür ins Haus fällt: »Julia, wie läuft's eigentlich bei der Arbeit? Ist was passiert?«

Und dann muss ich ihr diese enttäuschende Geschichte erzählen, wie es dazu kam, dass mir die einzige Anstellung, die ich jemals hatte, gekündigt wurde.

Ihr Schweigen offenbart gleich, was sie davon hält.

»Mama«, sage ich, um ihr zuvorzukommen, denn mit Sicherheit werden gleich jede Menge Vorwürfe auf mich niederhageln. »Ich weiß, dass du enttäuscht bist und findest, ich habe einen Fehler gemacht, und dir jetzt Sorgen machst, wie ich mich künftig über Wasser halten kann, aber ...«

Weiter komme ich nicht, dann fährt sie mir ins Wort. »Julia«, sagt sie, »ich bin überhaupt nicht der Meinung, dass du einen Fehler gemacht hast. Ich finde, das war goldrichtig.«

Es verschlägt mir die Sprache. Alles, was ich dazu sagen kann, ist: »Ähh ... was?«

Meine Mutter fährt fort: »Ja, ich finde das gut. Papa und ich haben schon lange darauf gewartet, dass du zu der Erkenntnis kommst, dass dieser miese Job nicht das Richtige für dich ist.«

»Das habt … ihr wirklich?«

»All die Jahre mussten wir zusehen, wie du bei der Arbeit für diesen unsympathischen Mann in dieser Kaschemme dein Leben verschwendest. Wir haben gehofft, dass du es irgendwann leid sein wirst.«

»Aber warum habt ihr nie einen Ton gesagt?«

»Was hätten wir sagen sollen? Du bist erwachsen und triffst deine Entscheidungen selbst. Und du suchst dir aus, wo du arbeitest, da mischen Papa und ich uns nicht ein.«

Ich will gerade entgegnen, wie ironisch es sei, dass sie solche Bedenken offenbar nie hatten, wenn es um andere Bereiche meines Lebens ging, doch da fährt meine Mutter bereits fort. »Gewisse Entscheidungen muss man alleine treffen, wenn man so weit ist, und Papa und ich freuen uns wirklich sehr, dass du diesen Schritt endlich geschafft hast.«

»Okay. Danke …«

»Aber jetzt sind wir natürlich wahnsinnig neugierig zu erfahren, was du für Pläne hast«, zwitschert meine Mutter.

»Was?«

»Na ja, erzähl doch mal, was jetzt Spannendes kommt. Wann geht es los mit dem neuen Job?«

Ich schlucke. Das ist also der Haken. »Ähhh«, sage ich schleppend. »Ganz so weit bin ich noch nicht. Der kommt erst noch.«

Auf mein Bekenntnis folgt Schweigen, und ich frage mich, ob ich bei meiner Mutter einen Herzanfall ausgelöst habe.

»Du … du willst sagen …«, stammelt sie.

»Ja, ich will sagen, dass ich noch keinen neuen Job habe. Nicht mal einen Plan, wie es weitergehen soll«, erkläre ich und klinge dabei leider kein bisschen selbstbewusst. Am Ende versagt auch noch meine Stimme.

An dem Gemurmel im Hintergrund kann ich erkennen, dass meine Mutter meinen Vater kurz über die Lage informiert. Ich kann auch sein schweres Seufzen hören, als er begreift, dass seine Tochter jetzt ohne Arbeit und Einkommen dasteht, vor ihr eine unklare Zukunft. Der endgültige Beweis dafür, dass seine Tochter ein hoffnungsloser Fall ist und all ihre Ermahnungen in den letzten Jahren für die Katz waren. Und ich kann mit nichts dagegenhalten.

»Mama«, sage ich, und meine Stimme ist dünn, »warum geht bei mir alles schief, was ich auch anfange?«

»Wie meinst du das?«

»Na ja, du weißt doch ... ich vermassele einfach alles.«

Meine Mutter seufzt. »Ach, meine liebe Julia«, sagt sie sanft. »Ich weiß es nicht, aber du bist immer schon ... wie soll ich mich ausdrücken ...?«

»Unbeholfen gewesen? Oder einfach dumm?«

»Nein, aber du bist manchmal ein bisschen impulsiv und unüberlegt. Deine Entscheidungen sind nicht immer so ... durchdacht, wie man es sich wünschen würde.«

»Willst du mir sagen, dass ich dumm bin?«

»Nein, du bist nur nicht so organisiert und zielstrebig wie andere. Und es fällt dir schwer herauszufinden, was du willst.«

»Findest du mich unentschlossen? Bin ich ein Feigling?«

Meine Mutter seufzt wieder. »Versteh mich bitte nicht falsch«, sagt sie. »In mancher Hinsicht bist du sehr reif, ja, mutiger als die meisten, aber wenn man dich besser kennt, weiß man, dass du im Grunde ein ängstliches kleines Mädchen ohne Selbstbewusstsein bist, das Angst hat zu versagen.«

»Und woran könnte das liegen, Mama?«, frage ich sie.

»Woher kommt es, dass ich so eine riesige Angst davor habe?«

»Wie meinst du das?«

»Ich meine, wenn man nie das Risiko eingeht hinzufallen, kann man nicht üben, wieder aufzustehen. Und wenn man nicht weiß, ob man wieder auf die Beine kommt, hat man noch mehr Angst davor, hinzufallen.«

»Worauf willst du hinaus?«

Gute Frage. Ich hab nicht die geringste Ahnung, aber ich kann auch nicht länger den Kopf in den Sand stecken. Es ist an der Zeit, Klartext zu reden. Ich hole ganz tief Luft.

»In letzter Zeit habe ich sehr viel darüber nachgedacht, wie unterschiedlich Martin und ich sind, obwohl wir die gleichen Gene haben und aus demselben Elternhaus stammen. Martin hat das größte Selbstbewusstsein der Welt, ihm gelingt einfach alles, was er sich vornimmt, wohingegen ich ...« Ich weiß genau, dass ich den Satz nicht zu Ende bringen muss, meine Mutter merkt, worauf ich hinauswill. »Und ich glaube, das ist so, weil er immer euer vollstes Vertrauen hatte. Weil ihr immer felsenfest davon überzeugt wart, dass er es schaffen würde. Aber mir habt ihr nie etwas zugetraut.«

Meine Mutter stöhnt auf. Ich sehe ihren genervten Gesichtsausdruck vor mir. Vermutlich schüttelt sie den Kopf und verdreht die Augen, so wie sie es immer macht, wenn sie meint, dass ich Blödsinn rede. »Julia, ich weiß wirklich nicht, wovon du sprichst. Papa und ich haben euch in keiner Hinsicht unterschiedlich behandelt. Wir haben ...«

»Aber Mama, denk doch mal nach. Ihr habt Martin immer ermuntert, etwas Neues auszuprobieren, und wenn es schiefgegangen ist, habt ihr ihm auf die Schulter geklopft und ihn aufgefordert, es einfach noch mal zu probieren.

Aber sobald ich irgendwas ausprobieren wollte, habt ihr mich gebremst und mir alles vor Augen gehalten, was schiefgehen könnte. Und am Ende wird daraus ... wie sagt man so schön ... eine selbsterfüllende Prophezeiung. Ich habe nie das Gefühl gehabt, dass ihr mir etwas zutraut, dass ihr an mich glaubt, und am Ende habe ich es auch selbst nicht mehr getan.«

Mir geht die Luft aus, ich muss eine kurze Pause einlegen.

»Und stell dir vor, womöglich ist das der Grund dafür, dass ich nie die Flügel ausgebreitet habe, um zu fliegen. Und nie weiter gekommen bin als in dieses heruntergekommene Restaurant.«

»Julia, das ist jetzt wirklich nicht ...«, setzt meine Mutter an, doch ich schneide ihr das Wort ab.

»Erinnerst du dich noch an die Winterferien in Björnrike? Da habt ihr diese Hütte gemietet, damit Martin und ich zum ersten Mal Skifahren üben konnten. Ich war vielleicht zehn Jahre alt, Martin acht. Weißt du noch, dass Papa Martin schon nach ein paar Tagen auf die richtigen Pisten mitgenommen hat, während wir beide die ganze Woche nur am Babyhang herumgerutscht sind? Als wir nach dieser Woche wieder nach Hause kamen, war Martin mehr oder weniger ein kleines Skiass, während ich kaum im Pflug den Berg runterkam. Oder das eine Mal, als wir mit der ganzen Familie in Thailand waren und Martin und ich so gedrängelt haben, dass wir den Tauchschein machen wollten und ...«

Jetzt fährt meine Mutter dazwischen. »Es reicht, Julia. Du weißt nur zu gut, welche Sorgen wir uns gemacht haben, als dein Mundstück nicht funktioniert hat, und wir nicht riskieren wollten, dass du ...«

»Da waren wir in einem Übungspool, Mama! Der war

eineinhalb Meter tief. Das kannst du wohl kaum als lebensgefährlich bezeichnen.«

Meine Mutter schweigt. Ein paar Sekunden verstreichen. Vielleicht eine Minute. Schließlich räuspert sie sich.

»Ja«, sagt sie dann entkräftet. »Vielleicht hast du recht. Vielleicht haben wir dich mehr in Watte gepackt als Martin, aber wenn es so war, dann nur mit den besten Absichten. Weil wir dich beschützen wollten.«

»Beschützen wovor? Vor dem Leben?«

»Vor der Enttäuschung.«

Ich verliere den Faden und höre, wie meine Mutter tief Luft holt.

»Weißt du, es ist gar nicht so einfach, wie man denkt, Eltern zu sein. Nur weil man Kinder bekommt, wird man nicht plötzlich zum Superhelden und hat auf jede Frage eine Antwort. Oder weiß in jeder Situation, was zu tun ist. Man testet sich langsam vor, besonders beim ersten Kind. Aber obwohl man glaubt, man gibt sein Bestes, macht man dann doch eine ganze Reihe Fehler. Papa und ich haben das getan, was wir für das Beste hielten, haben immer eure Persönlichkeiten und eure Anlagen im Blick gehabt. Wir haben schon sehr früh gemerkt, dass ihr zwei sehr verschieden seid. Martin war ehrgeizig und stur wie nur wenige, und wenn er hingefallen ist und sich weh getan hat, hat ihn das nur noch mehr angespornt. Du hingegen hast jeden Rückschlag viel schwerer genommen. Anstatt es dann erst recht noch mal zu probieren, hast du den Kopf hängen lassen und Trost in meinen Armen gesucht. Rückblickend gesehen haben wir da vielleicht falsch reagiert. Wir hätten dich viel mehr anspornen müssen. Doch wir wollten auch nicht, dass du Angst hast oder traurig bist. Vielleicht haben wir dich zu oft beschützt, aber dann nur, weil wir dich lieben und nur das Beste für dich wollen.«

Das sitzt, ich habe den Faden verloren. Alle Vorwürfe, die mir auf der Zunge lagen, haben sich soeben in Luft aufgelöst.

»Oh«, sage ich. »Das haut mich jetzt um.«

»Was denn?«

»Dass ich von dir jetzt eine Liebeserklärung bekomme, einfach so. Obwohl ich meinen Job verloren habe, immer noch zur Untermiete wohne und nicht mal einen Freund habe.«

Meine Mutter schnaubt. »Ach was!« Dann senkt sie die Stimme. »Aber ja, das stimmt. Ich habe dich sehr lieb. Auch wenn ich dir das viel zu selten sage.«

Mit einem Mal ist die Wut verflossen, stattdessen fließen die Tränen.

»Danke, Mama«, flüstere ich. »Es war wichtig für mich, dass du mir das gesagt hast.«

Durch die Leitung höre ich meine Mutter schwer atmen.

»Danke dir«, sagt sie, und ich glaube, auch ihre Stimme zittert. »Es war wichtig für mich, das zu sagen.«

Ein paar Sekunden lang ist es still, dann fährt sie fort und klingt wieder ganz normal.

»Und nur, dass du es weißt, als Martin von Björnrike zurückkam, hatte er blaue Flecken am ganzen Körper und eine Handgelenksfraktur, die nur sehr langsam verheilte. Ich habe nie wieder ein Kind mit solchen Hämatomen gesehen wie deinen Bruder nach diesem Urlaub.«

Eine gute Sache hat die Kündigung auf jeden Fall: Ich kann tagsüber mit Satu und Vilja abhängen. Stundenlang sind wir in den letzten Tagen mit dem Kinderwagen am Djurgårdsbrunnskanalen entlangspaziert, analysieren das Leben (besonders meins), schmieden Pläne für eine unsichere Zukunft (auch meine) und besprechen Essensvorlieben und Stuhlgangintervalle (ausschließlich Viljas). Und während unserer heutigen Kinderwagenspaziergang-Therapiesitzung hat Satu diese Idee, über die ich spontan nur lachen kann.

»Warum studierst du nicht?«, fragt sie und blickt über den Kanal, wo nur noch eine dünne graue Eisschicht vom Kälteeinbruch vor Weihnachten übrig geblieben ist. »Das wäre doch was für dich. Und deine Eltern würden jubeln.«

Nachdem ich mich von meinem Lachanfall erholt habe, während dem Satu mich, ohne mit der Wimper zu zucken, beobachtet hat, erkläre ich ihr: »Kommt nicht in Frage. Ich habe die Schule gehasst.«

Satu sieht mich eindringlich an. »Aber das ist mehr als zehn Jahre her«, sagt sie. »Du hattest die Schule einfach satt. Jetzt wäre das doch etwas ganz anderes.«

»Ich bin nicht gemacht fürs Lernen.«

»Wer sagt das?«

Ich zucke mit den Schultern. »Alle. Meine Lehrer, meine Eltern. Solange ich denken kann, habe ich immer zu hören bekommen, ich sei eher praktisch veranlagt.«

Satus Augenbrauen sacken nach unten. »Es sollte unter Strafe stehen, Kindern zu sagen, dass sie etwas nicht schaffen, das können sich Eltern und Lehrer hinter die Ohren schreiben«, sagt sie und betrachtet ihre Tochter, die selig im Kinderwagen schlummert. »Wenn ich jemals zu Vilja so was sage, scheuerst du mir eine.«

»Wie auch immer, sie hatten ja recht. Ich hab das Gymnasium mit Ach und Krach geschafft. Meine Noten waren so grottenschlecht, dass ich nie eine Aufnahmeprüfung bestanden hätte, egal in welchem Fach.«

»Aber du kannst deinen Schnitt doch verbessern«, ruft Satu aus, »oder den Eignungstest für die Hochschule machen. Ich kenne dich jetzt sieben Jahre, und ich weiß, dass du intelligent und ehrgeizig bist. Du wirst das locker packen!«

Sie zieht ihr Handy aus der Jackentasche und tippt wild darauf herum.

»Du kannst dich jetzt für die Prüfung anmelden«, ruft sie begeistert aus. »Du musst nur bei der Hochschule vorbeigehen und dich registrieren.«

»Aber …«

»Ach, komm schon, wo ist das Problem? Du kannst es doch einfach versuchen, du hast nichts zu verlieren.«

Mir fällt ein, dass Passagen aus diesem Hochschuleignungstest regelmäßig in der Zeitung veröffentlicht werden. Mit dem Leseverständnis und der Worterklärung habe ich nie Probleme, aber …

»In Mathe bin ich ein hoffnungsloser Fall«, sage ich. »Logik ist nicht gerade meine Stärke.«

Satu verdreht die Augen. »Jetzt hörst du auf, dich selber schlechtzumachen«, sagt sie. »Das ist doch alles nur Übung, du brauchst Selbstvertrauen und die richtige Einstellung. Kennst du denn niemanden, der in Mathe und Logik gut ist, und mit dem du lernen könntest?«

Für eine Hundertstelsekunde flimmert Petters Gesicht vor meinem inneren Auge vorbei, dann habe ich es schon wieder verdrängt.

»Nein«, antworte ich und denke im Stillen, dass ich mich nie im Leben so einer Prüfung aussetzen würde.

Satus Idee setzt mir tatsächlich einen kleinen Floh ins Ohr.

Als ich an diesem Nachmittag nach Hause komme, google ich verschiedene Hochschulen und schaue mir die unterschiedlichen Studienrichtungen an. Nicht, dass ich vorhabe, wieder die Schulbank zu drücken, nur *für den Fall ...*

Und spätabends habe ich mich, auch wenn es völliger Quatsch ist und ich es besser wissen sollte, zur ersten Uni-Aufnahmeprüfung meines Lebens angemeldet.

14. Februar

PETTER

»Papa!«

Kaum hatte Petter das Tor zum Hof der Kita hinter sich geschlossen, da hatte Elsa ihn entdeckt und kam angerannt. Schon von weitem konnte er erkennen, dass ihr eigentlich roter Schneeanzug nun ein von Kies und Schlamm mariniertes Muster trug, doch das würde ihn nicht davon abhalten, sich hinzuhocken und die Arme auszubreiten. Auf die Umarmung zu verzichten, wäre wesentlich schlimmer als ein bisschen Dreck am Mantel, dachte er sich.

Elsa warf sich in seine Arme.

»Hallo, mein Schatz«, sagte er und drückte sein Gesicht in ihr Haar. »War dein Tag in der Kita heute schön?«

Sie nickte und erzählte sprudelnd wie ein Wasserfall von ihrem letzten Spiel, das auch daran schuld war, dass sie wie ein paniertes Fischstäbchen aussah.

»Ja, hallo, Petter!« Bereits die hohe Stimme sagte ihm, dass ihn eine aus der Mütter-Gang erwischt hatte.

»Äh, hallo …«, sagte er und versuchte, sich krampfhaft an den Namen dieser Frau in der schwarzen Jacke, mit der Luxushandtasche und den gebleachten Zähnen zu erinnern. War das die die Mutter von Kajsa? Oder von Emilia? Oder Kalle? Am Ende gab er es auf. Alle Mütter, die in Östermalm residierten, sahen irgendwie gleich aus.

»Denise«, sagte die Frau und grinste breit.

»Ja, klar. Sorry. Hallo, Denise.«

Auf seine Begrüßung begann sie zu lachen und zwinkerte

ihm zu. Einen Moment lang war er irritiert, ob sie mit ihm flirtete, doch den Gedanken verwarf er schnell. In diesem Stadtteil führt man sich so auf, man ist überschwänglich, betont gut gelaunt und charmant, egal, wie gut – oder schlecht – man sich kennt.

»Nein«, sagte sie, als ihr Lachen verebbte. »Ich bin die Mama von Denise. Ich heiße Josefin.«

Er schlug die Augen nieder.

»Sorry, blöd von mir.«

Die Mutter von Denise verlor keine Zeit. Ohne Umschweife kam sie auf das zu sprechen, was sie interessierte. »Letzte Woche ist mir Caroline über den Weg gelaufen«, sagte sie und legte den Kopf leicht schräg. »Tut mir leid, das mit eurer Scheidung. Wirklich traurig.«

Was soll man darauf sagen?, dachte Petter.

»Aber ihr scheint das ja wirklich gut hinzubekommen. Caroline meinte, dass ihr Weihnachten zusammen gefeiert habt. Cool. Wirklich.«

»Ja.«

»Ich freue mich so für Caroline, dass sie glücklich und frisch verliebt ist.«

Petter verschluckte sich fast. Caroline? Frisch verliebt? Aber natürlich durfte er sich nicht anmerken lassen, dass ihm diese Information neu war.

»Ja, wirklich. Das ist … schön.« Er überlegte. Konnte das, was ihm diese Frau – deren Namen er schon wieder vergessen hatte – mitgeteilt hatte, wahr sein? Und welches Gefühl löste das in ihm aus? Erleichtert stellte er fest, dass es auf jeden Fall keine Eifersucht war. Diese Erkenntnis freute ihn sehr. »Dazu kann ich nicht viel sagen«, erwiderte er, »aber wenn es stimmt, dann freue ich mich für sie.«

Die Frau war für einen kurzen Augenblick irritiert, aber fing sich schnell wieder.

»Ja … nicht wahr«, zwitscherte sie. »Das ist toll. Wirklich toll.«

Bevor sie das Gespräch fortsetzen konnte, entschuldigte er sich und steuerte im Eiltempo das Tor an, Elsa an der Hand.

Schweigend liefen sie den Valhallaweg entlang. Es war ihr letzter gemeinsamer Abend, bevor Carolines Woche mit Elsa begann, da wurde Petter immer wehmütig. Er würde nun ganze sieben Tage überstehen müssen, bis er seine Tochter wiedersah.

»Wollen wir uns zum Abendessen eine Pizza mitnehmen?«, fragte er sie. Zum einen sollte ihr letzter Abend besonders schön werden, zum anderen wollte er die kostbare Zeit nicht vor dem Herd verbringen.

Elsa verzog das Gesicht. »Nein, keine Pizza«, sagte sie.

»Was möchtest du lieber?«

»Waffeln.«

Petter lachte. »Waffeln sind doch ein Nachtisch, und außerdem habe ich gar kein Waffeleisen.«

»Warum nicht?«

»Weil Mama das Waffeleisen nach unserer Trennung bekommen hat, aber ich verspreche dir, ich kaufe ein neues. Wenn du das nächste Mal bei mir bist, gibt es Waffeln.«

Elsa nickte zufrieden. »Dann möchte ich Thai-Essen«, sagte sie.

»Oh, klar, das ist lecker. Willst du das gleiche Gericht wie immer?«

»Ja. Und Krabbenchips!« Elsa preschte vor.

»Ja klar. Wir holen uns massenweise Krabbenchips!«

Sie liefen zu dem Thai-Imbiss in der Strindberggatan, obwohl es einige bessere thailändische Restaurants gab, die sogar noch näher an Petters Wohnung lagen. Er wusste, dass Elsa diesen Imbiss lieber mochte als die guten Restaurants, und er wusste auch, woran das lag. Der Inhaber steckte Elsa immer einen Lolli zu, während sie auf das Essen warteten.

Es war kurz nach fünf, doch der Februarhimmel war schon seit einer guten Stunde rabenschwarz. Auf dem Valhallavägen stauten sich die Autos in langen Schlangen. Petter und Elsa waren zu Fuß wesentlich schneller.

An der Skeppargatan bogen sie links ab und kurz darauf standen sie vor dem Thai-Imbiss, wo sie das Gleiche bestellten wie immer und Elsa ihren Lolli bekam.

Während sie frierend an der Straßenecke standen und warteten, klingelte Petters Handy. Er ging ran, es war Caroline.

»Hallo.«

»Hallo, Petter. Ich bin's.«

»Das sehe ich. Alles in Ordnung? Ist was passiert, gibt's was Neues?« Ihm war natürlich vollkommen klar, dass sie am Telefon nichts über den neuen Mann in ihrem Leben erzählen würde, aber vielleicht lieferte sie ihm zumindest einen kleinen Anhaltspunkt.

»Absolut, alles wunderbar. Ich bin gerade im Ica Supermarkt und mache einen Großeinkauf. Elsa kommt ja morgen. Nach meiner Reise war der Kühlschrank komplett leer.«

Petter runzelte die Stirn. »Welche Reise?«

»Ich komme gerade von Gotland zurück.« Bevor Petter nachfragen konnte, fuhr Caroline fort: »Ich bin für ein paar Tage runtergefahren, um meinen Eltern beim Verkauf des Hofs zu helfen. Aber jetzt ist alles geregelt. Der Vertrag ist unterschrieben. Sie ziehen zu Ostern um.«

»So schnell?«

»Ja, es hätte keinen Sinn gemacht, noch länger zu warten. Sie haben ihre neue Wohnung in Visby schon längst gekauft.«

»Ich weiß.«

»Ach ja?«

»Ja, Inga hat mir davon erzählt. Aber sie wollte dir das Weihnachtsfest nicht verderben, deshalb durfte ich nichts sagen.«

Caroline verstummte.

»Wie geht es dir damit?«, fragte Petter nach ein paar Sekunden. »Dass der Hof jetzt verkauft ist?«

Er rechnete mit einem melancholischen Seufzen, doch zu seinem Erstaunen klang Caroline gar nicht traurig. Eher beschwingt.

»Das fühlt sich hervorragend an«, sagte sie. »Es ist gut, dass die beiden jetzt von dieser Bürde befreit sind und sich nicht mehr um den Hof kümmern müssen. Sie haben sich einen ruhigen Lebensabend verdient, und es ist schön zu wissen, dass der Hof in gute Hände kommt.«

»Lass mich raten, die Käufer sind aus Stockholm, oder?«, fragte Petter und rechnete mit Carolines Bestätigung. Doch sie widersprach.

»Nein, da liegst du falsch.«

»Wirklich?«

»Cilla wird ihn übernehmen.«

»Cilla?«

»Erinnerst du dich? Die Schwester von Jonatan. Wir haben uns an Heiligabend kennengelernt. Sie hat mir erzählt, dass sie einen Ort sucht, wo sie Pferde halten und ein Café eröffnen kann. Unser Hof ist die perfekte Lösung für sie. Überleg mal, wenn im Stall endlich wieder Pferde stehen, wie toll das wird! Aber das Beste ist, dass sie nicht alles rausschmeißen und renovieren wird: Im Gegenteil, sie will den Charme des alten Hauses bewahren. Und sie wird alle Antiquitäten und Möbel behalten, die meine Eltern nicht in ihre neue Wohnung mitnehmen können.«

Danach erzählte Caroline, dass sie gleich wieder nach Gotland fahren würde, wenn ihre Kinderwoche vorüber war.

Petter stand vor Staunen der Mund offen. Caroline wirkte so aufgeregt und fröhlich, fast schon glücklich, dass alles andere, auch der neue Mann in ihrem Leben, auf einmal unwichtig erschien. Wenn es an der Zeit war, würde er mehr erfahren, aber im Moment sollte Caroline ihr kleines Geheimnis ruhig für sich behalten.

Sie besprachen noch ein paar praktische Dinge für die morgige Übergabe, bis sie von dem Mann am Imbiss unterbrochen wurden, der ihm durch die Luke eine weiße Plastiktüte entgegenhielt.

»Zweimal Pad Thai!«

Petter nahm die Tüte und beendete das Telefonat. Mit dem Essen in der einen Hand und Elsa in der anderen, trat er den Heimweg an. Vom Duft ihres Essens machte sich sein Hunger bemerkbar. Den Blick an den Boden geheftet legte er einen Zahn zu, und Elsa hüpfte fröhlich neben ihm her.

Sie waren auf der Skeppargatan gute zwanzig Meter gelaufen, da blieb Elsa stehen und zeigte auf etwas. »Schau mal, Papa, da!«

Ungeduldig lief Petter weiter. Er hatte keine Lust, stehen zu bleiben und zu schauen, was Elsa entdeckt hatte. Einen süßen Hund, ein Auto mit einer krassen Farbe oder einen alten Mann mit einem lustigen Hut. Egal, was es war, im Moment interessierte ihn das herzlich wenig.

»Komm schön, Mäuschen«, sagte er stattdessen zu ihr. »Unser Essen wird doch kalt.«

Elsa blieb jedoch stehen, den Zeigefinger ausgestreckt.

»Aber schau doch, Papa!«, rief sie hartnäckig.

Er seufzte und verfolgte, wohin ihr Handschuh verpackter Finger zeigte.

»Ja, okay, aber was ist denn da?«

Im nächsten Augenblick verstummte er, und sein Herz machte einen Satz. Vor ihnen auf dem schmalen Fußweg, ins Gespräch mit einer anderen Frau vertieft, kam Julia geradewegs auf sie zugelaufen. Wie immer hatte sie ihren Schal bis über die Nase gezogen, doch es bestand nicht der geringste Zweifel daran, dass sie es war. Er hätte sie überall wiedererkannt. Einen Moment lang blieb er stehen, unfähig, irgendwie zu reagieren. Sein Instinkt sagte ihm, er müsse auf sie zurennen und sie in die Arme nehmen. Ihr all das sagen, was er ihr nie gesagt hatte. Wie oft er an sie dachte, wie sehr er sie vermisste. Sein seltsames Benehmen und sein plötzliches Verschwinden erklären. Aber seine Vernunft hielt ihn davon ab, das würde schrecklich peinlich werden. Julia wollte nichts von ihm wissen, das hatte sie klar und deutlich zum Ausdruck gebracht, als sie Gotland fluchtartig verlassen hatte. Und vor Elsa und der fremden Freundin wollte er sich auch keine Blöße geben. Julia hatte sie noch nicht bemerkt, aber es konnte sich nur um Sekunden handeln. Er drehte sich um und hielt Elsa die Hand hin.

»Jetzt komm«, forderte er sie auf. »Wir nehmen lieber einen anderen Weg.«

Elsa ignorierte ihn. Und Petter wurde nervös. Am liebsten wäre er weggerannt, aber er konnte seine Tochter schließlich nicht so einfach stehen lassen.

»Hallo, Julia!«, hörte er Elsa rufen, und da war ihm klar, dass er aus der Nummer nicht mehr rauskam. Langsam, das Gesicht extrem angespannt, fuhr er herum.

Julia und ihre Freundin waren stehen geblieben, jetzt waren sie nur noch ein paar Meter von ihnen entfernt.

»Hey, Elsa!«, sagte Julia. Dann verfinsterte sich ihr Blick. »Hallo, Petter.« Ihre Stimme war ähnlich distanziert wie in den ersten gemeinsamen Tagen in Visby.

Er räusperte sich. »Hallo.«

Sie standen da und schwiegen. Hoffentlich war das kalte Licht der Straßenlaterne so schwach, dass man seine knallroten Wangen nicht erkennen konnte.

Julias Freundin stand auch ganz still da und sah abwechselnd von ihr zu ihm.

»Was machst du hier?«, fragte Elsa, die das betretene Schweigen der Erwachsenen nicht wahrnahm.

»Ich wohne gar nicht weit von hier.«

»Wohnst du nicht auf Gotland?«

»Nein, da war ich nur zu Besuch. Und jetzt bin ich wieder zu Hause. Geht's dir gut, Elsa?«

Elsa nickte. »Ich hab einen Lolli bekommen«, sagte sie und hielt Julia den halb abgeknabberten Stiel hin. »Willst du mal probieren?«

Julia musste lachen. »Danke, das ist lieb von dir«, sagte sie, »aber gerade nicht. Bei mir gibt's Süßigkeiten nur am Wochenende.«

Elsa machte ein zufriedenes Gesicht und schob sich den Lolli wieder in den Mund.

Das darauffolgende Schweigen war eine Qual. Petter trat von einem Fuß auf den anderen und suchte verzweifelt nach ein paar unverfänglichen Worten.

»Was für ein …« Er räusperte sich wieder, um Kontrolle über seine Stimme zu bekommen. »… Zufall.«

Julia sah ihn an. »Ja«, sagte sie. »Vielleicht.«

Jetzt schaltete sich ihre Freundin ein, machte einen Schritt auf ihn zu und streckte die Hand aus.

»Hallo«, sagte sie. »Ich bin Isabelle. Wir kennen uns noch nicht.«

Petter erwiderte den Handschlag. »Petter.«

Wieder Schweigen. Petter wünschte, er wäre meilenweit entfernt, gleichzeitig wollte er Julia festhalten. Sekunden verstrichen. Ein Auto fuhr vorbei und warf sein Scheinwerferlicht auf den Fußweg, bevor sich die Dunkelheit wieder über die Straße legte.

Jetzt sollte er wirklich noch irgendwas hinzufügen. Sie nach ihrer Nummer fragen, eine Verabredung vorschlagen. Und wenn auch nur auf einen Kaffee. Doch ihm kam nichts davon über die Lippen, stattdessen hörte er sich sagen: »War schön, dich wiederzusehen. Ich wünsche euch noch einen netten Abend.«

»Ebenso«, sagte Julia. »Tschüs, Elsa!«

Eine Weile blieb er noch stehen und sah den beiden Frauen nach, bis er nur noch ihre dunklen Schatten erahnen konnte.

Elsa ergriff seine Hand und zog ihn in die andere Richtung. »Komm, Papa, jetzt gehen wir heim. Ich hab einen Riesenhunger.«

JULIA

»Das war also dieser Petter?«

»Ja.«

»Macht einen supernetten Eindruck.«

Ich weiß nicht, was ich darauf sagen soll. Der Schock darüber, dass ich soeben Petter direkt in die Arme gelaufen bin, hat sich noch nicht gelegt. Selbstverständlich war ich mir immer im Klaren, dass das früher oder später passieren würde, schließlich wohnen wir nicht weit voneinander entfernt. Nur war ich nicht darauf eingestellt – oder hatte es einfach gehofft –, dass es so schnell passieren würde. Dann hätte ich mehr Distanz dazu gehabt, wäre wieder in der Lage gewesen, in ganzen Sätzen zu sprechen, und hätte nicht gestottert und wäre rot angelaufen wie ein Teenie.

»Und attraktiv ist er auch!«

Ich nicke. Petter ist attraktiv. Er sieht sogar deutlich besser aus, als ich ihn in Erinnerung habe. Seine Haare sind kürzer, dafür ist sein Bart länger, das steht ihm gut.

Isabelle betrachtet mich ganz genau, und ich weiche ihrem Blick aus.

»Kannst du mir bitte erklären, warum du dich nicht auf der Stelle auf ihn gestürzt und ihn abgeknutscht hast?«

»Er ist einfach nicht mein Typ, okay?«

Isabelle grinst. »Seit wann ist attraktiv, intelligent und nett nicht dein Typ?«, fragt sie mich. »Denn ich würde sagen, das trifft alles auf ihn zu. Und das Leben hat er dir auch noch gerettet, mehr geht nicht.«

»Petter hat mich schon oft genug abblitzen lassen. Ich

bin nicht so masochistisch veranlagt, um mir das ein weiteres Mal anzutun. Er hat nur eines im Kopf: seine perfekte Exfrau zurückzuerobern.«

»Ganz ehrlich, Julia, so wie er dich angesehen hat, bist du ihm absolut nicht egal. Er hat dich mit seinen Augen regelrecht verschlungen.«

»Ach, hör auf. Petter hat schon so viele Chancen von mir bekommen und nicht eine von ihnen genutzt.«

»Hast du mal daran gedacht, dass er vielleicht noch nicht so weit war, einen ersten Schritt zu machen? Dass sich das mittlerweile womöglich geändert hat, nachdem ein bisschen Zeit verstrichen ist?«

Ich schnaube, darauf bin ich natürlich auch schon gekommen. Wochenlang habe ich darauf gehofft, dass Petter sich melden würde, wenn er noch einmal in Ruhe über alles nachgedacht hat. Jedes Mal, wenn auf meinem Handydisplay eine neue Nachricht aufblinkte, hoffte ich inständig, sie käme von ihm. Und immer bin ich enttäuscht worden. Ich muss wohl einfach einsehen, dass er keinen Kontakt zu mir haben will. Er weiß ja, wo ich arbeite, und wo ich wohne in etwa auch. Er kennt sogar meinen Nachnamen, er hätte einfach nur googeln müssen, schon hätte er meine Nummer gehabt. Und trotzdem hat er kein einziges Lebenszeichen von sich gegeben.

»Ich muss ihn mir aus dem Kopf schlagen und nach vorn schauen«, sage ich.

»Nach vorn schauen – wohin?«

Ich zucke mit den Schultern.

»Julia«, sagt Isabelle, und ihre Stimme klingt mit einem Mal bitterernst. »Ich sage das ja wirklich nicht oft, aber jetzt benimmst du dich wirklich bescheuert. Ich bin immer auf deiner Seite, das weißt du, und egal, was du tust, auch deiner Meinung. Aber diesmal glaube ich, dass du einen großen Fehler machst, und da kann ich nicht tatenlos zusehen. Ich kenne dich schon so lange, und noch nie habe ich dich dermaßen unglücklich gesehen wie in den vergangenen Wochen.«

Verzweifelt bleibe ich stehen. »Was soll ich denn deiner Meinung nach tun?«

Isabelle verdreht die Augen so wie diese nervigen Leute, die überzeugt sind, immer zu wissen, was richtig ist.

»Ist doch klar: Du rennst ihm jetzt hinterher und sagst ihm, dass du ihn vermisst.«

»Aber ...«

Isabelle sieht mich scharf an. »Na los, bevor du sie nicht mehr einholst. Wer weiß schon, wann du wieder so eine Chance bekommst.«

Ich sehe in die Richtung, in die Petter und Elsa verschwunden sind. Ich weiß, dass sie nach Hause wollten und er in der Artillerigatan wohnt. Wahrscheinlich erwische ich sie noch.

Ich muss Isabelle nichts antworten. Sie sieht mir an, dass ich meine Entscheidung getroffen habe.

»Viel Glück!«, ruft sie und drückt mich schnell, und dann laufe ich los.

Natürlich habe ich zum Rennen völlig falsche Schuhe an und schon nach fünfzig Metern tun mir die Füße weh, aber ich laufe trotzdem weiter. Ich überquere den Valhallavägen und biege in die Allée ab. Gut hundert Meter vor mir spazieren ein Mann und ein Kind unter den großen Linden. Der Mann trägt eine weiße Plastiktüte, und er hat ein Handy am Ohr. Ich zögere, weiß gar nicht, was ich sagen soll, wenn ich auf ihrer Höhe bin und sie mich sehen. Egal, irgendwas wird mir schon einfallen, denke ich. Ich lege noch einen Zahn zu, und bald sind es nur noch dreißig Meter zwischen uns.

Ich hole einmal tief Luft und will ihnen gerade hinterherrufen, da taucht eine Frau in einem hellgrauen Mantel auf. Sie stellt ein paar Einkaufstüten ab, breitet die Arme aus und begrüßt Elsa und Petter mit einer Umarmung. Lange bleiben sie einfach so stehen. All die Energie, die ich eben noch verspürt habe und die mich so schnell gemacht hat, versackt und verwandelt mich in ein Häufchen Elend, als ich kapiere, dass Petters größter Wunsch in Erfüllung gegangen ist. Dass Caroline es noch einmal mit ihm versucht. Eigentlich sollte ich mich für die beiden freuen, und besonders für Elsa, die neben ihren Eltern freudig hin und her hüpft, doch in mir ist nur eine große Leere. Und obwohl ich es gar nicht will, kann ich den Blick von dieser perfekten kleinen Familie kaum abwenden.

Erst als Petter den Kopf dreht und in meine Richtung blickt, zucke ich zusammen. Ich fahre herum und beginne, in die entgegengesetzte Richtung zu laufen. Ob er mich gesehen hat? Ob er weiß, dass ich ihnen gefolgt bin? An meinen Schläfen pocht es, und die Tränen brennen bereits in meinen Augen, aber ich halte sie noch zurück. Ich werde jetzt ganz sicher nicht wegen Petter heulen. Kein einziges Mal mehr, schon gar nicht in der Öffentlichkeit. Mit schnellen Schritten gehe ich weiter, ohne genau zu wissen, wohin ich will. Innerlich verfluche ich Isabelle, die mich in diese bescheuerte Lage gebracht hat.

Da klingelt das Smartphone in meiner Handtasche, und ich nehme es heraus, halte es ans Ohr, fest in dem Glauben, in der Leitung sei Isabelle, die wissen will, ob es geklappt hat.

»Verdammt, Isa!«, brülle ich in den Apparat. »Das ist alles deine Schuld. Du hast gesagt, er interessiert sich für mich, aber er ist wieder mit seiner Ex zusammen. Ich hab's mit eigenen Augen gesehen.«

Schweigen in der Leitung. Ein bisschen zu lange. Isabelle ist nicht der Typ, dem es die Sprache verschlägt.

»Hallo?«, sage ich schließlich. »Isa, sag doch was.«

Es knistert in der Leitung.

»Ha … hallo?«, erklingt eine Stimme, die ganz bestimmt nicht Isas ist. »Ich heiße Petter Niklasson und würde gern Julia Grahn sprechen.«

Mir wird schwarz vor Augen. Ich muss stehen bleiben, um nicht auf der Stelle umzukippen.

»Äh … ja.« Meine Stimme ist nur noch ein erbärmliches Krächzen. »Das bin ich.«

Als Petter die nächsten Worte spricht, kommen sie nicht mehr aus der Telefonleitung, sondern von ganz dicht hinter mir.

»Super. Dann bin ich ja richtig.«

Ich drehe mich um, und da ist er, kommt einfach auf mich zu, ein Lächeln auf dem Gesicht.

Ich stehe da wie angewurzelt, kann keinen Finger rühren. Reden kann ich offenbar auch nicht mehr.

Einen Meter vor mir bleibt er stehen und blinzelt mich an.

»Hallo.«

»Hallo.«

»Alles gut?«

Ich nicke und sehe mich um. »Wo ist Elsa?«

»Ich habe Caroline gebeten, uns hier zu treffen und Elsa einen Tag früher zu übernehmen.«

»Okay. Warum?«

Petter grinst immer noch.

»Weil mir klargeworden ist, dass ich in Visby etwas Wichtiges vergessen habe.«

Ich schüttele den Kopf. Wovon redet er? »Ach ja?«

Er nickt. Dann sieht er mir in die Augen und wendet seinen Blick nicht mehr ab.

»Ja, das hab ich vergessen.« Er macht zwei Schritte auf mich zu, nimmt mich in die Arme und zieht mich an sich. Als er sich zu mir beugt und mich küsst, dreht sich plötzlich alles um mich. Die Autos auf beiden Spuren sind mit einem Mal verschwunden, der Lärm der Großstadt verstummt. Es gibt in diesem Moment nur noch Petter, seine warmen Hände, seine weichen Lippen – und dann das Streichorchester, dessen Musik durch meinen ganzen Körper strömt und mich völlig gefangen nimmt.

Was nach dem Kuss geschah, kann ich im Nachhinein nicht mehr genau sagen. Wie wir vom Valhallavägen in Petters Wohnung kamen? Keine Ahnung. Wir konnten kaum voneinander lassen. Aber irgendwie haben wir es bis zu ihm geschafft.

Ebenso wenig weiß ich noch, wie wir dann im Bett gelandet sind. Aber was ich weiß, ist, dass es phantastisch war! Endlich konnten wir unsere Sehnsucht, die sich über Wochen aufgestaut hatte, stillen, und dort blieben wir noch für eine ganze Weile, redeten, lachten, hatten Sex – und tranken Tee. Ich hatte ja keine Ahnung, was Petter für ein Teetrinker ist.

Und da stehen wir jetzt, nur halb bekleidet, in Petters kleiner, aber sehr süßer Küche, und warten darauf, dass das Teewasser kocht. Petter nur in Boxershorts, ich in Unterwäsche, an den Füßen die rosafarbenen Schaffellpantoffeln, die ich in dem kleinen Lädchen in Visby in den Händen hatte. Petter muss noch am selben Nachmittag in den Laden zurückgelaufen sein, um sie für mich zu kaufen.

»Was für einen Tee magst du denn?«, fragt er mich und sieht mich mit einem Blick an, bei dem mir heiß und kalt wird.

»Gern einen roten Tee, wenn du so was hast«, antworte ich. »Wenn ich abends noch schwarzen Tee trinke, kann ich schlecht schlafen.«

Petter schüttelt den Kopf. »Glaube ich eher nicht«, sagt er. »Aber schau selbst im Schrank nach, ob du was findest.«

Ich öffne die Schranktür und verschaffe mir einen Überblick über seine Teevorräte, was wirklich nicht lange dauert. Im Grunde ist da nur eine Packung Earl Grey. Aber ganz in der Ecke, hinter einem Paket Kaffee versteckt, finde ich eine grüne Papiertüte, darin scheint loser Tee zu sein. Als ich sie mir unter die Nase halte, steigt mir ein bekannter Geruch in die Nase.

»Was …?«, rufe ich, doch werde unterbrochen, als Petter mir die Tüte aus der Hand reißt.

»Das ist kein Tee«, sagt er und lässt die Tüte hinter seinem Rücken verschwinden.

Verwundert blicke ich ihn an. Seine Wangen sind knallrot, ja, er läuft wirklich bis zu den Ohrläppchen rot an.

»Ach, komm schon«, sage ich. »Das ist Tee! Der hat genauso gerochen wie Evelyns Kräutertee.«

Energisch schüttelt Petter den Kopf. »Nein«, sagt er. »Das ist was anderes. Eine Art … eine Art Heilextrakt … gegen … verschiedene Beschwerden.«

Ich muss lachen. »Nein, nein. Den Duft kenne ich von Evelyns Kräutertee. Ich bin mir ganz sicher.«

Petter betrachtet die Tüte skeptisch. »Kräutertee?«

»Ja, Kräutertee. Den bietet sie einem an, wenn man sie besucht.«

Petter runzelt die Stirn und riecht an der Tüte. Eine ganze Weile steht er da und überlegt. Dann beginnt er zu lachen, ein wunderbares, ansteckendes Lachen. Ich kann nicht anders, ich lache mit.

»Aber was ist denn so komisch?«, frage ich ihn nach ein paar Minuten.

Er schließt mich in die Arme. »Nichts«, sagt er. »Ich freue mich nur.«

»Worüber?«

Er zuckt mit den Schultern und grinst. Durch den Bart kann ich seine Grübchen nicht erkennen, doch ich weiß, dass sie da sind.

»Über alles. Dass ich dich kennengelernt habe. Und dass ich auf Evelyn gehört habe, die wusste, dass mir nur etwas Selbstvertrauen fehlte. Es wird Zeit, dass ich mich bei ihr entschuldige und mich noch einmal richtig bedanke.«

Als wir auf Evelyn zu sprechen kommen, fällt mir ein, wie überhastet ich von Gotland aufgebrochen bin. Ich verziehe das Gesicht.

Petter sieht mich fragend an. »Was hast du?«

»Es tut mir leid, dass ich mich von Evelyn gar nicht mehr verabschiedet habe«, sage ich. »Ich will mich bei ihr auch für etwas bedanken, und ich will ihr die Rückmeldung geben, dass sie mit dem, was sie über unsere biomagnetischen Felder gesagt hat, vollkommen recht hatte.«

»Was hältst du von der Idee, noch mal zusammen nach Visby zu fahren?«, fragt Petter. »Dann können wir Evelyn besuchen, und Cilla. Vielleicht im Frühjahr, wenn das Wetter ein bisschen freundlicher und die Gefahr für Schneestürme deutlich geringer ist.«

Ich muss lächeln. Keine schlechte Idee. Ich würde gern mehr von Gotland kennenlernen, und gemeinsam mit Petter wäre es noch viel schöner.

»Aber kannst du denn so einfach hier weg?«, frage ich ihn. »Musst du nicht arbeiten?«

»Schon, aber wir könnten doch über Ostern verreisen und …« Er lässt den Satz in der Luft hängen. »Jetzt sag nicht …« Und dann sieht er mich ängstlich an. »Jetzt sag nicht, dass du auch was gegen Ostern hast?«

Ich fange an zu lachen. Ich kann gar nicht mehr aufhören, und Petters Augen werden immer größer.

»Weißt du was?«, sage ich schließlich, als ich mich erholt habe. »Ich habe überhaupt nichts gegen Ostern. Ich finde sogar, dass Ostern ein richtig schönes Fest ist. Der Osterhase, die Ostereier, die ganzen Osterbräuche und die leckeren Süßigkeiten – wer mag das nicht?«

Jetzt muss auch Petter lachen.

»Gut«, sagt er. »Aber dieses Mal buchen wir rechtzeitig. Und zwar ein Hotelzimmer mit einem gemütlichen Bett und garantiert ohne Kater.«

Ich kuschele mich an ihn. »Klingt wunderbar«, sage ich und spiele kurz mit dem Gedanken, ihm von meiner tiefen Aversion gegen Mittsommer zu erzählen, doch wahrscheinlich ist es besser, damit noch zu warten. Es gibt schließlich wichtigere Dinge im Leben. Durch den Stoff seiner Boxershorts spüre ich nämlich, dass Petter durchaus bereit ist, seinen Mann zu stehen – zum zweiten Mal an diesem Abend. Ich fasse ihn an der Hand und ziehe ihn ins Schlafzimmer, wo das Bett noch immer einladend zerwühlt ist.

Hinterher, als wir eng umschlungen beieinanderliegen, muss ich daran denken, was Jonatan in der Abfahrtshalle am Fährterminal gesagt hat. Dass wir im Film unseres Lebens selbst entscheiden, wann eine Geschichte zu Ende ist. Das war sicher das Schlauste, was er je von sich gegeben hat. Denn in meinem Fall trifft das hundertprozentig zu. Was ich für die Schlussszene in der Geschichte über Petter und mich gehalten habe, war in Wirklichkeit der Prolog. Und jetzt beginnt unsere Story erst richtig.

Wie es mit uns ausgehen wird, das weiß ich nicht. Aber in diesem Moment, an diesem Ort, in Petters Bett gekuschelt, seine Arme fest um mich geschlungen und sein Atem in meinem Haar, könnte ich kaum glücklicher sein. Vielleicht habe ich dieses Jahr sogar Lust, Weihnachten mit ihm zu feiern.